Als de rododendron bloeit

Santa Montefiore bij Boekerij:

Onder de ombu-boom
Het vlinderkistje
De Vergeet mij niet-sonate
De zwaluw en de kolibrie
Valentina's laatste reis
De zigeunermadonna
Het geheim van Montague
De Franse tuinman
In de schaduw van het palazzo
De affaire
Villa Magdalena
Fairfield Park
De vuurtoren van Connemara
Het gouden licht
De dochter van de imker
De witte duif
De vrouwen van kasteel Deverill
Als de rododendron bloeit

www.boekerij.nl
www.santamontefiore.co.uk

SANTA MONTEFIORE

Als de rododendron bloeit

De dochters van Deverill

BOEKERIJ

ISBN 978-90-225-7465-2
ISBN 978-94-023-0592-0 (e-book)
NUR 302

Oorspronkelijke titel *The Daughters of Deverill*
Vertaling: Erica Feberwee
Omslagontwerp: Johannes Wiebel | punchdesign, München
Omslagbeeld: Shutterstock / Steve Roche
Zetwerk: Mat-Zet bv, Soest

Voor Sebag,
in liefde en dankbaarheid

Castellum Deverilli est suum regnum.
Het kasteel van een Deverill is zijn koninkrijk.

DE DEVERILLS VAN KASTEEL DEVERILL IN BALLINAKELLY

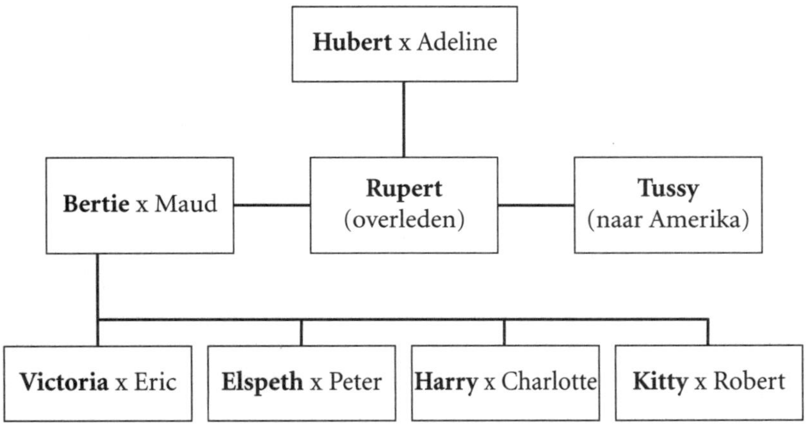

DE DEVERILLS VAN DEVERILL HOUSE IN LONDEN

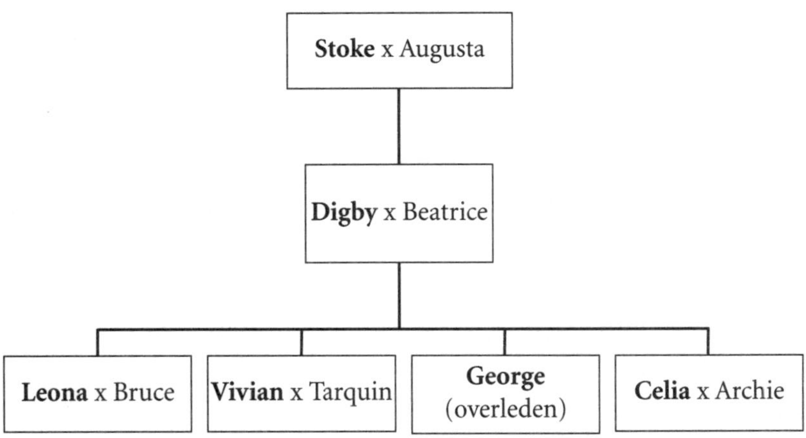

BARTON DEVERILL

Ballinakelly, graafschap Cork, 1662

Een zilte wind streek over de witte stranden van Ballinakelly Bay. Hij scheerde over de grimmige, hoog oprijzende kliffen en voerde het sombere gekrijs van zeemeeuwen en het beukende geraas van de golven met zich mee. Grijze wolken dreven laag langs de hemel, een zachte motregen hing als mist boven het land. De lieflijke groene weiden en de geel bloeiende gaspeldoorn leken hun gewelddadige geschiedenis te loochenen, want zelfs in het doffe, vroege lentelicht bezat Ierland een volmaakte, onschuldige schoonheid. En terwijl Barton Deverill, de eerste Lord Deverill van Ballinakelly, zag hoe een streep zonlicht de ogenschijnlijk massieve groene baldakijn doorboorde, zwoer hij de littekens van Cromwells wreedheid te zullen uitwissen en de mensen die onder zijn gezag waren geplaatst troost en welvaart te brengen.

Schrijlings op zijn paard gezeten, in een fluwelen mantel van het diepste karmozijnrood, met een wuivende veer in zijn zwierige, breedgerande hoed, zijn voeten in hoge leren laarzen met zilveren sporen en met zijn zwaard aan zijn riem, liet hij zijn blik over het uitgestrekte gebied gaan dat koning Karel II hem recentelijk bij diens kroning had geschonken, uit dankbaarheid voor zijn loyaliteit. Want Barton Deverill was een van de belangrijkste legeraanvoerders geweest in de strijd tegen Cromwell. Na de nederlaag bij Worcester was Barton met de koning naar Frankrijk gevlucht, waar ze jarenlang in ballingschap hadden doorgebracht. Een adellijke titel en een stuk land vormden een bevredigende compensatie voor de familiebezittingen in Engeland die Cromwell had geconfisqueerd en voor de vele jaren waarin Barton zich in dienst had gesteld van de kroon. Inmiddels was hij niet langer een jongeling die dorstte naar strijd en avontuur, maar een man op leeftijd. Hij verlangde ernaar zijn zwaard af te leggen en te genieten van de vruchten van zijn inspanningen. En waar zou hij zich beter kunnen vestigen dan hier, in dit land dat zo verbijsterend rijk was aan schoonheid?

Het kasteel begon vorm aan te nemen. Het verrees op een plek vanwaar het uitkeek over zee en beloofde schitterend te worden, met torens en pinakels en met hoge dikke muren, sterk genoeg om iedere vijand te weerstaan, ook al had Lord Deverill liever gewild dat er geen vijanden meer waren geweest. Hij mocht dan een overtuigd protestant zijn, een Engelsman in hart en nieren, maar hij begreep niet waarom de katholieke Ieren en hij elkaar niet konden tolereren en zelfs respecteren. Het verleden bestond slechts in de herinnering, de toekomst werd gesmeed uit de opvattingen van het heden. In zijn ogen moest het met begrip en acceptatie mogelijk zijn in vrede met elkaar te leven.

Hij gebaarde naar zijn omvangrijke escorte, waarop de groep langzaam haar weg vervolgde naar Ballinakelly, het nabijgelegen gehucht. Door de hevige regens van die nacht was de weg veranderd in een modderpoel. Het zompige geluid van de paardenhoeven kondigde hun komst al van verre aan en deed de dorpelingen de schrik om het hart slaan. Na al het bloedvergieten waarvan ze getuige waren geweest, konden ze Engelsen te paard nooit meer welwillend tegemoet treden. De mannen sloegen de groep ruiters dan ook wantrouwend gade. Het was voor hen de eerste kennismaking met hun nieuwe heer en meester. De vrouwen verbleekten, riepen gejaagd hun kinderen bij zich en gooiden de deur van hun huis met een klap achter zich dicht. Alleen een groepje opgeschoten jeugd liet zich geen angst aanjagen en bleef staan in de druilerige regen. Op hun blote voeten en met hun grote, hongerige ogen zagen de jongens eruit als vogelverschrikkers en vormden ze een schril contrast met de Engelse hoge heren met hun fraaie leren laarzen en hun hoeden met veren.

Lord Deverill hield zijn paard in en keerde zich naar zijn vriend, Sir Toby Beckwyth-Stubbs, een gezette man met een indrukwekkende kastanjebruine snor en lange krullen, gekapt in de stijl van koning Karel I. 'Dus dit is het hart van mijn rijk.' Lord Deverill gebaarde om zich heen. 'Ik vrees dat ik niet bijster geliefd ben,' voegde hij er met enige ironie aan toe.

'Na jaren bloedvergieten is de bevolking wantrouwend geworden, Barton,' merkte Sir Toby op. 'Ik weet zeker dat ze met milde, maar rechtvaardige hand weer in het gareel te dwingen zijn.'

'Ik weiger me te bedienen van de dwang waar jij op doelt, mijn vriend.' Barton verhief zijn stem. 'Als de bevolking me trouw zweert, zal ik een barmhartig heer zijn.'

Toen werd hun de weg versperd door een vrouw in een lange, zwarte Bandon-cape. Op het moment dat ze verscheen, was het alsof de wind ging liggen. Een doodse stilte viel over het dorp. Ook de haveloze jeugd droop af, waardoor alleen de vrouw in het zwart overbleef. Haar gewaad sleepte door de modder.

'Wie is dat?' vroeg Lord Deverill gebiedend.

De rentmeester van het landgoed bracht zijn paard naast dat van zijn heer. 'Dat is Maggie O'Leary, milord.'

'En wie is Maggie O'Leary?'

'De O'Leary's waren eigenaar van de grond waarop u uw kasteel bouwt, milord.'

'Aha.' Lord Deverill wreef nadenkend over zijn baard. 'Dus die wil ze terug,' grapte hij ten slotte tot groot vermaak van zijn escorte, van wie velen het hoofd achterovergooiden en het uitschaterden. Maar de jonge vrouw bleef hen zo strak en onverschrokken aanstaren dat hun gelach al snel overging in een nerveus gegrinnik. Niemand durfde haar blik te beantwoorden. 'Ik ben best bereid iets voor die grond te betalen,' voegde Lord Deverill eraan toe.

'Ze is gek,' siste Sir Toby nerveus. 'Ik stel voor dat we haar nu meteen de mond snoeren en korte metten met haar maken.'

Maar Lord Deverill stak zijn hand op. 'Nee. Ik wil horen wat ze te zeggen heeft.' Het kalme zelfvertrouwen dat ze uitstraalde had zijn nieuwsgierigheid gewekt.

Maggie O'Leary hief sierlijk haar bleke handen – een snelle, soepele beweging, als het gefladder van twee sneeuwwitte duiven – en schoof haar kap naar achteren. De adem stokte Lord Deverill in de keel. Ze was de mooiste vrouw die hij ooit had gezien. Zelfs de vrouwen aan het Franse hof konden niet in haar schaduw staan. Haar lange, zwarte haren glansden als ravenvleugels, haar huid was bleek als het licht van de maan. Haar volle mond, die zich verachtelijk krulde, was zo rood als winterbessen. Maar het waren haar lichtgroene ogen die de lach op de lippen van de mannen deed bevriezen en die maakten dat de rentmeester vol overgave een kruis sloeg. 'Blijf waakzaam, milord,' fluisterde hij. 'Ze is een heks.'

Maggie O'Leary stak haar kin naar voren en keek Lord Deverill aan. Toen begon ze te spreken, met een stem zo zacht en vloeiend als een milde zomerbries. '*Is mise Peig Ni Laoghaire. A Tiarna Deverill, dhein tú éagóir orm agus ar mo shliocht trín ár dtalamh a thógáil agus ár spiorad a bhriseadh. Go dtí go gceartaíonn tú na h-éagóracha siúd, cuirim malacht ort féin agus d-oidhrí, I dtreo is go mbí sibh gan suaimhneas síoraí I ndomhan na n-anmharbh.*'

Lord Deverill keerde zich naar zijn rentmeester. 'Wat zei ze?' De oude man slikte. Hij durfde het nauwelijks te herhalen. 'Nou?' drong Lord Deverill aan. 'Voor de draad ermee! Of heb je je tong verloren?'

'Zoals u wilt, Lord Deverill, maar God behoede ons voor deze heks.' Hij schraapte zijn keel en vertaalde met ijle, bevende stem wat de vrouw had gezegd. '"Lord Deverill, door ons land te roven, hebt u onze ziel gebroken en mij en mijn nakomelingen groot onrecht aangedaan. Tot u dat onrecht ongedaan maakt, vervloek ik u en uw erfgenamen, en zal uw ziel geen rust vinden en dolen door het rijk der on-doden."' Achter hem hield het voltallige escorte geschokt de adem in. Sir Toby reikte naar zijn zwaard.

Lord Deverill keerde zich met een ongemakkelijke glimlach naar zijn mannen. 'We zijn toch niet bang voor de loze dreigementen van een boerin?' schamperde hij. Toen hij zich weer omdraaide, lag de weg er verlaten bij. Maggie O'Leary was nergens meer te bekennen.

DEEL 1

1

Ballinakelly, 1925

Kitty Trench bukte zich om een kus op het perzikwangetje van het kind te drukken. Toen de kleine Jack haar glimlach beantwoordde, stroomde haar hart over van bitterzoete vertedering. 'Denk erom dat je lief bent voor miss Elsie,' zei ze zacht, met een aai over zijn hoofdje. Hij had hetzelfde vuurrode haar als zij. 'Ik blijf niet lang weg.' Toen ze zich naar de nanny keerde, maakte haar vertedering plaats voor vastberadenheid. 'Denk erom dat je hem goed in de gaten houdt, Elsie. Je mag hem geen moment uit het oog verliezen.'

Miss Elsie fronste haar wenkbrauwen en vroeg zich af of de ongerustheid van Mrs. Trench iets te maken had met de onbekende vrouw die eerder op de dag in de tuin was verschenen. Ze had met een uitdrukking van gekweld verlangen naar het kind gekeken, alsof de aanblik van de kleine Jack haar intens verdrietig stemde. Miss Elsie was naar haar toe gelopen en had gevraagd of ze haar kon helpen, maar de vrouw had een excuus gemompeld en zich naar het hek terug gehaast. Merkwaardig, vond miss Elsie, en ze had Mrs. Trench dan ook onmiddellijk gewaarschuwd. De heftigheid van haar reactie had de nanny doen schrikken. Mrs. Trench was spierwit geworden en de angst in haar ogen deed vermoeden dat ze de komst van de onbekende al heel lang had gevreesd. Ze had radeloos haar handen gewrongen en verontrust naar buiten gekeken, met diepe rimpels in haar voorhoofd. Toen was ze abrupt, vastberaden naar buiten gerend, de tuin in, en door het hek aan het eind daarvan verdwenen. Miss Elsie wist niet wat zich tussen de twee vrouwen had afgespeeld, maar toen Mrs. Trench een half uur later terugkwam zagen haar ogen rood, alsof ze had gehuild, en beefde ze over haar hele lichaam. Ze had de kleine Jack in haar armen genomen en hem zo strak tegen zich aan getrokken dat miss Elsie bang was dat het kind geen lucht kreeg. Vervolgens was ze naar boven gelopen, naar haar slaapkamer, nog altijd met de kleine Jack op de arm. Miss Elsie was met duizend-en-een onbeantwoorde vragen achtergebleven.

En die vragen waren nog steeds niet beantwoord. 'Ik zal hem geen moment alleen laten, Mrs. Trench,' zei ze met een geruststellende glimlach. 'Daar kunt u van op aan.' Ze nam het kind bij de hand. 'Kom, master Jack, dan gaan we met je trein spelen.'

Kitty liep naar buiten, naar de stallen, en zadelde haar merrie. Terwijl ze de singel strak aantrok en dichtgespte, ging ze in gedachten terug naar de gebeurtenissen van de vorige dag. Ze had er de halve nacht van wakker gelegen en toen ze eindelijk in slaap was gevallen, had ze ervan gedroomd. Want de vrouw die miss Elsie in de tuin had gezien, was Bridie Doyle, de biologische moeder van de kleine Jack. Het kind was geboren uit een kortstondige verhouding tussen Lord Deverill, Kitty's vader, en Bridie, die destijds als Kitty's kamenier op het kasteel werkte. Ze had het kind in een klooster in Dublin ter wereld gebracht en het daar achtergelaten toen ze naar Amerika vertrok. Iemand had het kleine jongetje vervolgens uit het klooster gehaald en te vondeling gelegd op de veranda van het jachthuis, met een briefje aan Kitty waarin haar werd gesmeekt goed voor het kind te zorgen. Wat had ze dán moeten doen, vroeg ze zich af terwijl ze in het zadel klom. In haar ogen had ze Bridie een enorme dienst bewezen, waarvoor haar vroegere vriendinnetje haar eeuwig dankbaar zou moeten zijn. Uiteindelijk had Kitty's vader zijn buitenechtelijke zoon erkend, maar het waren Kitty en haar man Robert die altijd voor haar halfbroertje hadden gezorgd. Ze hield van hem als van een eigen kind, dus er was niets wat haar van de kleine Jack zou kunnen scheiden. Maar nu was Bridie uit Amerika teruggekomen om haar zoon op te eisen. 'Destijds heb ik afstand van hem moeten doen, maar dat laat ik niet nog eens gebeuren,' had ze gezegd, waarop angst zich als een ijzige vuist om Kitty's hart had gesloten.

Met een gesmoorde snik reed ze het erf af. Het was nog niet eens zo lang geleden dat Bridie en zij zo hecht waren geweest dat ze wel zusjes leken. Wanneer Kitty dacht aan alles wat ze had verloren, besefte ze dat haar vriendschap met Bridie een van de pijnlijkste verliezen was. En ze besefte ook dat een verzoening onmogelijk was nu de kleine Jack tussen hen in stond. Ze zou moeten accepteren dat de Bridie van vroeger, het vriendinnetje dat haar zo dierbaar was geweest, er al lang niet meer was.

In galop joeg ze over de velden naar wat restte van de ooit zo schitterende zetel van de familie, de zwartgeblakerde ruïne die nog slechts werd bewoond door roeken en door de geesten van de doden. Vóór de brand, inmiddels vier jaar geleden, had kasteel Deverill een trotse, tijdloze aanblik geboden met zijn hoge ramen waarin de wolken zich spiegelden die vanuit zee over het land trokken; ramen als heldere ogen, vervuld van dromen. Ze dacht aan Adeline, haar grootmoeder, in haar kleine zitkamer waar het rook naar seringen en brandende turf; aan Hubert, haar grootvader, die vanuit zijn kleedkamer op katholieken schoot – 'die verdomde papen', zoals hij ze noemde. Ze herinnerde zich de stoffige geur van de bibliotheek, waar ze *portercake* aten en bridge speelden. En ze dacht aan de kast onder de bediendentrap, waar Bridie en zij zich als kinderen verstopten. Ze glimlachte bij de herinnering aan hoe ze wegglipte uit het jachthuis, verlangend naar de gezelligheid en de liefde die ze thuis miste en die ze bij haar grootouders vond. Het kasteel was destijds haar toevluchtsoord geweest, waar ze had kunnen ontsnappen aan haar kille moeder en haar akelige gouvernante. Nu stond het symbool voor verdriet en verlies, voor een tijd die voorgoed voorbij was en die zo veel stralender en betoverender leek dan het heden.

Nu haar vader geen andere mogelijkheid had gezien dan het te verkopen, vervulden de herinneringen aan het kasteel in zijn hoogtijdagen haar met weemoed en verlangen. Nog even, dan ging het over in andere handen, en bij de gedachte aan Barton Deverill, de eerste Lord Deverill van Ballinakelly en de stichter van het kasteel, verkrampte haar hart van pijn en verdriet. Door de brand waren driehonderd jaar familiegeschiedenis teruggebracht tot as en vervallen muren, waarbinnen de erfgenamen van de titel tot in lengte van dagen gevangenzaten, dolende geesten die nooit rust zouden vinden. Wat moest er van hén worden? Het was beter geweest als haar vader de ruïne aan een O'Leary had gegeven. Dan had hij de dolende geesten bevrijd en zichzelf hun lot bespaard. Maar Bertie Deverill geloofde niet in de vloek van Maggie O'Leary. Alleen Kitty en Adeline bezaten de gave dat ze de dolende geesten konden zien, waardoor ze wisten welk droevig lot ook Bertie te wachten stond. Als kind had Kitty de geesten vermakelijk gevonden, nu stemden ze haar verdrietig.

Eindelijk kwam het kasteel in zicht. De westelijke toren, waarin haar grootmoeder zich na de brand had geïnstalleerd, was nog intact. De rest deed denken aan het geraamte van een reusachtig dier dat met het verstrijken van de tijd door het woud zou worden opgeëist. Klimop en winde overwoekerden de gebroken muren, slingerden zich door de lege kozijnen naar binnen en zouden niet rusten tot ze ook de laatste steen hadden ingekapseld. Maar ondanks alles bezat het kasteel voor Kitty nog altijd een magische aantrekkingskracht.

Ze hield de teugels in en ging van galop over in draf bij wat eens het croquetveld was geweest, nu nauwelijks meer te herkennen onder het onkruid en het hoge gras. Aan het eind van het veld gekomen steeg ze af, en ze leidde haar paard aan de teugel naar de voorkant van het kasteel. Daar werd ze opgewacht door haar nichtje. Celia Mayberry stond, gehuld in een lange donkere mantel, naast een glimmende, zwarte auto. Onder haar elegante cloche had ze haar blonde haar samengebonden in een keurige chignon. Zodra ze Kitty in de gaten kreeg, begon ze te stralen.

'Kitty, lieverd!' riep ze opgewonden, en ze viel haar uitbundig om de hals. Ze rook naar rozen. En naar geld, kon Kitty niet nalaten te denken, terwijl ze haar omhelzing met dezelfde uitbundigheid beantwoordde.

'Wat een heerlijke verrassing!' zei ze, en dat meende ze oprecht. Celia hield bijna net zo veel van het kasteel als zij, dankzij de vele zomers die ze er had doorgebracht, samen met de rest van de 'Londense Deverills', zoals de Engelse tak van de familie werd genoemd. Kitty had de neiging zich aan Celia vast te klampen zoals ze zich ook aan haar herinneringen vastklampte, want terwijl haar leven in talloze opzichten dramatisch was veranderd, was haar nichtje dezelfde gebleven. En daar was Kitty dankbaar voor, zeker naarmate ze ouder werd en het verleden steeds verder achter haar kwam te liggen. 'Waarom heb je niet geschreven dat je kwam? Dan had je bij ons kunnen logeren.'

'Ik wilde je verrassen.' Celia zag eruit als een klein meisje dat popelde van ongeduld om een geheim te verklappen.

'Nou, dat is je dan gelukt.' Kitty keek langs de gevel van het kasteel omhoog. 'Het lijkt wel een geest, vind je ook niet? Een van de geesten van vroeger, toen we nog kinderen waren.'

'Maar het wordt herbouwd,' zei Celia met grote stelligheid.

'Hoe weet je dat?' Kitty keek haar nichtje enigszins geschrokken aan. 'Is het verkocht? En aan wie dan? Trouwens, ik geloof niet dat ik het wil weten.'

Celia begon te lachen. 'Aan mij!' riep ze uit. 'Ik heb het gekocht! Is het niet heerlijk? Ik ga de geesten uit het verleden weer tot leven wekken. Dan kunnen jij en ik al die heerlijke momenten uit onze jeugd opnieuw beleven, via onze kinderen.'

'Jíj?' Kitty hijgde van verbazing. 'Heb jíj het kasteel gekocht?'

'Nou, strikt genomen heeft Archie het gekocht. Ach, wat heb ik toch een royale echtgenoot!' Celia straalde van geluk. 'Is het niet verrukkelijk? Ik ben tenslotte ook een Deverill! Dus ik heb net zo veel recht op het kasteel als de rest van de familie. Zeg dat je er blij mee bent! Toe! Alsjeblieft!'

'Natuurlijk ben ik er blij mee. En het is een opluchting dat het niet naar een vreemde gaat. Maar eerlijk gezegd ben ik ook een beetje jaloers,' bekende Kitty enigszins beschaamd.

Celia viel haar nichtje nogmaals om de hals. 'Maar krijg alsjeblieft geen hekel aan me. Ik heb het voor óns gedaan. Voor de familie. Het kasteel mocht niet in vreemde handen komen. Dat voelt alsof je je kind afstaat. Ik kon niet leven met het idee dat iemand anders het kasteel zou herbouwen. Op de plek waar wij zo veel herinneringen hebben liggen! Maar nu kunnen we er allemaal van genieten. Jij blijft gewoon in het White House wonen, en oom Bertie in het jachthuis. Tenminste, als hij dat wil. En dan kunnen we als familie allemaal samen weer gelukkig zijn. Na alles wat we hebben meegemaakt, hebben we dat wel verdiend. Waar of niet?'

Kitty glimlachte toegeeflijk om de hang naar drama die haar nichtje nu eenmaal eigen was. 'Natuurlijk, Celia. Je hebt gelijk. Het is heerlijk dat het kasteel weer tot leven wordt gewekt. Door een Deverill. Zo hoort het. Ik wou alleen dat ík die Deverill was.'

Celia legde met een glimlach een hand op haar buik. 'Ik ben in verwachting.'

'Lieve hemel! Heb je nog meer verrassingen?'

'Nee, dat was het. Maar nu moet jij wel een beetje voortmaken met kinderen. Ik hoop zo dat we allebei dochters krijgen. Dan kunnen ze samen op het kasteel opgroeien. Net als wij destijds.' Kitty besefte dat Celia haar verleden had herschreven, dat ze was 'vergeten' dat ze alleen de zomers op het kasteel had doorgebracht en zichzelf een complete jeugd in Ierland had aangemeten. Celia behoorde tot die oppervlakkige types die hun eigen geschiedenis veranderden als dat hun beter uitkwam, en die vervolgens oprecht geloofden in het product van hun verbeelding. 'Kom mee.' Celia nam Kitty bij de hand en trok haar mee naar binnen, naar wat ooit de indrukwekkende hal was geweest. 'We gaan op verkenning. Ik heb grootse plannen! Het moet weer net zo worden als vroeger. Maar dan nóg mooier. Weet je nog, het laatste zomerbal? Wat was dat schitterend!'

Samen waadden ze door kniehoog onkruid en verbaasden ze zich over de kleine bomen die tussen distels en doornstruiken uit de grond schoten en met hun spichtige takken naar het licht reikten. De grond was zacht onder hun laarzen, en terwijl ze van kamer naar kamer liepen, verrasten ze hier en daar een roek of een ekster, die verschrikt en verontwaardigd krijsend opvloog. Celia kwetterde maar door en bracht het verleden tot leven met kleurrijke anekdotes en dierbare herinneringen. Kitty slaagde er echter niet in zich te onttrekken aan de sfeer van trieste verlatenheid die tussen de puinhopen hing en die haar als een zware, zwarte sluier dreigde te verstikken. Het verdriet om de dood van haar grootvader Hubert, die was omgekomen bij de brand, drukte nog altijd loodzwaar op haar. Net als de dood van haar grootmoeder, Adeline, die amper een maand geleden was gestorven, helemaal alleen, in de westelijke toren. Kitty dacht ook aan Michael Doyle, de broer van Bridie, die het kasteel in lichtelaaie had gezet; aan haar dwaasheid om hem ter verantwoording te roepen, waarop hij haar had verkracht. In de keuken van de boerderij, waar niemand haar had gehoord, hoe wanhopig ze ook om hulp had geroepen. En ze dacht aan Jack O'Leary, haar minnaar; aan hun ontmoeting bij de muur in de tuin, waar hij haar hartstochtelijk had omhelsd en haar had gesmeekt met hem mee te gaan naar Amerika; aan die ochtend toen ze had gezien hoe hij op het station werd gearresteerd en weggevoerd. Haar hoofd begon te tollen. Haar hart verkrampte van angst terwijl de monsters uit het verleden uit hun slaap werden gewekt. Ze liet Celia achter in wat er nog restte van de eetkamer en ontsnapte naar de bibliotheek, om haar toevlucht te zoeken bij haar dierbare herinneringen aan portercake, bridge en whist.

Ze sloot haar ogen en leunde met een diepe zucht tegen de muur, in het besef van haar tegenstrijdige gevoelens jegens haar vrolijk kwetterende nichtje, dat maar doorbabbelde over een huis waarvan ze het verleden nauwelijks kende, en al helemaal niet begreep. De herfstwind die rond de kasteelmuren huilde overstemde Celia's gekwetter. En zodra Kitty haar ogen sloot, werd ze zich dankzij haar zesde zintuig bewust van de geesten die zich om haar heen verzamelden. De kilte tussen de muren werd nog ijziger, terwijl ze zich liet meevoeren naar haar jeugd. Aarzelend deed ze haar ogen weer open. En daar stond haar grootmoeder. Het was alsof ze leefde, ook al zag ze er jonger uit dan op het moment van haar overlijden en ook al straalde ze oogverblindend, alsof ze door heldere lampen werd beschenen. Achter haar zag Kitty haar grootvader Hubert, en Barton, de eerste Lord Deverill van Ballinakelly, en alle andere onfortuinlijke Lords Deverill die door de vloek van Maggie O'Leary gedoemd waren om eeuwig in het voorgeborchte te blijven ronddolen. Ze verschenen en vervaagden als gezichten die zich spiegelden in de geslepen vlakken van een kostbare edelsteen.

Kitty knipperde met haar ogen toen Adeline liefdevol naar haar glimlachte. 'Je weet toch dat ik nooit ver weg ben, kindje,' zei ze. Tranen van ontroering stroomden over Kitty's wangen, maar ze merkte het amper.

'Ik mis u, grootmama,' fluisterde ze.

'Kop op, Kitty. Als íémand weet dat het alleen de beperkingen van onze waarneming zijn die ons scheiden, dan ben jij het. We zijn door de liefde voor altijd verbonden. Wanneer het eenmaal jouw tijd is, zul je de eeuwigheid leren begrijpen. Maar nu hebben we aardsere zaken te bespreken.'

Kitty veegde met haar leren handschoen over haar wangen. 'O? Wat dan?'

'Het verleden,' antwoordde Adeline, en Kitty wist onmiddellijk dat ze doelde op de dolende geesten van de Lords Deverill. 'De vloek móét worden opgeheven. En misschien ben jij daartoe in staat. Sterker nog, misschien ben jij wel de enige die daarvoor kan zorgen.'

'Maar Celia heeft het kasteel gekocht, grootmama.'

'Jack O'Leary is de sleutel die de poorten zal ontsluiten, zodat die arme zielen eindelijk hun gevangenis kunnen verlaten.'

'Maar ik kan niet met Jack trouwen. En het kasteel zal ook nooit van mij zijn.' De woorden bleven als prikkeldraad in haar keel haken. 'Hoe graag ik het ook zou willen.'

'Tegen wie heb je het?' Celia kwam aanlopen en liet haar blik fronsend, wantrouwend door de lege ruimte gaan. 'Je staat toch niet weer met die geesten van je te praten, hè? Ik hoop echt dat ze weg zijn tegen de tijd dat Archie en ik hier komen wonen.' Ze lachte nerveus. 'Ik liep net te denken, misschien begin ik wel een literaire salon. Ik vind de mensen uit de literaire wereld altijd zó aantrekkelijk. Heb jij dat ook? Of misschien laten we wel een spiritist uit Londen komen, om seances te houden. Dat is tegenwoordig erg in de mode. Sjonge, dat zou dolletjes zijn. Stel je voor dat Oliver Cromwell verschijnt en ons de stuipen op het lijf jaagt! Ach, ik heb zo veel geweldige ideeën. Zou het ook niet kostelijk zijn om het zomerbal in ere te herstellen?' Ze schoof haar arm door die van Kitty. 'Kom, we laten de auto hier staan en we lopen met je paard naar het jachthuis. Ik heb Archie daar achtergelaten om oom Bertie te vertellen dat wij het kasteel hebben gekocht. Hoe denk je dat hij het vindt?'

Kitty dwong zichzelf diep adem te halen. Lijden is ook een leerschool in geduld, en Kitty had haar pijn en haar verdriet altijd meesterlijk weten te verbergen. 'Hij is vast en zeker net zo blij als ik,' antwoordde ze terwijl ze met haar nichtje terugliep naar de hal. 'Het hemd is nader dan de rok. Daar zijn alle Deverills het over eens.'

Bridget Lockwood zat aan tafel in de boerderij waar ze als Bridie Doyle was opgegroeid en ze voelde zich slecht op haar gemak, een vreemde eend in de bijt. De ruimte leek te klein, alsof ze het allemaal was ontgroeid – de meubels, de lage vertrekken, de weinige ramen waardoor ze ooit naar de sterren had gekeken, dromend van een beter leven. Haar kleren waren te elegant, haar geitenleren handschoenen en chique hoed net zo misplaatst in het huis van haar jeugd als een circuspaard in een koeienstal. In haar nieuwe leven als Mrs. Lockwood was ze zo gewend geraakt aan verfijning dat haar vroegere, simpele bestaan haar niet meer kon bekoren. En toch verlangde het meisje in haar, het meisje dat in Amerika jarenlang heimwee naar huis had gehad, terug naar de troost van alles wat haar eens zo vertrouwd was geweest. Ze dacht eraan hoe vaak ze in deze zelfde stoel had zitten dromen, met de smaak van de turfrook op haar tong en de zoete geur van de koeien in de stal in haar neus. Hoe vaak had ze in Amerika niet gehunkerd naar het glas karnemelk voor het slapengaan, naar haar donsbed, naar de voetstappen van haar vader op de trap, naar de nachtkus van haar moeder en naar de zachte stem van haar oma die de rozenkrans bad? Waarom was ze dan toch zo verdrietig, nu ze eindelijk weer alles om zich heen had wat ze zo had gemist? Omdat ze niet langer dat meisje van vroeger was. Van dat meisje was, op de kleine Jack na, niets meer over.

De boerderij was de afgelopen dagen een zoete inval geweest voor buren en andere oude bekenden. Heel Ballinakelly was langsgekomen om Bridie te verwelkomen nu ze was teruggekomen uit Amerika. Iedereen had haar fraaie blauwe middagjapon bewonderd, versierd met kralen en kwastjes, en haar bijpassende blauwe schoenen met riempjes. De vrouwen hadden met hun ruwe vingers aan haar rok gevoeld, in het besef dat zij van zulke zachte, dure stof alleen maar konden dromen. Er was gedanst en gelachen, en Badger Hanratty had getrakteerd op zijn illegaal gestookte *poitín*. Maar Bridie had zich een toeschouwer gevoeld. Het was alsof ze het allemaal gadesloeg van achter een rokerig raam, alsof ze geen contact meer kon maken met al die mensen die ze al haar hele leven kende en van wie ze ooit zielsveel had gehouden. Ze was hun ontgroeid. Ze had jaloers naar Rosetta gekeken, haar Italiaanse vriendin en gezelschapsdame die ze uit Amerika had meegenomen. Het was maar al te duidelijk dat haar broer Sean zijn hart aan Rosetta had verloren, en terwijl hij met haar door de keuken danste, kon Bridie aan het gezicht van haar vriendin zien dat ze zich hier al helemaal thuis voelde. Het liefst zou Bridie haar schoenen hebben uitgeschopt en hebben meegedanst, maar ze kon het niet. Want diep in haar hart werd ze verteerd door verdriet om haar zoon. En door haat jegens Kitty Deverill.

Bridie zou willen terugkruipen in de huid die ze had afgelegd toen ze als eenentwintigjarige uit Ballinakelly naar Dublin was vertrokken – doodsbang en wanhopig, want niemand mocht weten dat ze zwanger was. Maar haar traumatische bevalling en het verdriet om het afscheid van Ierland en van haar zoon hadden Bridie Doyle onherroepelijk veranderd. Ze had op één kindje gerekend, dus ze was verbijsterd geweest toen het een tweeling bleek te zijn. Het andere kindje was een meisje geweest, had ze later van de nonnen gehoord. Een erg klein, erg zwak meisje. De nonnen hadden haar meegenomen en geprobeerd haar in leven te houden, maar ze waren al snel teruggekomen met de mededeling dat haar tweede kindje was gestorven. Dus ze moest het toevertrouwen aan God en voor het levende kindje zorgen, hadden de nonnen gezegd. Bridie had zelfs geen afscheid van haar dochtertje mogen nemen. Het kindje was bij haar weggehaald en verdwenen, alsof het er nooit was geweest. Kort na de geboorte had Bridie bezoek gekregen van Lady Rowan-Hampton, die haar had overgehaald haar zoon bij de nonnen te laten en naar Amerika te gaan, om daar een nieuw bestaan op te bouwen.

Wie nooit een kind heeft afgestaan, zal nooit kunnen begrijpen hoe bitter de wanhoop is, hoe vermorzelend het schuldgevoel. Bridie had op haar vijfentwintigste al meer meegemaakt dan de meeste mensen in een heel leven, maar voor Sean en voor haar moeder en haar oma was ze nog altijd dezelfde Bridie. Haar familie wist niets van haar verdriet, haar heimwee, noch van haar wanhoop door het besef dat haar zoon zijn moeder nooit zou kennen. En haar familie had ook geen idee van de rijkdom die ze had vergaard, geholpen door het toeval en haar sluwe intuïtie. In hun ogen was ze nog altijd hun eigen Bridie. En ze had niet de moed om te zeggen dat die Bridie niet langer bestond.

Ze dacht aan haar poging het kasteel te kopen. Als dat was gelukt, zou ze dan bereid zijn geweest om te blijven? Zou ze het kasteel hebben gekocht uit wraak voor het onrecht dat haar door Bertie en Kitty Deverill was aangedaan? Of zou ze het hebben gedaan uit nostalgische overwegingen? Tenslotte had haar moeder er als kokkin gewerkt en had zijzelf als klein meisje samen met Kitty door de gangen van het kasteel gerend. Hoe zouden de Deverills hebben gereageerd op de ontdekking dat de straatarme Bridie Doyle, het kleine meisje zonder schoenen, zich in het kasteel ging vestigen? De glimlach die aan haar mondhoeken trok, bevestigde dat ze zich had laten leiden door wrok, door het verlangen om te kwetsen. En als de kans zich ooit opnieuw voordeed, zou ze niet aarzelen die te grijpen.

Toen Sean, Rosetta, Mrs. Doyle en de oude Mrs. Nagle in de salon verschenen, klaar voor de mis, vroeg Bridie hun eerst nog even te gaan zitten. Ze haalde diep adem, legde haar gevouwen handen in haar schoot en keek de kring rond. De gezichten stonden verontrust, maar ook nieuwsgierig. Bridies blik ging van haar moeder, naar haar oma, naar Sean en ten slotte naar Rosetta, die naast hem zat, met de blos van een prille liefde op haar gezicht. 'Ik ben in Amerika getrouwd,' stak ze van wal.

Mrs. Doyle en de oude Mrs. Nagle keken verbaasd op. 'Dus je hebt daar een man, Bridie?' vroeg Mrs. Doyle zacht.

'Nee, ik ben weduwe.'

De oude Mrs. Nagle sloeg een kruis. 'Getrouwd en weduwe op je vijfentwintigste. God bewaar ons! En kind noch kraai die je tot troost kunnen zijn.' Bridie kromp ineen, maar haar oma besefte niet hoeveel pijn ze haar deed.

Mrs. Doyle liet haar blik over de blauwe japon van haar dochter gaan en sloeg ook een kruis. 'Waarom ben je dan niet in de rouw, Bridie? Een fatsoenlijke weduwe draagt zwart, uit respect voor haar overleden man.'

'Ik heb lang genoeg zwart gedragen,' antwoordde Bridie kortaf. 'En ik heb lang genoeg gerouwd om mijn man.'

'Wees maar blij dat je broer Michael het niet hoort. Want je zou je moeten schamen.' Mrs. Doyle drukte een zakdoek tegen haar mond om een snik te smoren. 'Ik heb alleen nog maar zwart gedragen sinds de dag dat je vader ons ontviel, God hebbe zijn ziel. En met Gods hulp zal ik het blijven dragen tot de dag waarop ik me bij hem voeg.'

'Bridie is te jong om het leven nu al de rug toe te keren, moeder,' zei Sean geduldig. 'En Michael is wel de laatste om zich een oordeel over anderen aan te matigen. Gecondoleerd met je verlies, Bridie,' vervolgde hij vol medeleven. 'Hoe is je man gestorven?'

'Aan een hartaanval.'

'Een hartaanval? Daar was hij toch zeker nog veel te jong voor?' vroeg Mrs. Doyle.

Bridies blik schoot naar Rosetta. Ze was niet van plan haar familie te vertellen dat Mr. Lockwood haar vader had kunnen zijn. 'Dat klopt. Hij is helaas gestorven in de kracht van zijn leven. Ik had samen met hem naar huis willen komen, zodat pastoor Quinn ons zijn zegen kon geven en zodat jullie hem konden leren kennen… maar…'

'God heeft anders beschikt,' zei Mrs. Doyle streng. Ze voelde zich gekwetst dat Bridie niet eens de moeite had genomen haar te schrijven dat ze getrouwd was. 'Hoe heette hij?'

'Walter Lockwood. En hij was een goed mens.'

'Mrs. Lockwood,' zei de oude Mrs. Nagle peinzend. En waarderend.

'We hebben elkaar ontmoet na de mis,' vertelde Bridie doelbewust, en ze voelde dat haar moeder op slag ontdooide bij het noemen van de Kerk. 'Elke zondag, na de mis, liep hij een eindje met me mee, en geleidelijk aan gingen we steeds meer voor elkaar voelen. We zijn maar zeven maanden getrouwd geweest, maar het was de gelukkigste tijd van mijn leven. Ondanks mijn verdriet heb ik veel om dankbaar voor te zijn, al was het maar omdat ik mijn voorspoed met mijn familie kan delen. Mijn man heeft me achtergelaten met een gebroken hart, maar ook als een schatrijke weduwe.'

'Niets is belangrijker dan je geloof, Bridie Doyle.' De oude Mrs. Nagle sloeg opnieuw een kruis. 'Maar ik ben oud genoeg om me de hongersnood te kunnen herinneren. Dus ook al maakt geld niet gelukkig, het kan ons wel behoeden voor ontberingen en de hongerdood. Dan kunnen we tenminste ongelukkig zijn met een volle maag.' Haar oude ogen, klein en donker als gerimpelde rozijnen, glansden in het doffe ochtendlicht. 'Geld is de wortel van alle kwaad. Maar vertel eens, Bridie, hoe rijk ben je precies?'

'Een kruis in dit leven, een kroon in het volgende,' verklaarde Mrs. Doyle met gedragen stem. 'God heeft in Zijn wijsheid besloten ons bij te staan in deze zware tijden. Dus laat ons hart vervuld zijn van dankbaarheid.' De onbeschaamde blauwe japon van haar dochter was vergeten, net als Bridies nalatigheid haar te schrijven dat ze getrouwd was. 'God zegene je, kind. Ik doe het wasbord weg en koop een mangel, en ik zal de Heer danken voor Zijn goedheid. Zo, het is tijd om naar de kerk te gaan. En we mogen je broer Michael, in de abdij van Mount Melleray, ook niet vergeten. Ik stel voor dat we nog een novene laten opdragen aan de heilige Judas Thaddeus, opdat Michael mag worden verlost van zijn drankzucht en nuchter en berouwvol bij ons terugkeert. Sean, maak eens een beetje voort. We mogen niet te laat komen.'

In haar voorname groene mantel afgezet met bont stapte Bridie in de kar, bij haar moeder en haar oma, die zich in dikke wollen sjaals hadden gehuld. De arme Rosetta kon er amper meer bij, want de kar was niet op zo veel personen berekend. Sean zat in zijn zondagse goed op de bok en joeg de zweep over de ezel, die aanzienlijk harder moest trekken dan anders. Toen de weg heuvelopwaarts ging, stapte Sean van de kar om de last van het dier te verlichten. Bridie en Rosetta volgden zijn voorbeeld. De koude wind uit zee probeerde Bridies hoed van haar hoofd te rukken. Ze hield hem stevig vast, maar kon niet voorkomen dat haar fraaie leren laarzen diep wegzakten in de modder. Dus ze besloot een auto voor haar broer te kopen. Dan kon hij de familie naar de mis rijden. Maar ze had het nog niet bedacht of ze hoorde haar oma al bezwaar maken tegen wat zij beschouwde als '*eirí in áirde*' – dikdoenerij en kapsones. Nee, zolang de oude Mrs. Nagle nog leefde, was elk vertoon van rijkdom op de boerderij uit den boze.

Pastoor Quinn had al gehoord van Bridies triomfantelijke terugkeer naar Ballinakelly, en bij het zien van haar kostbare mantel en hoed en haar dure zachte leren handschoenen begreep hij dat hij een royale donatie voor de Kerk mocht verwachten. Er was tenslotte in heel Ballinakelly geen gezin zo vroom als de Doyles. Terwijl hij Bridie met een warme glimlach verwelkomde, besloot hij die ochtend over liefdadigheid te preken.

Bridie liep kaarsrecht, met haar kin naar voren door het gangpad. Alle ogen waren op haar gericht en ze wist wat de mensen dachten. Dat ze het ver had geschopt. Dat ze haar armoedige jeugd ver achter zich had gelaten. Dat ze in niets meer leek op het haveloze kleine meisje zonder schoenen, het meisje dat doodsbang was geweest voor de hel die pastoor Quinn zijn parochianen in vervoering beschreef, waarbij hij dreigend, onheilspellend zijn vinger hief. Bridie dacht aan Kitty Deverill met haar mooie jurken en haar zijden haarlinten; aan Celia, het onnozele gansje, die had gevraagd: 'Hoe houd je dat vól? De hele winter op je blote voeten?' En ze dacht aan de meisjes op school die haar voor landloper hadden uitgescholden, omdat ze jaloers waren op de dansschoenen die Bridie na de dood van haar vader van Lady Deverill had gekregen. Uit het zaad van de wrok, dat zich diep in haar hart had geworteld, ontsproot een nieuwe scheut die gedijde dankzij het zoete besef van genoegdoening. Haar rijkdom gaf haar een bedwelmend gevoel van macht. Niemand zal me ooit nog een landloper noemen, zei ze tegen zichzelf terwijl ze naast haar broer ging zitten. Ik ben een dame. Iedereen zal me met respect moeten behandelen.

Pas toen ze aan het eind van de mis een kaarsje opstak, kwam er een gedurfde, maar briljante gedachte bij haar op. Als Kitty haar verbood haar kind te zien, zou ze het simpelweg komen halen. Dat was geen stelen. Iets wat van jou was, kon je niet stelen. Ze was zijn moeder, het was niet meer dan rechtvaardig en natuurlijk dat haar zoon bij háár opgroeide. Ze zou hem meenemen naar Amerika om daar samen een nieuw leven op te bouwen. Het was ineens zo duidelijk dat ze niet begreep waarom ze er niet eerder op was gekomen. Glimlachend blies ze het vlammetje van de dunne aansteekkaars uit. Het kon niet anders of haar inspiratie kwam rechtstreeks van God. De gedachte was bij haar opgekomen toen ze een kaars opstak voor haar zoon. Dat kon geen toeval zijn. Dat was goddelijke interventie. Ze sloeg een kruis en dankte de Heer voor Zijn compassie.

Buiten verzamelden de parochianen zich zoals gebruikelijk op het natte gras om na te praten en de laatste nieuwtjes uit te wisselen. Maar vandaag gingen ze als een kudde volgzame koeien in een halve cirkel staan, en ze keken nieuwsgierig naar de deur van de kerk, in afwachting van het moment waarop Bridie Doyle in haar flamboyante, weelderige uitmonstering naar buiten zou komen. Ondertussen gingen de gesprekken ook over niets anders. 'Ze zeggen dat ze met een rijke oude man getrouwd is.' 'Ja, maar hij is gestorven, God hebbe zijn ziel, en hij heeft haar een fortuin nagelaten.' 'Hij was tachtig.' 'Hij was dik in de negentig. Het is een schande.' 'Ze had het altijd al hoog in de bol, of niet soms?' 'Ze zal nu wel op zoek zijn naar een nieuwe man, God beware ons.' 'Maar onze zoons zijn haar nu te min.' De oude mensen sloegen een kruis, vol afkeuring over die financiële voorspoed. Stond er niet in Mattheüs dat een kameel nog eerder door het oog van een naald zou gaan dan dat een rijke het Koninkrijk Gods zou betreden? Maar de jeugd was ten prooi aan afgunst en bewondering, en wilde niets liever dan net zo rijk worden als Bridie in het land van de onbegrensde mogelijkheden.

Toen ze naar buiten kwam, zag Bridie tot haar schrik dat heel Ballinakelly haar stond op te wachten, alsof ze deel uitmaakte van de koninklijke familie. Het werd ineens doodstil, de gesprekken verstomden en niemand maakte aanstalten haar te begroeten. Iedereen staarde haar alleen maar aan, terwijl er onderling besmuikt werd gemompeld. Bridie liet haar blik over de vertrouwde gezichten gaan. Dit waren de mensen met wie ze was opgegroeid, maar ze beantwoordden haar blik met een verrassende schuwheid. Even voelde ze zich slecht op haar gemak, en ze keek om zich heen, op zoek naar een vriend. Toen zag ze Jack O'Leary.

Hij grijnsde bemoedigend en werkte zich door de menigte. Zijn donkerbruine haar viel nog net als vroeger over zijn voorhoofd, en in zijn ogen, zo blauw als de Ierse hemel in de winter, dansten nog altijd pretlichtjes. Zijn mondhoeken krulden omhoog en Bridies hart haperde bij het zien van zijn glimlach, van de vertrouwelijkheid die ze daarin las. Zijn glimlach nam haar mee terug naar het verleden, naar de tijd waarin ze als kinderen met elkaar hadden gespeeld. 'Jack!' riep ze uit.

Hij trok haar arm door de zijne en stak met haar het kerkhof over, naar een plek waar ze in alle rust konden praten, ver van de dorpelingen. 'Bridie Doyle!' Hij wreef hoofdschuddend over zijn stoppelige kaak. 'Nee maar! Je lijkt wel een dame!'

Bridie genoot van zijn bewondering. 'Ik bén ook een dame.' Het ontging hem niet dat haar Ierse klinkers in Amerika waren afgevlakt. 'En ik ben weduwe. Mijn man is overleden.' Ze sloeg een kruis. 'God hebbe zijn ziel.'

'Dat spijt me, Bridie. Je bent nog te jong om nu al om een man te moeten treuren.' Hij liet zijn blik over haar mantel gaan. 'Ik moet zeggen, je ziet er erg voornaam uit.' Hij grijnsde. Bridie zag dat hij een tand miste, en dat niet alleen, hij leek ook veel ouder dan in haar herinnering. De lijnen rond zijn ogen en zijn mond waren dieper geworden, zijn huid was verweerder, donkerder dan vroeger, zijn blik duister en ondoorgrondelijk. En ook al was zijn glimlach nog altijd stralend en onbekommerd, Bridie voelde dat hij had geleden. Hij was niet langer de zorgeloze jongen met de zelfverzekerde blik, de jongen met een havik op zijn arm en een hond aan zijn voeten. Er ging iets ontroerends van hem uit, en ze had de neiging haar hand langs zijn gezicht te leggen.

'Ben je voorgoed terug?' vroeg hij.

'Ik weet het niet, Jack.' Ze keerde haar gezicht naar de wind en legde haar hand op haar hoed. 'Ik weet niet meer waar mijn thuis is,' zei ze, worstelend met een steeds sterker gevoel van vervreemding. 'Ik ben teruggekomen in de verwachting dat er niets veranderd zou zijn. Maar ík ben veranderd, en daardoor is hier ook niets meer hetzelfde.' In het besef dat ze zich kwetsbaar had getoond, vermande ze zich. 'Ik kan mijn oude leven niet meer oppakken.' Haar stem had een hardere klank gekregen.

'Daarvoor heb ik het te goed gehad. Ik ben gewend geraakt aan luxe en verfijning.' Toen ze zag dat hij een wenkbrauw optrok, had ze spijt van haar arrogantie. Als íémand de echte Bridie kende, dan was hij het. 'Ben je getrouwd?' vroeg ze.

'Nee.' Ze zwegen allebei en in de stilte die volgde, klonk onuitgesproken de naam van Kitty, als een fluistering op de wind. 'Afijn, ik hoop dat het allemaal goed uitpakt voor je, Bridie. En ik blij om je hier weer te zien,' zei hij ten slotte met een glimlach. Bridie was niet in staat zijn glimlach te beantwoorden. Afschuw jegens haar vroegere vriendin wond zich als een stekelige krans om haar hart. Ze keek Jack na terwijl hij wegliep, nog altijd met de zwierige tred die haar zo vertrouwd en zo dierbaar was. Zelfs na al die jaren behoorde zijn hart nog altijd aan Kitty toe, besefte ze.

2

Londen

'Allemachtig!' Sir Digby Deverill legde hoofdschuddend de hoorn op de haak. 'Wel heb ik van mijn leven!' Hij staarde naar de telefoon alsof hij nog niet kon bevatten wat hij zojuist had gehoord. Ten slotte stond hij op uit zijn gemakkelijke, leren fauteuil en liep naar het blad met kristallen karaffen om zichzelf een glas whiskey in te schenken. Met het glas in zijn zorgvuldig gemanicuurde, beringde hand ging hij voor het raam van zijn studeerkamer staan. Vanbuiten klonk het geluid van een auto die door de afgevallen bladeren reed op Kensington Palace Gardens, de exclusieve straat met bewaakte toegang, waar zich de zogenaamde *Randlords* hadden gevestigd, miljonairs die net als Digby kapitalen hadden verdiend in de goudmijnen van Witwatersrand. Hun luxueuze villa's waren opgetrokken in Italiaanse en Queen Anne-stijl. Deverill House verhief zich in al zijn statige pracht tussen het optrekje van Sir Abe Bailey, een collega-Randlord, en dat van geldschieter en investeerder Lionel de Rothschild.

Digby nam een grote slok whiskey en vertrok zijn gezicht toen het goedje brandend door zijn keel gleed. Hij voelde zich op slag beter, zette het glas neer en haalde zijn gouden zakhorloge tevoorschijn. Met een geroutineerd gebaar klapte hij het open. Op de glimmende wijzerplaat zag hij dat het kwart voor elf was. Daarop liep hij voortvarend de hal in, waar de butler in zijn rood met gouden livrei op gedempte toon stond te praten met een lakei. Toen ze hem in de gaten kregen, maakte de lakei zich discreet uit de voeten terwijl de butler in de houding ging staan, in afwachting van Sir Digby's wensen. Maar Digby liep langs hem heen, naar de trap. Daar aarzelde hij.

Uit de salon boven klonk gelach. Zo te horen had zijn vrouw bezoek. Dat was op zich niet verrassend, want ze had altijd bezoek. Beatrice Deverill was een flamboyante verschijning, een uitbundige vrouw met een groot hart, die een prominente rol speelde in de Londense beau monde. Er was niets aan te doen, besloot Digby. Hij kon het nieuws niet langer voor zich houden. En dus haastte hij zich met twee treden tegelijk de trap op, waardoor bij elke stap de witte slobkousen zichtbaar werden onder zijn onberispelijk geperste, grijs geruite broek. Hij hoopte zijn vrouw even onder vier ogen te kunnen spreken.

Toen hij de salon binnen kwam, ontdekte hij tot zijn opluchting dat het bezoek bestond uit familie. Maud, de vrouw van zijn neef Bertie, troonde kaarsrecht op het puntje van de bank; net zo kaarsrecht als de strenge boblijn die haar schitterende ijsblauwe ogen en de gebeeldhouwde perfectie van haar jukbeenderen volmaakt deed uitkomen. Naast haar zat haar oudste dochter Victoria, die zich als gravin van Elmrod een zekere kalme waardigheid had eigengemaakt. Digby's moeder, Augusta, zetelde als een volumineuze koningin tegenover de anderen, gehuld in een zwarte, victoriaanse japon waarvan de ruches om haar hals de aanblik boden van een schuimende branding waarop haar onderkinnen dreven. Een grote hoed met veren completeerde haar indrukwekkende verschijning.

Toen Digby binnenkwam keken vier paar ogen hem verrast aan. Het was erg ongebruikelijk dat hij zich midden op de dag liet zien. Doorgaans vertoefde hij in White's, zijn herenclub. Of hij zat in zijn werkkamer te telefoneren met zijn bankiers bij Barings of Rothschild. Of hij belde met Mr. Newcomb, die zijn renpaarden trainde in Newmarket. Of hij praatte over mijnbouw en diamanten met zijn vrienden en contacten uit Zuid-Afrika. 'Wat is er, Digby?' vroeg Beatrice, onmiddellijk alert door de blos op zijn wangen, het nerveuze trekken van zijn snor en de rusteloosheid waarmee hij aan de opvallende diamanten ring om zijn pink draaide. Digby was met zijn stralend blonde, achterovergekamde haar, zijn brede voorhoofd en zijn heldere, intelligente ogen nog altijd een knappe verschijning. Hoewel de verbijstering van zijn gezicht was af te lezen, dwong hij zichzelf de beleefdheid in acht te nemen. 'Goedemorgen, mijn beste Maud, Victoria, mama.' Hij glimlachte en boog, maar het kon allemaal niet verhullen hoezeer hij popelde van ongeduld om zijn nieuws met hen te delen.

'Niet zo formeel, Digby! Voor de draad ermee. Wat heb je op je lever?' vroeg Augusta snerpend.

'Ja, neef Digby, we zijn allemaal vreselijk nieuwsgierig,' zei Victoria met een blik op Maud, haar moeder, die vol verwachting naar Digby opkeek. Ze vond niets zo verrukkelijk als andermans drama, vanwege het bevredigende gevoel van superioriteit dat ze daaraan ontleende.

'Het gaat om kasteel Deverill,' zei Digby, waarop Maud rood aanliep. 'Ik had net Bertie aan de telefoon.'

'O? Waarom belde hij?' Maud zette haar theekopje neer. Ze had haar echtgenoot niet meer gesproken sinds de begrafenis van Adeline, haar schoonmoeder, bij welke gelegenheid Bertie de onthulling had gedaan dat de zogenaamde vondeling die door hun jongste dochter Kitty werd grootgebracht zijn buitenechtelijke zoon was. Het nieuws was niet alleen schokkend, Maud had zich ook diep vernederd gevoeld. Zo vernederd dat ze niet wist of ze er ooit nog overheen zou komen. Ze was op hoge poten naar Londen vertrokken en had gezworen nooit meer een woord met haar echtgenoot te wisselen. Sterker nog, ze was niet van plan ooit nog een voet op Ierse bodem te zetten en wat haar betrof kon het kasteel in de grond zakken. Ze had er van meet af aan nooit een zier om gegeven.

Digby draaide er niet omheen. 'Het kasteel is verkocht. Aan Celia,' vertelde hij kort maar krachtig. Zijn woorden klonken als geweerschoten. De vier vrouwen waren verbijsterd en vervuld van afschuw. Het bleef geruime tijd stil. Victoria wierp een nerveuze blik op haar moeder, terwijl ze zich afvroeg wat er in haar omging.

'Je bedoelt dat Archie het heeft gekocht. Voor Celia.' Augusta's glimlach ging bijna ten onder in de overdaad aan ruches. 'Wat een toewijding. Ze mag haar handen dichtknijpen met zo'n echtgenoot.'

Daar dacht Beatrice heel anders over. 'Ze lijkt wel gek!' riep ze uit, ademloos van verontwaardiging. 'Wat moet Celia in 's hemelsnaam met een geruïneerd kasteel?'

'Herbouwen?' opperde Victoria grijnzend. Het leverde haar een geërgerde blik op van Beatrice.

Mauds slanke hand was naar haar keel geschoten. Ze trok nerveus aan de huid van haar hals, waardoor die rood werd. Het kasteel verkopen, daar stond ze helemaal achter. Aan een stel afbrokkelende muren en een vervallen landgoed viel geen eer te behalen. Maar ze had niet verwacht dat de koper een Deverill zou zijn. Dat kwam te dichtbij. Ze had liever gehad dat een Amerikaan het kasteel had gekocht, een nouveau riche met meer geld dan verstand. Dat uitgerekend een dom gansje als de wispelturige, oppervlakkige Celia de nieuwe eigenaar van het kasteel bleek te zijn, kwam als een donderslag bij heldere hemel en was nauwelijks te verdragen. Als het kasteel in de familie moest blijven, dan hoorde het naar haar zoon Harry te gaan, vond Maud. Hij was als toekomstige Lord Deverill de rechtmatige erfgenaam. En vanwaar al die geheimzinnigheid? Celia had toegeslagen als een dief in de nacht. En waarom? Om háár en haar familie te vernederen. Maud kneep haar ijsblauwe ogen tot spleetjes, verbijsterd en geschokt dat zij met haar scherpe observerend vermogen nooit had beseft hoeveel achterbaksheid er in dat domme wicht schuilging.

'Ze zijn allebei niet goed wijs,' verklaarde Digby. 'Dat kasteel wordt hun ondergang. Een prestigeobject, een bodemloze put aan kosten zonder dat er ook maar iets aan inkomsten tegenover staat. Ik wou dat ze eerst met mij hadden overlegd.' Hij ging voor de haard staan, met zijn duimen in zijn vestzakken, naar achteren leunend op de hakken van zijn modieuze brogues.

'Het blijft tenminste in de familie,' merkte Victoria op. Niet dat zíj ook maar iets om het kasteel gaf. Ze had het kille, vochtige klimaat in Ierland altijd verafschuwd en hoewel haar huwelijk net zo kil was, had het haar wel de titel gravin van Elmrod opgeleverd en een huis in Kent en in Londen, waar het heerlijk warm was en waar het sanitair nooit problemen opleverde. Ze wilde haar moeder in het oor fluisteren dat het kasteel in elk geval niet door Kítty was gekocht. Want dát zou voor Maud de genadeslag zijn geweest. En Victoria zou er zelf ook danig door van streek zijn geraakt. Want ondanks haar status en rijkdom was ze heimelijk nog altijd jaloers op haar jongere zusje.

Augusta richtte haar gebiedende blik op Maud en ademde hoorbaar in door haar neus, wat doorgaans niet veel goeds betekende. Want ze mocht dan oud zijn, ze had Maud feilloos door. Ze wist wat er omging achter die fraaie, maar verbitterde façade, ook al hield Maud haar diepste zielenroerselen zorgvuldig geheim. 'Hoe vind jíj het, kindje? Ik kan me voorstellen dat het een schok voor je moet zijn dat het kasteel nu in handen komt van de Londense Deverills. Persoonlijk wens ik Celia geluk met het behouden van ons erfgoed. Kasteel Deverill is tenslotte de parel in de kroon van onze familie. Ik neem aan dat we het daar allemaal over eens zijn.'

'Uiteraard. "Het kasteel van een Deverill is zijn koninkrijk,"' citeerde Digby de wapenspreuk van de familie die door hem vurig werd gekoesterd.

'Zelfs Deverill Rising is niet te vergelijken met kasteel Deverill,' vervolgde Augusta, doelend op Digby's landhuis in Wiltshire. 'Ik begrijp eigenlijk niet waarom jij het kasteel niet hebt gekocht, Digby. Dat had je je gemakkelijk kunnen veroorloven.'

Digby zette een hoge borst op en wiegde gewichtig heen en weer op zijn hakken. Zijn moeder had gelijk. Hij had het kasteel moeiteloos kunnen kopen. Maar hij mocht dan flamboyant en extravagant lijken, in zijn hart was Digby een behoedzaam zakenman. 'Ik ben niet rijk geworden door me te laten meeslepen door bevliegingen, moeder,' zei hij dan ook. 'Uw generatie stamt nog uit een tijd waarin de Britten oppermachtig waren in Ierland en waarin de Anglo-Ieren er als vorsten leefden. Maar die tijd is voorbij. En dat weten we allemaal drommels goed. Lang voordat de rebellen het platbrandden, verkeerde het kasteel al in zijn nadagen. Het is dwaasheid om iets te willen herbouwen wat geen toekomst meer heeft. Onze toekomst ligt hier, in Engeland. Ierland heeft ons niets meer te bieden en daar zal Celia door schade en schande achter komen. Onze familiespreuk verwijst niet alleen naar bakstenen en mortel, maar ook en bovenal naar de ziel van de Deverills. En die ziel, datgene wat de Deverills maakt tot wie we zijn, dat is míjn kasteel.'

Maud snoof luid en stak haar welgevormde kin naar voren in een vertoon van zelfmedelijden en vastberadenheid. 'Ik moet bekennen dat ik diep geschokt ben,' gaf ze zuchtend toe. 'En niet voor het eerst. Alsof ik nog niet zwaar genoeg ben getroffen.' Ze streek met een bevende hand over haar zilverblonde bob. 'Mijn jongste dochter maakt me te schande door met een buitenechtelijk kind naar Londen te komen. Mijn man verkondigt ten overstaan van de voltallige familie dat het kind van hem is. En alsof dat allemaal nog niet vernederend genoeg is, besluit hij vervolgens het erfgoed van onze zoon te verkopen...' Augusta en Beatrice keken elkaar veelbetekenend aan. Blijkbaar vergat Maud voor het gemak dat zíj het was geweest die erop had aangedrongen dat Bertie het kasteel verkocht. 'En nu komt het in handen van Celia. Ik weet gewoon niet wat ik moet zeggen. Ik zou blij voor haar moeten zijn. Maar dat kan ik niet opbrengen. Mijn arme Harry zal er kapot van zijn dat zijn erfenis door zijn nichtje voor zijn neus is weggekaapt. En voor mij is dit het zoveelste kruis dat ik zal moeten dragen.'

'Maar, mama, toen papa eenmaal had besloten het kasteel te verkopen, was al duidelijk dat het niet naar Harry zou gaan,' zei Victoria geduldig. 'En ik denk ook niet dat Harry het erg zal vinden. Celia en hij zijn onafscheidelijk en hij heeft van meet af aan duidelijk gemaakt dat hij niet in het kasteel geïnteresseerd is.'

Maud glimlachte en schudde met gespeeld geduld haar hoofd. 'Je begrijpt het niet, lieverd. Als het kasteel aan iemand anders was verkocht, had ik er geen moeite mee gehad. Het probleem is dat het in handen komt van een Deverill!'

Beatrice nam het voor haar dochter op. 'Afijn, daar is nu niets meer aan te doen. Celia wil het kasteel in de oude luister herstellen en wij gaan er allemaal weer lange, verrukkelijke zomers doorbrengen, net als vroeger, vóór de oorlog. Archie zal wel weten wat hij doet, lieverd,' vervolgde ze tegen Digby. 'Het is tenslotte zíjn geld. Dus wie zijn wij om te bepalen waar hij dat aan uitgeeft?'

Digby trok vragend een wenkbrauw op, want het geld van Archie Mayberry kwam rechtstreeks van hém. Niemand in de familie wist hoeveel Digby had betaald om Archie zover te krijgen dat hij Celia weer in genade aannam nadat ze op hun huwelijksdag de benen had genomen met de getuige van de bruidegom, met wie ze naar diens voorvaderlijk landgoed in Schotland was gevlucht. Dankzij zijn omvangrijke donatie had Digby niet alleen de toekomst van zijn dochter veiliggesteld, maar bovendien de familie Mayberry gered van de financiële ondergang. 'Het is gedoemd te mislukken,' verklaarde hij cynisch. 'Celia is veel te wispelturig. Ze houdt van drama en avontuur.' Dáár hoefde hij het gezelschap in elk geval niet van te overtuigen. 'Wanneer de herbouw van het kasteel eenmaal is voltooid, zal Ballinakelly haar al snel gaan vervelen. Dan wil ze terug naar Londen. Let op mijn woorden. Zodra haar romantische waagstuk niet langer het gesprek van de dag is, gaat ze op zoek naar ander vertier. En dan zit die arme Archie met een kasteel opgescheept. En met een lege bankrekening.'

'Onzin.' Augusta's bulderende oordeel denderde als een kanonskogel dwars door de monoloog van haar zoon. 'Ze zal het kasteel uit de as laten herrijzen en de naam van de familie in ere herstellen. Ik hoop alleen wel dat ik nog lang genoeg leef om het te zien.' Ze slaakte een diepe, zwoegende zucht. 'Maar gezien mijn slechte gezondheid durf ik daar nauwelijks op te rekenen.'

Beatrice draaide geërgerd met haar ogen. Haar eigen naderende overlijden was het stokpaardje van haar schoonmoeder. En soms wenste Beatrice dat de man met de zeis Augusta aan haar sombere voorspellingen zou houden. 'O, u overleeft ons allemaal,' zei ze dan ook geforceerd geduldig.

Victoria keek naar de klok op de schoorsteenmantel. 'Het wordt tijd dat we eens opstappen.' Ze kwam overeind. 'Mama en ik gaan vanmiddag naar een huis kijken, aan Chester Square,' vertelde ze blij. 'Daar zult u van opvrolijken, moeder.'

Maud stond ook op. 'Tja, ik moet tenslotte ergens wonen nu we het kasteel niet meer hebben.' Ze schonk haar oudste dochter een dankbare glimlach. 'Gelukkig heb ik jou, Victoria. En Harry. De rest van de familie schijnt er vooral op uit te zijn me te kwetsen. Ik denk niet dat ik vanavond naar je salon kom, Beatrice. Ik vrees dat ik het niet aankan.' Ze schudde haar hoofd alsof de problemen van de hele wereld op haar drukten. 'Dat ik bij de hele Londense beau monde over de tong ga, is ook een kruis dat ik zal moeten dragen.'

Harry Deverill lag achterover in de kussens te roken. Hij was naakt, het laken kwam tot zijn heupen, de zachte bries die door het raam naar binnen woei streek over zijn borstkas. Het voldoen aan zijn echtelijke plicht tegenover zijn vrouw Charlotte vervulde hem met weerzin. De enige reden dat hij het kon opbrengen, waren de ochtenden met Boysie Bancroft, in dit onopvallende hotel in Soho waar niemand ook maar enige aandacht aan hen besteedde. Simpelweg omdat niemand in hun bezoeken geïnteresseerd was. Hij blies loom rookkringetjes. Zonder Boysie zou hij bezwijken onder de verachtelijke leugen waar hij mee leefde. Sterker nog, zonder Boysie zou het leven niet langer de moeite waard zijn.

Want zijn baan als effectenmakelaar in de City schonk hem geen enkele bevrediging, om over vreugde nog maar te zwijgen. Kortom, zonder Boysie was zijn leven zinloos.

'Zeg, kerel, blijf je hele dag in bed liggen?' Boysie kwam de badkamer uit en knoopte zijn overhemd dicht. Zijn dikke, blonde haar viel warrig over zijn voorhoofd, er speelde een geamuseerde glimlach om zijn volle, pruilende lippen.

Harry kreunde. 'Ik ga vandaag niet naar mijn werk. Het is zo vreselijk, onverdraaglijk saai. Bovendien wil ik nog niet dat er een eind komt aan de ochtend.'

'Ik wel!' Boysies blik gleed over het grote roze litteken op Harry's schouder, een overblijfsel van een schotwond in de oorlog. 'Ik ga met mama en tante Emily lunchen bij het Claridge's. Daarna loop ik naar White's en dan zie ik wel wie ik tegenkom. O, en vanavond denk ik dat ik even langsga bij het open huis van Beatrice, die verrukkelijke nicht van je. De vorige keer was het gezelschap behoorlijk pikant, dankzij de voltallige bezetting van *No, No, Nanette.* Al die meisjes van het ballet... ze kwetterden als kleurige paradijsvogels. Het was "dolletjes!", zou Celia zeggen. Trouwens, volgens mij zoekt neef Digby zijn pleziertjes ook wel eens buiten de deur. Wat denk jij?'

'Vast wel. Ik twijfel er niet aan of hij heeft maîtresses, maar op zijn toewijding als echtgenoot valt niets aan te merken.' Harry ging met een gefrustreerde zucht rechtop zitten. 'Ik wou dat ik met je mee kon naar het Claridge's. Maar ik heb Charlotte beloofd om met haar te lunchen in het Ritz. Ze is jarig vandaag.'

'Waarom kom je niet gewoon ook naar het Claridge's? Dan knipogen we naar elkaar en misschien kunnen we zelfs even samen wegglippen, naar de herentoiletten. Er is niets zo opwindend als stiekem.'

Harry grijnsde ondanks zichzelf. 'Je bent slecht, Boysie Bancroft.'

'Daarom houd je ook zo veel van me.' Boysie bukte zich en kuste Harry. 'Je bent schandalig knap, weet je dat?'

'Dus ik zie je vanavond bij nicht Beatrice?'

Boysie zuchtte verlangend. 'Weet je nog, die eerste keer dat ik je zoende? Dat was bij Beatrice.'

'Natuurlijk weet ik dat nog,' antwoordde Harry ernstig. 'En ik zal het nooit vergeten.'

‘Ik ook niet.’ Boysie kuste hem nogmaals. ‘Tot vanavond, kerel.’

Harry liep door St. James’s Park naar Belgravia, waar hij met Charlotte woonde. Het was een grijze dag, de zomerzon was vertrokken naar zuidelijker oorden. Donkere regenwolken pakten zich samen, de wind rukte aan de bomen, de verkleurde bladeren dwarrelden naar de grond. Harry trok zijn hoed dieper over zijn voorhoofd en stopte zijn handen in zijn broekzakken. Nog even, dan ging het regenen, en hij had geen jas bij zich. Toen hij die ochtend van huis ging, was de hemel nog onbewolkt geweest.

Toen hij de voordeur opendeed, stond Charlotte hem al in de hal op te wachten. Ze was zichtbaar nerveus, en op slag sloeg bij hem de paniek toe. Vermoedde ze iets? Was zijn bedrog uitgekomen? Maar bij het zien van de stralende blik waarmee ze naar hem opkeek, slaakte hij heimelijk een zucht van verlichting.

‘Wat fijn dat je er bent, lieveling! Eindelijk! Ik heb naar kantoor gebeld, maar daar zeiden ze dat je vandaag niet op je werk kwam.’

Harry wendde zijn blik af en zette zich schrap voor de vraag waar hij was geweest. Maar toen hij zijn hoed aan de butler had gegeven, schoof ze haar arm door de zijne. ‘Ik heb een nieuwtje!’

‘O ja? Vertel!’

‘Het gaat over het kasteel. Ik weet wie het heeft gekocht.’

‘Echt waar?’ Harry liet zich meetronen naar de salon.

‘Je zult het niet willen geloven.’

‘Voor de draad ermee. Houd me niet langer in spanning.’

‘Celia!’

Harry keek zijn vrouw verbijsterd aan. ‘Je maakt een grapje.’

‘Nee, het is echt waar. Je nicht Celia heeft het kasteel gekocht.’

‘Lieve hemel. Van wie heb je dat gehoord?’

‘Van je vader. Hij belde ongeveer een uur geleden. Ik wilde het je natuurlijk meteen vertellen, maar ik wist niet waar ik je kon bereiken. Je bent toch niet boos? Voor mij maakt het niets uit. Ik hou van je, met of zonder kasteel. Trouwens, ik zou niet eens in Ierland willen wonen.’

‘Lieve Charlotte, natuurlijk ben ik niet boos. Het verbaast me alleen dat Celia het me niet zelf heeft verteld.’

‘Dat was ze vast en zeker van plan. Neef Bertie zei dat ze met Kitty bij het kasteel had afgesproken. Ik neem aan dat ze het haar als eerste wilde vertellen. Je weet hoe close ze zijn.’

Harry liet zich in een stoel vallen, zette zijn ellebogen op zijn knieën en vouwde zijn handen. 'Nee maar, wie had dat kunnen denken? Archie lijkt wel gek.'

'Gek van verliefdheid!' zei Charlotte dwepend.

'Het gaat een fortuin kosten om het kasteel te herbouwen.'

'O, maar Archie is toch schatrijk?' zei Charlotte, die niet wist dat zijn fortuin rechtstreeks van Digby afkomstig was.

'Je bent er nooit geweest. Het kasteel is reusachtig.' Harry voelde plotseling een steek in zijn borst, alsof zijn hart met geweld werd opengebroken en er herinneringen vrijkwamen waarvan hij niet eens wist dat hij ze had.

'Voel je je wel goed, liefste? Je gloeit helemaal.' Charlotte hurkte naast zijn stoel. 'Je bent van streek. Ik zie het aan je. En dat is begrijpelijk. Kasteel Deverill was je thuis en je erfgoed. Maar het is fijn dat het tenminste in de familie blijft. Het is niet verloren. Je kunt er nog altijd naartoe.'

'*Castellum Deverilli est suum regnum.*'

'Wat zeg je, lieveling? Is dat Latijn?'

Hij keek haar aan en voelde zich een kleine jongen die elk moment in snikken kon uitbarsten. 'Dat is de wapenspreuk van de familie. Die stond boven de voordeur. Vóór de brand. Ik heb altijd gedacht dat ik er niets om gaf,' zei hij zacht. 'Want ik wil ook niet in Ierland wonen. Maar ik besef ineens dat het kasteel me toch dierbaar is. Heel erg dierbaar zelfs. Onze familie heeft daar zonder onderbreking generaties lang gewoond.' Hij zuchtte hoofdschuddend. 'Papa praat er nooit over, maar hij vindt het heel erg dat hij het kasteel heeft moeten verkopen. Daarom drinkt hij zo veel. Mensen die gelukkig zijn, vergooien hun leven niet aan de drank. De Ierse tak van de familie woont al sinds 1662 in Ballinakelly. Toen kreeg Barton Deverill van koning Karel II de grond waarop het kasteel is gebouwd, als dank voor zijn loyaliteit.' Harry keek neer op zijn handen. 'Die lijn wordt nu doorbroken. Door mij.'

'Lieveling, daar heb jij geen schuld aan. Je vader heeft het kasteel verkocht,' zei Charlotte. 'En je vader kon er niets aan doen dat de opstandelingen het hebben platgebrand.'

'Daar heb je gelijk in. Maar toch voel ik me schuldig. Ik had misschien meer kunnen doen.'

'Maar wat dan? Zelfs met al míjn geld had je het kasteel niet kunnen herbouwen. Dus laat Celia het doen en wees blij dat het kasteel in de familie blijft. Daar zou Barton Deverill ook blij om zijn geweest. Dat weet ik zeker.'

'Celia zal natuurlijk haar best doen. Toch ben ik bang dat het kasteel nooit meer wordt zoals het was.' Harry besefte dat Charlotte het goed bedoelde, maar hij voelde zich gefrustreerd dat hij zijn verdriet niet kon delen met de man die hij liefhad.

'Ik weet zeker dat ze alles op alles gaat zetten om het in de oude luister te herstellen.' Charlotte streelde sussend zijn wang. 'En kasteel of geen kasteel, ooit ben jíj Lord Deverill. Geef me een zoon, liefste. Dan blijft de bloedlijn in stand.' Ze keek hem aan met ogen vol liefde, zonder te beseffen dat zijn maag omdraaide bij de gedachte kinderen te moeten verwekken. 'Het is maar een huis. Een berg bakstenen. Meer niet.'

Harry keek haar fronsend aan. Charlotte was zijn vrouw, maar ze zou hem nooit begrijpen. En hoe zou ze dat ook kunnen? 'Nee, lieve Charlotte,' zei hij met een verdrietige glimlach. 'Het is oneindig veel meer dan dat.'

Met haar paard aan de teugel wandelde Kitty met Celia naar het jachthuis, op loopafstand van het kasteel. Als kind had ze er gewoond, maar het strenge, lelijke huis riep geen warme gevoelens bij haar op. Het was donker en ongezellig, met kleine ramen en puntige gevelspitsen die boosaardig naar de hemel wezen. Het huis lag op een mooi punt, aan de rivier, maar het leek wel alsof het water door de muren heen wist te dringen, waardoor het er altijd vochtig was. Anders dan aan het kasteel bewaarde Kitty geen dierbare herinneringen aan het jachthuis. In de kindervleugel was de aanwezigheid van haar verbitterde Schotse gouvernante nog altijd voelbaar, net als een sombere sfeer van onvervulde verlangens die zich voorgoed in de duistere, vochtige hoeken van het huis leek te hebben genesteld. Kitty was altijd naar buiten gevlucht en had het geluk gevonden in de tuinen en de kassen, de bossen en de heuvels. En natuurlijk het kasteel, dat altijd een onuitputtelijke bron van geluk voor haar was geweest.

Terwijl ze haar paard naar de stallen achter het huis bracht, waar het van de knechts water en hooi zou krijgen, babbelde Celia nog altijd opgewonden over haar plannen voor de herbouw. 'We gaan modern sanitair laten installeren. Kosten noch moeite worden gespaard. Stel je het comfort eens voor!' Ze schoof haar arm door die van Kitty en troonde haar mee naar binnen. 'En het wordt nog mooier dan het al was. Ik neem de beste architect van heel Londen om de feniks te doen herrijzen uit zijn as. O, ik vind het allemaal zo opwindend!'

Ze troffen Bertie en Archie in de salon, aan de sherry met Lady Rowan-Hampton, Berties vriendin en vroegere minnares. Het turfvuur in de haard brandde laag en gaf weinig warmte. Door de rook konden ze elkaar amper zien. 'Kitty, wat leuk om je te zien!' Archie stond op en kuste haar met oprechte genegenheid. 'Ik neem aan dat Celia je het goede nieuws heeft verteld?'

'Ja, dat heeft ze. Ik kan het nog bijna niet bevatten,' antwoordde Kitty. Archies enthousiasme stond haar tegen. Ze was nog altijd geschokt door de verkoop, dus het kostte haar moeite een vrolijk gezicht op te zetten. 'Dag, papa. Dag, Grace.' Terwijl ze zich bukte om haar vriendin Grace Rowan-Hampton te kussen, was ze zich niet voor het eerst bewust van het wonderbaarlijke helende vermogen van de tijd. Ooit had ze Grace veracht vanwege haar jarenlange verhouding met haar vader. Nu was ze dankbaar voor de loyale manier waarop Grace haar vroegere geliefde trouw bleef, ondanks het feit dat die steeds duidelijker getekend raakte door de drank. Bertie Deverill was als jongeman een dynamische, zwierige verschijning geweest, de meest begeerde vrijgezel in West-Cork. Maar inmiddels was hij veranderd in een wrak, pafferig van de drank, gesloopt door teleurstelling, door alles wat er in zijn leven was mislukt, en door de whiskey. Hoewel hij de kleine Jack uiteindelijk formeel had erkend, herinnerde het kind hem ook voortdurend aan een schandalig moment van zwakte. Volgens Kitty hadden de meesten van zijn vrienden hem de rug toegekeerd. Misschien was Grace wel de enige die hem nog altijd trouw bezocht.

'Kitty, lieverd, blijf je lunchen?' vroeg Bertie. 'Tenslotte moeten we vieren dat Celia en Archie het kasteel hebben gekocht.'

Kitty dacht aan kleine Jack. Haar maag verkrampte van ongerustheid, maar ze verdrong haar angst en zette haar hoed af. Miss Elsie had beloofd dat ze het kind geen moment uit het oog zou verliezen. 'Ja, gezellig,' zei ze dan ook. Ze ging naast Grace zitten.

Grace Rowan-Hampton zag er stralend uit, een rijpe vrouw op het hoogtepunt van haar schoonheid. Hoewel ze al tegen de vijftig liep, was haar lichtbruine haar doorschoten met grijs en stonden haar goudbruine ogen alert en helder, met daarin de warme blik die haar zo innemend maakte. Kitty nam haar nauwlettend op en constateerde dat haar zachte huid en onberispelijke teint het geheim waren van haar schoonheid. Gekoesterd door de zachte Ierse regen en de milde zonneschijn had haar gezicht nauwelijks geleden onder het verstrijken van de jaren. 'Celia en Archie hebben ons allemaal verrast,' zei Grace met een glimlach. 'We werden de laatste weken verteerd door nieuwsgierigheid. Maar nu de kogel door de kerk is, moeten we dat natuurlijk vieren. Het kasteel is niet voor de Deverills verloren gegaan, maar herwonnen.' Ze keek Bertie aan. 'Ik had het onverdraaglijk gevonden als het was gekocht door iemand zonder gevoel voor de geschiedenis, zonder besef van alles wat zich er heeft afgespeeld.'

'Dat heb ik ook tegen Archie gezegd.' Celia nam zijn hand in de hare. 'Dat ik geen rustig moment meer zou hebben als het kasteel in vreemde handen overging. Want het heeft zo'n verrukkelijke geschiedenis. Stel je voor! Hendrik VIII, of wie het ook was, die er nog heeft rondgelopen. Het is allemaal zo romantisch!' Kitty kromp ineen. Iemand die zich echt met het kasteel verbonden voelde, zou niet zo'n onzin uitkramen.

'En voor mij is het enige wat telt dat mijn vrouw gelukkig is,' zei Archie. 'Bovendien hoopten we dat u ook blij zou zijn met ons als nieuwe bewoners, Lord Deverill.'

Bertie knikte nadenkend, ook al kon Kitty zich niet voorstellen dat hij echt nadacht. De afwezige uitdrukking in zijn glazige ogen was de blik van een man die vooral geïnteresseerd was in de inhoud van de drankfles. 'En Celia is ook in verwachting,' zei Kitty om het over iets anders te hebben.

'Ja! Het kan niet op!' Celia straalde en keerde zich met een hand op haar buik dankbaar naar haar man. 'We zijn allebei zo gelukkig.'

'Nee maar, een baby!' riep Grace uit. 'Wat opwindend allemaal! Daar moeten we ook op drinken.'

'Is het niet dolletjes? O, het is allemaal zo heerlijk,' dweepte Celia terwijl ze het glas hieven.

Het liep al tegen het eind van de middag toen Kitty door de heuvels naar de cottage van Jack O'Leary reed. De ondergaande zon schilderde een spoor van gesmolten goud op de golven, terwijl de oceaan zich steeds donkerder kleurde onder de bleke herfsthemel. Ze was even langs huis gegaan om te kijken of alles goed was met de kleine Jack. Het kind speelde innig tevreden met zijn nanny in de kinderkamer. Tot Kitty's opluchting was Robert aan het werk in zijn studeerkamer. Hij werd liever niet gestoord tijdens het schrijven, en ze liet hem maar al te graag met rust. Ze zou hem later wel vertellen over Celia en het kasteel. Gerustgesteld dat de kleine Jack bij Robert en miss Elsie in goede handen was, had ze het White House weer verlaten.

In haar haast om bij haar minnaar te komen had ze haar hoed vergeten, waardoor de zeewind vrij spel had met haar lange rode haren. Bij de witgepleisterde cottage gekomen steeg ze haastig af en duwde de deur open. 'Jack!' Ze wist onmiddellijk dat hij er niet was. Het huis voelde stil en verlaten, als een lege huls. Toen ontdekte ze zijn dierenartsentas op de keukentafel. Haar hart maakte een sprongetje. Want dat betekende dat hij in de buurt was. Zonder zijn tas reed hij geen visites.

Ze rende weer naar buiten, het uitgesleten pad af naar het strand, tussen hoog gras en heidestruiken die uiteindelijk plaatsmaakten voor rotsen en bleek geel zand. De beukende golven leken de strijd te hebben aangebonden met de bulderende wind, en Kitty trok huiverend haar mantel dichter om zich heen. Het duurde niet lang of ze kreeg hem in de gaten, aan de andere kant van de kreek. Ze riep en wuifde, maar haar stem ging verloren in het gekrijs van de kibbelende meeuwen op de kliffen. Ze zette zich schrap tegen de wind en liep verder, terwijl ze tevergeefs het haar uit haar gezicht streek. De hond van Jack zag haar als eerste en stormde over het zand naar haar toe. Haar sombere stemming verdween op slag toen Jack haar ook in het vizier kreeg en zijn tempo versnelde. Zijn aanblik, in zijn oude bruine jas, dikke laarzen en wollen pet, was zo geruststellend dat ze begon te huilen, maar de wind blies haar tranen weg voordat haar wangen vochtig konden worden.

'Wat is er?' Jack nam haar in zijn armen en trok haar tegen zich aan. Zijn diepe, welluidende stem met de Ierse tongval die haar zo dierbaar was voelde als balsem op haar ziel. Hier hoorde ze thuis, in de armen van Jack O'Leary, dacht ze terwijl ze haar wang tegen zijn jas legde. Hun overspel was gepassioneerd begonnen, als een blikseminslag die hen recht in het hart had getroffen. Maar inmiddels was het een manier van leven geworden, zonder dat de hartstocht er ook maar enigszins onder had geleden. Voor Kitty was het de parel in haar oester.

'Celia heeft het kasteel gekocht,' viel ze met de deur in huis. Ze voelde dat hij zijn stoppelige kin tegen haar voorhoofd drukte en haar nog dichter tegen zich aan trok. 'Dat zou ik niet erg moeten vinden. Maar ik kan er niets aan doen.'

'Natuurlijk vind je het erg,' zei hij vol begrip.

'Ze gaat het herbouwen en dan gaan ze er wonen. En dan zit ik als de arme tak van de familie in het White House. Ben ik onnozel dat ik zo denk? Is het naïef van me?'

'Je hebt wel ergere dingen doorstaan,' probeerde hij haar te troosten.

'Dat weet ik. Het is maar een kasteel. En toch...' Ze liet haar schouders hangen en toen ze naar hem opkeek, zag hij de verslagenheid in haar ogen.

'Natuurlijk, het is maar een kasteel. Maar voor jou is het altijd veel meer geweest.' Hij drukte een kus op haar slaap, terugdenkend aan de tijd dat hij tevergeefs had geprobeerd haar over te halen met hem mee te gaan naar Amerika. Als het kasteel niet zo veel voor haar had betekend, zouden ze nu misschien gelukkig getrouwd zijn geweest, ergens aan de andere kant van de Atlantische Oceaan.

'En Bridie is terug,' voegde ze er somber aan toe.

'Dat weet ik. Ik zag haar vanmorgen bij de kerk. Daar liep ze na de mis rond te paraderen in haar mooie kleren. En te pronken met haar juwelen. Ze is in Amerika met een rijke man getrouwd, maar die is inmiddels overleden. Het schijnt dat ze een royale donatie aan de Kerk heeft gedaan. Pastoor Quinn zal zich wel in de handen wrijven.'

'Ze is teruggekomen voor de kleine Jack.' Kitty's maag verkrampte opnieuw van angst. 'Ze heeft hem één keer moeten achterlaten, dat zal ze niet nog eens laten gebeuren, zei ze.'

'En wat heb jij toen gezegd?'

'Dat ze hem aan mijn zorgen heeft toevertrouwd. Maar volgens haar heeft Michael dat gedaan. Volgens haar was hij het die dat briefje heeft geschreven en die hem bij het jachthuis te vondeling heeft gelegd. Bridie zegt dat de kleine Jack bij haar hoort op te groeien, omdat zij zijn moeder is. Maar ik heb het kind verteld dat zijn moeder in de hemel is. Dat ik in haar plaats voor hem zorg en dat ik heel veel van hem houd. Dus ik kan nu moeilijk zeggen dat ze plotseling uit de hemel is teruggekomen.'

'Ze kan hem niet opeisen, Kitty. Ze heeft destijds in het klooster een verklaring ondertekend waarin ze afstand deed van haar rechten.'

Kitty dacht aan de Bridie van vroeger, aan het vriendinnetje op wie ze zo dol was geweest, en ze voelde een overweldigend medelijden. 'Ze had waarschijnlijk geen benul van wat ze tekende,' zei ze zacht.

'Je hoeft met Bridie geen medelijden te hebben,' zei Jack bijna verwijtend. 'Het is haar in Amerika voor de wind gegaan. Dat is maar al te duidelijk.' Hij nam Kitty's hand in de zijne en trok haar mee, het strand over, naar de cottage.

'Ik ben als de dood dat ze zal proberen hem te ontvoeren.' Kitty glimlachte verlegen, want ze besefte zelf hoe belachelijk het klonk.

Jack keek met een liefdevolle grijns op haar neer. 'Je hebt altijd al een levendige fantasie gehad, Kitty Deverill. Ik denk niet dat Bridie zo dwaas zal zijn om dat te proberen. Ze zou niet verder komen dan Cork. De *garda* zou haar binnen de kortste keren te pakken hebben.'

'Natuurlijk. Je hebt gelijk. Het is onzin wat ik me in mijn hoofd haal.' Hij draaide haar naar zich om en kuste haar. 'Waar heb ik dat aan te danken?' vroeg ze lachend.

'Gewoon. Omdat ik van je houd.' Toen hij opnieuw naar haar glimlachte, zag ze het gat van de ontbrekende tand die hem in de gevangenis uit zijn mond was geslagen. Hij streek een lok haar uit haar gezicht en kuste haar opnieuw, nu nog vuriger. 'Zet het kasteel en Bridie Doyle uit je hoofd. Je moet aan óns denken. Het verleden is geweest. Denk aan de toekomst. Je zei nog niet zo lang geleden dat je het niet langer genoeg vindt, wat we nu samen hebben. En voor mij geldt hetzelfde. Dat weet je.'

'Het is ook niet genoeg. Maar wat kunnen we eraan doen?'

'Ik heb je ooit gevraagd met me mee te gaan naar Amerika.'

Bij de herinnering kreeg Kitty tranen in haar ogen. 'En ik had besloten met je mee te gaan. Maar dat wist jij niet, want je werd gearresteerd.'

Hij schoof zijn handen onder haar haar en streek met zijn eeltige duimen over haar kaaklijn. 'We zouden het nog eens kunnen proberen. We zouden samen met de kleine Jack een nieuw leven kunnen beginnen. Misschien hoeven we niet helemaal naar Amerika. Het kan ook ergens anders. Ik begrijp dat je niet uit Ierland weg wilt, maar nu Celia het kasteel heeft gekocht, zal het niet gemakkelijk zijn om in het White House te blijven wonen, op grond die ooit van je vader is geweest.'

Terwijl Kitty in zijn lichtblauwe ogen keek, was het alsof ze het verhaal van hun liefde als een opeenvolging van verlies, verdriet en onvermogen aan zich voorbij zag trekken. 'Laten we naar Amerika gaan,' zei ze in een opwelling.

'Echt waar?' Jack hield verrast zijn adem in.

'Ja. Als we hier weggaan, dan moeten we Ierland zo ver mogelijk achter ons laten. Het zal Roberts hart breken. Hij verliest niet alleen zijn vrouw, maar ook de kleine Jack. Dat zal hij me nooit vergeven. Hij houdt van het kind als van een eigen zoon.'

'En Ierland dan?'

Ze legde haar handen op de zijne. Ze waren koud, maar zijn diepe, vertrouwde Ierse stem omhulde haar als een warme deken. 'Zolang ik bij jou ben, zal Ierland nooit ver weg zijn. Want waar jij bent, daar is mijn thuis. Daar is Ierland.'

3

Bridie hoorde Rosetta's lach uit de schuur komen. Het klonk onbekommerd, bruisend als een vrolijk voortkabbelende beek. Ze voelde een steek van jaloezie. Zo uitbundig had ze Rosetta nog nooit horen lachen. En ze besefte hoezeer die lach haar tot een buitenstaander maakte. Net zoals de jaren in Amerika haar tot een buitenstaander hadden gemaakt in haar eigen familie. Waar die lach klonk, was het warm en geborgen, maar voor Bridie was het onbereikbaar, ondanks haar voornaamheid en haar rijkdom. Ze dacht aan Jack O'Leary, en het meisje dat ze diep vanbinnen nog altijd was, verlangde naar die onschuldige tijd toen ze ervan had gedroomd ook zo blij en onbezorgd te kunnen lachen. Samen met Jack. De tijd toen ze had verlangd naar zijn armen om haar heen, zijn lippen op de hare. De tijd waarin ze tot in het diepst van haar hart had gesnakt naar zijn liefde. Maar Kitty had hem van haar afgenomen, net zoals ze haar jaren later haar zoon had afgenomen. Bridie verdrong haar meisjesdromen en snoof verachtelijk, want ze was niet langer Bridie Doyle. Ze moest hard zijn. Vastberaden drukte ze al haar tedere gevoelens de kop in. Die hadden haar alleen maar ongeluk gebracht. Toen deed ze kordaat de deur van de schuur open. Daglicht stroomde naar binnen, het gelach zweeg abrupt en Seans verraste, schuldig blozende gezicht verscheen om de hoek van de hooiberg. Even later kwam Rosetta tevoorschijn, met verwarde haren en haar blouse halfopen.

'Ik moet met je praten,' zei Bridie stijfjes tegen haar vriendin. Toen keek ze haar broer aan. 'Dus of jij even naar buiten gaat. Er is vast genoeg te doen.' Grijnzend naar Rosetta, die onder de rode vlekken zat van zijn ruwe baard, liep Sean de schuur uit, de koude wind in. Hij trok de grote deur achter zich dicht. 'Je maakt je al onmisbaar op de boerderij, zie ik.' Ze had het nog niet gezegd, of Bridie had al spijt van haar wrokkige toon.

'Ik vind het fijn om te helpen,' zei Rosetta. 'En ik heb het hier naar mijn zin. Het land is zo ruig en zo romantisch.'

Bij het zien van de dromerige blik in haar ogen kon Bridie het opnieuw niet laten hatelijk te reageren. 'Mijn jeugd was anders allesbehalve romantisch. Bittere armoede en strenge winters.'

Rosetta's glimlach verbleekte. 'Dat spijt me voor je, Bridget.' Ze hadden samen zo veel meegemaakt, en ook al was Rosetta inmiddels bij Bridie in dienst als gezelschapsdame, ze waren nog altijd vriendinnen.

Toen ze zag dat Rosetta met trillende vingers haar blouse begon dicht te knopen, zette Bridie haar wrok opzij. 'Je hebt gelijk,' zei ze. 'Het is hier prachtig. Een ruig en romantisch land. Ooit vond ik dat ook. Maar die tijd ligt achter me en ik kan hem niet meer terughalen. Ik ga weg, Rosetta. Terug naar Dublin, en vandaar weer naar Amerika. Voorgoed, deze keer. Ik zou het fijn vinden als je met me meeging, maar die beslissing kan ik niet voor je nemen.' Ze zuchtte, want ze wist al dat hun avontuur hier zou eindigen. 'Het wordt tijd dat mijn broer trouwt. Volgens mij heeft hij zijn keuze al gemaakt. En het is wel duidelijk dat die keuze wederzijds is.'

Rosetta sloeg blozend haar ogen neer. 'Ja, ik vind hem ook leuk.'

Bridie was verrast door haar eigen teleurstelling en gekwetstheid, maar ze was te zeer op Rosetta gesteld om eraan toe te geven. Ze pakte de handen van haar vriendin.

'Heeft hij...'

'Ja, hij heeft me ten huwelijk gevraagd.'

'Na twee weken al?' vroeg Bridie verbaasd.

De zorgeloosheid waarmee Rosetta haar schouders ophaalde, verried haar Italiaanse afkomst. 'Als je het zeker weet, waarom zou je dan nog langer wachten?'

Dat ontroerde Bridie, haar grote, warme hart ging uit naar haar vriendin. Rosetta was altijd sterk geweest en Bridie kon slechts bewondering hebben voor haar zelfverzekerdheid en haar vertrouwen in de toekomst. 'Dan moet je hier blijven.' Ze omhelsde haar hartstochtelijk, plotseling bang om alleen naar Amerika terug te gaan. 'Ik zal je missen,' zei ze hees. 'We hebben zo veel meegemaakt, jij en ik. Volgens mij besef ik nu pas dat jij mijn enige echte vriendin bent. Het doet me verdriet om je kwijt te raken.' Haar stem klonk nu heel dun en zwak. Ze schraapte haar keel en vermande zich. 'Maar voordat ik uit Ierland vertrek, heb ik hier nog één ding te doen. Iets heel belangrijks.'

'Wat moet ik tegen je familie zeggen?'

'Ik zal ze schrijven vanuit Dublin en uitleggen dat ik hier niet langer op mijn plaats ben. Vergelijk het maar met een kledingstuk waar je uit bent gegroeid. Het past gewoon niet meer.' Ze lachte om haar tranen te verbergen. 'Zeg maar dat ik naar New York ben vertrokken. Dat ik het te moeilijk vond om afscheid te nemen. Ik zal zorgen dat jullie het goed hebben. Mama kan haar mangel kopen en Sean hoeft zich geen zorgen meer te maken over de boerderij. Hij kan de grond kopen en het huis opknappen. Veel meer zal hij waarschijnlijk niet kunnen doen zolang oma nog leeft. Zul je me schrijven, Rosetta?' Ze drukte de handen van haar vriendin.

'Maar ik heb geen adres.'

'Dat stuur ik je zodra ik weer op orde ben. Ik zal Beaumont Williams opnieuw om hulp moeten vragen,' zei ze, doelend op haar advocaat. 'Elaine en hij zijn erg goed voor me geweest na de dood van Mrs. Grimsby. Ik kende toen nog bijna niemand in New York, maar Beaumont heeft me enorm geholpen om het kapitaal te beleggen dat Mrs. Grimsby me had nagelaten. Dus ik weet zeker dat ik ook nu weer op ze kan rekenen.' Ze glimlachte wrang. 'Geld dwingt loyaliteit af.'

'Pas goed op jezelf, Bridget.'

Bridie keek haar verdrietig aan. 'En pas jij goed op Sean. Hij verdient het.' Over Michael zweeg ze maar liever. Rosetta kwam er vanzelf achter hoe verschillend de twee broers waren. Het zou vast niet lang meer duren of pastoor Quinn besloot dat Michael genoeg was gestraft en dat hij weer naar huis mocht.

'Het ga je goed, Bridget. Ik zal voor je bidden.'

'En ik voor jóú. De hele familie mag haar handen dichtknijpen met je. En niet alleen omdat je zo lekker Italiaans kunt koken.' Bridie moest vechten tegen haar tranen.

'Ik hoop dat onze wegen elkaar ooit weer kruisen.'

'Ik ook, Rosetta. Maar ik denk het niet.'

Niet veel later zat Bridie in de taxi die haar naar het station van Cork zou brengen. Op het perron in Ballinakelly mocht ze niet gezien worden. Dat was te gevaarlijk. Op haar schoot hield ze de speelgoedbeer die ze in het dorp had gekocht. Ze hoopte dat haar zoon hem mooi zou vinden en dat hij, wanneer ze eenmaal in Amerika waren, zijn leven in Ierland met iedereen die daarbij hoorde geleidelijk aan zou vergeten. In januari werd hij vier. Ze zag ernaar uit zijn verjaardag te vieren en samen een nieuw leven op te bouwen. Ze zou hem een heleboel cadeautjes geven. Meer cadeautjes dan hij ooit had gekregen. Sterker nog, ze zou alles voor hem kopen wat hij maar wilde, om de jaren waarin ze niet voor hem had kunnen zorgen, althans een klein beetje goed te maken. Haar hart bonsde van opwinding. En als haar geweten begon te knagen, als de twijfel toesloeg, dan hield ze zichzelf voor dat God licht had geworpen in de duisternis van haar wanhoop en haar had geïnspireerd om het onrecht ongedaan te maken. De kleine Jack was van háár. Hij hoorde bij zijn moeder. Dat zou de Heilige Maagd zeker begrijpen. Die was tenslotte zelf ook moeder.

Bridie vroeg de chauffeur de auto langs de weg te zetten, een eindje bij het White House vandaan. Ze zou later, met het kind, door het bos naar de weg teruglopen, om de kans op ontdekking zo klein mogelijk te maken. In haar ongeduld en haar gretigheid wilde ze niet nadenken over mogelijke obstakels en besefte ze amper hoe ingrijpend het was wat ze ging doen. Ze kon alleen maar denken aan de kleine hand van haar zoon, veilig in de hare, terwijl ze samen op weg gingen naar de toekomst, een lang en gelukkig leven tegemoet.

Het was nog vroeg in de middag, maar er hingen zulke dikke, loodgrijze wolken dat het al begon te schemeren. De zee was bijna zwart, de zeilen van de kleine vissersboten oogden somber en vaalbruin in het afnemende licht. Zelfs de oranje en gele bladeren dwarrelden dof naar de grond, waar ze door de vochtige wind tegen de muur rond het landgoed van de Deverills werden geblazen. Bridie haastte zich de weg af, op zoek naar een plek waar de muur laag genoeg was om eroverheen te klimmen. Ze dacht aan de vele keren dat ze met Celia en Kitty bij de muur had afgesproken om samen naar de rivier te gaan, waar Jack O'Leary op hen wachtte, toen al een knappe jongen met zijn jasje en zijn pet. Weemoed en spijt dreigden haar te overweldigen. Ze verzette zich uit alle macht.

Hoe eerder ze Ballinakelly achter zich liet, hoe beter het was. Want haar herinneringen begonnen haar zorgvuldig gecreëerde pantser aan te tasten, als onkruid dat zich in de spleten van een afbrokkelende muur drong. Toen ze eindelijk een plek vond waar een groot aantal stenen in de rottende varens erachter was gevallen, hees ze haar rok op en klom behendig over de muur, ervoor wakend dat de beer nat werd.

Met bonzend hart zocht ze haar weg tussen de bomen. Ondanks de koude wind uit zee stond het zweet al snel op haar voorhoofd. Tussen de bomen door kon ze het huis al zien. De goudgele gloed die door de ramen naar buiten viel bezorgde haar nog sterker het gevoel dat ze een verschoppeling was en wakkerde haar wrok aan jegens Kitty omdat zij hier wél thuishoorde. Met de beer stijf tegen zich aan gedrukt sloop ze naar de achterkant van het huis, angstvallig om zich heen kijkend.

Toen ze zeker wist dat niemand haar in de gaten had, liep ze dicht langs de muur en gluurde door de ramen naar binnen. Net toen ze zich angstig begon af te vragen of ze haar zoon ooit zou vinden, ontdekte ze een raam dat openstond. Er viel licht naar buiten en ze hoorde een lach die ze onmiddellijk, instinctief herkende: de lach van een kind dat ze zo lang had moeten missen, de lach van haar zoon.

Met een brok in haar keel sloop ze langzaam, op haar hoede, verder langs de muur, naar de stem die haar riep. In haar overspannen verbeelding veranderde de lach in de kreten die haar achtervolgden in haar nachtmerries, de kreten van haar zoon die haar smeekte hem te komen halen.

Toen ze eindelijk naast het open raam stond, met haar rug tegen de muur gedrukt, en heel voorzichtig om een hoekje naar binnen gluurde, durfde ze amper adem te halen. De kreten verstomden en daar zat hij, op de grond. En er zat een man naast hem. Bridie schrok. Daar had ze niet op gerekend. Maar ze zag dat het Mr. Trench was, Kitty's vroegere privéleraar en inmiddels haar echtgenoot. De man en het kind speelden met een vrolijk beschilderde houten trein. Mr. Trench keek vol genegenheid op de kleine jongen neer en leek in niets op de ernstige jongeman die Kitty les had gegeven en de rest van zijn tijd lezend had doorgebracht. Hij was destijds ook al knap geweest, zij het nogal saai en nietszeggend, maar nu straalde zijn gezicht van levendigheid dankzij de twinkeling in zijn ogen en de lach om zijn mond. Bridie drukte de beer tegen haar borst toen Mr. Trench de kleine Jack in zijn armen nam en een kus op zijn wangetje plantte. Het kind kroop giechelend tegen hem aan. Als Bridie niet beter had geweten zou ze hebben gedacht dat ze vader en zoon waren. Hun liefde voor elkaar was zo vanzelfsprekend, zo echt, dat Bridie bijna stikte van jaloezie. Er kwamen tranen in haar ogen en ze smoorde een snik door haar gezicht tegen de zachte kop van de beer te drukken.

Op dat moment verscheen er iemand in de deuropening. Het was de vrouw die Bridie twee weken eerder op het gazon had gezien. Ze zei iets tegen Mr. Trench, waarop die het kind losliet, zich overeind werkte en haar met zichtbare tegenzin volgde, de kamer uit. Dit was haar kans, besefte Bridie. Het raam stond nog altijd open en Jack was alleen. Een paar minuten. Daarin moest het gebeuren.

Zonder aarzelen pakte ze de kruk van het raam en duwde het verder open. Alsof Jack haar aanwezigheid voelde, draaide hij zich om. Er kwam een verraste uitdrukking op zijn gezichtje. Bridie werkte haar bovenlichaam door het raam en hield hem met een bemoedigende glimlach de beer voor. Het kind keek naar het speelgoed, zijn ogen werden groot van nieuwsgierigheid en hij sprong overeind, waarop hij tot Bridies verrukking met zijn armpjes gestrekt kwam aanrennen. Heel even dacht ze dat hij naar háár toe rende, en haar hart stroomde over van geluk. Maar hij griste de beer uit haar hand, liep weer naar achteren en bleef toen staan om het stuk speelgoed te bewonderen. Dit was haar kans om hem te pakken. Als ze snel was, kon ze alweer tussen de bomen verdwenen zijn voordat iemand besefte wat er was gebeurd.

'Als je met me meegaat krijg je er nog een,' zei ze zacht, terwijl ze nog altijd door het raam naar binnen leunde. Er kwam een angstige blik in de ogen van de kleine jongen. Hij liet de beer vallen alsof hij zich had gebrand, de randjes van zijn oren werden vuurrood en hij begon te huilen. Bridie deinsde achteruit alsof hij haar had geslagen. Hulpeloos, diep geschokt door zijn afwijzing keek ze naar het huilende kind. Het stond als aan de grond genageld en staarde haar aan alsof ze een monster was. Op dat moment drong de gruwelijke waarheid eindelijk tot haar door: de kleine Jack hoorde hier. Dít was zijn thuis. Dít waren zijn ouders. En zij was een vreemde voor hem, een vreemde die hem angst aanjoeg. Medelijden en berouw maakten dat haar vastberadenheid begon te wankelen. Ze strekte een hand uit om hem te troosten, maar de kleine jongen staarde haar nog altijd aan met pure doodsangst in zijn ogen. Bridie trok haar hand terug en legde hem op haar hart.

Haastig deed ze een stap naar achteren en opzij toen Mr. Trench en miss Elsie de kamer kwamen binnen rennen. Het kind huilde nog steeds, maar het snikken werd geleidelijk aan minder terwijl Mr. Trench of zijn nanny – dat kon Bridie niet zien – de kleine Jack op de arm nam om hem te troosten. Toen ze voelde dat er iemand naar het raam kwam, hield ze haar adem in, terwijl ze de Heilige Maagd een schietgebedje stuurde. Een hand reikte naar buiten en sloot het raam. De gordijnen werden dichtgetrokken en Bridie was opnieuw buitengesloten. Aan wanhoop ten prooi zocht ze haar weg tussen de bomen, terug naar de wachtende taxi.

*

Toen Kitty thuiskwam, heen en weer geslingerd tussen hoop en vrees voor de toekomst, had de kleine Jack zijn pyjama al aan. Hij zat op de knie van Robert, die zijn andere been, dat hij als gevolg van een ziekte in zijn jeugd niet kon buigen, voor zich uit had gestrekt. Met zijn lievelingskonijn tegen zich aan gedrukt en zijn duim in zijn mond luisterde het kind naar een verhaaltje over een auto. De kleine Jack ging er zo volledig in op dat hij niet eens opkeek toen Kitty in de deuropening verscheen, maar lui en tevreden tegen Robert aan bleef liggen. Terwijl ze het hartverwarmende tafereeltje gadesloeg, van haar man en haar halfbroertje in de laaiende gloed van het vuur, vergat ze even wat ze zojuist had besloten. Robert keek lachend en vol liefde naar haar op, zonder het verhaaltje te onderbreken. Kitty's geluksgevoel verdween op slag, verjaagd door haar slechte geweten, en ze wendde zich af. Ondertussen probeerde ze zich hetzelfde tafereeltje voor te stellen, met Jack O'Leary in Roberts plaats. Tevergeefs.

Ze trof miss Elsie in de badkamer. De nanny was bezig de bootjes op te ruimen waar de kleine Jack in het water altijd mee speelde. 'Hoe is het? En hoe ging het vandaag?' vroeg Kitty om zichzelf af te leiden van het stemmetje van haar geweten. Alleen al bij de gedachte aan haar vlucht naar Amerika dreigde het schuldgevoel haar te veel te worden.

'We hebben een heerlijke dag gehad, Mrs. Trench. De kleine Jack is zo'n zoet kind.'

'Hij was moe. Ik zag dat hij zijn ogen nauwelijks open kon houden terwijl Robert hem voorlas.'

Miss Elsie glimlachte vertederd. 'Ja, hij is doodmoe. Maar hij geniet zo van zijn verhaaltje voor het slapengaan. En hij vindt het helemaal een traktatie als Mr. Trench hem voorleest.' Toen ze zich omdraaide, zag Kitty aan de fronsrimpel in haar voorhoofd dat iets haar zorgen baarde. 'Hij liep vanmiddag als een angstig jong hondje achter me aan, Mrs. Trench. Dat ben ik niet van hem gewend.'

'Hoe bedoel je?'

'Hij is ergens van geschrokken. Ik heb geen idee wat het geweest kan zijn. Misschien is er een vos of een vogel te dicht bij het raam van de kinderkamer gekomen. Hoe dan ook, hij begon ineens heel hard te huilen. En vanaf dat moment heeft hij zich als een klit aan mij of Mr. Trench vastgeklampt.'

Kitty voelde opnieuw de ijzige vuist die zich om haar hart sloot. 'En jij hebt niets gezien?'

'Nee.' Miss Elsie aarzelde. Ze durfde niet toe te geven dat ze haar belofte had gebroken en de kleine Jack even alleen had gelaten. En dat ze bij terugkeer een beer op de grond bij het raam had gevonden. Ze had het beest helemaal onder in de speelgoedkist gestopt. 'Mr. Trench was bij hem, maar er was iemand voor hem aan de deur. Ik heb me maar heel even omgedraaid, en toen moet het gebeurd zijn. Toen heeft hij iets gezien waarvan hij is geschrokken. Er is vast niets aan de hand, maar ik vond dat ik het u toch moest vertellen, want u zou zich misschien afvragen waarom hij een beetje uit zijn doen is.'

'Dank je wel, Elsie.' Kitty haastte zich terug naar de slaapkamer, waar Robert het kind net in bed ging stoppen. Ze sloeg de dekens terug, Robert legde de kleine Jack eronder en streek het rode haar uit zijn gezichtje om hem een kus op zijn voorhoofdje te geven.

'Welterusten, lieve jongen,' zei hij. Maar het kind was ineens niet slaperig meer en pakte zijn hand.

'Je moet hier blijven,' klonk het klaaglijk.

Kitty keek Robert verschrikt aan. 'Wat is er, Jack?' Ze liet zich naast het bed op haar knieën zakken. Het kind ging rechtop zitten, sloeg zijn armpjes om haar heen en klampte zich wanhopig aan haar vast.

'Misschien komt ze terug.'

'Wie?' Kitty keek vol afschuw naar Robert, want ze wist het antwoord al.

'Behalve wij en miss Elsie is er verder niemand, kleine Jack,' stelde Robert hem gerust.

Kitty hield het kind tegen zich aan en streelde zijn haar. 'Wie bedoel je, kleine Jack? En waar heb je haar gezien?'

'Bij het raam,' antwoordde hij fluisterend.

'Wat wilde ze van je?'

'Ze had een beer voor me, maar die wilde ik niet.'

Kitty had plotseling het gevoel dat er een steen op haar maag drukte. 'Het was gewoon een landloper, kleine Jack. Een zwerver,' zei ze sussend, en ze deed haar uiterste best kalm en beheerst te klinken. 'Er is niets om bang voor te zijn. Echt niet. Ze is weg en ze komt niet meer terug. Bij ons ben je veilig, lieverd. Wij zorgen dat er niks naars gebeurt.'

Toen ze het kind eindelijk in slaap had weten te krijgen, liep Kitty naar beneden, naar de salon, waar Robert bezig was de haard aan te steken. 'Denk je dat hij echt iemand bij het raam heeft gezien?' vroeg hij. Toen pas zag hij dat ze doodsbleek was geworden. 'Kitty, wat is er?' Hij legde de pook neer.

'Ik heb je toch verteld dat de moeder van de kleine Jack destijds op het kasteel werkte? Als dienstmeisje?'

'Ja.' Robert nam haar onderzoekend op. 'Wie is het?'

'Bridie Doyle.'

'Bridie Doyle?' herhaalde hij verbaasd. 'Dat onaantrekkelijke kind? Jouw kamenier?'

'Ja.'

'Lieve hemel. Wat heeft je vader bezield?'

'Dat zullen we wel nooit weten. Hoe dan ook, Bridie is na de bevalling naar Amerika vertrokken en we zijn elkaar uit het oog verloren. Ik had gedacht dat ik haar nooit meer zou zien. Maar ze is terug.' Kitty legde haar hand op haar hals. 'Ze is teruggekomen voor de kleine Jack.'

'Hoe weet je dat?'

'Ze stond een paar weken geleden ineens bij het hek. En toen zei ze dat ze haar kind niet nog eens zou achterlaten. Dus ik denk dat het Bridie was die hij heeft gezien.' De volle omvang van wat er had kunnen gebeuren, drong nu pas tot haar door. Ze liet zich in een stoel zakken. 'Dit is precies waar ik bang voor was.'

Robert liep rood aan van boosheid. 'Hoe durft ze!' Hij liep naar de deur.

'Waar ga je heen?'

'Miss Doyle duidelijk maken dat ze hier niet zomaar kan binnenlopen om een kind te stelen. Ze heeft geen enkel recht op hem. Dat heeft ze verspeeld toen ze afstand van hem deed. Hij is de wettige zoon van Lord Deverill en die heeft hem aan ons toevertrouwd.'

'Maar je kunt toch niet zomaar met beschuldigingen bij de Doyles naar binnen stormen? Misschien wilde Bridie hem helemaal niet ontvoeren. Misschien kwam ze hem alleen maar een cadeautje brengen.'

Hij trok cynisch een wenkbrauw op. 'Geloof je dat nou echt?'

'Ik wil het geloven.'

'Dat is dan erg dom van je.'

'Robert!'

'Ik weiger haar het voordeel van de twijfel te geven. We hebben het over óns kind! Ons kind, dat alles voor ons betekent! Dus ik neem geen enkel risico.'

'En dus?'

'En dus ga ik haar eens en voor altijd duidelijk maken hoe ik over haar denk. Dan zal ze het wel uit haar hoofd laten om ooit nog bij hem in de buurt te komen.'

Kitty had hem nog nooit zo kwaad gezien. Ze werd er bang van, omdat ze besefte dat zijn woede werd ingegeven door liefde. Hij hield hartstochtelijk veel van de kleine Jack. Dus hoe kon zij zelfs maar overwegen hem het kind af te nemen?

'Ik ga met je mee.' Ze zette haar toekomstplannen uit haar hoofd. 'Je kunt niet rijden met dat been van je.'

'Prima.' Hij liep de hal in. 'Jij rijdt, maar ik wil dat je eerst tegen miss Elsie zegt dat ze de kleine Jack geen moment uit het oog mag verliezen.'

Zwijgend en gehaast reden ze even later naar de boerderij van Doyle. Door de vele stormen en de herfstregens lagen de paden bezaaid met afgevallen bladeren en takken. Het licht van de koplampen gleed over muren en hagen. Even gloeiden in de duisternis de ogen van een vos op, als goudgele sintels. Kitty huiverde en omklemde het stuur nog strakker.

Tegen de tijd dat ze het hobbelige, maar ten dele verharde pad bereikten dat zich door de vallei naar de boerderij slingerde, ging ze iets langzamer rijden, bang om een lekke band te krijgen of vast te komen zitten. Haar hart bonsde in haar keel toen ze de boerderij naderden. Hoewel ze wist dat Michael in Mount Melleray zat, brak het zweet haar uit, want angst luistert niet naar rede.

Ze hield stil bij de voordeur, stapte uit en haastte zich achter Robert aan. 'Pas op wat je zegt.' Ze pakte zijn hand. 'Volgens mij weet Bridies familie niet hoe het zit met kleine Jack.'

'Maak je geen zorgen. Het laatste wat ik wil, is dat de hele familie zich met onze jongen gaat bemoeien.' Hij klonk zo stellig en gebiedend dat Kitty zich volledig gerustgesteld voelde.

Robert klopte krachtig op de deur. Het bleef even stil, toen werd er opengedaan en stonden ze oog in oog met Sean, die hen verrast en een beetje verschrikt aankeek. Maar hij aarzelde niet hen binnen te vragen. De oude Mrs. Nagle zat met haar stenen pijp naast het turfvuur. Mrs. Doyle, in haar schommelstoel, was aan de andere kant van de haard druk bezig met verstelwerk. Aan tafel zat een knappe jonge vrouw die Kitty nooit eerder had gezien. Bridie schitterde door afwezigheid.

Met een vlaag koude lucht in hun kielzog betraden Kitty en Robert de keuken, waar ze door vier paar ogen wantrouwend werden opgenomen.

'Goedenavond.' Robert nam zijn hoed af. 'Het spijt ons dat we u storen, maar we komen voor miss Doyle.'

Mrs. Doyle tuitte haar lippen en legde haar verstelwerk neer. 'Die is er niet,' zei Sean. Hij stond midden in de kamer, met zijn armen over elkaar.

'O. Waar kunnen we haar dan vinden?' vroeg Robert streng. 'Het gaat om een belangrijke kwestie.'

'Ze is weg.'

'Hoezo, weg?' vroeg Kitty.

'Terug naar Amerika.'

Robert keerde zich naar Kitty, en ze zag zijn ogen oplichten, alsof er een dreigend noodweer voorbij was getrokken. 'Aha.' Hij zette zijn hoed weer op.

'Kan ík u misschien ergens mee helpen?' vroeg Sean.

'Dat hebt u al gedaan.' Robert liep naar de deur. Het ontging Kitty niet dat Mrs. Doyle tranen op haar wangen had, en in de ogen van de oude Mrs. Nagle las ze verdriet en berusting. Ze wenste dat ze iets kon doen aan de sombere, drukkende sfeer in de boerderij, maar ze wilde zo snel mogelijk naar huis, naar de geborgenheid van thuis. Terwijl ze naar de auto liep ging haar hart uit naar de arme Mrs. Doyle.

Gejaagd startte ze de motor, waarop ze langzaam en voorzichtig het hobbelige pad af reed. Robert reikte over de versnellingspook en legde zijn hand op haar been. Hij keek haar aan, maar in het donkere inwendige van de auto kon ze de uitdrukking op zijn gezicht niet onderscheiden. 'Gaat het een beetje?' vroeg hij.

Ze haalde diep adem. 'Ja, nu wel.'

'Je had niet mee moeten gaan.'

'Maar dat wilde ik graag.'

Hij grijnsde. 'Hoezo? Vertrouwde je me niet?'

'Ik vertrouw je niet achter het stuur. Maar dat is het enige. Verder vertrouw ik je onvoorwaardelijk.' Ze keek hem aan. 'En helemaal als het om de kleine Jack gaat. Wat er ook gebeurt, jij zult hem beschermen. En mij ook. Dat weet ik zeker.'

'Jij en de kleine Jack zijn het dierbaarste wat ik heb. Voor jullie doe ik alles.'

Terwijl Kitty haar blik weer op de weg richtte, was het alsof haar schuldgevoel haar hart in tweeën scheurde.

*

Bridie stond aan dek en zag de Ierse kustlijn langzaam in de mist verdwijnen. Ze dacht aan het bitterzoete gevoel van weemoed bij de eerste keer dat ze haar land had verlaten, inmiddels drie jaar geleden. Toen had ze op het tussendek gereisd, met slechts de kleren die ze aanhad en een klein valies. Ze was vervuld geweest van hoop op een nieuw leven, maar ook van wanhoop om het kind dat ze achterliet. Ook toen had ze haar verleden steeds kleiner zien worden, tot het achter de horizon was verdwenen.

Nu had ze het gevoel dat ze Jack voor de tweede keer had verloren. Ze had de kans gehad hem mee te nemen. Ze had hem kunnen pakken. Maar op dat moment had ze beseft dat het kind hier gelukkig was. En dat de band van het bloed niet machtiger was dan een warm thuis, een liefhebbende omgeving. Het vervulde haar met schaamte dat ze had geprobeerd haar zoon te lokken met een stuk speelgoed. Ze had hem opnieuw in de steek gelaten, maar ze wist bovendien dat ze diep, heel diep was gezonken.

Ze keek op en zag dat het eiland dat haar zo dierbaar was en dat ze had verloren, werd opgeslokt door de wervelende mist. De pijn om het afscheid was net zo erg als die eerste keer. Want in dat groene land rustte haar dochtertje en op die stralend groene velden zou haar zoon zijn leven leiden, zonder weet te hebben van zijn moeder die naar hem verlangde, zonder besef van zijn werkelijke afkomst. Hij zou opgroeien op het landgoed van de Deverills, vlak bij de kleine boerderij aan de andere kant van de heuvels, waar zijn wortels lagen, maar tegelijkertijd oneindig ver daarvandaan.

De tranen stroomden over haar wangen en ze nam niet eens de moeite ze weg te vegen. Het was vreemd hoe een mens vreugde kon putten uit verdriet, dacht Bridie, terwijl ze besefte dat het doffe bonzen van haar hoofd en de pijn in haar hart haar een vorm van bevrediging schonken. En ze voelde een zekere trots, omdat ze vastberaden was niet op te geven, zelfs al leek de kolkende zee haar te wenken en vergetelheid te beloven in de diepe zilte wateren. Ze keek naar het zwarte oppervlak, als gehypnotiseerd door het ritme van de golven. Ze verbeeldde zich dat ze hun fluisterende stemmen hoorde. Het zou zo gemakkelijk zijn om gehoor te geven aan hun roep, om alle pijn, alle verdriet af te leggen. Maar toch deed ze dat niet. Ze gaf zich over aan haar rouw, die voelde als een oude, vertrouwde vriend en die haar gekwelde ziel afspeurde, op zoek naar het wrakgoed dat pijn en verdriet daar hadden achtergelaten. Wanneer haar rouw voorbij zou zijn, wanneer de pijn en het verdriet waren gesleten, zou ze opnieuw beginnen. Dat had ze al eerder gedaan, en dat zou haar ook nu weer lukken.

Met haar ogen dicht ademde ze de vochtige zeelucht in. Haar zoon moest ze achterlaten, maar haar dochter, haar lieve kleine meisje van wie ze niet eens afscheid had kunnen nemen, was altijd bij haar. Want ze had van Kitty geleerd dat de doden hun dierbaren nooit in de steek lieten. Dat was de enige herinnering aan hun vriendschap die ze nog altijd koesterde. En dat zou ze blijven doen, zolang als ze leefde.

4

Hazel en Laurel, de ongetrouwde zusters van Adeline Deverill met als bijnaam de Struikjes, stonden bij haar graf en bewonderden de vuurrode bessen die ze hun zuster hadden gebracht. Ze hadden tweelingen kunnen zijn: allebei even lang, allebei een blozend rond gezicht, een nerveus trekkende mond en grijzend, hoog opgestoken haar. Maar bij nadere beschouwing bleek Hazel, die twee jaar ouder was dan haar zuster, hemelsblauwe ogen te hebben, terwijl die van Laurel zo grijs waren als de winterse mist boven de Ierse Zee. In tegenstelling tot Adeline, met haar vuurrode haar en haar innemende blik, waren de Struikjes nooit schoonheden geweest. Maar ze waren wel erg lief, zoals bleek uit de zachte contouren van hun gezicht en hun verrassend charmante glimlach. Hun wederzijdse afhankelijkheid was ontroerend. Het tweetal, dat inmiddels al aardig op leeftijd begon te raken, leek huwelijk en moederschap aan zich voorbij te hebben laten gaan om bij elkaar te kunnen blijven.

'Ze hield van de kleur rood,' zei Hazel met een zucht.

'Ze hield van kleur,' viel Laurel haar bij. 'Van alle kleuren.'

'Behalve van zwart.'

'Zwart is geen kleur, Hazel. Zwart is het gebrék aan kleur.'

'Adeline zei altijd dat duisternis simpelweg het ontbreken van licht is. Dat de duisternis op zich niet bestaat. Weet je nog, Laurel?'

'Ja, ik weet het nog.'

'Ze was zo wijs. Ik mis haar verschrikkelijk.' Hazel bette haar ogen met een verfrommelde zakdoek. 'En tijdens de Troebelen was ze zo sterk en ging er zo veel rust van haar uit.'

'Zeg dat wel,' beaamde Laurel. 'We hebben turbulente tijden beleefd, maar ik heb echt het gevoel dat de rust is weergekeerd en dat de bruten die alle Engelsen het land uit wilden jagen, zich bij de situatie hebben neergelegd. Denk je ook niet, Hazel?'

'Ik ben het roerend met je eens. Maar er is wel veel veranderd. Ik zou er een lief ding voor overhebben als alles hetzelfde had kunnen blijven. Ik heb een gruwelijke hekel aan verandering. Niets is meer...'

'Hetzelfde sinds de brand,' maakte Laurel haar zin af. 'Geen spelletjes whist meer in de bibliotheek, geen feesten... O, de feesten die we hadden. Wat vond ik die altijd verrukkelijk.'

'En niemand was zo'n goede gastvrouw als Adeline. Niemand,' verklaarde Hazel. 'We hebben alleen nog onze herinneringen. Heerlijke, verrukkelijke herinneringen.' Ze zuchtte verdrietig. 'En nu Celia het kasteel heeft gekocht, wordt het nooit meer zoals vroeger.'

'Nee, het zal anders zijn,' verklaarde Laurel gewichtig. 'Maar ze gaat het kasteel wel weer tot leven wekken, en dat is heerlijk. Ik hoop zo dat ze nog weet hoe het was. Wat denk je, moeten we haar advies geven?'

'Dat moeten we zeker. Ze zal maar wát dankbaar zijn voor onze hulp. Niemand kent het kasteel zo goed als wij.'

'Behalve Bertie misschien,' zei Laurel.

'Ja, behalve Bertie.'

'En Kitty?'

'En Kitty,' moest Hazel haar een beetje geïrriteerd gelijk geven. 'Maar wij weten hoe Adeline zou willen dat het werd,' zei Hazel met een blik op de vochtige aarde waarin hun zuster begraven lag.

Laurel haalde diep adem. 'Wij zijn de laatsten van onze generatie.'

'Daar ben ik me maar al te zeer van bewust, Laurel. De jongere generatie is nu onze hoop voor de toekomst. Ik ben Elspeth en Kitty zo dankbaar. Zonder onze achternichten en hun schatten van kinderen was er niets om nog voor te leven. Helemaal niets.'

'Adeline geloofde heel stellig dat we elkaar uiteindelijk allemaal weerzien.'

'Ach, dat is natuurlijk onzin,' zei Hazel.

Laurel keek haar verrast aan. 'Lieve zus, dit is volgens mij voor het eerst dat we het niet met elkaar eens zijn.'

'Echt waar?'

'Echt waar.'

'Nou, ik hoop niet dat het een precedent schept,' verzuchtte Hazel ongerust.

'Wie zal het zeggen? Maar zou dat niet verschrikkelijk zijn? Na al die jaren, op de respectabele leeftijd van...'

'Niet zeggen!' onderbrak Hazel haar. Ze legde een hand op de arm van haar zuster.

'Op onze respectabele leeftijd. Stel je voor dat we nu ineens over van alles anders gaan denken.'

'Dat zouden we niet willen,' zei Hazel.

'Nee, dat zouden we niet willen. Dat zou alles in de war brengen.'

'Precies. Alles!'

'Zullen we naar huis gaan, om een kop thee te zetten?'

'Hè, ja!' Hazel glimlachte opgelucht. 'Ik ben blij dat we het daarover eens zijn.'

Adeline keek haar zusters na terwijl ze de straat uit liepen. Zonder de beperkingen van haar stoffelijke omhulsel kon ze alles zien wat er in Ballinakelly gebeurde. In tegenstelling tot Hubert, haar man, en tot de andere erfgenamen van kasteel Deverill, die door de vloek van Maggie O'Leary tussen de muren gevangenzaten totdat het land opnieuw van een O'Leary zou zijn, kon Adeline gaan en staan waar ze wilde. Ze was letterlijk een bevrijde ziel, dacht ze tevreden. Natuurlijk had ze de wereld allang voorgoed achter zich kunnen laten. Wat door de mensen 'de hemel' werd genoemd, was een aanlokkelijk vooruitzicht. Maar Adeline voelde zich verbonden met Hubert door een kracht die aanzienlijk machtiger was dan nieuwsgierigheid. Ze hield van hem en daarom had ze besloten bij hem te blijven. Ze hield ook van Ierland, en van haar nog levende familieleden. Pas wanneer hún tijd was gekomen, zou ook zij naar huis gaan, naar de hemel. Allemaal samen, zoals ze altijd allemaal samen waren geweest.

Adeline was geïntrigeerd door de recente ontwikkelingen rond het kasteel. Celia, die bij Bertie in het jachthuis logeerde, bracht uren door met het verkennen van de ruïne en met het bespreken van haar plannen met Mr. Leclaire, de architect die ze uit Londen had meegenomen, een kleine dikke man met een glimmend rond gezicht, een kaal hoofd, vlezige lippen en een spraakgebrek waardoor hij spuugde bij het uitspreken van de s. Hij deed Adeline een beetje aan een pad denken. Mr. Kenneth Leclaire was razend enthousiast over de ambitieuze opdracht. Celia Mayberry was de ideale cliënt: ze had geen idee van prijzen en materialen, maar wel een onbeperkt budget. Mr. Leclaire had grootse ideeën en haastte zich van de ene zwartgeblakerde kamer naar de andere achter Celia aan, die dromerig om zich heen gebaarde en in uitbundige superlatieven beschreef hoe prachtig het allemaal zou worden wanneer hij het kasteel met zijn geniale visie in de oude luister had hersteld. Bij elke suggestie die hij deed, klapte ze vrolijk in haar handen. 'Kenny, schat, het lijkt me prachtig!' riep ze dan. 'Het kan me niet schelen waar je het vandaan moet halen. Bestel maar! Ik wil het! En het moet gisteren klaar zijn!'

Celia wilde dat Kitty net zo van de restauratie zou genieten als zij. Maar Adeline, die de huppelende Mr. Leclaire geamuseerd gadesloeg en glimlachte om de hartstocht waarmee Celia het verleden wilde laten herleven, dat ze in haar fantasie tot een soort paradijs had herschapen, werd verdrietig wanneer ze haar favoriete kleinkind tussen de ruïnes zag ronddolen, alsof zij ook een geest was, op zoek naar zichzelf.

Kitty bood een eenzame, neerslachtige aanblik. Het verlies van haar toevluchtsoord en van haar dierbare grootouders had haar veranderd, heel subtiel, alsof er een wolk voor de zon was geschoven die haar in schaduwen dompelde. Maar er was nog iets. In haar huidige toestand kon Adeline recht in Kitty's ziel kijken en kon ze het verhaal van haar leven lezen als een boek. Adeline zag de wrede verkrachting in de boerderij van Doyle, ze zag de *Black and Tans* die Jack O'Leary arresteerden op het station, en ze wist dat Michael Doyle zich niet alleen aan Kitty had vergrepen, maar dat hij haar ook de kans had ontnomen om met Jack gelukkig te worden. Het was Michael geweest die haar toekomst had verwoest, maar Michael had vervolgens ook de kleine Jack uit het klooster gehaald en aan Kitty's zorgen toevertrouwd. Adeline zag het allemaal volkomen helder. Net zoals ze de plannen zag die Kitty maakte om naar Amerika te vertrekken. Ze had al één kans voorbij laten gaan. Dat zou haar niet nog eens gebeuren. Maar de plaats van de kleine Jack was niet aan de andere kant van de oceaan, wist Adeline. Hij was een Deverill, dus hij hoorde op het kasteel.

Niemand kon meer rechten doen gelden op het kasteel dan Barton, de eerste Lord Deverill. Hij had het gebouwd en van zijn hand was ook de wapenspreuk van de familie. Maar hij had er genoeg van tussen de vervloekte muren rond te spoken. Adeline had hem naar Maggie O'Leary gevraagd, maar in tegenstelling tot dat van Kitty bleef het boek van Bartons leven hardnekkig gesloten. Ze voelde dat er iets in stond waarvoor hij zich schaamde. Ze kon de schande, de smet bijna door het papier heen zien sijpelen. Waarom was hij anders zo ongelukkig? Natuurlijk, het was verschrikkelijk om te zien hoe het kasteel was gereduceerd tot een ruïne. Daar hadden ze allemaal onder geleden. Maar dankzij Celia's opwindende plannen waren de anderen toch weer aanzienlijk opgevrolijkt. Alleen Barton zat nog altijd diep in de put en leek geen enkele aandrang te hebben eruit te klimmen. Wat kon daarvan de reden zijn, vroeg Adeline zich af.

De vloek hield haar onafgebroken bezig. Als die niet werd opgeheven, stond ook het lot van Bertie en Harry al vast. En dan zou de vloek iedere volgende Lord Deverill blijven straffen voor wat de eerste Lord Deverill had gedaan. Maar wát had Barton dan precies gedaan? Dat hij zijn kasteel had gebouwd op een stuk grond dat hij van Karel II had gekregen, was geen misdaad. Maggie O'Leary had hem vervloekt om wat zij zag als landroof, maar er moest meer zijn. Daar was Adeline van overtuigd. Als ze kon achterhalen wat Barton had gedaan, zou ze misschien ook een manier weten te vinden om het weer óngedaan te maken. Wat er ook gebeurde, ze zou deze wereld niet verlaten voordat ze de geest van Hubert had bevrijd en voordat ze zeker wist dat Bertie en Harry na hun dood vrij zouden zijn om naar hun hemelse bestemming te gaan.

Kitty reed in galop over de heuvels boven Ballinakelly. De vochtige wind toverde een blos op haar wangen, haar haren hingen in slierten om haar gezicht. De ijskoude lucht brandde in haar keel, het puntje van haar neus leek bevroren, en het ritmische dreunen van de paardenhoeven op de harde grond voerde haar mee naar die tijd van gestolen momenten met Jack bij de Elfenkring, toen alleen het ontbreken van haar vaders zegen hun geluk in de weg had gestaan. Ze lachte verbitterd en wenste dat ze de klok kon terugdraaien, dat ze destijds had beseft hoe heerlijk simpel het leven was, vóórdat Michael Doyle en de brand en de Onafhankelijkheidsoorlog het ingewikkelder hadden gemaakt dan ze ooit had kunnen denken. Maar nu zou ze het allemaal achter zich laten. Ze zou opnieuw beginnen, met een schone lei, en ze zou niet meer aan het verleden denken. Met haar twee Jacks zou ze een nieuwe toekomst opbouwen in een ver land, zodat de kleine Jack niet hoefde op te groeien in de schaduw die over de familie was gevallen. Maar dat kon ze niet alleen.

Zoals zo vaak zocht ze ook nu steun bij Grace Rowan-Hampton. Want niet voor het eerst was Grace de enige die ze om hulp kon vragen. Nadat ze haar paard aan de stalknecht had toevertrouwd, liep ze naar de voordeur.

Brennan, de hooghartige butler, deed open en nam haar jas en handschoenen aan. Het verraste hem niet miss Kitty Deverill te zien – ook al was ze inmiddels getrouwd, voor hem bleef ze altijd miss Kitty. Hij was eraan gewend dat ze zonder afspraak voor de deur stond, regelrecht doorliep en luidkeels de naam van zijn werkgeefster riep. Hij vroeg zich alleen af wat er nú weer aan de hand kon zijn.

Grace was in de bijkeuken, bezig met een bloemstuk voor de kerk, ook al bloeide er in deze tijd van het jaar nog maar weinig. Ze droeg een groene jurk met een groenblauw vest. Haar donkere haar had ze in een rommelige knot bij elkaar gebonden. Toen ze Kitty zag, glimlachte ze warm en begonnen haar bruine ogen te glanzen. 'Wat een verrassing.' Ze legde haar snoeischaar neer. 'En wat heerlijk om even te kunnen stoppen. Het is een saai karweitje. Kom, dan gaan we naar de salon voor een kop thee. Brennan heeft de haard aangestoken. Mijn vingers zijn ijskoud. Ze lijken wel bevroren!'

Kitty volgde haar naar het woongedeelte, met overal Perzische tapijten op de grond, kleurig bloemenbehang aan de muur en boven de houten lambrisering vergulde lijsten met portretten van voorouders, allemaal met de waterige, uitpuilende Rowan-Hampton-ogen die Sir Ronald helaas had geërfd. 'Ik kreeg een telegram van Ronald. Hij komt morgen naar huis, en de jongens ook, met vrouw en kinderen. Dus ik probeer het hierbinnen warm te stoken,' vertelde Grace opgewekt. Haar zoons hadden alle drie in de Grote Oorlog gevochten en waren als door een wonder allemaal gespaard gebleven. Maar sinds de Troebelen gaven ze de voorkeur aan Londen. Daar viel meer te beleven, zeiden ze, en daar was het veiliger voor hun kinderen. 'Ik heb ze overgehaald om met Kerstmis naar huis te komen, ook al zijn er nog maar weinig feesten waar we heen kunnen. Zonder het kasteel is het niet meer hetzelfde. Maar toch. Het lijkt me heerlijk om ze allemaal weer om me heen te hebben. Ik voel me vaak eenzaam, helemaal alleen in Ballinakelly.'

Kitty veronderstelde dat Sir Ronald op de hoogte was van de ontrouw van zijn vrouw. Het paar hanteerde blijkbaar nog de edwardiaanse gedragscode voor echtelieden: zodra de vrouw voor een eerste en tweede erfgenaam had gezorgd, kon ze verder min of meer haar gang gaan, op voorwaarde dat ze daarbij discreet te werk ging. De mannen in de kringen van Sir Ronald hadden doorgaans een of meerdere maîtresses, ook al begreep Kitty niet hoe een vrouw zich aangetrokken kon voelen tot een man met zo'n bierbuik en zo'n rood aangelopen gezicht als Sir Ronald. Alleen al bij het idee liepen de rillingen haar over de rug. Sir Ronald was zelden in Ierland en Grace leidde volledig haar eigen leven. Kitty meende zelfs een zekere irritatie bij haar te bespeuren wanneer haar man naar huis kwam. Ze vroeg zich af of Grace behalve haar vader nog meer minnaars had gehad. Het leek haar in elk geval niet waarschijnlijk dat Grace ooit 'helemaal alleen' was.

Ze gingen tegenover elkaar zitten, ieder op een bank. Het dienstmeisje dat thee met cake kwam brengen, zette het blad op de tafel tussen hen in. 'Ik zie dat Celia er geen gras over laat groeien,' zei Grace. 'Het moet voor jou en Bertie niet gemakkelijk zijn om haar door het kasteel te zien lopen met die lachwekkende architect in haar kielzog. Anderzijds, het is beter dan de alternatieven, neem ik aan.'

'Dat is het zeker.' Kitty keek toe terwijl Grace thee inschonk. 'Celia wordt hoorndol van de Struikjes met hun suggesties en adviezen. Ze proberen haar te helpen, maar ze begrijpen niet dat Celia het op haar eigen manier wil doen.' Er volgde een lange stilte waarin Kitty zich afvroeg hoe ze haar probleem ter sprake moest brengen.

Uiteindelijk schonk Grace haar een veelbetekenende glimlach. 'Wat is er, Kitty? Ik ken die blik. Waar loop je over te piekeren?'

Kitty haalde diep adem. 'Ik ga naar Amerika,' flapte ze eruit. 'Met Jack O'Leary. Deze keer kan Michael Doyle me niet tegenhouden.'

Bij het noemen van Michaels naam zette Grace de theepot neer, haar glimlach verdween, haar ogen werden ernstig. 'Michael zit in Mount Melleray,' zei ze, op een toon alsof Michael daar om vrome redenen naartoe was gegaan en niet om van de drank af te komen. 'Ik weet zeker dat hij spijt heeft van heel veel dingen die er tijdens de Troebelen zijn gebeurd. Maar ik heb het je al eerder gezegd, en dat doe ik nu weer: hij heeft lang niet alles gedaan waar jij hem van beschuldigt.' Ze reikte Kitty een kopje aan. 'Als je gelukkig wil worden, zul je moeten leren te vergeven en te vergeten.'

'Er zijn een paar dingen die ik hem nooit zal vergeven, Grace.' Maar Kitty wist dat ze geen kwaad woord over Michael wilde horen. Grace had haar niet geloofd toen ze zei dat Michael de brand had gesticht waardoor het kasteel in de as was gelegd. En wat Michael nog meer had gedaan, had Kitty nooit verteld. Grace had een zwak voor Michael, misschien vanwege hun hechte samenwerking in het verzet. 'Ik ben hier niet om ruzie te maken,' vervolgde Kitty. 'Ik heb je hulp nodig.'

'Dat dacht ik al.' Grace pakte haar kopje en installeerde zich in de kussens. 'Weet je zeker dat je uit Ballinakelly weg wilt? Dat je Robert in de steek wilt laten?'

Kitty wilde niet aan Robert denken. Het schuldgevoel was ondraaglijk. 'Jack en ik horen bij elkaar, Grace.' Het stoorde haar dat ze het gevoel kreeg haar zaak te moeten bepleiten. 'Het lot heeft ons steeds weer uit elkaar gedreven, maar deze keer laten we ons door niets of niemand tegenhouden. Ik moet een geloofwaardig excuus hebben om met Jack op reis te gaan zonder argwaan te wekken. Robert werkt thuis, dus hij is er altijd. Daarom heb ik jou nodig. Om voor een alibi te zorgen.'

Grace glimlachte boven haar theekopje. 'Gezien het alibi dat jij mij ooit hebt gegeven, ben ik natuurlijk blij dat ik iets terug kan doen.'

'Dus je wil me helpen?'

'Kitty, lieverd, na de moord op kolonel Manley heb je mijn leven gered. Als jij toen niet had gezegd dat je die avond bij mij had gedineerd, zou ik zijn aangeklaagd wegens medeplichtigheid aan moord en was ik in de gevangenis beland.'

'Als ze zelfs maar hadden vermoed wat jij en ik tijdens de Troebelen allemaal hebben gedaan, zouden we allebéí in de gevangenis zijn beland,' zei Kitty laconiek.

'Precies. Dus zorgen dat jij een alibi hebt, is wel het minste wat ik kan doen. Maar als je vriendin is het mijn plicht om eerlijk te zeggen wat ik ervan vind. De kleine Jack heeft twee vaders: Bertie en Robert. Bertie is zijn biologische vader, maar Robert is degene die de vaderrol vervult.

De kleine Jack kent Bertie eigenlijk nauwelijks, maar dat komt nog wel. Dat weet ik zeker. Tot het zover is, beschouwt hij Robert als zijn vader. En hij is stapelgek op hem. Dus als je plannen maakt om hier weg te gaan, is het niet meer dan je plicht om ook en vooral aan kleine Jack te denken. Weegt jouw geluk zwaarder dan het zijne? Je weet niet wat voor schade je aanricht door hem uit zijn vertrouwde omgeving te halen, weg van alles wat hij kent en wat hem lief is. Na alles wat je zelf hebt meegemaakt, weet je hoe belangrijk het is om een veilig, warm thuis te hebben, met twéé liefhebbende ouders.'

Kitty's gezicht versomberde doordat ze werd gedwongen de gevolgen van wat ze ging doen onder ogen te zien. Maar ook omdat ze zich schaamde door het besef dat haar geluk ten koste zou gaan van dat van anderen, van mensen die van haar hielden.

'Het spijt me als je dit allemaal niet wilt horen,' vervolgde Grace. 'Maar ik ben ouder en wijzer dan jij. Bovendien ben ik degene die de brokken moet opruimen als jij ervandoor gaat. Je beseft het misschien niet, maar je vader houdt zielsveel van je. Bovendien is hij enorm trots op zijn buitenechtelijke zoon. Dat merk ik aan de manier waarop hij over hem praat. Als je hun de kans geeft, weet ik zeker dat Bertie en kleine Jack dikke maatjes worden.'

'Niet om het een of ander, maar mijn vader heeft me in eerste instantie verstoten omdat ik me over de kleine Jack had ontfermd. Hij zou het liefst hebben gezien dat ik het kind aan zijn lot had overgelaten. En desnoods had laten doodgaan.'

'Dat is niet waar,' zei Grace, vervuld van afschuw. 'Hij was geschokt, en dat is ook niet zo vreemd. Maar toen hij het eenmaal had laten bezinken, kwam hij tot inkeer. Toen besefte hij dat familie het allerbelangrijkste is in het leven. En hij heeft het kind volmondig erkend, ten overstaan van iedereen. Kleine Jack is zijn zóón, Kitty. Hij is een Deverill.'

'Ik laat me niet ompraten, Grace. De vorige keer ben ik Jack kwijtgeraakt omdat ik dacht dat mijn verantwoordelijkheid híér lag. Deze keer neem ik de kleine Jack gewoon mee.'

'Ik keur het niet goed wat je van plan bent, Kitty. Maar ik besef dat ik bij je in het krijt sta. Dus zeg maar dat je met de kleine Jack bij mij in Londen gaat logeren. We regelen het na Kerstmis. Ik zal je ook helpen met het boeken van passage op een schip en ik zal zorgen dat er in Amerika iemand borg voor je staat. En moge God de achterblijvers bijstaan.'

Kitty stond op. 'Robert komt er wel overheen. En papa ook.' Ze liep naar de deur. 'Die heeft jóú tenslotte.'

Grace keek haar na. Kitty vermoedde dat de verhouding van Grace en haar vader was geëindigd toen zij het leven van Grace had gered. En dat had Grace inderdaad als excuus gebruikt, maar ze zou de relatie hoe dan ook hebben beëindigd. Ze had tegen Bertie gezegd dat ze bij Kitty in het krijt stond, dat ze haar leven aan haar te danken had. Dus het zou ongepast zijn om een verhouding met haar vader te hebben. Maar alleen Grace wist de werkelijke reden waarom ze de relatie had verbroken. En die reden lag in de nacht dat ze kolonel Manley naar de verlaten boerderij aan de weg naar Dunashee had gelokt, waar Michael Doyle en de rest van de verzetsgroep hem hadden vermoord. Toen het voorbij was, hadden Michael en zij wild en hartstochtelijk de liefde bedreven, euforisch door de geslaagde aanslag. In die nacht was haar verhouding met Michael Doyle begonnen. Grace stond op, ging voor de haard staan en staarde in het vuur. De vlammen likten aan de brokken turf waar een dikke, gronderig ruikende rook van af sloeg. Ze legde een hand om haar hals en sloot haar ogen. De hitte maakte haar slaperig en deed haar verlangen naar zijn lichaam.

Ze zag hem in gedachten voor zich, zo levensecht alsof hij voor haar stond. Zijn gezicht met die sombere, broeierige ogen leek zo dichtbij dat ze zijn adem over haar huid voelde strijken. Ze kon hem zelfs ruiken. Zijn unieke, mannelijke geur: zweet, zout, kruiden en iets wilds waardoor ze zichzelf niet meer in de hand had en zich volledig aan hem gaf, tot alles bereid. Sinds die nacht had hij haar talloze malen genomen en Grace was verslaafd geraakt aan het genot dat hij haar schonk. Geen van haar andere minnaars kon zelfs maar in zijn schaduw staan. Vergeleken met Michael Doyle sloegen ze een bedroevend figuur, en dat gold zelfs voor Bertie Deverill. Michael Doyle bruiste van leven, hij was puur, aards, en hij bezat een gretigheid waardoor ze geen enkele remming meer kende. Hij behandelde haar ruw, ongeduldig, en wanneer hij met haar klaar was, smeekte ze om meer. Hij vernederde haar, liet niets van haar over, maar ze had zich nog nooit zo begeerlijk gevoeld als wanneer hij haar bereed.

Nu hij in Mount Melleray zat, verlangde ze naar zijn terugkeer en fantaseerde ze over hun hereniging. Na zijn afzondering in de abdij zou zijn passie des te vuriger zijn. Hij was een hengst die eindelijk de wei in mocht, terwijl zij als een gretige merrie op hem wachtte. En ze zou op hem blijven wachten. Zonder haar genot bij anderen te zoeken. Want na Michael Doyle was er niemand die haar nog zou kunnen bevredigen.

Kitty reed moe en chagrijnig naar huis. Grace had hardop gezegd wat ook haar geweten haar influisterde, en dat beviel haar niet. Ze wist dat het egoïstisch was wat ze ging doen. Maar mocht ze na alles wat ze had moeten doormaken niet eindelijk ook aan zichzelf denken?

Het liefst zou ze naar Jack zijn gereden, maar ze moest voorzichtig zijn, ze mocht geen argwaan wekken. De vele keren dat ze haar vader, of haar zuster Elspeth die vlakbij woonde, of Grace als excuus had gebruikt voor haar afwezigheid, maakten de kans op ontdekking alleen maar groter. Ze moest discreet zijn. Het zou niet lang meer duren, dan konden ze voorgoed samen zijn. Tot het zover was, zou ze de rol van brave echtgenote spelen.

Nadat ze bij de kleine Jack om een hoekje had gekeken die al aan zijn avondeten zat, ging ze op zoek naar Robert. Hij was aan het werk, en omdat ze hem niet wilde storen, liep ze naar boven om iets anders aan te trekken. Toen ze weer beneden kwam stond Robert in de hal. 'Zal ik iets inschenken?' vroeg hij met een glimlach. 'Ik heb de hele dag zo ingespannen zitten schrijven dat ik wel aan een borrel toe ben. De letters begonnen voor mijn ogen te dansen.' Hij zette zijn bril af en wreef over zijn neusbrug. Zijn bruine ogen waren roodomrand en bloeddoorlopen. 'En jij, schat. Wat heb jij vandaag gedaan?'

'Ik ben bij Grace langs geweest,' antwoordde ze, verteerd door schuldgevoel.

'Aha. Hoe is het met haar?'

'O, goed. Ronald en de kinderen komen met Kerstmis naar huis.' Ze volgde Robert naar de salon en keek toe terwijl hij naar de kast met de drank liep.

'Wat wil jij doen met Kerstmis?' vroeg hij. 'Ik heb tegen mijn ouders gezegd dat we in Ierland blijven. Tenslotte zitten we hier net goed en wel. Elspeth en Peter hebben ons uitgenodigd.'

'Dat weet ik, maar het is er altijd zo'n chaos. En dan dat oude huis... Eerlijk gezegd blijf ik liever thuis. Waarom vragen we niet of ze met Kerstmis hier komen? Samen met papa? Mijn moeder zit ongetwijfeld bij Victoria. En daar zal Harry ook wel naartoe gaan. Het lijkt me leuk voor de kleine Jack om zijn neefjes voor de verandering eens hier te hebben. Dan zetten we daar de boom.' Ze wees naar een hoek van de kamer. 'En dan kan hij helpen met versieren.' Bij de gedachte dat dit zijn laatste Kerstmis in het White House zou zijn, had ze het gevoel dat haar keel werd dichtgesnoerd. Ze legde een hand op haar hart en ging in een stoel zitten. Nu het besluit eenmaal was genomen, besefte ze pas goed hoe dankbaar ze mocht zijn voor wat ze had. En hoe dierbaar het haar allemaal was. Bij de gedachte dat ze misschien wel voorgoed afscheid zou moeten nemen van haar thuis werd ze plotseling duizelig van wanhoop.

'Gaat het wel, liefste?' Robert reikte haar een glas sherry aan. 'Je ziet ineens zo bleek.'

'Ik ben gewoon moe.' Ze slaakte een zucht. 'Dus ik ga vanavond lekker vroeg naar bed. Dan ben ik morgen weer helemaal fris.'

'Precies. En over Kerstmis hebben we het wel een andere keer.'

Op dat moment kwam de kleine Jack binnen in zijn kamerjas. Zijn rode haar, nog vochtig van zijn bad, was uit zijn gezicht gekamd. Hij had een houten marionet bij zich. Een clown. 'Kijk eens wat ik van Robert heb gekregen.'

Kitty keek haar man vragend aan.

'Ik zag hem in de etalage van de speelgoedwinkel in het dorp en ik kon de verleiding niet weerstaan.'

'Vind je hem niet leuk?' Kleine Jack liet de marionet over het tapijt naar Robert lopen.

Kitty keek naar zijn geconcentreerde gezichtje terwijl hij het houten kruis bewoog met daaraan de touwtjes die met de grote rode clownsschoenen waren verbonden. Toen hij met de marionet naast Roberts stoel stond, tilde die hem op zijn knie, omhelsde hem en drukte een kus op zijn wangetje. 'Wat knap van je, kleine Jack. Ik had niet gedacht dat je het al zo snel door zou hebben.' Kleine Jack keerde zich stralend naar Kitty.

'Ja, dat is erg knap van je, lieverd. En wat lief van Robert om zoiets moois voor je te kopen.' Er brandden tranen in Kitty's ogen terwijl ze zag hoe de kleine Jack dicht tegen Robert aan kroop.

In gedachten hoorde ze opnieuw wat Grace had gezegd. Het was de stem van haar geweten. En hoe graag ze dat ook zou willen, ze slaagde er niet in die stem het zwijgen op te leggen.

5

New York, 1925

'Wat heerlijk om je weer te zien, Bridget.' Beaumont L. Williams schudde Bridie krachtig de hand. 'Je ziet er goed uit, en dat na een lange en ongetwijfeld vermoeiende zeereis.' Hij hielp haar uit haar jas en gebaarde naar de leren fauteuil bij het vuur. Bridie ging zitten, trok vinger voor vinger haar handschoenen uit en liet haar blik door het kantoor gaan. Het was allemaal zo troostrijk vertrouwd. In haar eerste drie jaar in New York had ze hier maar al te vaak gezeten. De geur van sigarenrook, van leren meubels en stoffige boeken, en het vleugje limoen in het reukwater van haar advocaat bezorgden haar een dierbaar gevoel van thuiskomen. 'Het spijt me dat de aankoop van het kasteel niet is gelukt.' Hij nam haar met zijn heldere ogen onderzoekend op.

'Ach, het was een opwelling. Het idee kwam bij me op toen ik in de krant las dat Lord Deverill het kasteel moest verkopen. Maar iemand anders was me voor, en daar heb ik vrede mee. Op dit moment heb ik geen enkele behoefte me weer in Ierland te vestigen.'

'Dat is goed om te horen. En dat vindt Elaine ook. We zijn blij dat je terug bent.' Hij ging tegenover haar zitten, sloeg zijn benen over elkaar en legde zijn mollige handen op de glimmende knopen van zijn vest dat om zijn buik spande.

'Maar ik wil wel graag dat je een vinger aan de pols houdt,' vervolgde Bridie gewichtig. 'En dat je me waarschuwt, mocht het ooit weer te koop staan.'

'Dat spreekt vanzelf. Je weet, ik zorg altijd dat ik van de laatste ontwikkelingen op de hoogte blijf.'

Ze schoot in de lach. 'Ja, dat weet ik. Maar vertel eens, hoe is het met

Elaine? Ik heb haar gemist,' zei ze. En dat meende ze, want ze was erg op haar vriendin gesteld.

'Ze verheugt zich op het weerzien, Bridget. We hadden eerlijk gezegd niet gedacht dat je terug zou komen.'

'Nee, dat had ik zelf ook niet verwacht,' zei Bridie naar waarheid. 'De Lockwoods hebben me min of meer uit Manhattan weggejaagd, maar ik heb besloten dat ik me niet laat intimideren. New York is groot genoeg voor ons allemaal. We hoeven elkaar niet tegen te komen als we dat niet willen. Ik heb wel even overwogen elders een nieuwe start te maken, zoals jij destijds voorstelde. Maar op Ierland na is New York het enige wat ik ken. Ik voel me hier thuis en jij weet vast wel een leuke woning voor me te vinden. Dus Elaine en ik pakken de draad weer op, en het zal vast niet lang duren of ik heb een nieuwe vriendenkring opgebouwd.'

'En een nieuwe man gevonden.' Beaumont Williams glimlachte. 'Je bent jong en, als ik zo vrij mag zijn, een aantrekkelijke verschijning. Dus alle huwbare mannen in Manhattan zullen zich verdringen om je het hof te maken.'

'Dat klinkt bijna angstaanjagend,' zei ze, maar haar ondeugende glimlach verried dat ze zich gevleid voelde.

'Wat heeft je eigenlijk van gedachten doen veranderen, Bridget? Waarom ben je teruggekomen?'

Bridie haalde zuchtend haar smalle schouders op, en heel even zag Beaumont Williams een glimp van het eenzame, kleine meisje onder de modieuze hoed en de dure kleren. Hij was verrast door het medelijden dat hij voelde. Doorgaans werd hij niet gemakkelijk ontroerd door vrouwen en hun emoties. 'Het kan soms raar lopen in het leven,' antwoordde Bridie zacht. 'Ik kwam rechtstreeks van het Ierse platteland, zonder een cent op zak, toen ik voor Mrs. Grimsby ging werken. Ze was niet de gemakkelijkste. In het begin was ik zelfs bang voor haar. Maar toen ze me bij haar dood haar hele vermogen naliet, was ik ineens schatrijk. Een godswonder. En vervolgens trouwde ik, met een echte heer, een man met een groot hart die me met respect bejegende en die een oprechte kameraad voor me was. Wat zijn kinderen ook mogen beweren, het is me nooit om zijn geld te doen geweest. Het ging me om geborgenheid, ik had behoefte aan iemand die voor me zorgde, iemand dankzij wie ik nooit meer eenzaam hoefde te zijn. Als jonge vrouw – eigenlijk nog een kind – in een vreemd land had ik helemaal niemand op wie ik kon terugvallen. Afijn, ik heb het een eind geschopt.' Haar blik ging naar het vuur, en in de warme gloed van de vlammen was vluchtig een schittering van spijt in haar ogen te zien. 'Ik wilde dat alles weer net als vroeger zou zijn, toen ik nog een spichtig klein meisje was, op blote voeten, vaak met een lege maag, maar met een liefdevol thuis.' Ze glimlachte weemoedig en bij het knetteren van het vuur liet ze zich meevoeren door herinneringen aan een tijd toen het leven nog zo simpel was geweest. 'Er werd gelachen, er werd muziek gemaakt en ik hoorde erbij; ik maakte er deel van uit, zoals de schommelstoel van mijn moeder en de ijzeren pot pastinaaksoep boven het vuur. Ik ben niet zo naïef dat ik ben vergeten hoe zwaar het leven soms was. De kou, de honger, het verdriet, die herinner ik me maar al te goed.' Ze dacht aan haar vader, die op straat in Ballinakelly was vermoord door een landloper, en ze voelde een steek van pijn en schuldgevoel. Want als zij destijds niet, samen met Kitty en Jack, had ontdekt dat er stropers waren op het land van Lord Deverill, zou haar vader misschien nog hebben geleefd. En dan zou ze misschien wel nooit uit Ierland zijn weggegaan. 'Toch zou ik het allemaal opnieuw willen beleven, om weer even het gevoel te hebben om ergens bij te horen, om me ergens helemaal thuis te voelen.' Ze wendde zich af van het vuur en keerde zich naar Beaumont Williams, die aandachtig en met een uitdrukking van oprechte compassie op zijn gezicht naar haar luisterde. Ze glimlachte verontschuldigend. 'Hoe dan ook, toen ik weer in Ierland was besefte ik dat ik daar niet meer thuishoorde. Dat ik geen andere keus had dan terug te gaan naar de stad die me heeft gemaakt tot wie ik nu ben.'

Hij knikte glimlachend. 'Deze stad mag je dan rijk hebben gemaakt, maar wie je nu bent, dat is je eigen prestatie, Bridget. Dat heb je te danken aan je moed en je sterke karakter.'

'Ik ben inderdaad een heel eind gekomen. Op eigen kracht.'

'Toen je me telegrafeerde heb ik alvast mijn licht opgestoken wat er aan onroerend goed beschikbaar is. En ik heb een appartement gevonden dat me wel wat lijkt. Zodra je er klaar voor bent, zou je er een kijkje kunnen gaan nemen. Elaine zal je helpen je te installeren. Ik heb begrepen dat Rosetta niet mee terug is gekomen?'

'Dat klopt. Dus ik heb zo snel mogelijk iemand nodig voor de huishouding.'

'Laten we vanavond samen uit eten gaan. Elaine popelt van ongeduld om je te zien. En na het eten storten we ons in het nachtleven. Je hebt je dansschoenen niet weggedaan, hoop ik?'

Bridie schoot in de lach. Dankzij de capabele, betrouwbare advocaat verdween haar angst voor de toekomst als sneeuw voor de zon. 'Nee, natuurlijk niet. Ik haal ze meteen tevoorschijn. Dan zullen we eens zien of ze zich de charleston nog kunnen herinneren!'

Bridie logeerde twee weken in het Waldorf Astoria Hotel terwijl Beaumont Williams de huur van een royaal appartement aan Park Avenue regelde, een brede, elegante straat vlak bij Central Park, waar de beau monde en de allerrijksten van New York waren neergestreken. Het voelde goed om terug te zijn in Manhattan. Ze was trots op hoe ze zich hier presenteerde, op hoe ze hier functioneerde. Ze voelde zich op haar plaats in deze stad, zo ver van huis, waar de lichten straalden en het leven bruiste; een stad die het oude leek te verwerpen en de nieuwe tijd omhelsde in een opwindende maalstroom van jazzmuziek en wilde feesten. Het was de tijd van de drooglegging. Alcohol was verboden, maar werd overvloedig geschonken in de clandestiene dranklokalen. En daar, in die verborgen kroegen, verdronk Bridie haar verdriet en danste ze op de muziek van George Gershwin en Louis Armstrong, van Bessie Smith en Duke Ellington, tot de dageraad de hemel boven New York roze kleurde. Dankzij de privéfeestjes aan de Upper East Side, waar Orange Blossoms sprankelden in kristallen glazen en waar in donkere hoekjes verleidelijk werd gefluisterd, kon ze met een schone lei beginnen, omringd door een nieuwe groep vrienden die zich net als zij overgaven aan een hedonistisch bestaan – oppervlakkig en slechts gericht op plezier. Hier was ze Bridget Lockwood. Hier werd de stem van Bridie Doyle, de zachte stem diep binnen in haar die haar nog altijd naar huis riep, verdrongen door de geluiden van vrachtwagens en bussen, auto's en trams, sirenes en politiefluiten, takels en schoepen, en door de muziek van de zangers en tapdansers in de theaters en de variétés. In de verblindende zee van licht op Times Square kon ze bouwen aan een nieuw geluk – een geluk dat bestond uit bezoekjes aan de nieuwerwetse filmtheaters, uit champagne drinken en geld uitgeven aan dure kleren en cosmetica. Ze omhelsde New York met hernieuwde passie, vastbesloten de verlokkingen van het verleden achter zich te laten.

Het appartement waar ze ging wonen, met hoge plafonds en grote ramen, was ruim en licht, en volgens de laatste mode ingericht in de weelderige art-decostijl. De glanzende, zwart-witte vloeren waren van marmer, de muren behangen met gedurfde geometrische motieven. De vele spiegels zorgden in combinatie met het zilverkleurige en lederen meubilair voor een Hollywoodachtige glamour die Bridie prachtig vond. Ze had het gevoel dat ze in een andere wereld was beland, en dat was precies wat ze wilde. Wanneer ze uit het raam keek zag ze auto's rijden, van bescheiden zwarte Fordjes tot glimmend rode en stralend groene Rolls-Royces en Duesenbergs. Paard-en-wagens waren er in de stad nauwelijks meer, terwijl die in Ierland nog altijd het voornaamste vervoermiddel waren, zeker op het platteland, waar nog maar heel weinig mensen een auto hadden. Alles in Manhattan leek gericht op de toekomst en Bridie vond het opwindend om van die stralende nieuwe wereld deel uit te maken.

Om haar in de huishouding te helpen had Elaine een echtpaar uit Ecuador gevonden. Manolo werd Bridies chauffeur, en zijn vrouw, de tengere, zwijgzame Imelda, werd haar huishoudster en kamenier. Beaumont had haar geholpen met de aanschaf van een auto, een hemelsblauwe Winton waarvan de linnen kap kon worden neergelaten en waarvan de stoelen met kostbaar leer waren bekleed. Bridie vond het prettig dat Manolo en Imelda, niets van haar verleden wisten. In de ogen van het echtpaar was ze gewoon een rijke, jonge weduwe. Het duurde echter niet lang of de beruchte Mrs. Lockwood, die nog niet zo lang geleden was achtervolgd door de lokale pers, verscheen opnieuw in kranten en tijdschriften. Maar in haar verleden was niemand meer geïnteresseerd. Het verhaal van het dienstmeisje dat schatrijk was geworden, was inmiddels oudbakken. De lezers waren meer geïnteresseerd in de glamour van haar dure kleren en in de mannen die het geluk hadden haar te mogen escorteren.

'O, kijk eens, Bridget! Je staat in de krant. Compleet met een foto,' jubelde Elaine op een ochtend. '"De verrukkelijke Mrs. Lockwood bezocht in weelderige nertsmantel de voorstelling van Noel Cowards *The Vortex*"...'

'Hebben ze niets belangrijkers om over te schrijven?' viel Bridie haar in de rede. Maar heimelijk vond ze al die aandacht opwindend, want daardoor voelde ze zich gesterkt in het gevoel dat ze erbij hoorde.

'Je bent een prachtige, rijke weduwe, met avond aan avond een andere man aan je arm. Dus het is niet verrassend dat er over je wordt geschreven.' Elaine schudde haar blonde krullen achterover en nam genietend een trekje van haar Lucky Strike-sigaret. 'En in die jurk met franje zie je er prachtig uit. Op-en-top de modieuze, vrijgevochten vrouw.'

'Precies. Niet bepaald een femme fatale.'

Elaine keek haar over de krant heen grijnzend aan. 'Wees blij, schat. Je bent een vrouw die geniet van het leven. Als ik zie hoe de knapste mannen in Manhattan met je dwepen, zou ik soms bijna wensen dat ik niet getrouwd was. Niet dat Beaumont niet de gedroomde echtgenoot is...' Ze lachte hees.

Bridie schoot ook in de lach. 'Beaumont is gedistingeerd,' zei ze. Ze koos zorgvuldig haar woorden, want Beaumont Williams kon onmogelijk knap worden genoemd.

'Ach, soms wil je als vrouw een beetje meer glamour, als je begrijpt wat ik bedoel.' Elaine legde zuchtend de krant neer. 'Als je jong bent, snak je naar spanning, avontuur. Anders wordt het leven saai. En verveling is rampzalig. Waar of niet?'

'God behoede ons voor verveling.' Bridie veegde een kruimel van haar roze satijnen kamerjas. 'Als ik niets te doen heb ga ik piekeren, en als ik pieker moet ik denken aan dingen die ik liever wil vergeten. Wat gaan we dit weekend doen, Elaine?'

'Beaumont stelt voor dat ik je meeneem naar Southampton. De Reynoldsen geven zaterdagavond een kerstparty die spectaculair belooft te worden, een van de hoogtepunten van het jaar. Ze willen erg graag dat je komt. Je voegt net dat beetje mysterie toe...'

'En een vleugje schandaal,' viel Bridie haar in de rede. 'Sommige mensen zijn erg lang van memorie.'

'Daar hoef je bij Marigold en Darcy Reynolds niet bang voor te zijn. Ze vinden het gewoon geweldig om zo veel mogelijk mensen om zich heen te verzamelen. Dus reken maar dat iedereen die ook maar iets voorstelt er is. Beaumont en ik hebben een bescheiden strandhuis in Sag Harbour. We komen er anders nooit in de winter, maar nu kunnen we daar logeren.' Er kwam een ondeugende uitdrukking op haar gezicht. 'Beaumont kan vanwege zijn werk niet mee.' Ze haalde haar schouders op. 'Jammer, maar we zullen het zonder hem moeten stellen. Wat vind je, zullen we met de auto gaan? Jij en ik samen?'

Bridie had ook het roze strandhuis in Southampton van Mrs. Grimsby geërfd, maar dat had ze verkocht op advies van haar man, Walter Lockwood. Sindsdien was ze niet meer in de Hamptons geweest. Ze herinnerde zich hoe ze ooit uit het raam naar het langgerekte witte strand had gestaard, gefrustreerd dat ze er niet van kon genieten. Mrs. Grimsby was een erg veeleisende werkgeefster geweest. Op de middag dat de oude dame was gestorven, had Bridie eindelijk een lange strandwandeling gemaakt. En terwijl ze keek naar de golfjes die uitrolden over het zand, naar het licht dat werd weerkaatst door de rusteloze zee, had ze tot haar verrassing beseft dat ze Mrs. Grimsby zou missen. En soms miste ze haar nog steeds. Juist doordat ze zo'n strenge dwingeland was geweest had Mrs. Grimsby haar een gevoel van geborgenheid gegeven, voor het eerst sinds Bridie angstig en zwanger uit Ballinakelly was vertrokken. En dankzij het zware werk – ze had keihard moeten sloven en zwoegen – had Bridie haar verdriet en haar pijn naar de achtergrond kunnen dringen.

'Dat lijkt me een enig idee,' zei ze op het voorstel van Elaine.

Die zaterdagmorgen vertrokken ze in haar nieuwe blauwe auto naar Southampton. Elaine had haar ervan overtuigd dat het veel leuker zou zijn om samen te gaan, om Manolo thuis te laten, en ze had vol vertrouwen achter het stuur plaatsgenomen. Ze hadden de kap naar beneden gedaan en zich tegen de kou ingepakt in bontmantels, handschoenen, hoeden en sjaals. Opgewonden babbelend voegden ze zich tussen het verkeer dat de stad uit reed. Het was een heldere winterochtend, de hemel boven Manhattan was stralend azuurblauw. Dus het beloofde een heerlijke, zorgeloze dag te worden. De zon, die laag boven de Hudson hing, kuste de grillige rimpelingen van het water en kleurde de nieuwe, hoog oprijzende wolkenkrabbers oranje. Toen ze over de Brooklyn Bridge reden begon Elaine te zingen – 'Tea for Two' uit de musical *No, No, Nanette*, die dat jaar op Broadway in première was gegaan en waarvan de melodieën zo uitnodigend waren dat niemand zijn voeten stil kon houden en als vanzelf op de maat begon mee te tappen. Bridie kende niet de hele tekst, maar stemde met Elaine in en glimlachte ondertussen koket naar de mannen in de auto's die hen passeerden en die naar hen keken wanneer hun echtgenotes niets in de gaten hadden.

Toen ze de stad achter zich lieten, verrezen er langs de weg reusachtige reclameborden voor auto's, sigaretten en de ultramoderne Atwater Kent – de radio die de nieuwste rage vormde en die Bridie op aandringen van Elaine had aangeschaft. Op de zeven meter hoge borden stonden stralende, knappe gezichten die plezier, glamour en geluk beloofden. Bridie had zich in deze wereld van materiële mateloosheid ingekocht en ze vond het verrukkelijk er deel van uit te maken. Die aantrekkelijke glimlach op de reclamefoto... dat was de hare. En haar leven was het glamourbestaan dat achter die glimlach schuilging. Samen durfden zij en Elaine meer dan alleen. Ze voelden zich bevrijd, roekeloos – twee gewilde jonge vrouwen, onbekommerd en gekleed naar de laatste mode.

De stad verdween al snel achter de horizon, baksteen en beton maakten plaats voor akkers en bossen, boerderijen en verspreid liggende huizen. De winter had het landschap beroofd van zijn zomerse bladerdak, de bomen waren kaal en bevroren, hun knoestige, grillige takken blootgesteld aan wind en regen vanuit zee. De twee vrouwen zongen om warm te blijven, hun adem vormde ijzige wolkjes. Het liep al tegen het eind van de middag toen ze bij het huis arriveerden, een witte gepotdekselde cottage met een dak van verweerde, grijze dakspanen en een veranda die uitkeek op zee. 'Beaumont heeft het gekocht toen hij nog jong was. Hij zou het gemakkelijk kunnen laten opknappen, maar hij wil per se dat het blijft zoals het is. Verrassend sentimenteel van hem, hè?' vroeg Elaine terwijl ze stilhield voor het huis.

'Ik vind het wel charmant,' antwoordde Bridie, die het koud had gekregen en popelde om naar binnen te gaan.

'Als het goed is heeft Connie gezorgd dat we er zo in kunnen. Kom mee.' Maar voordat ze ook maar een voet op de treden naar de deur had gezet, werd er opengedaan door een klein mollig vrouwtje. De geur van een brandend haardvuur kwam hun tegemoet, en daarmee de belofte van comfort en een warme maaltijd.

De voorbereidingen van een party zijn niet zelden opwindender dan de party zelf. Het valt nu eenmaal niet te voorspellen of de avond een succes wordt, maar tijdens de voorbereidingen zorgt een mens voor zijn eigen vermaak. Met dat in gedachten deden Elaine en Bridie een scheut gin bij hun sinaasappelsap, ze luisterden naar jazz op de grammofoon en dansten in satijnen kousen en onderjurk de slaapkamer rond, terwijl ze zich opmaakten en hun haar krulden. Terwijl Connie, die uit Mexico kwam, de kreukels uit hun jurken streek en de slijtplekken van hun dansschoenen borstelde, mompelde ze in het Spaans dat het nooit goed kon aflopen, twee jonge vrouwen die zonder mannelijk escorte naar een party gingen. Maar ze wuifde hen glimlachend uit, zij het met een vluchtig waarschuwend hoofdschudden, en wijdde zich vervolgens aan het opruimen van de chaos die het tweetal in de grote slaapkamer had achtergelaten.

Het huis van de Reynoldsen, een indrukwekkend, uitgestrekt landgoed in Italiaanse stijl, lag rechtstreeks aan het strand en was beroemd om de spectaculaire balzaal, de imposante haard en de weelderige tuinen. Darcy Reynolds was rijk geworden op Wall Street en hanteerde blijkbaar als motto dat geld verdienen geen zin had als je er niet mee kon pronken. Dus het landgoed – de cottage, zoals de familie het noemde – was in de zomermaanden het decor van een aaneenschakeling van party's en andere evenementen, waar met de eerste vorst doorgaans een eind aan kwam. Maar deze winter werd Darcy vijftig en hij had besloten zijn verjaardag te vieren met een groots opgezette kerstparty waarbij werd uitgepakt op een manier zoals op Long Island nog nooit was vertoond.

Bij aankomst waren Bridie en Elaine diep onder de indruk van de talloze lichtjes. Het leek wel alsof het hele landhuis was bezet met sterren, die zo oogverblindend straalden dat ze de vollemaan bijna verduisterden die als een grote zilveren dollar aan de hemel stond, hoog boven de statig oprijzende schoorstenen. In het midden van de imposante ronde hal leidden sierlijk gewelfde, vergulde trappen naar een overloop, waar ze elkaar ontmoetten bij een boogvenster van enorme afmetingen en zich vervolgens opnieuw splitsten. Bij het zien van de oogverblindende kristallen kroonluchter moest Bridie onwillekeurig aan kasteel Deverill denken, aan de voorbereidingen van het grote zomerbal, wanneer de bedienden de kroonluchters in de balzaal naar beneden haalden en de kristallen druppels op een groot kleed uitstalden om ze te poetsen tot ze glommen als diamanten.

Op het podium, helemaal aan het eind van de balzaal, speelde een jazzband van zwarte muzikanten, onder leiding van Fletcher Henderson. Hun opzwepende muziek weerkaatste tegen de muren. Overal dronken groepjes modieus geklede gasten champagne uit kristallen flûtes en cocktails uit glazen met ranke stelen. Er werd martini geschonken, er waren Cosmopolitans en kersen op een stokje – van de drooglegging trok niemand zich iets aan. Integendeel, de party werd er alleen maar nóg opwindender door. Sommige gasten dansten al. Vrouwen met veren en hoofdbanden, kralen- en parelsnoeren, franje en kwastjes, korte kapsels en jurken en een al net zo korte aandachtsspanne fladderden als exotische vogels tussen de mannen met vlinderdas en gepommadeerd, glad achterovergekamd haar. Het gelach en gepraat overstemden het koper en de drums. Bridie en Elaine stortten zich met overgave in het feestgedruis. Aanvankelijk had Bridie het gevoel dat Elaine iedereen kende en zij niemand, maar al snel bleek dat bijna iedereen wel had gehoord van de veelbesproken Mrs. Lockwood. Het duurde niet lang of ze stonden met een glas champagne in de hand, omringd door aanbidders die zich verdrongen om met hen te mogen dansen.

'Kijk, schat, daar heb je Noel Coward. Daar! Hij staat te praten met Gertrude Lawrence en Constante Carpenter. Waar zouden ze het over hebben?' Elaine keek nieuwsgierig naar de beroemde Engelse toneelschrijver en de twee actrices. 'Zou je niet dolgraag hun gesprek willen afluisteren?'

'Ik heb alleen oog voor de beeldschone Mrs. Lockwood,' zei een jongeman die zich had voorgesteld als Frank Linden.

Bridie glimlachte smalend. 'U durft.'

'Hoezo? Wat schuilt er voor kwaad in om een vrouw te vertellen dat ze beeldschoon is?' Toen hij zag dat ze bloosde vatte hij moed. 'Mag ik deze dans van u?'

Ze liet haar blik over de dansvloer gaan, waar iedereen zich kostelijk leek te vermaken. 'Nou, vooruit dan maar.' Ze gaf Elaine haar lege flûte.

Frank nam haar bij de hand en trok haar mee door het gewoel naar het midden van de dansvloer, net toen de band 'Yes Sir, That's My Baby' inzette. Er klonk een instemmend gejuich, waarop een vloedgolf van gasten naar de dansvloer stroomde. Bridie kon goed dansen. Al sinds ze door haar vader de keuken was rondgezwierd, vond ze het heerlijk. En geen muziek was zo opwindend als jazz. Ze danste vol overgave, bewonderend gadegeslagen door Frank.

Het diner bestond uit een buffet van fraai opgemaakte schotels die de gasten het water in de mond deden lopen. Bridie dronk nog meer champagne. Ze was de tel kwijtgeraakt van de keren dat haar glas was bijgevuld en schoof met Frank aan bij een van de ronde tafels, waar ook Elaine met een groepje vrienden was neergestreken. Het ontging Bridie niet dat haar vriendin aangeschoten was – zo aangeschoten had ze haar nog nooit gezien – en dat ze schaamteloos flirtte met een jongeman in een witte smoking die zich had voorgesteld als Donald Shaw. Elaine sloeg hem met een slappe hand op de borst en reageerde met haar kenmerkende hese lach op alles wat hij zei. Haar hoofdband was naar opzij gegleden en hing bijna voor haar linkeroog, haar koolzwart was een beetje uitgelopen, wat haar iets decadents gaf. Bridie was blij dat Mr. Williams haar zo niet kon zien. Maar ze was zelf te dronken van opwinding, te duizelig van de belletjes in haar champagne om zich zorgen te maken om Elaine.

Het was erg warm in de balzaal. De muziek dreunde in haar oren, de alcohol maakte haar slaperig en het verrukkelijke besef deel uit te maken van zo'n rijk en voornaam gezelschap, bezorgde haar het bedwelmende gevoel dat de wereld aan haar voeten lag. Dus toen Frank Linden haar bij de hand nam en haar de trap op loodste, op zoek naar een plekje waar ze niet gestoord werden, ging ze maar al te graag mee. In een van de donkere logeerkamers drukte hij haar tegen de muur en kuste haar. Het voelde goed om weer door een man te worden begeerd. Ze sloeg haar armen om zijn nek, kuste hem terug en deed haar ogen dicht, waarop alles om haar heen op een verrukkelijke manier begon te draaien.

Toen ze haar ogen weer opendeed lag ze in haar onderjurk op het bed. Frank had een hand op haar naakte huid gelegd en streelde haar borst. Ze was te slaperig om te protesteren. Bovendien bezorgden zijn strelingen haar een gevoel van opwinding dat haar genotzuchtig deed kronkelen. Een zacht kreunen ontsnapte aan haar keel. Frank beschouwde het als een teken van aanmoediging. Zijn hand gleed naar de binnenkant van haar dij en aarzelde even, als om haar te plagen. Bridie protesteerde nog altijd niet. Integendeel. Haar ademhaling haperde, ze begon zacht te zuchten, en in de zekerheid dat de begeerte wederzijds was, schoof Frank zijn hand langzaam en teder langs haar dij omhoog, onder haar zijden slipje, tot hij niet verder kon. Bridie spreidde wellustig haar benen.

Haar zachte kreunen ging over in hijgen terwijl ze zich overgaf aan de verrukkelijke warmte die zich door haar onderlichaam verspreidde.

Toen ze wakker werd lag Frank in diepe rust naast haar. Van beneden drong nog altijd muziek tot haar door, maar nu loom en traag, en ze hoorde een zingende vrouwenstem. Zonder Frank wakker te maken liet Bridie zich uit bed glijden en ging op zoek naar haar kleren. Zodra ze zich had aangekleed, draaide ze heel zachtjes aan de koperen deurknop en glipte ze de gang in. Eenmaal op de overloop ontdekte ze haar vriendin. Elaine zat op de bovenste trede van de trap te roken. Bridie ging naast haar zitten. 'Alles goed?'

'Telt vrijen ook als overspel?' vroeg Elaine somber.

'Ik denk dat Beaumont zou vinden van wel.'

'Dan heb ik net een van de tien geboden overtreden.' Elaine keerde zich naar Bridie. Haar grote blauwe ogen glansden. 'Ik zei toch dat je als vrouw af en toe behoefte hebt aan een beetje avontuur?'

'Dat kan wel zo zijn, maar ik denk dat we nu beter naar huis kunnen gaan,' antwoordde Bridie.

'Ja, je hebt gelijk. Ik heb voorlopig weer genoeg avonturen beleefd.' Elaine kneep haar ogen tot spleetjes. 'Waar is Frank?'

'Die slaapt.'

Elaine hield geschokt haar adem in. 'Nee! Dat heb je toch niet gedaan?'

'Bij mij is het geen overspel.' Bridie haalde haar schouders op. 'En juist een jonge weduwe zoals ik kan niet zonder een beetje avontuur. Waar of niet?'

'Wat denk je? Ga je hem vaker zien?'

Bridie haalde nogmaals haar schouders op. 'Nee, dat verwacht ik niet.'

'Je hebt gewoon een beetje plezier gemaakt.'

'Ja. Bovendien heb ik vanavond ontdekt hoe je als meisje plezier kunt hebben zonder... complicaties.' Had ze dat maar geweten toen ze nog als dienstmeisje op het kasteel werkte.

Elaine grijnsde beschonken. 'Dat had ik je ook wel kunnen vertellen, Bridget.'

'Voel je je wel goed genoeg om te rijden?' vroeg Bridie tegen beter weten in.

Elaine werkte zich aan de trapleuning overeind. 'Ik heb me nog nooit zo goed gevoeld,' antwoordde ze giechelend.

De twee vrouwen begonnen langzaam en onvast, arm in arm de trap af te dalen. 'God zegene Amerika,' verklaarde Bridie, want ze geloofde oprecht dat Amerika haar een tweede kans had gegeven.

Elaine drukte de arm van haar vriendin. 'God zegene óns.'

6

Celia en Archie vierden Kerstmis met Sir Digby en Lady Deverill op Deverill Rising, hun luxueuze landgoed in Wiltshire dat Digby voor een fortuin had gekocht en gerenoveerd toen hij dankzij het succes van zijn diamantmijnen in Zuid-Afrika een rijk man was geworden. Het huis had oorspronkelijk Upton Manor geheten, maar dat vond de onbeschaamde Digby in zijn kersverse status als nouveau riche bij lange na niet deftig en indrukwekkend genoeg. Zijn herinneringen aan de zomers op kasteel Deverill inspireerden hem om zijn landgoed een naam te geven die zou beklijven, een naam met een dynastieke, historische betekenis. En zo werd Upton Manor omgedoopt tot Deverill Rising, een naam die paste bij Digby's nieuwe status en die recht deed aan het geslacht waarvan hij een telg was. Zijn zoon George zou het huis hebben geërfd, ware het niet dat diens jonge leven op een slagveld in de Grote Oorlog op wrede wijze in de knop was geknakt. Het verlies stemde Digby verdrietig en wierp een smet op de glans van zijn toekomstbeeld. Maar bruisend en optimistisch als hij was, dwong hij zichzelf positief te blijven. Hij nodigde zo vaak mogelijk vrienden uit en hij hoopte dat hij ooit een kleinzoon zou hebben voor wie het huis net zo dierbaar zou zijn als voor hem.

Ook Leona en Vivien, Celia's oudere tweelingzussen, kwamen voor de feestdagen naar Wiltshire, met hun echtgenoten Bruce en Tarquin en hun kinderen. Door het leeftijdsverschil van zeven jaar had Celia nooit echt een hechte band met haar zussen gekregen. De tweelingen waren allebei blond en knap, met lichtblauwe ogen en een aristocratische neus. Maar qua persoonlijkheid waren ze weinig boeiend, om niet te zeggen saai. Oppervlakkige jonge vrouwen die zich over weinig druk konden maken. Maar Celia's aankoop van het kasteel had hun jaloezie gewekt en tot een verrassend vertoon van emotie geleid. De tweelingzussen konden nauwelijks geloven dat hun jongere zusje de nieuwe kasteelvrouwe was van de familiezetel van de Deverills. Uitgerekend de grillige Celia, die de hele Londense beau monde had geschokt door er op haar trouwdag vandoor te gaan met de getuige van de bruidegom! Het was een schandaal, aldus de boze tweelingzusters, die allebei op betrekkelijk bescheiden voet leefden met een beroepsmilitair als echtgenoot. En wat hen zo mogelijk nog heviger van streek maakte, was het feit dat hun vader, na alles wat Celia hem had aangedaan, zich ongepast trots toonde.

Hoewel het nieuws hem aanvankelijk met afschuw had vervuld, hadden de opwinding van zijn dochter en de trots van zijn schoonzoon Digby milder gestemd in zijn oordeel. En ook Beatrice had haar reserves laten varen. Vastbesloten indruk te maken op zijn schoonvader had Archie hem verteld over de gedurfde plannen van de architect waarin, aldus Archie, ook veel van zijn eigen ideeën waren verwerkt. Digby stelde een ontmoeting voor met deze Mr. Leclaire, om te voorkomen dat zijn grillige dochter wat al te ambitieus te werk ging. Het was één ding om een kasteel in zijn oude luister te herstellen, maar Celia kennende vreesde hij dat ze er een paleis van wilde maken. 'Ik ga in het nieuwe jaar met jullie mee naar Ierland,' verklaarde hij, en zijn enthousiasme groeide bij het vooruitzicht van zijn eigen betrokkenheid. 'Het wordt ook tijd dat ik Bertie weer eens spreek. Jij hebt hem recentelijk nog gezien, kindje. Hoe is het met mijn neef?'

Celia straalde dankzij alle verrukkelijke ontwikkelingen in haar leven. 'O, papa! U moet Mr. Leclaire echt ontmoeten!' jubelde ze blozend. 'Hij heeft zo veel goede ideeën. En hij voelt perfect aan wat we willen. Bij alles wat hij voorstelt zeg ik dat ik het prachtig vind en dat het gisteren klaar moet zijn. Het is echt dolletjes. En hij vindt mij geweldig.'

'Je doet alsof je een geldboom in je tuin hebt staan,' merkte Leona hatelijk op.

Celia ging er niet op in. 'Ik weet zeker dat u ook helemaal weg van hem zult zijn, papa. Dat zijn we allemaal. Het is zo'n bijzondere man!'

'En neef Bertie?' drong haar moeder geduldig aan.

Celia zuchtte, teleurgesteld dat het gesprek niet langer over háár ging.

'Tja, die heeft het zwaar, maar dat viel te verwachten. Nicht Maud piekert er niet over ooit nog naar Ierland terug te gaan. En ik heb van Harry begrepen dat ze geïnteresseerd is in een huis aan Chester Square. Dus ik vermoed dat ze allebei hun eigen weg zullen gaan. Want het lijkt me niet dat neef Bertie bereid is uit het jachthuis weg te gaan. Ik heb gezegd dat hij niet weg hoeft. Hij heeft er tenslotte altijd gewoond. Maar hij is enthousiast over onze plannen met het kasteel. Oprecht enthousiast. Waar of niet, Archie?'

'Ja, hij is erg geïnteresseerd,' viel Archie haar bij.

'Volgens mij wil hij zich gewoon niet laten kennen,' zei Vivien. 'Want hoe kan hij in 's hemelsnaam enthousiast zijn als iemand ánders zíjn huis gaat herbouwen?'

'Celia is niet zomaar "iemand anders",' wierp Archie tegen.

'Natuurlijk is hij enthousiast,' deed Digby ook een duit in het zakje.

'Ik ben zo blij,' zei Beatrice. 'Ik was al bang dat er tweespalt in de familie zou ontstaan.'

'O nee. Integendeel, mama,' jubelde Celia. 'Ze zijn allemaal dolblij! Vooral Kitty. Onze kinderen zullen samen opgroeien, in dezelfde omgeving als wij, en ze zullen op dezelfde plekjes spelen. De geschiedenis herhaalt zich. Dat is toch verrukkelijk? We worden echte Ieren, hè, Archie? Met alles wat erbij hoort. We gaan jagen en naar de paardenrennen. En Archie trekt er met de honden op uit om watersnippen te schieten, net zoals neef Hubert dat altijd deed. O, het wordt allemaal geweldig!' Ze klapte in haar handen zonder ook maar één moment stil te staan bij het verdriet van de arme Bertie, die troost zocht bij de whiskeyfles.

'Ik hoop wel dat jullie centrale verwarming laten aanleggen. In mijn herinnering was het er altijd koud en vochtig. En erg oncomfortabel,' zei Leona.

'Vreselijk vochtig!' viel Vivien haar bij. 'Ik lag met een bontjas aan in bed.'

'Alleen het beste is goed genoeg,' verklaarde Celia op besliste toon.

'Wel jammer dat je met al dat geld geen beter weer kunt kopen.' Leona grinnikte.

Vivien schoot in de lach. 'Ja, zeg dat wel. Volgens mij regent het in Ierland altijd.'

'In Engeland ook.' Celia wierp haar zusters een vernietigende blik toe.

‘Maar ik herinner me de zomers in Ballinakelly als zonnig en warm. Archie en ik gaan ook het zomerbal in ere herstellen. Het wordt weer net als vroeger. Kaarslicht, muziek, er wordt gedanst en iedereen zal zeggen dat niemand zo’n schitterend bal weet te geven als Mrs. Mayberry. Waar of niet, liefste?’

Archie Mayberry glimlachte toegeeflijk. Dankzij de aankoop van het kasteel voor zijn Celia voelde hij zich weer een echte man en schaamde hij zich niet langer tegenover zijn vrienden en zijn familie. Nadat Celia er op hun trouwdag vandoor was gegaan met een ander, was hij bang geweest dat haar ouders de schuld bij hem zouden leggen, omdat hij te saai was en hun dochter niet aan zich had kunnen binden. Hij had gevreesd dat hij voorgoed in hun achting was gedaald en hij had eronder geleden dat hij ten overstaan van zijn vrienden zo diep was vernederd. Maar niets doet mensen een schandaal zo snel vergeten en vergeven als een hoop geld. Digby’s omkoopsom – want dat was het – had Archie in staat gesteld niet alleen zijn familie te redden van een dreigend bankroet, maar ook zichzelf weer recht aan te kijken in de spiegel. En als toppunt van ironie had hij het royale gebaar van zijn schoonvader weten te retourneren door de familiezetel van de Deverills te kopen. Joviaal en hoffelijk als Digby was, vormde hij geen uitzondering op de regel dat machtige mannen vaak ondoorgrondelijk zijn. Toch kon Archie aan het gezicht van zijn schoonvader zien dat deze hem had geaccepteerd. En hij hoopte ooit ook het respect van zijn schoonvader te verdienen.

Kitty en Robert hadden Kerstmis thuis gevierd, in het White House. Behalve Bertie, Kitty’s vader, waren ook Elspeth en Peter en de Struikjes voor de kerstlunch aangeschoven. Hoewel Elspeth zeven jaar ouder was dan Kitty, hadden de zussen een hechte band opgebouwd sinds Elspeth bijna vijf jaar jaar geleden met Peter MacCartain was getrouwd en haar intrek had genomen in diens vochtige, tochtige landhuis, op loopafstand van kasteel Deverill. Kleine Jack had met zijn drie neefjes gespeeld en juichend zijn cadeautjes opengemaakt. Hazel en Laurel waren verrukt geweest van de kleintjes, terwijl Robert en Peter die bij de haard stonden geamuseerd toekeken. Bertie wilde de stemming niet bederven en had dapper een vrolijk gezicht opgezet, maar Kitty liet zich geen zand in de ogen strooien. Het was duidelijk dat haar vader diep in de put zat.

Rouwde hij om het kasteel, vroeg ze zich af. Of om Adeline, zijn moeder? Of misschien zelfs om Grace? Dat hij verdriet had om Maud, leek haar onwaarschijnlijk.

Toch miste Bertie zijn vrouw wel degelijk. Het was een van die tegenstrijdigheden, verbonden met het huwelijk en het klimmen der jaren: echtparen die elkaar in hun beginjaren zijn gaan vervelen en hebben bedrogen, vinden op latere leeftijd vaak steun en troost bij elkaar. Bertie had zijn echtgenote jarenlang bedrogen met Grace – en vóór Grace met diverse andere mooie vrouwen, ook al was hij altijd discreet geweest – maar die verhouding was al lang voorbij en hij betrapte zich erop dat hij vaak aan Maud dacht. Het leek bizar dat zijn gevoelens voor haar na een lang en liefdeloos huwelijksleven weer ontwaakten. Hij begreep het zelf niet. Hij hield van Grace – hij zou áltijd van haar blijven houden – maar Grace had een einde aan hun relatie gemaakt en nu waren ze gewoon goede vrienden. De gloed van de begeerte was uit haar zachte bruine ogen verdwenen en had plaatsgemaakt voor medelijden. Verschrikkelijk vond hij het. Dat hij was verworden tot iemand met wie anderen medelijden hadden. Hoezeer Grace ook probeerde het te verhullen, hij zag het maar al te duidelijk. Maud daarentegen voelde geen medelijden, alleen minachting. En juist haar minachting, haar woede was Bertie op een merkwaardige manier dierbaar. Want onverschilligheid was het tegenovergestelde van liefde, en Maud was bepaald niet onverschillig. Ze verafschuwde hem om zijn verhouding met Grace, maar zelf had ze als eerste het echtelijk bed verlaten. Voor Eddie Rothmeade, Berties oude schoolmakker. Maud dacht dat hij dat niet wist, maar daarin vergiste ze zich. Ze was zo verliefd geweest dat ze het onmogelijk had kunnen verbergen. Maar dat was inmiddels lang geleden. Het werd tijd dat ze het achter zich lieten, vond hij. Maud haatte hem om zijn indiscrete avontuurtje met het dienstmeisje, maar zo mogelijk nog meer om zijn erkenning van het kind dat daaruit was voortgekomen. En haar meest recente grief betrof de verkoop van het kasteel, ook al was zíj degene geweest die hem daartoe had aangemoedigd. Het leeuwendeel van de opbrengst werd besteed aan het huis in Belgravia dat hij voor haar zou kopen, in de wetenschap dat hij daar zelf niet welkom was. Scheiden was ondenkbaar voor een vrouw als Maud, die werd geobsedeerd door haar reputatie. Maar Bertie vroeg zich af of er misschien een andere man in haar leven was, een man die haar meer kon bieden dan hij. Dat stemde hem intens verdrietig. Als hij zich anders had gedragen – minder arrogant misschien – zou hij haar dan gelukkig hebben kunnen maken? De koele, maar beeldschone Maud? En hoe kwam het dat zijn somberheid alleen maar erger werd wanneer hij probeerde die te verdrijven met whiskey? In zijn door drank benevelde verbeelding zag hij Maud weer op de dag dat hij met haar trouwde, met haar ontwijkende glimlach die hem had opgewonden en verwarmd als de stralen van de ochtendzon. Hij had haar glimlach voorgoed verspeeld, en misschien kwam het door dat besef dat hij vol weemoed terugdacht aan het verleden. En was dat niet het lot van de mens? Om altijd te verlangen naar wat onbereikbaar was?

Op de dag na Kerstmis hoorde Kitty dat Liam O'Leary, Jacks vader, op kerstavond was gestorven. Het dienstmeisje dat het nieuwtje vertelde, wist niet hoe hij was overleden, alleen dat de uitvaartmis de volgende dag zou worden gehouden in de katholieke Church of All Saints. Kitty zou het liefst naar Jack toe zijn gereden, maar ze was bang dat haar aanwezigheid argwaan zou wekken. Hij was ongetwijfeld met de hele familie bij zijn moeder. Veel van de O'Leary's woonden in Ballinakelly. Dus ze schreef hem een brief die ze door de staljongen liet bezorgen. Jack zou ongetwijfeld tussen de regels door kunnen lezen en het haar laten weten zodra ze naar hem toe kon komen.

Op de dag van de begrafenis stond Kitty voor het raam van haar slaapkamer uit te kijken over zee, terwijl ze nerveus op haar duim beet. Ze had niets van Jack gehoord. Zouden hun plannen voor Amerika nu op de lange baan worden geschoven? Of misschien zelfs herroepen? Kon hij zijn moeder wel alleen laten, zo kort na de dood van haar man? Ze wist dat Jack broers en zusters had, en zijn moeder had in elk geval één zuster. Daar had Jack het wel eens over gehad. Maar Kitty had geen idee waar ze woonden en of ze een hechte onderlinge band hadden. Jack was in elk geval de oogappel van zijn moeder. Dat wist ze wel.

Ze zou dolgraag naar de begrafenis zijn gegaan, maar daar kon geen sprake van zijn. Robert zou het erg vreemd vinden, hoewel Jack al jaren als dierenarts op het kasteel kwam, en ook de dorpelingen zouden raar opkijken. Dus ze had geen andere keus dan af te wachten.

Grace had alles geregeld voor hun vertrek in het eerste weekeinde van februari. Ze was niet van plan al voor die tijd naar Londen te gaan. Bovendien hoopte ze dat Kitty in die maand tot andere gedachten zou komen. Maar Kitty was zeker van haar zaak. Dit was wat ze wilde. Ze had zich in het verleden vaak genoeg moeten opofferen. Nu was zij aan de beurt en ze was vastbesloten haar kans te grijpen.

De week voor Kerstmis had ze erg met haar menstruatie getobd. Zo erg dat ze met hevige buikpijn in bed was gekropen en Robert zich tactvol in zijn kleedkamer had teruggetrokken om daar te slapen. Maar inmiddels had ze geen reden meer om haar man uit haar bed te verbannen en tot haar verrassing wilde ze dat ook niet. Ze stond op het punt hem te verlaten en naar de andere kant van de wereld te vertrekken. Nog even, en hij zou behalve haar ook de kleine Jack moeten missen. Misschien wel voor altijd. Ze vond het afschuwelijk dat de liefde haar zo zelfzuchtig maakte. Dat had Robert niet verdiend. Hij had haar en de kleine Jack altijd met liefde omringd. Haar schuldgevoel was dan ook overweldigend en het naderende afscheid dreef haar in zijn armen. Als een schelpdier klampte ze zich vast aan de rots die haar thuis was, in het besef dat de stroming haar uiteindelijk zou meesleuren. Terwijl ze zijn liefkozingen beantwoordde en de liefde met hem bedreef, begreep ze dat het mogelijk was van twee mannen tegelijk te houden, op twee heel verschillende manieren.

En toen kwam er eindelijk een brief van Jack, waarin hij haar vroeg zo snel mogelijk naar zijn cottage te komen. Bang dat hij zou zeggen dat ze hun vertrek moesten uitstellen, zadelde ze haar paard en galoppeerde ze naar hem toe, naar zijn eenzame huis hoog boven de oceaan. Al van ver zag ze rook opstijgen uit de schoorsteen. Door de ramen viel een warme goudgele gloed naar buiten. Het licht begon al af te nemen, mist kroop vanuit de zee over het land en de horizon ging schuil achter een grijze heiigheid waarin vissers met hun boten gemakkelijk konden verdwalen. Straks, als ze weer naar huis ging, zou er geen maan zijn om haar bij te lichten. Maar dat gaf niet, ze kon de weg dromen.

Bij de cottage aangekomen liet ze zich uit het zadel glijden, ze liep om het huis heen en bond haar paard aan de omheining. Zonder te kloppen liep ze naar binnen. Jack zat met gebogen hoofd aan de keukentafel, starend in een halflege kroes donker bier. Toen hij haar hoorde keek hij op, hij kwam overeind en omhelsde haar hartstochtelijk. Haar hart haperde bij het zien van zijn door verdriet getekende gezicht. Ze trok hem dicht tegen zich aan, en Jack liet zijn tranen de vrije loop. Als een kleine jongen begroef hij zijn gezicht in haar hals. Kitty dacht eraan hoe verdrietig ze was geweest bij de dood van haar grootouders, en haar hart ging naar hem uit.

Toen het ergste verdriet was weggeëbd, ging hij weer zitten en dronk zijn kroes leeg. Kitty stak het vuur aan onder de ketel om thee te zetten. Zijn vader was vredig in zijn slaap gestorven, vertelde Jack, maar voor zijn moeder was het een enorme schok geweest toen ze bij het wakker worden merkte dat hij koud en verstijfd naast haar lag. 'Hij was een goed mens,' zei Jack zacht. 'De oorlog heeft hem uiteindelijk de das omgedaan. Dat weet ik zeker. Een oorlog waar we niets mee te maken hadden! Hij had in Ierland moeten blijven, net als ik. Maar over de politiek waren we het nooit eens. We hebben heel wat af geruzied, en hij keurde mijn besluit af om geen dienst te nemen in het Engelse leger. Als hij ook maar half had vermoed wat ik in die jaren heb gedaan, had hij me bont en blauw geslagen. Maar daar heeft hij nooit iets van geweten. Toen hij terugkwam uit de oorlog was hij veranderd, alsof er iets in hem was gestorven. Hij praatte er nooit over, maar het moet verschrikkelijk zijn geweest wat hij heeft gezien en meegemaakt. Het leek wel alsof alle blijheid, elk sprankje geluk uit hem waren verdwenen. Waar hij nu ook mag zijn, ik hoop dat hij weer gelukkig is.'

'Dat is hij. Want je vader is voorgoed thuisgekomen.'

'O, Kitty. Ik hou van je, al was het maar om de stelligheid waarmee je dat soort dingen beweert.' Hij keek grijnzend naar haar op terwijl ze de pot op tafel zette en thee inschonk. Toen ze tegenover hem ging zitten reikte hij over de smalle houten tafel naar haar handen. 'Of je bent zo gek als de Maartse Haas óf je bent ingewijd in het grootste mysterie van het leven. Wat het ook is, ik hou van je.'

Ze beantwoordde zijn grijns. 'En ik hou van jou, Jack, ondanks je kleingelovigheid.'

'We gaan samen een nieuw bestaan opbouwen in Amerika. Jij en ik en de kleine Jack. Ik heb gedroomd dat we eindelijk hand in hand over straat kunnen lopen. Zonder bang te hoeven zijn dat iemand ons ziet.'

Kitty drukte zijn handen. 'Daar droom ik ook van. Het leven heeft het ons niet bepaald gemakkelijk gemaakt, hè?'

'Nee, maar deze keer stappen we op de boot, wat er ook gebeurt.'

'Wat zal de kleine Jack dat opwindend vinden. Zijn eerste bootreis.'

Jack voelde haar ongerustheid, ook al probeerde ze die te verbergen. 'Ik weet dat je je zorgen maakt, liefste. Maar voor zo'n klein jochie is het een avontuur.' Ze las de liefde in zijn ogen. 'We gaan ervoor zorgen dat hij snel broertjes en zusjes krijgt. Zodat hij opgroeit in een groot gezin. Dan heeft hij geen tijd meer om aan Ballinakelly te denken.'

'Ik hoop dat je gelijk hebt.'

'Hij houdt zielsveel van je, Kitty. Meer dan van wie ook. En ik weet zeker dat hij ook van mij gaat houden. Ik zal een goede vader voor hem zijn. Dat beloof ik.'

Plotseling brandden er tranen in Kitty's ogen. 'Dat weet ik, Jack. Maar toch maak ik me zorgen. Ik wil doen wat voor hem het beste is. Maar ik vind dat ik ook eindelijk aan mezelf mag denken. Dus ik voel me zo verscheurd. Robert...'

Jacks gezicht werd harder. 'Met Robert moet je geen rekening houden!' zei hij kortaf. 'Hij heeft geen enkel recht op je. Je hoort bij mij. Ik hoor bij jou. Ons verleden, onze levens zijn onverbrekelijk met elkaar verbonden. We delen zo veel herinneringen, zo veel avonturen. Dat kan Robert niet zeggen. Hij heeft je van me afgenomen. Als je niet met hem was getrouwd, zou je vrij zijn geweest. Dan had je met mij kunnen trouwen. Nee, spreek me niet tegen. Je weet dat ik gelijk heb. Zonder Robert waren wij al lang samen geweest.' Ze knikte, trok haar handen uit de zijne en pakte haar mok thee. 'Ik weet dat je je verscheurd voelt en ik besef wat je allemaal opgeeft als je met me meegaat naar Amerika. Denk niet dat ik het niet begrijp. Maar we hebben het verdiend, Kitty. Dit is onze enige kans. Het is alles of niets. Ik moet hier weg. Desnoods zonder jou. Want zonder jou heb ik hier geen toekomst. Dan zou het leven ondraaglijk zijn.'

'Ik ga met je mee. Dat beloof ik,' zei ze zacht.

Hij keek naar het raam. De mist verzamelde zich rond de cottage, de avond viel al vroeg. 'Je moet naar huis, Kitty. Anders verdwaal je nog in de mist.'

'Ik zou de weg naar huis desnoods geblinddoekt weten te vinden.' Ze schoof haar stoel naar achteren.

'Ik rijd met je mee.' Hij stond abrupt op, de poten van zijn stoel schuurden over de grond.

'Nee, dat wil ik niet. Als iemand ons samen ziet, is alles bedorven. Maak je geen zorgen. Ik rijd mijn hele leven al door de heuvels.'

Hij drukte vurig zijn lippen op de hare. 'Nog even, dan kan ik je de hele dag zoenen. Van 's ochtends vroeg tot 's avonds laat.'

'O Jack, was het maar vast zover.' Ze schoof haar hand tussen de knopen van zijn overhemd. Maar hij duwde haar weg. 'Je moet naar huis, Kitty,' zei hij opnieuw. 'Als je nog langer wacht is het helemaal donker. Toe, liefste. Je moet gaan.'

Met tegenzin schoot ze haar jas en haar handschoenen aan en trok ze haar hoed diep over haar voorhoofd. Vanuit het zadel wuifde ze naar Jack, die een verloren aanblik bood in de deuropening. 'Ik verlang zo naar de dag dat mijn huis ook het jouwe is,' zei hij. Kitty blies hem een kus toe, drukte haar hielen in de flanken van haar paard en draafde het pad af dat naar de heuvels leidde.

Robert begon ongerust te worden. Het was inmiddels donker, maar Kitty was nog altijd niet thuis. Hij begreep niet waarom ze er steeds weer met haar paard op uit trok. Als ze naar Ballinakelly wilde, kon ze toch veel gemakkelijker de auto nemen. Van achter het raam van de salon tuurde hij de mistige avond in. Het enige wat hij zag, was zijn eigen bleke gezicht dat hem ongerust aankeek. Hij wreef over zijn kin. Niemand wist waar ze was. Zelfs de stalknecht had geen idee. Mrs. Trench had zelf de merrie gezadeld, en daarna was ze vertrokken, had hij gezegd. Waarschijnlijk maakte ze gewoon een rit door de heuvels. Maar Robert maakte zich toch zorgen. Toen ze wegging hing er al mist. Dus waarom was ze uitgerekend op zo'n koude, sombere middag gaan rijden?

Hij overwoog haar te gaan zoeken. Misschien was ze wel van haar paard gevallen. Misschien had ze zich bezeerd en lag ze ergens gewond in de modder. Een hele nacht buiten in die kou zou ze niet overleven. Paniek maakte zich van hem meester. Hij dwong zichzelf diep adem te halen en rustig, logisch na te denken. Om te beginnen had het geen enkele zin als hij haar zelf ging zoeken. Hij zou haar nooit vinden. Ze kon wel overal zijn, en vanwege zijn stijve been was het ondenkbaar dat hij er te voet op uit trok. Maar de auto was ook geen optie, vanwege het risico dat hij vast kwam te zitten in de modder. Of erger nog, dat hij tegen een boom reed. Hij voelde zich machteloos. Het enige wat hij kon doen was afwachten.

Misschien was ze bij haar vader. Ze maakte zich de laatste tijd erg veel zorgen over hem. Bertie was stil en somber geworden. Alleen de kleine Jack leek met zijn kinderlijke uitbundigheid nog in staat hem op te vrolijken na alles wat er in zijn leven was misgegaan. Maar het jachthuis was vlakbij. Om daar te komen hoefde Kitty alleen maar het bos door te steken en de velden over te rijden. In dat geval zou ze allang thuis zijn geweest. Dus misschien was ze toch de heuvels in gereden, om bij Grace langs te gaan. De twee vrouwen waren innig bevriend en hadden een hechte band, nog hechter dan zusters. Dat bleek uit de manier waarop ze met elkaar praatten: soms ongeduldig, soms liefdevol, maar zonder enige terughoudendheid, zoals je dat doorgaans alleen bij familie zag. Hun vriendschap was diepgeworteld, in gedeelde ervaringen waarvan hij nooit weet zou hebben. Maar Grace had een huis vol familie en hij had geen formele uitnodiging zien binnenkomen. Dus nee, bij Grace kon Kitty niet zijn.

Toen vloog de voordeur eindelijk open en daar was ze, met blozende wangen van de kou en met haar vuurrode haar in warrige strengen op haar rug. Er viel een last van Roberts schouders, maar zijn opluchting werd onmiddellijk verdrongen door woede, omdat ze hem zo in angst had laten zitten. 'Waar wás je?' vroeg hij streng.

Kitty schoot in de lach. 'Je hebt je toch geen zorgen gemaakt vanwege de mist?'

'Natuurlijk heb ik me zorgen gemaakt! Wat bezielt je om met zulk weer te gaan rijden?'

Kitty voelde zich gekwetst door zijn neerbuigende toon. 'Ik ken de heuvels als mijn broekzak, beter dan de meeste schaapherders,' zei ze kortaf. 'Dus er was geen enkele reden tot ongerustheid.'

'Waar was je?' vroeg hij nogmaals.

Ze trok schouderophalend haar handschoenen uit. 'Gewoon. Ik heb een rit gemaakt.'

'Waarnaartoe?'

'Hoezo, waarnaartoe? Ben je soms bang dat ik een minnaar heb?'

Robert was met stomheid geslagen. 'Nee,' antwoordde hij toen hij zijn stem had teruggevonden. 'Dat zou niet bij me opkomen. Maar je brengt me op een idee.'

Kitty's blos werd vuriger. 'Je maakt van een mug een olifant. Ik was gewoon een eind rijden. Dat doe ik zo vaak. En ik heb me geen moment zorgen gemaakt over de mist.'

'Ik verbied je om in het vervolg met zulk weer de deur uit te gaan. Het is veel te gevaarlijk.'

Kitty zuchtte geërgerd. 'Zo klink je weer net als vroeger.'

'Als je privéleraar had ik geen rechten. Nu wel. Ik ben je man.'

'Als je maar weet dat ik me door jou niet laat commanderen.' Ze liep nijdig naar de trap.

'Dat heb je dan goed mis. Je hebt de zorg voor een kind dat volledig afhankelijk van je is. En je hebt mij. We hebben elkaar trouw beloofd, in voor- en tegenspoed. Ik wil niet hebben dat je in het donker door de heuvels zwerft. Je hebt de hele dag de tijd. Dus doe me een plezier en rijd niet in het donker. Dat lijkt me toch niet te veel gevraagd.'

Woedend omdat hij haar de wet voorschreef, maar ook gekweld door schuldgevoel omdat ze bij Jack vandaan kwam, was Kitty niet bereid tot redelijkheid. Als ze ruzie had met Robert, zou het haar minder zwaar vallen om bij hem weg te gaan. Zonder nog een blik achterom te werpen liep ze woedend de trap op. Robert keek haar na tot ze uit het zicht verdwenen was. Toen draaide hij zich om, liep naar zijn studeerkamer, zoals altijd gehinderd door zijn stijve been, en gooide de deur met een klap achter zich dicht.

Boven las Kitty de kleine Jack nog een verhaaltje voor en stopte hem in. Toen drukte ze een kus op zijn zachte voorhoofdje, genoot van zijn armpjes om haar hals en terwijl ze hem dicht tegen zich aan trok, begon haar woede al weg te ebben. Toen Robert binnenkwam om welterusten te zeggen, kostte het haar moeite boos te blijven. Toch zat ze even later zwijgend aan tafel. Robert probeerde een gesprek op gang te brengen, maar toen ze nauwelijks reageerde, gaf hij het op. De rest van de maaltijd heerste er een drukkende stilte, slechts onderbroken door het getik van hun bestek.

Kitty ging die avond alleen naar bed. Toen ze het licht had uitgedaan dacht ze aan het afscheid, aan het moment waarop ze haar thuis, haar vaderland zou moeten verlaten, en zoals altijd werd ze overweldigd door wanhoop. Maar net toen ze haar ogen dichtdeed, hoorde ze de deur opengaan, gevolgd door de schuifelende tred van haar man. Ze hoopte dat hij weer wegging omdat hij dacht dat ze sliep, maar in plaats daarvan kroop hij naast haar, sloeg zijn armen om haar heen en trok haar tegen zich aan. 'Ik wil niet dat we ruziemaken, liefste,' fluisterde hij. 'Ik hou van je.'

Met zijn tederheid verjoeg hij haar gepieker. Haar wanhoop ebde weg, ze draaide zich naar hem om en kuste hem. Haar hart stroomde over van liefde. Er ontsnapte een traan aan haar wimpers, want ook al besefte ze dat ze Jack verried, ze voelde zich meegevoerd door een verlangen dat dieper ging dan haar schuldgevoel jegens hem. Ze deed geen poging om het te begrijpen, noch om het te rechtvaardigen. Maar terwijl ze de knopen van Roberts pyjama losmaakte en haar hand over zijn borst liet glijden, besefte ze dat dit het moment was waarop ze haar bestemming bezegelde. En dat het in Gods hand lag wat die bestemming zou zijn.

7

Kort na Nieuwjaar arriveerde Digby Deverill, samen met Archie en Celia, in Ballinakelly om wat tijd door te brengen met zijn neef Bertie, die nog altijd in het jachthuis woonde. Digby was niet meer terug geweest sinds de begrafenis van Adeline, waarbij Bertie de familie niet alleen had ingelicht over de aanstaande verkoop van het kasteel, maar bovendien had voorgesteld aan zijn bastaardzoon, Jack Deverill. Het was me de lunch wel, dacht Digby met een sardonische glimlach. Maud was de deur uit gestormd met de mededeling dat ze naar Londen vertrok, jammerend dat ze was vernederd en op haar ziel getrapt. De rest van de familie was sprakeloos achtergebleven, wat nogal wat zei voor een luidruchtig stel als de Deverills. Inmiddels waren ze een jaar verder en kon Digby met wrange geamuseerdheid op de episode terugkijken.

Hij hield van het graafschap Cork en koesterde zijn herinneringen aan de zomers van zijn jeugd, op kasteel Deverill, waarin hij met Bertie en diens jongere broer Rupert, die jaren later zou sneuvelen in de Grote Oorlog, de boot had gepakt om te gaan vissen op zee, onder leiding van neef Hubert, Berties imposante vader. Digby was van nature weliswaar geen visser, maar de indrukwekkende oceaan, het mysterie van de wereld onder het oppervlak, de weidse horizon en het besef helemaal alleen te zijn op de immense blauwe uitgestrektheid, dat alles had hem aangesproken. Hij was gefascineerd geweest door de lokale vissers met hun petten, dikke truien en hoge laarzen. Hun handen waren ruw en eeltig, hun gezichten doorgroefd en verweerd na jarenlang te zijn blootgesteld aan de zilte wind. En Digby had genoten van hun verhalen en de grappen wanneer Bertie en Rupert hem aan het eind van de dag meenamen naar

O'Donovan's voor een pint donker bier. Neef Hubert ging liever naar huis, naar zijn eigen omgeving, zijn eigen milieu. Bij thuiskomst troffen ze hem voor de haard in de bibliotheek van het jachthuis – want in die tijd woonden Berties grootouders nog in het kasteel – genietend van een stuk portercake, met zijn wolfshonden azend op de kruimels aan zijn voeten. 'Heeft iemand zin in een potje bridge?' vroeg hij dan, en Digby was altijd de eerste die zich aanbood, want neef Hubert had iets waardoor hij hechtte aan diens welwillende oordeel.

Inmiddels leefde neef Hubert niet meer; hij was omgekomen bij de brand die het kasteel in de as had gelegd. En ook Adeline was gestorven. Het bevestigde Digby in zijn overtuiging dat je van het leven moest genieten en eruit moest halen wat erin zat. En dat je je niet, zoals Bertie, stuurloos moest laten meevoeren op de stroom van drank en desillusies. Er moest iets gebeuren, en snel ook, want anders zou het niet lang duren of ook Bertie was er niet meer, en met zijn dood zou er definitief een einde komen aan een tijdperk.

Digby was naar het graafschap Cork gereisd om kennis te maken met Mr. Leclaire, maar heimelijk ook met het plan om zijn neef wakker te schudden uit zijn lethargie. Hij besefte dat hij een geschikt moment zou moeten afwachten. Bertie moest in de juiste stemming verkeren om bereid te zijn naar advies te luisteren, want Digby sloot niet uit dat zijn neef gekwetst zou zijn door zijn goedbedoelde bemoeienis. Bertie was weliswaar kwetsbaar, maar nog altijd trots. En als hij zich beledigd voelde, zouden Digby's inspanningen niets uithalen.

In afwachting van het juiste moment stortte Digby zich dan ook vol enthousiasme op de plannen voor het kasteel. Een jaar eerder had hij de ruïnes weliswaar gezien, maar zich niet de tijd gegund een wandeling door de puinhopen te maken. In het kielzog van de dynamische Mr. Leclaire, die zich ongetwijfeld al verheugde op zijn astronomische honorarium, zwierf Digby nu van kamer naar kamer, snuivend als een jachthond om de geur van het verleden op te snuiven. Die geur vond hij in de hal, waar de haard nog intact was. Vol weemoed dacht hij terug aan het zomerbal waarop hij met zijn kersverse echtgenote bij diezelfde haard had gestaan. Voor Beatrice was het haar eerste bezoek aan kasteel Deverill. Digby herinnerde zich de uitdrukking op haar gezicht nog als de dag van gisteren. Haar verbazing, haar vreugde, haar verrukking om de schoonheid van het kasteel, verlicht door honderden kaarsen en versierd met enorme bloemstukken.

Mr. Leclaire deed hem opschrikken uit zijn dagdromen door hem mee te trekken, de hal door, naar wat nog restte van de salon. Glimmende zwarte kraaien hupten kibbelend over de stenen. Mr. Leclaire wees naar de gedeelten van de nog overeind staande muren die behouden konden blijven, en de delen die te zeer verzwakt waren en moesten worden neergehaald. Hij maakte weidse gebaren en zwaaide heftig met zijn armen, terwijl Celia tjilpte en kwetterde en alles wat hij voorstelde 'prachtig' vond. 'Het moet gisteren klaar zijn,' zei ze op elke suggestie die hij deed. Archie hield de reactie van zijn schoonvader nauwlettend in de gaten, in de vurige hoop dat die goedkeurend zou zijn.

'Waar mogelijk zullen we de originele materialen gebruiken, Sir Digby,' zei Mr. Leclaire. 'Maar daar waar we gedwongen zijn nieuwe te verwerken, zullen we ons best doen stenen te vinden die zo goed mogelijk aansluiten bij de originele. Mrs. Mayberry opperde dat we zouden proberen oude stenen op de kop te tikken, maar ik heb haar uitgelegd – waar of niet, Mrs. Mayberry? – dat de kosten daardoor aanzienlijk zullen stijgen. Oude stenen zijn niet goedkoop.'

'Ik denk dat Mr. Mayberry graag een offerte voor beide opties ontvangt, Mr. Leclaire.' Digby schonk zijn dochter een glimlach en Celia schoof haar arm door de zijne, want ze wist uit ervaring wat die glimlach betekende: ze zou haar oude stenen krijgen, ongeacht de kosten.

Terwijl ze door de puinhopen naar de westelijke toren liepen, die nog fier overeind stond en die na Huberts dood Adelines laatste bolwerk was geweest, ontdekte Celia een paar smoezelige gezichten die om een hoekje van een muur keken. Ze stootte Archie aan. 'Kijk, we worden bespioneerd,' fluisterde ze. Archie volgde haar blik en zag twee kleine jongens haastig wegduiken.

'Wie zijn dat?' vroeg hij.

'Jongens uit het dorp, denk ik. Ze zijn natuurlijk razend nieuwsgierig. Tenslotte wordt Ballinakelly al eeuwenlang gedomineerd door het kasteel.'

'Denk je niet dat we er iets van moeten zeggen? Ze zijn op verboden terrein. Er staat een bord bij de poort. Met een niet mis te verstane waarschuwing dat onbevoegden een fikse boete kunnen verwachten.'

'Lieveling, het zijn kinderen. Die trekken zich van zo'n bord niets aan.' Celia zocht lachend in haar tas naar chocolade. Ze vond nog een halve reep en baande zich een weg door brokken puin en verkoolde resten naar waar de jongens zich hadden verstopt. 'Hallo, apenkoppen!' Ze boog zich glimlachend over de muur. De kinderen keken verschrikt naar haar op, met grote angstige ogen, als een stel in het nauw gedreven jonge vosjes. 'Jullie hoeven niet bang te zijn,' zei Celia. 'Ik ben niet boos. Alsjeblieft. Van spioneren krijg je honger.' Ze hield hun de chocolade voor. De kleine jongens keken er wantrouwend naar. 'Toe dan. Of hebben jullie geen trek?'

De grootste van de twee stak een smoezelig handje uit.

'Hoe heten jullie?' vroeg Celia.

De oudste pelde de wikkel van de chocolade en nam een hap. 'Séamus O'Leary,' antwoordde hij met een sterk Iers accent. 'En dit is mijn kleine broertje, Éamon Óg.' Hij stootte het kind aan dat met open mond naar die voorname Engelse dame stond te staren – een schepsel uit een andere wereld, in zijn ogen. Hij keek vol bewondering naar de diamanten die aan haar oorlellen flonkerden. Zoiets had hij nog nooit gezien. Toen zijn broer hem een por gaf, deed hij zijn mond dicht en knipperde met zijn ogen, maar hij kon zich niet van haar aanblik losrukken.

'Als klein meisje speelde ik altijd met een jongen die ook O'Leary heette. Jack O'Leary,' vertelde Celia. 'Dat is vast familie.'

'Dat is onze neef,' zei Séamus. 'Zijn Da is net dood,' voegde hij eraan toe, terwijl hij genietend op het stuk chocolade knabbelde.

'Ach, dat spijt me,' zei Celia.

Op dat moment werd ze geroepen. Het was Archie. 'Lieveling, we gaan terug naar het jachthuis om de plannen door te nemen.'

'Gaan jullie maar gauw naar huis, voordat Lord Deverill jullie ziet,' zei Celia. Daarop maakten de jongens zich haastig uit de voeten en verdwenen ze om de hoek van de toren. Celia liep terug naar Berties auto. Mr. Leclaire stond ernaast en keek samen met Digby naar de spreuk boven de voordeur. 'Castellum Deverilli est suum regnum.' De architect las de inscriptie die nog zichtbaar was op de zwartgeblakerde stenen.

'En nu is het Celia's koninkrijk,' zei Digby.

'Ik zal het landgoed ruimhartig en rechtvaardig bestieren,' zei ze terwijl ze met Archie over het gras naar de auto liep. 'En zodra de wederopbouw is voltooid, geef ik een feestje voor de inwoners van Ballinakelly. Om een nieuw tijdperk in te luiden.'

'Ballinakelly is altijd loyaal geweest jegens de Deverills,' zei Digby. 'De brand was het werk van Ierse nationalisten die van elders kwamen, niet van de lokale bevolking. Ik weet zeker dat de inwoners van Ballinakelly verrukt zullen zijn dat het kasteel in de oude luister wordt hersteld. Kom, dan gaan we de bouwplannen bekijken, Mr. Leclaire.' Ze klommen in de auto en met Digby aan het stuur, die zoals altijd roekeloos en veel te hard reed, gingen ze op weg naar het jachthuis.

Pas op de laatste dag van Digby's verblijf deed zich een gunstig moment voor om met Bertie te praten. Twee weken lang had hij zijn neef nauwlettend gadegeslagen en moeten constateren dat niets Berties enthousiasme nog kon wekken. Hij had nergens zin in, van zijn vroegere joie de vivre was geen spoor meer te bekennen. Het leven had hem blijkbaar zo diep teleurgesteld dat het lachen hem voorgoed leek te zijn vergaan. Hij was weliswaar één keer gaan jagen, maar alleen omdat Digby daarop had aangedrongen. Ze waren er met de honden op uit getrokken en hadden wat watersnippen geschoten, maar Bertie had nauwelijks kunnen genieten van de sport die hij vroeger met zo veel hartstocht had beoefend. Plezier was iets voor anderen geworden, iets wat hij die anderen bovendien wrokkig misgunde. De enige keer dat hij verheugd had gereageerd, was toen Kitty met de kleine Jack bij hem langskwam. Het kind bezat de aangeboren charme van de Deverills en Digby besefte dat Bertie zichzelf en de zorgeloze uitbundigheid die hij was kwijtgeraakt, in de kleine jongen terugzag. De rest van de tijd dronk hij te veel en was hij vaak zo ver heen dat Digby amper een gesprek met hem had kunnen voeren.

Omdat het Digby's laatste dag was, kon Bertie er niet onderuit hem mee te nemen in de boot, de zee op. Het was heerlijk weer, zelfs warm voor januari, met een spiegelgladde zee. 'De perfecte dag voor een eindje varen,' verklaarde Digby opgewekt, in de hoop zijn neef aan te steken met zijn enthousiasme. Bertie ging met tegenzin akkoord en samen voeren ze de ligplaats en de haven uit – Digby in een opvallend geel met bruin geruit jack, met dito pet, vest en drollenvanger, en daaronder dikke gele sokken; Bertie wat bescheidener in tweed. Digby verwachtte dat zijn neef opmerkingen zou maken over zijn uitmonstering, maar de grappen bleven uit. Ook Berties gevoel voor humor was verdwenen.

Eenmaal op zee greep Digby zijn kans. 'Luister eens, ouwe makker,' stak hij van wal, en Bertie luisterde omdat hij niets anders kon doen, behalve naar zijn vislijn kijken en wachten tot die bewoog. 'Je hebt een moeilijke tijd achter de rug,' vervolgde Digby, 'met zware, onherstelbare verliezen. Het kasteel, je ouders, Maud. Maar je kunt je niet blijven wentelen in je verdriet, want dan ga er uiteindelijk aan ten onder. Je moet proberen je op de goede dingen te concentreren en je weer voor het leven openstellen. Begrijp je wat ik wil zeggen?' Bertie knikte, maar bleef naar de lijn van zijn hengel staren. Of in elk geval naar zee. Digby besefte dat hij geen indruk had gemaakt, maar zette dapper door. 'Wat scheelt eraan, ouwe makker? Ik ben je neef, je vriend. Voor mij hoef je je niet flink te houden. Ik zie dat je het moeilijk hebt en ik wil je helpen.' Nog steeds geen reactie. Digby voelde zijn vastberadenheid wegebben. Zoals de meeste Engelsen vond hij het moeilijk om over emoties te praten. Sterker nog, dat maakte hem bang. Maar op de een of andere manier besefte hij dat zijn neef zonder hem reddeloos verloren zou zijn, dus hij hield vol, ook al had hij zich zelden zo slecht op zijn gemak gevoeld. Hij besloot het over een andere boeg te gooien. 'Weet je nog, vroeger, toen we jong waren? Je vader nam ons mee de zee op, in deze zelfde boot, om ons te leren vissen. Niet dat hij aan mij een goede leerling had.' Digby grinnikte vreugdeloos. 'Ik was toen al niet het sportieve type.'

Tot zijn verrassing wekte het ophalen van herinneringen Bertie uit zijn apathie. Er verscheen een flauwe glimlach om zijn mond. 'In het zadel bracht je er ook weinig van terecht,' merkte hij op.

Vervuld van nieuwe moed ging Digby door met het spitten in hun verleden. 'Hubert zei altijd dat hij mij een mak paard gaf, maar één blik op mij en dat vervloekte beest ging ervandoor. Dus ik heb zo'n idee dat ik juist de nerveuze knollen kreeg, met het meeste temperament.'

'En dat was maar goed ook. Anders was je bij de dames blijven steken,' zei Bertie.

'Ik zeg het niet graag, maar ik moet toegeven dat die tantes van je, de Struikjes, aanzienlijk betere ruiters waren dan ik.'

'Weet je nog die keer toen Rupert langs de muur van het kasteel naar beneden klom?'

'Adeline kreeg bijna een hartaanval!'

'Net als jouw moeder. Volgens mij viel ze flauw, ze sloeg letterlijk steil achterover. Ik hoor nog iemand om reukzout roepen.' Ze schoten allebei in de lach. Toen werd Berties gezicht weer ernstig. 'Ik mis Rupert.'

'Hij was een goed mens,' zei Digby. 'Als hij nog leefde, en hij zou troost zoeken in de fles, wat zou je dan tegen hem zeggen?'

Bertie werd vuurrood. 'Dan zou ik tegen hem zeggen dat hij moest stoppen met drinken. Ik zou hem duidelijk maken dat hij daar niets mee bereikte.'

'En ik wil dat jíj stopt met drinken, Bertie,' zei Digby zacht. 'De drank maakt je kapot. Ik kan niet werkeloos toezien en dat laten gebeuren.'

Het bleef geruime tijd stil. Toen rechtte Bertie zijn rug. 'Ik heb geen drankprobleem,' zei hij kordaat. 'Wij Ieren houden nu eenmaal van een glas whiskey op zijn tijd.'

'Je bent geen Ier. En je drinkt veel te veel.'

'Niet om het een of ander, maar wat gaat jou dat aan?'

'Ik ben familie,' antwoordde Digby nadrukkelijk.

Bertie slaakte een zucht en richtte zijn troebele, bloeddoorlopen ogen op zijn neef. 'Je hebt geen idee hoe het is om alles te verliezen.'

'Dat is geen excuus om je verdriet te verdrinken.'

'Jij hebt gemakkelijk praten, Digby. Je hebt je miljoenen, je hebt je vrouw, en Deverill Rising is niet platgebrand door opstandelingen die je willen verjagen van het land dat al meer dan tweehonderd jaar eigendom is van de familie. Je hebt je ouders nog. Je bent geslaagd in het leven. Alles wat je onderneemt, wordt een succes. Je hebt het geluk van de duivel en waarschijnlijk in elke haven een blonde schone. Dus voor jou is er geen vuiltje aan de lucht. Integendeel. Maar voor sommige mensen is het leven een worsteling. Ik had een maîtresse. En ik hield van haar. Maar haar ben ik ook kwijt.'

Digby's geduld begon op te raken. 'Je moet ophouden medelijden met jezelf te hebben. En voor alle duidelijkheid: je bent niet bepaald aantrekkelijk als je dronken bent. En dat ben je bijna voortdurend. Je maîtresse had er waarschijnlijk genoeg van dat je altijd naar drank stonk.' Digby zag de stoot aankomen, die hem recht op zijn kaak zou hebben geraakt als hij niet razendsnel, met verrassende kracht en behendigheid had gereageerd door Berties arm te grijpen. Zijn neef staarde hem verbijsterd aan, hijgend als een getergde stier.

Digby zette zijn aanval genadeloos voort. 'Je bent een vervloekte idioot, Bertie Deverill. Het verbaast me niets dat Maud bij je weg is gegaan. En dat je je maîtresse kwijt bent, is ook je eigen schuld. Je bent een zwakkeling. De naam Deverill onwaardig. Als je vader je zo kon zien, zou hij je hoogstpersoonlijk een opdonder verkopen. En in zijn plaats zal ik de honneurs waarnemen.' Digby haalde uit en beukte zijn vuist in de ribben van zijn neef. Bertie klapte dubbel, hapte naar lucht en dook naar Digby's benen, waardoor die zijn evenwicht verloor. De boot begon wild te schommelen terwijl de twee mannen vochten als jongens op het schoolplein. Ondertussen bleef Digby zijn neef bestoken met kwetsende opmerkingen, in de hoop dat Bertie eindelijk uitgeput zou raken en zou beseffen dat hij bezig was zichzelf kapot te maken. Maar Bertie raakte niet uitgeput. Integendeel, hij stortte zich op zijn neef, zodat ze samen overboord sloegen en kopje-onder gingen in het ijzige water. Happend naar lucht kwamen ze even later weer boven en spuugden hoestend het zoute water uit. De kou was zo verlammend dat ze geen woord konden uitbrengen.

Digby was de eerste die zich weer aan boord wist te hijsen, met de grootste moeite, want zijn natte kleren waren loodzwaar en zijn laarzen trokken hem naar beneden. Als een dikke walrus liet hij zich op de bodem van de boot glijden, snakkend naar adem. Toen dacht hij aan zijn neef. Hij werkte zich overeind en boog zich over de rand van de boot. Bertie had het zwaar. Door zijn kleren en zijn laarzen wist hij zich nauwelijks drijvende te houden. 'Wil je dood?' riep Digby. 'Zeg het maar! Want als je dood wilt, dan laat ik je gaan. Maar als je kiest voor het leven, dan moet je stoppen met drinken. Hoor je me? De keuze is aan jou.' Bertie hoestte en kokhalsde, verdween onder water en begon wanhopig te schoppen en met zijn armen te slaan. 'Wat kies je, Bertie?' riep Digby.

Bertie wilde niet dood. 'Ik wil leven!' wist hij uit te brengen, maar hij kreeg opnieuw een slok zeewater binnen en begon weer te hoesten. 'Digby, help! Alsjeblieft...'

Digby trok een van de riemen uit de dol en hield die boven het water, zodat Bertie zich eraan kon optrekken. Met zijn armen over de rand van de boot bleef hij hijgend hangen. 'Kom op, ouwe makker. We moeten zien dat we thuiskomen. Anders ga je dood van de kou,' zei Digby zorgzaam. Hij greep het doorweekte jasje van zijn neef en trok hem op het droge. Eenmaal in de boot begon Bertie over zijn hele lichaam te trillen, zowel van kou als van de schrik.

'Klootzak!' tierde hij tegen zijn neef, maar hij grijnsde terwijl hij het riep.

'Je hebt voor het leven gekozen, Bertie. En daar ga ik je aan houden.' Digby stak hem een hand toe. Na een korte aarzeling legde Bertie de zijne erin, waarop Digby hem overeind trok.

Bertie wankelde even, toen hervond hij zijn evenwicht. 'Ik zal je niet teleurstellen, Digby.'

'Dat weet ik.'

De mannen vielen elkaar om de hals, druipnat en tot op het bot verkild, maar hun kameraadschap verwarmde hen, meer dan ooit.

Sinds die haastige ontmoeting in de cottage, na de dood van zijn vader, hadden Kitty en Jack elkaar niet meer gezien. Hij was tijdelijk weer bij zijn moeder ingetrokken, die ontroostbaar was door het verlies van haar man. En dus stuurden ze elkaar briefjes, net als vroeger, toen ze die achter een losse steen in de muur van de moestuin hadden verstopt. Alleen liet Kitty ze nu door de staljongen bezorgen. Ze zagen elkaar soms even bij de Elfenkring, voor een paar gestolen kussen waarvan alleen de meeuwen getuige waren, die als vliegers op de wind langs de hemel zwenkten. Naarmate de dag van hun vertrek naderde, nam die voor Kitty steeds meer de vorm aan van een hakbijl die zou vallen en haar voorgoed zou afsnijden van haar thuis. Ze vreesde het afscheid, maar tegelijkertijd verlangde ze ernaar. Ze werd kortaangebonden tegen Robert. Ze snauwde tegen Celia. En ze huilde om de onnozelste dingen.

Toen kwam God tussenbeide.

En dankzij het inzicht in haar bestemming daalde er een serene kalmte over haar neer, een gevoel van berusting dat voortkomt uit onvoorwaardelijke overgave. Het was alsof ze een langgerekte, diepe zucht slaakte. En met die zucht kwam een besef van vrede. Ze wist ineens wat haar te doen stond. Het was gedaan met haar vragen, haar twijfels, haar besluiteloosheid. Haar gedachten waren kristalhelder. Zelfs het verdriet en de wanhoop om de pijn die ze iemand die haar dierbaar was niet kon besparen, voelden merkwaardig onthecht.

Op de ochtend voordat ze de trein naar Queenstown zouden nemen, reed Kitty door de heuvels naar de cottage. Ze mocht niet huilen, maar zette haar kiezen op elkaar en liet de ijzige wind haar emoties verdoven. Bij het huisje gekomen bond ze haar paard zoals altijd aan de omheining en liep naar binnen. Jack was er niet, maar zijn tas stond al gepakt bij de deur. Ze ging aan de tafel zitten en wachtte terwijl het zwakke winterse daglicht zich langzaam terugtrok over de planken van de vloer.

Na lang wachten hoorde ze hem aankomen. Hij floot zijn hond, toen vloog de deur open. 'Kitty.'

Hij wist het meteen. Nog voordat hij de uitdrukking op haar gezicht had gezien. Dit keer nam hij haar niet in zijn armen. Dit keer beloofde hij niet dat hij op haar zou wachten en kuste hij haar niet om haar verdriet te stillen. Hij keek haar aan, ongelovig, boos, ongeduldig, want hij wist al wat ze ging zeggen. En dat een kogel hem niet dodelijker kon verwonden. 'Waarom?' was alles wat hij zei.

Kitty keek neer op haar gevouwen handen. 'Ik ben zwanger.' Jack wankelde alsof ze hem had geslagen. 'Van Robert,' voegde ze er kalm en met vaste stem aan toe.

Jack ging tegenover haar zitten en sloeg zijn handen voor zijn gezicht. Er viel een geladen stilte. Een stilte die letterlijk loodzwaar op Kitty's schouders leek te drukken, waardoor haar hoofd pijnlijk begon te bonzen. 'Weet je dat zeker?' vroeg hij ten slotte.

'Ja.'

'Hoe kon je dat nou doen?' Hij keek haar aan en ze las de wanhoop in zijn ogen.

'Hij is mijn man.'

'Je had kunnen weigeren. Als je had gewild, had je hem kunnen weigeren!' Zijn stem werd luider.

Ze stak haar kin naar voren en keek hem aan. Na alles wat er tussen hen was gebeurd, na alles wat er in hun noodlottige liefde was misgegaan, leken zijn ogen nog doffer te zijn geworden. Hij was wanhopig, gebroken. 'Dus dat was het? Na alles wat we samen hebben doorgemaakt. Na al die jaren waarin we ondanks alles van elkaar zijn blijven houden, eindigt het hier?' Hij schudde zijn hoofd.

'Het spijt me,' zei ze.

Hij sloeg met zijn vuist op tafel. 'Het spijt je? Is dat alles wat je kunt zeggen?'

Er brandden tranen in Kitty's ogen. 'Sorry. Het spijt me echt heel erg.'

'Sorry is niet genoeg, Kitty Deverill. Sorry is voor als je thee hebt gemorst. Of als je modder van je schoenen aan het kleed smeert. Sorry is voor kleine, onbelangrijke dingen. Maar het is bij lange na niet genoeg voor het onrecht dat je me aandoet. Besef je dat eigenlijk wel? Besef je wel dat ik al die jaren op je heb gewacht?' Zijn gezicht vertrok van minachting, weerzin. 'Maar dat is nu afgelopen. Ik heb lang genoeg gewacht.'

Een traan spatte op de tafel uiteen. 'Ik weet niet wat ik verder nog moet zeggen.'

'Heb je eigenlijk ooit wel echt van me gehouden, Kitty?'

Overweldigd door emoties drukte ze haar handen tegen haar hart. 'Ik hield van je, Jack. Echt waar,' bracht ze ademloos uit. 'En ik hou nog steeds van je.'

'Dat is niet waar. Als je van me hield zou je bereid zijn alles voor me op te geven.' Hij schoot overeind en ging met zijn rug naar haar toe voor het raam staan. 'God weet hoeveel ik van je hield, Kitty Deverill,' zei hij vermoeid. 'En God weet ook dat ik waarschijnlijk altijd van je zal blijven houden. Het is een vloek die ik zal moeten accepteren. Maar ik heb ergere dingen overleefd. Dus dít overleef ik ook wel.'

Kitty stond langzaam op. Haar hele lichaam deed zeer. Ze liep naar hem toe en sloeg haar armen om zijn middel. Hij zei niets toen ze haar voorhoofd tegen zijn rug liet zakken. Zijn geur vertegenwoordigde haar verleden. Brandende turfblokken, hete thee, portercake, paardenzweet. De geur van vochtige aarde en pekel. Ze sloot haar ogen en in gedachten zag ze hen als kinderen, balancerend op de muur en rondscharrelend in de rivier, op zoek naar kikkers. Ze zag hen in elkaars armen bij de Elfenkring, en ze herinnerde zich hoe vaak ze samen in Smuggler's Bay naar de ondergaande zon hadden gekeken. Toen hoorde ze geweervuur, harde mannenstemmen, het geschreeuw van de Black and Tans die Jack meesleurden, het perron af. Ze wilde zich aan hem vastklampen, hem nooit meer loslaten. Hij betekende alles voor haar, hij hoorde bij haar. Uiteindelijk werd het verdriet haar te machtig en kon ze zich niet meer inhouden. Maar terwijl ze zich hartstochtelijk, wanhopig tegen hem aan drukte, nam hij zijn handen niet van de vensterbank en bleef hij strak naar de zee staren. Toen wist ze dat ze hem voorgoed kwijt was.

Ze liep naar buiten, zonder dat Jack zich nog naar haar omdraaide.

Als hij dat wel had gedaan, zou haar vastberadenheid misschien hebben gewankeld. Dan zou ze misschien zijn terug gerend en misschien zelfs van gedachten zijn veranderd. Maar hij deed het niet. Ze sprong in het zadel en reed langzaam het pad af, met een gevoel alsof er een loden last op haar hart drukte. Maar zoals altijd droogde de wind haar tranen en bracht de aanblik van de groene, glooiende velden de storm die in haar woedde tot bedaren. Ierland was en bleef de enige geliefde waarop ze kon bouwen.

Terwijl ze koers zette naar de heuvels, wist ze dat Jack gelijk had. Alleen een zwangerschap had haar hier kunnen houden. Dat had ze geweten en ze had het laten gebeuren. Het was geen beschikking van het lot geweest. Bestemming had geen rol gespeeld. Kitty had gebeden om een kind, een kind dat haar zou behoeden voor zichzelf. Want ze wist, tot in het diepst van haar wezen, dat dit was waar ze hoorde. Hier, op kasteel Deverill. En ondanks de uitzonderlijke macht die Jack O'Leary had over haar hart, kon zelfs hij haar niet wegrukken uit het land dat haar thuis was.

Diep teleurgesteld sloeg Adeline de wanhopige Kitty gade. Als haar kleindochter met Jack was getrouwd, en als ze uiteindelijk zou zijn teruggekeerd om het kasteel op te eisen, dan zouden de geesten van wie sommige er al eeuwenlang gevangenzaten, eindelijk bevrijd zijn geweest. Maar Adeline kende haar kleindochter, en terwijl ze haar nakeek, op weg naar huis, wist ze dat Kitty niet van gedachten zou veranderen. Ze had, zoals altijd, gekozen voor Ierland.

Adeline stond op de heuvel en keek uit over zee. Een gure, stormachtige wind blies van zee landinwaarts. Hoge golven joegen elkaar na in een eeuwigdurende afwisseling van rijzen en dalen; hun krullende kammen reikten als handen naar de hemel. Ze sloegen tegen de rotsen en veranderden in kolkend, borrelend schuim terwijl het water zich terugtrok en weer oprukte in een ritme dat God alleen begreep. Maar Adeline hoorde de melodie onder het gebulder en haar hart zwol met de deinende golven, terwijl ze keek naar het land dat ze zo vurig liefhad. Ierland. Wild, mysterieus en van een ontroerende schoonheid.

Ach, kon Hubert ook maar hier in de heuvels wonen, net als ik, dacht ze verdrietig. Haar blik ging omhoog, naar de avondhemel en naar de rode wolken die leken te vluchten voor de ondergaande zon, als schapen waarvan de wol in brand stond. Maar Hubert zat gevangen in het kasteel, samen met de andere Lords Deverill, en Adeline had gemerkt dat er niet genoeg ruimte was voor hen allemaal.

De dood had hen nauwelijks veranderd. Ze waren nog altijd zoals ze tijdens hun leven waren geweest, maar werden niet langer gehinderd door hun stoffelijke omhulsel. Ze mopperden en kreunden, ze ruzieden en klaagden. Kortom, geen aangenaam gezelschap. Zou Celia ooit spijt krijgen van haar besluit het kasteel te herbouwen, vroeg Adeline zich af. Bartons zoon Egerton kon erg vervelend zijn. Hij genoot ervan dreunend door de gangen te lopen, deuren te laten knarsen en met meubels te schuiven. Het wás dan ook frustrerend, zoals de geesten als het ware tussen de wal en het schip waren gevallen. Ze namen niet langer deel aan het aardse leven, maar de hemel was voor hen onbereikbaar. Ze leden nog altijd onder de grieven die ze tijdens hun leven hadden gekoesterd, maar zonder het troostrijke vooruitzicht dat daar ooit een einde aan zou komen. Het enige wat ze hadden bereikt, was dat ze inzicht hadden verworven in hun aardse bestaan; in wat hen had bewogen en in wat ze tijdens hun leven hadden gedaan. De vraag of er leven was na de dood, hield hen niet langer bezig. En ze hadden ontdekt dat tijd slechts een illusie was. Maar terwijl hun ziel al in hoger sferen verkeerde, bleven ze gevangenzitten achter onzichtbare tralies. Ze konden al een glimp opvangen van het licht, maar waren veroordeeld tot de schaduw, met hun sterfelijke ego als een ijzeren bal aan een zware keten om hun nek.

Adeline kon daarentegen gaan en staan waar ze wilde. De hemel wachtte op haar, de poort stond wijd open. Maar haar liefde voor Hubert hield haar aan de aarde geketend. Terwijl ze wachtte tot de vloek zou worden opgeheven, kon ze de hele wereld overzien en terwijl ze haar blik op andere landen richtte, liet ze haar hart uitgaan naar een klein stukje Ierland, en ook een klein stukje van haarzelf, dat het water was overgestoken...

8

Connecticut, 1926

Martha Wallace zat op haar knietjes in de vensterbank en staarde als betoverd naar de sneeuw die als donzige witte veren uit de hemel dwarrelde en neerdaalde op de tuin beneden haar. Ze was vandaag vier geworden en volgens Mrs. Goodwin, haar lieve, geduldige Engelse nanny, was de sneeuw een verjaarscadeautje van God. Het kleine meisje legde haar gespreide vingertjes tegen het glas en sloeg haar donkerbruine ogen op naar de hemel, benieuwd of ze Hem kon zien, daar ergens tussen de wolken. Maar ze zag alleen maar sneeuw, miljoenen dikke vlokken die onafgebroken en met een vaart naar beneden kwamen. Martha kon er geen genoeg van krijgen.

'Het is tijd, kindje.' Mrs. Goodwin kwam de kamer binnen met Martha's rode jasje over haar arm en het bijpassende hoedje in haar hand. 'We zouden niet willen dat je te laat op je feestje komt. Oma Wallace heeft de hele familie uitgenodigd. Het wordt vast enig.'

Martha rukte zich los van de witte betovering, liet zich van de vensterbank glijden en ging voor haar nanny staan. Mrs. Goodwin liet zich glimlachend op haar hurken zakken. 'Je ziet er prachtig uit, lieverd.' Ze duwde de blauwe strikken in Martha's donkerbruine haar in model en haar blik ging vertederd over het jurkje van blauwe zijde met een witte ceintuur en dito kraag, dat ze zorgvuldig had gestreken zodat er geen kreukeltje meer te bekennen was. 'Ach, ik weet nog toen je net geboren was. Je was zo'n mooi kindje. En je papa en mama waren zo trots dat ze je aan iedereen wilden laten zien. Ze houden heel erg veel van je. Dus jij moet ook altijd heel erg lief zijn voor je papa en mama.'

Martha legde in een geoefend samenzweerdersgebaar een vinger op haar lippen. 'Sst,' fluisterde ze.

'Natuurlijk, kindje.' Mrs. Goodwin dempte haar stem. 'Je geheime vrienden moeten geheim blijven,' zei ze kordaat terwijl ze Martha in haar jasje hielp. 'Het is niet leuk als je iedereen erover vertelt. Want dan zijn ze niet langer geheim.'

'Maar ik kan er met ú toch wel over praten?' Martha keek hoe de nanny behendig haar jasje dichtknoopte.

'Ja, met mij wel. Maar verder met niemand. Je bent gezegend met een verrukkelijke gave, Martha. Maar niet iedereen zou die begrijpen.'

Martha knikte en keek haar nanny vol vertrouwen aan. Mrs. Goodwin was ontroerd, want zoals altijd wanneer ze het kind diep in de ogen keek, las ze de eenzaamheid daarin. Niet dat Martha aandacht en liefde tekortkwam, maar het leek wel alsof ze een leegte in zich droeg die door niets en niemand gevuld kon worden. Het kind was ermee geboren, de kleine Martha had van jongs af aan uit het raam gekeken alsof ze iets zocht, iets wat ze had verloren of waarnaar ze verlangde, maar wat ze zich slechts vaag herinnerde. Ze was een weemoedig, dromerig kind dat het liefst alleen speelde; het waren merkwaardige eigenschappen voor een kind dat het aan niets ontbrak en dat een kamer vol speelgoed had om zich mee te vermaken. Pam Wallace verwende haar enige kind schaamteloos. Wat de kleine Martha wilde, dat kreeg ze. Maar Martha wilde niet veel, en van alles wat er voor geld te koop was, kon maar weinig haar boeien. Liever liet ze zich meevoeren door haar verbeelding: ze keek naar de wolken die langs de hemel dreven, ze speelde met bloemen en insecten, of ze praatte met mensen die alleen zij kon zien. Wanneer Mrs. Goodwin op háár beurt haar verbeelding liet spreken, vroeg ze zich af of Martha diep vanbinnen soms de roep van haar vaderland kon horen en of ze zich misschien zelfs nog vaag kon herinneren dat ze als helft van een tweeling was geboren, maar uiteindelijk alleen op reis was gegaan.

Mrs. Goodwin had het niet mogen horen toen Martha's ouders over de herkomst van het kind spraken. En het was ook niet haar bedoeling geweest. Integendeel, als ze had kunnen vermoeden wat ze te horen zou krijgen, zou ze haar oor nooit te luisteren hebben gelegd. Maar daarvoor was het nu te laat. Het was gebeurd toen Martha een jaar of twee was. De deur van de slaapkamer van Mr. en Mrs. Wallace stond op een kier, en Mrs. Goodwin liep toevallig langs, op weg van Martha's kamer naar de hare, toen ze het echtpaar hoorde zeggen dat het kind duidelijk eenzaam was en wat ze daaraan konden doen.

'We hadden nog een kind moeten adopteren,' zei Mrs. Wallace, en Mrs. Goodwin bleef als aan de grond genageld staan. Ze durfde nauwelijks adem te halen, maar haar nieuwsgierigheid was sterker dan het besef dat het ongepast was wat ze deed. 'We hadden haar broertje ook moeten nemen,' vervolgde Mrs. Wallace.

'Mag ik je eraan herinneren dat jij maar één kind wilde?' merkte haar man op. 'Meer kon je niet aan, zei je. En je wilde een meisje.'

'Omdat je een dochter niet kwijtraakt als ze trouwt.'

'Zuster Agatha heeft ons nog zo gevraagd of we niet allebei de kinderen wilden nemen. Het was tenslotte een tweeling. Maar we zouden natuurlijk opnieuw naar Dublin kunnen gaan, om te zien of er nog meer kinderen ter adoptie zijn afgestaan. Ik zou met alle liefde nog zo'n weesje een gelukkig thuis willen geven.' Mrs. Goodwin voelde zich erg ongemakkelijk, want afgezien van het feit dat ze het echtpaar afluisterde, was het bovendien heel erg wat ze zojuist had gehoord.

'Als ik had geweten dat Martha zich tot zo'n eenzaam kind zou ontwikkelen, dan zou ik haar broertje ook hebben meegenomen,' bekende Pam Wallace.

Met stomheid geslagen en vervuld van afschuw had Mrs. Goodwin zich losgerukt en was ze teruggelopen naar de kamer van het kleine meisje. Daar had ze zich over het bedje gebogen en vol medelijden naar het slapende kind gekeken. Dus Martha had een broertje. Een tweelingbroer. Wat zou er van hem geworden zijn? Droeg hij diep vanbinnen net zo'n leegte met zich mee? Iets waarvan ze bij Martha nu volledig overtuigd was, na wat ze had gehoord. Wisten de kinderen onbewust dat ze ooit met zijn tweetjes waren geweest? Wie was hun moeder? Waarom had ze haar kinderen afgestaan? Mrs. Goodwin was ervan overtuigd dat Mr. en Mrs. Wallace hun dochter nooit zouden vertellen dat ze geadopteerd was. Tot op dat moment had ze hen er nooit over horen praten. Wie wist er nog meer van? In de ogen van de buitenwereld leken moeder en kind sprekend op elkaar. Ze hadden hetzelfde donkerbruine haar, dezelfde donkere ogen en lichte Ierse huid. Niets in hun uiterlijk gaf aanleiding tot twijfel over Martha's afkomst. En Mrs. Wallace was dol op

Martha. Dat leed geen enkele twijfel. Ze hield intens veel van haar. Toch deugde het niet wat ze hadden gedaan. Het was verkeerd om een tweeling uit elkaar te halen. Heel erg verkeerd. En Mrs. Goodwin voelde zich slecht op haar gemak bij de gedachte dat Martha misschien nooit zou weten waar ze vandaan kwam, laat staan dat ze een broer had.

Op dat moment nam de nanny het kleine meisje bij de hand en liep met haar naar beneden, waar haar moeder al in de hal haar handtas inspecteerde. Als vrouw van een schatrijke echtgenoot leidde Pam Wallace een verwend, beschermd bestaan. Haar donkere haar was geknipt in een chique, golvende bob, haar zorgvuldig geëpileerde wenkbrauwen gaven haar permanent een blik van verbazing, haar kleine mond was vuurrood gestift. Witte handschoenen verborgen haar lange nagels die ook vuurrood waren. Haar lange, tengere postuur kwam perfect tot zijn recht dankzij de heersende mode van rechte jurken met een lage taille. In de jonge jaren van Mrs. Goodwin, aan het eind van de vorige eeuw, gold een royale boezem nog als schoonheidsideaal. Maar zware borsten werden niet langer gewaardeerd. Niet dat Mrs. Goodwin zich nog voor mannen of mode interesseerde. Nadat ze door de dood van Mr. Goodwin weduwe was geworden, had ze haar leven aan kinderen gewijd, en ervaring had haar geleerd dat de kleintjes behoefte hadden aan iets zachts om tegenaan te kruipen.

Mrs. Wallace keerde zich naar de trap toen haar dochter naar beneden kwam, met haar vingertjes stijf om de hand van haar nanny geklemd zodat ze niet zou vallen als ze struikelde. De vuurrode lippen plooiden zich in een tevreden glimlach. Ze kon trots zijn op Martha. Het lange haar van het kind glansde, de linten waren keurig gestrikt, de glimmend rode knopen van haar rode jasje dichtgeknoopt, en haar schoentjes – stralend blauw, geverfd in de kleur van de jurk die onder het jasje uit piepte – waren allerliefst, als de schoentjes van een pop. Mrs. Wallace was erg tevreden. 'Je bent prachtig, lieverd. Een plaatje,' dweepte ze. Haar Ierse accent was nog vluchtig hoorbaar onder het harde, nasale Amerikaans. Ze stak haar hand uit naar het kind. 'Je kunt wel zien wie er vandaag jarig is. Ik weet zeker dat je nichtjes en neefjes er lang niet zo mooi uitzien als jij!' Martha pakte de hand van haar moeder. Haar hart zwol van blijdschap, want ze vond niets zo heerlijk als mama die trots op haar was.

Mrs. Goodwin wilde Martha het hoedje opzetten, maar een wit geschoeide hand hield haar tegen. 'Dat zou zonde zijn,' zei Mrs. Wallace. 'Je hebt die linten zo prachtig gestrikt, Goodwin. Door het hoedje zouden ze uit model raken. We zullen rennen naar de auto en proberen niet nat te worden. Afgesproken, Martha?' Het kleine meisje knikte en wierp een snelle blik op haar nanny, die haar bemoedigend toelachte.

Mrs. Goodwin knikte, met het hoedje tussen haar vingers geklemd. 'Zoals u wilt, Mrs. Wallace.'

'Kom, we moeten voortmaken. Er zijn cadeautjes voor je, en er is taart. Oma zei immers dat ze Sally zou vragen de allerlekkerste chocoladetaart voor je te bakken die je ooit hebt gegeten?'

Mrs. Goodwin keek moeder en kind na terwijl ze de treden afdaalden naar de oprijlaan, waar de chauffeur al naast de auto in de houding stond, met een dikke laag sneeuw op zijn pet en ongetwijfeld steenkoude vingers in zijn zwarte handschoenen. Ze zag hoe haar kleine pupil op de met leer beklede achterbank klauterde, gevolgd door haar moeder. Daarop sloot de chauffeur het portier, hij ging achter het stuur zitten en even later reed de auto de laan uit, met achterlating van verse sporen in de sneeuw. Mrs. Goodwin had toch liever gewild dat het kind haar hoedje had gedragen.

Het was niet ver naar de schoonmoeder van Pam Wallace. Martha was dol op ritjes met de auto en ze keek gretig uit het raampje naar de huizen en de bomen die er allemaal prachtig uitzagen onder hun witte deken. Een betoverend winterwonderland. Pam was te gespannen om ervan te genieten, zelfs om met de kleine Martha te praten. Ze zag als een berg tegen de middag op. Haar schoonzussen zouden er ook zijn: Joan, met vier kinderen van negen tot veertien, en Dorothy, met haar twee jongens van tien en twaalf. Alleen al bij de gedachte aan haar schoonzussen voelde Pam rivaliteit, en ze hoopte vurig dat Martha een goede indruk zou maken met haar hoffelijkheid en keurige manieren. Anders zouden haar schoonzussen zeggen dat ze Martha nooit had moeten adopteren, dat ze een kind had gekocht dat niet deugde.

Het huis van Ted en Diana Wallace was een royale villa van rode baksteen met witte luiken, grijze dakpannen en een statige veranda met zuilen. Larry was er opgegroeid en had er, met zijn twee oudere broers, gewoond tot hij op zijn vijfentwintigste met Pam was getrouwd. In de ogen van Pams Ierse ouders was Larry de ideale schoonzoon: oud geld, een uitstekende opleiding en een baan met aanzien bij de buitenlandse dienst. Nou ja, bíjna de ideale schoonzoon, want Larry was niet katholiek. Wel hoffelijk en goedgemanierd, hij bewoog zich in de juiste kringen, ging onberispelijk gekleed, was sportief, gedistingeerd en – het allerbelangrijkste – hij was rijk. Maar zijn geloof was een onoverkomelijk probleem voor Pams vader, Raymond Tobin, die dan ook niet bij het huwelijk was geweest. Pams ouders hadden hun boerderij in Clonakilty opgedoekt toen hun zoon Brian in 1918 door de IRA was vermoord, omdat hij in de Grote Oorlog in het Britse leger had gediend. Dat had bij Raymond Tobin zo veel kwaad bloed gezet dat hij tot geen enkel compromis bereid was als het ging om het geloof. 'De Tobins trouwen al eeuwenlang met katholieken. Dus wanneer mijn Pamela Mary met een protestant trouwt, weiger ik haar mijn zegen te geven,' had hij gezegd en hij had zijn handen ervan afgetrokken. Hanora, Pams moeder, had haar bezwaren ter wille van haar jongste dochter opzijgezet. Ze deed oprecht haar best de man voor wie Pam had gekozen te accepteren. Want als het verlies van haar zoon haar iets had geleerd, dan was het dat niets in het leven zo belangrijk was als de liefde.

Pam was tweeëntwintig toen ze met Larry trouwde, na een verkering van zes maanden. In het begin van hun huwelijk waren ze intens gelukkig geweest, en Pams inspanningen om geaccepteerd te worden in haar rijke schoonfamilie – een conventionele Amerikaanse dynastie, waarin niemand stond te juichen bij een huwelijk met een katholiek meisje – begonnen vruchten af te werpen. Maar toen ze na twee jaar nog steeds niet zwanger was, had haar dokter haar grootste angst bevestigd: ze kon geen kinderen krijgen. Daarop was ze in haar wanhoop op zoek gegaan naar andere opties.

Adoptie was bepaald niet gebruikelijk in het milieu van de Wallaces. Volgens Ted kocht je zelfs geen hond zonder stamboom. Dus waarom zou je een kind kopen als je niet wist waar het vandaan kwam? En Diana had zich bezorgd afgevraagd of je wel van een kind kon houden dat niet je eigen vlees en bloed was. Maar Pam hield voet bij stuk en Larry steunde haar in de discussies rond de zondagse eettafel die bij de Wallaces soms in verhitte debatten ontaardden. Pams vader, Raymond Tobin, was het met Ted Wallace eens, ook al hadden de twee mannen elkaar nooit ontmoet. 'Je hebt geen idee wat je krijgt,' zei hij tegen zijn dochter.

'Je kunt dan misschien een zoon kopen, Pamela Mary, maar hoe je hem ook noemt, het wordt nooit een Tobin of een Wallace.' Haar moeder begreep de kinderwens van haar dochter. In Ierland ontfermden kloosters zich over jonge, ongehuwde moeders die niet voor hun kindje konden zorgen, vertelde ze fluisterend. Zou het niet heerlijk zijn om zo'n kindje een kans te geven? Geholpen door haar moeder kwam Pam terecht bij een adoptiebureau in New York dat in contact stond met het Klooster van Onze-Lieve-Vrouwe Koningin van de Hemel in Dublin. Larry regelde dat hij tijdelijk naar Europa werd overgeplaatst om de diplomatieke betrekkingen met Amerika te bevorderen, en ze gingen voor twee jaar naar Londen. Vandaar reisden ze naar Ierland, in de vurige hoop op een kind. Omdat ze wel beseften dat wat ze deden erg ongebruikelijk was, hadden ze alles in het werk gesteld om de adoptie geheim te houden. Alleen Larry's familie en Pams ouders wisten ervan, want de onderlinge verhoudingen waren zo hecht dat het hoe dan ook zou zijn uitgekomen.

Martha leek in alle opzichten het toonbeeld van een kind van rijke, geprivilegieerde ouders. Ze was aantrekkelijk, beleefd, charmant, met fijngetekende – en volgens Pam aristocratische – gelaatstrekken. Tenslotte had zuster Agatha gezegd dat de moeder van het kind uit de hoogste kringen afkomstig was. De kleine Martha was dan ook de oogappel van oma Wallace. Het was voor het eerst dat Diana Wallace een verjaarspartijtje gaf voor een van haar kleinkinderen. Pam zou trots moeten zijn, maar in plaats daarvan was ze vooral bezorgd. De kinderen van Joan en Dorothy waren onberispelijk, maar bovendien het evenbeeld van hun ouders en voorbestemd om de bloedlijn voort te zetten die voor Ted Wallace, Pams schoonvader, zo belangrijk was. Van welke bloedlijn stamde Martha af? Pam keerde zich naar het kind. 'Zul je braaf zijn, Martha?' vroeg ze met een waarschuwende ondertoon in haar stem.

'Ja, moeder.' Het kind voelde dat haar moeder gespannen was en werd rusteloos.

Toen Pam en haar dochter bij de Wallaces arriveerden, zat Joan, die met Charles, Larry's oudste broer, getrouwd was al op de bank, naast Dorothy, de vrouw van Stephen. Diana Wallace, hun schoonmoeder, bood een indrukwekkende aanblik in haar gemakkelijke fauteuil. Joan liet haar amandelvormige groene ogen snel en taxerend over de concurrentie gaan, toen ontspande ze. Van de drie schoonzussen was zij de best geklede. Haar korte kastanjebruine haar krulde scherp omhoog, als twee vishaken, ter hoogte van haar jukbeenderen. Over haar modieuze, lila jurk met lage taille droeg ze een lang bijpassend vest met een grote gebreide bloem, net onder de linkerschouder. Een hoed in dezelfde kleur maakte het geheel af. Beschaafde glamour, dat was wat ze wilde uitstralen, en ook de zwarte schoenen met een bandje over de wreef, de bordeauxrode kousen en het lange snoer blauwe kralen dat tot haar middel reikte, waren modieus en zorgvuldig gekozen. Dorothy, die zich in alles aan Joan spiegelde, had geprobeerd hetzelfde effect te bereiken, maar dat was jammerlijk mislukt, getuige het weinig elegante resultaat. En Pam, die dezelfde zorg aan haar uiterlijk besteedde als Joan en ook glamour nastreefde, zag er in vergelijking met haar schoonzuster stijfjes en nogal alledaags uit.

De ogen van oma Wallace lichtten op toen ze Martha zag. Ze spreidde haar armen en het kleine meisje holde naar haar toe, in het besef dat ze bij oma Wallace altijd welkom was. 'Daar hebben we de jarige! En volgens mij ben je weer gegroeid, jongedame.'

Pam gniffelde stiekem toen ze zag dat Joan haar lippen tuitte terwijl ze de uitbundige begroeting tussen oma en kleindochter misprijzend gadesloeg. Joan had het heerlijk gevonden dat Pam geen kinderen kon krijgen, en dat zij als eerste schoondochter voor kleinkinderen had gezorgd. Oma en opa Wallace waren dol op haar kinderen geweest. Opa volgde hun vorderingen op de tennis- en de golfbaan met belangstelling, terwijl oma de meisjes voorlas en aanmoedigde om te schilderen en pianoles te nemen. Toen Dorothy vervolgens twee zoons kreeg, had Joan zich niet bedreigd gevoeld, dankzij de onverholen bewondering waarmee haar schoonzuster naar haar opkeek. Bovendien was Diana Wallace altijd een zwak plekje blijven houden voor de kinderen van haar oudste zoon. Totdat Pam en Larry uit Europa waren teruggekomen met een klein meisje.

Pam zou de uitdrukking op Joans gezicht nooit vergeten toen haar schoonzuster zich over de wieg boog. 'Het probleem met een kind adopteren is dat je niet weet wat je krijgt.' Joan had minachtend gesnoven. 'Genen zijn erg belangrijk. Dus je kunt haar wel grootbrengen als een Wallace, maar diep vanbinnen blijft ze wie ze is.' Ze had medelijdend haar hoofd geschud. 'En dat zal de tijd moeten uitwijzen.' Dat was het moment geweest waarop Pam had besloten alles op alles te zetten om te bewijzen dat Joan het bij het verkeerde eind had.

Toen ze Martha uit haar rode manteltje hielp en het blauwe zijden jurkje met de witte kraag en ceintuur tevoorschijn kwam, kon zelfs Joan niet ontkennen dat het kind er allerliefst uitzag. Pams hart zwol van trots, want geen van de kinderen van Joan en Dorothy was zo ontroerend charmant en innemend. Martha had iets bijzonders. Ze was als een zwaan tussen de ganzen, dacht Pam verheugd, als een orchidee omringd door madeliefjes. Even later kwam de rest van de kleinkinderen binnen, met een blos op hun wangen, want ze hadden verstoppertje gespeeld door het hele huis.

De cadeautjes lagen hoog opgestapeld op de piano en Martha kreeg de pakjes, versierd met fleurige linten en strikken, een voor een aangereikt. Geholpen door haar neefjes en nichtjes maakte ze zorgvuldig het papier los, en telkens wanneer het cadeautje tevoorschijn kwam hield ze van blijdschap haar adem in. Ze wist dat ze niets mocht laten merken als ze iets niet leuk vond en bedankte alle gevers uitbundig, zich bewust van haar moeders onderzoekende, maar tevreden blik.

De thee werd geserveerd in de serre, die was versierd met slingers en vrolijk gekleurde ballonnen. De kinderen kregen sinaasappelsap en behalve de taart in de vorm van een kat, die de kokkin had gebakken, waren er ook sandwiches met ham en eieren. Bij het zien van het gebak, met daarop vier brandende kaarsen, verscheen er een stralende, hartveroverende glimlach op Martha's gezichtje.

Oma Wallace kon haar ogen nauwelijks van haar jongste kleinkind afhouden en leverde gretig commentaar telkens wanneer Martha iets grappigs zei of deed. 'Ze is echt aanbiddelijk, Pam. En zo netjes. Er zit geen kruimel op dat snoezige jurkje.'

Joan, die met een kop thee in een hoek van de serre stond, reageerde verontwaardigd. 'Dat zegt ze alleen maar omdat Martha geadopteerd is,' zei ze geërgerd tegen Dorothy, in de wetenschap dat ze in haar een bondgenoot zou vinden. 'Dat probeert Ma te compenseren, zodat Pam zich beter voelt. Maar volgens mij overdrijft ze. Want er komt natuurlijk niets van dat kind terecht. Als we een paar jaar verder zijn blijkt vast en zeker dat ze dom is.'

'Nou, dat zou ik niet willen beweren, Joan,' zei Dorothy. Net toen Joan gekwetst en verbaasd wilde reageren, voegde Dorothy eraan toe: 'Ze is raar. Volgens George heeft Martha een imaginaire oma. Ene Adele, of Adine, of zoiets. Onnozele kinderen hebben geen imaginaire grootmoeders. Dus volgens mij is ze een medium.'

Joan vernauwde haar ogen tot spleetjes. 'Een medium? Hoe bedoel je?'

'Volgens mij ziet ze mensen die overleden zijn.'

'En die ziet ze niet alleen maar in haar verbeelding?'

'Nee, ik denk dat ze echt overleden mensen kan zien. Ik heb er laatst een artikel over gelezen. Over helderziendheid en zo. Het schijnt dat veel jonge kinderen imaginaire vriendjes hebben die niet imaginair zijn.'

'Nou, míjn kinderen hebben geen imaginaire vriendjes,' zei Joan.

'Nee, de mijne gelukkig ook niet. En anders had ik het er wel uit geslagen! Want ik denk niet dat Stephen daar gelukkig mee zou zijn.'

'Martha mag nu dan schattig zijn, maar ik denk dat ze later problemen met haar krijgen,' merkte Joan op. 'Wij weten tenminste waar het vandaan komt als het bij onze kinderen ergens aan schort.'

'Precies.'

'Minder leuke eigenschappen zijn nou eenmaal beter te accepteren als het gaat om familietrekken. Maar...' Joan zuchtte met nauwelijks verholen leedvermaak. 'Bij Martha zullen we nooit weten waar die eigenschappen vandaan komen.'

Toen de familie na de thee weer naar de salon ging, kwam Ted Wallace thuis met Stephen, zijn middelste zoon. Ze hadden langdurig geluncht op de golfclub. Tot Teds grote teleurstelling hadden ze niet kunnen golfen vanwege het dikke pak sneeuw op de baan. Maar de lunch met een groepje vrienden was gezellig geweest en afgesloten met een potje biljarten. Ted was een enthousiast beoefenaar van alle sporten waar een bal aan te pas kwam, en Stephen had niet alleen het enthousiasme van zijn vader geërfd, maar ook diens sportieve talent. Dus ze kwamen weldoorvoed de kamer binnen, lachend napratend over hun overwinning bij het biljarten.

De kleinkinderen gingen beleefd staan om hun opa te begroeten, een lange, indrukwekkende verschijning met brede schouders, een kaarsrechte rug en een dikke bos grijs haar. Een knappe man, die er ondanks zijn rimpels met zijn negenenvijftig jaar nog goed uitzag. Hoewel zijn belangstelling vooral uitging naar de jongens, die net als hij sportief ingesteld waren, had hij ook voor alle meisjes een vriendelijk woord – een opmerking over hun mooie jurk of een vraag naar hun hond of hun konijn. Toen de begroeting achter de rug was, renden de kleinkinderen weg, en ging Ted met een sigaar bij de haard staan terwijl Stephen naast zijn vrouw op de bank plofte, achteroverleunde en met een tevreden zucht zijn lange benen strekte.

'Het ziet ernaar uit dat het de hele nacht gaat sneeuwen,' zei Ted. 'Dus ik zou niet te laat weggaan als ik jullie was. Want met zulk weer ontstaan er geheid problemen met het verkeer. Jullie kunnen natuurlijk ook allemaal blijven slapen. Dat vinden Diana en ik alleen maar leuk.'

'Lieve hemel, ik kan op deze schoenen niet lopen in de sneeuw! Als de auto vast komt te zitten, kan ik geen kant uit,' zei Joan. 'Weet je zeker dat het niet al te laat is?' Ze keek angstig naar buiten.

'Het eerstkomende uur hoef je je nog geen zorgen te maken,' antwoordde haar schoonvader. 'En jullie hoeven niet ver.' Dat klopte. De zonen Wallace hadden allemaal een huis op korte afstand van hun ouders gekocht. Zo hecht was de familieband.

'Ik ga de kinderen roepen.' Dorothy stond op.

'Hoe was het feestje?' vroeg Ted van achter een wolk sigarenrook.

'O, Martha heeft genoten!' antwoordde Diana. 'Het is toch zo'n schatje.'

'En het is zo leuk om haar met haar neefjes en nichtjes samen te zien,' zei Joan. 'Ze hoort er echt bij, hè?'

'Natuurlijk hoort ze erbij,' zei Pam iets te snel. Ze keek haar schoonmoeder aan. 'Het was erg lief van je om een feestje te geven voor haar verjaardag. Ze heeft een heerlijke middag gehad.'

Diana lachte haar welluidende lach. 'Ik ben haar lievelingsoma, Pam. Dus ik moet wel mijn best doen om dat te blijven.'

'Het valt anders niet mee om te concurreren met een imaginaire oma.' Joan glimlachte vilein.

'Heeft Martha die dan?' Stephen legde geeuwend zijn handen achter zijn hoofd.

'Daar is ze! Vraag het haar zelf maar,' zei Joan toen Martha binnenkwam, in het kielzog van de grotere kinderen.

'Ik begrijp niet waar Joan het over heeft,' zei Pam, die zich op slag slecht op haar gemak voelde.

'Het is echt waar. Ik heb het niet verzonnen. Hoe heette ze ook alweer,

Dorothy? Martha's imaginaire grootmoeder?' Dorothy, die in de deuropening stond, verbleekte. Ze wilde niet als aanstichter worden gezien.

'Vertel jij het ons dan maar,' zei Joan tegen het kleine meisje. Martha keek nerveus naar haar moeder. Joan trommelde met haar lange nagels op de leuning van haar stoel. 'Nou, komt er nog wat van? Hoe heet je imaginaire oma? Of misschien is ze niet imaginair? Vertel het maar. We zijn allemaal reuzebenieuwd.'

Pam stond op en nam haar dochter bij de hand. 'Kom mee, lieverd, we moeten naar huis voordat we ingesneeuwd raken.' Toen keek ze haar schoonzus aan, en er kwam een harde blik in haar ogen. 'Je kunt soms erg onaangenaam zijn.'

Joan schoot in de lach, met een hand op haar borst, en hijgde geluidloos. 'Kom op, Pam. Het was maar een grapje. Je neemt het veel te hoog op. Diana heeft al concurrentie van oma Tobin, maar als ze het nou ook nog moet opnemen tegen een geest! Dat is toch echt te veel gevraagd.'

Diana schudde haar hoofd. 'Het is helemaal niet ongebruikelijk dat kinderen imaginaire vriendjes hebben. Martha is veel alleen. Daar komt het door. Ik vind het helemaal niet erg hoor, Martha, dat je nog een oma hebt. Als ze maar net zo lief voor je is als ik!' Martha lachte, maar er blonken tranen in haar ogen.

Bij thuiskomst merkte Mrs. Goodwin onmiddellijk dat Martha erg stilletjes was. Volgens Mrs. Wallace was ze gewoon moe, maar later die avond, nadat ze Martha in bed had gestopt, luisterde Mrs. Goodwin voor de tweede keer een gesprek af dat niet voor haar oren bedoeld was. En deze keer stond ze niet per ongeluk achter de deur. Het was niets voor Martha om zo stil en zo ernstig te zijn, zeker niet na een verjaarspartijtje. Mr. en Mrs. Wallace zaten in de salon en dronken een glaasje voor het eten. Mrs. Goodwin kon flarden van het gesprek opvangen.

'Als ze onze biologische dochter was, zou ik geen moeite hebben met haar onvolkomenheden, of haar eigenaardigheden zoals jij het noemt. Want dan waren het familietrekjes en die zou ik kunnen thuisbrengen. Maar juist omdat we niet weten waar ze vandaan komt, maak ik me zorgen dat ze misschien anders is. En dat wil ik niet, Larry. Ik wil niet dat ze anders is. Om erbij te horen in de familie moet ze net zo zijn als de kinderen van je broers. Begrijp je dat dan niet?'

'Volgens mij maak je je zorgen om niets. Zodra ze eenmaal naar school gaat en echte vriendjes en vriendinnetjes krijgt, gaat het vanzelf over.'

'Maar zo lang wil ik niet wachten. Ik wil er nu iets aan doen.'

'En hoe stel je je dat voor?'

'Ik ga met haar naar een dokter.'

Larry schoot in de lach. 'Ze is niet ziek, Pam.'

'Praten met mensen die niemand anders kan zien... dat is een soort ziekte, Larry. Het is in elk geval niet normaal.' De stem van Pam was een octaaf gestegen. Mrs. Goodwin legde geschokt een hand op haar hals. Wat zou een dokter vinden van Martha's 'gave'? Hoe zou hij die 'genezen'? Ze hoorde Mr. Wallace een zucht slaken. Hij had weinig geduld als het om huiselijke zaken ging.

'Doe wat je niet laten kunt, Pam. Als het jou geruststelt wanneer een dokter zegt dat het normaal is om tegen madeliefjes te praten, dan vind ik het prima.'

'Mary Abercorn had het over iemand in New York. Hij heeft haar zoon behandeld. Bobby. Hij leed aan angsten, maar dat is inmiddels helemaal over. Dus die man moet wel goed zijn.'

'En wat is het voor iemand? Geen dokter?'

'Nee, hij is een...' Pam aarzelde. 'Je weet wel, zo iemand die niet het lichaam behandelt, maar de geest.'

'Een kwakzalver.'

'Larry!'

'Nou goed dan, een psychiater.' Het bleef geruime tijd stil terwijl Mr. Wallace nadacht over de suggestie van zijn vrouw. 'Zolang hij haar maar met geen vinger aanraakt,' zei hij ten slotte streng.

Mrs. Goodwin had genoeg gehoord. Ze haastte zich naar de trap en liep geruisloos over de dikke loper naar boven. Eenmaal op de overloop bleef ze staan, met haar hand op de leuning en met haar ogen gesloten. Ze haalde diep adem in een poging haar ongerustheid onder controle te krijgen. Maar hoe ze ook haar best deed, haar angst liet zich niet verjagen en drukte als lood op haar schouders. Ze wist niet wat die psychiater in New York ging doen, maar er kon niets goeds uit voortkomen. Dat wist ze wel.

9

Martha lag in bed en luisterde naar de vertrouwde geluiden van de nacht: geritsel, fluisterend gemompel, gedempt geschuifel, allemaal afkomstig van mensen die zich door haar kamer bewogen, ook al kon het kleine meisje in het donker niet zien wat ze precies deden. Martha wist alleen dat ze érgens mee bezig waren, en dat die 'ze' een ander soort mensen waren dan haar ouders en Mrs. Goodwin; bij die 'ze' ging het om mensen van wie Martha intuïtief aanvoelde dat ze geen deel uitmaakten van de materiële wereld.

De nachtelijke bedrijvigheid had haar nooit angst aangejaagd, want oma Adeline had haar verteld dat die onzichtbare 'ze' geen kwaad in de zin hadden. 'Ze zijn gewoon nieuwsgierig,' had ze gezegd. 'Het contact tussen deze wereld en die andere is veel hechter dan de meeste mensen denken.' Martha was dol op Adeline, met haar geduldige glimlach en haar vriendelijke ogen, en wanneer oma Adeline lachte klonk het zacht en teder als een streling. Bij haar moeder moest Martha altijd heel erg haar best doen om zich netjes te gedragen. Ze moest zorgen dat haar jurk schoon bleef en dat haar schoenen niet dof werden. Ze moest beleefd en welgemanierd antwoord geven als haar iets werd gevraagd. Ze moest in alle opzichten brááf zijn. Hoewel ze nog veel te klein was om de complexe wereld van de volwassenen te begrijpen, wist ze instinctief dat de liefde van haar moeder niet onvoorwaardelijk was, maar dat ze die moest verdíénen. Bij Adeline lag dat anders. Martha voelde dat Adeline van haar hield en haar accepteerde zoals ze was. Dat gevoel ontleende ze niet aan iets wat Adeline had gezegd, maar aan de blik in haar ogen. Een blik waardoor het kind zich gekoesterd wist.

Mrs. Goodwin had Martha op het hart gedrukt dat ze Adeline geheim moest houden, maar dat kostte haar moeite, want voor haar was ze net zo echt als oma Wallace. Nou ja, bijna net zo echt. Martha's moeder vond het niet prettig als ze over haar 'imaginaire vrienden' praatte, zoals zij ze noemde. En wanneer Martha dat soms, per ongeluk, toch deed, zag ze haar moeders gezicht veranderen. Dan werd het plotseling hard. En dan trok ze haar liefde terug, zoog ze die als het ware naar binnen, alsof het iets zichtbaars was, zoals de rook van opa's sigaren. Het ene moment voelde Martha zich er nog door omringd, maar dan ineens leek mama diep in te ademen en haar liefde terug te trekken, waardoor Martha zich plotseling koud en alleen voelde, en zich schaamde. Wanneer dat gebeurde was het kleine meisje nog braver dan anders, om te zorgen dat alles weer goed kwam. Geleidelijk aan ontwikkelde zich op die manier een patroon, waaraan zowel moeder als dochter gewend was geraakt. Pam onthield het kind haar liefde en goedkeuring in een onbewuste poging tot het uitoefenen van controle, waardoor Martha alles op alles zette om die liefde, die goedkeuring te verdienen. En op de achtergrond was Adeline altijd aanwezig, om Martha gerust te stellen en haar te vertellen hoe dierbaar en bijzonder ze was.

Ook nu weer ontleende Martha troost en geborgenheid aan de geluiden in haar kamer. Ze besefte nog niet hoe wankel haar greep op die andere wereld was. Maar dat zou ze spoedig merken.

De volgende morgen trok Mrs. Goodwin haar een groen jurkje aan met een bijpassend vestje en witte kousen. Ze borstelde het haar uit haar gezicht en bond het met een groen lint bij elkaar. Toen Martha was aangekleed, nam Mrs. Goodwin haar mee naar beneden, waar haar moeder al in de hal op haar stond te wachten. Ze gingen naar New York. Mrs. Goodwin had haar over Manhattan verteld, en het had allemaal zo opwindend geklonken dat Martha popelde van ongeduld. Ze was nooit verder geweest dan het huis van oma Wallace, dus het vooruitzicht van een bezoekje aan de grote stad was overweldigend.

Mrs. Goodwin had niets te veel gezegd, besefte Martha. Met haar neusje tegen het raampje van de auto keek ze naar de wolkenkrabbers, die zelfs nog hoger waren dan de bomen, en naar de trottoirs, bedekt met gesmolten sneeuw. Ze had nog nooit zo veel mensen gezien, en ook nog nooit zo veel auto's die in lange rijen achter en naast elkaar reden, en waarvan de bestuurders soms ongeduldig toeterden. Uiteindelijk stopten ze voor een voornaam gebouw, opgetrokken uit bruine steen. Martha's moeder haakte haar tas om haar arm en wachtte tot de chauffeur het portier voor haar openhield. Zodra hij in de houding stond, stapte Pam uit, pakte Martha bij de hand en samen beklommen ze de steile treden naar de voordeur.

Martha, die tijdens de hele rit vrolijk had gebabbeld, werd plotseling stil. Ze bleef dicht naast haar moeder lopen en hield haar hand stijf vast. De sfeer in het gebouw had iets drukkends, iets wat haar bang maakte. En dat gold ook voor de lift, waarvan de deur haar deed denken aan een dierenkooi. Hij maakte een ratelend geluid bij het open- en dichtgaan, waardoor Martha zich opgesloten voelde. Ze was dan ook erg opgelucht toen haar moeder de deur op de tweede verdieping weer opendeed en ze uitstapten. Van achter een balie werden ze begroet door een dame met vuurrode lippen en lange wimpers die eruitzagen als spinnenpoten. Pam noemde haar naam, waarop de dame hun verzocht in de wachtkamer plaats te nemen.

Pam had een prentenboek meegenomen, Martha's lievelingsverhaal over een poesje dat verdwaalde maar uiteindelijk weer werd gevonden. Terwijl het kind de kleurige plaatjes bekeek, was de enge lift alweer vergeten. Ze hoefden niet lang te wachten. Al snel kwam er een gewichtig ogende man naar hen toe, gekleed in een donker pak met een das. Zijn blonde haar met een zijscheiding glansde. Hij had een bleek, rimpelloos gezicht en torende hoog boven Martha uit. 'Hallo, Martha.' Zijn accent verried dat hij geen Amerikaan van geboorte was. Hij stak haar zijn hand toe en Martha legde de hare erin. 'Edlund,' stelde hij zich voor. 'Ik ga eerst even met je moeder praten, en dan vraag ik of jij ook naar mijn spreekkamer komt.' Mr. Edlund keek glimlachend op haar neer, maar Martha was te nerveus om zijn glimlach te beantwoorden. Terwijl ze in zijn grote blauwe ogen keek, heel hoog boven haar, was er iets in zijn uitstraling wat haar een ongemakkelijk gevoel bezorgde. Toen draaide hij zich om en verdween met haar moeder in zijn spreekkamer. De deur trok hij achter zich dicht. Martha had pijn in haar buik van de spanning. Het boek lag nog altijd op haar schoot, maar ze keek er niet meer in. In plaats daarvan staarde ze naar de deur, in angstige afwachting van het moment waarop die weer open zou gaan en ze bij Mr. Edlund moest komen.

Na wat haar een eeuwigheid leek te duren ging de deur inderdaad open. 'Zo, en nu jij, Martha,' zei Mr. Edlund.

Ze liet zich van haar stoel glijden en liep nerveus de spreekkamer binnen. Tot haar opluchting zat haar moeder voor een houten bureau, met daarop keurige stapeltjes papieren en boeken, en een verzameling ingelijste foto's. Mr. Edlund gebaarde Martha om op de stoel naast haar moeder te gaan zitten. Ze gehoorzaamde, vouwde haar handjes krampachtig in haar schoot en liet haar blik door de kamer staan. In de hoek stond een soort bed, net als bij de dokter, met een wit laken erop en een lamp ernaast met zulk fel licht dat Martha er bang van werd. Het zag eruit als het oog van een demon.

Ze schrok toen Mr. Edlund haar aansprak en wendde zich van het griezelige oog af. 'Je moeder heeft me een heleboel over je verteld, Martha. Je bent een erg braaf meisje, zegt ze.' Martha keek haar moeder aan, die naar haar glimlachte. Dat nam iets van haar angst weg. 'Je hebt geen broertjes of zusjes en je bent net vier jaar geworden. Klopt dat?' Martha knikte. 'Goed zo. Had je een gezellig verjaarsfeestje?' Martha knikte opnieuw. 'Dat is mooi. Ik hoop dat je niet te veel taart hebt gegeten.' Martha bloosde, want ze had wél te veel taart gegeten en daar was ze een beetje misselijk van geworden. Maar ze had niets op haar jurk gemorst. Ze keek weer naar haar moeder, die bemoedigend knikte.

'Geef maar gewoon antwoord op de vragen van Mr. Edlund, Martha. Hij is een dokter,' zei haar moeder nadrukkelijk. 'Je kunt hem alles vertellen.' Mr. Edlund verbeterde haar niet, want ook al beschikte hij niet over de vereiste kwalificaties, hij voelde zich een dokter van de geest.

'Heb je veel vriendinnetjes, Martha?' vroeg Mr. Edlund. Martha wist niet wat ze daarop moest antwoorden. Want ze wist niet zo goed wat vriendinnetjes waren. Ze speelde soms met haar neefjes en nichtjes, maar meestal was ze alleen. Toen dacht ze aan Mrs. Goodwin en ze knikte. 'En wie zijn je vriendinnetjes, Martha?'

'Mrs. Goodwin,' antwoordde ze zacht.

'Dat is de nanny,' vertelde Pam, en ze moest er een beetje om lachen. 'Dat is geen vriendinnetje, Martha. Mrs. Goodwin is je nanny. Dat is iets anders.'

'Klopt het dat je vriendjes en vriendinnetjes hebt die andere mensen niet kunnen zien?' vervolgde Mr. Edlund. Zijn gezicht stond ernstig.

Martha begon te draaien op haar stoel. Mrs. Goodwin had gezegd dat ze niet over Adeline moest praten. Ze keek naar haar moeder, bang dat die haar liefde zou terugtrekken, maar tot Martha's verbijstering glimlachte ze nog steeds.

'Lieverd, maak je geen zorgen. Je kunt Mr. Edlund alles vertellen,' zei ze nogmaals.

Martha voelde zich in verwarring gebracht. Ze begreep niet waarom ze deze vreemde dokter wel over Adeline mocht vertellen, terwijl ze er thuis niets over mocht zeggen. 'Ja,' zei ze. Haar stem klonk zo zacht en timide dat Mr. Edlund zich naar voren moest buigen om haar te horen.

'En is het er maar één? Of zijn het er een heleboel?'

'Een heleboel,' antwoordde Martha.

Mr. Edlund knikte. 'Maar volgens je moeder heb je één heel speciale vriendin.'

'Ja.'

'En hoe heet die?'

'Adeline.'

'Wanneer zie je Adeline?'

'Als ik in bed lig.'

''s Nachts?'

Martha knikte.

'Is ze er nu ook?'

Martha schudde haar hoofd. 'Nee.'

Mr. Edlund leunde met een tevreden glimlach achterover, vlocht zijn lange vingers in elkaar en legde ze op zijn buik. Daarop keerde hij zich naar Pam, die zo vurig hoopte dat hij haar dochter van haar vreemde hallucinaties zou kunnen genezen dat ze bereid was alles te geloven. 'We hebben hier te maken met een uiterst eenvoudig geval,' verklaarde hij.

Pam ontspande zichtbaar. 'O, wat ben ik daar blij om!' verzuchtte ze opgelucht.

Mr. Edlund keerde zich weer tot het kind. 'Je weet toch wel dat Adeline niet echt is, Martha?' Toen het kleine meisje geen antwoord gaf, vervolgde hij: 'Voor jou lijkt ze echt, maar dat is ze niet. Ze is een soort droom. Daarom zie je haar alleen 's nachts, in je slaap. Je hebt haar verzonnen omdat je zo vaak alleen bent en omdat je graag iemand zou willen hebben om mee te praten. Begrijp je dat? Adeline bestaat niet echt, je doet alleen maar alsóf ze bestaat.'

Martha wist drommels goed dat ze Adeline niet verzonnen had. Bovendien zag ze haar niet alleen 's avonds, wanneer ze ging slapen. Maar ze wierp een ongeruste blik op haar moeder. Pam glimlachte nog, maar Martha voelde dat ze op het punt stond haar liefde terug te trekken, en ze was bang voor de kilte, voor het gevoel dat ze alleen was. Dat vond ze nog akeliger dan dat ze misschien op het bed moest gaan liggen, aangestaard door het griezelige 'oog'. En dus jokte ze. Van Mrs. Goodwin had ze geleerd dat jokken verkeerd was, maar ze wilde niet dat haar moeder haar liefde zou terugtrekken, en ook niet dat Mr. Edlund nog meer vragen zou stellen. 'Ja,' zei ze dan ook, maar ze kreeg tranen in haar ogen.

Het effect was verrassend. Pam keek haar verbaasd aan. 'Weet je, lieverd, Adeline zit in je hoofd, maar ze bestaat niet echt. Ik begrijp niet zo goed waarom je nóg een oma hebt verzonnen, terwijl je al twee zulke lieve oma's hebt, die allebei heel veel van je houden.' Martha veegde een traan weg. Haar moeder keerde zich weer naar Mr. Edlund. 'Hoe is het mogelijk dat een kind zo iemand verzint? Ze heeft het al over deze Adeline sinds ze kon praten.'

'De geest is buitengewoon complex, Mrs. Wallace. Martha heeft Adeline bedacht omdat ze haar nodig had, en inmiddels gelooft ze dat Adeline echt bestaat. Kinderen beschikken over een bijzonder levendige verbeelding. Dus het is bepaald niet ongewoon. Doorgaans groeien ze over dit soort waandenkbeelden heen, en zo niet...'

'En zo niet?' drong Pam ongerust aan.

'Ach, dan zijn er zo veel manieren om haar te behandelen. Maar zover is het nog niet. Daar hoeven we het pas over te hebben als Martha blijft geloven dat ze mensen ziet die er niet zijn. Ik raad u aan voor afleiding, voor vermaak te zorgen. Ze heeft vriendjes en vriendinnetjes nodig en ze moet bezig blijven. Wanneer ze over Adeline begint, zegt u dat die alleen in haar verbeelding bestaat. Door dat te blijven herhalen wordt het patroon uiteindelijk doorbroken. Bij zo'n jong kind is een dergelijke aanpak genoeg om effect te sorteren.'

Pam was hem innig dankbaar voor zijn diagnose en ze verliet de spreekkamer met het vaste voornemen Martha bezig te houden en te zorgen dat ze speelkameraadjes kreeg. Ze zou haar op vioolles doen, dan kon ze toonladders oefenen in plaats van uit het raam te staren. Het was een enorme opluchting dat Martha's fantasieën simpelweg werden veroorzaakt doordat ze zo veel alleen was. Ze popelde van ongeduld om het aan Joan en Dorothy te vertellen. Ze zou hun uitvoerig verslag doen van wat Mr. Edlund had gezegd. Of beter nog, van wat dókter Edlund had gezegd. Een leugentje om bestwil kon geen kwaad, want het oordeel van een dokter maakte meer indruk.

Martha liep achter haar moeder naar buiten, naar de wachtende auto. Tijdens de terugrit zei ze geen woord en keek ze somber uit het raampje, terwijl haar moeder er niet over uitgepraat raakte hoe geweldig dókter Edlund was en hoe juist zijn diagnose. Ze besefte niet dat er iets in Martha was gebroken, dat dokter Edlund de verwondering en de verrukking die het kleine meisje aan die andere wereld beleefde, kapot had gemaakt.

Mrs. Goodwin stond hen al ongerust op te wachten. Het was donker tegen de tijd dat de auto voor het huis stilhield. Het sneeuwde weer. De vlokken dansten in de poelen van gouden licht die de straatlantaarns omhulden. Martha klauterde uit de auto, en Mrs. Goodwin zag aan haar houding, aan de slepende tred waarmee ze naar de voordeur liep, dat ze zich doodongelukkig voelde. Mrs. Wallace stak haar hand uit en Martha liet zich meetrekken door haar moeder, die haast had om binnen te komen.

Bij het naar bed brengen die avond vroeg Mrs. Goodwin hoe het in New York was geweest. Martha vertelde dat ze Mr. Edlund niet aardig had gevonden.

'Wat zei hij dan, kindje?'

'Dat Adeline niet echt is.'

Mrs. Goodwin wilde haar al tegenspreken. Martha bezat de gave van het zesde zintuig, maar Mrs. Goodwin wilde haar niet in moeilijkheden brengen. Misschien was het wel beter als ze geloofde dat de mensen die ze zag, een product van haar verbeelding waren. Dan was de kans kleiner dat ze zich opnieuw versprak. Want wat daarvan de gevolgen zouden zijn, durfde Mrs. Goodwin zich nauwelijks voor te stellen. Ze wilde er niet aan denken voor welke 'behandeling' Mr. Edlund dan zou kiezen. Martha mocht niet de indruk krijgen dat er iets niet in orde was met haar. En Mrs. Goodwin wilde ook niet dat Mrs. Wallace dat zou denken. 'Luister eens, kindje. Je bent een heel bijzonder meisje,' zei ze dan ook geduldig. 'En sommige kinderen zijn zo bijzonder dat de grote mensen hen niet begrijpen. Het doet er niet toe of Adeline wel of niet echt is. Voor jou is ze echt. En als jou dat gelukkig maakt, dan kan er geen kwaad in schuilen.' Het kind keek vol liefde en vertrouwen naar haar op. De nanny gaf haar een kus op het voorhoofd. 'Slaap lekker, lieverd. En God zegene je.'

Daarop ging ze naar Mrs. Wallace, om te zeggen dat het kind in bed lag en dat ze haar welterusten kon komen wensen. Pam streelde haar dochtertje over het haar en drukte een kus op haar wangetje. 'Je bent erg braaf geweest vandaag,' zei ze, en Martha voelde zich op slag iets minder bedrukt. Toen haar moeder weg was en ze alleen in de donkere kamer lag, hoorde ze al snel de vertrouwde geluiden – geritsel, geschuifel, fluisterende stemmen. Maar ze kroop onder de dekens en begon te zingen. Want als ze zong, kon ze de geluiden niet horen.

Adeline sloeg haar verdrietig gade. Ze had met het kleine meisje te doen omdat het kind zich schaamde, en ze maakte zich zorgen om de onwetendheid van Martha's moeder. Adeline wist wat er ging gebeuren, want zo was het door de eeuwen heen met dit soort kinderen altijd gegaan. Martha zou haar gave kwijtraken. Ze zou het bewustzijn van de ijle vibraties om zich heen verliezen, en daardoor ook iets van zichzelf kwijtraken, waardoor ze net zo werd als iedereen. Er was niets wat Adeline daartegen kon doen. Voor Martha zou haar beeld verbleken, zoals een regenboog verbleekte wanneer de zon niet langer scheen. 'Maar ik blijf bij je,' fluisterde ze Martha toe, in haar donkere holletje onder de dekens. 'Ik zal altijd bij je zijn.'

De volgende dag had Pam een cadeautje voor Martha. Ze was Mrs. Goodwin erg dankbaar voor haar hulp, want ze wilde Martha iets geven waar het kind van kon houden. In speelgoed was Martha niet geïnteresseerd. Ze gaf niets om poppen en teddyberen. Maar ze hield van alles wat leefde – insecten, vogels, eigenlijk alle dieren. Mrs. Goodwin had haar het perfecte idee aan de hand gedaan. Heel voorzichtig tilde Martha het deksel van de doos die op tafel stond. Twee ronde oogjes keken wantrouwend naar haar op. Martha hield haar adem in. Toen begon ze te stralen. 'Een poesje!' Ze stak haar armpjes in de doos en tilde het diertje er voorzichtig uit. Het jonge katje miauwde klaaglijk, toen kroop het dicht tegen Martha aan, op zoek naar warmte.

‘Het is een jongetje,’ vertelde haar moeder. ‘En jij mag een naam voor hem bedenken.’

‘Hoe ga je hem noemen, kindje?’ vroeg Mrs. Goodwin.

Martha dacht even na. ‘Kleine Jack,’ antwoordde ze toen.

Mrs. Wallace was verbijsterd. Ze kende niemand die zo heette. ‘Hoe kom je in ’s hemelsnaam aan Jáck?’

‘Het is een mooie naam,’ vond Mrs. Goodwin.

‘Nou vooruit dan maar. Het zal wel wennen,’ zei Pam. Martha boog zich over het diertje heen en drukte haar lippen op het zachte kopje. De twee vrouwen keken elkaar glimlachend aan. Ze hoopten vurig dat Martha niet meer eenzaam zou zijn nu ze een vriendje had om mee te spelen. Een écht vriendje.

‘Dank je wel, Goodwin.’ Pam legde haar hand op de arm van de nanny.

‘Graag gedaan,’ zei Mrs. Goodwin. ‘Volgens mij zijn Martha en de kleine Jack voor elkaar bestemd.’

10

Ballinakelly, 1926

De lente lachte Ballinakelly toe, met de onschuldige zorgeloosheid van een kind. De zon stond stralend aan de hemel en bedolf de zee onder gouden kussen. Vogels en vlinders spreidden hun vleugels, en in het hoge gras klonk het vrolijke getjirp van krekels. Hazel en Laurel liepen gearmd door de hoofdstraat, op weg naar de kerk. De wind trok speels aan de linten van hun hoed en deed hun rok opwaaien. Ze verweerden zich lachend tegen zijn plagerijen en probeerden zo goed en zo kwaad als het ging hun kleren in bedwang te houden en hun deugdzaamheid te beschermen, zonder elkaar los te laten.

Na een korte wandeling bereikten ze de St. Patrick, waarvan de muren dankzij de ochtendzon baadden in een oranje gloed. De toren die fier naar de hemel wees, vervulde de twee zusters met vreugde en vertrouwen. Tijdens de Troebelen hadden ze de vreselijkste angsten gekend en ze waren nog altijd een beetje bang om hun veilige huis te verlaten. Bij de deur werden ze hartelijk ontvangen door dominee Maddox, wiens rode gezicht en bolle buik getuigden van zijn liefde voor goede wijn en lekker eten, en van zijn onvermogen zich in dat opzicht ook maar enigszins te matigen. 'Miss Swanton. En miss Swanton,' begroette hij hen, en hij nam een voor een hun kleine handen tussen zijn dikke worstenvingers. 'Wat een prachtige dag, vindt u ook niet?' Hij sloeg vroom zijn blik ten hemel, alsof God en hij in hun hechte samenwerking ook voor mooi weer zorgden.

'Het is zeker een prachtige dag.' Hazel kreeg bijna het gevoel dat ze de dominee daarvoor moest bedanken. 'We hebben een heerlijk voorjaar en we krijgen vast ook een heerlijke zomer.' Ze slaakte een diepe zucht.

'Wat zou Adeline hebben genoten van alle wilde bloemen op de heuvels.'

'Lady Deverill geniet van de bloemen in Gods schitterende hof,' stelde hij haar gerust.

'Natuurlijk,' zei Laurel.

'Adeline geloofde dat ze ook na haar dood nog altijd bij ons zou zijn,' merkte Hazel op. 'In dat geval geniet ze met ons mee.'

'O, daar ben ik van overtuigd,' viel Laurel haar bij. 'Net zoals ze samen met dominee Daunt, God hebbe zijn ziel, van de Hemelse hof geniet. Hij was een goede dominee. Als kleine, bescheiden gemeente mogen we dankbaar zijn voor zo'n uitstekende opvolger.'

Dominee Maddox glimlachte dankbaar en escorteerde hen de kerk in. 'Mijn beste dames, ik stel voor dat u naar binnen gaat om te genieten van de muziek. Mrs. Daunt heeft een paar nieuwe stukken ingestudeerd en ze vindt het vast heerlijk om ze aan u te laten horen.' Hij keek hen na toen ze de kerk betraden. Twee zusters die in zo'n volmaakte harmonie samenleefden, dat zag je maar zelden, peinsde hij.

Het duurde niet lang of de kerk begon vol te stromen. Notabelen en vertegenwoordigers van de landadel, voor zover die tijdens de Troebelen niet waren verjaagd, zochten samen met leden van de werkende klasse eendrachtig een plaatsje. Na de schokkende gebeurtenissen was er een sfeer van verbondenheid ontstaan, een zekere mate van respect over en weer. Door het geweld hadden de protestanten als kleine minderheid steun en troost gezocht bij elkaar, als schapen op een winderige heuvel, aan alle kanten omsingeld door wolven. Winkeliers groetten de Lords en Lady's met een warme glimlach, en de adel beantwoordde hun groet met dezelfde oprechte warmte.

Lord Deverill zat op zijn vaste plaats op de voorste rij, samen met Kitty en Robert en JP, zoals de kleine Jack inmiddels werd genoemd. Hij was nu vier en te groot voor 'kleine' Jack, vond Kitty. Omdat hij voluit Jack Patrick heette, was JP een uitstekende oplossing. Bovendien had Kitty moeite met de naam Jack, die haar telkens weer een steek van pijn en verdriet bezorgde. Maar dat zei ze niet hardop.

Ze wierp een blik opzij, naar haar vader. Het was haar niet ontgaan dat hij was veranderd; ergens, diep vanbinnen, als het schuiven van de platen onder de aardkorst. Ze zou niet kunnen zeggen wanneer het precies was gebeurd, maar het leek alsof hij had besloten op een andere manier tegen zichzelf en de wereld aan te kijken. Met vérstrekkende gevolgen. Het was gedaan met zijn somberheid, zijn zelfbeklag en de behoefte om vergetelheid te zoeken in de drank. In plaats daarvan toonde hij zich dankbaar voor alle zegeningen, hoe klein soms ook, die hem nog gegeven waren. En vooral voor zijn dochters, merkte Kitty, voor haar en Elspeth. Zo vaak als hij kon zocht hij het gezelschap van JP, zijn jongste zoon, die hem 'papa' noemde en die net zo hartstochtelijk kon genieten van het buitenleven als hij. De frisse, heldere blik in Berties ogen maakte duidelijk dat zijn gevoelens oprecht waren, maar Kitty had geen idee wie of wat hem daartoe had geïnspireerd. Hij schaarde zich zelfs van harte achter Celia's plannen voor het kasteel en was dagelijks op de bouwplaats te vinden, waar honderden arbeiders als mieren op een mierenhoop hard aan het werk waren. Kitty zou willen dat ze zijn enthousiasme deelde, maar ze kon het niet opbrengen. Het verlies van het kasteel betekende voor haar nog altijd een groot en pijnlijk verdriet.

Net als het verlies van Jack O'Leary. Ze deed haar best om niet aan hem te denken. Hij was naar Amerika vertrokken, en voor haar was het leven doorgegaan, hoe onbestaanbaar haar dat ook had geleken. Celia had begin april het leven geschonken aan een dochtertje, Constance, genoemd naar haar schoonmoeder. Zelf verwachtte Kitty haar kindje in de herfst. Robert was dolgelukkig. Terwijl ze in de kerk zaten, in afwachting van het begin van de dienst, pakte ze zijn hand. De onvaste akkoorden van het orgelspel van Mrs. Daunt weerkaatsten tegen de dikke muren. Kitty had haar keuze gemaakt. Daar zou ze mee moeten leren leven.

'Wie is die man naast Grace?' fluisterde Hazel tegen haar zuster. Laurel boog zich naar voren en gluurde naar de overkant van het gangpad. Daar zat Grace Rowan-Hampton met naast zich een man die de Struikjes nooit eerder hadden gezien. Ze namen hem aandachtig op – dik, zilvergrijs haar, diepliggende bruine ogen en een verzorgde witte snor met daaronder een brede, zinnelijke mond. De tijd leek stil te staan. Het geroezemoes, de orgelklanken, alles verstomde en ze waren zich nog slechts bewust van hun hart dat wild begon te kloppen – zo wild als het nog nooit had geklopt, of anders was dat zo lang geleden dat ze het zich niet meer konden herinneren. Eendrachtig als altijd voelden ze behalve bewondering ook angst voor de zilvergrijze wolf die plotseling in hun midden was verschenen. In de vele tientallen jaren dat ze nu vol overtuiging en in volmaakte harmonie ongehuwd door het leven gingen, was geen man er ooit in geslaagd hen zo uit hun evenwicht te brengen. Tot hun schrik keek hij plotseling hun kant uit. Zijn blik ontmoette de hunne en hield die even, gedurende enkele kwellende momenten, gevangen. Toen kwamen de zusters met een blos van schaamte tot bezinning, ze werden zich weer bewust van hun omgeving, en het geroezemoes en de orgelklanken klonken luider dan daarvoor. De onbekende knikte hun toe met een wellevende glimlach. De Struikjes rukten zich los van zijn blik en waaierden zich met hun kerkboek koelte toe.

'God beware ons,' fluisterde Laurel geschokt.

'Blijkbaar is dat de vader van Grace,' zei Hazel.

'Waar is zijn vrouw? Of zou hij niet getrouwd zijn?' vroeg Laurel. 'Moge God me vergeven. Dat ik me zoiets afvraag, in Zijn huis!' voegde ze er onthutst aan toe. 'Zeg maar niets, Hazel. Ik hoef het niet te weten. Ik begrijp niet wat me bezielt. Het zal de hitte wel zijn. Het is uitzonderlijk heet, vind je ook niet?'

'Zeg dat wel, Laurel. Uitzonderlijk heet. Ik heb geen vrouw gezien. Volgens mij zijn Grace en hij maar samen, met z'n tweetjes.'

'Sst. Dominee Maddox kan elk moment beginnen met de dienst. We mogen ons niet laten afleiden.'

Hazel trommelde nerveus met haar vingers op haar lippen. 'Hij glimlachte naar ons, Laurel. Heb jij dat ook gezien?'

Laurel stootte haar zuster aan. 'Sst,' siste ze nogmaals. Maar het trekken van haar mond verried haar opwinding.

Dominee Maddox hield een bevlogen preek waar geen eind aan leek te komen. Hij stond erom bekend dat hij zichzelf graag hoorde praten. Dat ging zelfs zo ver dat hij anderen vaak niet eens hoorde. Maar vandaag ging hij nog meer dan anders op in zijn eigen stemgeluid. Misschien kwam het door de zon die zo stralend scheen, of door de aanwezigheid van die gedistingeerde heer naast Lady Rowan-Hampton op wie hij maar al te graag indruk wilde maken. Wat ook de reden mocht zijn, hij oreerde gepassioneerd, zijn stem steeg en zakte, rees en daalde, en hij reeg zijn woorden aaneen tot zinnen die als een elastiekje werden uitgerekt, maar vervolgens abrupt terugketsten in korte, gebiedende teksten waardoor slaperige gelovigen verschrikt rechtop schoten.

Nadat hij eindelijk het slotgebed had uitgesproken, aangevuld met de Keltische Zegen die hem zo dierbaar was, stonden de Struikjes als eersten naast hun bank, gretig om weg te komen voordat die voorname, duivels knappe heer zou zien hoezeer ze als twee onnozele gansjes voor hem sidderden.

Grace keerde zich naar haar vader – want dat was hij inderdaad. 'Het spijt me van de dominee, papa. Hij beschouwt de preekstoel geheel ten onrechte als zijn persoonlijke theaterpodium.'

Lord Hunt klopte zijn dochter op de hand. 'Maak je over mij geen zorgen, kindje. Als ik me verveel – en dat gebeurt nogal eens in de kerk – laat ik mijn gedachten de vrije loop. Hoewel, vandaag waren het niet mijn gedachten die eropuit gingen, maar mijn ogen.' Hij grijnsde ondeugend.

'Je bent onverbeterlijk, papa,' zei Grace hoofdschuddend. 'Mama zou zich in haar graf omdraaien. Als je bij me komt wonen, moet je je wel weten te gedragen. Ballinakelly is een kleine gemeenschap. En de mensen vinden niets zo heerlijk als een smeuïge roddel. Dus als je je dan toch ongepast wilt gedragen, moet je discreet zijn.'

'Ik weet niet waar je het over hebt,' zei hij lachend. 'Ik ben een toonbeeld van deugdzaamheid. Trouwens, ik ben veel te oud voor dat soort dingen.' Hij trok een borstelige witte wenkbrauw op, maar zijn wolvengrijns vertelde zijn dochter dat hij helemaal niet te oud, noch afkerig was van 'dat soort dingen'. Grace glimlachte ondanks zichzelf, in het besef hoezeer ze op haar vader leek.

Ze liepen naar buiten, waar de zon nog altijd stralend aan de hemel stond. Grace stelde haar vader voor aan Bertie en Kitty. De oude schurk nam Kitty's hand en kuste die, zijn snor kietelde. 'Ik moet zeggen, de vrouwen van Ballinakelly zijn een lust voor het oog,' zei hij met een ondeugende blik.

Kitty lachte. 'U bent erg complimenteus.' Ze keek grijnzend naar Grace, die in gespeelde gêne haar hoofd schudde.

'We staan hier nog geen vijf minuten of papa misdraagt zich al.'

'Een onschuldige flirt is het geheim van een lang leven,' zei Lord Hunt. 'En ik ben van plan het nog heel lang vol te houden.'

'U moet bij ons komen dineren,' verklaarde Bertie opgewekt. 'We willen u graag met alle egards welkom heten.'

'Dat is erg vriendelijk van u, Lord Deverill. Grace heeft me al veel over uw familie verteld en ik moet bekennen, ik ben geïntrigeerd door uw geschiedenis. Het speet me te horen dat het kasteel in de as is gelegd, maar ik ben ook nieuwsgierig naar de renovatie.'

'De dochter van mijn neef heeft het kasteel gekocht en er wordt hard gewerkt om het weer in de oude luister te herstellen. Ik geef u met alle plezier een rondleiding. Het is een heel bijzonder project en uiterst ambitieus, om het maar voorzichtig uit te drukken, maar ik denk dat het schitterend wordt.'

'Ik maak graag gebruik van uw uitnodiging. Dank u wel,' zei Lord Hunt verheugd.

Grace wierp haar vroegere minnaar een liefdevolle blik toe. De laatste tijd zag ze steeds vaker weer iets van de oude, zorgeloze Bertie in zijn glimlach en in zijn heldere blik, die zijn ogen deed stralen als het licht van een nieuwe dageraad. Ook zijn kleren zagen er verzorgder uit, of misschien kwam dat door zijn veranderde houding. Zijn tweedpak leek niet langer sjofel en gekreukt, zijn hoed stond weer net als vroeger zwierig op zijn hoofd, zijn huid vertoonde geen sporen meer van overmatig drankgebruik. Het was haar niet ontgaan dat hij was gestopt met drinken, en ze vroeg zich af wat hem daartoe had bewogen. Ooit had ze hem voor de keuze gesteld tussen haar en de drank. Toen had hij gezegd dat hij niet zonder haar kon, maar dat hij het niet kon opbrengen de drank te laten staan. Wie had voor elkaar gekregen wat haar niet was gelukt?

Ze liep naar haar auto, ging achter het stuur zitten en wachtte tot haar vader ook instapte. Hij maakte enthousiast kennis met de dorpelingen en genoot van alle vrouwelijke aandacht, want op zijn vierenzeventigste was hij nog altijd een buitengewoon aantrekkelijke verschijning. Grace keek uit het raampje. Een magere hond hobbelde langs op drie poten, met zijn spitse neus in de lucht, op zoek naar iets lekkers. Mannen met een pet op, de handen in de zakken, liepen in groepjes langs. In hun ogen zag ze nog altijd het wantrouwen dat tijdens de Troebelen was ontstaan. Vrouwen stonden onder de onbewolkte hemel te praten, en de lach van hun spelende kinderen weerkaatste tegen de huizen. Toen zag ze Michael Doyle.

Grace hield haar adem in. Ze dacht dat haar hart stilstond. Zijn aanblik kwam zo onverwacht, zo schokkend dat haar lichaam reageerde op zijn nabijheid. Heel even zat ze als verlamd achter het stuur en volgde ze hem met haar ogen terwijl hij nonchalant haar kant uit slenterde, samen met zijn broer Sean. Grace was verbijsterd. Ze kon haar ogen niet geloven. Blijkbaar was hij terug, maar ze had verwacht dat zijn eerste gang naar háár zou zijn geweest. Ondanks haar dwingende blikken bleef hij volledig geconcentreerd op het gesprek met zijn broer. Grace kon haar ogen niet van hem afhouden – van zijn gezicht dat ze zo vaak had gestreeld, van zijn huid die weer fris en blozend was nu hij net als Bertie zijn alcoholverslaving achter zich had gelaten. Maar ze dacht niet aan Bertie. In de schaduw van Michael Doyle was Bertie onzichtbaar, en dat gold ook voor alle andere minnaars die ze ooit had gehad. Michael Doyle was terug uit Mount Melleray. Dat was het enige wat telde. Hij leek breder, ruiger, aantrekkelijker dan ooit. Een vurige tinteling kroop over haar huid en nestelde zich in haar buik. Ze klemde haar handen om het stuur. Hij was inmiddels voorbijgelopen. Ze keek hem na. Haar ogen prikten van het staren. Hoe was het mogelijk dat hij haar blik niet in zijn rug voelde branden? Dat hij haar nabijheid niet voelde? Waarom draaide hij zich niet om? Ze wilde naar hem toe rennen, hem om de hals vallen, zich tegen hem aan drukken en zijn ruwe handen op haar huid voelen, zijn hongerige mond op haar lippen. Maar ze zou geduld moeten hebben. Hij wist waar ze woonde. Ze was ervan overtuigd dat hij, zodra dat kon, naar haar toe zou komen. Want ze twijfelde er niet aan of hij verlangde net zo hartstochtelijk naar haar als zij naar hem.

'Die Lord Deverill is een charmante kerel.' Lord Hunt klauterde enigszins stijf op de stoel naast haar. Hij zag niet hoe bleek ze was geworden, de onverholen hunkering in haar ogen ontging hem. 'Verduiveld aardig van hem, die uitnodiging om een kijkje te nemen bij het kasteel. Want je weet, ik ben erg geïnteresseerd in geschiedenis.'

Zodra haar vader het portier had dichtgetrokken, startte Grace de motor en reed ze langzaam de straat uit, koortsachtig om zich heen kijkend. Haar vader was nog altijd aan het woord, maar ze luisterde niet. Ze was bereid alles op alles te zetten om haar minnaar te zien, en om te zorgen dat híj háár zag, inclusief de boodschap in haar ogen, de smeekbede om naar haar toe te komen. Eindelijk, ter hoogte van O'Donovan's, kreeg ze hem weer in de gaten. Ze ging stapvoets naast hem rijden. Sean keek opzij, maar Michael was zo druk in gesprek dat hij de auto niet zag, noch de vrouw achter het stuur die zo wanhopig graag wilde dat hij naar haar keek.

Ten slotte werd de frustratie haar te machtig. Ze toeterde. De twee broers keken verrast op, en met hen de hele straat. Grace boog zich glimlachend uit het raampje. Niets verried hoezeer ze naar hem hunkerde. Ze mocht dan wanhopig zijn, maar Grace Rowan-Hampton was een eersteklas actrice, niemand wist beter de schone schijn op te houden dan zij. 'Mr. Doyle,' zei ze zonder ook maar een zweem van onvastheid in haar stem.

'Lady Rowan-Hampton.' Michael leek verbaasd haar te zien. Hij tikte tegen zijn pet en keek haar afwachtend aan.

'Ik ben blij te zien dat u terug bent. Mijn man is op zoek naar een stel sterke mannen om een groepje bomen te kappen, achter het huis. Door het slechte weer deze winter zijn er al een paar omgewaaid. Dus als u en uw vrienden soms werk zoeken, dan weet u me te vinden.'

Hij knikte. 'Ik zal het ze vragen, bij O'Donovan's.'

'Dank u wel.' Ze hoopte dat hij de boodschap in haar ogen had begrepen, zoals hij haar vroeger ook altijd feilloos had doorzien. 'Ik ben thuis, dus dan zie ik u wel verschijnen. Sir Ronald wil het karwei graag zo snel mogelijk geklaard hebben. Ik reken erop dat u wel wat vrijwilligers bij elkaar weet te krijgen.'

Ze reed door, want er viel niets meer te zeggen. Haar vader was zichtbaar verbaasd toen ze in haar achteruitkijkspiegeltje keek om te zien of hij de auto nastaarde. Maar hij was al in O'Donovan's verdwenen. De straat lag er verlaten bij, op een sjofel groepje opgeschoten jongens na die bewonderende blikken op de glimmende auto wierpen.

Bij thuiskomst haastte Grace zich naar boven om haar kerkkleren te verruilen voor iets minder formeels. Toen ging ze voor de spiegel zitten. Ze deed haar haar, ze gaf haar wangen kleur met wat rouge en ze sprenkelde rozenwater achter haar oren en tussen haar borsten. Want ze rekende erop dat Michael nog diezelfde dag zou langskomen.

Ethelred Hunt had zich in een gemakkelijke stoel op het terras geïnstalleerd, waar hij zich verdiepte in *The Irish Times*; uit de wind, in de zon, met een bril op zijn neus. Een dienstmeisje bracht hem een glas sherry, hij stak een sigaret op en inhaleerde genietend. Hij dacht niet verder na over het merkwaardige gedrag van zijn dochter, even eerder bij de pub, en hij vroeg zich ook niet af wat ze zo lang in haar slaapkamer deed. Ethelred Hunt was een man die voornamelijk aan zichzelf dacht en leefde voor zijn eigen pleziertjes, en op dat moment was zijn belangstelling gewekt door die twee vogelachtige dames die in de kerk zo verschrikt naar hem hadden gekeken. Hij zou een hoop plezier met die twee kunnen beleven. Tenslotte stond hij niet voor niets bekend als Ethelred-the-ever-ready, met een knipoog naar de ongelukkige middeleeuwse koning Ethelred the Unready. Toen Grace uiteindelijk beneden kwam, had haar vader dan ook niet in de gaten hoe gespannen ze was. De rest van de dag keek ze verlangend uit naar Michael Doyle, maar die liet zich niet zien.

Pas de volgende morgen klopte Brennan aan de deur van de salon. Er stond een groepje mannen aan de deur om wat bomen te rooien, aldus de butler die van niets wist. Daar zou Sir Ronald opdracht toe hebben gegeven. Het hart van Grace maakte een sprongetje. 'Aha, mooi zo,' zei ze. 'Ik heb Mr. Tanner gezegd dat hij hen kon verwachten. Dus stuur ze maar naar hem door. Dan regelt hij het verder wel.' Het liefst zou ze zelf naar de voordeur zijn gerend, maar dat zou ongepast zijn geweest. Bovendien had ze besloten Michael met gelijke munt te betalen. Ze wist niet hoe lang hij al terug was in Ballinakelly, maar wel dat hij haar had laten wachten. Dus ze zou hem leren!

Brennan ging op zoek naar de tuinman en Grace begon opgewonden, nerveus handenwringend de kamer op en neer te lopen. Ethelred was met Bertie op stap. Ze gingen eerst een kijkje nemen bij het kasteel en daarna lunchen in het jachthuis. De kans was groot dat haar vader de hele middag weg zou blijven, want Bertie zou hem ongetwijfeld het hele landgoed laten zien. Behalve een uitstekend ruiter was haar vader bovendien een liefhebber van de paardenrennen, net als Bertie. En net als Bertie, die een onbestorven weduwnaar was, ging ook Ethelred alleen door het leven. Dus de twee mannen hadden veel gemeen. Ronald zat in Londen, waar hij tegenwoordig het grootste deel van zijn tijd doorbracht, met als gevolg dat Grace het huis tot de avond voor zich alleen had. En ze was vast van plan daar gebruik van te maken.

Toen Michael niet voor het raam van haar studeerkamer verscheen en ook niet, zoals vroeger, gewoon kwam binnenlopen, begon ze zich zorgen te maken. Was hij met de rest van de mannen meegegaan, om discreet te zijn? Hij had toch wel een excuus kunnen verzinnen? Ze liep het terras op en liet haar blik over het gazon gaan. Geritsel in de viburnum maakte dat ze zich omdraaide, in de veronderstelling dat het Michael was, met een begerige grijns op zijn gezicht. Maar het waren twee kibbelende duiven. Ze fronste zuchtend haar voorhoofd. Waar bleef hij toch? Waarom duurde het zo lang?

Uiteindelijk was ze zo wanhopig dat ze de hal in liep, op zoek naar Brennan. De butler had in de loop der jaren heel wat mannen zien komen en gaan, en hij had nooit ook maar een wenkbrauw opgetrokken. Sterker nog, bij Michael had hij niet eens meer de moeite genomen hem aan te kondigen, maar hem rechtstreeks laten doorlopen. Eén keer, toen Sir Ronald onverwacht was thuisgekomen, had hij Grace zelfs gewaarschuwd.

Op de vraag of Michael ook deel had uitgemaakt van het groepje mannen, schudde de butler zijn hoofd. 'Nee, Michael Doyle was er niet bij, milady.'

De ogen van Grace werden donker van woede. Hoe durfde hij haar zo te vernederen? 'Dank je wel, Brennan. Mocht hij alsnog aan de deur komen, zeg dan maar dat ik hem niet kan ontvangen.' Toen liep ze de trap op, naar haar kamer. Daar liet ze zich op haar bed vallen, ze trok haar kussen tegen zich aan en vroeg zich af wat haar te doen stond.

Haar vader kwam die avond in een opperbeste stemming thuis en vertelde honderduit over zijn dag met Bertie. 'Hij heeft me nota bene ook voorgesteld aan zijn bastaardzoon. Een knap kereltje, met een goed stel hersens als je het mij vraagt. Zijn vrouw is zo razend dat hij in Londen niet welkom is, terwijl hij daar een huis voor haar heeft gekocht. In Belgravia. Ik heb gezegd dat hij haar moet inruilen voor een jonger exemplaar.'

'Papa toch. We hebben het niet over een paard.'

'Nou, na wat ik over Maud Deverill heb gehoord, denk ik dat Bertie met een paard meer plezier zou hebben.'

Grace schoot in de lach, ondanks zichzelf. Ze was blij dat haar vader althans een gezellige dag had gehad. Want zij voelde zich ellendig. Ze had talloze redenen bedacht waarom Michael zich niet had laten zien, maar haar teleurstelling, haar woede was er niet minder om. Hij kon maar beter een goed excuus hebben. Een érg goed excuus. Anders zou hij wensen dat hij weer in Mount Melleray zat.

De dagen verstreken, een week ging voorbij en Grace verborg haar frustratie achter een masker van beheerste opgewektheid. Het leek wel alsof iedereen in het hele graafschap haar vader wilde leren kennen. Ze werden avond na avond te dineren gevraagd, waarbij Ethelred hun gastheer, zijn vrouw en hun gasten onderhield met hilarische verhalen en anekdotes, stuk voor stuk aangedikt en mooier gemaakt, in sommige gevallen zelfs verzonnen. Want Lord Hunt was een man met een levendige fantasie. Overal waar hij kwam, bracht hij vertier en werd er gelachen, maar niemand was zo gecharmeerd van de geestige, innemende oude wolf als de Struikjes, die aan het eind van die week, op zaterdagavond tijdens een diner bij Bertie, aan weerskanten naast hem zaten. Ze bloosden, ze stamelden en ze giechelden als schoolmeisjes terwijl Ethelred alle registers opentrok, zodat ze reddeloos verloren waren, hulpeloos als konijnen in het licht van een stroperslamp. Hun oude harten klopten onrustiger dan ze ooit hadden geklopt. Zoals altijd waren ze het er roerend over eens dat Lord Hunt duivels aantrekkelijk was. Maar ze wensten voor het eerst van hun leven dat ze het níét zo roerend met elkaar eens waren.

Grace had Michael sinds die zondag niet meer gezien. Nu was het weer zondag, en terwijl ze in de kerk zat, lukte het haar niet zich op de dienst te concentreren. In plaats daarvan vroeg ze zich af hoe ze contact met Michael kon leggen zonder zich bloot te geven. Ook haar vader had geen aandacht voor de preek en vermaakte zich onbekommerd met de arme Struikjes, die zich aan de andere kant van het gangpad blozend over hun kerkboek bogen. Toen hij naar de twee zussen grijnsde en onopvallend wuifde, legde Grace een vinger op haar lippen en keek vervolgens strak voor zich uit.

Ze wist dat Michael in O'Donovan's kwam, maar als vrouw ging je niet naar de pub, en als vrouw in haar positie al helemaal niet. Ze wist waar hij woonde, maar ze kon bezwaarlijk bij de boerderij van de Doyles aankloppen en naar hem vragen. Hun vroegere netwerk voor het doorgeven van briefjes, dat tijdens de Onafhankelijkheidsoorlog zo goed had gewerkt, bestond al lang niet meer. Bovendien zou een briefje niet genoeg zijn, besefte ze. Hij ontliep haar. Om welke reden dan ook – en ze hield zichzelf voor dat er een goede reden voor moest zijn – kwam hij niet naar haar toe. Dus ze had geen andere keus dan een ontmoeting te forceren.

Helaas geldt in bijna elke verhouding dat een van beide partijen gretiger is dan de andere. Daarvan was Grace zich maar al te zeer bewust. Maar nu zíj de minst begeerde was kon ze zich daar niet bij neerleggen. Ze hadden zo weergaloos, zo ongeëvenaard van elkaar en de liefde genoten dat Grace weigerde zijn afwijzing te accepteren. Ze zou hem dwingen tot een confrontatie, tot een verklaring waarom hij haar ontweek.

Die kans kreeg ze op de jaarmarkt, die altijd op de eerste vrijdag van mei werd gehouden. Uit het hele graafschap kwamen de mensen naar Ballinakelly om paarden, koeien en ander vee te verhandelen, maar ook om elkaar te zien en nieuwtjes uit te wisselen. De wind uit zee blies met speelse nieuwsgierigheid over het plein, danste met zonnestralen en damesrokken, en griste rook uit de pijpen van de boeren en uit de sigaretten van de opgeschoten jeugd. De stemming zat er goed in, mannen en vrouwen lonkten, kinderen speelden tussen de kippen en de geiten en verdienden een paar pence door op de koeien te passen wanneer de boeren naar de pub gingen. Er klonk muziek van een kapel, landlopersvrouwen verkochten hei en bidprentjes en voorspelden de toekomst. Overal klonk gelach, koeien loeiden, schapen blaatten. Doorgaans genoot Grace van de jaarmarkt, maar vandaag was ze nerveus. De slapeloze nachten waarin ze wanhopig had liggen piekeren, hadden een zware wissel getrokken op haar zenuwen. Haar vader daarentegen verkeerde in een uitgelaten stemming. Hij kende inmiddels al de helft van Ballinakelly en verheugde zich op de kennismaking met de andere helft. Toen hij de Struikjes tegen het lijf liep, maakte hij een buiging en bood hun beiden een arm, met het verzoek hem wegwijs te maken. Het was maar goed dat hij twee armen had, want zowel Laurel als Hazel accepteerde zijn uitnodiging gretig.

Grace, die haar vader en de Struikjes vergezelde, nam nauwelijks deel aan het gesprek. In plaats daarvan keek ze onophoudelijk om zich heen, op zoek naar Michael. Als boer kon hij op de jaarmarkt niet ontbreken. Misschien had hij zelfs een van zijn stieren ingeschreven voor de keuring, in de hoop op een prijs.

Eindelijk kreeg ze hem in de gaten. Helemaal aan de andere kant van het plein ontdekte ze een bos dikke zwarte krullen die ze uit duizenden zou herkennen. Omdat hij zo lang was, stak hij boven iedereen uit. Zonder een woord te zeggen keerde Grace haar vader en de Struikjes de rug toe en begon ze zich een weg door de menigte te banen. Ze hield haar hoofd gebogen om niet door vrienden of bekenden te worden aangesproken. Maar hoe gretig ze ook was om bij hem te komen, het leek alsof ze tegen een krachtige stroom in moest waden. Telkens wanneer ze een paar stappen dichterbij was gekomen, werd ze door een vloedgolf van mensen achteruit geduwd.

Maar ten slotte stond ze voor hem. Ze sloeg haar ogen naar hem op en hij beantwoordde haar blik. Maar zijn gezicht stond ernstig en uit zijn koolzwarte ogen was de wilde schittering verdwenen. 'Lady Rowan-Hampton. Goedemorgen,' begroette hij haar vormelijk. De man met wie hij had staan praten, trok zich terug en Grace had het gevoel dat ze alleen waren, een klein eiland in een zee van mensen.

'Ik moet met je praten,' zei ze fluisterend. Ze beefde van verlangen hem aan te raken en ze moest zich beheersen om haar hand niet op zijn arm te leggen. 'Waarom ben je niet naar me toe gekomen? Hoe lang ben je al terug? Ik heb op je gewacht...' Ze verachtte zichzelf om de smekende klank in haar stem.

'Ik ben veranderd,' antwoordde hij ernstig. Hij keek om zich heen, om zeker te weten dat er niemand meeluisterde. 'Ik heb boete gedaan voor mijn zonden.'

'Waar heb je het over? Je ging naar dat klooster om van de drank af te komen! Niet om monnik te worden!'

Hij sloeg beschaamd zijn ogen neer. 'Ik ben veranderd,' zei hij nogmaals, met meer nadruk. 'De Michael Doyle die u hebt gekend, bestaat niet meer. Hij is dood. God heeft me genezen van mijn verslaving en Hij heeft me de ogen geopend voor mijn verleden. Ik ben een slecht mens geweest.'

Grace schudde niet-begrijpend haar hoofd. 'Je blijft een man, Michael,' fluisterde ze en ze deed een stap naar hem toe. 'Dat kan zelfs God niet veranderen.'

'Ik weiger Zijn geboden nog langer te overtreden. U bent een getrouwde vrouw, Lady Rowan-Hampton.'

'Maar ik heb je nódig.' Zelfs hier, op de jaarmarkt zou ze hem om de hals willen vallen. Ze wilde hem proeven, ze wilde het zweet van zijn voorhoofd kussen, ze wilde haar handen naar hem uitstrekken om hem te strelen en het kostte haar de grootste moeite zich in te houden.

'Het spijt me, Grace,' zei hij zacht, met iets meer gevoel.

'Ik heb op je gewacht, verdomme. Ik heb al die maanden op je gewacht!' Haar stem klonk smekend, ze verkeerde op de rand van de hysterie. 'Wat is er? Je kijkt me aan alsof ik een hoer ben! Een jezabel!'

'Ja,' zei hij met een ernst die haar schokte. 'Nooit zal ik nog een blik werpen op de overspelige. Nooit zal ik het verdorven Babylon nog bezoeken.'

Michael keek op haar neer. Op haar, die altijd alles onder controle had gehad, ook zichzelf. Tijdens de Onafhankelijkheidsoorlog was ze een dodelijk wapen geweest. Door haar had menige Britse soldaat het leven gelaten. Maar nu stond ze voor hem, smekend, een vrouw zoals alle andere. Hij schudde zijn hoofd. 'U kunt beter doorlopen, voordat de mensen naar ons kijken,' zei hij niet onvriendelijk. Grace staarde hem ongelovig aan, vervuld van afschuw omdat ze zo naar hem hunkerde dat ze zich vernederde, en vervuld van de vurige wens zich van haar afhankelijkheid te kunnen ontdoen. Er kwamen tranen in haar ogen, maar ze bleef hem aankijken, op zoek naar tekenen van geamuseerdheid, in de stellige overtuiging dat hij niet meende wat hij zei, dat hij wreed de spot met haar dreef. Maar zijn gezicht bleef ernstig, rechtschapen, het gezicht van een man van God. Ze deinsde achteruit, woede en gekrenktheid zetten haar wangen in vuur en vlam. *Als Mount Melleray me zou kunnen genezen van mijn verslaving aan jou, Michael Doyle, dan ging ik er vandaag nog naartoe.*

11

Op de eerste woensdag in juni bezochten Sir Digby en Lady Deverill de Derby, de beroemdste vlakkebaanren in de hele wereld, op Epsom Downs Racecourse in Surrey. Ze werden vergezeld door Celia en Archie, en door Harry en Boysie met Charlotte en Deirdre, hun nietszeggende echtgenotes. Hoewel Harry en Boysie hun vrouwen liever thuis hadden gelaten, zat de stemming er goed in bij het gezelschap. De jonge vrouwen droegen elegante clochehoeden, maar de keuze van Beatrice was aanzienlijk groter en extravaganter: een edwardiaans model versierd met parels en struisvogelveren dat veel aandacht trok en aanleiding gaf tot vileine commentaren, want Lady Deverill werd door menige adellijke 'zuster' als lichtelijk vulgair beschouwd. 'Wie denkt ze wel dat ze is? De koningin?' fluisterden de dames achter hun wedstrijdboekjes. De heren waren in rokkostuum, met hun beste hoge hoed. Maar Digby's hoed en Digby's schoenen glommen net iets meer dan die van de anderen, en de snit van zijn kraag was net iets flamboyanter dan de conventie voorschreef. Zijn zelfverzekerde, zwierige tred was die van een man van importantie. En vandaag voelde hij zich onoverwinnelijk, want zijn jongste hengst, Lucky Deverill, die hij in Newmarket had laten trainen, zou voor het eerst aan de start verschijnen. 'Ik hoop dat hij het geluk heeft van de Éngelse Deverills, en niet de pech van de Ierse,' fluisterde Boysie tegen Celia, die hem speels een tik op zijn hand gaf.

'Foei, Boysie! Zulke dingen mag je niet zeggen.'

'Het ís toch zo?'

'Papa zegt dat hij een goede kans heeft om te winnen.'

'Dan is hij de enige die dat denkt,' zei Boysie. 'Althans, te oordelen naar wat er bij winst door de bookmakers wordt uitgekeerd.'

‘Ach, wat weten die er nou van?’ Celia snoof misprijzend. ‘Volgens papa is zijn hengst speciaal gefokt om de Derby te winnen.’

‘En bij de *2000 Guineas Stakes* in Newmarket eindigde hij als vierde, weet ik van je vader.’

‘Je gaat toch wel op hem wedden, hè?’

‘Alleen om jou een plezier te doen. Want ik denk niet dat ik er rijk van word.’

‘Als Lucky Deverill wint, zal zijn waarde als fokhengst enorm stijgen. Dan kan papa een heel hoog dekgeld rekenen en dat gaat hem een kapitaal opleveren.’

‘Nóg een kapitaal,’ zei Boysie grijnzend. ‘Je vader heeft slag van het geld binnen harken.’

Dik ingepakt onder hoeden en paraplu’s haastte het groepje dat hun auto’s achter de overdekte tribune had geparkeerd zich naar binnen. Daar was het aangenaam warm en slechts toegankelijk voor de beau monde, die zich gretig bediende van de gereedstaande versnaperingen. ‘Lieve hemel, wat is er veel publiek op de heuvel!’ verzuchtte Celia, met een blik op het glooiende terrein waar het gewone publiek als een mythisch zeemonster uit de regen opdoemde. ‘O, wat gruw ik van de onwelriekende massa!’

‘Het gepeupel,’ zei Boysie. ‘Ik ben blij dat zij dáár zijn en wij híér.’

‘Precies,’ viel ze hem bij. ‘Wat een hel! Ik zweer je dat het hele East End er is neergestreken voor een dagje bij de paardenrennen.’

‘Schat, heel Lónden is hier neergestreken,’ zei Boysie. ‘Je zou verwachten dat de regen een domper op het enthousiasme had gezet, maar niks daarvan. Wat zijn we toch een geweldig volk! Voor de Britten gaat er niets boven een gratis dagje uit.’

Door het gure weer reden er minder treinen dan anders, waardoor de dag al snel de Benzine Derby werd genoemd en er geïmproviseerde parkeerterreinen werden ingericht op de doorweekte velden aan weerskanten van de baan, om plaats te bieden aan het ongewoon grote aantal voertuigen. Want de massa trotseerde de kou en de regen en arriveerde in auto’s, dubbeldeksbussen en gemotoriseerde char-à-bancs. Er waren zelfs bezoekers die met de diligence kwamen, getrokken door spannen fraaie paarden. De geestdriftige reizigers, in en óp de rijtuigen, wuifden vrolijk naar de menigte, terwijl gehelmde, in cape gehulde politiemannen probeerden althans enigszins de orde te handhaven vanwege de verwachte aankomst van de koning en de koningin. Toen het koninklijk paar eindelijk verscheen, richtten alle ogen zich op de lange stoet glimmende auto's. De koning zat stijfjes naast de koningin, met een van haar kenmerkende, kunstig met veren versierde hoeden, en begroette zijn onderdanen door met enige regelmaat zijn hand op te steken en – al net zo stijfjes – te wuiven. De jongedames waren echter veel meer geïnteresseerd in de zwierige prins van Wales en barstten los in een klaterend applaus toen ze hem in de gaten kregen.

Eenmaal binnen, in de betrekkelijke rust van de tribune, slenterden Digby en Beatrice op hun gemak de galerij af om vrienden en kennissen te begroeten. Daar ontdekte Digby ook Stanley Baldwin, de premier, want voor de Derby werd het parlement altijd verdaagd. 'Ach, premier Baldwin!' Digby liep met grote stappen naar hem toe. De premier liet zijn blik over Digby's verschijning gaan – over zijn flamboyante, paars met groene vest en zijn roze gestippelde das – en grijnsde. Voor een man uit zijn kringen toonde Sir Digby Deverill verrassend weinig verfijning. Mr. Baldwin tilde bij wijze van groet zijn hoge hoed op. 'Sir Digby, Lady Deverill, ik zie dat er dit jaar ook een paard van ú aan de start verschijnt.'

'Inderdaad,' antwoordde Digby. 'Een schitterende jonge hengst. Jong maar snel. Ik heb hoge verwachtingen van hem.'

'Daar twijfel ik niet aan,' zei Mr. Baldwin met pretlichtjes in zijn ogen. 'Zonder de ambitie om te winnen zou u het niet zo ver geschopt hebben.'

'Dat geldt ook voor u, als ik zo vrij mag zijn.'

'Inderdaad.' Mr. Baldwin glimlachte en knikte vluchtig maar waarderend. 'Wat wordt er uitbetaald?'

'Zestien om één,' antwoordde Digby.

'Nogal een gok dus.' Stanley Baldwin stond erom bekend dat hij geen blad voor de mond nam. Hij grinnikte. Het leek niet waarschijnlijk dat Lucky Deverill ging winnen. 'Ik wens u veel geluk. Trouwens, hoe staat het met de werkzaamheden aan dat kasteel van u?'

'Mijn dochter pompt er grote hoeveelheden geld in. Dus ik reken er vast op dat het Windsor Castle qua rijkdom en grandeur zal overschaduwen. Zo niet, dan ben ik diep teleurgesteld.'

'Is ze voornemens er ook te gaan wonen?' vroeg Mr. Baldwin, iets wat hij zich dankzij Celia's reputatie als enthousiast lid van de beau monde niet kon voorstellen. 'Ik zou denken dat een bruisende jonge vrouw als

Mrs. Mayberry het leven op het Ierse platteland maar saai zou vinden vergeleken bij al het vertier dat Londen te bieden heeft.' Hij glimlachte naar Beatrice en registreerde de glinsterende diamanten in haar oren en op haar jas, die ze had voorzien van een fraaie broche in de vorm van een kunstig gesmede bloem. *O, die Randlords!* Hij schudde nauwelijks merkbaar zijn hoofd.

'In de zomer is het er werkelijk schitterend,' verklaarde Beatrice vol overtuiging.

'Maar dat is 's winters wel anders, stel ik me voor,' zei Mr. Baldwin met een bedenkelijk gezicht.

'Dan moeten we maar hopen dat Celia zich ontpopt tot zo'n stralende gastvrouw dat ze de glamour van Londen naar Ballinakelly weet te halen.' Digby tikte met zijn paraplu op de grond en lachte bulderend. Het geluid kwam diep uit zijn buik en klonk als het geroffel van ertsklompjes in de pan van een goudzoeker. 'Want als iemand dat kan, dan is zij het!'

Mr. Baldwin deelde in de vrolijkheid. Digby's uitbundigheid was dan misschien weinig verfijnd, maar onweerstaanbaar. 'Daar twijfel ik niet aan, Sir Digby. Mrs. Mayberry straalt als de zon.'

Beatrice zag een vriendin die haar blik zocht, en Mr. Baldwin hief zijn hoed toen ze zich verontschuldigde. Digby legde een hand op de schouder van de premier en boog zich vertrouwelijk naar hem toe. 'Laat het me vooral weten als ik een bijdrage kan leveren aan de partij. Op welke manier dan ook,' zei hij op gedempte toon.

'Dat zal ik doen,' antwoordde Mr. Baldwin nogal bruusk. 'Uw hulp wordt buitengewoon gewaardeerd.'

'En uiteindelijk ook beloond, hoop ik,' zei Digby.

'U bent al royaal bedeeld met de titel van baronet,' merkte de premier op.

'Een zoethoudertje,' zei Digby grinnikend. 'De titel van burggraaf zou me meer aanstaan.'

'O ja? Ach.' Mr. Baldwin geneerde zich plaatsvervangend voor de onbeschaamdheid van deze Randlord. 'Me dunkt dat u tevreden kunt zijn met wat u hebt bereikt.'

'Tot op zekere hoogte.' Digby lachte opnieuw bulderend, met het geluid van rollende goudklompjes. 'Tot op zekere hoogte.'

Celia baande zich met Boysie en Harry een weg door de menigte. Charlotte en Deirdre hadden ze achtergelaten bij een groepje saaie, edwardiaanse lady's oud genoeg om zich de Krimoorlog nog te kunnen herinneren. Archie was bij zijn moeder, die dwingend een hand op zijn arm had gelegd. Tot de lunch zou hij zich niet van haar gezelschap kunnen losmaken. Maar Celia, Boysie en Harry genoten van hun vrijheid en gingen op zoek naar leuke, interessante mensen om mee te praten.

Toen ze de treden naar het bovenste deel van de tribune wilden beklimmen, kwam hun tot hun verrassing een schare hovelingen tegemoet, met in hun midden niemand minder dan de prins van Wales, die de koninklijke loge had verlaten om een kijkje te nemen bij de paddock. Hij herkende Celia onmiddellijk en er verscheen een wellevende glimlach op zijn knappe gezicht. 'Celia, lieve vriendin,' begroette hij haar.

Ze maakte een diepe reverence. 'Koninklijke Hoogheid. Mag ik u voorstellen aan mijn neef Harry Deverill en mijn vriend Boysie Bancroft?' De prins schudde hen de hand, de twee jongemannen maakten een hoffelijke buiging.

'Weet u wel dat ik Celia al ken sinds ze zo groot was?' Hij hield zijn hand ongeveer tachtig centimeter boven de grond.

'En nu gaat u natuurlijk zeggen dat ik sindsdien nauwelijks ben veranderd,' zei Celia lachend.

Zijn blauwe ogen schitterden ondeugend. 'Je bent in elk geval gegroeid. En knapper geworden.'

'Ach, u bent al te vriendelijk.' Celia bloosde van plezier. 'De koning ziet er bijzonder goed uit,' vervolgde ze. 'En de koningin...'

'O, die hoeden van mama!' viel de prins haar in de rede. 'Ze ziet er afschuwelijk uit met die belachelijke toques!'

Celia giechelde. 'Papa heeft een paard dat aan de start verschijnt.'

'Dat zag ik. Als hij wint, wordt hij onuitstaanbaar.'

'Dat is hij nu al,' zei Celia lachend.

'Hij is een bon vivant,' merkte de prins op.

Celia boog zich met een uitdagende grijns iets dichter naar hem toe. 'U weet wat ze zeggen. De pot verwijt de ketel...'

'Celia, je bent onverbeterlijk!' Hij schoot in de lach. 'Ik zal eens zien of ik je papa kan vinden, om hem succes te wensen.'

'O, ja. Doet u dat. Hij is dodelijk nerveus. Ook al zal hij dat nooit toegeven.' De prins begaf zich grinnikend in de menigte. Alle mensen volgden hem met hun ogen, in de hoop dat hij hun kant uit kwam.

'Ik ben met stomheid geslagen,' verklaarde Boysie. 'Wat een buitensporig aantrekkelijke verschijning!'

'Hoor ik het goed? Was de radste tong in Londen tijdelijk het zwijgen opgelegd?' vroeg Harry in gespeelde verbazing.

'Ik ben bang van wel, kerel. Gelukkig was Celia bijdehand genoeg voor ons alle drie.'

'Ik ken hem al jaren. Het is zo'n schat! Kom, dan gaan we op zoek naar mensen van onze éígen leeftijd.' Celia begon de trap te beklimmen.

Op het glooiende, openbare terrein had het weer de stemming nog niet kunnen bederven onder de duizenden die naar de renbaan waren gekomen. Het lawaai was oorverdovend: toeterende auto's, bookmakers die hun noteringen riepen, verkopers die luidkeels hun waar aanprezen, ronkende automotoren en niet te vergeten het publiek zelf, in een veelvoud van dialecten. De tenten waarin drankjes en etenswaar werden verkocht, puilden uit, aan de kramen werd druk gekocht en overal op het terrein heerste een uitgelaten vrolijkheid. Uit de draaimolen en de ballententen klonk gelach, maar door de gordijnen waarachter, volgens de wervende teksten, weerwolven en andere monsters te zien waren, werden alle geluiden gesmoord. Zigeuners lokten goedgelovige zielen hun kleurig beschilderde wagens in om hun in ruil voor klinkende munt de toekomst te voorspellen, en de naam van het paard dat de Derby ging winnen. Kunstenaars stonden onder geïmproviseerde luifels om het portret te tekenen van geïnteresseerden wier hoed en kapsel ondanks de regen nog toonbaar waren. Dubbeldekkers en auto's stonden zo dicht mogelijk bij de afscheiding langs de baan, tjokvol mensen die een plekje op de voorste rij wilden. Venters liepen erlangs met hun waren, in de hoop iets te verkopen. De grond werd hoe langer hoe drassiger, maar de toeschouwers bleven vrolijk, vastbesloten om zich te vermaken. En om een gokje te wagen, want bij de stalletjes van de bookmakers stonden lange rijen.

Voordat de Derby begon, ging Celia naar beneden, naar de paddock, om samen met haar vader de paarden te zien langsparaderen. Digby had een Ierse jockey. Willie Maguire was al bijna veertig, een klein mannetje van een meter zevenenzestig, met de reputatie dat hij te veel dronk. Er werd gefluisterd dat Willie onbetrouwbaar was, dat Sir Digby hem nooit in dienst had moeten nemen. Maar Digby was verstandig genoeg om zich te laten adviseren door mensen met meer kennis van zaken dan hij. In dit geval was dat Mike Newcomb, zijn trainer, en Digby vertrouwde hem onvoorwaardelijk. Als Newcomb een jockey van zeventig met jicht had aangewezen, zou Digby daar ook zonder aarzelen mee hebben ingestemd.

'O, papa, zou het niet geweldig zijn als Lucky Deverill won? Willie is in elk geval de knapste jockey in zijn groen met witte tenue.'

Digby grinnikte. 'Volgens mij heeft hij meer wedstrijden gereden dan alle anderen bij elkaar.'

'En Lucky Deverill is een schitterend paard.' Celia liet haar blik keurend over de glimmende flanken van het dier gaan.

'Hij zit goed in elkaar. Dat is zo klaar als een klontje. Een winnaar, dat zie je zo. Vanwege zijn ruime gang.'

'Precies,' viel Celia haar vader bij, ook al had ze geen idee wat hij bedoelde.

'Dit is óns jaar,' zei Digby tegen zijn dochter. 'Als ik ooit kans heb om de Derby te winnen, dan is het vandaag.'

'Denk je dat echt?'

Digby knikte peinzend, terugdenkend aan die dag in de diamantvelden van Zuid-Afrika, toen het geluk hem had toegelachen. 'Als het geluk je gunstig gezind is, dan blijft het bij je. In elk geval voor een tijdje. En geluk trekt geluk aan. Dus daar moet je gebruik van maken.'

'Geldt voor pech hetzelfde?'

'Ik ben bang van wel. Pech lijkt soms als modder aan je te kleven. In dat geval heb je geen andere keus dan letterlijk doormodderen en wachten tot het overgaat. Maar wij zitten in een gelukkige periode, kindje. Dus ik weet zeker dat we gaan winnen.' Hij stak zijn hand op naar Willie, die met Lucky Deverill aan de teugel kwam langslopen.

'O, papa, je bent altijd zo verrukkelijk optimistisch,' zei ze stralend, vol bewondering voor haar vader, die zo veel durfde.

'Tot mijn geluk opraakt.'

'Maar dat gebeurt niet.'

'Helaas wel,' zei hij stellig. Toen schonk hij haar een grijns. Het was de grijns van de gokker, voor wie het risico om te verliezen net zo opwindend is als de kans om te winnen. Voor Digby ging het om het spel.

'Maar soms kun je het geluk een handje helpen.' Hij knipoogde naar zijn dochter.

De paarden verlieten de paddock en liepen in optocht langs de tribune waar de koning en de koningin en de prins van Wales de stoet vanuit de koninklijke loge gadesloegen. De spanning steeg toen de dieren ten slotte naar de start galoppeerden, om hun positie in te nemen achter het touw. Celia stond naast haar vader, vooraan, op de bovenste galerij van de tribune. Recht tegenover de eindpaal. 'Ik ben één brok zenuwen.' Ze wiebelde van de ene op de andere voet. 'Maar ik vind het ook reuzeopwindend.'

Digby bracht de verrekijker naar zijn ogen en zag hoe de paarden zich verdrongen aan de start. Zijn hart begon sneller te slaan, te bonzen als een trom. Er verscheen een strijdlustige blos op zijn wangen en het kostte hem de grootste moeite zijn handen stil te houden. Hij kon Lucky Deverill duidelijk zien, net als de groen met witte zijden blouse van Willie Maguire, precies in het midden van de rij paarden. Digby mompelde iets. Toen ging de vlag naar beneden, en weg waren ze.

Celia durfde amper adem te halen terwijl de paarden naar elkaar toe trokken en met donderend geweld de lange helling op joegen. De menigte aan weerskanten van de baan moedigde de jockeys luidkeels aan.

Digby zei niets. Hij keek zwijgend door zijn verrekijker, terwijl Celia naast hem nog altijd nerveus heen en weer wiebelde. Beatrice wrong haar handen, Harry en Boysie zagen Lucky Deverill aan de buitenkant terugvallen. 'Digby kan hem misschien beter Únlucky Deverill noemen,' zei Boysie op gedempte toon. Harry grinnikte, maar Boysie dacht aan het geld dat hij had ingezet, om Celia een plezier te doen. Hij had het net zo goed in de plomp kunnen gooien.

De paarden galoppeerden de heuvel op en verdwenen tijdelijk achter de bomen voordat ze aan de afdaling begonnen naar Tattenham Corner, de beroemdste bocht in de wereld van de paardenrennen. De onervaren dieren waren bang voor de steile helling en verloren snelheid, terwijl de paarden met ervaring naar voren oprukten en verwarring stichtten. Lucky Deverill had nog niets bijzonders laten zien. Hij bleef achter de eerste zes paarden hangen en maakte niet echt een strijdlustige indruk. Beatrice keek onopvallend naar haar man en hield haar adem in bij de aanblik van zijn roerloze profiel. Iets in het nauwelijks waarneembare trekken van zijn onderlip deed haar hartslag haperen. Celia legde haar hand tegen haar mond en begon op de vingers van haar handschoen te kauwen.

Maar precies op dat moment, toen het tempo vertraagde, net voor het laatste stuk, gebeurde er iets wat niemand verwachtte. Door de scherpe hoek die ze moesten maken, namen sommige paarden de bocht veel te ruim. Als ervaren jockey maakte Willie Maguire daar gebruik van en hij bleef zo dicht mogelijk bij de omheining. Tot Digby's verbazing begon Lucky Deverill in te lopen. En snel ook. Digby balde zijn vuisten. Hij liet de verrekijker zakken. De paarden stoven de helling op in de richting van de eindpaal, en het enige wat Digby zag was een stralend groen met wit figuurtje dat langs het paard in de vierde positie kroop, toen langs het paard in de derde, en dat zelfs heuvelopwaarts steeds meer vaart kreeg. Het leek onmogelijk! Digby's adem stokte in zijn keel. De herrie zwol aan tot een heksenketel van geschreeuw en donderende hoeven, maar Digby hoorde niets, alleen het bonzen van het bloed in zijn slapen.

Iedereen was gaan staan. Celia gilde, Beatrice hijgde, Harry en Boysie stonden met hun mond open en met stomheid geslagen, terwijl Lucky Deverill langs het paard kroop dat op tweede positie lag. Met nog maar honderd meter te gaan joeg Willie Maguire de hoop van Sir Digby over de baan alsof hij vleugels had. Even later schoven ze naast het paard op koppositie. De twee dieren stoven nek aan nek over de baan. Maar Lucky Deverill werd gedragen door het geluk van de Londense Deverills en in een laatste uitbarsting van ware heldenmoed dreef Willie Maguire hem als eerste langs de eindpaal.

Nu schoot ook Digby overeind en stompte met zijn vuist in de lucht. Celia viel hem om de hals. Beatrice bette haar ogen met Boysies zakdoek. Harry schudde zijn hoofd en zou het liefst Boysie om de hals zijn gevallen. In plaats daarvan stopte hij zijn handen diep in zijn zakken en keek naar het publiek dat de baan op stroomde.

Van het ene op het andere moment was Digby omstuwd door mensen. Ze klopten hem op de rug, ze lachten hem toe, ze wensten hem geluk. Hij werd van de tribune naar beneden gehaald, als een blad op een waterval gedragen door honderden verraste toeschouwers, zowel vrienden en bekenden als mensen die hij nog nooit had gezien. Toen hij eindelijk beneden was, haastte hij zich naar de finish – naar zijn paard en zijn jockey, de triomferende Willie Maguire. Bij zijn winnende paard gekomen, dat stond te hijgen met trillende, wijd opengesperde neusgaten, doorweekt van de regen en het zweet, aaide hij zijn natte neus en nam hij het dier bij de teugels om het naar de winnaarsring te brengen. Daar werd hij door de pers bestookt met vragen en verblind door het flitslicht van de tientallen camera's. 'Ik heb er weinig aan bijgedragen,' hoorde hij zichzelf zeggen. 'Willie Maguire heeft buitengewoon moedig en bekwaam gereden, en Lucky Deverill heeft bewezen dat iedereen het bij het verkeerde eind had. Maar ook Newcomb, de trainer, heeft een gelukwens meer dan verdiend, dus als u me toestaat, heren, ga ik nu naar hem toe om hem te feliciteren.' Met hulp van de politie wist hij zich uit het gedrang te bevrijden.

'Godallemachtig, hij heeft gewonnen!' riep Boysie uit. 'Hij heeft echt het geluk van de duivel!'

'Papa dwingt het geluk gewoon af,' zei Celia trots.

Beatrice had zichzelf inmiddels weer in de hand en stond waardig alle gelukwensen in ontvangst te nemen toen ze naast zich een beschaafd kuchje hoorde. Het was afkomstig van een heer met een bril en een zorgvuldig onderhouden snor. 'Lady Deverill, mag ik u vragen met mij mee te gaan?' vroeg hij beleefd. 'De koning wil u graag persoonlijk gelukwensen.'

Beatrice straalde. 'Maar natuurlijk. Neemt u me niet kwalijk,' zei ze tegen degenen die nog stonden te wachten om haar te feliciteren. 'De koning vraagt naar me.' De weg werd voor haar vrijgemaakt en Beatrice liet zich naar boven escorteren, naar de koninklijke loge waar Zijne Majesteit haar opwachtte, omringd door hovelingen. Klein en bruusk als hij was, met een baard en een hoge hoed en een rij militaire onderscheidingen op de jas van zijn rokkostuum, zag de koning eruit als een gepensioneerde kolonel.

'Lady Deverill, het is me een genoegen,' begroette hij haar. Hij stak zijn hand uit, Beatrice legde de hare erin en liet zich door de koning op de wang kussen. Zijn baard kriebelde. 'U mag wel erg trots zijn op uw man,' zei hij terwijl ze een diepe reverence maakte.

'O, dat ben ik, Majesteit. Heel erg trots.' In tegenstelling tot zijn zoon was de koning een man van weinig woorden, dus om geen ongemakkelijke stilte te laten vallen, babbelde ze maar door. 'Het zal niet meevallen om hem met beide benen op de grond te houden nu hij een Derby-winnaar heeft.' Ze lachte nerveus.

'Inderdaad, daar zou u wel eens gelijk in kunnen hebben.' De koning nam haar met zijn waterige blauwe ogen welwillend op.

'We bewaren nog altijd dierbare herinneringen aan het bezoek dat u ons destijds hebt gebracht,' zei ze, doelend op zijn staatsbezoek aan Zuid-Ierland, inmiddels vijftien jaar geleden. 'Wist u dat Celia kasteel Deverill laat herbouwen?'

'O ja?'

'Ja!' jubelde Beatrice. 'Het is verschrikkelijk wat er tijdens de Troebelen is gebeurd. Een aantal van de mooiste landhuizen en kastelen is met de grond gelijkgemaakt. Dus ik ben erg dankbaar dat misschien wel het mooiste kasteel van heel Ierland in de oude luister wordt hersteld.'

'Inderdaad,' mompelde de koning. 'Ik herinner me een verduiveld plezierige jachtpartij op kasteel Deverill.' Op dat moment kwam een adjudant onopvallend naar hem toe en fluisterde hem iets in het oor. 'Aha, het is zover,' verklaarde de koning. 'Ik mag Sir Digby zijn trofee aanbieden. U zult me moeten verontschuldigen.'

'Uiteraard.' Beatrice maakte opnieuw een diepe reverence. Ondanks het ongemakkelijke verloop van het gesprek nam ze euforisch afscheid. De koning was tenslotte de koning, en Beatrice dweepte met het koningshuis.

'Wat kan een mens zich nog meer wensen,' verzuchtte Digby innig tevreden toen Beatrice en hij aan het eind van de dag weer thuis waren. Hij schonk zichzelf een borrel in, terwijl Beatrice zich uitgeput op de bank liet vallen.

'En nu? Wat zijn je volgende plannen?' vroeg ze met een diepe zucht van genot toen ze eindelijk zat.

'Wat denk je? De 2000 Guineas, natuurlijk. En de Gold Cup. En die ga ik ook allemaal winnen.' Digby hield het glas onder zijn neus en snoof genietend de geur van zijn whiskey op. Ambitieus als hij was zou hij het liefst de publieke arena hebben betreden, maar vanwege de lijken in zijn kast durfde hij zijn hoofd niet te ver boven het maaiveld uit te steken, uit angst zijn reputatie in gevaar te brengen. Omdat hij wel begreep dat zijn vrouw niet op de paardenrennen doelde, vervolgde hij: 'Ik heb niet de behoefte me aan een politieke loopbaan te wagen, lieve.' Hij liet zich in een stoel vallen.

'Onzin,' zei Beatrice met een glimlach. 'Je geniet ervan om in het middelpunt van de belangstelling te staan!' Ze keerde zich naar het dienstmeisje dat thee kwam brengen. 'O, heerlijk. Dank je wel. Precies wat ik nodig had. Wat een dag. Wat een volmaakte dag! Celia wordt kasteelvrouwe in Ierland en mijn man heeft de Derby gewonnen. Het is allemaal te mooi, te heerlijk om waar te zijn.' Ze keek toe terwijl het meisje thee inschonk en zette haar tanden in een zandkoekje. 'Ik ben me maar al te bewust van onze zegeningen, Digby, en ik beschouw ze niet als iets vanzelfsprekends. Toen we onze lieve George verloren, dacht ik dat mijn leven voorbij was. Maar een mens kan uit zijn as herrijzen. We moeten verder, ook al zal het leven nooit meer hetzelfde zijn. Een deel van me is met onze zoon gestorven, maar ik bleek sterker dan ik had gedacht. Ik ontdekte nog onbekende kwaliteiten in mezelf. We mogen ons gelukkig prijzen, Digby. Intens gelukkig. En dat ben ik ook. En trots. En dankbaar.' Ze nipte van haar thee en slikte toen ze onverwacht een brok in haar keel kreeg.

Digby keek zijn vrouw recht in de ogen. 'Ik denk elke dag aan hem, Beatrice,' zei hij zacht. 'En ik mis hem. Ach, wat zou hij hebben genoten vandaag. Onze George. Hij was dol op paarden en hij hield van de strijd om de overwinning. De opwinding, de spanning, hij zou het allemaal heerlijk hebben gevonden. Maar het mocht niet zo zijn. Waar hij ook is, ik hoop dat hij het heeft gezien.'

Ze zwegen en dachten aan hun zoon. Want hoe gezegend ze zich ook voelden, ze wisten maar al te goed dat niets – geen enkele prestatie, geen enkele triomf – hun grote verlies kon compenseren.

Het viel Kitty zwaar om te leven met de keuze die ze had gemaakt. Elke dag was opnieuw een gevecht, een strijd tegen een aanrollend tij van spijt en verdriet waar ze tegenin moest waden. Het was alsof ze Ierland van zijn ziel had beroofd door het besluit dat ze had genomen. Alsof ook het landschap rouwde zonder Jack, alsof het gouden tranen huilde op het vochtige gras terwijl de herfst de laatste overblijfselen van de zomer verdreef. Ze zorgde dat ze bezig bleef, ze wijdde zich aan JP, ze bracht de kinderkamer in gereedheid voor de baby en ze probeerde niet te bezwijken onder de herinneringen aan de man die ze liefhad, herinneringen die waren verbonden met elke heuvel, elke vallei, als mist die hardnekkig bleef hangen. Maar eind oktober kwam er, met de eerste vorst, ook weer nieuwe hoop in haar leven, dankzij de geboorte van een klein meisje. Ze noemden haar

Florence, naar de stad in Italië waar ze op hun huwelijksreis waren geweest, en Kitty merkte tot haar vreugde dat de overweldigende liefde voor haar dochter het verlangen naar Jack naar de achtergrond drong.

Robert stond naast haar bed, met Florence in zijn armen, en keek in verwondering op hun dochter neer. 'Ze is prachtig.'

'Wat vind jij ervan, JP?' vroeg Kitty, terwijl ze achteroverleunde in de kussens. De kleine jongen was dicht tegen haar aangekropen.

Hij trok zijn neus op. 'Ik vind haar lelijk. Ze lijkt wel een tomaat.'

Robert en Kitty schoten in de lach. 'Toen jij zo klein was leek je ook op een tomaat,' zei Kitty. 'En kijk nou eens wat een knappe jongen je bent.'

'Ze heeft rood haar, JP. Net als jij,' zei Robert.

'Ze heeft bijna geen haar.'

'Nog niet, lieverd. Maar dat groeit vanzelf,' zei Kitty. 'Je moet goed op haar passen en haar leren paardrijden.'

'Ze zal naar je opkijken,' voegde Robert eraan toe. Hij gaf Florence terug aan haar moeder en ging op de rand van het bed zitten. 'Je bent een soort grote broer.'

'Ook al ben je eigenlijk haar oom,' zei Kitty.

'Stel je voor. Oom JP. Hoe vind je dat klinken?' vroeg Robert.

Het kind grijnsde trots en gluurde naar het gezichtje van Florence. Toen het kleintje begon te huilen, trok JP opnieuw vol afschuw zijn neus op.

Robert pakte hem bij de hand. 'Kom, dan laten we Kitty alleen zodat ze de baby kan voeden.'

'Maakt ze dat geluid altijd?' vroeg JP, terwijl hij zich van het bed liet glijden.

'Ik hoop het niet,' antwoordde Robert.

Kitty keek hen na toen ze de kamer uit liepen. JP nog zo klein, maar ook zo jong en sterk, huppelend naast Robert, wiens stijve been maakte dat hij traag en moeizaam vooruitkwam. Haar hart ging naar hen uit. Hoe zwaar de keuze haar ook was gevallen, ze had de juiste beslissing genomen. Want terwijl ze naar het onschuldige gezichtje van haar dochter keek, wist ze dat dít haar thuis was, dat dít de plek was waar ze hoorde.

12

New York, herfst 1927

Bridie was inmiddels alweer twee jaar terug in New York. Ze figureerde met grote regelmaat in de societykolommen en was een graag geziene gast in het theater, in de dure cafés en restaurants in uptown New York, maar ook in de rokerige clandestiene kroegen van Harlem. Achter het pantser dat ze had opgebouwd als bescherming tegen haar herinneringen, tegen heimwee naar vroeger, was haar verdriet er altijd, als een stille onderstroom. En net als ijs op een rivier was haar beschermende omhulsel prachtig om te zien, maar bezat het geen enkele warmte. Haar leven speelde zich af aan de buitenkant. Een oppervlakkig, zorgeloos bestaan, gevuld met pleziertjes. En zoals ze alles kocht, deed ze dat ook met geluk. Zodra ze ook maar een zweem van neerslachtigheid voelde opkomen, ging ze de stad in om haar sombere gevoelens te bestrijden met de aanschaf van dure kleren en hoeden, schoenen en tassen, veren en pailletten, diamanten en parels. De chique winkels verkochten geluk in talloze vormen, en ze had zo veel geld dat ze zich geen enkele beperking hoefde op te leggen.

Mannen waren er ook in haar leven, en ook in dat opzicht kende ze geen beperkingen. Ze zat nooit zonder aanbidder en gaf zich ongeremd over aan vleselijk genot. In die middernachtelijke uren wanneer het duister haar in zijn zachte armen nam en wanneer minnaars haar lichaam streelden, zwol de stille onderstroom en beukte die in golven van verlangen tegen het pantser rond haar hart. Dan hunkerde haar ziel naar de zuiverheid van de ware liefde en herinnerde ze zich hoe het was om oprecht te beminnen. En heel even, in een gelukzalig moment van doen alsof, kon ze zich verbeelden dat de armen die haar omhulden, toebehoorden aan een man die haar koesterde als iets kostbaars; dat de lippen die haar kusten, trouw en vol toewijding waren. Maar het was slechts klatergoud, een mooie maar valse droom. En met het eerste licht van de nieuwe dag spatte de droom in duizend stukken uiteen en had Bridie opnieuw geen andere keus dan haar verdriet te verdrijven in de winkels aan Fifth Avenue, waar geluk te koop was, net als talloze andere illusies.

Beaumont en Elaine Williams waren haar bondgenoten in deze nieuwe wereld van onberekenbare mooiweervrienden. Mr. Williams kende haar al uit de tijd vóórdat ze van het ene op het andere moment schatrijk werd; de tijd waarin ze als naïef, eenvoudig dienstmeisje in New York terechtkwam, kersvers van de boot uit Ierland. En daarom vertrouwde ze hem. Hij hield persoonlijk toezicht op haar investeringen, en zijn kantoor deed haar boekhouding. Voor zijn financiële wijsheid en geslepenheid betaalde Bridie hem royaal. Dankzij het feit dat hij zich om de serieuze, saaie zaken des levens bekommerde, hoefde Bridie alleen nog maar te genieten en daarbij vond ze in Elaine een trouwe metgezel. Elaine was minstens zo frivool en kooplustig als zíj, maar Bridie betaalde zonder aarzeling alle rekeningen, want Elaine was voor haar als een reddingslijn voor een drenkeling.

Net toen Bridie dacht dat het haar eindelijk was gelukt het verleden achter zich te laten, drong dat verleden zich volkomen onverwacht weer aan haar op.

Het gebeurde op een hete, drukkende avond in Manhattan. Bridie en Elaine waren naar het Warner's Theatre geweest, waar ze het allernieuwste op filmgebied hadden gezien: *Don Juan*, een rolprent met geluid in de vorm van achtergrondmuziek en sprekende acteurs, en met John Barrymore in de hoofdrol als de onweerstaanbare rokkenjager. Na afloop van de film waren ze zo uitgelaten en euforisch dat ze nog lang niet naar huis wilden. 'Ik ben helemaal opgewonden van al dat gezoen.' Elaine schoof haar arm door die van Bridie terwijl ze over Broadway liepen. 'Wat zullen we doen? Ik heb zin om een feestje te bouwen.'

'Ik ook,' viel Bridie haar bij. 'Laten we naar The Cotton Club gaan. Daar is altijd wel wat te beleven.' Ze stak haar hand op om een taxi aan te houden.

De modieuze nachtclub in Harlem was dé gelegenheid waar de beau monde van New York in stijl ging dineren, ondanks de drooglegging besproeid met alcohol, en waar werd gedanst op livemuziek, afgewisseld met optredens van andere artiesten. The Cotton Club bruiste! Het was er altijd druk en lawaaiig, en dat was een van de redenen waarom Bridie er zo graag kwam. In die roes van drukte en lawaai kon ze alles van zich afzetten en vergeten wie ze was.

Maar die avond werd ze geconfronteerd met de enige in heel New York die haar uit haar roes kon doen opschrikken. Hij zat aan een ronde tafel, met een groepje duur uitziende mannen die Bridie niet kende en met een paar schaars geklede danseressen van de revue om zijn hals, die verleidelijk naar hem opkeken. Jack O'Leary!

Verbijsterd sloeg Bridie hem gade. Hij was veranderd. Gladgeschoren, met zijn haar kortgeknipt, gekleed in een onberispelijk pak met overhemd en das. Maar hij was het, daar kon geen twijfel over bestaan. Ze zou die diepliggende lichtblauwe ogen en die scheve grijns uit duizenden herkennen. Mensen drongen zich langs haar heen, maar Bridie bleef als aan de grond genageld staan, totdat Elaine haar aanstootte. 'Bridget, wat is er?' Ze volgde haar blik. 'Ken je die lui?' vroeg ze. 'Volgens mij deugen ze niet,' voegde ze er hees aan toe. 'Dat zie je zo.'

'Ik ken een van hen,' antwoordde Bridie traag. Ze voelde zich ineens ellendig, misselijk.

'Die knappe?' Elaine giechelde.

'Ik ken hem nog van vroeger, uit Ierland.'

'O. Nou, als je het vervelend vindt, gaan we gewoon ergens anders heen, hoor.'

'Nee, helemaal niet. Ik ben gewoon verrast. Hij is wel de laatste die ik had verwacht hier tegen te komen.' Terwijl de twee vrouwen naar hem stonden te kijken, sloeg Jack zijn ogen op. Aanvankelijk herkende hij Bridie niet en beantwoordde hij haar blik neutraal, uitdrukkingsloos. Maar toen verzachtte de uitdrukking op zijn gezicht, hij kneep zijn ogen tot spleetjes en nam haar onderzoekend op. Door de rook heen staarden ze elkaar aan, roerloos, alsof ze waren betoverd en zich niet konden bewegen.

Ten slotte schoof hij zijn stoel naar achteren en kwam naar haar toe. 'Ik laat jullie alleen met jullie herinneringen,' zei Elaine en ze verdween tussen het publiek op de dansvloer. Bridie wachtte af, met bonzend hart. Ze voelde zich ineens erg klein en verloren, en erg ver van huis.

'Bridie?' zei Jack ongelovig. 'Ben jij het?'

'Kijk maar niet zo geschokt. Ik woon hier alweer twee jaar. Dus als er iemand verrast zou moeten zijn, ben ík het. En dat bén ik ook.'

Hij grinnikte. 'Oké, je hebt gelijk.' Hij nam haar nogmaals aandachtig op, alsof hij Ballinakelly in haar gezicht hoopte terug te vinden.

'Sinds wanneer ben jij hier?' vroeg Bridie. Zijn doordringende blik bracht haar van haar stuk.

'Sinds vorig jaar februari. Maar het voelt alsof ik hier al tien jaar ben.'

Bridies gevoel van misselijkheid werd nog sterker. 'En Kitty?' Ze besefte plotseling dat ze er samen vandoor moesten zijn gegaan.

Maar Jacks gezicht versomberde. 'Laten we ergens gaan zitten. Wil je iets drinken?'

'Ik snak naar een borrel!' verklaarde Bridie hartgrondig, waarop ze naar een tafeltje in een rustig hoekje van de club liepen. Jack wenkte de ober, die hem leek te kennen, en bestelde champagne voor Bridie en bier voor zichzelf. 'Ik ben hier in mijn eentje naartoe gegaan, Bridie, om een nieuw bestaan op te bouwen.'

Bridie voelde een overweldigende opluchting. 'Dus we zijn allebei weggelopen.'

'Zo zou je het kunnen zeggen.' Aan de manier waarop hij zijn mond vertrok, zag Bridie dat hij net zo worstelde met het verleden als zij. 'Daar proosten we op als onze drankjes er zijn.'

'Heb je snel werk kunnen vinden?' vroeg ze.

'Ja, dat is hier doodsimpel. Het lijkt wel alsof half New York uit Ierland komt.'

'Wat doe je voor werk?'

'O, van alles,' antwoordde hij ontwijkend.

'Als je maar oppast dat je niet in moeilijkheden komt,' zei ze waarschuwend.

'Maak je geen zorgen. Ik heb in mijn leven genoeg problemen gehad, dus mij krijgen ze niet te pakken!' Toen hij haar grijnzend aankeek, zag ze weer de oude Jack, de Jack uit haar jeugd. Maar het ontging haar niet dat hij was veranderd. Ze zag iets in zijn ogen wat ze niet herkende: een harde glinstering, als het glimmen van een mes.

'Maar je bent dierenarts. Je hield altijd van dieren.'

'Ja, maar als dierenarts kun je in de stad de kost niet verdienen, Bridie.

Laten we het zo zeggen: ik vervoer een bepaald product over de grote meren. Want ik heb ervaring met wapens, en dat komt goed van pas als anderen proberen onze spullen te stelen.'

'Maar Jack, je hébt al eens in de gevangenis gezeten! Ik zou gedacht hebben dat je daarvan had geleerd. Dat je beter zou weten dan de wet overtreden,' zei Bridie.

'Ik ben hiernaartoe gegaan om iets van mijn leven te maken, Bridie. Ongeacht wat ik daarvoor moet doen. Kansen genoeg, en die laat ik niet aan me voorbijgaan.'

Bridie nam hem aandachtig op. Miste hij de opwinding, het drama van de oorlog? Of had hij zo lang als rebel geleefd dat hij niet beter wist? Eén ding was zeker: wat hij deed, kon het daglicht niet verdragen.

Zodra de ober hun drankjes had gebracht, nam Bridie gretig een slok champagne, en toen Jack zijn handen om zijn bierglas legde, was ze in haar verbeelding weer thuis, in de boerderij. Voor haar geestesoog zag ze hem met haar broers aan de keukentafel zitten, met de koppen dicht bij elkaar gestoken, een tinnen mok bier voor zich, druk bezig plannen te smeden voor het verzet.

'We zijn een eind van huis, jij en ik,' zei Jack.

'Waarom ben je weggegaan?'

'Mijn Da stierf,' antwoordde hij, maar dat was niet de reden, wist Bridie.

Hij nam een grote slok bier en staarde in zijn glas. Zijn gezicht verhardde, zijn mond vertrok minachtend. 'Ik ben weggegaan vanwege Kitty.'

Bridie knikte. Dat was geen verrassing.

'Ze had beloofd dat ze met me mee zou gaan, maar dat was gelogen.' Hij slaakte een zucht. 'Volgens mij is ze nooit serieus van plan geweest uit Ballinakelly en bij Robert weg te gaan. Ik ben stom geweest dat ik haar geloofde. Ze kon niet mee omdat ze zwanger was van Robert, zei ze.' Hij nam nog een grote slok en trok een lelijk gezicht. 'Ze is zo doortrapt. Daar ben ik nu wel achter.'

Wrok nam bezit van Bridie. Kitty was zwanger! Van een kind van haarzelf, dat samen met de kleine Jack zou opgroeien. Het voelde afschuwelijk oneerlijk. Kitty die alles mee had, terwijl háár zo veel onrecht was aangedaan. 'Denk je dat ze opzettelijk zwanger is geworden?' vroeg ze.

'Dat weet ik wel zeker. En dat vergeef ik haar nooit. Ik heb mijn halve leven vergooid met wachten op Kitty Deverill.'

'Ze heeft mijn zoon gestolen.' De opluchting dat ze het eindelijk aan iemand kon vertellen, was zo overweldigend dat Bridie tranen in haar ogen kreeg. Maar Jack was de enige in heel New York die het zou begrijpen.

'Jack Deverill,' zei hij.

'Ja, genoemd naar jóú.'

Hij grinnikte cynisch. 'Die naam zal ze inmiddels wel hebben veranderd,' zei hij met opnieuw die scheve grijns.

'Het is míjn zoon,' herhaalde Bridie. 'Voor hém ben ik teruggegaan, maar hij denkt dat ik dood ben. Dat heeft Kitty hem verteld. Ze heeft geen hart, Jack. Dus ik kon hem moeilijk de waarheid vertellen. Ik had geen andere keus dan met lege handen weer vertrekken. God sta me bij.'

'Dat spijt me voor je. Het is een verschrikkelijk verdriet dat je meedraagt.'

'Ik probeer er niet aan te denken. Ik ben hier gekomen om een nieuwe start te maken, om een nieuw leven op te bouwen. Als Bridget Lockwood. Bridie bestaat hier niet.'

'En je nieuwe identiteit past bij je. En je hebt hetzelfde gedaan als ik. We hebben allebei ons verleden in het oude land achtergelaten.'

Bridie glimlachte, en Jack besefte ineens hoe aantrekkelijk ze was als ze haar emoties de ruimte gaf. In Ballinakelly, toen ze elkaar na de mis tegen het lijf waren gelopen, had ze zich afstandelijk, bijna hooghartig opgesteld. Maar hier oogde ze zacht en kwetsbaar, ondanks haar voorname kleren, en deed ze hem denken aan dat kleine meisje met haar smoezelige gezichtje en haar blote voeten. Het kleine meisje dat doodsbang was geweest voor ratten en harige rupsen. Hij glimlachte ook. 'Kijk ons nou zitten. Wat een zielig stel. Laten we drinken op ons!'

Ze hief haar glas. 'En op onze toekomst.'

'Precies. Moge alles wat ik aanraak, in goud veranderen!'

Toen Jack en Bridie de liefde bedreven, hoefde ze niet meer te doen alsof. Jack was de man van wie ze altijd had gehouden. De man die ze had gezocht in de armen van anderen, maar die ze daar nooit had gevonden. De handen die haar streelden, de lippen die haar kusten en de dierbare

Ierse klanken die haar meevoerden naar een veilige, vertrouwde plek, behoorden toe aan de enige man die haar echt kende. Het had jaren geduurd voordat hun wegen elkaar kruisten, maar nu dat eindelijk was gebeurd, geloofde Bridie dat ze waren voorbestemd om de rest van hun levensweg samen af te leggen. Ze geloofde dat ze in deze stad, zo ver van huis, eindelijk een thuis had gevonden.

Op zijn beurt zocht Jack in haar armen zijn bevrijding van Kitty. Maar hij had veel gedronken en telkens wanneer hij zijn ogen sloot, verbeeldde hij zich dat het Kitty was met wie hij de liefde bedreef. Ondanks de woede die hem nog altijd onverminderd verteerde, weigerde hij zijn ogen open te doen. Simpelweg omdat hij het niet kon opbrengen. In zijn gekwelde hart woonden heimwee en een hunkerend verlangen naar Kitty. En terwijl hij zijn gezicht in Bridies hals begroef, was hij in zijn verbeelding weer thuis, bij Kitty.

Na afloop, ontspannen nagenietend in elkaars armen, in de gouden gloed van de lichten van de stad, haalden ze herinneringen op aan vroeger, toen ze allebei nog jong en onschuldig waren geweest, toen ze nog zo veel dromen hadden gekoesterd: Bridie van een betere toekomst, ver weg van Ballinakelly, Jack van een vrij, onafhankelijk Ierland. Hij stak een sigaret op en leunde achterover in de kussens. Bridie werkte zich op een elleboog overeind, haar donkere haar viel in golven over de witte lakens. Jack wenste hartstochtelijk dat die lokken vuurrood waren. 'Wat is er nou eigenlijk precies gebeurd tussen jou en Lord Deverill?' vroeg hij.

'Toen was hij nog gewoon Mr. Deverill.'

'Je hebt tegen Michael gezegd dat hij je had verkracht, hè?'

Bridie voelde geen berouw. 'Ik moest wel. Anders had mijn broer me vermoord.'

'Dus in plaats daarvan brandde hij het kasteel plat en vermoordde hij Hubert Deverill.'

Bridie keek hem vol afschuw aan. 'Dat mag je niet zeggen, Jack. Zoiets zou Michael nooit...'

'O, Michael heeft nog veel ergere dingen gedaan.' Maar Jack kon Kitty niet verraden. Hij kreeg de woorden niet over zijn lippen. Dus hij nam een lange trek van zijn sigaret en schudde zijn hoofd. 'Je weet heel goed waartoe hij in staat is.'

'Ja, maar diep in zijn hart is het geen slecht mens,' protesteerde Bridie. 'Tenslotte heeft hij mijn zoon uit dat klooster gehaald en naar Kitty gebracht. Naar het kasteel, waar hij hoort. Wie weet wat er van mijn zoon zou zijn geworden als Michael dat niet had gedaan? Dan zat hij misschien wel ergens aan de andere kant van de wereld. Nu weet ik tenminste waar hij is en dat er goed voor hem wordt gezorgd. Dat had Michael niet hoeven doen, maar hij heeft het wel gedaan. Dus dat bewijst dat hij niet alleen maar slecht is.'

'Niemand is alleen maar slecht, Bridie. Maar Michael is ook geen heilige. Het kwam hem goed uit om de kleine Jack naar het kasteel te brengen. Waarom zou Michael, met zijn vurige anti-Britse sympathieën, zijn neefje aan de zorgen van een Anglo-Ierse vrouw toevertrouwen? Heb je je dat ooit afgevraagd?'

'Omdat de kleine Jack mijn zoon is. Hij is niet alleen een Doyle, maar ook een Deverill. Michael had hem bezwaarlijk aan mijn moeder kunnen geven. Ze zou van pure schrik dood zijn gebleven. En mijn oma ook. Kitty was de enige bij wie de kleine Jack terechtkon. Bovendien is ze zijn halfzus.'

'Inderdaad, de kleine Jack is een Doyle, en Michael geeft altijd hoog op van zijn familie,' verklaarde Jack toegeeflijk. 'Maar volgens mij heeft hij het kind bij Kitty voor de deur gelegd om zijn geweten te sussen. Je zou kunnen zeggen dat hij de ene Deverill van het leven beroofde, en een andere Deverill het leven schonk. Misschien was de kleine Jack zelfs een zoenoffer jegens Kitty, voor al het onrecht dat hij haar heeft aangedaan.'

Bridie was niet overtuigd. 'Hij deed het voor míj, Jack. En voor mijn familie. Misschien deed hij het zelfs om Mr. Deverill te dwingen zijn misdaad onder ogen te zien.'

'Een misdaad die hij niet had gepleegd,' hielp Jack haar herinneren.

'Nee, het was geen verkrachting,' moest Bridie toegeven. Ze weigerde echter te aanvaarden dat zíj een rol had gespeeld in de verwoesting van het kasteel en in de dood van de oude Lord Deverill. 'Maar hij had geen misbruik van me mogen maken. Ik was net zo oud als zijn dochter en als dienstmeisje kon ik hem onmogelijk weigeren.'

'Dat is zo. Het had nooit zover mogen komen.'

Bridie zuchtte en ging in gedachten terug naar die heimelijke momenten in het jachthuis, waarin Mr. Deverill haar teder, bijna hoffelijk van meisje tot vrouw had gemaakt. 'Maar ik hield van hem. Hij was lief voor me. Hij gaf me het gevoel dat ik bijzonder was.' Ze grinnikte verbitterd. 'Als enige. Er was verder niemand die me dat gevoel gaf.'

Jack keek haar vragend aan. 'Hoe hecht was het contact tussen jullie?'

Ze glimlachte weemoedig. 'Heel hecht. Althans, dat dacht ik.'

'Hoeveel vertelden jullie elkaar?'

De subtiele verandering in zijn stem ontging haar, net als de onderzoekende blik waarmee hij haar aankeek, door de rook van zijn sigaret. 'Ik vertelde hem alles,' zei ze argeloos. 'Hij was mijn vriend, mijn vertrouweling. Tenminste, dat dacht ik. Maar ik ontdekte pas wat ík voor hém betekende toen ik hem vertelde dat ik zwanger was. Vanaf dat moment heeft hij me wreed behandeld. Alsof ik niets voor hem betekende. Na al die intieme momenten, na alle keren dat hij me in de waan had gebracht dat hij van me hield...' Maar Jack luisterde al niet meer. Hij dacht aan de dappere mannen met wie hij tijdens de Onafhankelijkheidsoorlog schouder een schouder had gevochten en die de strijd met de dood hadden moeten bekopen. Hoeveel van hun hinderlagen, hoeveel overvallen die ze hadden gepleegd, waren mislukt door inlichtingen die via het kussen van Mr. Deverill bij de Britten waren beland?

'Is het nooit bij je opgekomen dat Mr. Deverill alles wat je hem vertelde, misschien wel zou doorgeven aan kolonel Manley?'

'Ik heb hem nooit iets verteld wat belangrijk was.'

'Dat dénk je.'

'Nee, dat weet ik zeker.'

'Je ging naar bed met de vijand, Bridie.'

'In bed waren we gewoon een man en een vrouw die van elkaar genoten.'

'Je bent de zuster van Michael Doyle, Bridie. Je bent bij ik-weet-niet-hoeveel van onze bijeenkomsten geweest. Je wist wat er gaande was.'

'Ik heb jullie niet verraden.'

'Het was een gevaarlijk spel dat je speelde.'

'Daar ben ik me inmiddels van bewust,' snauwde ze. 'Denk je nou echt dat ik hier zou zitten, duizenden kilometers van huis, als het spel dat ik speelde níét gevaarlijk was geweest? Ik heb er alles voor opgegeven.

Ik kan nooit meer terug naar mijn oude leven. Ik heb het geprobeerd, maar die deur is voorgoed gesloten. Mr. Deverill had me kapot kunnen maken, maar ik geef nooit op. Ik had de veerkracht om opnieuw te beginnen, en ik heb geluk gehad. Maar mijn zoon krijg ik nooit meer terug. Hij zal nooit weten wie zijn moeder is. Ik besef heel goed wat ik heb gedaan en wat ik níét heb gedaan. Ik deelde het bed met Mr. Deverill, maar ik heb onze mensen niet verraden. Ik heb niemand verraden!'

'Alles wat we doen heeft gevolgen, en in jouw geval zijn die gevolgen verwoestend geweest.'

Ze keek hem met haar donkere, bijna zwarte ogen aan, en plotseling zag Jack daarin haar broer, Michael Doyle. 'En welke gevolgen heeft dít, Jack?' vroeg ze.

Hij keek haar aan, kilte nam bezit van zijn hart. 'Ik hoop alleen maar positieve, Bridie.'

De blik in haar ogen werd zachter, en toen ze glimlachte zag ze er opnieuw kwetsbaar uit en was ze weer het kleine meisje op blote voeten en met verwarde haren. 'We hebben elkaar gevonden in een stad van duizenden en nog eens duizenden mensen. Hoe groot is de kans dat zoiets gebeurt? Jij bent in heel Amerika de enige die me echt kent. Bij jou hoef ik me niet anders voor te doen dan ik ben. En jij kunt bij mij Kitty vergeten. Als je het echt wilt, dan kan het. En dan is het niet eens zo moeilijk. Als iemand dat kan weten, ben ik het.' Ze begroef haar gezicht in de buiging van zijn arm en streek met een hand over zijn borst. 'Ik heb heel veel dingen verkeerd gedaan in mijn leven, maar daar valt dit niet onder.'

Jack drukte zijn sigaret uit in de asbak op het nachtkastje en slaakte een diepe zucht. Hij sloot zijn ogen en streek over haar haren, die in zijn verbeelding veranderden van gitzwart in titiaanrood. Bridie viel in slaap, maar Jack lag wakker, gekweld door spijt. Want nu hij weer nuchter begon te worden, besefte hij dat hij dit niet wilde.

Toen Bridies ademhaling langzaam en regelmatig werd, en toen de eerste aarzelende stralen van de opgaande zon de hemel van indigo in goud veranderden, maakte hij zich heel voorzichtig los uit Bridies armen en kleedde zich muisstil aan. Met een steek van medelijden keek hij naar haar vredige, slapende gezicht. Ze was als een verdwaald kind, hier in Manhattan. Maar hij was niet de juiste man om haar de weg te wijzen.

Ze hadden Ierland in elkaar gezocht, maar slechts een valse dageraad gevonden.

Hij liet zichzelf uit en trok de deur zachtjes achter zich dicht. Als hij zich van Kitty wilde bevrijden, moest hij het verleden loslaten, en Bridie maakte deel uit van dat verleden. Het speet hem dat hij haar pijn deed door zonder uitleg, zonder afscheid te vertrekken, maar zij moest het verleden ook achter zich laten. Anders zouden ze geen van beiden het geluk ooit vinden.

Toen Bridie wakker werd, was het bed naast haar leeg. Ze keek verbaasd naar de plek waar hij had gelegen en glimlachte bij de herinnering aan de hartstocht waarmee ze de liefde hadden bedreven. Ze voelde zich herboren. Het was alsof ze een metamorfose had ondergaan en was veranderd in de vrouw die ze altijd al had willen zijn. Ze was rijk, ze was onafhankelijk en nu had ze Jack. De man van wie ze altijd had gehouden. De man die Kitty van haar had gestolen. Maar nu was hij van háár.

Ze rolde op haar zij en spitste haar oren. Was hij in de badkamer? Maar het enige geluid dat ze hoorde, was het gebrom van auto's, op de straat diep onder haar raam. Ze fronste haar wenkbrauwen. 'Jack?' Het was alsof haar stem door de lege kamer echode. Blijkbaar was hij in de keuken. Mannen hadden altijd honger. Ze schoot haar kamerjas aan en liep naar de salon. De ochtend drong in mistige lichtstralen de kamer binnen, maar leek de leegte en de stilte alleen maar te benadrukken. Toen ze een zacht geschuifel in de gang hoorde, maakte haar hart een sprongetje van geluk. 'Jack?'

'Goedemorgen, *madam*.' Imelda kwam opgewekt glimlachend de kamer binnen, met haar gevouwen handen tegen haar schort gedrukt. Bridie legde haar handen op haar hart, alles om haar heen begon te draaien. Want ineens begreep ze het. Jack was verdwenen.

DEEL 2

BARTON DEVERILL

Londen, 1667

Bijna het hele hof was aanwezig bij de première van *The Maiden Queen*, het nieuwe toneelstuk van John Dryden, in het Theatre Royale aan Drury Lane. De rijk uitgedoste aristocraten bevolkten de loges in fleurige zijden en fluwelen gewaden, met gepoederde pruiken en taches de beauté, als exotische paradijsvogels, schitterend in het schijnsel van de honderden kaarsen. De lady's bespraken achter hun waaiers de laatste roddels van het hof, terwijl de lords van gedachten wisselden over politiek, vrouwen en de vele maîtresses van de koning. Lord Deverill zat in een loge samen met zijn vrouw, Lady Alice, de dochter van de immens rijke graaf van Charnwell, en zijn vriend, Sir Toby Beckwyth-Stubbs. Zijn blik ging over de zaal beneden hem, waaruit een zware parfumwalm opsteeg. De dames en heren zuchtten onder de verstikkende hitte; hoeren en schaars geklede verkoopsters van appelsienen prezen luidkeels hun waren aan en lonkten naar ijdele fatten. Het leek wel een ren vol wellustige kippen en hanen, dacht Lord Deverill misprijzend.

De koning arriveerde in gezelschap van zijn bastaardzoon, de hertog van Monmouth, en van zijn broer, de hertog van York. De fatten in de zaal gingen op hun stoel staan, de dames hingen over de balkons om het koninklijke gezelschap te zien binnenkomen. Lady Alice was vooral geïnteresseerd in de maîtresse van de koning: de wulpse, rondborstige Barbara Palmer, gravin van Castlemaine, de best geklede vrouwe in het hele land.

Het publiek mompelde en kwetterde terwijl het koninklijke gezelschap zijn plaats innam onder geritsel van zijde en het zachte gefluister van waaiers. Lord Deverill vond het een stuitend tafereel. Het hof van

Karel II had zich ontwikkeld tot een poel van frivole verdorvenheid met een katholieke bijsmaak, en Deverill betrapte zich erop dat hij de kwaadaardige Cromwell bijna begon te missen. Hij was hier slechts in de hoop de koning te kunnen spreken, zodat hij hem kon vragen meer wapens en manschappen naar West-Cork te sturen, om de vrede daar te bewaren. De bouw van kasteel Deverill was voltooid en het kasteel vormde een indrukwekkend bastion van Engelse superioriteit, maar de Ieren waren een verbitterd, opstandig volk en ze knaagden op hun grieven als wilde honden op kaalgevreten botten. Toen Londen een jaar geleden door de pest was getroffen en vervolgens door de Grote Brand, had Lord Deverill de wijk genomen naar zijn Ierse haardstede, waar de dreiging die boven zijn hoofd hing van een geheel andere aard was: de vloek die Maggie O'Leary over hem had uitgesproken en die hem niet losliet, en de mogelijkheid van een Ierse opstand vanwege de Importation Act, waardoor het Ierse boeren onmogelijk werd gemaakt hun vee aan Engeland te verkopen.

Getrouw aan de belofte die hij had gedaan die dag op de heuvel boven Ballinakelly behandelde hij zijn pachters rechtvaardig. Hij stelde zich verdraagzaam op waar het hun papenkerk betrof, en de pacht die hij vroeg was redelijk. Zijn echtgenote en haar lady's voedden de armen en kleedden hun kinderen. Hij mocht zich met recht een goedertieren landheer noemen. Zijn loyaliteit jegens de kroon was onwankelbaar, maar de wet die de koning had ondertekend, maakte hem razend. Vanwege de binnenlandse problemen waar hij mee kampte, terwijl hij bovendien wat al te nadrukkelijk lonkte naar de koning van Frankrijk en zich voorbereidde op een oorlog tegen de Hollanders, had de koning het parlement niet in beroering willen brengen door gebruik te maken van zijn vetorecht. Lord Deverill vreesde dat er, net als in 1641, een Ierse opstand zou uitbreken. Vandaar dat hij vastbesloten was de koning te waarschuwen.

Maggie O'Leary was vaak in zijn gedachten. Als gelovig man nam Lord Deverill vervloekingen serieus. En volgens Sir Toby was de vloek die Maggie O'Leary had uitgesproken, zelfs indirect een dreigement aan het adres van de koning, hetgeen diende te worden bestraft met de brandstapel. Maar Lord Deverill wilde niet aanzetten tot nog meer haat door een jonge vrouw – een beeldschone jonge vrouw – ter dood te laten brengen, zelfs al wás ze een heks of had ze anderszins de wet overtreden. Het was echter niet haar vloek die hem als een schaduw achtervolgde, maar haar vreemde, verontrustende schoonheid en haar bijna malicieuze verleidelijkheid.

Hij had haar maar twee keer gezien. De eerste keer was toen ze hem had vervloekt, op de weg naar Ballinakelly. En daarna tijdens een jachtpartij. Vergezeld door Sir Toby en een escorte van volgelingen en bedienden was hij in galop door het bos gestoven, achter een hinde aan. Toen het dier plotseling naar links zwenkte en in het struikgewas verdween, ontdekte Lord Deverill aan zijn rechterhand, door een wirwar van takken, op de kam van een lage heuvel een hertenbok. Hij had geen tijd om zijn mannen in te lichten, dus hij keerde zijn paard en stuurde het met zachte hand in de richting van de heuvel.

Helemaal alleen in het bos had hij uiteindelijk aan de teugels getrokken en zijn paard gedwongen te blijven staan. Het was stil in het bos, de enige geluiden waren het getjilp van vogels en het gefluister van de wind die door de takken blies. De hertenbok verhief zich in zijn volle, koninklijke pracht en sloeg hem met zijn glimmende zwarte ogen hooghartig gade. Heel langzaam, om te voorkomen dat het dier schrok en ervandoor ging, trok Lord Deverill zijn musket. Terwijl hij laadde en richtte, was de hertenbok plotseling verdwenen. Op de plek waar het dier had gestaan stond nu een vrouw. Verbijsterd liet Lord Deverill zijn geweer zakken. Ze droeg een mantel met een kap over haar hoofd, maar daarbinnen kon hij duidelijk en onmiskenbaar het gezicht van Maggie O'Leary onderscheiden. Hij nam zijn handen van het geweer, niet wetend wat hij moest zeggen. Haar lieftalligheid maakte hem sprakeloos, maar zelfs al was hij tot spreken in staat geweest, dan zou ze hem niet hebben kunnen verstaan, wist hij. Met haar groene ogen wijd opengesperd keek ze hem onderzoekend aan; om haar lippen, vuurrood als bessen, speelde een spottende glimlach. Begeerte overweldigde hem, een begeerte die zo vurig was dat deze hem van het verstand beroofde. Ze hief haar sierlijke, slanke handen en nam de kap van haar hoofd. Haar haren vielen in weelderige zwarte golven rond haar schouders. Haar bleke gezicht, stralend als het schijnsel van de vollemaan, behekste hem.

Hij steeg af en liep naar haar toe. Ze wachtte tot hij vlakbij was, toen draaide ze zich om en daalde de heuvel af, dieper het woud in. Het was alsof ze zweefde, en hij volgde haar, aangemoedigd door de kokette blikken die ze hem over haar schouder toewierp. De bomen groeiden steeds dichter op elkaar. De takken vormden een maaswerk van twijgen en bladeren, waar het daglicht nauwelijks doorheen drong, zodat daaronder een grauwe schemering heerste. Zelfs de vogels hadden hun getjilp gestaakt. Een zoete geur van rottende bladeren steeg op van de aarde. Ten slotte bleef ze staan en draaide zich naar hem om. Lord Deverill wachtte niet op een uitnodiging. Hij duwde haar tegen de stam van een eik en drukte zijn lippen op de hare. Ze beantwoordde zijn kus gretig, hongerig en sloeg haar armen om zijn hals. Een zacht gekreun ontsnapte aan haar keel toen hij zijn gezicht in haar hals begroef en de geur van salie inademde die aan haar huid kleefde. Hij werkte zijn vingers tussen de veters van haar lijfje en rustte niet voordat hij haar borsten had bevrijd; haar huid was wit onder zijn bruine handen. Zijn begeerte werd aangewakkerd door de warmte van haar naakte vlees en door de bedwelmende geur die haar omhulde. Gek van zinnelijke lust tilde hij haar rokken op. Ze hief een been en sloeg het om zijn heupen zodat hij moeiteloos bij haar kon binnendringen. En terwijl hij kreunend in haar gleed, hijgde ze van genot en fladderden haar wimpers als vlindervleugels. Ze bewogen in harmonie, als een sidderend dier, met hun gezicht tegen dat van de ander gedrukt. Hun ademhaling haperde, hun hart klopte steeds wilder terwijl ze zich overgaven aan hun wellust.

Tegelijk bereikten ze hun hoogtepunt, waarop ze zich in een kluwen van armen en benen, van kleren en zweet op de zachte bosgrond lieten vallen. Uiteindelijk rolde Maggie bij hem vandaan. Ze trok haar rokken naar beneden, maar de veters van haar lijfje liet ze loshangen. Met ontblote borsten keek ze hem aan. Haar blik verried geen schaamte, maar was wild als die van een wolf. Zo hield ze hem met haar ogen gevangen. Na enkele ogenblikken verbrak ze het zwijgen. Haar stem was zo zacht als zijde, zo zacht als een lentebries, maar ze sprak de taal van het land en Lord Deverill begreep haar niet. Hij fronste zijn wenkbrauwen, en blijkbaar vond ze zijn verbijstering vermakelijk, want ze begon honend te lachen. Toen Lord Deverill zijn wenkbrauwen nog dieper fronste, richtte ze zich op en kroop soepel als een kat op handen en knieën naar hem toe. Ze ging schrijlings boven op hem zitten, drukte zijn polsen tegen de grond en vermorzelde zijn mond met de hare. Toen nam ze zijn onderlip tussen haar tanden en beet er hard op. Lord Deverill proefde bloed en trok zijn hoofd terug. 'Mijn god, vrouw, je doet me pijn!' Maar Maggie begon nog harder te lachen. Haar zwarte haren vielen in dikke strengen over haar blote borsten, om haar geteisterde lippen speelde een geheimzinnige glimlach, maar het waren haar ogen, haar wilde groene ogen waarin het vuur van het ene op het andere moment was veranderd in ijs, die het bloed deden stollen in zijn aderen. Plotseling drukte ze een dolk tegen zijn keel. Zijn adem stokte, vervuld van afschuw keek hij naar haar op. Een lach borrelde op uit haar keel. Ze sprong overeind, opnieuw speels, opnieuw glimlachend. Toen was ze verdwenen, net zo snel als ze was verschenen, en hij bleef alleen en verbijsterd achter.

Een venijnige por in zijn ribben deed hem opschrikken. 'Barton!' beet Alice, zijn vrouw, hem toe. 'De koning wuift naar je. Word eens wakker!' Lord Deverill keek naar de koninklijke loge. De koning hief inderdaad zijn wit geschoeide hand. Lord Deverill boog, waarop de koning met zijn vingers knipte. Een van zijn hovelingen haastte zich naar hem toe, maakte een buiging en de koning fluisterde hem iets in het oor. 'Volgens mij krijg je je audiëntie.' Alice glimlachte tevreden. 'Koning Karel vergeet niet wie zijn vader trouw zijn gebleven.' Lord Deverill keek weer naar het toneel, waar op dat moment de voorstelling begon, en ging afwezig met een vinger over zijn lippen.

13

Ballinakelly, 1929

Celia en Kitty stonden in hun mooiste zijden japonnen achter een van de ramen, helemaal boven in het kasteel, en keken uit over de zee. De zon had zijn trage afdaling al ingezet. Zijn gezicht, op het middaguur laaiend, stralend geel, was iets donkerder geworden, waardoor de hemel zich kleurde met een palet van tinten pastelroze en warm oranje. Wanneer hij nog lager naar de einder was gezakt, zou hij de horizon in brand zetten en zouden de zachte roze- en oranjetinten zich verdiepen tot koninklijk goud en karmozijnrood. Maar tegen die tijd zouden de twee nichtjes het grote aantal gasten onderhouden dat nu elk moment vanuit het hele graafschap kon arriveren. Want die avond gaf Celia haar eerste zomerbal als vrouwe van het luisterrijke, geheel gerenoveerde kasteel Deverill.

De roestige hekken bij de ingang waren vervangen door een kunstig staaltje smeedwerk, glimmend zwart geschilderd en versierd met het wapen van de Deverills in een opzichtig vertoon van status en aanzien. Fakkels brandden aan weerskanten van de schitterende oprijlaan, die opnieuw was verhard en voorzien van een laag teer met grind, een extravagantie die opzien had gebaard onder de plaatselijke bevolking. Teer en grind waren het nieuwste van het nieuwste, en de meeste wegen in het graafschap Cork waren verhard met klinkers of zelfs nog ongeplaveid. Ook de tuinen van het kasteel waren weer tot leven gewekt; de verwilderde, overwoekerde borders waren in ere hersteld; de tennisbaan had een nieuwe grasmat gekregen; het croquetveld was geëgaliseerd en onberispelijk gemaaid. Een fleurige caleidoscoop van bloeiende bloemen sierde de perken, roze rozen en paarse clematis klommen langs de muren omhoog, en in de moestuin werden in verhoogde houten bakken aardappels, wortelen, pastinaak, radijs en diverse soorten sla geteeld. Het onkruid werd verwijderd door het ploegje mannen uit Ballinakelly dat Celia in dienst had genomen en dat werd opgeleid door Mr. Wilcox, een van de tuinmannen op Deverill Rising, die Celia te leen had van haar vader. De kassen van Adeline waren opnieuw geschilderd, gebroken ruiten vervangen en de koepeldaken gepoetst tot ze glommen. In de kassen werden orchideeën gekweekt, die een uiterst complexe, om niet te zeggen kostbare installatie van luchtbevochtigers en temperatuurregelaars vereisten. Het enige wat nog uit de tijd van Adeline dateerde was de cannabis, die inmiddels reusachtige afmetingen had, en die Celia had besloten te handhaven, ook al begreep ze zelf niet goed waarom. Digby had betaald voor de oude stenen die Mr. Leclaire had aanbevolen en die hij op de kop had weten te tikken bij een vervallen kasteel in Bandon. Zodoende herinnerden alleen nog de westelijke toren en de weinige muren die de brand hadden doorstaan, aan de tragedie in het verleden. Al met al zag het kasteel er weer net zo uit als vroeger, alleen opgefrist, als een moegestreden soldaat die zich had gewassen en geschoren en die een nieuw uniform had aangetrokken, voorzien van glimmende gouden knopen.

Maar binnen was bijna niets meer hetzelfde. Op de indrukwekkende hal na, waar de enorme haard onbeschadigd was gebleven en waar ook de gewelfde houten trap niet door een nieuwe was vervangen, dateerde nog maar weinig uit de tijd van Adeline en Hubert. Ambitieus als ze was had Celia alle registers opengetrokken bij het realiseren van dit prestigieuze project. Verdwenen was de wat sjofele elegantie van een familiezetel die generatie na generatie door de Deverills was gekoesterd, van een huis dat duidelijke sporen van slijtage en gebruik had vertoond, als de speelgoedbeer van een kind waarvan de vacht door jarenlang knuffelen was kaal gesleten, en waarvan de oren en de neus waren gaan rafelen. Celia had zich bij de inrichting laten leiden door het verlangen om indruk te maken op haar gasten, niet om haar familie na een vermoeiende, verregende jachtpartij een warm welkom te bieden. De vloer in de hal bestond uit zwart-wit geblokt marmer, aan de muren hingen werken van oude meesters, en alle vertrekken stonden vol met Romeinse oudheden, met Russisch antiek dat nog van de Romanovs, de laatste tsarenfamilie, was geweest, en verder alles wat Celia aan modieuze snuisterijen en kunstwerken te pakken had kunnen krijgen. De meubels kwamen uit de inboedel van chateaus in Frankrijk, voornamelijk Franse empire uit de periode van Napoleon I, een uitbundige stijl met veel goud en karmozijnrood. Celia had verder een complete bibliotheek opgekocht, maar het was haar niet gelukt opnieuw de intieme sfeer van Huberts werkkamer te creëren, waar hij ooit in zijn haveloze leren fauteuil bij de haard had gezeten, genietend van een sigaar en verdiept in *The Irish Times*, terwijl Adeline aan de tafel bij het erkerraam zat te schilderen. Alles was prachtig, alles glom en blonk, maar niets bezat nog de charme van weleer. Die was verteerd door de vlammen, en de kans om de sfeer van vroeger te doen herleven, was verspild aan een jonge vrouw die zich liet inspireren door de oppervlakkige behoefte aan status en prestige. De warme gloed van de liefde die niet voor geld te koop is, was vervangen door spullen, door materiële zaken die binnen het bereik lagen van iedereen met een welgevulde beurs.

'Weet je nog, vroeger, toen we hier als kleine meisjes stonden?' Celia's hart stroomde over, ze had zich nog nooit zo gelukkig gevoeld.

'Toen waren we met zijn drieën,' zei Kitty.

'Wat is er eigenlijk met Bridie gebeurd?'

'Volgens mij is ze weer teruggegaan naar Amerika.'

'Wat kan het toch soms vreemd lopen in het leven,' zei Celia ongewoon ernstig. 'We zijn even oud. Alle drie in hetzelfde jaar geboren. Wie had kunnen voorspellen hoe ons leven er vandaag zou uitzien? Ik ben kasteelvrouwe met twee dochters. Jij bent getrouwd met je vroegere privéleraar, en je hebt Florence en JP. En Bridie woont aan de andere kant van de wereld, god weet hoeveel kinderen ze inmiddels heeft. Daar hadden we allemaal geen idee van toen we hier stonden, op die avond van het laatste zomerbal.'

Kitty besefte dat Celia geen idee had van wat Bridie en zij hadden doorgemaakt, en dat moest vooral zo blijven. 'Ik denk nog zo vaak aan die tijd,' verzuchtte ze. 'Toen het leven nog goed was. Voordat alles misging.'

'Voor de oorlog, toen we zo veel mensen verloren die ons dierbaar waren,' zei Celia zacht, denkend aan haar broer George, iets wat ze eigenlijk nog maar zelden deed. Somberheid dreigde zich van haar meester te maken. Dus ze schudde haar herinneringen af en dwong zichzelf te glimlachen. 'Maar nu is het leven weer verrukkelijk, waar of niet? Zo verrukkelijk is het nog nooit geweest.' Ze gebaarde om zich heen en haar blik ging tevreden over de luister van haar droom die werkelijkheid was geworden. 'Ik heb deze plek al mijn liefde gegeven. Kasteel Deverill is mijn derde kind. Zolang ik leef, zal ik alles doen om het nog mooier te maken. Ik zal opnieuw naar Frankrijk en Italië reizen, ik zal nog meer veilingen en antiquairs bezoeken. Het is zo'n opwindend project. Al was het maar omdat het nooit voltooid zal zijn. Ik treed in de voetstappen van onze voorouders, die op hun grand tour naar Europa gingen en de verrukkelijkste schatten mee terug namen.' Ze slaakte een zucht van geluk. 'En vanavond zal iedereen het kunnen zien. Ze zullen allemaal vol bewondering en waardering zijn voor al het werk dat ik erin heb gestoken. Waar ze ook is, ik hoop zo dat nicht Adeline het ziet. En dat ze het mooi vindt.'

Haar grootmoeder zag het. Dat wist Kitty zeker. Maar ze betwijfelde of het haar veel kon schelen wat Celia had gedaan met wat ooit háár huis was geweest. Adeline bevond zich in een dimensie waar materie had afgedaan. 'Kom, dan gaan we naar beneden. Je gasten kunnen er elk moment zijn.' Ze keerde het raam de rug toe, en samen met Celia liep ze naar de trap. Op de grote overloop bleven ze even staan om zichzelf te bekijken in de grote vergulde spiegel. Celia zag er in haar ijsblauwe japon prachtig uit en ze keek vol bewondering naar het gedurfde model dat een groot deel van haar rug vrijliet. Kitty, die een elegante aanblik bood in mosgroene zijde, keek naar de twee gezichten die hen vanuit de spiegel lachend aankeken en ze was zich scherp bewust van het gezicht dat ontbrak. *Bridie, waar ben je? Wat er ook is gebeurd, ik mis je. Mis jij ons ook?*

Een lange rij auto's naderde het bordes. Celia's bedienden stonden in de houding, ter verwelkoming van de dames in lange japonnen en heren in avondkostuum die de treden beklommen naar de voordeur, met daarboven het familiewapen van de Deverills, dat de brand had doorstaan en waarin nog altijd Bartons vurige liefde voor zijn nieuwe domicilie doorklonk: Castellum Deverilli est suum regnum. De vraag of het kasteel zou worden herbouwd, had jarenlang het hele graafschap beziggehouden, en toen de restauratie eenmaal van start ging was er druk gespeculeerd over de kosten. Dus iedereen was razend nieuwsgierig naar het resultaat. Celia en Archie stonden voor de haard, met daarin een reusachtig bloemstuk van zomerbloeiers uit de tuin. Ze schudden hun gasten de hand en namen de complimenten in ontvangst. Celia genoot van de kreten van bewondering en verbazing terwijl haar gasten in de schitterende hal om zich heen keken. De meesten waren voor de brand regelmatige bezoekers van het kasteel geweest, en de vergelijking tussen de vroegere, vervallen staat en de rijkdom en overdaad van het herbouwde kasteel was onvermijdelijk. Sommigen waren er verrukt van, anderen vonden het smakeloos.

'Het lijkt wel een hotel. Schitterend, maar onpersoonlijk,' fluisterde Boysie tegen Harry. Ze stonden op het terras en keken uit over de tuin. 'Maar zeg het alsjeblieft tegen niemand, anders word ik nooit meer uitgenodigd.'

'Ik ben vooral opgelucht dat het in niets meer op vroeger lijkt, want dan zou ik vreselijke heimwee hebben gekregen,' zei Harry.

'Dus je hebt er geen moeite mee?' Boysie kende Harry goed genoeg om te weten dat hij er wel degelijk moeite mee had.

'Nee, volstrekt niet.' Harry sloeg zijn laatste slok champagne achterover. 'Celia heeft eer van haar werk. Het is schitterend.'

Boysie nam loom een trek van zijn sigaret. 'Je mama zou groen zien van jaloezie.'

'Dus laten we blij zijn dat ze veilig in Londen zit.'

'Ze zou het afschuwelijk vinden om te zien hoe Celia de boel bestuurt, ook al heeft ze daar geen enkel recht toe. Tenminste, volgens Maud. Om nog maar te zwijgen over het feit dat Celia volmaakt gelukkig is. Maud heeft een hekel aan gelukkige mensen. Ze zwelgt in andermans narigheid en ellende, in de hoop dat zíj de dans ontspringt als een ander de pineut is. Trouwens, Digby heeft het beter met zichzelf getroffen dan ooit. Is het niet aanbiddelijk, hoe hij in zijn rokkostuum loopt te paraderen? Het heeft iets vulgairs. Daar heeft hij trouwens aanleg voor. Als je hem niet kende, zou je denken dat hij van buitengewoon nederige komaf is. En je dierbare Charlotte is weer zwanger, zie ik. Hoe doe je dat toch, kerel? Misschien word je na twee dochters wel gezegend met een stamhouder.'

Harry schonk Boysie een grijns. 'Jij hebt er ook twee. Dus blijkbaar weet je hoe het moet. En zo doe ik het ook.'

Boysie grinnikte en ze keken elkaar veelbetekenend aan. 'Weet je vader van dat vriendje van je moeder? Die Arthur Arlington?' vroeg Boysie om het over iets anders te hebben.

'Ik heb het hem niet gevraagd. Maar dat zal wel. Half Londen weet ervan. Mama heeft papa niet om een scheiding gevraagd, maar ik weet zeker dat hij ermee zou hebben ingestemd. Hun huwelijk is een farce. En die Arthur is een sukkel.'

'Wel een erg rijke sukkel.'

Harry zuchtte berustend. 'Ach, gelukkig kan papa weer van het leven genieten.' Hij keek naar zijn vader, die met een groepje gasten op het croquetveld stond, vanwaar ze naar het kasteel keken. Bertie wees naar het dak. Blijkbaar deed hij verslag van de restauratie. 'Vind je het ook niet merkwaardig dat hij zo enthousiast is over Celia's werk?' vroeg hij zacht. 'Ik had verwacht dat hij verbitterd zou zijn. Maar volgens mij is hij er oprecht blij mee.'

'Misschien heeft de verantwoordelijkheid als toekomstig kasteelheer al die jaren zwaar op hem gedrukt. Wie weet is hij opgelucht ervan af te zijn. Net als jij.'

'Ik kon hier mezelf niet zijn.' Harry dacht aan zijn kortstondige affaire met Joseph, de eerste livreiknecht. 'Ik had je bezwaarlijk kunnen onderbrengen in een van de cottages op het landgoed. Volgens mij ben je meer luxe en comfort gewend.'

'Zeg dat wel, kerel. Ierland is me te vochtig.' Hij pakte Harry's lege glas en zette het op het blad van een passerende ober. 'Zullen we maar eens teruggaan naar onze echtgenotes? Je weet het, in voor- en tegenspoed enzovoort...'

'Goed idee,' zei Harry, en samen liepen ze het kasteel binnen.

Hazel en Laurel keken in de balzaal vol verwondering om zich heen. Celia had gekozen voor een weelderige rococostijl, met witte muren en overdadig verguld pleisterwerk in flamboyante asymmetrische patronen. De kroonluchters hadden geen kaarsen meer, maar elektrisch licht dat werd weerkaatst door de grote spiegels die als gouden sterren aan de muren schitterden. 'Kijk toch eens, al die bloemen! Ik heb nog nooit zo veel lelies bij elkaar gezien.' Laurel snoof hoorbaar. 'En het ruikt hemels. Celia mag trots zijn. Het is werkelijk indrukwekkend wat ze heeft klaargespeeld.'

Net toen Hazel haar wilde bijvallen, hoorden ze een vertrouwde stem, een stem waar ze naar hunkerden. Het was Lord Hunt die de zaal binnen kwam. Hij begroette hen enthousiast. 'Miss Swanton en miss Swanton, hoe maakt u het?' Hij schudde de Struikjes beurtelings de wit geschoeide hand en bracht die met een formele en lichtelijk overdreven buiging naar zijn lippen. De Struikjes huiverden van genot, in nauwverholen gelukzaligheid, want Lord Hunt gaf hun het gevoel dat ze jong en mooi waren, en verrukkelijk frivool. In de drie jaar dat hij nu bij zijn dochter woonde, was hij met zijn charme en opgewektheid, zijn geestigheid en intelligentie, en niet te vergeten zijn onvermoeibare neiging tot lonken, een bekende figuur geworden in Ballinakelly. 'Mag ik zo vrij zijn te zeggen dat u er beiden stralend uitziet?' De manier waarop hij zijn schrandere bruine ogen over hun bijna identieke verschijning liet gaan, bezorgde Hazel en Laurel een gevoel alsof hij zijn hand onder hun japon had geschoven en teder hun al zo lang niet meer gekoesterde huid streelde.

'Dank je wel, Ethelred,' piepte Laurel toen ze na een kortstondige worsteling haar stem had teruggevonden.

'Ik kom straks voor een verschrikkelijk moeilijke beslissing te staan,' verklaarde hij somber.

'O, hemel,' zei Hazel onthutst. 'Wat voor beslissing is dat dan, Ethelred?'

Hij keek van de een naar de ander en zuchtte melodramatisch. 'Wie van u vraag ik als eerste ten dans? Want het liefst vroeg ik u allebei.' Laurel keek Hazel aan en ze begonnen gesmoord te giechelen. 'Bestaat er niet een dans voor drie personen?' vroeg hij.

'Ik ben bang van niet,' antwoordde Laurel. 'Hoewel, Celia is erg modern. Dus wie weet.'

'Ik zie dat u nog geen champagne hebt. Laat me u naar de tuin escorteren. Wat een verrukkelijke avond. Lijkt het u niet heerlijk om van onze drankjes te genieten in de kleurenpracht van de zonsondergang?'

'O, dat klinkt heerlijk,' zei Hazel.

'Dat klinkt het zeker,' viel Laurel haar bij.

Lord Hunt bood hun ieder een arm. Maar toen Laurel haar arm door zijn linker schoof, was ze zich bewust van een hevig verontrustend, onaangenaam gevoel: rivaliteit. Het was iets wat ze nooit eerder had ervaren. Ze keek naar Hazel, en ineens, heel even maar, had ze een hekel aan haar. Geschokt verdrong ze het gevoel. Hazel glimlachte stralend naar het object van haar vurige begeerte, maar toen Ethelred zich naar Laurel keerde, om ook haar toe te lachen, voelde Hazel de eerste aanzet van iets wat haar zozeer met schaamte vervulde dat ze het niet wilde toegeven, niet eens tegenover zichzelf. Beide zusters keken strak voor zich uit, naar de openslaande deuren. Ze konden elkaar onmogelijk vertellen over hun vurige hartstocht voor Ethelred. Die hielden ze geheim. Maar het was voor het eerst in hun leven dat ze iets niet met elkaar deelden.

Digby stond in de tuin en liet zijn blik met intense tevredenheid over het kasteel gaan, alsof hij het eigenhandig uit het puin had doen herrijzen. Het kasteel was de parel in de kroon van de familie, de verwezenlijking van een levenslang gekoesterd verlangen. Hij dacht aan de jaren in Zuid-Afrika, toen hij keihard had gewerkt om zijn kapitaal te vergaren, en glimlachte tevreden in het besef hoe ver hij het had geschopt, hoe hoog hij op de maatschappelijke ladder was gestegen. Een krachtige klap op zijn schouder deed hem opschrikken uit zijn overpeinzingen. Sir Ronald Rowan-Hampton kwam bij hem staan, met een stralende glimlach op zijn hoogrode gezicht. 'Mijn beste Digby, wat een triomf!' sprak hij met bulderende stem. 'Het is schitterend geworden, een meesterwerk, een voorbeeld van moed in het aangezicht van tegenspoed. Je kunt trots zijn op Celia en Archie. Met vereende krachten hebben jullie het kasteel uit zijn as doen herrijzen. En dat niet alleen! Het is een paleis geworden, een koning waardig!'

'Alle eer gaat naar Celia,' antwoordde Digby beminnelijk. 'Het is helemaal haar werk, haar visie.'

'Dan heeft ze een aardje naar haar vaartje,' verklaarde Sir Ronald. 'Ze heeft jouw stijl, jouw gevoel voor proportie. Alles wat je onderneemt, pak je groots en meeslepend aan. Waar of niet?' Sir Ronald liet zijn blik hoofdschuddend over het kasteel gaan. 'Het moet een vermogen hebben gekost.'

'Wel twee vermogens,' zei Digby ongegeneerd. 'Maar het is elke penny waard. Ooit gaat het naar Celia's zoon, en van hem naar zíjn zoon, en zo gaat het door, tot in lengte van jaren. Celia heeft niet alleen het kasteel herbouwd, maar bovendien een indrukwekkend erfgoed geschapen dat na haar dood zal blijven voortbestaan. Ik ben geweldig trots op haar.' Heimelijk vroeg hij zich af of zijn dochter niet snel genoeg zou krijgen van het platteland nu het project voltooid was, of ze Londen zou gaan missen en niet zou weten hoe snel ze op de boot terug moest stappen. Hij kende zijn dochter, hij wist hoe ongedurig ze was, want ook in dát opzicht leek ze op haar vader. En hij hoopte dat ze haar ongedurigheid de baas zou weten te blijven.

Grace stond tussen de openslaande deuren en keek naar haar man, die op het gazon met Digby stond te praten. De gasten begonnen zich naar boven te begeven, naar de lange galerij waar Adeline ook altijd haar diners had gegeven. Maar de galerij was niet meer wat ze ooit was geweest. Zo keken de voorouders niet langer onbewogen vanaf de muren toe. Veel van de portretten waren verloren gegaan bij de brand en in hun plaats had Celia schilderijen van de voorouders van ándere families gekocht, simpelweg om de gaten te vullen. Het zou jaren duren om een collectie op te bouwen – de Deverills hadden er twee eeuwen over gedaan.

Grace dacht aan Michael Doyle. Ze dacht altíjd aan Michael Doyle. Hij beheerste haar denken, hij was een obsessie en dreef haar tot waanzin. Soms dacht ze dat ze gek zou worden van verlangen en begeerte. Nog nooit had ze zich zo door een man laten domineren. Ze wist dat ze zich belachelijk maakte, maar ze kon er niets aan doen. Die dag op de jaarmarkt had ze haar zelfrespect verloren, want later op de middag was ze hem gevolgd naar de achterkant van O'Donovan's, waar ze hem hunkerend om de hals was gevallen en al haar vrouwelijke listen had gebruikt waartegen hij vroeger weerloos was geweest. Maar nu had hij zich van haar losgemaakt. 'Ik heb gezondigd,' had hij gezegd.

'Je mag jezelf niet de schuld geven van wat er in de oorlog is gebeurd. Trouwens, god weet dat ik ook het nodige heb gedaan.'

'Nee, je begrijpt het niet. De dingen die ik heb gedaan, en waar ik me voor schaam, hebben niks met de oorlog te maken.'

'Waarmee dan wel?'

Hij had zich afgewend. 'Het spijt me, Grace. Ik wil het er niet meer over hebben.' Daarop was hij weggelopen, haar achterlatend met de vraag wat hij had gedaan dat zo verschrikkelijk was dat hij er niet over kon praten, dat hij het zelfs háár niet kon vertellen. Nu keek ze uit over het gazon, naar haar man en Digby, en naar Kitty, die de twee mannen kwam halen voor het diner. Wat had Michael gedaan? En hoe kwam ze daarachter? Want als ze wist wat de oorzaak was, kon ze hem van zijn schuldgevoel bevrijden. Daar twijfelde ze niet aan.

Toen aan het eind van het diner de koffie werd geserveerd, ging Bertie staan. De gesprekken verstomden. Dit was een heel andere Bertie dan de wankele dronkenlap die na de begrafenis van zijn moeder niet alleen bekend had gemaakt dat hij het kasteel ging verkopen, maar die ook Jack, zijn bastaardzoon, had erkend. Deze Bertie was nuchter, blozend, slank en verzorgd, om niet te zeggen elegant en voornaam. 'Nog nooit zijn wij Deverills zo hecht verbonden geweest.' Hij hief zijn glas. 'Op Celia en Archie.' Iedereen schoot overeind en dronk op het stoutmoedige jonge paar, waarna Digby het woord nam om Bertie te bedanken voor zijn ruimhartigheid en om nogmaals de wapenspreuk van de familie te citeren, die niet alleen naar het kasteel verwees, maar ook naar de ziel, de levenskracht van de familie. 'Die dragen we allemaal met ons mee.' Beatrice bette haar ogen met haar servet. Harry lachte naar Celia. Kitty wierp haar vader en Elspeth een liefdevolle blik toe, dankbaar dat haar moeder en hun oudere zus, Victoria, er niet bij waren, want die zouden de sfeer van verbondenheid alleen maar hebben bedorven. Plotseling werd de stilte verbroken door een luid gesnuif. Augusta keek woedend naar haar echtgenoot, die tegenover haar aan tafel zat. 'Doe me een plezier, m'n beste,' zei ze tegen zijn tafeldame. 'En geef hem een por in zijn ribben.'

Archie begeleidde Celia naar de dansvloer, waar een jazzband uit Londen speelde. De Struikjes weerhielden zich van gekibbel over wie als eerste met Ethelred mocht dansen, door elkaar voorrang te geven. 'Nee, Laurel. Ik meen het. Ga jíj als eerste.' 'Nee, Hazel, geen sprake van. Ik wil dat jíj als eerste gaat.' Ten slotte gooide Ethelred een munt op en Hazel won, tot groot verdriet van Laurel, die moest glimlachen en doen alsof ze het helemaal niet erg vond. Maar ze vond het wél erg. Ze vond het verschrikkelijk! Boysie en Harry dansten met hun echtgenotes, maar wensten heimelijk dat ze zich samen in een van de weelderige slaapkamers konden terugtrekken. Kitty danste vol overgave met haar vader, verlangend gadegeslagen door Robert, die vanwege zijn stijve been aan de kant moest blijven. Ze probeerde haar neerslachtigheid af te schudden. Haar vader was blij voor Celia. Waarom kon zíj dat ook niet zijn?

'Onze dochters zullen hier samen opgroeien, net als wij vroeger. En ze kunnen genieten van alles waardoor wij ook zo'n heerlijke jeugd hebben gehad,' had Celia gezegd, nadat Kitty het leven had geschonken aan Florence. En ze had gelijk, de geschiedenis zou zich herhalen. Florence zou kunnen genieten van het kasteel, net zoals zíj vroeger. Waarom was ze dan toch zo verbitterd?

'Het is allemaal schitterend, verrukkelijk,' zei Beatrice tegen Grace terwijl ze voor de glinsterende spiegels stonden en naar de dansende paren keken.

'Dat is het,' viel Grace haar bij. 'Celia zei dat ze het kasteel in de oude luister zou herstellen, en dat heeft ze gedaan.' Ook al wisten ze allebei dat het onmogelijk was het verleden weer tot leven te wekken, ze gaven zich dankbaar over aan nostalgie en verlangden heimelijk naar de tijd voor de Grote Oorlog, toen de zomers in Ballinakelly nog zo heerlijk, zo onbezorgd waren.

Het was al ver na middernacht toen Boysie en Harry onverwacht alleen in de hal stonden. De indrukwekkende trap naar boven wenkte, alsof de leuningen hun als kwaadwillende demonen toefluisterden hun kans te grijpen. Ze waren licht in het hoofd door de champagne, vervuld van nostalgische gevoelens. De onmogelijkheid van hun liefde maakte het verlangen des te sterker, maar maakte ook dat ze moe waren van een leven van bedrog en geheimzinnigheid. Zonder een woord te zeggen liepen ze de trap op. Het geroezemoes van stemmen, de klanken van de band en het geluid van dansende voeten raakten steeds verder op de achtergrond terwijl ze door de lange gangen liepen. Celia had veel geld uitgegeven aan het installeren van elektriciteit en Harry moest wennen aan de heldere verlichting, waar vroeger alleen kaarsen en olielampen hadden gebrand. Ook het sanitair had ze laten moderniseren, en het was nauwelijks meer voor te stellen dat het water vroeger door bedienden in emmers naar boven moest worden gebracht. Toch verlangde Harry terug naar die tijd, en toen hij langs de slaapkamer kwam waar Kitty hem ooit met Joseph had betrapt, moest hij vechten tegen zijn emoties.

Ineens betekende het kasteel meer voor hem dan zijn misgelopen erfgoed, plotseling leek het symbool te staan voor zijn mislukkingen. Wat had hij met zijn leven gedaan? Hij was getrouwd met een vrouw die hij niet liefhad, en hij hield van een man die onbereikbaar voor hem was. Hij zwierf zinloos door Londen, van zijn club naar huis en van huis naar zijn club, van de ene sociale verplichting naar de andere – het was allemaal zo vrijblijvend. En zijn baan in de City was zo saai en monotoon dat hij soms terugverlangde naar zijn tijd in het leger, toen hij ten minste een doel had gehad. Het was alsof de brand hem meer had ontnomen dan de zetel van zijn familie, door de verwoesting van het kasteel leek hij stuurloos te zijn geworden. Terwijl hij door de gangen liep die hij nauwelijks meer herkende, was hij zich bewust van een pijnlijke, steeds zwaardere druk op zijn borst, van een vurig verlangen naar wat hij had verloren, en naar een leven dat hij nooit zou kunnen leiden.

'Boysie,' zei hij kreunend.

Boysie draaide zich om. 'Wat is er, kerel?'

Harry kon het verdriet en het gevoel van eenzaamheid die bezit van hem namen, niet onder woorden brengen. Dus hij pakte Boysies hand en trok hem mee naar de deur van de slaapkamer die Celia voor hem en Charlotte in gereedheid had laten brengen. Zwijgend loodste hij zijn minnaar de donkere kamer in en sloot hij de deur achter hen. 'Het kan niet wat we doen,' protesteerde Boysie, maar zijn hoofd leek gevuld met champagnebelletjes en hij had niet de kracht Harry te weerstaan toen die zijn mond op de zijne drukte.

Plotseling ging het licht aan. Verrast draaiden ze zich om. Charlotte zat rechtop in het hemelbed. Haar gezicht was heel bleek boven haar roze nachtjapon; haar mond was wijd opengesperd in een geluidloos, geschokt hijgen. Alle drie keken ze elkaar vol afschuw aan. Terwijl de belletjes verdampten en Boysie en Harry op slag nuchter waren, voelde Harry ergens, diep vanbinnen, een zweem van opluchting.

Helemaal boven in de westelijke toren keken Adeline en Hubert naar de sterrenhemel. De maan was bijna vol, omkranst door een halo van zilveren mist; haar griezelige licht wierp scherp omlijnde schaduwen op het gazon in de diepte. 'Weet je nog, de zomerbals van vroeger, toen we jong waren?' vroeg Adeline. 'Toen kwamen de gasten in de fraaiste rijtuigen, met koetsiers in livrei. Ik hoor nóg het hoefgeklepper in de laan. Nu komt iedereen met de auto. Ach, de tijden zijn veranderd.' Ze keek

Hubert aan en glimlachte weemoedig. 'We hebben een mooi leven gehad, hè?'

Hubert keerde zich naar zijn vrouw, zijn gezicht bleef in de schaduw. 'Maar we zijn gedoemd hier te blijven tot in...' Hij aarzelde, want het was zo angstaanjagend dat hij het nauwelijks over zijn lippen kreeg. 'Tot in de eeuwigheid. Is dat nu echt ons lot? Vergeleken met de eeuwigheid was ons leven kortstondig als het gras... maar hoe lang duurt de eeuwigheid, Adeline?'

Ze legde een hand langs zijn wang en probeerde hem moed in te spreken. 'De vloek zal worden gebroken,' zei ze vol overtuiging. 'Dat beloof ik.'

Vanuit de fauteuil achter hen klonk een stem. 'De kans dat de mens naar de maan gaat, lijkt me groter.' Dat was Barton Deverill, norser en chagrijniger dan ooit.

Adeline negeerde hem. Zijn verbittering straalde af op Hubert. Die werd er somber van. 'Luister maar niet naar hem, liefste. Hij is een narrige, oude man met een slecht geweten.'

'Jij weet niets van mijn geweten, vrouw,' gromde Barton.

'Nee, maar ik voel het.' Adeline klonk nijdig, want Barton stelde haar geduld zwaar op de proef.

'Het enige wat je voelt is dat ik hier al bijna tweehonderdvijftig jaar zit weg te rotten.'

'Zonder lichaam kun je niet wegrotten, Barton,' zei ze voortvarend. Toen keerde ze zich weer naar haar man. 'Ik zorg dat je hier wegkomt, liefste. Dat beloof ik je. Tot het zover is, blijf ik bij je. En dan gaan we samen verder. Met z'n allen.'

Barton lachte cynisch. 'Moge God jullie bijstaan.'

14

Digby zat aan de ontbijttafel en liet zich de grote portie roerei met toast, knapperige bacon en gebakken tomaten gegarneerd met bieslook goed smaken. Het bal was een doorslaand succes geweest, en ook al had hij weinig van doen gehad met de organisatie, hij had een belangrijke rol gespeeld bij de herbouw van het kasteel. Nadat hij aanvankelijk was teruggedeinsd voor een project dat in zijn ogen neerkwam op financiële suïcide en van een onbezonnen concept getuigde, was hij ten slotte toch gezwicht voor de verleiding het verleden in steen te vangen en had hij door het regelmatig uitschrijven van cheques met aanzienlijke bedragen alsnog invloed weten uit te oefenen op de plannen. Tenslotte behoorden de zomers op kasteel Deverill tot zijn beste herinneringen. Wat had hij Bertie en Rupert erom benijd dat ze in dat magische oord mochten opgroeien! Hij had zich altijd de mindere tak van de familie gevoeld. Maar nu zouden zijn kleinkinderen hier opgroeien en kon hij die verrukkelijke tijden via hen opnieuw beleven. Deverill Rising was hem dierbaar, maar het kon niet in de schaduw staan van kasteel Deverill, dankzij de geschiedenis, het aanzien en de betoverende allure van de oude familiezetel. Hij stopte een grote hap roerei in zijn mond en kauwde gelukzalig. Beatrice, die tegenover hem aan tafel zat en de gedachten van haar echtgenoot kon raden, schonk hem een glimlach.

Hij zat nog van zijn thee te genieten, verdiept in *The Irish Times*, toen Celia de kamer kwam binnen stormen. 'Goedemorgen! Wat een succes was het gisteravond! Ik heb van pure opwinding geen oog dichtgedaan!'

'Het was inderdaad een enorm succes, kindje. Je mag trots zijn op jezelf.' Digby keek vluchtig op van zijn krant en knikte zijn stralende dochter toe. 'Je was de perfecte gastvrouw.'

'Iedereen was vol bewondering voor het kasteel!' dweepte ze. 'En voor de inrichting.'

'En voor jóú,' voegde haar moeder er glimlachend aan toe.

'O, mama, ik ben zo gelukkig! Helemaal licht in mijn hoofd. En ik heb het gevoel dat mijn hart elk moment kan barsten van blijdschap.'

'Je bent licht in je hoofd van de champagne,' zei Digby laconiek, en hij verdiepte zich weer in de krant.

'Hoog tijd om iets te eten,' zei Beatrice.

Celia liep naar het antieke notenhouten buffet dat ze op een veiling bij Christie's had gekocht, met hulp van Boysie, die daar werkte. Ze schepte zichzelf roerei met tomaat op.

Even moment later kwam Harry de kamer binnen. Hij zag asgrauw, zijn ogen waren bloeddoorlopen met donkere, bijna zwarte kringen. 'Ik kan wel zien dat jij een wilde nacht hebt gehad.' Celia grinnikte, maar Harry wist met moeite een matte glimlach te produceren.

'Goedemorgen.' Hij moest zich zichtbaar forceren tot opgewektheid. 'Ik vrees dat ik niet helemaal in mijn goede doen ben.'

'Kom lekker zitten, lieverd. Neem een kop thee en wat toast. Iets in je maag zal je goeddoen,' zei Beatrice. 'Je ziet inderdaad witjes.' Ze trok de stoel naast zich naar achteren, klopte met haar mollige, beringde vingers op zijn hand en schonk hem een meelevende glimlach. 'Ik neem aan dat een kater kan worden gezien als het resultaat van een buitengewoon geslaagd feest,' zei ze zacht.

'Laten we het daar maar op houden,' zei Harry, terwijl hij dacht aan de buitengewoon níét geslaagde manier waarop het feest voor hem was geëindigd.

Het duurde niet lang voordat ook Boysie en Deirdre aan tafel verschenen. Ze zagen er fris en stralend uit, alsof ze de vorige avond vroeg naar bed waren gegaan en al een verkwikkende ochtendwandeling hadden gemaakt. 'Wat een verrukkelijk feest, Celia,' zei Boysie terwijl hij naast haar ging zitten. 'Er stonden maar twee saaie zeurkousen op de gastenlijst, en die heb ik weten te ontlopen!'

'O, wie waren dat? Want dan zet ik je volgend jaar naast hen aan tafel,' zei Celia.

'Het zou erg indiscreet zijn om namen te noemen.' Boysie grijnsde. Maar toen zijn blik die van Harry kruiste wendde hij zich haastig af. 'Kan ik een bordje voor je halen, lieverd?' vroeg hij aan Deirdre. Terwijl Boysie naar het buffet liep, kwam Charlotte binnen. Ze zag lijkwit, en terwijl Beatrice van haar naar Harry keek, besefte ze dat hun bleke gezichten niets met een kater te maken hadden.

Na het ontbijt slaagde Harry erin Boysie onder vier ogen te spreken. Ze stonden op het terras in de warme zomerzon. Een legertje bedienden was nog bezig de boel aan kant te maken na het feest. Boysie stak een sigaret op. Harry had zijn schouders opgetrokken en zijn handen diep in zijn broekzakken gestopt. 'Wílde je betrapt worden?' vroeg Boysie. Harry deinsde achteruit, geschrokken door de harde klank in zijn stem.

'Nee... Nee, natuurlijk niet.' Maar daar was hij niet zo zeker van als hij probeerde te klinken.

'Verdomd onnozel om je vrouw op die manier de stuipen op het lijf te jagen. Ze was niet bepaald vrolijk aan het ontbijt.'

'Maak je geen zorgen, ze houdt haar mond.'

'Dat mag ik hopen.'

'Maar ze praat niet meer tegen me.'

'Dat verbaast me niks. Het is één ding om je vrouw te bedriegen met een andere vrouw. Maar met een man... Het arme kind. Volgens mij heb je haar hart gebroken. Zo zag ze er tenminste wel uit.'

'Ja, daar ben ik ook bang voor.' Harry wreef zuchtend over zijn kin. 'God, wat een puinhoop.'

De uitdrukking op Boysies gezicht verzachtte. 'Wat ga je eraan doen, kerel?'

'Niks.'

'Hoezo, niks?'

'Ik kán niks doen. Alleen afwachten wat zij nu verder wil.'

'Dat kan ik je wel vertellen.' Boysie tikte grinnikend zijn as af. 'Ik denk dat zij het liefst zou zien dat je naar het andere eind van de wereld verdween.'

'Dat hoop ik niet.' Harry slikte nerveus. 'Ik hoop dat ze het begrijpt.'

'Celia zou het begrijpen, maar Charlotte is anders. Charlotte is een schaap, Harry. Een kuddedier. En de kudde moet niks van homoseksualiteit hebben. Dus je mag inderdaad hopen – wat zeg ik, je moet bidden! –

dat ze het niet aan haar familie vertelt.' Hij nam een trekje van zijn sigaret. 'Kom, dan gaan we op zoek naar Celia.' Maar Celia zou hem niet kunnen helpen, wist Harry. Hij voelde ineens een overweldigend verlangen om met Kitty te praten.

'Ik ga een eind lopen, kerel. Een beetje beweging zal me goeddoen.' Hij liep de tuin in en zette koers naar het White House.

Kitty zat op het gras en maakte kettingen van madeliefjes met de kleine Florence, die inmiddels twee was. 'Harry!' Ze wuifde toen ze haar broer zag aankomen. Hij liep het hek door en beklom de heuvel naar het huis. Zijn gezicht zag rood van het snelle lopen. 'Wat een leuke verrassing,' zei ze toen hij zijn strohoed afnam en op de grond ging zitten, in de schaduw van de appelboom die de kleine Florence moest beschermen tegen de zon. 'Wat was het een heerlijk feest, hè?'

Hoewel ze haar best deed, zag hij dat het haar moeite kostte iets positiefs over het gerenoveerde kasteel te zeggen. 'Dus jij vindt het ook moeilijk?'

'Ja, erg moeilijk,' gaf ze toe. 'Ik vind het afschuwelijk om te zeggen, maar tegenover jou hoef ik geen mooi weer te spelen.'

'Nee, ik begrijp het. En hoe is het met onze kleine Florence? Wat is ze gegroeid!' Hij streek het kleine meisje over haar vlasblonde haar. 'Het is sprekend haar vader, hè?'

'Ja, dat klopt.' Kitty voelde een steek van pijn bij de gedachte aan Jack O'Leary. 'Ze lijkt in alles op Robert. En hij is stapelgek op haar.'

'Waar is JP?'

'Op pad met zijn pony. Hij is net zo'n hartstochtelijke ruiter als ik dat vroeger was. En onafscheidelijk van zijn pony!' Ze lachte. 'Bovendien is het een durfal. Hij is nergens bang voor en hij gaat nu al mee met de jacht. Tot papa's grote trots. JP is een natuurtalent in het zadel. En Florence...' Ze zuchtte en keek vertederd naar haar dochter. 'Dat moet nog blijken.'

'Zullen we een eindje gaan lopen?' vroeg Harry plotseling.

Kitty hoorde aan zijn stem dat hij gespannen was en schoot meteen overeind. 'Prima.' Ze riep Elsie, en zodra de nanny naar buiten kwam, liepen Kitty en Harry de heuvel af in de richting van de kust.

'Harry, wat is er?'

Hij zette zijn hoed weer op en stopte zijn handen in zijn zakken. 'Weet je nog, die keer dat je me betrapte...' Hij aarzelde, niet goed wetend hoe hij het moest zeggen.

'Met Joseph?'

'Ja.' Hij staarde naar het gras onder zijn voeten. 'Ik híéld van Joseph.'

'Dat weet ik.' Kitty keek hem fronsend aan. 'En je houdt niet van Charlotte, hè?'

'Ze is me oprecht dierbaar,' zei hij naar waarheid, en Kitty begreep onmiddellijk wat hij haar probeerde duidelijk te maken. Vervuld van liefde voor haar broer schoof ze haar arm door de zijne en ging ze dichter naast hem lopen.

'Joseph hield ook van jou. Ik vergeet nooit die uitdrukking van intense wanhoop op zijn gezicht toen je terugging naar het front. Hij stond boven, achter het raam. Ik zag hem staan. Als een geest. Dat was het moment waarop ik begreep dat hij je niet alleen maar had getroost, die nacht. Toen je na de oorlog weer thuiskwam en hij je persoonlijke bediende werd, wist ik waarom je dat wilde. Ik heb je nooit veroordeeld, Harry. Het is niet gebruikelijk, een man die van een andere man houdt, maar ik houd van je zoals je bent.' Harry kreeg een brok in zijn keel en hij knipperde met zijn ogen, die begonnen te branden.

Ze kwamen aan het eind van het pad, waar het gras plaatsmaakte voor wit zand, en liepen het strand op. Zeevogels zweefden op de wind en doken loodrecht naar beneden om de kleine diertjes op te pikken die het tij had achtergelaten. De oceaan lag er rustig bij onder een heldere hemel; de golven spoelden lieflijk en ritmisch over het strand. Harry legde zijn hand op die van Kitty. 'Dank je wel, zusje. Jij en ik hebben in de loop van de jaren heel wat geheimen gedeeld. Nu moet ik je er nog een vertellen, en ik wil je om raad vragen. Want ik heb iets verschrikkelijks gedaan.' Kitty knikte. Ze was bang voor wat hij ging zeggen. 'Ik heb al jaren een verhouding met een man. Al sinds ik in Londen woon.' Hij nam haar onderzoekend en een beetje angstig op.

'Ga door,' zei ze bemoedigend.

'Ik wist dat ik mijn plicht moest doen, dat ik moest trouwen. Charlotte en ik hebben twee kinderen gekregen, en als de schok niet tot een miskraam leidt, hebben we er binnenkort drie. Want gisteravond... toen heeft ze ons betrapt.'

Kitty bleef abrupt staan. 'O, Harry.' Ze liet haar armen langs haar lichaam vallen. 'Wat is er gebeurd?'

'Ik wist niet dat ze vroeg naar bed was gegaan. Het was donker in onze kamer. Ik trok Boysie naar binnen...'

Kitty hield verbijsterd haar adem in. 'Boysie Bancroft?'

'Ja, had ik dat nog niet gezegd?'

Kitty schudde haar hoofd. 'Nee, maar ik had het kunnen weten. Jullie zijn onafscheidelijk.'

'Charlotte deed het licht aan en toen zag ze ons.'

'Wat zei ze?'

'Niets. Boysie is er meteen vandoor gegaan. En ik heb geprobeerd haar te troosten. Maar ze stopte haar hoofd onder haar kussen en huilde alleen maar. Ze heeft de hele nacht gehuild. En ze heeft nog steeds niets tegen me gezegd.' Hij hief hulpeloos zijn handen. 'Wat moet ik in godsnaam doen?'

Kitty begon weer te lopen, sneller dan daarvoor, met haar blik op de grond gericht. Harry liep zwijgend naast haar, in de hoop dat ze in het zand het antwoord zou vinden. Ten slotte bleef ze opnieuw staan. 'Charlotte houdt van je, Harry. Dus ze is diep geschokt door je bedrog. Om te beginnen moet je haar de tijd geven de schok te verwerken. Ze heeft twee afschuwelijke ontdekkingen gedaan: dat je al jaren een verhouding hebt, en dat je van een man houdt, iets wat nota bene strafbaar is. Dat weet je. Je kunt ervoor de gevangenis in gaan. Dus het kan niet anders of Charlotte vraagt zich af of je ooit van haar hebt gehouden, of dat je alleen maar met haar bent getrouwd omdat het je plicht was. Ze zal zich zelfs afvragen of je het misschien wel vreselijk vond om met haar te vrijen. Ze voelt zich gekwetst, bezeerd, vernederd en ze is bezorgd. Dus ze zal pas met je willen praten wanneer ze het allemaal een beetje heeft kunnen laten bezinken.'

'En wat denk je dat ze zal zeggen?'

'Of ze vraagt om een scheiding. Of ze vertelt het aan haar ouders. En wat je dan over je heen krijgt... daarmee vergeleken is het schandaal van mij met JP een peulenschil. Mama krijgt waarschijnlijk een hartaanval, maar dat lijkt me je minste zorg.'

'God helpe me,' verzuchtte hij.

'Of...'

'Ja?' vroeg hij gretig. 'Wat wou je zeggen?'

'Of ze vergeeft het je.'

'Waarom zou ze me in godsnaam vergeven?'

'Omdat ze van je houdt, Harry. Maar je moet haar ervan zien te overtuigen dat Boysie niets voor je betekent. Dat die kus is gebeurd in een vlaag van verstandsverbijstering. Geef de champagne maar de schuld. Zeg dat je van haar houdt. Je houdt van je kinderen. Je gezin is het belangrijkste in je leven. Dat wil je niet op het spel zetten. Kun je haar daarvan overtuigen, denk je?'

'Ik kan Boysie niet opgeven.' Hij hijgde van afschuw.

'Toch moet het, Harry. Het is Charlotte of Boysie. Je kunt ze niet allebei hebben.'

'Maar ik houd van hem.'

Kitty legde een hand op zijn arm. 'Dat weet ik. Maar soms moet je degene van wie je houdt opgeven, omdat er andere, grotere belangen spelen.' Ze kreeg tranen in haar ogen. 'Dat is heel erg moeilijk. En het lijkt onmogelijk. Maar je kunt het.'

Harry keek haar aan, zonder te beseffen dat ze het over zichzelf had. Toen hij hem mee de slaapkamer in trok, had hij niet verwacht dat het gevolg zou zijn dat hij Boysie moest opgeven. Ergens had hij gehoopt te worden betrapt, maar alleen om bevrijd te zijn van de last van alle leugens. Niet om degene die hij boven alles liefhad, te verliezen. Hoe had hij zo stom kunnen zijn! Hij pakte zijn zus bij de armen en legde zijn hoofd op haar schouder. Terwijl hij zijn tranen de vrije loop liep, merkte hij niet dat zij ook huilde, om Jack O'Leary en om haar eigen eenzaamheid.

Toen Harry terugkwam op het kasteel, speelden Charlotte en Deirdre een spelletje croquet met Boysie en Celia. De Struikjes slenterden in gebloemde jurken en met een zonnehoed op door de tuinen in gezelschap van Lord Hunt, die met zijn handen op zijn rug belangstellend luisterde naar wat ze te vertellen hadden. Laurel en Hazel hadden erg veel aandacht besteed aan hun kapsel en zich met zorg opgemaakt. De resultaten waren verbluffend. Ze zagen er jaren jonger uit. Digby, Archie, Bertie en Ronald speelden een heren-dubbel in lange witte tennisbroeken en v-halstruien, terwijl Beatrice en Grace hen vanaf de bank gadesloegen. Althans, ze deden alsof, nippend aan grote glazen citroenlimonade met munt.

'Papa speelt een spelletje met de Struikjes,' bekende Grace, terwijl ze naar het onwaarschijnlijke drietal keek. 'Een schandalige oude schurk, dat is hij. Maar ik ben bang dat Hazel en Laurel helemaal smoor op hem zijn. En dat zit me helemaal niet lekker.'

'O, trek het je niet aan,' suste Beatrice. 'Ze vinden het heerlijk. Volgens mij hebben ze nog nooit zo veel aandacht gekregen van een man. Laat staan van zo'n knappe man als je vader.'

'Hij geniet met volle teugen, maar de gevolgen zijn niet te overzien als het spelletje hem gaat vervelen. En dat zal onvermijdelijk gebeuren. Zodra het plezier eraf is, gaat hij op zoek naar een ander slachtoffer. Ik kén hem. Mijn moeder was uitzonderlijk tolerant.'

'Ik weet zeker dat ze hem met een korrel zout nemen.' Beatrice keek naar Digby, die zich gereedmaakte om te serveren.

'Nee, Beatrice. Daar vergis je je in. Ze zijn tot over hun oren verliefd. Het lijken wel een stel debutantes. Ik hoop dat ze geen ruzie om hem krijgen. Want dat zou verschrikkelijk zijn.'

'Goede service, lieverd!' Beatrice klapte toen Digby een ace sloeg tegen zijn neef. 'Het zijn volwassen vrouwen, Grace. Ze kunnen heus wel voor zichzelf zorgen. En voor elkaar.'

'Ik hoop dat je gelijk hebt, maar ik vrees het ergste.'

Toen Harry kwam aanlopen, wierp Charlotte, die bij het derde poortje stond, hem een woedende blik toe. Boysie sloeg hen wantrouwend gade, terwijl Celia, in een lange, luchtige ivoorkleurige rok en blouse, compleet met parelketting en cloche, haar bal neerlegde en uithaalde met haar hamer. Deirdre, die er niet achter had kunnen komen waar de ruzie over ging, stond naast haar man, dankbaar dat de gemoederen in háár huwelijk nooit zo hoog opliepen. 'Harry, ik speel bedroevend slecht. Kun jij me niet een beetje helpen?' vroeg Celia. 'Dat mag toch wel, hè?' Dat laatste was tegen de anderen gericht.

Charlotte liet haar hamer op het gras vallen. 'Hij kan in mijn plaats verder spelen. Ik heb er genoeg van.' Ze liep weg, mét haar bokkenpruik, terug naar het kasteel.

'O hemel.' Celia keek haar na. 'Ik was nooit zo chagrijnig tijdens mijn zwangerschappen.'

'Zal ik achter haar aan gaan?' vroeg Harry onzeker, maar hij was bang voor wat Charlotte zou zeggen. Zijn blik ging naar Boysie. Even vonden hun ogen elkaar. *Ik kan hem niet opgeven!* Hij ging nog liever dood dan dat hij Boysie opgaf.

'Nee, we spelen door!' Celia had het zo druk met zichzelf dat de onderhuidse spanningen haar ontgingen. 'Jij bent aan de beurt, Deirdre. Laat Charlotte maar even, Harry. Als ze wat geslapen heeft, voelt ze zich vast beter. Ze zal wel moe zijn na gisteravond. Ík ben er nog moe van en ik ben niet in verwachting.'

Harry keek naar de openslaande deuren, maar zijn vrouw was al naar binnen verdwenen. Toen hij enige tijd later eindelijk de moed had verzameld om met haar te praten, lag ze op bed voor zich uit te staren, diep ongelukkig, met een verslagen uitdrukking op haar gezicht. Toen Harry de deur achter zich dichttrok verstijfde ze, als een kat in het nauw. Maar hij ging op de rand van het bed zitten. 'Lieveling, we moeten praten.' Zijn maag verkrampte van de zenuwen. Hij voelde zich ellendig en staarde naar zijn gevouwen handen alsof hij niet wist hoe hij ze weer los moest krijgen. 'Het spijt me,' vervolgde hij. Toen ze niet reageerde schraapte hij zijn keel, denkend aan wat Kitty had gezegd. 'Ik hou van je, Charlotte. Ik begrijp dat je me niet gelooft na... na gisteravond. Maar dat gebeurde in een vlaag van verstandsverbijstering. Het kwam door de champagne, door de opwinding, door alle herinneringen aan vroeger. Ik was mezelf niet. Ik was in de war. En ik schaam me. Ik schaam me echt heel erg diep. Kun je me alsjeblieft vergeven?'

Ze keerde zich naar hem toe. Haar ogen stonden koud. Wat ging er in haar om, vroeg hij zich wanhopig af. 'Hou je van me, Harry?' vroeg ze met een klein stemmetje.

'Ja, liefste, ik hou van je. Ik hou van jou, en ik hou van onze kinderen. Van ons gezin. Ik zou nooit iets doen om dat op het spel te zetten.'

Ze keek hem strak aan, met grote ronde ogen. Er speelde een verbeten trek om haar dunne lippen. 'Ik kan jou en Boysie niet vergeven. Ik schaam me voor jullie. Wat ik heb gezien... wat jullie deden... dat is tegennatuurlijk.' Ze wendde zich af toen er tranen in haar ogen kwamen. 'Maar ik zal er met niemand over praten. Ik sterf nog liever dan dat ik het aan iemand vertel. Maar je moet me beloven dat je Boysie niet meer ziet. Nooit meer. Dat kan niet meer na... na...' Ze begon hysterisch te huilen.

Harry schopte zijn schoenen uit. Hij ging naast haar liggen, sloeg een arm om haar heen en trok haar dicht tegen zich aan. Wat had het leven nog voor zin als hij Boysie niet meer mocht zien? 'Ik wil terug naar Londen,' zei ze. 'Nu meteen. Ik wil hier geen dag langer blijven. Het kan me niet schelen wat je tegen Celia zegt, maar ik wil terug naar Londen. De rest van de zomer gaan we naar papa en mama in Norfolk. En je verbreekt het contact met Boysie. Zodat we dit beschamende incident achter ons kunnen laten.' Ze nam zijn hand van haar zwangere buik. 'En ik wil niet dat je me aanraakt.'

'Charlotte!' Hij hield geschokt zijn adem in.

'Ik meen het, Harry. Ik heb tijd nodig. Wat ik heb gezien, dat kan ik niet zomaar vergeten. Ik kan niet doen alsof het niet is gebeurd.'

'Het was een moment van verstandsverbijstering.'

Ze keerde zich weer naar hem toe, haar gezicht stond hard, bijna grimmig. 'En als ik niet vroeg naar bed was gegaan? Wat was er dan gebeurd?' Ze beefde over haar hele lichaam en begon weer te snikken. 'Wat had je dan gedaan, Harry?'

'Niets. Helemaal niets. Het was een kus. Meer niet. Een kus. Dat was alles.' Ze wendde zich bruusk af. Het was duidelijk dat ze hem niet geloofde.

Harry zei tegen Celia dat Charlotte het deze keer zo zwaar had met haar zwangerschap dat ze de rest van de zomer bij haar ouders wilde doorbrengen. 'Wat een spelbreker,' zei Celia pruilend. 'Ze bederft onze hele zomer. Het is voor het eerst in bijna tien jaar dat we hier allemaal weer bij elkaar zijn. Dit had een bijzondere zomer moeten worden, en nu heeft zij alles bedorven.' Ze sloeg nijdig haar armen over elkaar. 'Boysie zal het ook niet leuk vinden dat jullie weggaan. Hij is vast woedend, net als ik. Door jullie zijn we niet meer compleet.'

Harry haalde zijn schouders op. 'Het spijt me. Ik kan er ook niets aan doen.'

Toen klaarde Celia's gezicht op. 'Ik weet het! Charlotte gaat met de kinderen naar Norfolk en jij blijft hier. Toe, alsjeblieft. Blijf alsjeblieft hier, Harry. Dan is het weer net als vroeger. En als we Deirdre zover weten te krijgen dat ze met Charlotte meegaat, dan is het helemaal geweldig!'

'Nee,' zei Harry op besliste toon. 'Ik kan haar niet alleen laten gaan.'

'Dan ben jij ook een spelbreker. Ik weet niet of ik je kan vergeven.'

'Vast wel.'

'Ja, natuurlijk vergeef ik je. En de volgende keer laat je haar gewoon thuis. Volgens mij vindt ze Ierland toch maar niks.'

De auto was gepakt en stond op het grind te wachten met Celia's chauffeur achter het stuur. Bij het afscheid slaagden Harry en Charlotte erin de schijn van eensgezindheid op te houden. Iedereen vond het jammer dat ze weggingen, maar niemand vond het zo erg als Harry. Eenmaal buiten hielp hij zijn vrouw in de auto en duwde haar rok zorgzaam naar binnen voordat hij het portier sloot. Toen deed iets hem omhoogkijken, naar het raam boven de voordeur. Daar stond Boysie, met een verloren uitdrukking op zijn gezicht. Harry's maag verkrampte bij de herinnering aan wat Kitty hem over Joseph had verteld. Ook Boysie zag eruit als een geest. Zijn gezicht leek spierwit achter het glas, zijn ogen waren twee zwarte poelen van verdriet. Harry kreeg een brok in zijn keel. Even bleef hij zo staan, met zijn blik omhooggericht. Het liefst zou hij wuiven, maar dat kon niet. Want als hij dat deed, zou hij zich niet kunnen beheersen en als een klein kind in snikken uitbarsten. Hij rukte zich los van Boysies aanblik en liep langzaam om de auto heen. Toen hij het portier opendeed, keek hij opnieuw omhoog. Boysie stond er nog. Hij had zijn hand met gespreide vingers tegen de kleine rechthoekige ruit gelegd. Zijn voorhoofd rustte tegen het glas, dat door zijn adem beslagen was geraakt. Harry slaakte een diepe zucht, toen stapte hij in de auto. Hij trok het portier achter zich dicht, stak een vinger in zijn mond en beet hard op zijn knokkel. Als hij zijn tranen de vrije loop liet, zou hij de waarheid niet langer voor Charlotte verborgen kunnen houden. Dan zou ze beseffen dat hij van Boysie hield, dat hij meer van hem hield dan van wie ook en dat hij altijd van hem zou blijven houden.

15

New York

Nadat Jack O'Leary het huis uit was geslopen, had Bridie niet meer de kracht – noch de wil – om de wanhoop van zich af te schudden die bezit van haar had genomen. Ze had gedacht dat hun dolende harten na een jarenlange worsteling het einde van hun zoektocht hadden bereikt en rust hadden gevonden bij elkaar, als blinden die plotseling het licht zagen. Maar hij was weggegaan, en op de plek waar hij had gelegen, lagen nu de scherven van haar gebroken hart. Haar heimwee deed zich sterker, pijnlijker gelden dan ooit. Het was alsof hij ook Ierland met zich had meegenomen, waardoor ze zich volledig verloren voelde; stuurloos, beheerst door angst.

Ze zocht troost in de alcohol. En ze ontdekte dat ze met een fles gin een ander soort geluk kon kopen. Ze begon de dag met drinken, meteen bij het wakker worden, wanneer de pijn door alles wat ze had verloren, het ergst was. En ze dronk de rest van de dag door om die pijn op een afstand te houden. Maar in haar beschonkenheid ervoer ze slechts een oppervlakkig, bitterzoet geluk. Het was alsof er een rafelige pleister op een bloedende wond was geplakt, die niet kon voorkomen dat het venijn alsnog naar buiten kwam.

Elaine deed wat ze kon om Bridie uit de put te helpen. Ze spoelde de gin door de wc, ze probeerde haar mee naar buiten te krijgen door voor te stellen te gaan winkelen, of door haar uit te nodigen om mee te gaan naar feestjes, maar Bridie liet zich niet verleiden en bleef thuis, waar ze overal drank had verstopt, op plekken die zelfs Elaine op haar grondige zoektochten door het appartement niet wist te vinden. 'Toe nou toch, Bridget! Je bent jong! Je bent mooi!' had Elaine haar op een middag toegeschreeuwd toen ze haar vriendin nog in bed aantrof, met verwarde, ongewassen haren en een wazige blik in haar bloeddoorlopen ogen. 'Je kunt iedere man krijgen die je maar wilt.'

'Maar ik wil alleen Jack,' had Bridie snikkend uitgebracht, met haar gezicht in haar zijden kussen. 'Ik houd mijn hele leven al van hem, Elaine. Er zal nooit een ander zijn. Al word ik honderd.' In haar benevelde staat was haar Ierse tongval duidelijker hoorbaar dan ooit.

'Kom op, Bridie. Je kunt je niet zo laten gaan. Je moet jezelf bij de kraag vatten.'

'Dat bepaal ik zelf wel! Ik doe wat ik wil. En als het je niet bevalt, dan vertrek je maar.'

Na maanden waarin het alleen maar slechter ging, maakte Elaine zich zo veel zorgen dat ze haar man om raad vroeg. 'Ik zie maar één oplossing, Elaine,' zei Beaumont op besliste toon. 'Je moet zien dat je haar van de drank af krijgt.'

'Dat heb ik geprobeerd, maar ze luistert niet.'

'Naar míj wel,' zei hij zelfverzekerd. 'Dus ík zal eens met haar praten.'

En zo kwam het dat Elaine en Beaumont Williams op een winderige ochtend in de lente bij het appartementengebouw aan Park Avenue op de bel drukten en de lift namen naar de bovenste verdieping. Bridies dienstmeisje deed open en liet hen binnen in de onberispelijke hal waar een van de muren in beslag werd genomen door een grote spiegel in de vorm van een glanzende, zilveren waaier. Elaine keek naar zichzelf, naar haar verontruste gezicht, gefragmenteerd in de banen van de waaier, maar Beaumont aarzelde geen moment. Hij gaf Imelda zijn jas en liep rechtstreeks door naar de lichte, ruime zitkamer. Als hij eenmaal had besloten dat er iets moest gebeuren, ging hij er voortvarend mee aan de slag. Voor het raam bleef hij staan en keek naar de straat in de diepte. Het uitzicht was indrukwekkend, schitterend, en hij constateerde tevreden dat hij Bridie goed had geadviseerd met de keuze voor dit appartement.

Het duurde even, maar uiteindelijk verscheen Bridie, op vuurrode fluwelen pantoffels en gehuld in een turquoise Japanse kimono met een patroon van grote kleurige orchideeën. Even voelde Elaine zich op het verkeerde been gezet, want Bridies haar glansde en was gekapt in een modieuze boblijn, en ze had zich zorgvuldig opgemaakt, waardoor haar gezicht een frisse, stralende aanblik bood. Maar toen ze dichterbij kwam zag Elaine hoe wankel ze liep, en ook de glazige blik in haar ogen verried dat ze gedronken had en zich diep ongelukkig voelde. Het was wel duidelijk dat Bridie er alles aan deed om de waarheid te verdoezelen.

'Nee maar, wat een verrassing.' Bridie liet zich in een stoel vallen. 'Waar heb ik dit genoegen aan te danken?' Maar Elaine zag aan haar wantrouwende blik dat ze dat wel wist.

Beaumont stond nog altijd voor het raam. Toen hij zich met een glimlach op zijn gezicht omdraaide, wees niets erop dat hij niet gewoon een beleefdheidsbezoekje aflegde. 'Het is al even geleden dat ik voor het laatst bij je was, Bridget. En ik moet zeggen, je woont buitengewoon smaakvol.'

'Dat woon ik zeker. Kan ik jullie misschien iets aanbieden? Koffie? Thee? Dan vraag ik Imelda om het te zetten.'

'Ik niet, dank je.'

Elaine, die op het puntje van de bank zat, wrong nerveus haar handen. 'Ik lust wel een kopje koffie.' Ze durfde haar vriendin niet aan te kijken, uit angst dat Bridie het verraad in haar ogen zou zien.

'En ik neem thee,' zei Bridie.

Terwijl Imelda thee en koffie ging zetten, praatte Beaumont ontspannen met Bridie, die hoopte hem zand in de ogen te strooien, zodat hij zou denken dat alles goed met haar was. Ze moest proberen de vragen waarvoor Elaine en hij waren gekomen, zo lang mogelijk voor zich uit te schuiven. En met een beetje geluk kwam het er zelfs helemaal niet van. Na wat Elaine een eeuwigheid leek te duren, kwam Imelda terug met een kop koffie voor haar en een potje thee voor haar werkgeefster. Op dat punt trok Beaumont een stoel bij en ging dicht naast Bridie zitten. Terwijl ze zichzelf thee inschonk, beefden haar handen zo dat het deksel van de porseleinen pot hoorbaar rammelde. Toen kon Bridie zich niet langer groothouden. Ze viel door de mand, alsof er een masker van haar gezicht werd weggerukt. Haar onderlip trilde terwijl ze wanhopig probeerde het beven van haar handen te doen stoppen. Zonder een woord te zeggen legde Beaumont langzaam, welbewust een hand op de hare. Hun ogen vonden elkaar. In die van Bridie lag een verwilderde blik, als van een in het nauw gedreven dier, maar de ogen van Beaumont waren kalm en vol mededogen. 'Laat mij maar, Bridget,' zei hij vriendelijk. Bridie keek hem verbouwereerd aan, van het ene op het andere moment weer een kind dat met grote ogen opkeek naar haar vader die van haar hield en haar begreep. Door dat kleine maar veelzeggende gebaar dat hij maakte, kwamen de tranen die ze zo krampachtig had verdrongen. Beaumont nam de pot van haar over, en Bridie durfde haar kopje nauwelijks op te tillen uit angst dat ze thee zou morsen.

'Bridget, kun je je onze eerste ontmoeting nog herinneren?' begon hij.

Ze knikte.

'Dat was in de salon van Mrs. Grimsby. Je was een angstig, jong meisje, nog maar net van de boot uit Ierland gestapt, en met in heel New York niemand die zich om je bekommerde.' Twee tranen biggelden over Bridies wangen en trokken een vochtig spoor door haar foundation. 'Sinds die dag heb je het zo ver geschopt, en je hebt je zo dapper staande weten te houden dat ik zou glimmen van trots als ik je vader was.' Bridie slikte bij het noemen van Tomas, haar geliefde vader, die de dood had gevonden door het mes van een landloper. 'Na alles wat je hebt bereikt, zou het eeuwig zonde zijn om dat allemaal op het spel te zetten.' Bridie sloeg haar ogen neer en keek in haar theekopje, plotseling onaangenaam nuchter. Met nog altijd bevende handen bracht ze het kopje naar haar lippen. 'De oplossing voor je verdriet vind je niet in de fles gin, Bridget. Of in welke andere fles drank dan ook. Die oplossing zit in jóú. De keuze is aan jou. Wat doe je? Laat je je door deze jongeman kapotmaken? Of kies je voor jezelf en kom je hier sterker uit? Je kunt je verdriet verdrinken en aan de drank ten onder gaan, of je kunt je aan het leven vastklampen, zoals je dat al eerder hebt gedaan. Je bent rijk, je bent jong en je bent mooi. Iedere man zou er alles voor overhebben om jou tot zijn vrouw te mogen maken.'

'Maar ik wil niemand...'

Beaumont viel haar in de rede. 'Weet je nog wat je ooit tegen me zei? Dat je als vrouw in deze wereld geen status hebt zonder man? Dat er niemand is die je beschermt als je alleen bent?' Bridie knikte langzaam. 'Daar had je gelijk in,' vervolgde Beaumont Williams. 'Maar je vergat iets heel belangrijks. Dat een vrouw zonder man genoodzaakt is de lange en vaak moeilijke weg door het leven in haar eentje af te leggen. En dat kan erg eenzaam zijn. De mens is niet bedoeld om alleen te blijven. We hebben anderen nodig om gelukkig te worden. Dus wat jij nodig hebt, is een man.' Bridie dacht aan Mr. Lockwood en herinnerde zich het gevoel van geborgenheid dat hij haar had gegeven. 'Net zoals je Ierland uit je hoofd hebt weten te zetten, moet je dat ook doen met deze man, deze liefde uit je jeugd. Luister niet naar de stem van het verleden, de stem die je naar huis roept. Luister naar de stem van de toekomst. De man die je zoekt is er, en wij gaan je helpen om hem te vinden.' Hij schonk haar een bemoedigende glimlach, waarop Bridie haar kopje op tafel zette. Elaine was zo gespannen dat haar schouders pijn deden. Ze nipte van haar koffie, vervuld van trots op haar wijze, welbespraakte echtgenoot – en vervuld van schaamte om haar dwaze ontrouw waarmee ze zich het tegenovergestelde van wijs had betoond.

'Ik zal je vertellen hoe we het gaan aanpakken, Bridget,' verklaarde Beaumont. 'We doen het stapje voor stapje. En de eerste stap is dat jij belooft dat je de drank laat staan.' Er gleed een nerveuze blik over Bridies gezicht. Ze wilde al ontkennen dat ze te veel dronk, maar dat had geen zin, wist ze. Beaumont keek dwars door haar heen. Voor hem kon ze niets verbergen. 'Ik wil dat je me meeneemt, het hele huis door, en dat je me laat zien waar je overal drank hebt verstopt,' zei hij geduldig. 'Dan spoelen we het allemaal door de gootsteen, fles na fles. En dat markeert het begin van een nieuw hoofdstuk in je leven.' Aanvankelijk met tegenzin, maar geleidelijk aan met steeds meer enthousiasme, liet Bridie hem alle geheime bergplaatsen zien waar ze flessen gin had verstopt. Zowel Elaine als Beaumont was heimelijk verrast door haar inventiviteit. De gin werd plechtig, alsof ze een exorcismeritueel uitvoerden, door de gootsteen gespoeld. Niet voor het eerst had Bridie het gevoel dat ze aan een nieuw leven begon. Een leven dat ze met overgave omhelsde. Beaumont Williams had haar een reddingslijn toegeworpen en het zou dwaas zijn, om niet te zeggen suïcidaal, om die niet te grijpen.

Langzaam en ten koste van enorme inspanningen klauterde Bridie uit de diepe put waarin ze was beland. Ze dwong zichzelf om Jack te vergeten, om haar gevoelens van spijt en teleurstelling te verdringen en haar blik te richten op de toekomst. Haar vastberadenheid om het verleden achter zich te laten, om vooruit te kijken had iets vertrouwds. Maar hoewel ze het eerder had gedaan, hoewel ze al vaker een nieuwe start had gemaakt, werd het er ondanks de gewenning niet gemakkelijker op. Ze herkende alleen het pad, omdat ze het al zo vaak had gevolgd. Elaine was bij dat alles haar grote steun en toeverlaat, en telkens wanneer Bridie terugviel, was het Elaine die haar nieuwe moed insprak, zonder haar te veroordelen.

Uiteindelijk voelde Bridie weer aarzelend iets van trots op zichzelf. Ze kreeg opnieuw plezier in winkelen en dansen, en ze ging net als voor haar depressie naar de film en naar feesten, ook al was ze nu aanzienlijk voorzichtiger en meer ingetogen. Ze liet zich weer het hof maken, ondanks het feit dat haar hart nog altijd gebroken was, haar verdriet nog rauw, de herinnering aan Jack nog levendig. Maar terwijl de maanden verstreken, terwijl de zomer van 1929 de wereld kleedde in een stralend bloemenkleed en streelde met een milde, warme bries, vervaagde die herinnering en begon haar verdriet geleidelijk aan een beetje te slijten. En ze was weer helemaal klaar voor de liefde toen graaf Cesare di Marcantonio haar zag, in de tuin van de Reynoldsen tijdens hun jaarlijkse drukbezochte zomerparty in Southampton, en ter plekke besloot haar als een rijpe vrucht te plukken.

'Wie is die mooie vrouw?' vroeg hij aan zijn vriend, Max Arkwright, die hem bij de Reynoldsen had geïntroduceerd.

'Dat is de beruchte Mrs. Lockwood.' Max ging met een hand door zijn dikke, vlasblonde haar. 'Bekend als de bonte hond.'

'Is ze getrouwd?' De graaf was zichtbaar teleurgesteld.

'Nee, ze is weduwe.'

Dat verheugde de graaf, en Max vertelde hem Bridies verhaal, zoals hij dat had gelezen in de kranten en zoals hij het had gehoord in de voorname eetkamers en restaurants aan Fifth Avenue. De graaf luisterde aandachtig, met één wenkbrauw opgetrokken. Zijn belangstelling steeg met elk fascinerend detail.

Toen ze merkte dat de geheimzinnige onbekende, helemaal aan de andere kant van de tuin, naar haar keek, vroeg Bridie aan Elaine wie hij was. Haar vriendin, die bijna alle aanwezigen kende, kneep haar ogen tot spleetjes tegen de avondzon en fronste haar wenkbrauwen. 'Ik weet het niet,' moest ze ten slotte toegeven. 'Maar ik weet wel wie die man is met wie hij staat te praten. Dat is Max Arkwright, een notoire rokkenjager. Hij komt uit Boston, zijn familie is schatrijk, en hij zit veel in Argentinië en Europa. Zijn passies zijn polo en vrouwen. Vrijgezel. Schurk.

En charmeur. En je weet het: soort zoekt soort. Dus je bent gewaarschuwd.'

'O, ik ben niet in ze geïnteresseerd. In geen van beiden,' zei Bridie nonchalant, zorgvuldig haar belangstelling voor een van de twee verbergend. 'Alleen maar nieuwsgierig. Zijn vriend staat me aan te gapen. Het voelt alsof hij me met zijn ogen uitkleedt.'

'Dan zou ik maar maken dat je wegkomt, Bridget. Voordat het te laat is.' Ze ontsnapten via de menigte gasten naar de brede treden die leidden naar het terras. Toen Bridie steels een blik achterom wierp, zag ze dat de onbekende haar met zijn ogen had gevolgd en voelde ze een bijna vergeten huivering van opwinding.

Op het terras slenterde ze wat rond tussen de kolossale bakken met blauwe en witte hortensia's en bleef af en toe staan voor een praatje met vrienden of bekenden. Ze ontmoette ook nieuwe gezichten, ze glimlachte, babbelde en dat alles met het ontspannen gemak dat ze zich door jaren oefenen had eigengemaakt. Maar ondertussen bleef ze alert op de knappe man die haar vanaf de andere kant van de tuin had aangestaard. De zon zakte geleidelijk aan naar de horizon en dompelde het gazon in een warme, goudgele gloed; het luide gekwetter van de vogels die zich gereedmaakten voor de nacht, stierf weg toen ze zich op een tak hadden geïnstalleerd vanwaar ze de bedrijvigheid beneden zich onverschillig gadesloegen.

Net toen Bridie begon te denken dat de onbekende was vertrokken, werd ze luchtig op haar blote schouder getikt. Ze draaide zich om, en daar stond hij, met een verontschuldigende, bijna schaapachtige uitdrukking op zijn onweerstaanbaar knappe gezicht. 'Het spijt me dat ik u stoor.' Hij sprak met zo'n zwaar accent dat Bridie hem niet meteen verstond. 'Graaf Cesare di Marcantonio,' stelde hij zich voor. 'Cesare' sprak hij uit als 'Tjesáre', en de rest volgde zo soepel en vloeiend dat Bridie er niet één lettergreep van registreerde. Zijn naam klonk als een streling, zo zoet en verrukkelijk dat haar hart een sprongetje maakte. 'Ik zag u in de tuin en ik kon de verleiding niet weerstaan me aan u voor te stellen. In een hoffelijke maatschappij als de Amerikaanse is het waarschijnlijk ongepast, maar in Argentinië, waar ik ben opgegroeid, en in Italië, waar ik ben geboren, geldt het als onbeleefd om een vrouw níét te prijzen om haar schoonheid.'

Bridie begon vurig te blozen toen hij zijn blik bewonderend, strelend over haar gezicht liet glijden. 'Bridget Lockwood,' stelde ze zich op haar beurt voor. 'Dat klinkt lang niet zo exotisch als uw naam.'

'Maar ik ben lang niet zo mooi als u, dus dan staan we quitte.' Hij glimlachte, de rimpeltjes rond zijn mond gaven hem iets van een leeuw; zijn grote witte tanden vormden een stralend contrast met zijn gebruinde, verweerde huid. De diepe kraaienpootjes bij zijn ooghoeken liepen door tot zijn slapen, zijn ogen waren groen als agaat en Bridie herkende de ondeugende glans daarin. Zijn gitzwarte haar glom als was, maar boven op zijn hoofd had de zon het gebleekt tot de kleur van bruine suiker. Het liefst zou Bridie er met haar vingers doorheen hebben gewoeld. In plaats daarvan hield ze haar glas limonade stevig vast, in een poging niet te laten merken hoe nerveus ze plotseling was.

'En hoe bent u in Southampton verzeild geraakt?' Terwijl ze de vraag stelde, wenste ze dat ze iets intelligenters, iets minder vrijblijvends had weten te bedenken.

'Vanwege het polospel. Ik moet bekennen dat ik een man zonder verplichtingen ben, Mrs. Lockwood.' Bridie glimlachte, want het ontging haar niet dat hij haar 'Mrs.' Lockwood noemde terwijl ze zich niet zo aan hem had voorgesteld. De gedachte dat hij navraag naar haar had gedaan, wond haar op. 'Mijn familie bezit een grote, buitengewoon winstgevende ranch in Argentinië, dus ik probeer zo veel mogelijk van het leven te genieten. Vandaar dat ik deze zomer hier ben, om polo te spelen en om tijd door te brengen met mijn vrienden. Ooit komt het moment dat ik de leiding over het bedrijf van mijn vader zal moeten overnemen. Dus waarom zou ik geen plezier maken zolang die verantwoordelijkheid nog niet op me drukt?'

'Woont u in Argentinië?'

Hij haalde zijn schouders op. 'Ik ben een man van de wereld. Ik woon in Argentinië, maar ook in Rome, soms in Monte Carlo, soms in Parijs... en nu woon ik hier, in New York. Misschien koop ik wel een huis in Southampton. Ik vind de mensen hier buitengewoon charmant.' Daarbij keek hij haar zo lang en doordringend aan dat haar maag een salto maakte.

Bridies opwinding steeg. Ze was onder de indruk van het welgestelde, onbekommerde bestaan dat hij leidde en dat werd geïllustreerd door zijn dure kleren, zijn gouden manchetknopen – in de vorm van een bij –

met dito dasspeld, en door de sfeer van luxe en privilege die hem omringde. Ze had nog nooit een man ontmoet met zo'n geheimzinnige, zo'n verrukkelijk exotische uitstraling. Terwijl ze babbelden betrapte ze zich erop dat ze hem steeds aantrekkelijker begon te vinden. Sinds ze Jack was kwijtgeraakt, had ze zelfs geen poging gedaan haar gebroken hart te lijmen, maar ineens wilde ze niets liever dan de scherven weer in elkaar passen. Ineens wilde ze haar hart aan deze onbekende schenken. Ze wilde dat hij het in zijn grote handen zou nemen en het voor altijd zou koesteren. Bridie liet zich verslinden door zijn blik en voor het eerst in tijden dacht ze niet aan thuis, aan het verre land waar ze vandaan kwam, aan de lange weg die ze had afgelegd.

Elaine, die nieuwsgierig werd toen ze zag dat haar vriendin ongepast lang met de geheimzinnige vriend van Max Arkwright stond te praten, besloot te interrumperen. Bridie stelde haar voor, waarbij ze met een flirterige glimlach die Elaine in geen maanden meer had gezien, bekende dat ze zijn naam niet kon uitspreken.

'Cesare di Marcantonio.' Hij grijnsde. 'Probeert u het nu ook eens.'

'Cesare di...' begon Bridie langzaam.

'Marcantonio.'

'Marcantonio,' herhaalde Bridie met een triomfantelijke glimlach. Elaine keek met stijgend ongemak toe. Ze voelde zich volmaakt overbodig. Bridie en Cesare hadden alleen maar oog voor elkaar.

'Elaine Williams is mijn lieve vriendin.' Bridie legde een arm om haar schouders. 'Toen ik hier net was aangekomen en nog helemaal niemand kende in Manhattan, heeft Elaine zich over me ontfermd. Sindsdien zijn we onafscheidelijk. Ik weet niet wat ik zonder haar had moeten beginnen.'

Elaine nam de graaf koeltjes op. 'Inderdaad. En omdat we onafscheidelijk zijn, stel ik voor dat we iets te eten gaan halen, Bridget,' zei ze kordaat. 'Het buffet ziet er verrukkelijk uit.'

'Sta mij toe u te vergezellen,' opperde de graaf tot Elaines ontzetting. 'Het zal me een genoegen zijn te dineren met twee zulke lieftallige lady's.'

Ze liepen de treden af naar het gazon, waar het buffet stond opgesteld. 'Hij ziet er erg appetijtelijk uit, Bridget, maar wees voorzichtig. Je hebt geen idee of hij te vertrouwen is,' fluisterde Elaine.

'God sta me bij, maar ik geloof dat ik verliefd ben,' fluisterde Bridie terug, zonder acht te slaan op de waarschuwende woorden van haar vriendin.

'Als je maar voorzichtig bent,' zei Elaine nogmaals. 'Je weet niets van hem.'

'Ik weet wat ik weten wil,' zei Bridie uit de hoogte. 'Voor míj is hij goed genoeg.'

Aan de voet van het bordes kwam Beaumont hun tegemoet. Hij had al twee borden opgeschept. 'Elaine! Ik zocht je. Zullen we ergens gaan zitten?'

Elaine was verrast haar man te zien, maar ze pakte een van de borden aan en keerde zich een beetje teleurgesteld naar Bridie. 'Red je het wel alleen?'

'Maak je over mij geen zorgen. Ik red me uitstekend!' Met die woorden wendde Bridie zich af en betrad samen met de graaf het gazon.

'En nu?' vroeg Elaine toen ze met haar man aan een van de ronde tafeltjes op het gazon ging zitten, onder snoeren twinkelende lichtjes.

'Hoezo? Bridget heeft eindelijk een man gevonden,' antwoordde Beaumont grijnzend.

'Ja, maar is hij wel geschikt voor haar? We weten helemaal niets van hem.'

'Ik vermoed dat hij hoogst óngeschikt is. En ik denk ook niet dat het blijvend zal zijn. Maar een kleine romance is precies wat ze nodig heeft om er weer helemaal bovenop te komen.'

'Is hij echt een graaf?'

'Italië grossiert in graven,' antwoordde Beaumont onverschillig. 'Maar hij heeft haar weer tot leven gewekt. Sterker nog, hij heeft haar hart in vuur en vlam gezet. Dus daar moeten we hem dankbaar voor zijn. Maar ik betwijfel ten zeerste dat Bridie de toekomstige gravin Cesare di Marcantonio is!'

Beaumont Williams had meestal gelijk, maar in dit geval vergiste hij zich. De kus die de graaf Bridie wist af te troggelen onder de kersenboom, was een van vele die nog zouden volgen en die ze zou koesteren. 'Ik hoop op een spoedig weerzien. Daarmee zou u me erg gelukkig maken.' Cesare nam Bridies hand in de zijne en keek in haar chocoladebruine ogen alsof hij daarin iets heel kostbaars had ontdekt.

'Ik zou het ook leuk vinden u nog eens te zien.' Bridie durfde nauwelijks te geloven dat ze bij deze prachtige man in de smaak viel. 'Ja, dat zou ik erg leuk vinden.'

In de daaropvolgende weken nam Cesare haar mee naar een polowedstrijd in de Meadowbrook Polo Club op Long Island, en daarna naar een wedstrijd waarin hij zelf speelde. In haar zomerjapon zat ze op de tribune en keek met bonzend hart en dichtgeknepen keel toe terwijl hij met zijn polohamer geheven over het veld denderde. Hij was sterk en atletisch, onbevreesd en stoutmoedig, en ze voelde zich hoe langer hoe meer tot hem aangetrokken. In haar ogen was hij een buitenlandse prins, ze bewonderde hem zonder ook maar één moment aan zijn verhalen te twijfelen. Hij vertelde haar over zijn eerste jaren in Italië, waar hij in een paleis had gewoond. Uiteindelijk was hij met zijn familie naar Argentinië geëmigreerd, waar de Marcantonio's diverse villa's bezaten in de fraaiste wijken van Buenos Aires. Hun ranch op de pampa was zo groot dat hij na een hele dag in het zadel, van zonsopgang tot zonsondergang, nog altijd op eigen grond was. 'Op een dag neem ik je mee. Dan laat ik je zien hoe prachtig het er is als de zon ondergaat, als de vlakte rood kleurt en de hemel indigoblauw. Ik weet zeker dat je op slag verliefd bent.'

Graaf Cesare leek ervan te genieten met de beruchte Mrs. Lockwood aan zijn arm te verschijnen. Hij nam haar mee naar liefdadigheidsbijeenkomsten, naar particuliere party's, naar de danszalen van Manhattan en naar de jazzclubs en clandestiene kroegen in Harlem. Waar de beau monde kwam, daar ontbrak ook de graaf niet, voornaam en smaakvol in driedelig kostuum, met een zijden sjaal om zijn hals en met fraaie gouden knopen, versierd met het bijenmotief, op zijn overhemden en zijn jasjes. Het bijenmotief kwam zelfs terug op zijn lederen portefeuille en zijn zilveren geldclip. Overal bijen. Graaf Cesare was een voorname, stralende verschijning, zijn gitzwarte haar glom net zo uitbundig als zijn tweekleurige gaatjesschoenen, zijn verblindend witte tanden en het heldere wit van zijn ogen. Al snel werd er over een ophanden zijnde bruiloft gefluisterd en het duurde niet lang of de geruchtenstroom was niet meer te stuiten. Overal waar het paar kwam, werd het ontvangen met geflits van camera's, en in de pers werd alles wat ze deden van commentaar voorzien. '*De alomtegenwoordige graaf Cesare di Marcantonio werd op-*

nieuw vergezeld door zijn nieuwe vriendin Mrs. Lockwood, een bekende verschijning in de kringen van de beau monde, bij een liefdadigheidsdiner dat werd gehouden in het Metropolitan Museum.... Mrs. Lockwood droeg een japon van Jean Patou...' Degenen die Bridie beschouwden als een onverzadigbare sociale stijger, snoven minachtend en betitelden de graaf als een 'ordinaire avonturier'. Maar er waren er ook die genoten van het verhaal van de dienstmeid die de American dream had verwezenlijkt en die was opgeklommen tot een van de rijkste vrouwen van de stad. In de ogen van die laatste groep vormde de graaf een verrukkelijk nieuw hoofdstuk in haar leven.

Bridie liet zich opnieuw door hem kussen. En nóg eens. Zijn kussen waren sensueel en plagend, lang en vurig. Hij streek met zijn lippen over de hare, fluisterde lieve woordjes in het Spaans, schoof zijn vingers onder haar blouse en stak zijn tong in het kuiltje van haar hals. Hij maakte haar gek van begeerte en het kostte haar de grootste moeite zich in te houden. Amper een maand nadat ze elkaar hadden leren kennen, vroeg hij haar ten huwelijk.

'Ik hou van je. Mijn hart behoort jou toe.' Hij liet zich op een knie zakken, op het gras van Central Park waar hij haar mee naartoe had genomen voor een picknick. 'Ik zou me vereerd voelen als je mijn vrouw wilt worden. Wat is daarop je antwoord?'

Er kwamen tranen in Bridies ogen. Ze liet zich ook op een knie zakken en sloeg haar armen om zijn hals. 'Ja! Ja, ik wil je vrouw worden!' antwoordde ze, en toen hij zijn lippen op de hare drukte, besefte ze dat geluk misschien toch niet te koop was. Dat geluk iets was wat voortkwam uit liefde.

16

Londen, herfst 1929

Het was Beatrice niet ontgaan dat Digby sinds het zomerbal nogal stilletjes was. Het bal was een doorslaand succes geweest, met Celia als stralende, innemende gastvrouw die iedereen betoverde met haar glimlach en die zichtbaar genoot van haar nieuwe positie als Doyenne van Ballinakelly. Nog weken daarna bleef het bal het gesprek van de dag. Het imposante kasteel en de schitterende tuinen hadden ervoor gezorgd dat alle gasten, inclusief de Struikjes, Bertie, Kitty en Harry, hun lof voor wat Celia en Archie tot stand hadden gebracht, niet onder stoelen of banken hadden gestoken. Maar Digby was sindsdien somber en zwijgzaam, tot ongerustheid van zijn familie, die hem niet anders kende dan flamboyant, vol bezieling en met een tomeloze energie. Beatrice vroeg zich af of hij misschien leed aan een milde depressie nu de renovatie van het kasteel was voltooid en zijn rol in het project was uitgespeeld. Als geboren gokker, verzot op het nemen van risico's, had Digby van de hele onderneming genoten, maar inmiddels zat hij weer achter zijn bureau, druk met speculeren op de aandelenmarkten en het bedenken van slimme constructies in samenspraak met zijn juridisch adviseur en zijn effectenmakelaar. Ook zijn paarden konden nog altijd rekenen op zijn gretige belangstelling. Maar ondanks zijn gebruikelijke interesses leek hij ongewoon wantrouwend en slecht op zijn gemak. Het viel Beatrice op dat hij vaak langdurig met een sigaar voor het raam stond, starend naar de oprijlaan alsof hij daar iets onaangenaams verwachtte. Iets, of misschien wel iemand, waarover hij zich zorgen maakte.

Beatrice probeerde hem af te leiden door te zorgen dat er altijd mensen over de vloer waren. Naar haar dinsdagavondsalon kwam nog altijd een keur van politici, toneelspelers, schrijvers en leden van de beau monde, en in het weekeinde stuurde Beatrice uitnodigingen naar Digby's renbaanvrienden om naar Deverill Rising te komen. Maar niets leek zijn rusteloosheid te kunnen verdrijven, zijn gebruikelijke joie de vivre te kunnen terugbrengen. Toen ze hem ernaar vroeg, klopte hij haar op de hand en schonk haar een bemoedigende glimlach. 'Er is niets om je zorgen over te maken, kindje. Ik heb gewoon veel aan mijn hoofd. Dat is alles.'

Of hij de beurskrach op Wall Street, op 24 oktober in dat jaar, had zien aankomen en met zijn gokkersinstinct de naderende instorting van de financiële markten had voorvoeld, zou Beatrice nooit weten. Maar de dramatische koersdalingen op de effectenbeurs van Londen, enkele dagen na Zwarte Donderdag in New York, bewezen dat zijn somberheid meer dan terecht was geweest. Digby sloot zich op in zijn werkkamer en zat bijna de hele dag aan de telefoon, luidkeels en op hoge toon gesprekken voerend. Pas laat op de avond kwam hij weer tevoorschijn. Zijn gezicht was rood aangelopen en bezweet, en voor het eerst in haar huwelijk las Beatrice onverholen angst in zijn ogen.

Celia was naar Londen teruggekomen om nog meer kostbaarheden en bijzondere snuisterijen te kopen voor haar geliefde kasteel. Ze had de kranten gelezen en gehoord dat haar moeder zich zorgen maakte over haar vader, maar ze kon zich niet voorstellen dat de beurskrach op Wall Street ook maar iets met háár te maken had. Toen ze bij Archie naar hun financiële situatie informeerde, had hij haar gerustgesteld. Ze hadden meer dan genoeg geld en geen enkele koersdaling, hoe dramatisch ook, kon hem ertoe brengen tegen zijn vrouw te zeggen dat ze minder geld moest uitgeven. Dus ze ging met onverminderd enthousiasme door met winkelen en liep onbekommerd de dure zaken aan Knightsbridge en Bond Street af, terwijl de rest van de Londense beau monde stond te trillen in zijn glimmend gepoetste schoenen en terwijl de smog als een dreigende, grijze mist boven de stad bleef hangen.

'Het is zó ongezellig,' zei ze tegen Harry, met wie ze lunchte in het Claridge's. 'Papa is voortdurend chagrijnig – zo kén ik hem niet – en mama fladdert als een ongeruste moederkloek om hem heen, waardoor hij alleen maar nóg chagrijniger wordt. Leona en Vivien kwamen gisteren op de thee en die maakten het zo mogelijk nog erger. Volgens die onnozele mannen van ze zouden we al ons geld verliezen en aan de bedelstand geraken. Het zijn mijn zusters, maar ik heb zo'n gruwelijke hekel aan ze!' Ze nam een slok champagne en grijnsde ondeugend. 'Dus om mezelf op te vrolijken heb ik net een prachtig schilderij gekocht voor in de hal. Echt schitterend. Het komt te hangen op de plek van die zure oude generaal met zijn hond. Onder aan de trap...' Terwijl ze maar doorbabbelde, probeerde Harry te luisteren, maar hij zag alleen haar welgevormde rode lippen bewegen. Wat ze zei werd overstemd door de chaotische maalstroom van zijn gedachten waarin de naam Boysie Bancroft de enige constante was.

Celia had geen idee wat de nasleep van het zomerbal had aangericht, ook al was Harry de eerste om toe te geven dat hij het allemaal aan zichzelf te wijten had. Als hij Boysie niet had meegenomen naar de kamer van hem en Charlotte... als hij niet zo roekeloos was geweest... als hij niet diep vanbinnen, bijna onbewust, het verlangen had gekoesterd te worden betrapt... Sinds hij die zomer voortijdig met Charlotte uit Ballinakelly was vertrokken, had hij in een permanente staat van wanhoop verkeerd. Zonder Boysie had het leven voor hem geen enkele waarde meer. Nu hij zijn vrouw had beloofd Boysie niet meer te zien, was het alsof de zon in zijn leven voorgoed was ondergegaan. De nachten waren traag en donker als teer, zijn armen en benen zwaar als lood. Hij had het gevoel dat hij door diep water waadde, en altijd tegen de stroom in. Hij voelde zich ondergedompeld in verdriet en ellende, en terwijl Celia leek te baden in het licht, was het alsof hij gevangenzat in schaduwen, waarvan de kilte en de duisternis tot in het merg van zijn botten doordrongen. Maar hoe ongelukkig hij zich ook voelde, het was ondenkbaar dat hij Celia in vertrouwen nam. Hij moest toneelspelen, hij moest overtuigend de schijn zien op te houden van de vrolijke, onbekommerde Harry, terwijl zijn hart verschrompelde als het afgewaaide fruit dat door niemand was geraapt en aan de ijzige winterkou was overgeleverd.

Celia werd zo in beslag genomen door haar kasteel dat ze niet eens naar Boysie vroeg. Als ze wat meer aandacht voor anderen had gehad, zou ze zich misschien hebben afgevraagd waarom Boysie er niet bij was, waarom hij nooit meer naar haar moeders salon kwam op dinsdag, en waarom hij zich daar als regelmatige gast in Deverill House sinds de zomer niet meer had laten zien. Als ze het niet zo druk had gehad met zichzelf en het verfraaien van haar nieuwe huis, zou het haar zijn opgevallen dat haar neef de laatste tijd wel erg bleek zag. Dan zou ze de rauwe pijn in zijn ogen hebben gezien, die hij ondanks al zijn inspanningen niet wist te verbergen; dan zou het haar niet zijn ontgaan hoe zijn mondhoeken naar beneden wezen wanneer het verdriet hem plotseling te veel werd. Maar dat alles zag ze niet. Celia vond het veel te heerlijk om Harry te vertellen over haar aankopen en over de verrukkelijke plannen die ze al maakte voor Kerstmis; over de hordes kinderen die ze ging krijgen want 'zo'n groot kasteel hoort gevuld te zijn met familie'. Kerstmis zou 'dolletjes' worden omdat ze met de hele familie op het kasteel zouden zijn, in plaats van, zoals andere jaren, twee weken naar Deverill Rising te gaan.

Maar ten slotte, na een eindeloze monoloog over zichzelf, zette ze haar lege wijnglas neer en vroeg naar Charlotte. 'Schat, hoe is het nu met haar? Op mijn zomerbal was ze verre van gezellig. Is ze weer een beetje opgefleurd?'

Harry veegde zijn mond af met zijn servet, ook al viel er niets af te vegen. 'Gelukkig wel,' loog hij. 'Ze heeft een moeilijke zwangerschap. Maar ze is erg opgeknapt dankzij de zomer in Norfolk. Ik denk dat ze gewoon behoefte had aan haar eigen familie. De onze kan een mens soms wat te veel worden.'

In werkelijkheid had Charlotte hem nog steeds niet vergeven. Sinds ze uit Norfolk terug waren had ze de deur van haar slaapkamer voor hem gesloten gehouden. Ze was niet vergeten wat ze had gezien, en ze was ook niet van plan het te vergeten. Met als gevolg dat ze zich net zo diep ongelukkig voelde als hij. De vermoeidheidsverschijnselen die een zwangerschap van nature met zich meebracht, maakten haar wanhoop zo mogelijk nog groter. Het leek wel alsof ze in twee verschillende werelden leefden, alsof ze elkaar alleen maar zagen ter wille van de kinderen en bij sociale gebeurtenissen waar niemand in de gaten had hoeveel moeite het hun kostte de schijn op te houden, en waar blijken van irritatie werden toegeschreven aan spanningen, die voor Charlotte hun oorzaak vonden in de naderende bevalling en voor Harry in de rampzalige situatie op de financiële markten. In de Londense elite maakte iedereen zich zorgen over de economische neergang en met uitzondering van Celia zag iedereen de toekomst somber in.

Hoewel, er was iemand die nóg zorgelozer met geld omsprong: Maud, de moeder van Harry. Nadat ze een huis had gekocht aan Chester Square, was ze voortvarend aan de slag gegaan met de inrichting, daarbij geholpen door Mr. Kenneth Leclaire, de beroemde architect die zo'n verbluffend staaltje werk had geleverd met de renovatie van kasteel Deverill. Daarbij dacht Maud geen moment aan haar man, die het huis voor haar had kunnen kopen dankzij de verkoop van wat eeuwenlang de zetel van zijn familie was geweest. Sterker nog, Maud wilde niet dat Bertie zelfs maar bij haar in de buurt kwam, en dus bleef hij in het jachthuis, waarvoor Archie en Celia slechts een symbolisch bedrag aan huur vroegen. Harry had kennisgemaakt met Mauds minnaar, Arthur Arlington, de jongere broer van de graaf van Pendrith en een notoire schurk, gokverslaafd en al twee keer gescheiden. Hun ontmoeting, bij een balletvoorstelling, had Harry diep geschokt. Voor iemand die zo aan haar goede naam hechtte als zijn moeder, was haar keuze voor een man als Arthur, van wie iedereen wist dat hij haar niet alleen naar de opera vergezelde, maar ook het bed met haar deelde, wel een erg ondoordachte. Misschien had ze zich zand in de ogen laten strooien door zijn aristocratische afkomst. Want niets vond zijn moeder opwindender dan een adellijke titel, wist Harry.

'Misschien kun je Charlotte met Kerstmis in Norfolk laten,' vervolgde Celia. 'Dan is ze net bevallen. Dus een bootreis is het laatste waar ze op zit te wachten. Ze kan veel beter thuis blijven. Lekker uitrusten en zich laten vertroetelen door haar moeder. Denk je dat we Boysie ook zover krijgen dat hij die dodelijk saaie Deirdre thuislaat? Misschien kan hij voor oudejaarsavond overkomen. Waarom moesten jullie in 's hemelsnaam trouwen?' verzuchtte ze. 'Zonder vrouw waren jullie veel leuker.'

'Je bent zelf ook getrouwd, schat.'

'Dat ligt anders. Archie is alleen maar leuk. Jullie vrouwen zijn oersaai.' Haar gezicht lichtte op toen ze in gloeiende bewoordingen de loftrompet stak over haar echtgenoot. 'Hij heeft me volledig de vrije hand gegeven bij de renovatie en de inrichting. Je zou eens moeten zien wat voor prachtigs ik allemaal in Frankrijk heb gekocht. Het moest natuurlijk verscheept worden en het heeft weken geduurd voordat het er eindelijk was. Je zou denken dat het de Atlantische Oceaan over moest, in plaats van het Kanaal. En er is binnenkort een veiling bij Christie's, met de meest verbijsterende spullen uit Rusland. Na de revolutie hebben die verschrikkelijke bolsjewieken alle kostbaarheden verkocht. De rijkdom van die Russische vorsten! Onvoorstelbaar! Ik heb mijn zinnen gezet op een paar dingen. O, ik vind het allemaal zo opwindend. Heb je zin om mee te gaan? Ik ga fanatiek bieden. Op alles. Heerlijk!'

'Het verbaast me dat Archie je je gang laat gaan, gezien de huidige financiële problemen.' Harry wenkte de ober en vroeg om de rekening.

'Hij zegt dat we ons nergens zorgen over hoeven te maken. Ik ben getrouwd met een razend slimme man, vergeet dat niet.'

Harry was niet overtuigd. 'Iedereen moet het bezuren. Het kan niet anders of de krach heeft voor hem ook gevolgen.'

'Dan heeft hij blijkbaar geheime reserves,' zei ze giechelend. 'En die geef ik uit!'

Maar Celia's vertrouwen werd enkele weken later geschokt toen haar favoriete couturier in Maddox Street weigerde haar krediet te geven. Wit van schrik ging ze naar huis, waar ze op Archie wachtte, die uitgebreid had geluncht in zijn club.

'Lieve kind, trek het je niet aan,' zei hij onbewogen. 'We leven in een rare tijd. Iedereen is gewoon extra voorzichtig.'

'Dus ik hoef me nergens zorgen over te maken?'

'Nee, er is niets aan de hand.'

Ze slaakte een zucht van verlichting. 'Gelukkig maar! Ik zou het zo erg vinden als ik niet naar die Russische veiling kon. Ik had Harry meegevraagd, maar die heeft afgezegd. Dus nu gaat mama met me mee. Lieve hemel, wat maakt iedereen zich dan toch druk om niets!' Ze viel haar man om de hals. 'Je bent geweldig, Archie. Ik zou me geen betere echtgenoot kunnen wensen. Wat zou ik zonder jou moeten beginnen?'

Hij fronste en in haar euforie ontging haar de nerveuze blik in zijn ogen toen hij zich afwendde. 'Weet je wat me het állergelukkigst maakt, lieveling?' vroeg ze.

'Nou?' Hij keek haar afwachtend aan.

'Om te zien hoe papa geniet van het kasteel. Het domineerde zijn jeugd. Overschaduwde die zelfs. Het was hem innig dierbaar en hij heeft er altijd van gedroomd dat hij er woonde, net als zijn neven Bertie en Rupert. De zomers in Ballinakelly hebben altijd diepe indruk op hem gemaakt, begreep ik van mama. Daardoor schenkt het hem des te meer bevrediging dat ik het kasteel heb gekocht. Dat voelt alsof het ook van hem is. Het is geweldig wat je hebt gedaan, liefste. Je hebt niet alleen de familiezetel in de oude luister hersteld, maar je hebt het kasteel bovendien aan de Londense Deverills gegeven. Je hebt geen idee wat dat voor ons betekent. Het is zo'n prestigieus bezit. Ik ben dol op neef Bertie en ik koester de herinneringen aan de tijd toen Hubert en Adeline nog leefden, maar ik ben dolgelukkig dat het kasteel nu van mij is. Het is me zo dierbaar! En voor papa geldt hetzelfde. Dank je wel, liefste. Je hebt ons ongelooflijk gelukkig gemaakt.'

Archie omhelsde haar en trok haar dicht tegen zich aan. 'Dat is alles wat ik wil. Jou gelukkig maken.' Hij begroef zijn gezicht in haar haar.

Eind november schonk Charlotte het leven aan een jongetje dat de naam Rupert kreeg, vernoemd naar Harry's oom die was gesneuveld bij Gallipoli. De geboorte van hun zoon stemde Charlotte wat milder jegens haar man. Na twee dochters betekende de komst van een jongen voor beide ouders iets om oprecht dankbaar voor te zijn. Ze slaagden erin hun wrokgevoelens even opzij te zetten en vierden de komst van een erfgenaam voor de eeuwenoude titel, in de hoop dat de kleine Rupert ook ooit een zoon zou krijgen, zodat de titel voor de volgende generaties was veiliggesteld. Harry hield innig veel van zijn dochters, maar de geboorte van zijn zoon dééd iets met hem. Het kind leidde hem af van zijn voortdurende hunkering naar Boysie en blies zijn kwijnende hart nieuw leven in. De onschuld van de kleine Rupert raakte hem tot in het diepst van zijn wezen; elke hulpeloze beweging van zijn zoon ontlokte hem een glimlach die voortkwam uit innige, oprechte vreugde. Maar toen december kwam met winderige nachten en koude donkere ochtenden sloeg de wanhoop opnieuw toe en begon die hem weer te volgen als een schaduw.

Celia's onvermoeibare kleine hand maakte indruk bij de Russische veiling. Aangemoedigd door haar moeder bood ze bijna overal op en wist ze alle stukken te bemachtigen waarop ze haar zinnen had gezet. Om dat te vieren lunchten moeder en dochter in Mayfair, waar ze Celia's plannen bespraken voor haar groots opgezette nieuwjaarsbal. 'Het wordt nog mooier, nog heerlijker dan het zomerbal,' zei ze tegen Beatrice. 'En al kan ik ze niet uitstaan, ik ga Maud en Victoria ook uitnodigen. Het wordt tijd om ze een olijftak aan te reiken, vindt u ook niet? Bovendien zou ik het enig vinden om Maud te laten zien wat ik met het kasteel heb gedaan. En dan hoop ik natuurlijk dat ze het mooi vindt.'

'Ik denk niet dat Maud er ooit nog een voet over de drempel zet, kindje. Een confrontatie met het erfgoed dat haar zoon is misgelopen, lijkt me te veel gevraagd. Maar ze zal het gebaar ongetwijfeld waarderen. En misschien zijn je zusters dit keer ook wel van de partij. Vorig jaar hebben ze Kerstmis gevierd met hun schoonfamilie, dus nu zijn wij aan de beurt. Ik heb hun al verteld over je plannen en ze zijn erg benieuwd. Volgens mij hebben zij het kasteel sinds de renovatie als enigen van de familie nog niet gezien, omdat ze afgelopen zomer niet naar Ballinakelly konden komen.' Beatrice glimlachte tevreden. 'Stel je voor, alle kinderen die spelen en ravotten in de tuinen. Het wordt een heerlijke tijd.' Toen verbleekte haar glimlach en ze fronste bezorgd terwijl ze haar wijnglas nerveus tussen haar vingers liet ronddraaien. 'Volgens mij is het voor je vader ook goed om even uit Londen weg te zijn. Hij is de laatste tijd zo verstrooid en afwezig. En hij heeft me zelfs op het hart gedrukt zo zuinig mogelijk te zijn...'

'U bedoelt dat u minder geld mag uitgeven?' vroeg Celia geschokt.

'Ik vrees van wel. En ik doe mijn best. De problemen zullen wel weer overwaaien, maar voorlopig let ik angstvallig op wat ik uitgeef.' Ze glimlachte weemoedig. 'Dat heb ik in mijn huwelijk nog nooit hoeven doen. Toen ik je vader leerde kennen, was hij al schatrijk. Hij had een geweldige slag geslagen in de diamantmijnen, en opnieuw bij de trek naar de goudvelden. Hij was een echte avonturier. Flamboyant. Dynamisch. Maar hij neemt vaak grote risico's. Nog steeds. Ik weet niet wat er aan de hand is, maar ik ben bang dat hij zijn hand hier en daar heeft overspeeld en door de krach veel geld heeft verloren. Het zal vast niet al te ernstig zijn. Tenminste, dat hoop ik. Hoe dan ook, we slaan ons er wel doorheen.'

'Papa komt heus niet in moeilijkheden,' verklaarde Celia hartstochtelijk. Het idee dat haar vader niet schatrijk meer was, niet langer een onverzettelijke rots in de branding, vervulde haar met afschuw. 'Hij is veel te slim om zich door een krach aan de bedelstaf te laten brengen. Maar u hebt gelijk, het zal hem goeddoen om met Kerstmis op het kasteel te zijn. Trouwens, dat geldt voor ons allemaal. Dat is het bijzondere van het kasteel. Het is een plek waar iedereen zich gelukkig voelt.'

In de grootse traditie van de Deverills die het kasteel vóór haar hadden bewoond, nodigde Celia de hele familie uit twee weken te komen logeren, van vóór Kerstmis tot na Nieuwjaar, met als afsluiting een bal dat in luister alle feesten in het verleden beloofde te overtreffen.

Maud zegde af, zoals iedereen wel had verwacht. Maar Victoria schreef dat ze kwam. Na vijftien jaar haar plicht te hebben gedaan jegens de pachters en arbeiders op hun landgoed in Kent, en jegens haar schoonmoeder, de gravin douairière, vond ze dat het ruimschoots had verdiend kerst te vieren waar zíj dat wilde. Ook Stoke en Augusta, Celia's grootouders, namen de uitnodiging aan – tot ieders verrassing, want Augusta had bij herhaling en met volle overtuiging beweerd dat ze met Kerstmis allang dood zou zijn. Celia's zusters lieten weten ook van de partij te zullen zijn, net als Harry en Charlotte; dat laatste tot ergernis van Celia, die had gehoopt dat Harry zijn zuurpruim van een vrouw zou thuislaten. Maar Celia's grootste teleurstelling was de afzegging van Boysie. Hij schreef in zijn prachtige gekalligrafeerde letters, met bruine inkt op zwaar, ivoorwit papier, dat hij de uitnodiging niet kon aannemen; tot zijn grote spijt, want Celia Mayberry was niet alleen de meest gevierde gastvrouw van haar tijd in Ballinakelly, maar ook in Londen. Hoewel ze zich gevleid voelde, stemde het haar verdrietig dat een van haar dierbaarste vrienden er niet bij zou zijn wanneer ze haar eerste Kerstmis vierde op kasteel Deverill en er haar eerste nieuwjaarsbal gaf.

Kitty en Robert zouden eerste kerstdag komen, samen met de Struikjes en Bertie, en met Elspeth en Peter, haar altijd blozende echtgenoot, die er als jachtmeester op stond Archie te laten kennismaken met de vreugden van het Ierse landleven en die er geen been in zag hem een paard te lenen. Het kasteel beloofde tijdens de feestdagen gevuld te zijn met kinderen – neefjes en nichtjes die deden wat de kinderen Deverill altijd hadden gedaan: ravotten en als een meute wilde honden door de tuinen en het bos dollen. Celia was zo opgewonden als een volbloedpaard bij de Derby en ze keek vol ongeduld uit naar de aankomst van haar gasten.

Eindelijk reden de auto's de oprijlaan in en hielden stil voor de indrukwekkende voordeur die Celia had versierd met een krans van sparrentakken en hulst met rode bessen. De butler begroette de gasten, drie livreiknechten stonden klaar om hun bagage naar de slaapkamers te brengen. Er stond een vochtige wind vanuit zee, grijze wolken verzamelden zich in dichte kuddes rond de torens van het kasteel, maar niets kon een domper zetten op Celia's blijdschap nu ze iedereen kon verwelkomen in haar verrukkelijk warme huis, waarvoor kosten noch moeite waren gespaard.

De eersten die arriveerden waren Augusta en Stoke. Augusta wachtte tot de chauffeur haar uit de auto hielp. Toen staarde ze met een blik van weemoed langs de muren omhoog, terwijl ze terugdacht aan de tijd waarin ze naar Ballinakelly was gekomen om bij Adeline en Hubert te logeren. De tijd vóórdat de brand de familie zo gruwelijk en genadeloos had getroffen. Even meende ze achter het raam van de westelijke toren een gezicht te zien. Ze knipperde met haar ogen. Misschien was het een kind dat daar speelde, of misschien was het een speling van het licht. Toen haar man naast haar kwam staan om haar zijn arm aan te bieden, keerde ze zich naar de openstaande voordeur, waarachter ze de schitterende hal kon zien en de hoog oplaaiende vlammen in de haard.

'Ze leeft nog,' zei Adeline tegen Hubert. Ze stonden voor het raam in de toren. 'Volgens mij overleeft ze hen allemaal.'

'Ik hoop het niet,' zei Hubert.

'Haar echtgenoot overleeft ze zeker. Ik heb Stoke nog nooit zo wankel gezien. O, daar komt nog een auto aan. Wie zou dat zijn?' Het kostte Adeline steeds meer moeite om Hubert bezig te houden in het saaie voorgeborchte waarin zijn leven zich nu al zo veel jaren afspeelde. 'Harry en Charlotte!' Adeline glimlachte. Toen slaakte ze een zucht. 'Arme Harry,' zei ze meewarig. 'Hij is diep ongelukkig. Het leven valt hem zwaar.'

'Maar dat is nog niets vergeleken bij het leven dat daarna komt,' mopperde Hubert.

'Nou, wen er maar aan,' klonk de stem van Barton uit de fauteuil. 'Je hebt niks te klagen.'

'Niet kibbelen,' zei Adeline geduldig. 'Zorg liever dat je het gezellig hebt met elkaar. Want jullie kunnen hier voorlopig nog niet weg. Aha, daar zijn Digby en Beatrice. Weet je nog dat Digby altijd de beste Cubaanse sigaren voor je meebracht, liefste?' Hubert bromde iets. 'En Beatrice had de prachtigste lappen zijde bij zich, voor ons allemaal. Ze waren altijd zo royaal. Arme Digby. Hij heeft het ook zwaar. Maar tegenspoed wordt op ons pad gestuurd om ons op de proef te stellen. Daar kunnen wij over meepraten, waar of niet, Hubert?'

'Ik wou dat ik naar je had geluisterd, Adeline,' antwoordde hij tot haar verrassing. 'Ik heb altijd gedacht dat je...' Hij aarzelde, toen grinnikte hij om de ironie van de situatie. 'Ik dacht altijd dat je niet helemaal goed bij je hoofd was. Maar ik had het mis. Ik dacht dat die geesten een product waren van je verbeelding, en nu ben ik er zelf een. Wat zijn wij mensen toch ziende blind! Blind en misleid. Moet je ze nou zien.' Hij keek naar beneden toen er weer een auto kwam aanrijden over het grind. 'Zij zijn ook ziende blind. Allemaal. Alleen de dood kan hun de ogen openen.'

Achter hen klakte iemand afkeurend met zijn tong. 'Oordeel niet te streng, Hubert. En wees dankbaar dat je niet in de hel bent beland.'

Hubert wendde zich tot Barton. 'Ik geloof niet in de hel zoals me die ooit is voorgespiegeld. De hel bevindt zich op aarde. Dat is nu wel duidelijk.'

'En daar zien we er een voorbode van,' zei Adeline ondeugend. Hubert glimlachte ondanks zichzelf, want op dat moment stapte Victoria, gravin van Elmrod, uit de auto die zojuist voor de deur had stilgehouden. Ze was in gezelschap van Eric, haar gruwelijk saaie, humorloze echtgenoot. 'Die gaat voor de nodige commotie zorgen. Dat is Victoria wel toevertrouwd,' vervolgde Adeline. 'De komende twee weken hoeven we ons in elk geval niet te vervelen!'

17

Victoria was amper een uur in het kasteel of ze had de bedienden al tegen zich in het harnas gejaagd met haar onafgebroken stroom eisen en bevelen. Al haar japonnen moesten worden gestreken, alle overhemden van haar echtgenoot geperst, en ze eiste dat haar achtjarige dochter, Lady Alexandra, de beschikking kreeg over een eigen kamenier, hetgeen betekende dat Bessie, een van de jongste dienstmeisjes, van haar gebruikelijke taken moest worden ontheven om voor het kleine meisje te zorgen.

Victoria was naar Ballinakelly gekomen met het vaste voornemen kritiek te leveren op de manier waarop haar nichtje de voormalige zetel van de Ierse Deverills had durven herbouwen, maar tot haar verrassing viel het kasteel buitengewoon bij haar in de smaak. 'Er is elektriciteit! En fatsoenlijk sanitair!' riep ze vol verrukking uit toen ze de badkamer betrad. 'Lieve hemel, Celia heeft het kasteel vanuit de middeleeuwen naar de twintigste eeuw gehaald! Wat een verschil! Ik denk dat ik het hier heel erg naar mijn zin zal hebben. En wat jammer dat mama niet over haar trots kon heen stappen. Zelfs zíj zou onder de indruk zijn van de luxe en het comfort.'

'Lieve, ik kan je verzekeren dat ze wel íéts zou vinden om kritiek op te leveren,' zei haar man, die voor het raam stond en uitkeek over de fraai onderhouden Franse tuin. 'En met haar jaloezie zou ze het hier voor ons allemaal onverdraaglijk maken.'

'Maar nu zit ze met de kerst helemaal alleen.'

'Dat is haar eigen keus, Victoria. Ze was uitgenodigd, maar ze heeft bedankt.'

'Dat is waar, en trouwens, ik laat me door haar geen schuldgevoel aanpraten.'

Eric lachte. 'Ook al zal ze daar haar uiterste best voor doen. Want dat kan ze als geen ander.'

Harry en Charlotte kregen dezelfde kamer als die zomer, wat de toch al gespannen verhoudingen extra onder druk zette. Harry had Boysie in al die maanden niet meer gezien, en het kasteel leek gevuld met herinneringen aan zijn vriend, waardoor hij zich zo mogelijk nog ellendiger voelde en het gemis nog pijnlijker was. Ook hij keek neer op de tuinen, maar zijn gedachten draaiden niet om de jaloerse aanleg van zijn moeder. In plaats daarvan kwam er een idee bij hem op terwijl hij naar de gesnoeide buxushagen in de diepte staarde. Hoe zou het zijn als hij zich uit het raam wierp? De gedachte nam traag bezit van hem en liet zich niet verjagen. Als de oprukkende schemering aan het einde van de dag viel de schaduw van het idee over zijn gedachten. De dood zou een bevrijding betekenen. De dood zou hem verlossen van de pijn om de scheiding, van het kwellende schuldgevoel. In de dood zou hij eindelijk vrij zijn.

Charlotte liep de kamer uit om bij de kleine Rupert te gaan kijken, die net als de rest van de kleintjes met zijn kindermeisje aan de andere kant van het kasteel was ondergebracht, in de kindervleugel. Harry stak een sigaret op en gaf zich over aan zijn herinneringen. Hij dacht aan zijn eerste liefde, Joseph, de livreiknecht; aan die nacht waarin Kitty hen had betrapt; aan het afscheid toen hij terug moest naar het front. Hij dacht aan de oorlog, aan het krakende geluid van geweerschoten, aan het oorverdovende dreunen van bommen die ontploften, en aan het verlangen, het wanhopige hunkeren, wanneer hij 's nachts ineengedoken in een loopgraaf zat en opkeek naar de sterren die twinkelden als de verre lichten van zijn thuis. Datzelfde verlangen voelde hij nu weer. Deze keer hunkerde hij naar Boysie, maar hij voelde zich net zo wanhopig als destijds.

Die avond kwamen de Struikjes met Kitty en Robert, Elspeth en Peter en hun kinderen, en Bertie die vanuit het jachthuis was komen lopen, zichzelf bijlichtend met een zaklantaarn. Iedereen viel elkaar uitgelaten om de hals, want het was lang geleden dat ze allemaal – de Londense én de Ierse Deverills – bij elkaar waren geweest. Dus ze omhelsden elkaar onder het slaken van vreugdekreten. 'Ik ben dankbaar dat de Heer me heeft gespaard en dat ik het kasteel nog in zijn schitterende luister hersteld kan zien,' zei Augusta met haar stentorstem terwijl ze zich als een dikke kloek in een stoel liet zakken. De ruches van haar zwarte japon plooiden zich als veren om haar hals, haar diamanten oorbellen waren zo zwaar dat haar uitgerekte lellen heen en weer zwaaiden. Terwijl ze haar gezwollen, jichtige handen vouwde, vormden de met edelstenen bezette ringen die ze met veel moeite om haar vingers had weten te schuiven, een glinsterend palet van stralende kleuren. 'Nu ik het kasteel nog een laatste keer heb mogen zien, ben ik klaar om afscheid te nemen van dit leven.'

De mannen stonden in de hal en bespraken de rampzalige economische situatie, terwijl Celia haar zusters, Vivien en Leona, rondleidde door de salon en terwijl Kitty en Elspeth Augusta's genietende monoloog over haar dood over zich heen lieten komen. Beatrice, die met Hazel en Laurel babbelde, bespeurde een verandering bij de Struikjes. Niet in hun uiterlijk, hoewel ze daar zichtbaar meer aandacht aan hadden besteed dan Beatrice van hen gewend was. Nee, de verandering was iets waar ze niet de vinger op kon leggen – ongrijpbaar, maar tegelijkertijd onmiskenbaar. Het was iets in de verstandhouding tussen de twee zusters, en het voelde onaangenaam.

'Ik verwacht dat Archie bij de jacht op tweede kerstdag als gastheer zal optreden,' zei Hazel.

'Dat klopt.' Beatrice knikte. 'Ook al vrees ik dat ze hem er met de haren bij zullen moeten slepen. Want ik geloof niet dat hij een erg enthousiast ruiter is.'

'Nee, dan Ethelred! Wat een geweldige ruiter!' Laurel ademde hoorbaar in door haar neus, terwijl de uitdrukking op haar gezicht getuigde van diepe eerbied en bewondering. 'Heb je hem al ontmoet?'

'Natuurlijk.' Het ontging Beatrice niet dat er plotseling een ijzige kilte tussen de gezusters leek te hangen.

'Hij zal zeker niet ontbreken bij de jacht,' zei Hazel. 'Echt een buitengewoon goede ruiter.'

Laurel glimlachte geforceerd. 'Hij heeft geprobeerd me over te halen het rijden weer op te pakken. Stel je voor!'

'Mij ook.' Hazel wilde niet voor haar zuster onderdoen. 'Hij probeert mij ook weer in het zadel te krijgen. Maar daar vind ik mezelf te oud voor.'

'Nou, ík niet,' snauwde Laurel. 'Ik overweeg het serieus.'

'Dat meen je niet!' riep Hazel uit.

'Hoezo? Denk je dat ik het niet meer kan? Ik was in mijn jonge jaren een gevierde amazone. En volgens Lord Hunt zou ik er schitterend uitzien in rijkostuum.' Laurel bloosde en ze glimlachte zelfingenomen. 'Hij is erg vrijmoedig.'

Hazel tuitte haar lippen. 'Ach, daar is Charlotte. Ik ben zo benieuwd naar de kleine Rupert. Willen jullie me verontschuldigen?' Ze liep naar Charlotte, die bleek en schuchter in de deuropening stond. Met een gevoel van machteloosheid keek Beatrice haar na. Toen keerde ze zich weer naar Laurel en informeerde naar dominee Maddox om het over iets anders te hebben dan over Lord Hunt, die haar deed denken aan een vos in een kippenren.

Digby sloeg Archie op de schouder. 'Je bent een goed mens, Archie, om je huis met Kerstmis open te stellen voor mijn familie. Volgens mij wordt dit de beste Kerstmis die we ooit hebben gevierd. Voor ons allemaal!' Archie koesterde zich in de bewondering van zijn schoonvader. 'En eerlijk is eerlijk,' vervolgde Digby, 'ik had me geen betere echtgenoot voor mijn dochter kunnen wensen. Je hebt haar erg gelukkig gemaakt, en dat valt niet mee. Ze is grillig, snel afgeleid, maar ze is zich al die jaren onvermoeibaar blijven inzetten voor het kasteel. Tot ieders verbazing, niet in de laatste plaats de mijne. Jij geeft haar vleugels, Archie. Je bent haar steun en toeverlaat. Blijkbaar weet je hoe je haar moet aanpakken.'

'Dank u wel.'

'Iets anders. Even onder vier ogen. Hoe staat het met de zaken?'

'Heel goed,' antwoordde Archie.

Digby knikte peinzend en staarde nietsziend voor zich uit. 'Dus ik hoef me geen zorgen te maken?'

'Niets aan de hand,' stelde Archie hem gerust.

'Het zijn zware tijden. Ik hou ervan een gokje te wagen, Archie. Ik hou van speculeren. Van risico's nemen. Maar zelfs ik heb mijn vingers gebrand.'

'Ik zal niet zeggen dat we er zonder kleerscheuren van af zijn gekomen,' gaf Archie toe. 'Maar ik heb slim weten te kopen en verkopen.'

'Mooi zo.' Digby sloeg hem nogmaals op de schouder. 'Mocht je ooit in financiële problemen komen, dan hoop ik dat je niet te trots bent om bij me aan te kloppen.'

'Natuurlijk niet,' zei Archie.

Terwijl Digby zichzelf ging bijschenken, hoopte hij dat er nooit een beroep op hem zou worden gedaan. Want hij was op dat moment niet in de positie om wie dan ook te helpen.

Op eerste kerstdag ging de familie naar de kerk, waarna het hele gezelschap terugkeerde naar het kasteel voor de lunch en het uitpakken van de cadeaus. De kinderen, in hun mooiste zijde en fluweel, rukten joelend van verrukking linten en papier los. Nadat alle pakjes waren opengemaakt, werden de kleintjes door hun nanny's meegenomen naar de kindervleugel om daar met hun nieuwe speelgoed te spelen. De volwassenen dronken sherry, speelden charade en vermaakten zich met kaarten terwijl de middag ten einde liep en het buiten donker werd.

'Kerstmis zou een vrolijke tijd moeten zijn,' zei Kitty tegen haar broer. Ze stonden samen voor een van de ramen naar buiten te kijken. 'Maar ik word er weemoedig van, en een beetje verdrietig om alles wat we zijn kwijtgeraakt.' Ze keek naar Harry, die moeite had om zijn verdriet en zijn gevoel van eenzaamheid onder woorden te brengen. 'Je hebt de juiste beslissing genomen,' zei ze zacht. 'Hoe zwaar die je ook valt. Je hebt je gezin bij elkaar gehouden.' Hij knikte en probeerde uit alle macht zijn emoties onder controle te houden. Er lag een blos op zijn wangen, zijn ogen schitterden, maar de uitdrukking daarin was gesloten terwijl hij naar buiten keek, naar de loodgrijze hemel en de inktzwarte tuinen. 'Als je maar geduld hebt wordt het uiteindelijk minder zwaar,' vervolgde ze. 'Het gaat nooit over, maar de scherpe pijn die je nu voelt, wordt doffer. Een gevoel dat je kunt negeren. Goddank kent het leven genoeg afleiding. Maar dan ineens, op een moment dat je er het minst op bedacht bent, wordt de wond opengereten en dan is de pijn weer net zo erg als in het begin. Maar die momenten moet je zien door te komen, want ze gaan ook weer voorbij. Ik moet vaak aan Adeline denken. Tegenspoed wordt op ons pad gestuurd om ons op de proef te stellen, zei ze altijd. Onze levensweg gaat nu eenmaal niet altijd over rozen, Harry, en dat is ook niet de bedoeling.' Ze keek hem aan. Zijn profiel was zo ernstig dat ze het liefst zijn hand zou pakken. Maar dat kon ze beter niet doen, want dan zou hij zijn emoties misschien niet onder controle weten te houden.

De volgende morgen verzamelden de Ballinakelly Foxhounds zich op het gazon voor het kasteel, voor de traditionele jacht op tweede kerstdag. Het was vochtig, en warm voor december. De bries voerde een lichte regen met zich mee en rook naar de zee, naar dennenbomen en vochtige aarde. Kraaien hupten op het gras, pikkend naar larven, terwijl de paarden briesend de vochtige lucht opsnoven. De dames, met hoge hoed en in marineblauw rijkostuum, reden in amazonezit, behalve Kitty, die zich op de ochtend na de brand had voorgenomen nooit meer zo te rijden. Ze zat schrijlings op haar merrie in een broek met daarop een marineblauw jasje, en met een witte doek om haar hals geknoopt. Haar vuurrode haar hing in een dikke vlecht op haar rug, bijna tot haar middel. Naast haar zat JP vol zelfvertrouwen op zijn pony. Hij was nu bijna acht en hij had dezelfde onbevreesde blik in zijn grijze ogen als zijn halfzus, en hetzelfde rode haar. Maar van zijn vader had hij diens knappe, open gezicht geërfd, en tot Berties grote trots had hij zijn eerste wild al geschoten. Gretig als hij was om op weg te gaan wiebelde de kleine jongen opgewonden en rusteloos in het zadel, terwijl Robert toekeek, samen met de kleine Florence, die bang was voor paarden. Archie was inderdaad door Peter overgehaald om zich aan te sluiten bij de jachtpartij, maar hij zat onwennig in het zadel en probeerde niet te laten merken hoe bang hij was. Daar kon zelfs een grote slok gin uit zijn zilveren heupflacon niets aan veranderen.

Lord Hunt, die er in zijn zwarte jasje en donkere laarzen met geelbruine rand zwierig en voornaam uitzag, nam zijn hoed af voor de Struikjes, die als een stel vliegen rond zijn paard zoemden. 'Het is een prachtige dag om te jagen,' verkondigde Ethelred opgewekt. 'Zacht, met nauwelijks wind, dus de honden zullen het spoor moeiteloos kunnen volgen. Ik moet toch echt een manier zien te vinden om jullie weer in het zadel te krijgen. Al was het maar om jullie in rijkleding met voile te zien.' Hij keek grijnzend op hen neer, terwijl ze elkaar verdrongen om zo dicht mogelijk bij hem te komen.

Grace bood een elegante aanblik in haar zwarte rijkostuum. Haar bleke gezicht ging half verscholen achter een zwarte voile. Maar haar taille was smaller geworden en haar anders zo volle, zinnelijke lippen vormden een dunne, verbeten lijn. Sinds Michael Doyle haar had afgewezen, was ze zich er meer dan ooit van bewust dat haar jeugd voorbij was. Haar schoonheid was verwelkt, klaagde ze. Als ze nog mooi en aantrekkelijk was geweest, had Michael haar niet kunnen weerstaan. Daar was ze van overtuigd. Hoezeer ze ook haar best deed hem uit haar hoofd te zetten, hij was bijna altijd in haar gedachten, en haar lichaam hunkerde naar zijn strelende handen. Hij had niet alleen haar hart gestolen, maar ook haar passie. Na Michael had ze nooit meer een andere minnaar genomen, terwijl ze moest aanzien hoe haar echtgenoot rond paradeerde met de zelfingenomenheid van een man die overal waar hij kwam een knappe maîtresse had. Ze keek naar hem. Hij was met Bertie in gesprek, zijn paard leek te bezwijken onder zijn enorme gewicht, en Grace voelde haar ergernis groeien toen hij zijn hoofd achterovergooide en het uitschaterde.

Celia, die zich met grote toewijding haar rol als Doyenne van Ballinakelly had eigengemaakt, zat in amazonezit te paard. Haar stralend blonde haar was in een keurige chignon gebonden, gevangen in een haarnet, en haar zwarte hoed stond schuin op haar hoofd, wat een zwierige aanblik bood. Ze stuurde haar paard tussen de andere ruiters door en groette het gezelschap waardig, als een koningin. Bertie, een voorname verschijning in zijn roze jagersjasje, vroeg een van de bedienden die met de fles port rondging, om Digby ook een glaasje in te schenken. Het was hem niet ontgaan dat zijn neef er wat pips uitzag. Bruce en Tarquin, de echtgenoten van Leona en Vivien, zaten als ervaren cavaleristen stevig in het zadel, gadegeslagen door hun echtgenotes, die niets van paarden moesten hebben en die dan ook niet meegingen.

Peter, als jachtmeester van de Ballinakelly Foxhounds, blies op zijn hoorn en daar gingen ze! De honden stoven vooruit, met hun neus tegen de grond gedrukt, alert op de geur van de vos. Het gazon lag er, op de kraaien na, plotseling verlaten bij. Hazel en Laurel stonden wat verloren op het terras. 'Nou, dat was het dan,' zei Hazel.

'Tot de thee,' zei Laurel.

'Ik ga in de salon bij het vuur zitten.'

'Bij Augusta? Alsjeblieft niet!'

'Wat ga je dan doen?' vroeg Hazel geïrriteerd.

'Op zoek naar drie bridgepartners. Robert is altijd wel in voor een partijtje, en met een beetje geluk weten we Leona en Vivien ook zover te krijgen.'

Hazel keek gekwetst. Vroeger, toen Adeline en Hubert nog leefden, hadden ze altijd samen gespeeld. 'Doe wat je niet laten kunt.' Ze stak dapper haar kin naar voren. 'En trouwens, ík mag Augusta graag.' De twee zussen liepen samen het kasteel binnen, allebei van streek omdat ze het niet met elkaar eens waren. Want dat waren ze niet gewend.

Net als na de oorlog, toen hij zich had willen afsluiten voor de herinnering aan de wreedheden waarvan hij getuige was geweest, genoot Harry ook nu weer van de jacht, omdat die het hem onmogelijk maakte aan iets anders te denken. Als kind was hij een lafaard geweest en had hij niets van de jacht willen weten, maar nu stoof hij onbekommerd en in vliegende vaart door de bossen en sprong over hagen, hekken en beekjes. De jachthonden hadden de geur opgepikt en volgden opgewonden het spoor. Harry galoppeerde vooraan, de adrenaline joeg door zijn aderen, zijn hart bonsde in zijn borst; het verlangen naar Boysie was even naar de achtergrond gedrongen. Hij stuurde zijn paard naast dat van Kitty, die reed met de onverschrokkenheid van een man. Ze schonk hem een glimlach terwijl ze samen over een meidoornhaag sprongen en met donderende hoeven verder raasden. Broer en zus genoten samen van het gevaar dat hun, althans voor de duur van de jacht, geen ruimte liet om aan hun onbereikbare geliefde te denken.

Op enig moment stuitte Grace – haar gezicht zat onder de modder, haar haar was losgeraakt – op een groepje fraai uitgedoste mannen en jongens die het pad volgden dat van Ballinakelly naar de andere gehuchten langs de kust voerde. Begeleid door muzikanten werd er gezongen tijdens het lopen. Toen ze Michael Doyle in de groep ontdekte hield ze haar paard in. Een jonge jongen liep voorop, met een lange stok, versierd met linten. Aan de punt hing een bundeltje veren. Van achter haar voile zocht Grace de blik van Michael. Hij keek haar aan, zonder zijn donkere ogen neer te slaan. 'Goedemorgen, Mr. Doyle,' groette ze. Haar blik viel op het kind met de stok en ze vroeg wat het bosje veren te betekenen had.

'Het is de naamdag van Sint-Stefanus.' Het kind leek verrast dat ze dat niet wist. 'En dit is een winterkoninkje.'

'Een winterkoninkje?' herhaalde Grace geschokt. 'Een dóód winterkoninkje?'

'Dat klopt,' antwoordde een van de mannen.

'Waarom hebben jullie dat beestje doodgemaakt?' Ze richtte de vraag tot Michael, die gezag en importantie uitstraalde en met kop en schouders boven de groep uitstak.

'Er bestaan drie verhalen rond de rituele begrafenis van het winterkoninkje,' antwoordde hij. 'Volgens het eerste zou het winterkoninkje in de hof van Getsemane de aandacht op Jezus hebben gevestigd en hem daardoor hebben verraden aan de Romeinen. Volgens het tweede verhaal zou een winterkoninkje de Fenians hebben verraden door neer te strijken op een trommel, met als gevolg dat het leger van Cromwell hen in de gaten kreeg.' Toen krulden zijn mondhoeken in een glimlach, en de blik waarmee hij haar aankeek werd indringender. 'Maar er is nog een derde verhaal, de legende van Cliona de listige verleidster, die mannen de zee in lokte waar ze de verdrinkingsdood stierven. Er werd een amulet ontdekt om haar af te weren. De enige manier waarop zij aan de krachten van de amulet kon ontsnappen, was zich veranderen in een winterkoninkje. Sindsdien wordt er op het vogeltje gejaagd. Vanwege het bedrog van Cliona.' Hij schonk Grace een veelbetekenende blik.

Ze stak haar kin naar voren. 'Dan zal ik jullie niet langer ophouden.' Ze drukte haar knieën in de flanken van haar paard. Het groepje zette zich weer in beweging. 'Michael!' riep Grace om hem staande te houden.

Hij wachtte tot de rest van de stoet buiten gehoorsafstand was. 'Wat wilde u zeggen, Lady Rowan-Hampton?'

'Ik ben dat winterkoninkje aan die stok.' Ze beet op haar onderlip. 'Jouw geloof is je amulet en ik ben dat arme winterkoninkje.'

'Grace...'

Ze slikte krampachtig om haar emoties in bedwang te houden. 'Besef je wel dat een mens zich ook zo kan laten beheersen door het hemelse dat hij hier op aarde tot niets goeds meer in staat is?'

'Dat zij dan maar zo.'

'Je komt nog wel tot bezinning. Dat weet ik zeker.'

Hij schudde zijn hoofd. 'Wanneer je het licht eenmaal hebt gezien, is het ondenkbaar terug te keren naar de duisternis.'

Ze kreunde van woede, keerde ruw haar paard en galoppeerde ervandoor om de jachtpartij in te halen.

Het begon al te schemeren, het zwakke licht van de winterzon scheen door het traliewerk van takken als de gloed van een smidsvuur, toen de jacht op huis aan ging. Ze hadden de vos gevangen, iedereen was opgetogen door de opwindende jacht en de dramatische finale. Archie liet zijn paard in stap de heuvel afdalen naar het kasteel, waarvan de verlichte ramen hem leken te verwelkomen met de belofte van thee en taart en een knapperend haardvuur. De torens en spitse daken van zijn huis tekenden zich af tegen een heldere, indigoblauwe hemel, want de wind had de wolken en de regen landinwaarts geblazen. Het kasteel bood een betoverende aanblik. Het liefst zou Archie even zijn gestopt om ervan te genieten, voordat de zon achter de horizon verdween en het silhouet werd opgeslokt door het duister. Maar de anderen waren ongeduldig en snakten naar thee en een warm bad. En dus reed hij door. Maar de verantwoordelijkheid drukte plotseling zwaar op zijn schouders. Kasteel Deverill was meer dan zomaar een kasteel, besefte hij. Het was zowel het materiële als het immateriële erfgoed van de Deverills, en het was nu aan hem om dat erfgoed voor toekomstige generaties te bewaren. Celia hield van het kasteel, maar ze begreep niet waaróm ze ervan hield. Archie begreep het wel. Hij was zich er terdege van bewust dat het meer vertegenwoordigde dan de herinnering aan mooie tijden, dat het kasteel de ziel van de Deverills symboliseerde.

Bij de stallen gekomen gaven ze hun paarden aan de knechten en liepen ze haastig naar binnen om zich op te frissen voor de thee. Hun kleren waren smerig, hun bezwete gezichten zaten onder de modder. Terwijl Harry door de hal naar de trap liep, kwam Celia de salon uit rennen. Er lag een vurige blos op haar wangen. 'Je raadt nooit wie er ineens voor de deur stond!' fluisterde ze, met haar hand om zijn arm. Even maakte zijn hart een sprongetje. Was Boysie toch gekomen? 'Maud!' vertelde Celia, bevend van opwinding. 'Ze verveelde zich in Londen, zei ze. En Kerstmis was iets wat je met familie moest vieren. Ik heb een gevoel alsof de boze fee is verschenen om het feest te bederven!' Maar ze zag er niet uit alsof ze dat erg vond. 'Wat zal je vader wel niet zeggen? En Kitty?'

Harry slaagde erin zijn teleurstelling te verbergen. 'Ik neem niet aan dat ze Arthur Arlington bij zich heeft?' Hij probeerde het te doen klinken als een grapje.

'Lieve hemel! Dát zou pas echt een schandaal opleveren. Nee, ze is alleen. Ze wilde ons verrassen, zei ze.'

'Nou, dat is haar dan gelukt.' Harry begon de trap op te lopen.

'Ga je haar niet begroeten?'

'Met het risico dat er modder op haar japon komt? Ik zou niet durven. Eerst een bad. Daarna kom ik beneden om je te ontlasten.'

'Ach, daar is papa!' Celia haastte zich naar Digby. 'U raadt nooit wie er ineens op de stoep stond...'

Maud zat stijfjes op het hekje rond de haard, gekleed in een lichtgekleurde tweedjapon met een weelderige bontstola om haar schouders. Haar blonde haar was in een boblijn geknipt, evenwijdig met haar kaaklijn, wat haar hoekige gezicht nog strenger maakte. Ze liet haar ijzige blik keurend door het vertrek gaan en er was niets wat haar ontging. Beatrice kon de radertjes in haar hoofd bijna horen draaien terwijl ze uitrekende wat het allemaal gekost moest hebben. Augusta nam haar vanuit haar gemakkelijke stoel wantrouwend op, en Charlotte, die altijd een beetje bang was voor haar schoonmoeder, bleef naast Leona en Vivien op de bank zitten, in de hoop dat haar niets werd gevraagd. De Struikjes, op de andere bank en nog altijd volledig in beslag genomen door Lord Hunt, zaten als verlamd – een stel muizen gehypnotiseerd door een slang. Victoria, die naast haar moeder op het hekje zat, hield een sigarettenpijpje tussen haar vingers en genoot van het scala aan uitdrukkingen op de gezichten, variërend van verrassing tot nauwverholen afschuw.

Ten slotte verbrak Maud de stilte. 'Het is keurig,' zei ze zuinig. Beatrice trok met haar mond.

Augusta snoof misprijzend. 'Óns is altijd geleerd dat "keurig" getuigt van weinig verbeelding,' zei ze streng.

'Fraai dan. En het is warm. Dat is in elk geval een welkome verandering. Het is maar goed dat Adeline niet kan zien wat er allemaal nog meer is veranderd.'

'Het móést veranderen, mama. Celia had onmogelijk alles wat bij de brand verloren is gegaan, kunnen laten namaken,' zei Victoria.

'Maar het lijkt niet meer op hoe het was. De ziel is eruit.'

'Het is modern,' zei Victoria. 'Ik vind het prachtig. Sterker nog, ik zou het precies zo hebben gedaan.'

Beatrice schonk haar een glimlach. 'Je had altijd al een voortreffelijke smaak, kindje,' zei ze, terwijl ze haar uiterste best deed zich niet door Maud op stang te laten jagen.

'Ik kan wel zien dat er kosten noch moeite zijn gespaard. Nee maar. Ik heb nooit geweten dat Archie zo rijk was,' vervolgde Maud.

Augusta snoof opnieuw. 'Het is erg vulgair om over geld te praten.'

'Maar nauwelijks te vermijden gezien de luxe om ons heen.' Maud liet zich niet intimideren. 'Ik zou bijna zeggen dat het nog chiquer en voornamer is dan toen Huberts vader nog in het kasteel woonde. Ach, de luister en de weelde van die tijd!'

Voordat Augusta bezwaar kon maken, kwamen de mannen binnen, gewassen en verkleed. Toen Harry zijn moeder begroette, verdween Mauds ergernis om Celia's ongepaste verbouwing van het erfgoed van haar zoon als sneeuw voor de zon. Ze omhelsde hem uitbundig en glimlachte in een zeldzaam vertoon van warmte. 'Je haalt Rupert toch wel naar beneden, lieverd? Ik popel van verlangen om de kleine te knuffelen.' Charlotte kromp ineen – Maud wist amper hoe ze een baby moest vasthouden. Digby liet niet merken hoe verrast hij was haar te zien en informeerde naar haar overtocht. Ondertussen vroeg hij zich af hoe Bertie zou reageren op de komst van zijn vrouw, die had gezworen nooit meer een voet op Ierse bodem te zullen zetten.

Celia ging naast de stoel van Augusta op de grond zitten. Haar grootmoeder zou haar tegen Mauds vileine opmerkingen in bescherming nemen. Ondanks de hatelijke manier waarop ze kritiek leverde, overheerste bij Celia toch de opwinding over haar verrassende, dramatische verschijning.

Toen Bertie eindelijk voor de thee verscheen, samen met Kitty en Robert, werd het doodstil in de salon. Maud had haar echtgenoot niet meer gesproken sinds de begrafenis van Adeline, inmiddels meer dan vier jaar geleden, en behalve benieuwd naar wat ze zou zeggen, was iedereen ook een beetje bezorgd om Bertie, op wie ze allemaal erg dol waren.

Bertie zag Maud onmiddellijk, er kwam een blos op zijn wangen. Maud, die zich op het weerzien had kunnen voorbereiden en die niets heerlijker vond dan in het middelpunt van de belangstelling te staan, glimlachte poeslief. 'Bertie,' zei ze onbewogen. 'Wat leuk je weer eens te zien.' Hoffelijk, maar koel, dat was de toon die ze nastreefde – de toon waarop men de dominee begroette, of een oude, maar niet echt dierbare huisvriend.

Bertie aarzelde op de drempel en staarde zijn vrouw verbouwereerd aan. Digby zou hem het liefst een por hebben gegeven. In plaats daarvan besloot hij zelf de ongemakkelijke stilte te doorbreken. 'Wat een leuke verrassing, hè?' zei hij, in de hoop dat Bertie hem zou bijvallen. Maar die schraapte zijn keel, zocht wanhopig en vergeefs naar woorden, en volhardde in zijn ongelukkige stilzwijgen.

'Dag, mama.' Kitty deed geen moeite zich aangenaam, maar onoprecht verrast te tonen.

'Dag, Kitty,' zei Maud tegen haar jongste dochter. 'Hoe was de jacht?'

'Snel. Gevaarlijk. Kortom, heerlijk.' Ze keerde zich naar haar vader. 'Ik zal een kop thee voor u inschenken, papa. Na zo'n lange dag buiten kunnen we wel wat warms gebruiken,' zei ze lachend. Maud kromp ineen, de warme band tussen vader en dochter was maar al te duidelijk. De gesprekken werden hervat, de ongemakkelijke sfeer verdween in het geroezemoes van stemmen, en Maud dacht aan de laatste keer dat ze haar echtgenoot had gezien. Toen was Bertie veel te zwaar geweest, pafferig en ongezond door de drank. Nu oogde hij slank en vitaal. Zijn huid glansde, zijn handen beefden niet langer en in zijn lichte ogen herkende ze opnieuw die heldere, sprekende blik waardoor ze zich destijds, lang geleden tot hem aangetrokken had gevoeld. Het was hem aan te zien dat hij een gezond – en gelukkig – leven leidde. Zonder haar.

Toen even later Grace arriveerde, met Sir Ronald en haar vader, werden de Struikjes van de slang gered door hun galante cavalier die hen meetrok naar het raam, waar hij hen enthousiast op de uitzonderlijk heldere sterrenhemel wees. 'De temperatuur is sterk gedaald,' vertelde Ethelred. 'Ik denk dat het gaat sneeuwen.'

'O, we zijn dol op sneeuw.' Hazel stelde zich voor hoe romantisch het zou zijn om in het maanlicht met Lord Hunt door de tuinen van het kasteel te wandelen.

'Ja, dat zijn we. Dol op sneeuw,' viel Laurel haar bij, maar ondertussen wenste ze dat Hazel haar vermaak elders zou zoeken, zodat zij en de zilveren wolf samen naar de maan konden kijken. Lord Hunt nipte van zijn thee, terwijl geen van beide Struikjes de ander het genoegen deed te verdwijnen.

Het ontging Maud niet hoe mager Grace was geworden. Bovendien constateerde ze tot haar intense bevrediging dat de schoonheid van haar vroegere vriendin en rivale begon te verwelken. Ze liep naar haar toe. 'Mijn lieve Grace, wat hebben we elkaar lang niet gezien. Veel te lang.'

'Nee maar, Maud! Wat een heerlijke verrassing,' zei Grace met een glimlach. En met een wellevendheid waarop niets viel aan te merken.

'Ik kon onmogelijk in Londen blijven met Kerstmis, terwijl mijn hele familie hier zat, zonder mij.'

'Nee, natuurlijk niet. En mijn complimenten. Londen doet je goed, zo te zien.'

Maud glimlachte zelfingenomen. 'Ja, ik voel me er helemaal op mijn plaats. Maar hoe is het met jou, kindje? Volgens mij ben je afgevallen. Let je wel op je gewicht? Te mager maakt vroeg oud. Eet je wel genoeg?'

'Ik voel me prima, dank je,' antwoordde Grace minzaam. 'En, hoe vind je het kasteel? Is het niet schitterend geworden? Volgens mij kent het in heel Ierland zijn weerga niet. Trouwens, ik ben niet de enige die er zo over denkt. Dat vindt iedereen.'

Maud verstijfde. 'Ik hoop dat het allemaal goed blijft gaan, dat er niet iets verschrikkelijks gebeurt,' zei ze met geveinsde bezorgdheid. 'Er zijn er heel wat die door de krach alles hebben verloren. Dus laten we hopen dat Celia en Archie hun investeringen hebben veiliggesteld. Na alle geld en moeite die ze in het kasteel hebben gestoken, zou het doodzonde zijn als ze het kwijtraakten.'

'Je bekeek de dingen altijd al van de zonnige kant, Maud.'

'En jij was altijd een dierbare vriendin voor me, Grace.'

Die nacht begon het te sneeuwen. Dikke donzige vlokken dwarrelden naar het bevroren landschap uit een leger van wolken dat geruisloos oprukte vanaf de oceaan, onder dekking van de duisternis. De Deverills en hun dierbaren waren in diepe rust, ongestoord door de sneeuw die in een witte werveling langs de ramen danste. Het was doodstil in het kasteel, de wind was gaan liggen, de sterren waren achter de wolken verdwenen; de vlokken daalden zacht en teder uit de hemel neer. Ondanks de vredige stilte waren de geesten van kasteel Deverill rusteloos. Want ze voelden dat er in die stilte iets verschrikkelijks loerde.

Toen het eerste licht van de nieuwe dag de hemel in het oosten roze kleurde, liet een van de mannen zich uit bed glijden. Hij trok zijn kleren aan, heel zachtjes om zijn slapende vrouw niet te wekken. Hij knoopte zijn overhemd dicht, schikte zijn das, schoot zijn jasje en zijn schoenen aan en overtuigde zich ervan dat de rand van zijn sokken keurig onder zijn broekspijpen zat. Zijn ademhaling was kalm en beheerst, zijn hand beefde niet toen hij onder het bed naar het touw reikte dat hij daar eerder had neergelegd. Zonder ook maar één moment te aarzelen sloop hij naar de deur. De knop maakte geen enkel geluid toen hij hem omdraaide en de gang in liep. Met de stille souplesse van een kat glipte hij het kasteel uit, de kou in.

De dageraad was schitterend. Voor zijn ogen verkleurde de roze gloed tot een gouden schijnsel terwijl de zon de komst van een nieuwe dag aankondigde en langs de hemel omhoogklom, stralend blauw als een eendenei. Hij stak doelbewust het gazon over en maakte een spoor van indigoblauwe voetstappen in de sneeuw. De hemel was onbewolkt, de laatste sterren kwamen nog even tevoorschijn. Maar het deed hem niets. Hij had zichzelf een taak gesteld en liet zich door niets afleiden. Niet door de lieflijke dageraad, en niet door de mensen die hij ging achterlaten. Hij voelde zich kalm, vastberaden en opgelucht.

Toen hij bij de boom kwam, gemarkeerd met een plaatje waarop stond: *Geplant door Barton Deverill 1662*, klom hij lenig naar een dikke tak, evenwijdig aan de grond. Hij ging er schrijlings op zitten en bond het touw eromheen. Het maken van een lus kostte hem geen moeite. Als kind had hij er plezier in gehad knopen te leggen. Hij haalde een heupflacon uit zijn zak en nam een grote slok. De alcohol brandde door zijn keel. De warmte die bezit van hem nam was het laatste prettige gevoel dat hij in dit leven zou ervaren. Verdriet en spijt liet hij niet toe, uit angst dat hij zou terugdeinzen voor wat hij ging doen. In plaats daarvan dacht hij aan wat hij onder ogen zou moeten zien als hij voor het leven koos. En hij wist, zonder een zweem van twijfel, dat de dood veruit te prefereren was. Sterker nog, dat hij geen andere uitweg had.

Hij deed de lus om zijn nek en ging staan, zorgvuldig, met de trage behendigheid van een koorddanser. Met zijn hand tegen de stam hield hij zichzelf in evenwicht. Ten slotte sloeg hij zijn ogen op en wierp een laatste blik op het kasteel. De stralen van de opgaande zon koesterden de muren, een gouden gloed die langzaam hoger klom en de paarse schaduwen verdreef. Nog even, dan brak een nieuwe dag aan en kwam het kasteel tot leven. Maar nu was alles nog stil en kalm en bood het kasteel een bijna onwerkelijke aanblik in de sneeuw. Hij sloot zijn ogen, nam zijn hand van de stam en liet zich vallen. Het touw kraakte zacht en trok abrupt, met een ruk, strak om de tak. De stilte werd verstoord door een ritmisch knerpen terwijl het lichaam misschien een meter boven de grond heen en weer zwaaide.

Een zwerm kraaien vloog op, hun schelle gekras echode door het bos, en van heel ver klonk de onheilspellende roep van de *Banshee.*

18

Toen Charlotte wakker werd ontdekte ze dat Harry niet meer in bed lag. Ze voelde aan zijn kussen. Het was koud. Blijkbaar was hij al een tijdje geleden opgestaan. Ze balde haar vuist. Hij was zo afstandelijk, zo terughoudend. Zou het ooit nog goed komen met hun huwelijk? Soms leek dat haar onmogelijk, na wat ze had gezien. Ze kleedde zich aan en ging naar beneden, naar de eetkamer, waar Digby, Celia, Beatrice en Maud al aan het ontbijt zaten. Bij de geur van gebakken bacon begon haar maag zacht te knorren, ook al had ze tegenwoordig niet veel eetlust.

'Charlotte, goeiemorgen,' begroette Digby haar met een warme glimlach. 'Lekker geslapen?'

'Ik heb de beste bedden gekocht die er voor geld te koop zijn, papa. Dus natuurlijk heeft ze goed geslapen,' zei Celia.

Charlotte keek om zich heen, op zoek naar Harry. Ze was zo volledig opgegaan in haar eigen verdriet dat ze nauwelijks had stilgestaan bij het zijne. Bij de gedachte dat hij misschien vroeg op pad was gegaan voor een wandeling in de sneeuw, voelde ze een steek van berouw. Hij was de laatste tijd erg veel alleen.

'Wat schitterend, hè? Zo'n dik pak sneeuw!' jubelde Beatrice.

'Sneeuw brengt geluk.' Celia slaakte een zucht van tevredenheid. 'En ik voel me ook zo gelukkig! Dit was de mooiste Kerstmis van mijn hele leven, en met het feest dat we oudejaarsavond gaan vieren, luiden we een voorspoedig nieuwjaar in, voor ons allemaal.'

Digby trok een wenkbrauw op. Hij verwachtte niet dat 1930 een voorspoedig jaar zou worden, voor niemand, en al helemaal niet voor hém.

Somber stak hij een hap roerei met toast in zijn mond en begon moeizaam te kauwen. Maud, die geen gelegenheid voorbij liet gaan om rampspoed te verkondigen, kon het ook nu niet laten. 'Het land heeft net de ergste financiële crisis in zijn geschiedenis beleefd. Dus ik kan me niet voorstellen dat ook maar iemand zich op dit moment bijster gelukkig voelt, Celia. Volgens mij ben jij de enige.'

Celia draaide met haar ogen en stond op het punt iets te zeggen waarvan ze spijt zou krijgen toen haar moeder het voor haar opnam. 'We mogen ons gelukkig prijzen dat we hier zijn. In zo'n schitterende omgeving, op zo'n lieflijke winterochtend met een dik pak sneeuw. Ik weet niet wat jullie doen, maar ik ga na het ontbijt een eind wandelen.'

Er was een korte stilte toen Victoria en Eric binnenkwamen, gevolgd door Stoke, die zijn deinende witte snor zo te zien eens flink had geborsteld. Terwijl iedereen elkaar goedemorgen wenste en informeerde naar de kwaliteit van elkaars nachtrust, verscheen de butler met een brief op een dienblad. Hij aarzelde even, niet goed wetend aan wie hij die moest geven. 'Wat is er, O'Sullivan?' vroeg Celia.

'Deze brief lag op de tafel in de hal, madam. Maar er staat niet op voor wie hij bedoeld is.'

'Geef maar aan mij.' Ze stak haar hand uit en wiebelde met haar slanke, bleke vingers. Nadat ze de envelop had opengescheurd, haalde ze er een klein kaartje uit met daarop slechts één getypte regel. Er verscheen een verbijsterde fronsrimpel in haar voorhoofd, en ze stak pruilend haar onderlip naar voren. '"Het spijt me."'

'Wat bedoel je, lieverd?' zei Beatrice.

'Dat staat er. "Het spijt me." Verder niets.'

'Van wie is het?' vroeg Digby.

Celia draaide het kaartje om en vervolgens de envelop. 'Ik zie nergens een afzender. Moet dit een grap voorstellen?' Ze keek nijdig de tafel rond. 'Want ik vind het helemaal niet grappig.'

Charlotte barstte in tranen uit. 'Hij is van Harry,' bracht ze gesmoord uit. Ze schoof haar stoel naar achteren, vloog overeind en drukte haar handen tegen haar keel, happend naar lucht. 'Die brief is van Harry. Ik weet het zeker. Hij... hij is...' Ze begon onbeheerst te snikken. Beatrice keerde zich ongerust naar haar dochter. Die keek op haar beurt vervuld van afschuw naar Charlotte. Digby hoestte in zijn servet. Victoria keek geschokt, dit soort emotionele uitbarstingen was ronduit ongepast.

Maud verbleekte. 'Wat is er met Harry? Lieve hemel, Charlotte, wat is er aan de hand?'

Charlotte probeerde uit alle macht haar emoties weer onder controle te krijgen. 'Hij... hij was verdwenen toen ik vanmorgen wakker werd. Ik weet niet waar hij is.'

'Kom, kom, wat een drukte om niets. Er is geen enkele reden voor paniek.' Eric zette zijn bord met roerei, tomaat en geroosterd brood op tafel en ging zitten. 'Hij is waarschijnlijk gewoon een eind wandelen. Het is tenslotte een prachtige ochtend.'

'Hij heeft iets doms gedaan. Ik vóél het,' zei Charlotte. 'Hij heeft dat briefje geschreven en toen is hij verdwenen. Ik weet het zeker.'

'Dan gaan we hem zoeken.' Digby gooide zijn servet op tafel. 'Vooruit, in de benen! We kammen het hele terrein uit en er wordt pas verder ontbeten als we hem hebben gevonden.'

Eric en Victoria zuchtten geërgerd. 'Wat een storm in een glas water!' verklaarde Victoria, maar Maud stond al bij de deur. Stoke zat nog aan tafel en zag verbijsterd hoe iedereen zich weg haastte. Hij liep al tegen de negentig en was zo hardhorend dat het hele gesprek hem was ontgaan.

Het nieuws dat Harry was verdwenen, in combinatie met het raadselachtige briefje, zorgde voor een gruwelijk gevoel van naderend onheil terwijl het zich als een lopend vuurtje door het kasteel verspreidde. Digby schoot gejaagd zijn laarzen en zijn jas aan en liep naar buiten, de sneeuw in. Bij het zien van het spoor van voetstappen begon hij het te volgen, met lood in zijn schoenen door het angstige vermoeden van wat hij zou aantreffen. Beatrice, Maud, Celia en Charlotte haastten zich achter hem aan. 'Harry!' riepen ze luidkeels en telkens weer: 'Harry!' Vanuit de boomtoppen keken de kraaien nieuwsgierig toe, hun zwarte ogen glommen veelbetekenend.

'Waar heeft hij in 's hemelsnaam spijt van?' vroeg Maud aan Charlotte terwijl ze Digby op een holletje volgden. 'Ik wou dat Digby wat langzamer liep. Het is vals alarm, dat weet ik zeker. Harry schaamt zich dood als hij terugkomt en ontdekt dat het hele kasteel naar hem op zoek is.'

Charlotte piekerde er niet over haar schoonmoeder te vertellen wat er in de nacht na Celia's zomerbal was gebeurd. Vond Harry het leven zonder Boysie zinloos? *O god, wat heb ik gedaan?* Ze begon weer te huilen. Had zij hem de dood in gejaagd? In stilte bad ze tot God, of wie ook maar naar haar wilde luisteren, om Harry te sparen en hem ongedeerd bij haar terug te brengen. Als hij terugkomt, zal ik hem vergeven, beloofde ze terwijl ze door de sneeuw waadde. *Breng hem veilig bij me terug! Dan mag hij Boysie net zo vaak zien als hij wil!*

Plotseling draaide Digby zich om en gebaarde hun te blijven staan. Zijn gezicht was rood aangelopen en hij strekte zijn armen alsof hij hen ergens van wilde afschermen. Van iets waarvan hij niet wilde dat ze het zagen. 'Dames, ga terug naar het kasteel. Alsjeblieft,' smeekte hij. Celia werd overweldigd door een golf van onpasselijkheid. Want in de verte, achter haar vader, kon ze het lichaam van een man onderscheiden, hangend aan een boom. Geschokt sloeg ze een hand voor haar mond. 'Beatrice, neem de meisjes mee terug naar het kasteel! Alsjeblieft,' herhaalde Digby, nu nog dwingender. In elk ander geval zouden ze hebben gehoorzaamd. Maar Celia werkte zich koppig langs hem heen, gedreven door doodsangst en een gevoel van naderend onheil. Ze duwde Digby met zo'n kracht opzij dat hij bijna onderuitging. Haastig hervond hij zijn evenwicht, en hij stak wanhopig zijn hand uit om haar tegen te houden. Maar ze had het al op een rennen gezet, verblind door tranen, hijgend en ploeterend door de sneeuw. Even later stond ze bij de boom, en bij het lichaam dat daar hing, bleek en roerloos als een zak meel. Het was Archie.

Celia sloeg haar armen rond zijn benen in een vergeefse poging hem op te tillen. Een zacht kreunen ontsnapte aan haar keel terwijl ze worstelde met het dode gewicht van haar man. Toen stond haar vader naast haar, hij pakte haar handen en probeerde haar vingers los te wringen, terwijl hij sussend op haar inpraatte. Maar het enige wat Celia hoorde, was het bloed dat bonzend door haar slapen joeg, en het wilde, onnatuurlijke gekreun dat als een wanhoopskreet over haar lippen kwam. Het was een geluid dat ze niet kende, dat ze nooit eerder had gehoord.

Beatrice snikte, Maud staarde geschokt naar het gruwelijke tafereel, maar Charlotte liet zich op haar knieën in de sneeuw vallen en huilde van opluchting. En toen, te midden van alle commotie, kwam Harry aanlopen. Bij het zien van de verbaasde gezichten ging zijn blik naar het slappe lichaam aan de boom, naar Celia die de benen van haar man omklemd hield en uit alle macht probeerde hem op te tillen, alsof ze nog niet besefte dat hij niet meer te redden was. Archie was dood. Al uren. Charlotte krabbelde overeind en viel Harry om de hals. 'O, liefste! Ik dacht dat jij het was!' jammerde ze snikkend. Harry sloeg zijn armen om zijn vrouw, maar hij kon zich niet losrukken van de aanblik van Archie, van zijn blauw aangelopen gezicht, zijn gebroken nek. Toen drong langzaam en in volle gruwelijke omvang tot hem door wat er was gebeurd.

Ten slotte lukte het Digby, geholpen door Harry en Eric, die op de commotie was afgekomen, Celia ertoe te bewegen het lichaam los te laten en mee naar binnen te gaan. Daar belde Digby de garda en de dokter, en vervolgens het jachthuis, om Bertie het verschrikkelijke nieuws te vertellen. 'Godallemachtig!' vloekte die. 'Waarom heeft hij het gedaan?'

Digby zuchtte. 'Er is maar één reden waarom een man als Archie zich van het leven zou beroven. Geld. Ik heb het akelige vermoeden dat Celia het nog heel zwaar gaat krijgen.'

'Ik kom eraan.' Bertie gooide de hoorn op de haak.

Het duurde niet lang of de hele familie was opnieuw in de salon verzameld. Er werd op gedempte toon geconverseerd. 'Hij had alles wat een mens zich maar kan wensen!' 'Heeft iemand iets aan hem gemerkt? Was hij ongelukkig?' 'Volgens mij heb ik Archie nog nooit zo tevreden gezien.' 'Schijn bedriegt.' 'Hij moet met een verschrikkelijk geheim hebben rondgelopen.' 'Arme Celia. Wat moet er zonder hem van haar worden?'

Celia zat, gewikkeld in een deken, zacht snikkend met een glas sherry bij het vuur. Haar handen beefden, haar lippen trilden en ze bood een erbarmelijke aanblik. De vrouw die even eerder nog had gejubeld dat ze zo gelukkig was, treurde nu om het verlies van haar geluk. 'Hij heeft mijn Kerstmis bedorven,' snotterde ze. 'En mijn oudejaarsfeest. Hoe kon hij dat nou doen, mama?'

Beatrice, die haar dochter tegen zich aan drukte en haar over het haar streelde alsof Celia weer een klein meisje was, keek haar oudste dochters aan. 'Het arme kind. Ze is in shock.' Leona en Vivien knikten. Ze voelden zich schuldig omdat ze altijd zo lelijk hadden gedaan tegen hun jongere zusje dat het aan niets leek te ontbreken.

Kitty kwam naar het kasteel, samen met Robert. Ze knielde aan Celia's voeten, nam haar handen in de hare en drukte ze teder. 'O, lieverd! Wat verschrikkelijk!'

Celia sloeg haar gezwollen ogen op en glimlachte door haar tranen heen. 'We waren zo gelukkig samen,' zei ze als verdoofd. 'Archie ook. Hij was echt gelukkig. En trots... op kasteel Deverill... en op zijn gezin... Hij genoot van zijn succes, dus waarom heeft hij het gedaan? Ik begrijp het niet. En ik begrijp ook niet hoe hij het míj kon aandoen!'

'Hij heeft een briefje achtergelaten. Een getypt kaartje. "Het spijt me", stond erop. Meer niet,' vertelde Beatrice aan Kitty. 'Het was aan niemand geadresseerd. Merkwaardig, vind je niet? Waarom heeft hij het niet met de hand geschreven? En waarom legt hij niet uit waarom hij het heeft gedaan?'

'Hij was op dat moment al niet meer zichzelf,' zei Kitty wijs. 'Hij dacht niet aan Celia of aan de kinderen. Als mensen zo diep ongelukkig zijn, denken ze alleen aan zichzelf.'

'Hij wekte niet de indruk dat hij ongelukkig was,' zei Leona.

'Integendeel. Hij leek erg gelukkig,' viel Vivien haar bij.

'Maar hij heeft me verlaten. Ik ben weduwe!' verklaarde Celia snikkend. Toen stopte ze abrupt met huilen, alsof het nu pas tot haar doordrong. 'Ik ben weduwe,' herhaalde ze. 'Mijn kinderen hebben geen vader meer. Ik sta er alleen voor.' Ze werd opnieuw overweldigd door verdriet en begon weer te snikken.

'Je staat er niet alleen voor, lieverd.' Beatrice trok haar nog dichter tegen haar weelderige boezem. 'Je hebt ons en we laten je niet in de steek.'

Kitty haalde een zakje met groene blaadjes tevoorschijn en gaf het aan Beatrice. 'Cannabis, van Adeline,' zei ze. 'Doe wat blaadjes in haar thee. Daar wordt ze rustig van.'

Augusta verscheen in de deuropening, in haar zwarte victoriaanse japon. Leunend op haar stok liet ze haar blik gebiedend door de kamer gaan, op zoek naar haar kleindochter. Toen ze Celia eindelijk in de gaten kreeg, bij het vuur, in de armen van haar moeder, baande ze zich een weg door het gezelschap, dat eerbiedig voor haar opzijging, en commandeerde haar man in het voorbijgaan een groot glas cognac in te schenken. 'Vooruit! Geen getreuzel!' Ze liep naar de bank, waar Leona en Vivien zaten, en knipte met haar beringde vingers. De twee zussen wisten niet hoe snel ze plaats moesten maken. Hun grootmoeder liet zich in de kussens vallen en leek uit te vloeien als een chocoladepudding, zodat ze de hele bank vulde. Kitty, die nog altijd aan Celia's voeten zat, kwam overeind en ging braaf naast Leona en Vivien op het hekje voor de haard zitten, als drie vogels op een tak.

'Tja, kindje, dit had niemand kunnen voorzien,' begon Augusta ernstig. 'Het is erg tragisch. Hij was veel te jong om te sterven. We weten nooit wanneer de man met de zeis ons komt halen, maar om eigener beweging uit het leven te stappen, dat is een daad van zelfzuchtigheid die zijn weerga niet kent.'

'Augusta,' zei Beatrice waarschuwend.

'Ik kan mijn gevoelens niet verloochenen, Beatrice. Wat deze jongeman heeft gedaan is door- en doorslecht. Dit heeft Celia niet verdiend. Ze is altijd een goede vrouw voor hem geweest. Geloof me, er zijn in mijn leven ook momenten geweest dat ik liever niet meer wakker was geworden. Maar ik zou mijn familie nooit met die schande, en met zo veel narigheid, hebben belast. Wat heeft hem in 's hemelsnaam bezield?'

'Dat weten we niet.' Beatrice probeerde geduldig te blijven, maar wenste dat iedereen haar en haar dochter alleen liet.

'Geld.' Augusta snoof. 'Een man zet zo'n extreme stap alleen vanwege een vrouw, of vanwege financiële problemen. En een vrouw kan het niet geweest zijn. Dat lijkt me duidelijk.'

Celia haalde snotterend haar neus op. 'Hij had zakken vol geld, grootmama.'

'Dat zal blijken.' Augusta klonk cynisch. Ze liet haar blik om zich heen gaan, naar alle kostbaarheden waarmee het vertrek was ingericht. 'Ik sluit niet uit dat dít tot zijn ondergang heeft geleid,' vervolgde ze tactloos, waarop haar kleindochter opnieuw in snikken uitbarstte.

De dokter kwam en Celia werd door Kitty en haar moeder naar boven geloodst, waar ze valeriaandruppels kreeg om te kalmeren en in bed werd gestopt, net als Adeline destijds, in de nacht dat Hubert bij de brand omkwam. 'We zijn vervloekt,' mompelde Celia doezelig.

'We zijn niet vervloekt,' zei Kitty sussend. Ze ging op de rand van het bed zitten en pakte haar hand. 'Adeline zei altijd dat ik een kind van Mars ben en dat ik daarom een leven vol conflicten tegemoetging.'

'Dan ben ik blijkbaar ook een kind van Mars.'

'Probeer te slapen. Archie maakt het goed waar hij nu is. Daar kun je op vertrouwen. Het gaat nu om jou. We moeten goed op je passen.'

'Maakt hij het echt goed? Hangt hij niet meer aan die boom?' Er blonken opnieuw tranen in Celia's ogen.

'Hij had zijn lichaam al verlaten voordat hij zelfs maar besefte wat er gebeurde.'

'En hij gaat niet naar de hel? Hij hoeft niet eeuwig te branden?'

'God is liefde, Celia.' Kitty streek liefdevol het haar uit haar gezicht. 'En een ziel kan niet branden.' Ze schonk haar nichtje een tedere glimlach en dacht aan de lange gesprekken die ze met Adeline had gevoerd, over het leven na de dood, in de kleine zitkamer van haar grootmoeder waar het rook naar seringen en brandende turf. 'Archie was geen slecht mens. Ik denk dat hij zichzelf van het leven heeft beroofd omdat hij de toekomst niet aankon. Het is geen zonde om bang te zijn. Hij zal worden verwelkomd door liefdevolle zielen die hem de weg naar huis zullen wijzen. Echt waar. Geloof me nou maar.' Celia's oogleden werden zwaar. Ze probeerde nog iets te zeggen, maar de woorden bleven in haar keel steken toen ze wegdommelde.

Kitty ging terug naar de salon, waar de gesprekken weer op normale sterkte waren hervat nu Celia niet langer in de kamer was. 'We zullen Archies familie moeten informeren,' zei Bertie, die met de andere mannen bij elkaar stond.

'Dat is een taak die ik mijn grootste vijand niet zou toewensen,' zei Victoria. Ze zat op de bank, naast haar moeder, en rookte een sigaret in een elegant bakelieten pijpje. Haar blik ging naar Augusta, die onderuitgezakt op de bank in slaap was gevallen. Haar kinnen waren als een ingestorte soufflé op haar boezem gezakt.

'Ik geloof niet dat ik ooit van de schrik zal bekomen,' zei Maud zwakjes, nippend van haar tweede glas sherry. 'Wat een gruwelijke aanblik! En dan te bedenken dat het ook Harry had kunnen zijn.'

'Het was Harry niet,' zei Victoria geduldig.

'Maar Charlotte heeft me wel de stuipen op het lijf gejaagd,' hield Maud vol. 'Waarom in 's hemelsnaam?'

Victoria trok aan haar sigarettenpijpje. 'Ik weet het ook niet. Misschien hadden ze ruzie gehad.'

'Een man schrijft geen zelfmoordbriefje vanwege een kleinzielige ruzie,' sprak Maud haar tegen. 'Ik hoop dat ze niet in moeilijkheden zijn. Nóg een schandaal, dat kan onze familie niet aan.' Ze keek op toen Bertie naast haar kwam zitten.

'Het spijt me dat je zo bent geschrokken,' zei hij zacht. 'Charlotte vindt het ook erg vervelend.'

'Terecht,' zei Maud kortaf. 'Want ze heeft me een ware doodsschrik bezorgd. Dwaas kind, om zo'n drukte te maken om niets.'

'Ik neem aan dat Harry al die tijd in stilte heeft geleden,' vervolgde Bertie.

'Geleden? Waarom in 's hemelsnaam?' vroeg Maud.

'Om het verlies van het kasteel, van zijn voorouderlijk huis. We hebben ons flink gehouden en ons best gedaan enthousiast te zijn. Maar ik heb zo'n idee dat we het daar allemaal moeilijk mee hebben gehad.'

Maud sloeg haar ogen neer en keek naar haar sherry. De scherpe lijnen van haar gezicht verzachtten iets. Leona en Vivien waren opgestaan en naar de andere kant van de kamer gelopen. Augusta sliep nog. Dus ze was alleen met haar man en haar oudste dochter. 'Ja, daar zul je wel gelijk in hebben,' gaf ze toe. 'Het is niet gemakkelijk geweest. Voor niemand. Zelfs ik heb het er moeilijk mee, terwijl ik nooit van het kasteel heb gehouden.'

'Die indruk had ik al.' De tederheid in zijn stem verraste haar.

'Maar ik vind het vooral heel erg dat Harry zijn erfenis is misgelopen en nooit Lord Deverill van Ballinakelly zal worden. Zonder het kasteel heeft de titel geen betekenis.'

'Ik vind het ook erg, mama.' Victoria grijnsde licht spottend door de rook van haar sigaret heen. 'We zijn allemaal erg dapper geweest.' Ze vond het niet beleefd om eraan toe te voegen dat ze niet zo'n haast zou hebben gehad het kasteel te ontvluchten als het vóór de brand net zo comfortabel was geweest als nu.

'Ik ben blij dat je bent teruggekomen.' Bertie nam zijn vrouw waarderend op. 'En het spijt me dat deze tragedie een schaduw over je verblijf werpt.'

'Ach, we hebben al zo veel moeten doorstaan.' Maud stak haar kin naar voren om duidelijk te maken dat ze ook déze tragedie wel weer zou overleven. 'Maar we zijn overeind gebleven. En we zetten door. Dat hebben we tenslotte altijd gedaan. Jullie Deverills zijn een taai soort, en jullie slepen mij mee. Dat helpt.' Ze schonk hem een vluchtige glimlach. 'Dank je wel, Bertie. Je bezorgdheid is roerend.' Bertie glimlachte terug, en Victoria vroeg zich af of het vuur van hun liefde toch nog niet helemaal gedoofd was.

Kitty stond voor het raam en keek naar buiten, waar de mannen van de garda in hun marineblauwe uniform en hoekige pet Archies lichaam in een laken hadden gewikkeld en wegdroegen over het gazon. 'Waar is Digby?' vroeg ze toen Robert bij haar kwam staan.

'In de bibliotheek. Hij praat met de inspecteur. Het zal vermoedelijk niet lang duren voordat we weten waarom Archie het heeft gedaan,' antwoordde Robert. 'Hij had wel een iets aardiger briefje kunnen achterlaten. Celia tast volledig in het duister. Ze begrijpt er niets van.'

'Volgens mij schaamde hij zich zo dat hij het niet onder woorden kon brengen.'

'Waarom denk je dat? Weet jij wat hem ertoe heeft gebracht?'

'Ik denk dat hij al zijn geld kwijt is. Zoals zo veel mensen. Maar dat hij het gewoon niet kon opbrengen dat aan Celia te vertellen. Dat is de enige reden die ik kan bedenken. Als ik moest wedden – met het beetje geld dat ik heb – zou ik inzetten op schaamte.'

'Lieve hemel. Ik hoop niet dat Celia het kasteel nu moet verkopen.'

'Nee, zeg dat wel. Want dan komen wij ook in de problemen.'

Robert nam haar hand in de zijne. 'Wat er ook gebeurt, wij redden ons wel.' Hij schonk haar een liefdevolle glimlach. 'We hebben elkaar, dus we kunnen alles aan. Samen staan we sterk.'

Later op de dag trof Harry zijn vrouw in hun slaapkamer. Charlotte zat aan de kaptafel en haalde een zilveren borstel door haar lange honingblonde haar. 'Ik wist niet waar je was. Het spijt me. Ik had je niet alleen moeten laten.'

'Kom eens bij me zitten.' Ze legde de borstel neer en draaide zich naar hem om. 'Ik moet iets tegen je zeggen. Het is belangrijk.'

Harry trok een stoel bij, bang dat ze ging zeggen dat ze van hem wilde scheiden. Een scheiding zou zijn moeder niet overleven. Zeker niet na de gruwelijke ontdekking van die ochtend.

Maar toen hij in haar blauwe ogen keek, besefte hij dat ze zachter leken – niet langer ijzig en bevroren in afschuw en verzet, maar mild en warm, als een beekje waarvan het water dankzij de komst van de lente was ontdooid. 'Ik dacht dat jij het was. Dat jij je had verhangen,' zei ze zacht.

'O, lieveling. Lijk ik dan zo ongelukkig?'

Ze glimlachte verdrietig. 'Ja. Toen je vanmorgen niet meer naast me lag, en toen ik hoorde wat er in dat briefje stond... toen dacht ik dat je was verdwenen. Dat je iets doms had gedaan. Dus ik heb het met God op een akkoordje gegooid.'

'Hoe bedoel je?'

'Als Hij je veilig bij me terugbracht, heb ik Hem beloofd dat ik je zou vergeven. Dat ik je je vriendschap met Boysie niet zou misgunnen.'

'Charlotte...'

'Nee, laat me uitspreken. Ik heb er heel lang over nagedacht. Ik hou van je, Harry. Als ik niet van je hield, zou ik niet zo gekwetst zijn geweest door wat ik heb gezien. En ik geloof dat je, op jouw manier, ook van mij houdt.'

'Ja, Charlotte. Ik hou van je.'

'Maar op een andere manier dan van Boysie. Je liefde voor Boysie is ongebruikelijk, maar wie ben ik om die te veroordelen. De liefde is iets heerlijks. Altijd. Onder alle omstandigheden.' Ze keek neer op haar handen die gevouwen in haar schoot lagen. 'Ik weet niet of Deirdre zich bewust is van de gevoelens die Boysie heeft voor jóú. Misschien weet ze het al lang en ben ik naïef geweest. Maar dat is nu afgelopen. Ik wil niet langer naïef zijn. En ik hou ook van Boysie. Ik vind het heel erg jammer dat hij niet langer deel uitmaakt van ons leven. Ik mis hem.'

'O, Charlotte...' Harry nam haar handen in de zijne. 'Ik hou oprecht van je. Denk je dat er in ons huwelijk ruimte is voor ons alle drie?'

Ze lachte en knipperde haar tranen weg, op één na, die aan een wimper bleef hangen. 'Ja, dat denk ik,' antwoordde ze.

Ironisch genoeg was het haar grootmoedigheid die Harry de ogen opende. Daardoor ontdekte hij dat hij meer van zijn vrouw hield dan hij ooit had beseft.

19

New York, 1929

Bridies geluk was compleet. Ze was verloofd met de flamboyante graaf Cesare di Marcantonio en ze woonde in een stad die dronken was van optimisme, kansen en groeiende rijkdom. Amerika deelde haar vertrouwen. President Hoover zag een toekomst vóór zich waarin armoede zou zijn uitgeroeid; economen spraken over een 'nieuw plateau' van welvaart en voorspelden dat de rijkdom van het land duurzaam zou blijken te zijn; de gewone man geloofde dat hij met aandelen rijk kon worden, en iedereen van hoog tot laag werd een speler op de effectenbeurs. Bridie zong mee met 'Blue Skies' van Irving Berlin, net als alle New Yorkers die geloofden dat ze de pot met goud aan het einde van de regenboog ten langen leste hadden gevonden, en ze smeet met geld, alsof die pot nooit leeg kon raken. Ze sloeg geen acht op de adviezen van Beaumont Williams, die waarschuwde voor een ophanden zijnde beurskrach. Maar Beaumont had bijna altijd gelijk, en ook in dit geval.

Toen de beurs instortte en de koersen in een vrije val raakten, waren de gevolgen verwoestend. Terwijl Bridie de krant las en naar de radio luisterde, dacht ze in de eerste plaats aan zichzelf. Ze huiverde bij de herinnering aan de armoede in haar jeugd. Dat nooit meer! 'In hoeverre word ik door de krach getroffen?' Ze zat in de vertrouwde leren stoel bij de haard, in de werkkamer van Beaumont Williams. Vanwege het warme herfstweer had hij de haard niet aangestoken.

'Niet.' Hij sloeg zijn benen over elkaar, waarbij een slanke enkel zichtbaar werd, gestoken in een karmozijnrode sok. 'Ik ben zo vrij geweest je effectenmakelaar te instrueren je hele pakket te verkopen, voordat de paniek uitbrak en iedereen dat deed,' lichtte hij zijn zakelijke vernuftigheid bijna luchtig toe. 'Ik heb dit al maanden zien aankomen, zoals je je misschien herinnert. De koers van de aandelen is al jaren veel en veel te hoog, dus het leek me in jouw geval verstandig je winst te nemen. Zoals Rothschild zei, en die heeft er verstand van: "Gun de laatste tien procent aan een ander." Je bent rijker dan ooit, Bridget.' En zo was het ook. Terwijl de werkloosheid steeds hoger werd, boerderijen bankroet gingen en de verkoop van auto's daalde, was Beaumont niet de enige geweest die de ramp had voelen aankomen. Maar hij was wel een van de weinigen die op tijd maatregelen hadden genomen.

Bridie kreeg een kleur van dankbaarheid. 'Nee maar, Beaumont, ik weet gewoon niet wat ik moet zeggen...'

'Mr. Lockwood was een geslepen zakenman. Hij had al een groot deel van je kapitaal in goud geïnvesteerd. En ik voorspel je dat de goudprijs zich gaat herstellen.' Hij sloeg een in leder gebonden boek open en legde het op zijn knie. Toen haalde hij zijn bril uit zijn borstzak. 'Ik stel voor dat we een afspraak maken met je effectenmakelaar, maar in afwachting daarvan had ik hem al om je aandelenportefeuille gevraagd, zodat ik je kon geruststellen. Zoals je zult zien, is je geld heel verstandig belegd in kortlopende staatsobligaties, in grond en in kwalitatief hoog gewaardeerd onroerend goed. Niet om mezelf op de borst te kloppen, maar ik heb het slim gespeeld.'

Bridie luisterde aandachtig terwijl hij cijfers en beleggingsconstructies toelichtte die ze amper begreep. Het enige wat bleef hangen, en wat ertoe deed, waren woorden als: 'winst', 'rente', en 'eindsaldo'. Ze keek hem aan, deze ietwat terughoudende man met zijn onberispelijke grijze vest dat spande om zijn welgevulde embonpoint; met zijn schone, verzorgde handen en gemanicuurde nagels; zijn gladgeschoren gezicht en zijn glimmende zwarte haar. En ze werd overweldigd door dankbaarheid dat ze zo'n verstandig iemand had die over haar waakte. Hoe zou ze er zonder Beaumont Williams aan toe zijn, vroeg ze zich af. Wat ze zich níét afvroeg, was hoe híj eraan toe zou zijn zonder háár. Want zijn welvaart – en hij was buitengewoon welvarend – was nauwer verstrengeld met de hare dan ze besefte.

'Hoe dan ook, je hoeft je nergens zorgen over te maken. Heel New York kan instorten, maar dan ben jij een van de weinigen die nog overeind staat.'

'Nogmaals, ik weet gewoon niet wat ik moet zeggen. Als ik jou niet had…' Terwijl hij het boek dichtsloeg, tilde ze haar linkerhand op en keek bewonderend naar de ring met de diamant die aan haar vinger schitterde.

'Wat een prachtige ring,' zei Mr. Williams. 'Mag ik?' Hij pakte haar hand en hield de ring naar het licht. Omdat hij wel iets van edelstenen wist, kon hij zelfs zonder loep al zien dat deze diamant van povere kwaliteit was. 'Wanneer is het zover?'

'We hebben nog geen datum,' antwoordde Bridie stralend. 'Het is allemaal zo snel gegaan. Ik weet gewoon niet wat me overkomt. Maar Cesare wil haast maken met trouwen.'

'Ja, dat zal wel.' Mr. Williams wreef peinzend over zijn kin. 'Mag ik je een goede raad geven?'

In haar opwinding ontging haar de bezorgdheid in zijn stem, maar gezien de financiële ramp die hij had afgewend, kon ze moeilijk nee zeggen. 'Natuurlijk.'

'Neem de tijd. Je hebt geen haast met hertrouwen. Leer je aanstaande eerst wat beter kennen. En maak kennis met zijn vrienden, zijn familie. Getrouwd ben je zo. Maar mocht je ooit weer van hem af willen, dan ligt dat aanzienlijk gecompliceerder.'

Bridie schudde glimlachend haar hoofd. 'Ik weet wat je denkt. En natuurlijk heb ik dat zelf ook bedacht. Ik weet tenslotte helemaal niets van hem. Maar destijds met Walter ben ik op mijn verstand afgegaan, en we weten allebei wat dat me heeft opgeleverd. Deze keer laat ik me leiden door mijn hart. Zonder liefde heeft het leven geen zin. Dat is de les die ik heb geleerd. Ik kan zo rijk zijn als de Rockefellers, maar zonder de liefde ben ik arm. Ik geloof oprecht dat ik mijn zielsverwant heb gevonden.'

Beaumont nam haar onderzoekend op. Dit was een andere Bridget dan de vrouw die twee jaar eerder nog had gehunkerd naar haar Ierse liefde en troost had gezocht in de drank. Op haar wangen lag de blos van een nieuwe, prille liefde, haar ogen straalden van vertrouwen en haar hele houding was die van een zelfverzekerde, gelukkige vrouw. Ineens besefte Beaumont dat het er niet toe deed of de graaf oprecht was of niet. Bridie hield van hem. Na alles wat ze had doorgemaakt, na jaren van saai eentonig werk in dienst van Mrs. Grimsby, na een huwelijk met de veel oudere Walter Lockwood waardoor ze al op haar vijfentwintigste weduwe was geworden, na te zijn verlaten door haar Ierse jeugdliefde – en dat waren alleen nog maar de feiten die hij kende; naar de schaduwen in haar verre verleden kon hij slechts raden – had ze recht op een beetje geluk.

'Ik wens je alle geluk van de wereld, Bridget,' zei hij dan ook.

'Dank je wel.' Verblind en overweldigd door verliefdheid had ze geen oog voor zijn reserves. Maar Beaumont Williams besloot niet lijdzaam toe te zien. Als iets hem niet lekker zat, rustte hij niet tot hij het tot op de bodem had uitgezocht.

Graaf Cesare di Marcantonio was een raadsel. Bridie wist nauwelijks iets van hem, maar zijn New Yorkse vrienden en kennissen wisten nog veel minder. Beaumont had echter overal zijn contacten, ook in Italië en Argentinië, en na wat spitten en graven slaagde hij erin licht te werpen op het onbekende verleden van de graaf. 'Hij is geboren in Abruzzo, in Italië,' vertelde Elaine aan Bridie tijdens een lunch bij Lucio's aan Fifth Avenue, waar de eigenaar, een baardige Italiaan met de gave om alle vrouwen het gevoel te geven dat ze bijzonder waren, hun altijd het beste tafeltje gaf, voor het raam. 'En zijn familie behoort inderdaad tot de hoogste adel. Zijn moeder is een prinses, haar familie is verwant aan een van de pausen. Ik geloof dat ze Barberini heten, maar wie die paus was, dat weet ik niet meer. Die namen klinken allemaal hetzelfde, vind je ook niet?'

'Ga door,' zei Bridie. Ze zag er elegant uit met haar modieuze clochehoed, haar olijfgroene japon en haar snoer glanzende parels dat tot haar middel reikte.

'Niemand weet precies waarom, maar de familie is naar Argentinië verhuisd toen jouw graaf nog maar een kleine jongen was. Als je het mij vraagt, zit er een luchtje aan. Ze zijn zomaar met stille trom vertrokken. Er waren vast schulden of zoiets. Hoe dan ook, zijn vader is zo'n man die schatrijk wordt, al zijn geld kwijtraakt en vervolgens opnieuw fortuin weet te maken. Hij heeft zijn eerste kapitaal verdiend met rundvlees, daarna is hij industrieel geworden en heeft hij in de spoorwegen geïnvesteerd. Hij kocht onroerend goed op en handelde in vee, en hij exporteerde het rundvlees naar landen in de hele wereld. Dat is wat Beaumont heeft weten te achterhalen.'

'En hoe staat de familie er nu voor?' vroeg Bridie.

Elaine haalde haar schouders op. 'Zijn vader, graaf Benvenuto, staat in Buenos Aires bekend als de bonte hond. Een man die geniet van het leven en geen maat kent. Hij neemt graag risico's, hij investeert in luchtkastelen, en hij verspilt zijn geld aan maîtresses en aan de goktafel. Kortom, zijn reputatie is verre van onberispelijk. Het is nog maar de vraag of hij inderdaad zo rijk is als hij wil doen voorkomen. Beaumont sluit niet uit dat zijn rijkdom in belangrijke mate berust op grootspraak, dus hij zegt dat je op je hoede moet zijn. Dat die graaf van je niet in alle opzichten helemaal "kosjer" is zoals we dat hier in New York noemen.'

Bridie legde haar mes en vork neer en staarde even peinzend voor zich uit. Elaine kreeg met haar te doen.

'Ik zeg niet dat het Cesare alleen om je geld te doen is, Bridget,' haastte ze zich te verklaren, ook al was dat wel wat ze had bedoeld. 'Maar hij omringt zich met rijke mensen die hem maar al te graag in hun leven en hun weelde laten delen. Het staat buiten kijf dat hij erg charmant is, erg onderhoudend, en Amerikanen zijn nu eenmaal dol op buitenlandse titels.' Ze snoof verontschuldigend en nam haar vriendin een beetje angstig op. 'We vonden dat je dit moest weten vóórdat je met hem trouwt.'

Bridie glimlachte toegeeflijk, als een moeder die zojuist door een bezorgde leraar was ingelicht over de laatste streken van haar kind. 'Zijn familiegeschiedenis interesseert me niet, Elaine. Het kan me niet schelen waar hij vandaan komt. God weet dat ík me in dat opzicht al helemaal niets hoef te verbeelden. Een boerderij die wegzakte in de modder, een paar koeien en amper genoeg te eten. Daar kom ik vandaan. Ik kreeg mijn eerste paar schoenen toen ik op het kasteel ging werken. Voor mijn part heeft Cesare geen cent. Voor mijn part is hij volslagen berooid en stamt hij af van een stel keuterboeren. Dat doet niets af aan wat ik voor hem voel. Misschien heb je gelijk, misschien heeft zijn vader al zijn geld vergokt. Wat maakt het uit? Ik heb geld genoeg voor ons samen. Misschien is Cesare een rokkenjager. Dan zal ik hem leren trouw te zijn. En misschien is Cesare inderdaad een avonturier. Des te beter! Ik zal hem het avontuur van zijn leven bezorgen! We zullen worden gedragen door onze liefde, die ons als de wind zal meevoeren, helemaal naar de zevende hemel.'

Daarop deed Elaine er het zwijgen toe.

Bridie wilde niets weten van de maar al te duidelijke onvolkomenheden die er aan graaf Cesare kleefden. In haar ogen was hij de knapste, de liefste, de meest romantische man die ze ooit had ontmoet. De liefde maakte haar blind voor zijn arrogantie, voor de schaamteloze manier waarop hij zich opdrong aan mensen met geld en invloed, voor zijn ijdelheid en zijn onwankelbare geloof in zichzelf. Wanneer ze in zijn zeegroene ogen keek, was het alsof de gloed van zijn adoratie tot in de donkerste hoeken van haar ziel drong en haar opnieuw tot leven wekte, als een verwaarloosde tuin die dankzij de zon weer ging bloeien. Ze had geen behoefte aan dure geschenken. Het was liefde waar ze naar snakte. En Cesare was als geen ander in staat haar dorst naar liefde te stillen.

Charismatisch als hij was, wist hij haar voorgoed te bevrijden van haar gevoelens voor Jack O'Leary. Dankzij Cesare vergat ze haar verlangen naar Ierland en hunkerde ze zelfs niet langer naar haar zoon die ze daar had moeten achterlaten. De liefde maakte haar los van het verleden en dompelde haar in een heden waarin niets en niemand haar nog pijn kon doen. Dat geloofde ze heilig. Van nu af aan zou Cesare haar beschermen en liefhebben, en ze schonk hem onvoorwaardelijk haar hart. Het is van jou, dacht ze, terwijl hij zijn gezicht in haar hals begroef. Doe ermee wat je wilt, het is van jou en dat zal het altijd blijven.

Het huwelijk zou worden gesloten in mei, en Marigold Reynolds had aangeboden de ceremonie en het aansluitende feest in de schitterende tuinen bij haar huis in Southampton te laten plaatsvinden. Als onbetwiste koningin van de beau monde was Marigold dolblij met een aanleiding om de sterren uit de wereld van de film en het theater, maar ook beroemde atleten en vertegenwoordigers van de pers en niet te vergeten de rest van de beau monde uit te nodigen. De beurskrach mocht dan tallozen tot bezuinigen hebben gedwongen, Marigold Reynolds hoefde zich nog altijd niets te ontzeggen. De driehonderd gekalligrafeerde uitnodigingen, geschreven op het fraaiste en zwaarste papier, werden door een van de chauffeurs van de Reynoldsen persoonlijk bezorgd.

Terwijl Amerika was gedompeld in de ergste economische crisis in zijn geschiedenis, beleefden Bridie en graaf Cesare een stralende verlovingstijd. Ze waren in heel New York een gevierd paar en bijna iedereen van de beau monde verwelkomde een respijt van het deprimerende nieuws in de kranten en op de radio. Het paar ging ook op zoek naar een ander huis, en dankzij de gekelderde prijzen en gedwongen verkopen van eigenaren die de lasten niet meer konden betalen, was er een overvloedige keuze.

'Lieveling, ik moet met je praten.' Cesare pakte Bridies hand. Ze zaten bij Jack and Charlie's 21 aan West 52nd Street, een beroemde clandestiene kroeg met een geheim systeem van hefbomen die bij een politie-inval de planken van de bar deden kantelen, waardoor de flessen drank in het riool belandden.

'Waarover?' vroeg Bridie bezorgd.

'Geld,' antwoordde hij, en hij dompelde haar schaamteloos onder in Zuid-Amerikaanse liefde en hartstocht. Bij het zien van zijn vochtige ogen drukte Bridie bemoedigend zijn hand. 'Mijn vader ligt dwars,' begon hij. 'Ik heb hem om geld gevraagd, maar...' Met zijn accent en zijn donkere ogen, en uit zijn mond, klonk het niet vulgair of verdacht. Het was gewoon een verrukkelijk verzoek van een verrukkelijke man en ze wilde niets liever dan hem onmiddellijk geven waar hij om vroeg.

'Mijn lieve, liefste Cesare,' viel ze hem in de rede. 'Ik heb genoeg voor ons allebei. We hebben het geld van je vader niet nodig. Ik zal het erover hebben met Beaumont, mijn advocaat, en hem opdracht geven een rekening te openen op jouw naam. Zodra we getrouwd zijn, moet hij er geld op zetten. Als man en vrouw zullen we alles delen.'

Cesare probeerde zijn opluchting te verbergen achter een blik vol afschuw. 'Maar graaf Cesare di Marcantonio, nazaat van paus Urbanus VIII, kan geen geld aannemen van een vrouw. Als echtgenoot hoor ik voor mijn vrouw te zorgen.'

Bridie drukte zijn hand nog krachtiger. 'Ik ben niet altijd zo rijk geweest, Cesare. Integendeel. Ik ben geboren in Ierland, als Bridie Doyle, en daar werkte ik als dienstmeisje voor een rijke dame in een kasteel. Uiteindelijk ben ik hierheen gekomen, om in New York een nieuw bestaan op te bouwen. En ik heb geluk gehad. De rijke oude dame voor wie ik werkte, liet me bij haar dood een reusachtig kapitaal na. Geef me alsjeblieft de kans om mijn geluk met jou te delen. Ik hou van je, Cesare. Dankzij jou ben ik gelukkiger dan ik ooit gedacht had te kunnen worden.'

'Het stuit me tegen de borst om geld van je aan te nemen.'

'Mij niet. Ik heb het bepaald niet altijd gemakkelijk gehad in het leven.

God weet dat ik heb geleden. Maar jij hebt me het vertrouwen in de liefde teruggegeven.'

'Ik zal mijn vader nogmaals schrijven...'

'Doe wat je wilt. Maar laten we nu van onze avond genieten en het niet meer over geld hebben.'

Hij vlocht zijn vingers door de hare en keek haar diep in de ogen. 'Ik popel van verlangen om de liefde met je te bedrijven.' Zijn glimlach benam haar de adem. 'Je bent een prachtige vrouw. Nog even, en dan ben je van mij. Ik zal er alle tijd voor nemen en elk stukje van je lichaam verkennen.' Hij dempte zijn stem en boog zich dichter naar haar toe. 'En wanneer ik klaar ben, begin ik weer van voren af aan.' Bridies blik werd dromerig en terwijl hun blikken elkaar opnieuw vonden, bedacht ze dat ze hem alles wel zou willen geven. Hij hoefde het maar te vragen, en zij zou het voor hem kopen.

In mei zette de lentezon de vruchtbomen in bloei en een warme bries deed hun roze en witte blaadjes als confetti door de straten dwarrelen. Maar ondanks de wisseling van de seizoenen was de stad nog altijd ten prooi aan wanhoop. Door de armoede en de stijgende werkloosheid was de stemming somber en gespannen, met onder de oppervlakte een smeulende woede. De Depressie was echter aan het huis van de Reynoldsen voorbijgegaan. Op de eerste zaterdag van de maand bracht een lange rij Cadillacs, Chryslers en Bugatti's met chauffeur de rijke, gevierde gasten naar de bruiloft. Onder die gasten bevonden zich ook Beaumont en Elaine Williams, Bridies enige echte vrienden in New York. Alle andere vielen onder de noemer glitter en glamour, vrienden die zich niet meer zouden laten zien zodra het financieel minder ging. Maar dat kon Bridie niet schelen, want vandaag trouwde ze met de man van haar hart.

Ze stuurde haar familie een kort briefje waarin ze schreef dat ze opnieuw ging trouwen, maar de adellijke titel van de bruidegom liet ze onvermeld. Ze wilde niet dat ze thuis zouden denken dat ze alleen daarom met hem was getrouwd. Zodra ze de brief op de post had gedaan, dacht ze niet meer aan haar familie. Ze had zich definitief losgemaakt van haar vroegere leven. Dat haar herinneringen waren vervaagd, kwam niet zozeer door de afstand. Het was de liefde die dat had bewerkstelligd. Dankzij het stralende licht waarin graaf Cesare haar hulde, konden de schaduwen van het verleden haar niet bereiken. Gekleed in een ivoorkleurige japon van Chanel, geborduurd met parels en kraaltjes die flonkerden in de zon, liep ze door het gangpad van de kerk, met aan weerskanten witte rozen, naar de belichaming van al haar dromen die bij het altaar stond te wachten om haar tot de zijne te maken. Mr. Williams nam de plaats in van haar vader en gaf haar weg aan de graaf; Elaine was bruidsmeisje. Marigold Reynolds zat op de voorste rij, zich koesterend in de aanwezigheid van alle prominente schrijvers, acteurs en leden van de New Yorkse beau monde. Maar Bridie had alleen maar oog voor Cesare. Ze nam zijn uitgestoken hand en ging naast hem staan. De priester las de huwelijksbelofte die ze hem beiden nazegden, en toen was het voorbij en begon het feest. Iedereen dronk champagne, genoot van het overvloedige bruiloftsmaal en danste onder de maan die, roze in het licht van de ondergaande zon, steeds hoger klom aan de hemel boven Long Island.

Cesare hield zijn bruid in zijn armen en boog zich naar haar toe om haar te kussen. Rondom hen werd gedanst en gepraat en gelachen, maar zij waren als een eilandje, zich amper bewust van hun omgeving en van het feit dat zij aanleiding waren voor het feest. 'Mijn lieve vrouw,' zei hij zacht. 'Nu ben je contessa Di Marcantonio, vrouw van conte Cesare di Marcantonio en geparenteerd aan paus Urbanus VIII, Maffeo Barberini. Op het familiewapen van de Barberini's staan drie bijen. Daarom wil ik graag dat je dit draagt. Want je bent nu ook een Barberini en dat mag de hele wereld weten.' Hij deed zijn hand open, en daar lag een kleine broche in de vorm van een bij. Bridies ogen werden groot, vervuld van ontzag voor de indrukwekkende stamboom van haar kersverse echtgenoot. Het duizelde haar en ze wankelde. Cesare schoof zijn hand onder de hals van haar japon en speldde haar de broche op. 'Prachtig!' Zijn vingers rustten nog altijd op haar huid en Bridie zag aan de manier waarop hij haar aankeek, hoeveel hij van haar hield. En aan de bijna dromerige blik in zijn ogen zag ze hoezeer hij haar begeerde.

Zodra ze zich met goed fatsoen konden verontschuldigen, verdwenen ze naar boven, waar ze de deur van de slaapkamer op slot draaiden. Het was er schemerig, de ramen en de gordijnen waren dicht waardoor de muziek slechts gedempt tot hen doordrong, en de kamer rook bedwelmend zoet naar de narcissen die Marigold er voor hun huwelijksnacht had neergezet. Met tedere vingers maakte Cesare de knoopjes los van haar japon, zodat die als een poel van zijde aan haar voeten belandde. Bridies naakte huid vormde een betoverend contrast met haar zijden lingerie. Cesare streelde haar schouders, haar hals, haar gezicht. Heel voorzichtig haalde hij de spelden uit haar haar en toen het in glanzende golven om haar schouders viel, begroef hij zijn handen erin. Ze beefde toen hij haar onderjurk optilde en haar directoire naar beneden trok. Begerig en bewonderend liet hij zijn blik over haar naakte lichaam gaan.

Bridie had met veel mannen het bed gedeeld. Sommigen hadden haar bevrediging geschonken, anderen waren teleurstellende minnaars gebleken. Maar Cesare nam de tijd om haar te laten genieten zoals geen van haar minnaars dat ooit had gedaan. En hij wist manieren om haar te liefkozen die zelfs Bridie met haar ongegeneerde drang naar seksuele bevrediging deden blozen. Zoals hij had beloofd, verkende hij elk stukje van haar lichaam. En toen hij klaar was, begon hij weer van voren af aan. Hij bracht Bridie tot het ene na het andere verrukkelijke hoogtepunt. Ze kreunde en mompelde, ze zuchtte en kon haar tranen niet bedwingen toen ze dankzij haar ervaren en volleerde minnaar het paradijs der lusten betrad.

Als Cesare zich ontmand voelde doordat hij Bridies geld aannam, dan bleek dat uit niets. Integendeel. Hij toonde zich zijn naam waardig door haar te veroveren als een zinnelijke Julius Caesar en deed in de slaapkamer voor geen enkele man onder. De nieuwe gravin Di Marcantonio gaf zich volledig aan hem over. Ze liet zich onvoorwaardelijk door hem leiden, en uitgerekend dát schonk haar het ultieme, het allerverrukkelijkste genot.

20

Connecticut

Na de ontdekking dat ze zwanger was, in de zomer van 1927, was haar eerste gang naar de kerk, waar ze neerknielde om God te danken voor Zijn interventie. Want het kon niet anders of dit wonder, waarnaar ze zo vurig had verlangd maar waarop ze niet meer had durven hopen, was Zijn werk. Pam Wallace huilde van blijdschap, beloofde haar dankbaarheid te tonen door daden van naastenliefde en goedheid – en nooit meer kwaad te spreken, over wie dan ook – en keerde toen op een holletje terug naar huis om haar man het blijde nieuws te vertellen.

Martha begreep de opwinding niet. Iedereen deed alsof er iets heel bijzonders, iets ongekends was gebeurd. Haar moeder werd ineens behandeld alsof ze zo breekbaar was dat elke onverwachte beweging diende te worden vermeden. Ze liep langzaam, bijna als een invalide, door het huis, maar dan wel een dolgelukkige invalide. Ze bewoog zich van de tafel naar de stoel, van de stoel naar de trap, van de trap naar de deur, er voortdurend op bedacht dat ze zich ergens aan kon vastgrijpen mocht ze struikelen. Alles werd voor haar gedaan en iedereen drukte haar voortdurend op het hart toch vooral rust te nemen 'voor de baby'. Larry nam bloemen voor haar mee, en sieraden in dure, rode doosjes. En zelfs haar vader, Raymond Tobin, kwam op bezoek met cadeaus en een olijftak – het werd tijd dat ze hun meningsgeschil bijlegden, vond hij. Het huis rook als een bloemenwinkel, iets wat Martha veel opwindender vond dan het vooruitzicht van een broertje of een zusje, want ze was dol op bloemen. Ze boog zich over de blaadjes als een bij die dronken was van de nectar, ze verwonderde zich over de stralende kleuren en ze snoof genietend het zoete parfum op. Iedereen streek over haar haar en zei dat ze wel heel blij mocht zijn dat ze een broertje of een zusje kreeg, maar Martha hoopte stiekem dat het kindje voor altijd in mama's buik zou blijven zitten. Ze was volmaakt gelukkig in haar eentje.

De enige in de familie die niet blij was met het goede nieuws en het opvatte als een persoonlijke belediging, was Joan. Dat Pams kind geadopteerd was en dus eigenlijk 'een vreemde' in de familie, was haar goed uitgekomen. Ze beschouwde haar schoonzusters als rivalen, en het stond haar dan ook helemaal niet aan dat Pam nu een echte Wallace ter wereld zou brengen. 'Wat denk jij? Zou Martha het favoriete kleinkind blijven als de baby er eenmaal is?' vroeg ze aan Dorothy terwijl ze zomerjaponnen pasten in een modieuze *boutique*.

'Arme Martha. Ik ben bang dat ze min of meer genegeerd gaat worden zodra Pam is bevallen,' antwoordde Dorothy. 'Ted hecht grote waarde aan familie, bloedverwantschap. Het hemd is nu eenmaal nader dan de rok. En Diana zal verrukt zijn van de baby. Pam is tenslotte altijd naar een eigen kind blijven verlangen.'

En wat ze wil dat krijgt ze, dacht Joan jaloers. Het is werkelijk onuitstaanbaar. Joan haalde een vuurrode jurk van het rek en ging ermee voor de spiegel staan. 'Ik heb niets tegen Martha. Het is nog maar een kind en ze is erg… lief.' Het kostte haar hoorbaar moeite iets aardigs te zeggen. 'Ik hoop dat het een jongetje wordt. Alle mannen willen een zoon. Dus ook Larry. Een meisje zou een verschrikkelijke teleurstelling zijn.' Ze hield haar hoofd schuin. 'Wat vind je?'

'Die kleur staat je schitterend,' dweepte Dorothy. 'Pas hem even.'

'Vind je niet dat hij vloekt bij mijn haar? Ik draag eigenlijk nooit rood.'

'O, Joan, jij kunt alles hebben.'

'Dat is waar. En je denkt niet dat Pam hem ook wil zodra ze hem ziet? Rood staat haar beter, dus ik wil niet dat ík dan een figuur sla.'

'Ach, Joan, jij hebt zo veel meer stijl. En je weet wat ze zeggen over kopieergedrag.'

'Ja, het grootste compliment dat je kunt krijgen.' Ze zuchtte. 'Nou, ik vind het geen compliment. Ik vind het alleen maar vervelend. Dat gaat nou al jaren zo! Alles wat ik heb, wil zij ook.' Ze glimlachte tevreden. 'Afijn, de komende negen maanden loopt ze in positiekleding.'

Martha kreeg niet de kans zich verwaarloosd te voelen tijdens de zwangerschap van haar moeder, want Pam betrok haar zo veel mogelijk bij de ontwikkeling van de baby. Ze moedigde Martha aan een hand op haar buik te leggen zodat ze het kindje voelde bewegen. Ze stelde haar gerust door te zeggen dat baby's bij hun geboorte hun eigen voorraad liefde meenamen, zodat daar nooit een tekort aan zou zijn. 'Ik hou niet minder van jou als ik ook van het nieuwe kindje ga houden. Integendeel, ik heb gewoon twee keer zo veel liefde.' Hoewel Martha nog te klein was om zich bewust te zijn van haar emoties, begon ze vertrouwen te krijgen in de liefde van haar moeder. Voor het eerst in haar leven werd ze niet voortdurend ongerust, onderzoekend opgenomen, en daardoor verbleekte de angst dat haar moeder haar liefde zou terugtrekken tot een nare herinnering.

Het ontging Mrs. Goodwin niet dat Martha meer vertrouwen kreeg en daardoor ook zekerder werd van zichzelf. Het kind deed haar denken aan een bloemknop die zich opende, zodat de tere roze en witte blaadjes tevoorschijn kwamen. De sfeer in huis werd licht en mild, als de vroege avondzon. Pam was permanent gelukkig. Ze lag op de bank in de serre, verdiept in een boek of een tijdschrift. Of ze telefoneerde met vriendinnen, die ook regelmatig op bezoek kwamen. Dan werden er onder het genot van een glas ijsthee nieuwtjes en roddels uitgewisseld en vertelde Pam over de inrichting van de babykamer. Martha werd als een kleine showpony van stal gehaald, waarop het damesbezoek haar gebloemde jurkjes bewonderde en verbaasd constateerde hoe groot ze al werd. Het betekende een opluchting voor Mrs. Goodwin dat niemand het meer over Martha's imaginaire vrienden had. En het leek erop dat Martha zelf ook niet meer aan ze dacht. Ze had het er sinds haar bezoek aan de dokter in New York tenminste niet meer over gehad, en wanneer ze alleen in de tuin speelde, praatte ze niet meer in zichzelf en probeerde ze ook niet langer onzichtbare dingen te pakken die ze boven de borders met bloemen zag zweven. Gelukkig bleek uit niets dat ze haar imaginaire vrienden miste.

Toen er in de lente een klein meisje werd geboren, was het huis opnieuw gevuld met bloemen en cadeaus. Oma Wallace, die zich kon voorstellen dat Martha misschien een beetje uit haar doen zou zijn door alle aandacht voor haar nieuwe zusje, bracht een prachtig poppenhuis voor haar mee. Het mooiste cadeau dat ze ooit had gekregen, vond Martha. Het huis had een zwierige, gewelfde trap, een imposante hal en negen kamers, beplakt met vrolijk gebloemd behang. Van haar moeder kreeg Martha piepkleine meubeltjes, serviesgoed en bestek, en de poppenfamilie die in het huis kwam te wonen was een cadeautje van haar zusje, dat hoopte haar vriendinnetje te mogen worden, aldus Pam. Martha geloofde haar moeder onvoorwaardelijk en wist zeker dat zij en haar zusje later, als de baby wat groter was, dikke maatjes zouden zijn.

De baby werd Edith gedoopt en niets was te goed voor het kleine meisje dat zo'n bijzondere betekenis had voor haar moeder. Alleen de ouders van Pam en Larry's familie wisten waarom ze de wieg naast haar bed zette en uren naar haar dochter lag te kijken. Ze herkende Larry in Ediths gelaatstrekken, ze zag haar vader in de oogjes van de kleine en haar moeder in het nu al vrouwelijke pruilmondje. Toen Larry's familie op bezoek kwam, vond ze het heerlijk op die uiterlijke overeenkomsten te kunnen wijzen. Vooral tegenover Joan, die stekelig reageerde, als een kat die een hoge rug opzette, en met tegenzin haar cadeautje overhandigde. 'Ze lijkt sprekend op Larry,' zei ze terwijl ze in de wieg keek. 'Ik zie jou er helemaal niet in.'

'Ik ook niet,' zei Pam, maar dat kon haar niet schelen. Want het leed geen twijfel wie de moeder was van de kleine Edith.

'Wonderlijk genoeg lijkt Martha wel op jou. Edith wordt volgens mij blond, net als Larry.'

'Ze is een Wallace én een Tobin, Joan.'

Haar schoonzuster snoof en ging op een stoel zitten. 'Voelt het anders?'

'Voelt wát anders?'

'Een kind dat echt van jou is. Hou je daardoor meer van haar?'

Pam reageerde gekwetst. 'Hoe kun je nou zoiets zeggen, Joan?'

'Doe maar niet zo overgevoelig. Het is volkomen natuurlijk om meer van je eigen kind te houden dan van een kind dat je geadopteerd hebt. Of vind jij van niet?'

'Nee, ik vind van niet. Ik hou net zo veel van Martha als van Edith. Dat maakt geen enkel verschil.' Ze zag aan haar gezicht dat Joan haar niet geloofde. 'Het kan me niet schelen hoe jij daarover denkt, Joan. Misschien zou jíj inderdaad meer van je eigen kind houden. Maar ik niet.

Ik beschouw Edith als een geschenk. En voor Martha heb ik de halve wereld afgezocht.'

'Dat klinkt wel erg melodramatisch, Pam. Zelfs voor jou.'

'Ik verlangde naar Martha, en toen heeft God me bij de hand genomen en me naar Ierland geleid. Vanaf haar geboorte was ze voorbestemd om mijn dochter te worden. Martha's eigen moeder zou niet meer van haar kunnen houden dan ik.'

Joan hief haar handen. 'Rustig maar. Ik ben gewoon de enige die het durft te zeggen.'

'Die zo tactloos is om het te zeggen,' snauwde Pam, waarop Joan een sigaret opstak, achteroverleunde en haar benen over elkaar sloeg. Haar rode japon was schitterend, maar vloekte bij haar haar, vond Pam. Waar zou ze die hebben gekocht, vroeg ze zich af. En zouden ze hem ook in haar maat hebben?

Mrs. Goodwin twijfelde er niet aan of Mrs. Wallace hield van haar beide dochters evenveel. Maar het viel niet te ontkennen dat Edith van meet af aan naar de ogen werd gekeken op een manier zoals dat bij Martha nooit was gebeurd. Niet dat Edith meer werd verwend dan haar grotere zus. In materieel opzicht ontbrak het beide kinderen aan niets. Het verschil zat in de reactie van haar ouders op Ediths gedrag. Terwijl Martha altijd angstvallig op haar manieren had moeten letten, omdat haar moeder wilde dat ze een goede indruk maakte en in de familie paste, kreeg Edith de vrije teugel en was het alleen Mrs. Goodwin die haar wel eens een uitbrander gaf als ze iets deed wat niet door de beugel kon. Wangedrag waarvoor Martha streng zou zijn gestraft, leidde bij Edith tot geen enkele sanctie. In de ogen van haar ouders kon ze niets verkeerd doen. Als ze schreeuwde en met haar kleine voetje stampte, als ze op haar duim zoog, met eten morste, anderen in de rede viel of onredelijke eisen stelde, knipoogden haar ouders glimlachend naar elkaar en maakten opmerkingen in de trant van: Sprekend Ma. Of: Die koppigheid heeft ze van je vader. Opmerkingen die ze over Martha nooit hadden gemaakt. Het verschil was schrijnend en het stemde Mrs. Goodwin verdrietig, want ook al was Martha nog te jong om het te zíén, ze was oud genoeg om het te vóélen; kleine kinderen hebben onrecht onmiddellijk in de gaten en weten vaak meer dan hun is verteld. Terwijl de kleine Edith van een peutertje uitgroeide tot een kleuter, werd ze hoe langer hoe onhebbelijker, maar haar ouders hadden niets in de gaten. Of ze kozen ervoor zich er niet aan te storen. Ze was hun eigen vlees en bloed en het wonder van haar conceptie maakte hen blind voor het feit dat ze zich tot een erg onaangenaam kind ontwikkelde.

Wanneer Mrs. Wallace niet thuis was, deed Mrs. Goodwin haar uiterste best om de balans te herstellen. Telkens als Edith, die inmiddels bijna drie was, iets van Martha afpakte, dwong ze haar het terug te geven. Ze leerde het kleine meisje dat ze rechtop moest zitten, dat ze met haar mond dicht moest eten, dat ze geen grote mond mocht hebben, dat ze anderen niet mocht onderbreken. En als ze weigerde iets te delen, dreigde Mrs. Goodwin met straf. Maar de nanny strafte nooit streng. Ze zette Edith in de hoek, of ze stuurde haar naar boven. Het hielp allemaal niets, want de kleine Edith vond dat de regels van de nanny voor haar niet golden. Ze wist dat haar moeder alles goedvond, dat ze van háár nooit straf zou krijgen. En daar had ze gelijk in. Mrs. Goodwin wilde dat de meisjes in de kinderkamer bleven, maar Edith ontsnapte voortdurend en rende huilend en krijsend het hele huis door, op zoek naar haar mama. Dan verbleekte Pam, ze trok haar dochtertje op schoot en suste haar met beloftes. Telkens wanneer ze dat deed, werd Edith bevestigd in haar overtuiging dat ze geen kwaad kon doen. Het stemde Mrs. Goodwin moedeloos. Voor de nanny was maar al te duidelijk van wie zíj het meest hield.

Uit niets bleek of Martha in de gaten had dat haar zusje anders werd behandeld dan zij, want ze zei er nooit iets over. Nu ze niet langer alleen was, wilde ze graag vriendinnetjes zijn met haar zusje. Ze genoot van het gezelschap van een ander kind. Omdat ze zes jaar ouder was vond ze het leuk Edith te leren tekenen, en schilderen, en piano- en vioolspelen. Ze vertelde haar over de bloemen, de vlinders en de vogels, en ze was nooit te moe voor een spelletje met haar kleine zusje. Edith werd steeds lastiger, steeds onhebbelijker, maar Martha had een eindeloos geduld met haar en liet haar altijd kiezen wie ze wilde zijn in hun toneelstukjes, of wat voor spelletje ze wilde doen. Mrs. Goodwin moedigde Martha aan ook aan zichzelf te denken en Edith niet altijd de baas te laten spelen, maar Martha was veel te lief en te goeiig, met als gevolg dat Edith voortdurend de baas speelde.

Op een middag, toen ze bij hun oma waren, nam Diana Wallace haar schoondochter apart. 'Lieverd, vind je ook niet dat Edith een beetje onhandelbaar begint te worden?'

Pam was beledigd. Kritiek op Edith stond gelijk aan kritiek op háár. 'Ik weet niet waar je het over hebt.'

'Martha is zo verrukkelijk welgemanierd en ze gedraagt zich altijd zo keurig, maar Edith...' Diana aarzelde. 'Nou ja, ik zal er niet omheen draaien, er valt met Edith geen land te bezeilen.' Pam wist niet wat ze moest zeggen. In haar ogen was Edith perfect. 'Lieverd, ik zeg niet dat het jouw schuld is,' vervolgde Diana. 'Misschien doet Mrs. Goodwin haar werk niet naar behoren. Als je kinderen geen discipline bijbrengt, kweek je monsters. Ik ben bang dat Edith nooit gecorrigeerd wordt. En slechte manieren zijn erg onaantrekkelijk.'

Pam voelde zich diep gekwetst. 'Ze heeft nu eenmaal een sterke persoonlijkheid. Dat is alles,' protesteerde ze.

'Een té sterke persoonlijkheid, Pam.' Diana klonk streng. 'Als ze niet kan leren zich te gedragen, zul je haar in het vervolg thuis moeten laten. Voor kinderen zonder manieren is in beschaafde, wellevende kringen geen plaats.'

Daarmee had ze Pams achilleshiel te pakken. Trots als ze was op haar engelachtige dochtertje, dat zowel op de Tobins als op de Wallaces leek, zou ze het afschuwelijk vinden om niet meer met het kind te kunnen pronken. Want Edith zag er schattig uit, dat viel niet te ontkennen. Ze had een hartvormig gezichtje, ogen zo blauw als korenbloemen, haar lange blonde haar glansde als de manen van een eenhoorn. Haar roomblanke huid was zacht als satijn, en bij de zeldzame gelegenheden dat ze vrolijk keek, was haar glimlach betoverend. Maar Pam was verstandig genoeg om te beseffen dat een aantrekkelijk uiterlijk niet opwoog tegen onhebbelijk gedrag en een gebrek aan manieren.

'Ik zal haar wat strenger aanpakken,' zei ze tegen haar schoonmoeder. 'Ze is nog klein. En ze is slim. Dus ze leert snel.'

'Misschien zou je een strengere nanny moeten hebben,' opperde Diana. 'Mrs. Goodwin wordt tenslotte al een dagje ouder.' Maar Pam was niet van plan haar oogappel toe te vertrouwen aan iemand die ze niet kende. En Mrs. Goodwin, die met hen uit Londen was meegekomen naar Amerika, was streng genoeg.

Maar ondanks Pams goede voornemens wist Edith nog altijd in alles haar zin door te drijven. Hoewel ze Mrs. Goodwin had opgedragen dat ze strenger moest zijn, maakte Pam haar al snel verwijten dat ze Edith te streng aanpakte. Hoe klein ze ook was, Edith wist precies hoe ze haar moeder om haar vinger moest winden. Ze was een aartsmanipulator. Tranen werkten altijd, en als ze dan bovendien haar onderlip naar voren stak, was het effect nog dramatischer. Haar moeder kon het niet verdragen als haar kleine meisje verdriet had. En wat haar vader betrof, die kwam laat thuis, soms te laat om haar naar bed te brengen. Maar in het weekeinde kroop ze bij hem op schoot, en daar was ze veilig voor de strenge Mrs. Goodwin en voor de afkeurende blikken van haar grootmoeder. Want haar vader hield van haar zoals ze was.

Geleidelijk aan begon Edith in de gaten te krijgen dat oma Wallace uitzonderlijk op haar zusje gesteld was, en dat maakte haar jaloers. Diana had een speciaal plekje in haar hart voor Martha, en daar maakte ze geen geheim van. Joan en Dorothy konden hun kinderen nog zo naar voren duwen, zodra oma naar Martha keek, was het voor iedereen duidelijk dat ze haar warmste glimlach voor háár bewaarde. Edith was het niet gewend te worden buitengesloten – bij haar ouders kreeg ze altijd en overal alle aandacht – met als gevolg dat ze zich bij oma nog onhebbelijker ging gedragen. Martha had alle reden om jaloers op Edith te zijn, maar dat lag simpelweg niet in haar aard en ondanks hun verschillen was Martha omwille van de vriendschap telkens weer tot concessies bereid.

In plaats van haar grote zus te bewonderen, zoals jongere broertjes en zusjes dat doen, was Edith jaloers op Martha. Haar moeder had haar doen geloven dat ze bijzonder was en dus kon Edith het niet uitstaan als Martha aandacht kreeg, hetzij van oma, hetzij van iemand anders. Edith was nog klein, haar kinderlijke pogingen tot sabotage waren als de rimpels van muggenpootjes op het water, maar naarmate ze ouder werd, zou ze grotere voeten krijgen en zouden de rimpelingen veranderen in verwoestende golven.

Martha was zich niet langer bewust van de aanwezigheid van Adeline. Het kind had haar buitengesloten. Adelines beeld was verbleekt, haar stem steeds zachter geworden, tot deze niet meer was dan een sensatie, als een windvlaag of een zonnestraal – een sensatie die Martha verkoos niet te voelen. Toch liet Adeline haar niet alleen. Martha was een Deverill. De wateren van Ierland en het bloed van haar verwanten stroomden door haar aderen. Heel diep vanbinnen wist Martha wie ze was, wist ze waar ze vandaan kwam. Ze was het alleen vergeten. Maar op een dag, daar was Adeline van overtuigd, zouden de nevelen van de vergetelheid optrekken en zou Martha de verbinding leggen tussen het verlangen diep vanbinnen en het land dat ze had verloren. Dan zou ze de roep van Ierland horen en naar huis terugkeren.

Tot het zover was, hield haar grootmoeder haar nauwlettend en bezorgd in de gaten. Martha hield van de natuur, net als Adeline, maar hoe ze ook haar best deed om bij haar zusje belangstelling te wekken voor de bloemen en de dieren in de tuin, het was tevergeefs. Edith had geen gevoel voor schoonheid. Toen haar vader voor allebei zijn dochters een pony kocht, durfde Edith er niet op te rijden. Ze verzette zich gillend toen hij probeerde haar in het zadel te zetten. Martha daarentegen vond een deel van zichzelf terug dat ze in de heuvels van Ballinakelly had achtergelaten. Ze voelde zich volmaakt op haar gemak met haar voeten in de stijgbeugels en haar handen aan de teugels, terwijl de wind vrij spel had met haar haar. Ze had er geen idee van dat haar biologische vader een van de beste ruiters in het graafschap Cork was geweest, maar Adeline glimlachte trots toen ze haar zoon in het kind herkende, en met hem de ziel van de Deverills die diep binnen in haar school. Pam was bang dat ze uit het zadel zou vallen, maar Martha had zich nog nooit zo veilig gevoeld als op de rug van haar pony. Iedereen verbaasde zich over haar durf en over de snelheid waarmee ze het rijden onder de knie wist te krijgen.

Uiterlijk was Martha een product van haar adoptiemoeder. Net als Pam kleedde ze zich onberispelijk en gedroeg ze zich zelfbewust en weloverwogen. Een te grote nadruk op verfijning en goede manieren had haar beroofd van haar sprankeling, haar spontaniteit. Ze was nooit onbezonnen maar altijd beleefd, fatsoenlijk en ook een beetje terughoudend. Voorzichtigheid was geen eigenschap van de Deverills. Misschien wel van de Doyles, dacht Adeline, die zich Bridie Doyle nauwelijks kon herinneren. Maar wanneer Martha buiten was, in de tuin of in de vrije natuur, leek het alsof de betovering van de bomen en de bloemen, het getjilp van de vogels, het gezoem van de bijen iets in haar losmaakte.

Dan voelde ze zich onvoorwaardelijk, intens gelukkig. Terwijl Edith nooit verder zou kijken dan de buitenkant, de oppervlakkige vernislaag, was Martha zich bewust van de diepere mysteriën verbonden met de natuurlijke wonderen van de wereld. Dat had ze van háár geërfd, wist Adeline.

'Martha, binnenkomen!' riep Mrs. Goodwin door het open raam. 'Tijd om in bad te gaan.'

Martha, die een poëziebundel lag te lezen op het gras, zuchtte spijtig. 'Mag ik niet nog éven buiten blijven? Toe, alstublieft?'

Mrs. Goodwin glimlachte toegeeflijk. Ze keek op haar horloge. 'Nou vooruit dan maar. Nog een kwartiertje. Maar dan moet je echt binnenkomen.'

'Dat beloof ik.' Martha rolde op haar rug en keek omhoog, naar de hemel. De zon ging onder achter de bomen, als een laaiende gouden bal die door de aarde werd opgeslokt. Daarboven dreven de wolken langzaam voorbij, als roze veren op een zee van blauw. Ze sloeg haar benen over elkaar, legde haar handen onder haar hoofd en keek hoe het roze veranderde in een indigoblauwe pasteltint. Het was warm, muggen dansten in wolken van grijze stipjes, de vogels maakten zich luidruchtig zingend gereed voor de nacht, de bries bracht zwak, maar onmiskenbaar de geur van de oceaan met zich mee. Ze fronste haar voorhoofd toen er een beeld bij haar opkwam, heel vluchtig. Het was zo snel weer verdwenen dat het haar bijna was ontgaan. Het beeld van een kustlijn met hoge kliffen en rotsen, en met enorme golven die op de kust beukten. Ze wist niet waar het beeld vandaan kwam, alleen dat het een slapende herinnering in haar leek te wekken. Het beeld was echter alweer verdampt, uiteengespat als het schuim op de golven, voordat ze erover na kon denken. Hoog boven haar verscheen de eerste ster aan de hemel. Helder en vurig stralend. Met tegenzin werkte ze zich uiteindelijk overeind en liep ze naar binnen.

Adeline keek haar na. 'Ierland roept je, mijn kind,' zei ze, maar haar stem was als een fluistering die verloren ging op de wind. 'Ierland is je thuis. Ooit zul je ernaar terugkeren. De liefde bindt je aan je vaderland en zal je daar uiteindelijk naartoe voeren. Daar ga ik voor zorgen. Want ik heb alle tijd van de wereld.'

21

Ballinakelly, 1930

Mrs. Doyle zat in haar schommelstoel bij de haard, tegenover haar moeder, de oude Mrs. Nagle, die zo kromgebogen, zo ineengeschrompeld was dat ze bijna verdween in haar grote fauteuil. Ze liep tegen de tachtig en was bijna blind. Terwijl ze de kralen van haar rozenkrans door haar vingers liet glijden, mompelde haar tandeloze mond een gebed en leek ze nog nietiger te worden in haar oude, zwarte japon die haar inmiddels veel te groot was. Michael stond midden in de kamer, zijn reusachtige, breedgeschouderde gestalte domineerde het vertrek. Hij hield een brief in zijn hand en keek naar Sean en diens zwangere vrouw Rosetta, die aan de tafel zaten. Allemaal waren ze benieuwd naar het nieuws van Bridie uit Amerika. Ten slotte richtte Michael zijn koolzwarte ogen op de brief en begon te lezen.

'"*Lieve mama, oma, Michael, Sean en Rosetta, ik hoop dat jullie deze brief in goede gezondheid ontvangen. Mijn hart stroomt over van geluk terwijl ik dit schrijf, want ik kan jullie het verrukkelijke nieuws vertellen dat ik weer ga trouwen. Nog even, dan ben ik niet langer een beklagenswaardige weduwe, maar de vrouw van een echte heer. Nog even, en ik heb weer een toekomst om naar uit te zien. Ik verheug me erop mijn aanstaande man mee naar huis te nemen en aan jullie voor te stellen, zodat ook jullie hem in je hart zullen sluiten. Vergeef me dat ik niet eerder heb geschreven. Het is allemaal zo snel gegaan dat het me soms duizelt. Ik hoop dat jullie kunnen delen in mijn vreugde. Weet dat ik voor jullie bid en dat jullie nooit uit mijn gedachten zijn. Jullie liefhebbende dochter en zuster, Bridie.*"'

Michael keek op, zijn blik ging de kring van verbaasde gezichten langs. Mrs. Doyle bette haar ogen met een zakdoek. De oude Mrs. Nagle was gestopt met bidden, haar duim aarzelde boven de kralen. Sean en zijn vrouw keken elkaar aan en voerden een gesprek zonder woorden, zoals jonge getrouwde stellen dat kunnen. 'Een tweede huwelijk. Dus het gaat haar voor de wind.' Michael vouwde de brief dicht en deed hem weer in de envelop. 'God is haar en ons genadig geweest. We hebben veel om dankbaar voor te zijn.'

Mrs. Doyle stopte de zakdoek in haar mouw. 'God is ons inderdaad genadig geweest, Michael.' Ze glimlachte. 'Ik had nooit zulke hoge verwachtingen van Bridie, maar ik heb me vergist. God is mijn getuige. We hebben veel om Bridie dankbaar voor te zijn.' Ze dacht aan de mangel en aan alles wat er nog meer op de boerderij was veranderd, waardoor haar werk lichter was geworden en de zorgen minder zwaar op haar drukten.

Dankzij Bridie was hun leven aanzienlijk verbeterd. Bij zijn terugkeer uit Mount Melleray had Michael de protesten van de oude Mrs. Nagle genegeerd en was hij begonnen het geld van zijn zuster te gebruiken zoals ze dat had bedoeld. Hij kocht het land dat hij huurde van de Deverills, hij vergrootte zijn veestapel, hij deed herstelwerkzaamheden aan de boerderij en de bijgebouwen en breidde deze uit, en hij schafte een auto aan. Hij nam zelfs een paar jonge knapen in dienst om hem te helpen bij het werk op het bedrijf. Nadat hij had geboet voor zijn zonden en had gezworen voortaan in vroomheid te leven, waakte hij ervoor zich te laten verleiden tot extravagantie en onvoorzichtigheid. Hij gaf geld aan de Kerk, tot grote vreugde van pastoor Quinn, en was prompt tot voorzitter benoemd van de Society of St. Vincent de Paul, een katholieke liefdadigheidsinstelling die zich inzette voor de armen. Hoewel hij zijn best deed niet te pronken met zijn nieuwe welvaart, werd achter zijn rug de spot gedreven met de manier waarop hij met zijn vroomheid te koop liep. De 'Paus', luidde zijn bijnaam in Ballinakelly. De Doyles bleven bescheiden, maar er was op de boerderij nooit meer ergens gebrek aan. Er stond altijd eten op tafel, het gezin ging goed gekleed en had zelfs van de ijzigste winterstormen niets meer te vrezen.

'Ze zegt dat ze naar huis komt,' zei Rosetta zacht. Ze schoof wat dichter naar haar man toe. Het was inmiddels vijf jaar geleden dat Sean en zij waren getrouwd, en Michael was bijna vijf jaar terug uit Mount Melleray, maar Rosetta was nog steeds een beetje bang voor haar zwager. Hij was zo groot, zo dwingend, en al was hij nu een man van God, die zich liet leiden door zijn geloof, toch straalde de Paus van Ballinakelly nog altijd een duistere, machtige energie uit.

'Wat moet een Amerikaan in Ballinakelly?' vroeg Mrs. Doyle, die zacht heen en weer wiegde in haar stoel. Ze voelde zich gerustgesteld nu Michael, naar wie ze net zo bewonderend opkeek als ooit naar zijn vader, Bridie zijn zegen had gegeven.

'Ik zou hem graag de hand schudden,' zei Sean.

'En ik zou Bridget dolgraag weer zien,' viel Rosetta hem bij. Ze dacht aan haar vriendin, aan hoe ze elkaar hadden leren kennen toen ze allebei nog als dienstmeisje werkten en hun vrije dagen doorbrachten op een bankje in Central Park. Wat had Bridget het ver geschopt, dacht ze bewonderend. Ze keek naar Bridies oma. Zou de oude Mrs. Nagle het nog mogen beleven dat ze haar kleindochter terugzag? Aan haar eigen familie dacht Rosetta niet. Ze vroeg zich maar liever niet af of ze elkaar ooit zouden weerzien, of haar twee kinderen hun Italiaanse grootouders wel ooit zouden leren kennen. 'Ze is met een echte heer getrouwd, schrijft ze,' vervolgde ze zacht. 'Dus dan is ze nu een deftige dame.'

'Een deftige dame!' herhaalde Mrs. Doyle misprijzend. 'God beware ons.'

'Ik zou die echte heer graag leren kennen.' Iedereen keerde zich verrast naar de oude Mrs. Nagle, want het gebeurde nog maar zelden dat ze iets zei. De tandeloze mond krulde zich in een glimlach. 'Mijn kleindochter is voor de tweede keer getrouwd! Heilig hart van Jezus! Wat zou Tomas – God hebbe zijn ziel – wel niet hebben gezegd, Mariah? Over haar rijkdom en haar tweede huwelijk?'

'Dat ze haar afkomst verloochent.' Mrs. Doyle stak haar kin naar voren, maar ze kon niet verhullen dat haar ogen glommen van trots. 'De Heer kijkt welwillend op ons neer, ongeacht of we rijk of arm zijn, koning of boer. Bridie is geen beter mens omdat ze nu rijk is of de vrouw van een echte heer. Als ze hier was gebleven, zou ze een godvruchtiger bestaan hebben geleid. Wie zal zeggen hoe haar leven er nu uitziet, daar helemaal aan de andere kant van de oceaan?' Ze begon opnieuw te snotteren en trok met trillende vingers de zakdoek weer uit haar mouw.

'Maar ze schrijft dat ze terugkomt,' zei Rosetta hoopvol.

Michael richtte zijn intimiderende blik op zijn schoonzuster, waarop ze ineenkromp. 'Ze komt niet meer terug,' zei hij op besliste toon. 'Nooit meer. Ze heeft hier niets meer te zoeken.'

Hij zette zijn pet op, bukte zich en liep de deur uit. Buiten scheen de zon. De zomer had het gras weelderig groen gekleurd, de koeien graasden tevreden en werden dik en glanzend dankzij de wilde bloemen op de helling. Michael stak zijn handen in zijn zakken en dacht aan Bridie. Aan hun ontmoeting in Dublin, aan haar dikke buik, haar leugens – Mr. Deverill die haar zou hebben verkracht. Hij dacht eraan hoe hij een van de nonnen had omgekocht en haar zoontje uit het klooster had gehaald. Hij had het kind bij Kitty op de veranda gelegd, met een briefje erbij. En het was gegaan zoals hij had verwacht. Kitty was in Ierland gebleven. Het kind had haar geen andere keus gelaten. Het was een Deverill, en dus hoorde het in Ballinakelly, net als zij. Michael had geregeld dat Jack werd gearresteerd, door het op een akkoordje te gooien met de Auxiliaries – zijn vrijheid in ruil voor Jacks gevangenneming – en Kitty was naar Londen gevlucht. Maar hij had geweten dat ze zou terugkomen. Inmiddels was Jack, zijn rivaal, voorgoed naar Amerika verdwenen. Michael werd niet langer geconfronteerd met de man die Kitty's hart had gestolen, en Kitty en JP woonden in Ballinakelly. Michael had vertrouwd op haar onverbrekelijke band met Ierland en op haar sterke moederinstinct. En hij had gelijk gekregen. Kitty was precies waar hij haar wilde hebben.

Zijn gedachten gingen naar die ochtend in de boerderij, de ochtend waarop hij zich aan haar had vergrepen. De spijt was zo overweldigend dat hij moest gaan zitten. Ze had hem verleid, daar twijfelde hij niet aan, maar hij had gezondigd. Hij had de verkrachting opgebiecht aan pastoor Quinn, waarop de zonde hem was vergeven en hij zich aan Gods werk had gewijd. Hij had zijn best gedaan zijn oog op de Heer gericht te houden, opdat zijn gedachten niet afdwaalden naar Kitty Deverill, maar desondanks raakte ze hem nog altijd, tot in het diepst van zijn hart.

Hij plukte een takje paarse hei en draaide het tussen zijn vingers. Kitty Deverill. Een naam als een roos met doornen: mooi, maar gevaarlijk door de gruwelijke pijn die de doornen konden veroorzaken. Kitty Deverill. Hij hield van haar. Nog altijd. Tegenwoordig probeerde hij haar te ontlopen, want de blik in haar ogen wanneer ze hem zag deed hem pijn. Hij had het kasteel platgebrand vanwege Bridies leugens, in zijn woede en jaloezie had hij iets verschrikkelijks gedaan. Maar in Mount Melleray had hij zijn zonden onder ogen gezien en God had hem vergeven. Hij was veranderd. Hij was niet langer de Michael van vroeger, maar een man van de Kerk. En hij wilde dat Kitty dat wist. Bovendien wilde hij ook háár om vergiffenis vragen.

Met haar hoed diep over haar voorhoofd getrokken haastte Grace zich het pad op naar de All Saints. De zon verwarmde de grijze muren van het eeuwenoude kerkgebouw dat een centrale rol had vervuld in de Ierse strijd om de onafhankelijkheid. Grace dacht aan de geheime bijeenkomsten in de sacristie, waar Michael Doyle, pastoor Quinn en zij hun plannen hadden gesmeed. Ze had de risico's die ze namen, het gevaar dat ze liepen, opwindend gevonden. Hun samenzwering had uiteindelijk geleid tot de moord op kolonel Manley in een boerderij aan de weg naar Dunashee. De ondergrondse strijd die ze hadden gevoerd, had haar in de armen van Michael Doyle gedreven. Ze zou hun euforie na de aanslag van die nacht nooit vergeten, de opwinding toen het geweld voorbij was en ze elkaar de kleren van het lijf hadden gerukt.

Dus het pad naar de kerk was haar vertrouwd, maar het gevaar dat ze tegemoet liep was van een heel andere aard dan destijds.

Ze trof pastoor Quinn helemaal achter in de kerk, waar hij met een jonge misdienaar stond te praten. Zodra hij haar zag aankomen, gebaarde hij het kind hen alleen te laten. 'Lady Rowan-Hampton, mag ik u verzoeken...' Hij ging haar voor, zijn voetstappen maakten geen geluid op de plavuizen. Door een lage deur betraden ze de sacristie met daarin een grote kast voor priestergewaden, een klein keramisch bassin en een grote houten tafel met daarop rijk bewerkte zilveren kandelaars, kaarsen, boeken en gewijde vaten. Aan de muren hingen religieuze voorstellingen en een marmeren beeld van de gekruisigde Christus dat Grace nog niet eerder had gezien. Bridies geld was duidelijk goed besteed.

Ze ging zitten, met haar handen gevouwen in haar schoot. 'De kerk is wel veranderd sinds we hier in de oorlog onze geheime bijeenkomsten hielden.'

'Dankzij de vrijgevigheid van de gelovigen,' vertelde pastoor Quinn.

'Het is natuurlijk ook hun morele plicht om diep in de beurs te tasten wanneer de Heer zo grootmoedig is geweest die te vullen.'

'Inderdaad,' viel Grace hem bij, maar ze was niet naar de kerk gekomen voor een preek over morele verplichtingen.

'Goddank ligt de oorlog inmiddels achter ons,' vervolgde de pastoor. 'Uw hulp in die jaren heeft onschatbaar veel betekend. Sterker nog, zonder u en miss Deverill zou de invloed van het verzet bij lange na niet zo verreikend zijn geweest. Het Ierse volk zal nooit weten dat het zijn vrijheid voor een belangrijk deel aan u te danken heeft.'

'De rust en de vrede zijn weergekeerd,' zei Grace met een glimlach die haar spijt moest verhullen. Sinds de oorlog was geëindigd, had ze haar leven nooit meer zo bewust, zo ten volle beleefd als juist in die tijd vol dreiging en gevaar. 'En dat heeft me de tijd en de ruimte gegeven om bij mezelf te rade te gaan.'

Pastoor Quinn trok verrast zijn borstelige wenkbrauwen op. 'O?'

'Diep in mijn hart word ik bezield door een vurig verlangen.' Grace sloeg haar ogen neer. 'Ik schaam me bijna om het te bekennen. Mijn man zou van me scheiden, mijn kinderen zouden geschokt zijn. En zij niet alleen. Iedereen die ik ken, zou vervuld zijn van afschuw, maar...' Ze aarzelde.

'Maar?' drong pastoor Quinn aan. Hij boog zich naar haar toe.

'Ik wil me bekeren tot het katholicisme.'

Er kwam een blos van vreugde op zijn gezicht. Niets zo opwindend als een bekering. 'Ik kan niet ontkennen dat uw bekentenis me verbaast, Lady Rowan-Hampton.'

'Dat begrijp ik. Maar het is een verlangen dat ik al jaren koester. Al sinds de tijd dat ik de arme kinderen taalles gaf en samenzwoer met hun vaders.'

'Ach.'

'Weet u nog dat ik in Dublin regelmatig geheime ontmoetingen had met de Fenians?'

'Natuurlijk.'

'Ik heb me bij hen aangesloten, pastoor Quinn.' Ze keek hem indringend aan, met een blos op haar wangen, een koortsachtige schittering in haar ogen. 'Samen met Lady Deverill heb ik de armen gevoed en kleren en schoenen ingezameld voor de kinderen. Ik wilde de armoede bestrijden. Ik wilde de kinderen iets leren, om hun een kans te geven op een betere toekomst. Ik wilde de maatschappij veranderen. Maar tegelijkertijd voelde ik me één met de mensen voor wie ik me inzette. Het is moeilijk onder woorden te brengen. Ik voelde me diep vanbinnen met hen verbonden. Het was meer dan patriottisme wat me bewoog. Het sterke gevoel van verbondenheid kwam voort uit mijn religieuze overtuiging. Ik wilde katholiek zijn, net als zij.' Pastoor Quinn luisterde gefascineerd. Hij knikte, schudde af en toe zijn hoofd, maar hij zei niets, om haar niet te onderbreken. 'Het knaagde aan me,' vervolgde Grace. 'Het stak als een doorn in mijn hart. Wanneer ik in de kerk zat, voelde ik me niet langer op mijn plaats. Een buitenstaander. Maar dat kon ik tegen niemand zeggen. Ik moest mijn gevoelens verbergen. Toen de oorlog eenmaal voorbij was en de vrede hersteld, had ik tijd om na te denken, om mijn gevoelens, mijn overtuigingen te onderzoeken. En ik besefte dat ik krankzinnig zou worden als ik mijn vurig gekoesterde verlangen niet uitsprak.'

'Dus u bent tot een besluit gekomen?'

'Ja, ik wil toetreden tot de katholieke Kerk en ik wil u vragen me daarbij te begeleiden. Het moet strikt geheim blijven, maar ik weet dat ik u kan vertrouwen.'

'Zoals u wilt.' Hij leunde achterover in zijn stoel. 'U bent al belijdend christen, dus uw bekering tot het katholicisme zal niet veel tijd vergen...'

Grace onderbrak hem. 'Voor alle duidelijkheid, ik wil niets overhaasten. Het is een besluit dat ik niet lichtvaardig heb genomen. Dus ik wil alle tijd nemen voor mijn bekering en daar bewust en ten volle van genieten. Tenslotte heb ik jaren op dit moment gewacht.'

'Akkoord.'

'Omdat het allemaal zo gevoelig ligt, kan ik geen aansluiting zoeken bij de katholieke gemeenschap in Ballinakelly. Maar ik heb wel behoefte aan steun van medegelovigen, aan iemand die me als het ware bij de hand neemt.'

'Is er iemand die u vertrouwt, Lady Rowan-Hampton?'

Ze vernauwde haar ogen tot spleetjes, alsof ze nadacht. 'Mrs. Doyle,' zei ze ten slotte. 'Lady Deverill sprak altijd vol waardering over haar. Mrs. Doyle is een vrome vrouw, maar bovendien discreet. In die roerige jaren van het verzet is er bij haar op de boerderij heel wat besproken, maar ze heeft er nooit ook maar iets over gezegd. Tegen niemand.'

Pastoor Quinn trok opnieuw zijn wenkbrauwen op. 'Dat lijkt me een prima keuze. Ik ken niemand in mijn congregatie die zo vroom is als Mrs. Doyle. En zoals u weet, is ook Michael het geloof inmiddels zeer toegedaan. Iedereen kan een voorbeeld nemen aan de Doyles.'

'Dat weet ik. Vandaar dat ik aan Mrs. Doyle moest denken. Zou u het haar willen vragen, namens mij? Misschien kan ik eens bij haar langsgaan, om over het geloof te praten.'

'Ik weet zeker dat ze gevleid zal zijn.'

Ze keek hem nogmaals indringend aan, met een blik van dankbaarheid in haar warme, bruine ogen. 'Ik zou graag een donatie willen doen aan de Kerk,' zei ze. 'Dus misschien kunnen we het er ook over hebben hoe ik ú kan helpen.'

Bij thuiskomst trof Grace haar vader in de salon, aan een partijtje bridge met Hazel, Laurel en Bertie. Ze maakte de spelden van haar hoed los en legde hem op een stoel. Een dienstmeisje schoot geruisloos toe om hem mee te nemen. 'Waar was je?' vroeg Ethelred, puffend aan zijn sigaar.

'O, even de stad in,' antwoordde Grace nonchalant, maar ze voelde zich voor het eerst sinds lange tijd weer gelukkig. Iets van de druk op haar hart leek te zijn geweken. Ze liep naar de tafel en keek over de schouder van haar vader in zijn kaarten. 'Dus jij speelt met Hazel tegen Bertie en Laurel?' vroeg ze.

'Ja, we hebben er een hele dobber aan, maar we doen het niet slecht, wat jij?' Hij knipoogde naar zijn partner.

Hazel bloosde van plezier. 'Nee, we doen het helemaal niet slecht!' verklaarde ze uitbundig, met een blik op haar zuster die jaloers haar lippen tuitte. 'We zijn een erg goed team.' Daarop keek ze weer in haar kaarten.

'Hoe is het met Celia?' vroeg Grace aan Bertie. Het was inmiddels een half jaar geleden dat Archie een eind aan zijn leven had gemaakt. Aanvankelijk lag de gruwelijke zelfmoord op ieders lippen, gevolgd door speculaties over wat Archie had bewogen. Totdat de verschrikkelijke waarheid bekend werd. Hij was door de beurskrach al zijn geld – en dat van zijn familie – kwijtgeraakt. Maar hij had het blijkbaar niet over zijn hart kunnen verkrijgen dat aan zijn vrouw te vertellen, die bekendstond om haar extravagante uitgavenpatroon. Digby had zich verdrietig en teleurgesteld getoond dat zijn schoonzoon te trots was geweest om bij hem aan te kloppen, maar Grace vroeg zich af of Digby hem had kunnen helpen. Volgens de geruchten die haar via haar man hadden bereikt, stond Digby er zelf financieel ook niet goed voor.

'Ze houdt zich kranig,' antwoordde Bertie.

'En – ik durf het nauwelijks te vragen – maar wat zijn de verwachtingen voor het kasteel?'

Bertie liet met een diepe zucht zijn schouders hangen. Het hele gezelschap keek op van zijn kaarten. 'Ik ben bang dat het er niet goed uitziet. Maar ik ben ongetwijfeld de laatste die wordt geïnformeerd.'

'Je denkt toch niet dat ze het gaat verkopen?'

'Ze zal misschien wel moeten. Digby heeft de financiën met haar doorgenomen, en voor zover ik heb begrepen hebben ze alle overige bezittingen van Archie al verkocht. Maar ze zit nog steeds diep in de schulden en die zal ze toch ergens van moeten betalen. Ze probeert wanhopig het kasteel te behouden, maar ik vrees het ergste. Alles wijst erop dat ik uiteindelijk aan de genade van vreemden word overgeleverd.'

Grace had diep medelijden met haar oude vriend. 'Ik wou dat ik je kon helpen.'

'Behalve het kasteel kopen is er weinig wat je kunt doen,' zei Bertie.

'Als dat zou kunnen, legden we allemaal hutje bij mutje,' verklaarde Laurel.

'Dank je wel. Dat is erg lief van je.'

Het dienstmeisje kwam met de thee en zette het blad op de lage tafel tussen de banken en fauteuils voor de gedoofde haard. 'Zullen we even pauzeren?' Ethelred blies een zoet geurende rookwolk uit.

'Goed idee,' zei Hazel. 'Ik lust wel een kopje thee. Heerlijk!' Ze ging naast Grace zitten, die al was begonnen met inschenken.

'Arme Celia,' verzuchtte Laurel. Ze keek waar Ethelred ging zitten en haastte zich toen naar de bank, zo dicht mogelijk bij de fauteuil die hij had uitgekozen.

'De hele kwestie is ronduit afschuwelijk,' zei Grace. 'Twee kinderen zonder vader. Archies ouders en hun andere kinderen in rouw gedompeld...'

'En aan de bedelstaf geraakt,' vulde Hazel somber aan.

'Ja, het is vreselijk. Ik moet er steeds aan denken. Zo'n jonge kerel die uit het leven stapt. En waarom? Om geld! Arme Archie. Om zo'n onherroepelijke oplossing te kiezen voor een ongetwijfeld tijdelijk, oplosbaar probleem.'

'Het was dwaasheid om al zijn geld in zo'n ambitieus project te steken,' merkte Ethelred op.

'Inderdaad. Dwaasheid,' viel Laurel hem nadrukkelijk bij.

'Digby had zijn dochter moeten corrigeren,' merkte Grace op. 'Hij is een man met ervaring. Hij had moeten weten waar ze aan begon.'

'Toen ik hem belde om te zeggen dat Celia, of liever gezegd Archie, het kasteel had gekocht, reageerde hij geschokt. Ik weet nog precies wat hij zei. "Dat kasteel wordt hun ondergang."' Bertie keek hoofdschuddend de kring van onthutste gezichten rond. 'Dat waren letterlijk zijn woorden. Dus ik denk niet dat Digby iets valt te verwijten. Als Celia iets in haar hoofd heeft, laat ze zich daar niet van afbrengen. Wat zij wil, dat gebeurt.'

'Lieve hemel!' verzuchtte Hazel.

'Zeg dat wel.' Laurel wist zo gauw niets anders te zeggen.

'Volgens mij vond Digby het geweldig dat zijn dochter het kasteel voor de familie had weten te behouden,' zei Grace. 'Zo'n ambitieus project was echt iets voor hem. Hij is een flamboyante figuur, hij geniet van alle aandacht die hij krijgt. Zoals toen hij de Derby won. Hij heeft maandenlang over niets anders kunnen praten!'

'Ik ben ervan overtuigd dat hij er alles aan zal doen om te voorkomen dat het kasteel wordt verkocht,' zei Bertie.

'Misschien. Maar ik betwijfel of hij daar de middelen voor heeft,' zei Grace met een bedenkelijk gezicht.

Ethelred pufte aan zijn sigaar. 'Zullen we het over iets leukers hebben?' Hij grinnikte. 'Heb ik jullie ooit verteld over die keer dat ik op de winnaar van de Derby had ingezet? Het was allemaal nogal ongebruikelijk...' Hij had ieders aandacht, behalve van Grace, die het verhaal al honderd keer had gehoord. Maar niemand luisterde zo geboeid naar zijn avontuurlijke relaas van bedrog en triomf als Laurel en Hazel, die hem met hun reebruine ogen gefascineerd aanstaarden. Hun lippen weken licht uiteen en ze hielden van spanning hun adem in.

Celia en Kitty zaten op het terras. De zon ging onder, de schaduwen kropen over het gazon en langs de muren van het kasteel omhoog, als duistere demonen. Met een sjaal om hun schouders warmden ze hun handen aan hun mokken met thee. Cannabisthee, want Celia had gemerkt dat die de scherpe kantjes van haar verdriet, haar wanhoop afhaalde. Ze luisterden naar het getjilp van de vogels die zich gereedmaakten voor de nacht, naar de weemoedige kreet van een eenzame zeemeeuw terwijl hij zich liet meevoeren op de wind.

'Na de dood van George dacht ik dat ik mijn deel aan verdriet wel had gehad,' zei Celia zacht. 'Maar het noodlot kan elk moment opnieuw toeslaan. En dan ben je alles kwijt.'

'O, Celia, ik begrijp het nog steeds niet! Waarom heeft hij het gedaan?'

'Ik wou dat ik het wist. Of liever gezegd, ik weet wel waaróm hij het heeft gedaan, maar ik begrijp het niet! Hij heeft nooit iets gezegd. Hij heeft nooit gezegd dat ik moest stoppen met geld uitgeven. Hij heeft nooit gezegd dat ik iets beter niet kon kopen. Ik zou het allemaal zo teruggeven als we de klok konden terugdraaien en opnieuw beginnen. Ik hou van het kasteel, maar als ik het allemaal had geweten had ik me natuurlijk nooit zo door mijn dromen en ambities laten meeslepen.'

'Maar je wist het niet. En je kon het ook niet weten,' zei Kitty geduldig.

'Dat is wat me zo boos maakt! Waarom heeft hij me niet gewaarschuwd? Hij heeft het niet eens geprobeerd!' Celia's stem brak en ze zweeg om haar emoties weer onder controle te krijgen. Kitty nipte van haar thee. De zeemeeuw verdween uit het zicht, zijn weemoedige kreet stierf weg. De schaduwen verdichtten zich. Nog even, dan begon het te schemeren. En wanneer de avond viel zou de duisternis Celia opnieuw confronteren met haar angsten. Vandaar dat Kitty bij haar bleef. Celia was bang om alleen te slapen. 'Hij heeft me niet één keer gewaarschuwd. Dan hadden we het samen kunnen oplossen. In plaats daarvan is hij ertussenuit geknepen, en hij heeft me alleen gelaten. En zijn kinderen. Die zullen zonder hun vader moeten opgroeien. Hoe heeft hij dat kunnen doen? Hoe kon hij zo laf zijn?' Kitty wist niet wat ze moest zeggen. Celia had Archie nooit eerder een lafaard genoemd. 'Een echte man zou dat zijn vrouw en zijn kinderen niet aandoen. Een echte man zou met me hebben gepraat. Maar Archie was geen echte man. Terwijl ik onbekommerd doorging met geld uitgeven aan het kasteel, met schilderijen kopen in Italië, wist hij al dat we financieel aan de grond zaten. Dat maakt me zo woedend, Kitty!' Ze sloeg in één teug haar thee achterover. 'Natuurlijk ben ik verdrietig, maar ik voel me vooral in de steek gelaten.' Ze lachte, maar het klonk hard en cynisch. 'Als je hem ziet, zeg dan maar dat ik woedend ben.'

'Dat kun je hem zelf ook vertellen, Celia. Ik weet zeker dat hij naar je kijkt en dat hij het heel erg vindt dat hij je zo veel verdriet heeft gedaan.'

'Is hij in de hel?' vroeg Celia zacht. 'Volgens dominee Maddox is het een doodzonde om jezelf van het leven te beroven.'

'Maar God vergeeft alles, Celia.'

'Nou, ik niet. Tenminste, zover ben ik nog niet.' Ze slaakte een diepe zucht. 'Dus ik verkoop de hele inboedel. Boysie heeft me in contact gebracht met ene Mr. Brickworth. Die komt uit Londen hierheen om de boel te taxeren, en dan zet hij het allemaal in zo'n fraaie veilingcatalogus zodat iedereen erop kan bieden. Erg gênant, maar ik heb geen keus.'

'Ik vind het echt afschuwelijk voor je,' zei Kitty. 'Maar misschien hoef je daardoor het kasteel zelf niet te verkopen.'

'Nee, maar ik moet wel op een matras op de grond slapen. Belachelijk! En is het dat allemaal waard?'

'Nee, je hebt gelijk. Misschien moet je dit hoofdstuk gewoon afsluiten en het kasteel ook verkopen. Het leven is te kort om je tijd te verspillen aan zinloze gevechten.' Kitty glimlachte verdrietig. 'Ik zou natuurlijk kunnen zeggen "Het is maar een kasteel", maar jij en ik weten allebei dat het veel meer is dan dat.'

'Het betekent alles voor me.' Er blonken tranen in Celia's grote wijd opengesperde ogen. 'Dat meen ik.'

'Voor mij ook.' Kitty keek toe terwijl Celia zichzelf nog een mok thee inschonk.

'Zullen we gewoon beneveld raken, om even alle narigheid te vergeten?'

Kitty hield haar mok bij. 'Welja! Waarom ook niet?'

22

Digby stond voor het raam van zijn studeerkamer en tuurde half verborgen naar de oprijlaan en naar de brede, met weelderige platanen omzoomde laan daarachter die van Kensington Palace Gardens naar Notting Hill voerde. Het wijkje gold als een van de meest exclusieve in Londen, en daar was Digby trots op. Hij dacht aan hoe hij ooit was begonnen, in aanzienlijk minder luxueuze omstandigheden. Als jongste van het gezin, met een vader die stamde uit een oud gefortuneerd geslacht dat financieel in zwaar weer was terechtgekomen, wist Digby niet beter of zijn ouders waren meer geïnteresseerd in het heroveren van hun positie op de maatschappelijke ladder dan in hem. Om aan dat verstikkende milieu te ontkomen was hij op de boot naar Zuid-Afrika gestapt, vastberaden rijk te worden in de diamantmijnen. In Afrika had hij gebivakkeerd in tenten, waar hij in de zomer had geleden onder het stof en de hitte, in de winter onder de verlammende kou. Maar ondanks alle ontberingen bleek hij over een doorzettingsvermogen en een veerkracht te beschikken die hem zelf verrasten. Terwijl hij de oprijlaan af keek, was hij in gedachten weer in Zuid-Afrika, in de diamantmijnen. Hij had geluk gehad. Ook omdat hij het geluk een handje had geholpen. Want God helpt alleen hen die zichzelf helpen.

Een beweging aan het eind van de oprijlaan trok zijn aandacht. Aan de overkant van de straat stond een man, met zijn hoed diep over zijn voorhoofd getrokken. Zijn lange jas oogde armoedig. Hij had een sjaal om zijn hals gewikkeld, en onder zijn arm hield hij een opgevouwen krant. Hij rookte traag, ontspannen, alsof hij alle tijd van de wereld had. Digby herkende hem. Het was niet voor het eerst dat hij de man daar zag staan. Als het niet zo triest was, zou het grappig zijn. Digby grinnikte vreugdeloos. Zoals hij daar stond, half verborgen in de schaduwen, zag de man eruit als een schurk in een blijspel. *Nou, mij maak je niet bang. Kom maar op als je durft. Dan zullen we eens zien wie er wint!* Maar ondanks zijn bravoure was Digby niet zo zelfverzekerd als hij wilde doen voorkomen. Er was een tijd geweest waarin hij zich onoverwinnelijk had gevoeld, maar met het verstrijken van de jaren hadden de verliezen die hoorden bij het leven zijn zelfvertrouwen aangetast: het verlies van mensen die hem dierbaar waren; het verlies van zijn jeugd; het verlies van zijn gevoel van onkwetsbaarheid en onsterfelijkheid. Vroeger zou een man als Aurelius Dupree hem geen moment uit zijn evenwicht hebben kunnen brengen, maar nu...

Digby had niet alleen een bedrijf opgebouwd, maar ook een goede naam. Hij werd beschouwd als een waardevol lid van de samenleving en leverde een belangrijke bijdrage aan de verkiezingskas van de Conservative Party. Onder zijn vrienden bevonden zich leden van het koninklijk huis, politici en aristocraten. Hij deed royale schenkingen aan goede doelen, maar ondersteunde tevens de schone kunsten. Omdat Beatrice dol was op opera en ballet, behoorde hij tot de voornaamste begunstigers van het Royal Opera House, waar hij regelmatig werd gezien en niet zelden werd uitgenodigd plaats te nemen in de koninklijke loge. Hij was lid van diverse comités en van eliteclubs zoals White's. Daarnaast was hij actief in de paardensport, en sinds hij de Derby had gewonnen, gold hij als iemand met wie rekening moest worden gehouden – het dekgeld dat Lucky Deverill opbracht, was aanzienlijk. Digby was er trots op dat zijn talent om geld te verdienen hem ogenschijnlijk nooit in de steek liet. Hij was een gokker, hij speculeerde en nam risico's, en bijna alles wat hij ondernam, leverde hem een flinke winst op. Maar hij was zich ervan bewust dat een mens ook te véél risico kon nemen. Hij overwoog nog altijd om toch zijn geluk te beproeven in de politiek. Er werd weliswaar met enig dedain naar de Randlords gekeken, maar dat compenseerde hij met charme en met een dikke portemonnee. Of misschien zou hij een krant kopen, zoals zijn vriend Lord Beaverbrook had gedaan, en mengde hij zich via die weg in de politiek. Als Aurelius Dupree er niet was geweest, had niets me kunnen tegenhouden, dacht hij geërgerd.

Dupree stond er nog steeds, en zo te zien was hij niet van plan weg te gaan. Digby en hij keken naar elkaar als twee stieren, geen van beiden bereid zich zwak te tonen door als eerste de blik af te wenden. Maar Digby had wel wat beters te doen, dus uiteindelijk keerde hij het raam de rug toe en belde hij zijn chauffeur om hem naar zijn club te brengen. Het was een prachtige zomerdag, maar vanwege Aurelius Dupree durfde hij het niet aan te gaan lopen. Dupree kon brieven schrijven tot hij erbij neerviel, Digby zou hem niet ontvangen. Verder dan de stoep, aan het eind van de oprijlaan, zou hij niet komen. Met een beetje geluk zou hij inzien dat zijn inspanningen zinloos waren en terugkeren naar zijn ongetwijfeld treurige bestaan.

Harry en Boysie hadden voor de lunch afgesproken in White's. Het was inmiddels een half jaar geleden dat Charlotte haar man had toegestaan weer contact te hebben met zijn oude vriend, en ze zagen elkaar regelmatig, ook al behoorden hun geheime afspraakjes in het hotel in Soho definitief tot het verleden. Charlotte had hun vriendschap haar zegen gegeven, maar ze had niet gezegd dat ze ook weer het bed mochten delen, hoewel ze dat niet met zo veel woorden had verboden. Harry was haar innig dankbaar voor haar tolerantie en daar wilde hij geen misbruik van maken. Als hun relatie niet verder mocht gaan, dan hadden Boysie en hij dat te accepteren. Harry was zielsgelukkig dat ze elkaar weer mochten zien. Meer had hij niet nodig, hield hij zichzelf voor. Maar naarmate de maanden verstreken, viel het hun allebei steeds moeilijker afstand te houden.

Ze zaten in de eetzaal, omringd door bekende gezichten, want in de Londense hogere kringen waren alle mannen lid van White's. Maar Boysie en Harry hadden slechts oog voor elkaar. 'Je kunt maar beter van niets weten, zoals Deirdre,' zei Boysie. 'Op die manier kost het geen moeite om gelukkig te zijn.'

'Charlotte is niet ongelukkig met de situatie. Ze is blij dat we weer vrienden zijn.'

'Maar ze houdt je in de gaten, vergis je niet. Eén verkeerde beweging en je bent erbij, kerel.' Boysie grinnikte, maar zijn ogen stonden verdrietig. 'Is dit het voortaan? Zit méér er niet in? Nooit meer?'

Harry keek in zijn wijnglas. 'Ik weet het niet.'

Boysie zuchtte met zijn kenmerkende nonchalance en trok een geërgerde pruillip. 'Ik weet niet of dat genoeg voor me is.'

'Het móét genoeg zijn!' Harry keek hem geschokt aan. 'Verder kunnen we niet gaan. En het is beter dan niets. Want daar zou ik niet mee kunnen leven.'

'Dat besefte Charlotte blijkbaar ook toen Archie zich van kant had gemaakt.' Boysie grijnsde ondeugend. 'Zou je je echt voor mij van kant maken?' Hij boog zich naar voren en keek Harry met zijn sprekende groene ogen doordringend aan.

'Ik heb het overwogen,' antwoordde Harry zacht.

'Denk erom dat je dat nooit doet,' zei Boysie. 'Want ík zou de moed niet hebben. Maar ik zou ook niet zonder je kunnen. Dus denk erom dat je er niet tussenuit piept en me alleen laat. Beloof je dat?'

Harry glimlachte. 'Dat beloof ik. Trouwens, ik zou zoiets nooit doen.'

'Gelukkig. Er valt een last van mijn schouders. En overigens, dat hotel in Soho is er nog steeds. Niemand hoeft er iets van te weten. Zelfs Charlotte met haar haviksogen zou ons daar niet zoeken.'

'Nee, geen sprake van.' Harry keek ongerust om zich heen, bang dat iemand het had gehoord.

Boysie drong niet verder aan, in het besef dat hij Harry toch niet zou kunnen overhalen. 'Celia vertelde dat er een bod op het kasteel is uitgebracht. Inclusief de inboedel.'

Harry zette grote ogen op. 'Wanneer heb je dat gehoord?'

'Vanmorgen. Ze belde.'

'En? Wat zei ze? Doet ze het?' vroeg Harry geschokt.

'Nee, natuurlijk niet. Ze wil alleen de inboedel verkopen. Althans, het grootste deel ervan. Ze zal ongetwijfeld een paar bedden willen houden.'

Harry schudde zijn hoofd. 'Het is vreselijk. Ik heb erg met haar te doen. Ze is zo vreselijk alleen, zonder Archie.'

'Lieverd, ze heeft niet alleen Archie verloren, maar ook haar joie de vivre. Haar enthousiasme. Volgens mij moeten we haar zover zien te krijgen dat ze een tijdje naar Londen komt. Ze moet onder de mensen zijn, ze moet uitgaan, om weer te beseffen wie ze is.'

'Ja, ze zou niet het leven van een weduwe moeten leiden,' viel Harry hem bij.

'Hoogstens dat van een vrólijke weduwe. En wij gaan haar vrolijke kant weer nieuw leven inblazen, kerel. Wat vind je?'

'Ach, die goeie ouwe tijd,' verzuchtte Harry, en samen lieten ze zich weemoedig meevoeren door herinneringen aan de tijd voordat hun leven door de komst van Deirdre en Charlotte hopeloos ingewikkeld was geworden.

Op dat moment kwam Digby binnen, als altijd opzichtig en met veel bravoure – stralend witte tanden, onberispelijk achterovergekamd blond haar, diamanten overhemdknopen. Terwijl hij tussen de tafels door liep begroette hij zijn vrienden luidruchtig en had hij voor iedereen wel een grapje of een aardig woord. Harry en Boysie onderbraken hun gesprek. Met zijn bruisende persoonlijkheid en flamboyante uitmonstering was hij een bron van vermaak voor de leden van de buitengewoon conventionele en elitaire club, die hem maar al te graag becommentarieerden.

'Kijk eens aan. Wat leuk dat ik jullie tref!' Digby bleef bij hun tafeltje staan. 'Gelukkig is er één plek in Londen waar we veilig zijn voor onze vrouwen.' Hij lachte zonder te beseffen hoe hartstochtelijk Boysie en Harry dat met hem eens waren. Toen liep hij verder naar zijn gasten, die al op hem wachtten.

Grace stond voor de boerderij van de Doyles en klopte aan. Ze was hier nog nooit geweest, want tijdens de Onafhankelijkheidsoorlog hadden Michael en zij elkaar hetzij bij haar thuis ontmoet, hetzij in de schuur van Badger Hanratty, in de heuvels buiten het dorp. Toen ze de deur openduwde, begon haar hart sneller te slaan bij het vooruitzicht Michael te zien, de 'Paus', wiens vroomheid haar afstootte, maar die haar lichamelijk nog altijd opwond. Ze voelde zijn nabijheid, zijn krachtige uitstraling, als muziek die tot in de verste uithoeken van de boerderij doordrong. Haar opwinding steeg. Er klonk een stem, en toen haar ogen aan het halfduister gewend waren, zag ze een oude vrouw bij de haard zitten.

'Goedemiddag,' groette Grace. De oude vrouw sloeg haar diepliggende ogen op. Bij het zien van zo'n deftige dame in hun nederige woning verscheen er een uitdrukking van verrassing op haar uitgemergelde gezicht. 'Ik ben Lady Rowan-Hampton,' stelde Grace zich voor. 'En ik kom voor Mrs. Doyle.'

Even later kwam Mrs. Doyle de trap af, nerveus haar handen wringend. Ze was kleiner dan Grace zich haar herinnerde. Haar gezicht was een landkaart van rimpels en diepe groeven, haar ronde ogen waren net zo donker als die van Michael. Ze knikte. 'Goedemorgen, milady.'

'Pastoor Quinn...' begon Grace een beetje nerveus. Niemand mocht weten dat ze hier was. Behalve Michael natuurlijk. Tenslotte was híj de reden van haar bezoek.

'Ja, die is hier geweest. Hij heeft nadrukkelijk gezegd dat we discreet moesten zijn. Maakt u zich geen zorgen. Moeder en ik zullen er met geen woord over praten. Met niemand. Zo waar als God mijn getuige is.' Ze leek zich niet goed raad te weten met de situatie, maar besefte ineens dat ze Grace een stoel hoorde aan te bieden. Ze gebaarde naar de tafel. 'Gaat u zitten, milady. Kan ik u een kopje thee inschenken? Het water heeft al gekookt.'

'Heel graag.' Grace pakte een stoel. Ze kon Michael bijna ruiken, alsof hij net nog voor haar had gestaan, met zijn brede schouders, zijn gebiedende uitstraling. Waar kon hij zijn? En zou hij snel terugkomen? Ze wist niet hoe lang ze het zou volhouden om met zijn moeder over God te praten.

Mrs. Doyle zette een pot thee en een sodabrood met krenten op de tafel. Toen ging ze zitten, met haar handen gevouwen in haar schoot, en wachtte af. Grace verdrong de gedachte aan Michael en probeerde zich te concentreren op de schijnvertoning waartoe ze zelf het initiatief had genomen. Ze was helemaal niet van plan katholiek te worden, maar als dat de enige manier was om Michaels hart te veroveren, dan had ze het ervoor over. 'Ik neem aan dat pastoor Quinn u heeft verteld dat ik katholiek wil worden. Mijn familie zal het daar niet mee eens zijn, maar ik heb het gevoel dat de katholieke Kerk me roept, Mrs. Doyle. En ik wil die roep honoreren.'

'In hoeverre kan ik u daarbij helpen?' Mrs. Doyle fronste haar voorhoofd.

'Ik wil weten wat het inhoudt om vanuit de katholieke overtuiging te leven. Pastoor Quinn suggereerde dat ik met u ging praten. U bent een goed katholiek. Ik zou dankbaar zijn als ik aan u een voorbeeld mag nemen.'

Mrs. Doyle ontspande toen ze begreep wat er van haar werd verwacht. Ze beschouwde zichzelf inderdaad als een goed katholiek en ze wilde Lady Rowan-Hampton maar al te graag vertellen hoe een mens zich liet leiden door zijn geloof. 'Zal ik...' begon Mrs. Doyle, maar Grace viel haar in de rede.

'Zou u me over uw leven willen vertellen? Dat wil ik erg graag horen. Vanaf dat u heel klein was. Hoe was het om katholiek op te groeien?' Terwijl Mrs. Doyle herinneringen ophaalde, nam Grace haar omgeving in zich op en vroeg zich af waar Michael bleef. De oude Mrs. Nagle was in haar stoel in slaap gevallen, haar hoofd als dat van een lappenpop naar voren gezakt. Kwijl droop uit haar mondhoek en sijpelde via haar grijze kinharen op haar ingevallen borst. Mrs. Doyle raakte geleidelijk aan steeds enthousiaster. Ze vertelde over het angelus, over haar dagelijkse gebeden, over de rozenkrans, de mis en de kleine dingen die ze elke dag deed en die allemaal deel uitmaakten van haar geloofsbeleving. Grace luisterde met een half oor en knikte wanneer dat werd verwacht. Ondertussen hield ze met één oog de deur in de gaten, vurig hopend op Michaels thuiskomst.

Toen Mrs. Doyle eindelijk zweeg om op adem te komen, had Grace haar thee inmiddels op. Het was nog schemeriger geworden in de boerderij, de oude Mrs. Nagle had zichzelf wakker gesnurkt. Grace begreep dat ze niet langer kon blijven. Ze zou bovendien geen minuut langer naar de eentonige stem van Mrs. Doyle en haar vrome gebazel kunnen luisteren. Op dat moment vloog de deur open. Al voordat ze hem zag, wist Grace dat het Michael was. Ze schoot overeind en vergat even de aanwezigheid van de oude Mrs. Nagle en Mrs. Doyle, die haar geboeid gadesloegen – een paradijsvogel tussen de ganzen.

Michael nam haar verrast op. Hij had haar auto al zien staan en zich afgevraagd wat ze in 's hemelsnaam kwam doen. Was ze soms gek geworden? 'Lady Rowan-Hampton.' Zijn toon verried dat hij een verklaring verwachtte.

Grace glimlachte poeslief. 'Mr. Doyle. Goedemiddag.' Ze genoot ervan hem nog even in spanning te houden.

Hij keek naar zijn moeder, die ook overeind was gekomen. 'Lady Rowan-Hampton en ik hebben een hoop te bespreken,' zei ze, getrouw aan haar belofte discreet te zijn.

'Waarover?'

'Wil je een kop thee?' Ze liep naar de haard. 'Dan zet ik een nieuwe pot.'

'Ik moet ervandoor,' zei Grace, van het ene op het andere moment aanzienlijk opgefleurd. 'Ik ben u erg dankbaar, Mrs. Doyle. En ik waardeer het bijzonder dat ik beslag mocht leggen op uw tijd. Denkt u dat we nog eens kunnen praten?'

'Met alle plezier,' zei Mrs. Doyle gevleid. Ze had het heerlijk gevonden om over zichzelf te vertellen terwijl er zo aandachtig naar haar werd geluisterd.

Michael keek verbijsterd van Grace naar zijn moeder. 'Ik loop met u mee naar de auto, Lady Rowan-Hampton.' Hij hield de deur voor haar open. Met opgeheven hoofd en met een tevreden glimlach om haar mond liep Grace langs hem heen.

Buiten begon de zon al te zakken. Vogels tjilpten, een zachte zomerse bries woei landinwaarts over de kliffen. Michael keerde zich naar Grace. Zijn gezicht bevond zich half in de schaduwen. 'Wat moet dit voorstellen?'

'Ik wil katholiek worden.'

Er kwam een dreigende uitdrukking op zijn gezicht. 'Denk je nou echt dat ik dat geloof?'

'Het is zo.' Ze glimlachte naar hem. 'Je moeder is mijn gids op de weg naar de verlichting. Pastoor Quinn stelde voor dat ik met haar zou praten. Ze is erg inspirerend.'

'Je wilt helemaal niet katholiek worden. Sir Ronald zou zich van je laten scheiden.'

'Ronald komt het niet te weten,' zei ze onverschillig. 'We leiden ieder ons eigen leven. Dat weet je. En ooit kwam dat je maar al te goed uit.'

Hij trok een meewarig gezicht. 'Wat is er aan de hand, Grace?' vroeg hij niet onvriendelijk.

'Het heeft niets met jou te maken. Ik heb het achter me gelaten. Wees maar niet bang dat ik de verleidster zal zijn die je doet afdwalen van het rechte pad. Ik respecteer je vroomheid. Ik heb er zelfs bewondering voor.' Ingetogen sloeg ze haar ogen neer en ze aarzelde, alsof ze zocht naar de juiste woorden. 'Ik heb in mijn leven dingen gedaan waar ik me diep voor schaam,' zei ze zacht. 'Ik wil vrede sluiten met God. Ik wil Hem vragen me te vergeven en ik wil een beter mens worden. Wat wij ooit hadden, was heel intens. En zelfs al zou ik het kunnen, ik zou het niet ongedaan willen maken. Voor geen goud. Maar ik ben aan een nieuw hoofdstuk van mijn leven begonnen. Het vorige is voorgoed afgesloten.' Ze liep naar haar auto. 'Het was leuk je te zien. Dat meen ik oprecht, Michael. En ik hoop dat we vrienden kunnen zijn.'

Hij knikte, nog altijd verbaasd, getuige zijn gefronste wenkbrauwen. Ze opende het portier van de auto, stapte in en stak haar hand op bij wijze van afscheid. Toen reed ze het pad af.

In haar achteruitkijkspiegeltje zag ze dat hij haar nakeek, nog altijd fronsend. Ze glimlachte, tevreden over haar plan en genietend van de opwinding van een nieuwe intrige.

Het viel niet mee om Celia over te halen naar Londen te komen, maar Boysie en Harry bleven erop hameren dat ze uitgerekend in een periode als deze niet alleen moest zijn, dat ze haar vrienden nu het hardst nodig had. Ze protesteerde dat Kitty en Bertie vlakbij woonden, en dat de Struikjes trouw elke dag langskwamen met cake gedrenkt in whiskey. 'Dat alleen al lijkt me een reden om naar Londen te komen,' had Boysie gezegd, waarop Celia in de lach was geschoten en eindelijk had toegegeven.

Het was begin juli toen ze in Londen aankwam, waar Beatrice haar met open armen ontving. Ze had verse bloemen in haar kamer gezet, ze regelde lunches met Celia's beste vriendinnen. Het was duidelijk dat haar dochter er nog niet aan toe was om zich weer in het uitgaansleven te storten, maar het gezelschap van haar dierbaren zou haar goeddoen. Zelfs Leona en Vivien waren aardig voor haar, en niemand had het over Archies zelfgekozen dood of over de eventuele verkoop van het kasteel. Celia wist natuurlijk hoeveel vragen er leefden, en ze was dan ook erg dankbaar voor de tact en de terughoudendheid waarmee iedereen haar tegemoet trad. Totdat Augusta zichzelf op de thee uitnodigde.

Celia's grootmoeder arriveerde in een glimmend zwarte Bentley met een langgerekte neus en grote ronde koplampen als wijd opengesperde neusgaten. De auto reed voor bij het huis aan Kensington Palace Gardens en stopte aan de voet van de treden die naar de indrukwekkende voordeur leidden. Augusta wachtte tot de chauffeur het portier voor haar openhield en haar de hand reikte. Toen stapte ze langzaam uit, zorgvuldig bukkend om de veren op haar hoed niet te pletten. Ze pakte haar wandelstok aan van de chauffeur, die wel wist dat ze er geen prijs op stelde de treden op geholpen te worden. 'Ik ben nog niet oud en onvast ter been,' zei ze altijd met een driftig, afwerend gebaar als hij het toch aanbood.

In haar lange, zwarte, hooggesloten japon en met haar zilvergrijze haar vastgespeld onder haar hoed was ze nog een echte victoriaanse lady. Zonder de butler een blik waardig te keuren liep ze naar binnen, waar Celia haar al braaf aan de voet van de trap stond op te wachten. Augusta, die haar kleindochter sinds Archies dood niet meer had gezien, trok Celia tegen haar weelderige boezem en omhelsde haar ontroerd. 'Ach, mijn lieve kind. Geen mens zou moetend doormaken wat jij hebt doorgemaakt. Geen mens! Zelfmoord is een schande. Zo'n schande dat ik het nauwelijks kan verdragen.' Celia was opgelucht toen haar moeder zich bij hen voegde. Gedrieën liepen ze de trap op, naar de salon.

Augusta ging op de bank zitten, trok haar handschoenen uit en legde ze in haar schoot, voor zover die niet onder haar boezem was verdwenen. 'De hele kwestie is buitengewoon ergerlijk,' zei ze hoofdschuddend zodat de veren op haar hoed trilden als een opgeschrikte korhoender. 'Wat moest ik tegen mijn vrinden zeggen? Als het niet in alle kranten had gestaan, had ik wel iets kunnen verzinnen. Maar nu had ik geen keus en moest ik toegeven dat die arme man zich had verhangen. Er moet toch een manier zijn om jezelf van het leven te beroven zonder je familie met schande te overladen!'

Beatrice nam het gesprek haastig over. Er was genoeg gezegd over het hoe en waarom. 'Het is gebeurd. Er is niets meer aan te doen. We moeten vooruitkijken, naar de toekomst.'

'Die dwaze jongen had zijn trots moeten verbijten en Digby om hulp moeten vragen. Digby is zo rijk als Croesus.' Augusta tuitte haar lippen in een tevreden glimlach bij de gedachte aan haar succesvolle zoon. 'Van al mijn kuikens heeft Digby zijn vleugels het verst uitgeslagen. Het verst en het hoogst. Maar trots is iets verschrikkelijks.'

Beatrice gaf haar een kop thee. 'Ik denk dat het wat complexer ligt,' zei ze.

Celia's blik kruiste die van haar moeder. Ze trok een gezicht terwijl haar grootmoeder twee klontjes suiker in haar thee deed.

'Hoe is het met papa?' vroeg Beatrice.

'Hij is erg zwak,' zei Augusta. 'Ik ben bang dat hij het niet lang meer zal maken. Elke ochtend ben ik weer verrast dat hij er nog is. Zelf ben ik natuurlijk ook zwak, maar ik laat niets merken.'

'Hij zag er juist erg goed uit, de laatste keer dat ik hem heb gezien,' zei Celia.

'Dat kan best zijn, maar hij heeft goede en slechte dagen. Dus blijkbaar had hij toen een goede dag. Helaas voelt hij zich de laatste maanden een stuk minder. En wanneer je eenmaal zo oud bent als wij, gaat het heel snel als de neergang eenmaal heeft ingezet. Hoe dan ook, hij heeft een goed leven gehad.' Voordat Beatrice kon protesteren vervolgde Augusta met schrille stem: 'Wat mezelf betreft, ik had niet gedacht dat ik de zelfmoord van Archie zou overleven. Maar ook al ben ik er nog, de volgende tragedie zal mijn laatste zijn. Dan houdt mijn hart er simpelweg mee op. Er is een grens aan wat een mens kan verdragen. Ik heb zo veel gehuild in mijn leven dat ik geen tranen meer overheb.' Ze begon uitvoerig en langdurig verslag te doen van al haar 'vrinden' die ziek, stervende of dood waren. Daarbij schonken de gruwelijkste verhalen haar de grootste bevrediging. 'Dus ik mag dankbaar zijn. Als ik mezelf met hen vergelijk, besef ik dat schaamte eigenlijk maar een bagatel is. Van schaamte is nog nooit iemand gestorven.'

'Wij schamen ons niet,' zei Beatrice. 'We zijn alleen maar intens verdrietig om Archie en we hebben medelijden met Celia. Maar we laten ons niet ontmoedigen. We moeten verder.'

'Ik sprak mijn contact bij Christie's. Heb ik goed begrepen dat je de inboedel van het kasteel verkoopt?' vroeg Augusta.

Celia bloosde.

'Waarom in 's hemelsnaam? Ik weet zeker dat Digby het er niet mee eens is.'

'Digby zal Celia geen handreiking kunnen doen.' Beatrice genoot heimelijk van de verbijsterde uitdrukking op Augusta's gezicht.

'Wat bedoel je daar nu weer mee? "Geen handreiking kunnen doen"? Natuurlijk wel!'

'Ik ben bang van niet. Bijna iedereen heeft geleden onder de beurskrach. Ook Digby.'

'Lieve hemel. Ik kan het gewoon niet geloven!'

'Toch is het zo.'

'Ik ga onmiddellijk met hem praten...'

'Nee, doet u dat alstublieft niet!' haastte Beatrice zich haar te ontmoedigen. 'Hij wil het er over niet over hebben. U weet hoe hij is. Hij kropt alles op. Net als u. Als iemand ernaar vraagt, zegt hij dat er geen vuiltje aan de lucht is. Maar u bent zijn moeder, dus dat moet u herkennen.

Celia moet de inboedel verkopen om Archies schulden af te betalen. En dat zijn er heel veel.' En de schulden van zijn familie, zou ze eraan willen toevoegen. Maar dat deed ze niet, om haar dochter niet nog meer in verlegenheid te brengen.

Celia huiverde bij de gedachte aan het enorme bedrag dat ze bij elkaar zou moeten zien te krijgen. Daar wilde ze nu echter niet aan denken. Hier, in de weelderige salon van haar moeder, kon ze doen alsof alles was zoals het zou moeten zijn.

'En het kasteel?' vroeg Augusta gespannen.

Celia haalde haar schouders op. 'Dat moet ik misschien ook verkopen.'

Augusta hapte naar lucht. 'Dat wordt mijn dood. Misschien kan een mens toch sterven van schaamte.'

Celia ontsnapte aan haar grootmoeder en aan de verstikkende hitte van Londen door naar Wiltshire te vluchten, naar Deverill Rising, voor een familieweekeinde. Ze nodigde ook Boysie en Harry uit, die in gezelschap van hun vrouw arriveerden. Maar op de golfbaan waren ze onder elkaar, want Charlotte en Deirdre speelden geen golf. Harry en Boysie leken net zo opgelucht van hen bevrijd te zijn als Celia dat was.

Digby, gekleed in een flamboyante groen geruite kniebroek, hoge groene sokken en een vuurrode spencer met daaronder een geel overhemd, was een onvoorspelbare golfer. Hij bulderde van het lachen wanneer hij de bal in de rough sloeg en stak triomfantelijk zijn gebalde vuist omhoog toen hij als door een wonder een hole-in-one maakte. Zijn twee zwarte labradors stormden de struiken in, als zeehonden die achter een vis aan doken, en verschenen even later met hun bek vol golfballen – voornamelijk van Digby zelf – die bij eerdere partijen verloren waren geraakt.

Celia was een goede, constante speler, terwijl Boysie en Harry vooral aandacht besteedden aan hun kleren en er modieus uitzagen in lichte, op elkaar afgestemde kleuren. In de sport waren ze minder geïnteresseerd. Voor hen was golfen een manier om een hele ochtend door te brengen met mensen die niet over hen oordeelden.

'Grootmama gaf me een kruisverhoor,' vertelde Celia aan haar vader terwijl ze naar de volgende hole liepen. 'Ze is zo ongelooflijk tactloos.'

'Dat spijt me voor je. Maar ze houdt er nu eenmaal erg uitgesproken meningen op na.'

'Ze zegt dat ze zal sterven van schaamte als ik het kasteel verkoop.'

'Ze overleeft ons allemaal. Let maar eens op.'

'En ze zegt dat grootpapa er elk moment tussenuit kan piepen.'

'Grootpapa gaat nergens heen,' antwoordde Digby vol overtuiging. 'Hij weet zich al zestig jaar naast haar te handhaven, dus hij houdt het nog wel een paar jaartjes vol.' Hij grinnikte. 'Volgens mij is hij onderhand immuun voor haar.'

Celia stopte haar handen in de zakken van haar vest. 'Er is een bod gedaan op het kasteel. Een enorm bedrag. Veel meer dan het kasteel eigenlijk waard is.'

Digby bleef staan. 'Weet je wie de bieder is?'

'Nee. Alleen dat het een rijke Amerikaan schijnt te zijn.'

'Wil je mijn advies?'

'Ja. U kent mijn financiële situatie beter dan ik. Het is allemaal zo onoverzichtelijk. Met zo veel nullen. Verschrikkelijk, al die nullen!'

'Je hoeft niet te verkopen.' Er gleed een schaduw over het gezicht van haar vader. 'Tenminste, nog niet.'

'Hij wil het kasteel kopen, compleet met de inboedel.'

'Je hoeft het niet te verkopen,' zei Digby nogmaals, op besliste toon. Hij begon weer te lopen. 'We hebben het één keer weten te redden. Dat lukt ons nog wel een keer. Waar zijn die dekselse honden?'

Hij legde de bal op de tee en zette zijn voeten in de juiste positie. Het ontging Celia dat zijn gezicht wel erg rood zag, maar ze dacht dat het door de inspanning kwam. Ze waren al een tijdje bezig, en de zon brandde aan de hemel. Misschien zou hij zijn spencer uit moeten doen. Digby zette zijn club naast de tee en tikte er een paar keer mee op de green. Kleine zweetdruppels parelden op zijn voorhoofd, zijn ademhaling ging plotseling zwaar, alsof het hem moeite kostte lucht binnen te krijgen. Celia keek ongerust naar de jongens, die het ook in de gaten hadden en hem bezorgd gadesloegen.

'Papa, laten we even pauzeren,' zei Celia. 'Het is zo warm. Ik heb ook last van de hitte.' Maar Digby was vastbesloten door te spelen. Hij zwaaide zijn club omhoog. Op het moment dat hij zijn bovenlichaam naar achteren draaide, had hij ineens geen kracht meer in zijn arm en zakte hij door zijn knieën. Celia rende naar hem toe. 'Papa!' riep ze wanhopig, radeloos. Een gevoel van onpasselijkheid overviel haar. Digby's gezicht was paarsbruin geworden. Zijn ogen puilden uit hun kassen. Hij sperde zijn mond open alsof hij naar lucht hapte en drukte een hand tegen zijn borst.

Harry en Boysie hielpen hem op het gras te gaan liggen. Harry maakte zijn das los en knoopte zijn overhemd open. Digby's ademhaling ging zwaar. Hij staarde strak voor zich uit, met een wezenloze uitdrukking in zijn ogen. Met inzet van al zijn wilskracht omklemde hij de kraag van Celia's vest en trok hij haar naar zich toe, zodat haar gezicht zich vlak voor het zijne bevond. Ze slaakte een verschrikte kreet. 'Verbrand... mijn... brieven,' bracht hij piepend uit. Toen verslapte zijn hand en viel die op de grond.

DEEL 3

BARTON DEVERILL

Ballinakelly, graafschap Cork, 1667

Karel II, een reus van een meter tachtig lang, duivels knap met zijn donkere huid, diepbruine ogen en gitzwarte haar, ontving Barton Deverill in Whitehall Palace, een wijdvertakte, maar enigszins vervallen doolhof. Hij zat te kaarten met zijn maîtresse, gravin van Castlemaine, en met zijn vriend, de hertog van Buckingham. Zijn roedel spaniëls, die hij 'mijn kinderen' noemde, lag aan zijn voeten. 'Majesteit.' Barton maakte een diepe buiging.

'Kom erbij zitten, Deverill,' zei de koning zonder op te kijken. 'En pak een stel kaarten. Hoeveel zet je in?'

De koning genoot ervan met zijn vrienden om geld te spelen. En van hen te winnen. Dus Barton gooide alles wat hij bij zich had op tafel en schoof aan.

'Vertel eens, Deverill. Hoe zijn de vrouwen in dat van God verlaten Ierland?'

'Een lust voor het oog, Majesteit. Maar om u de waarheid te zeggen zijn het vooral de opstandelingen die me bezighouden...'

De koning gebaarde onverschillig, waarbij zijn ringen, met edelstenen zo groot als duiveneieren, glinsterden in het kaarslicht en de kanten ruches aan zijn mouwen sierlijk om zijn polsen fladderden. 'Maak je over die manschappen geen zorgen. Die krijg je. Overleg het maar met Clarendon.' Daarmee was voor de koning de zaak afgedaan. Maar de kans was groot dat de versterkingen te laat zouden komen, besefte Lord Deverill. Áls ze al kwamen. Want de koning maakte zich meer zorgen over een dreigende invasie door de Hollanders. 'En hoe buitengewoon wellevend van je om met een mooie vrouw te trouwen, Deverill.' De lome glimlach om zijn mond ontlokte de gravin een luide zucht van ergernis, waarbij ze pruilend haar onderlip naar voren stak. 'We zijn het hier allemaal meer dan beu om steeds dezelfde gezichten te zien en om altijd maar weer over dezelfde mensen te roddelen. Dus breng haar vooral vaak mee naar het hof.'

'Dat zal haar een waar genoegen zijn,' verklaarde Barton Deverill hoffelijk. Het was bekend dat de koning aan geen enkele mooie vrouw weerstand kon bieden. Vandaar zijn bijnaam 'Old Rowley', een verwijzing naar een altijd bronstige oude geitenbok die ooit in de tuin van het paleis had rondgezworven. Maar Lord Deverill was niet van plan ook een hoorndrager te worden. Hoe eerder hij zijn vrouw mee terugnam naar Ierland, hoe beter.

Helaas was dit niet het geschikte moment om samen naar kasteel Deverill terug te keren. Vandaar dat hij zijn vrouw in Londen achterliet, in de hoop dat ze in hun huis in de stad veilig zou zijn.

De reis over de Ierse Zee was lang en vermoeiend, maar het weer was gunstig en hij bereikte zonder incidenten zijn bestemming. Met een klein escorte bestaande uit de koninklijke manschappen die zich in de haven bij hem hadden gevoegd, galoppeerde hij door de heuvels naar Ballinakelly.

De harde wind dreef hem voort onder een dreigend, laaghangend wolkendek. Over slechts enkele weken zou de lente haar intrede doen, maar het landschap bood een koude, winterse aanblik en de knoppen aan de bomen maakten nog geen aanstalten zich te openen. Toch was de zoete schoonheid van het Ierse land, ondanks het sombere licht, ondanks de grijze hemel, even betoverend als altijd. Ierlands groene, zacht glooiende velden spraken tot het hart van Barton Deverill, en hij vreesde de verwoesting die hij bij thuiskomst zou aantreffen.

Vervuld van angst joeg hij naar de kam van de laatste heuvel, vanwaar hij neerkeek op het kasteel, dat zich hoog boven de oceaan verhief. Wanhoop nam bezit van hem toen hij zag dat zijn droom, de verwezenlijking van al zijn ambities, was veranderd in een grimmige, zwartgeblakerde nachtmerrie, waaruit nog altijd rook omhoog kringelde. Een vurige woede ontwaakte in hem, als een slapend monster dat door de scherpe stoot van een zwaard werd gewekt. Hij drukte zijn sporen in de flanken van zijn paard en stormde de helling af. Gekweld en met het gevoel dat zijn maag zich omdraaide naderde hij de plaats des onheils. Het kasteel had standgehouden, maar overal waren de sporen van een bestorming zichtbaar en de oostelijke toren was in de as gelegd.

Al van verre had hij de kleuren van zijn vriend, de hertog van Ormonde, herkend. Zodra Ormondes soldaten hem zagen, reden ze hem tegemoet om hem naar hun bevelvoerder te brengen. 'Lord Deverill!' begroette deze hem toen Barton de hal betrad.

'Wat is er gebeurd?' Barton keek om zich heen, koortsachtig op zoek naar schade. Maar die vond hij niet. Blijkbaar waren de opstandelingen er niet in geslaagd het kasteel binnen te dringen.

'De hertog is u onmiddellijk te hulp gesneld zodra het nieuws van de bestorming hem bereikte. We kwamen nog net op tijd om het kasteel zelf te behouden. Uw mannen waren aan de verliezende hand. Als de hertog niet zo snel had opgetreden, zou u geen dak meer boven uw hoofd hebben gehad.'

'Woorden schieten tekort om uiting te geven aan mijn dankbaarheid. Ik sta voorgoed bij de hertog in het krijt,' zei Barton Deverill zacht. Als loyale volgelingen van koning Karel II tijdens diens ballingschap in Frankrijk waren de hertog en Lord Deverill goede vrienden geworden. Bij het herstel van de monarchie had Ormonde zijn uitgestrekte Ierse bezittingen teruggekregen die door Cromwell waren gevorderd, en was hij opnieuw benoemd tot luitenant van Ierland, een positie die hij onder Karel I ook al had bekleed. Dat maakte hem tot de machtigste man van het land. Een belangrijke bondgenoot, maar bovendien een trouwe vriend. En hij had Lord Deverill niet in de steek gelaten toen die zijn hulp nodig had.

'Wie zit hierachter?' vroeg Barton grommend. 'De doodstraf is nog te goed voor ze!'

'Voor zover ze het hebben overleefd, zijn ze opgesloten in de stallen. En u kunt ervan verzekerd zijn dat de hertog geen genade zal kennen. Dit is niet slechts een opstand tegen u, als landheer, het is ook een opstand tegen de koning. En die zal gepast worden afgestraft.'

'We moeten een voorbeeld stellen,' zei Barton Deverill hartstochtelijk. 'Om het hele graafschap duidelijk te maken wat er gebeurt met wie in verzet komt tegen de Engelsen.'

De kapitein wreef fronsend over zijn kin. 'Een sleutelrol in de opstand wordt vervuld door een vrouw, Lord Deverill. Ze zal worden berecht als heks.'

Het bloed trok weg uit Bartons gezicht. 'Een vrouw?' herhaalde hij langzaam, maar hij wist onmiddellijk om wie het ging.

'Dat klopt. Een heidense vrouw, milord. Een zekere Maggie O'Leary. Zij heeft anderen ertoe aangezet om in opstand te komen. De mannen haastten zich met de beschuldigende vinger naar haar te wijzen. Ze zou hen hebben behekst. Deze grond was blijkbaar ooit van haar, Lord Deverill. Ik heb verhalen gehoord dat ze u en uw nazaten heeft vervloekt. In het bijzijn van talloze getuigen.'

Barton Deverill wist niet wat hij moest zeggen. Hij kon de vloek niet ontkennen, en na wat er tussen hen was gebeurd in het bos kon alles wat hij zei om het voor haar op te nemen zich tegen hem keren. Voor zijn geestesoog verscheen haar gezicht zoals het hem achtervolgde in zijn dagdromen en zijn nachtmerries. Hij knikte kortaf. 'Ze heeft me inderdaad vervloekt.' Ondertussen zocht hij koortsachtig naar een manier om haar te helpen. De wildste gedachten schoten door zijn hoofd, maar hij zag geen uitweg. Er verscheen een grimmige trek om zijn mond door het besef dat zij de opstand had ontketend, dat zij verantwoordelijk was voor de verwoesting van zijn huis. Ze had hem verraden! Waarom zou hij haar helpen? Wat bezielde hem om van haar te houden? Maar ze had heimelijk bezit genomen van zijn hart. Als een rups had ze zich een weg naar binnen geknaagd, om als een stralende vlinder neer te strijken op zijn geweten. Misschien was dat ook wel hekserij.

'Wat gaat er met haar gebeuren?' vroeg hij.

De kapitein trok een lelijk gezicht en haalde zijn schouders op. 'De brandstapel, vermoed ik.'

Barton huiverde. 'Dus het is nog niet zeker?'

'De beslissing is aan de hertog, als vertegenwoordiger van Zijne Majesteit, en aan u.'

'Akkoord,' antwoordde Barton, nog altijd huiverend. Hij zou zich van elke besluitvorming distantiëren, want hij kon geen geloofwaardige reden aanvoeren om haar leven te sparen. Althans, niet zonder zichzelf bloot te geven. 'Ik laat de beslissing over aan de hertog. En ik heb niet de behoefte haar nog te zien.' Hij wilde niet dat ze hem zou beschuldigen, ook al betwijfelde hij dat iemand haar zou geloven. Maar hij schaamde zich dat hij zich in het bos door haar had laten verleiden.

'Ze was zwanger, milord. Het kind was bijna voldragen.'

'Ze was zwanger?' Met bijna bovenmenselijke inspanning wist hij zijn stem onder controle te houden. Paniek deed zijn maag verkrampen, alsof iemand hem in zijn buik had gestompt.

'Ja, maar ze heeft het kind verloren,' vervolgde de kapitein. 'Hoe dan ook, ze wordt berecht en laten we hopen dat God haar althans genadig is.'

Lord Deverill ging met zijn tong langs de zachte binnenkant van zijn onderlip waar ze hem had gebeten. Hij kon het bloed nog bijna proeven. Nu was ze gevangen, vastgebonden als een dier. De gedachte dat hij haar onvermijdelijk onder ogen zou moeten komen, vervulde hem met angst. Hij was bang, niet alleen voor haar, omdat ze een heks was, maar ook voor zijn eigen gevoelens. Hij was bang dat hij zichzelf niet in de hand zou weten te houden. 'Nogmaals, ik laat de beslissing over aan de hertog.' Met die woorden verliet hij de hal.

23

Digby's dood dompelde Beatrice in een verdriet dat haar dreigde te overweldigen. In het verleden was het haar gelukt weer uit de peilloos diepe afgrond van de wanhoop te klauteren, maar ze wist niet of ze de kracht had dat nog eens te doen. Op het schip van hun huwelijk was Digby niet alleen de wind in hun zeilen, maar ook kapitein en stuurman geweest. Nu hij er niet meer was, leken de eenzaamheid van de oceaan en het geweld van de golven haar te zullen vermorzelen. Ze trok zich terug in haar slaapkamer, deed de gordijnen dicht en kwam dagenlang niet uit bed, bang voor de confrontatie met een wereld zonder Digby. De dood was te verkiezen boven het leven, dacht ze somber, diep weggekropen onder haar quilt. En de fluwelen, zwarte lokroep van de vergetelheid beloofde haar fluisterend een vredig toevluchtsoord in de stilte na het sterven.

Celia was gebroken en verbijsterd door het verlies, zo kort na Archies zelfmoord. Haar vader was altijd de rots in haar branding geweest – betrouwbaar, niet aan het wankelen te brengen en onsterfelijk. Ze kon zich een leven zonder hem niet voorstellen. Hoe moest het nu verder met haar? Ze had nooit zelf beslissingen hoeven nemen. Haar man en haar vader hadden haar altijd alles uit handen genomen. Ze had nooit een rekening gezien of met de directeur van haar bank gesproken. Als zich al ooit een probleem voordeed, had haar man of haar vader dat voor haar opgelost. Wie kon ze nu nog om raad vragen? Ze had helemaal niemand. En hoewel ze ernstig bij zichzelf te rade ging, op zoek naar innerlijke kracht, vond ze slechts zwakte.

Boysie en Harry gingen terug naar Londen, in het besef dat Celia zich alleen maar zou ergeren aan Charlotte en Deirdre, en dat Digby's familie onder elkaar wilde zijn. Celia omhelsde hen wanhopig, in tranen en beloofde dat ze het hun zou laten weten wanneer de begrafenis zou plaatsvinden. Toen de taxi de oprijlaan af reed, wuifde ze hen verloren na vanaf het bordes.

'De dood achtervolgt de Deverills als een meedogenloos roofdier,' merkte Boysie grimmig op, terwijl Celia's tengere gestalte steeds kleiner werd en uit het gezicht verdween toen de auto de weg op draaide.

'Daar lijkt het wel op,' zei Harry.

'Doe je best hem te ontlopen, kerel,' voegde Boysie er op gedempte toon aan toe.

'Als een onverzettelijk mens als neef Digby zich zo gemakkelijk gewonnen geeft, is er voor ons ook weinig hoop, vrees ik.'

Celia rouwde met haar zusters. Het verdriet bracht hen nader tot elkaar. Leona en Vivien kwamen naar Deverill Rising om Celia te helpen bij de zorg voor hun moeder, en daar was Celia hun innig dankbaar voor. Dat haar moeder was ingestort, vond ze bijna net zo schokkend als de dood van haar vader, en het was dan ook een opluchting dat ze de zorg voor Beatrice kon delen. In de week die volgde op Digby's dood haalden de zusters herinneringen op aan vroeger, toen ze nog kinderen waren. Er viel menige traan, van vreugde en van verdriet, terwijl ze het over hun vader hadden: over zijn opzichtige, vaak protserige verschijning, en over zijn tomeloze bezieling en geestkracht. Voor Digby was het glas nooit halfvol geweest, maar had het altijd overgestroomd. De zussen spraken over George, hun broer, die als klein jongetje op kasteel Deverill altijd als een hondje achter Harry aan liep, en ze verlangden allemaal terug naar die zomers in Ballinakelly, voordat de Grote Oorlog en de Onafhankelijkheidsoorlog voorgoed een eind hadden gemaakt aan die onbezorgde tijd. Ze maakten lange wandelingen in de heuvels van Wiltshire. Ze ontleenden troost aan de sereniteit van de natuur en aan hun herinneringen, en ze putten kracht uit hun saamhorigheid als zusters.

Augusta ging niet dood, tot verbazing van iedereen, vooral van zichzelf. Zoals Britten dat eeuwenlang hadden gedaan, zette ze haar kiezen op elkaar, stak haar kin vooruit en weigerde zich eronder te laten krijgen door de dood van haar zoon. Ze nam het rouwbeklag in ontvangst zonder een traan te laten, uit angst dat ze haar zelfbeheersing voorgoed zou verliezen als ze aan haar verdriet toegaf, en ze klampte zich vast aan haar geloof. Door haar vertrouwen in God te stellen, was ze in staat zich neer te leggen bij het onherroepelijke. 'We kunnen slechts aanvaarden wat God op ons pad brengt,' zei ze tegen Maud, die langskwam toen ze het verschrikkelijke nieuws had gehoord. 'Stoke zal het niet lang meer maken. Daar ben ik van overtuigd. Hij kan Digby's dood niet aanvaarden, en dat is dwaasheid. Alleen door te aanvaarden vinden we innerlijke vrede. Digby's jaren waren geteld en God heeft hem tot Zich geroepen. Het heeft geen zin je daartegen te verzetten. God geeft ons Digby niet meer terug. Dus aanvaarden is het enige wat ons rest.' Maud was bepaald niet dol op Augusta, maar ondanks alles had ze bewondering voor haar kalmte. Ze vroeg zich wel af of de oude dame altijd zo beheerst was, ook wanneer niemand haar zag. En te oordelen naar haar roodomrande ogen, die natuurlijk ook een teken van ouderdom konden zijn, was het althans voor Maud duidelijk dat Augusta niet zo stoïcijns was als ze zich voordeed.

De begrafenisdienst werd gehouden in de dorpskerk, vlak bij Deverill Rising. Het was een besloten familieaangelegenheid. Bertie, Kitty en Robert, Elspeth en Peter en de Struikjes waren overgekomen uit Ierland; Augusta en Stoke, Maud en Victoria, en Boysie en Harry met hun vrouwen kwamen uit Londen naar Wiltshire. Ook Digby's twee broers waren er met hun vrouw en kinderen, maar de jaloezie die hun hart als gif was binnengesijpeld toen Digby schatrijk werd in Zuid-Afrika, maakte een verzoening nog altijd onmogelijk. Daar kon zelfs de dood van hun broer niets aan veranderen, dus ze vertrokken weer zodra de dienst was afgelopen.

Beatrice was aan de arm van haar schoonzoons de kerk binnengeleid en rechtstreeks na de begrafenis weer naar huis gebracht, waar ze zich opnieuw terugtrok in haar slaapkamer. Ze voelde zich niet in staat ook maar iemand te woord te staan. Nog één blijk van medeleven, en ze was bang dat ze zou breken, als een nietig vlot op een ruige zee. Zacht snikkend in haar kussen liet ze de cannabisthee, die Kitty uit Ierland had meegebracht, zijn werk doen en haar meevoeren naar een plek waar het kalm en stil en sereen was.

'Dag, Maud.' Enigszins op zijn hoede richtte Bertie zich tot zijn vrouw toen de familie zich na de dienst buiten de kerk verzamelde.

Maar Maud schonk hem een meelevende glimlach en het ontging hem niet dat de koele blik in haar ogen sinds hun laatste ontmoeting met Kerstmis opnieuw iets warmer was geworden. 'Waarom moet het toch altijd weer een verdrietige gebeurtenis zijn die ons bij elkaar brengt?' vroeg ze.

'Tja. Dat weet ik niet,' antwoordde Bertie. 'Maar ik weet wel dat we de laatste tijd heel wat verdriet te verwerken hebben gekregen.'

'Arme Beatrice.' Bertie was verbaasd te merken dat Maud bij wijze van uitzondering niet aan zichzelf dacht. 'Ik weet nog hoe wanhopig ze was na de dood van George. Destijds was ik bang dat ze er nooit overheen zou komen. Maar ze wist toch weer uit de afgrond omhoog te klauteren. Nu vrees ik dat ze daar de kracht niet meer voor heeft.'

'Digby's dood kwam ook zo onverwacht. Hij was pas vijfenzestig.'

Mauds ogen glansden plotseling verdacht en er gleed een schaduw over haar gezicht. Of misschien was het gewoon de weerkaatsing van de wolken. 'De dood kan ons elk moment uit het leven wegrukken. Ik ben me nog nooit zo scherp bewust geweest van mijn eigen sterfelijkheid. Als Digby...' Ze zweeg even om adem te halen. 'Als Digby met al zijn geld en al zijn invloed... als híj...' Haar stem stierf weg. Bertie legde een hand op haar arm. Ze schudde hem niet af, maar keek hem welwillend aan, waardoor de strenge, gebeeldhouwde trekken van haar gezicht ineens zachter leken.

'Pluk de dag, Maud.' In gedachten ging hij terug naar de dag waarop Digby hem had gedwongen te kiezen – de dood of het leven – toen hij dreigde te verdrinken. 'Digby heeft mijn leven gered,' bekende hij zacht.

'Echt waar?'

'Ja. Zonder Digby had ik me doodgedronken.'

'O, Bertie.' Ze hield geschokt haar adem in.

'Ik heb gekozen voor het leven. Ik heb mezelf bij de kraag gegrepen en gezworen dat ik in het vervolg zorgvuldiger zou omgaan met het leven dat me door God is gegeven.'

Maud veegde een traan weg met haar zakdoek. 'Ik vroeg me al af wat er met je was gebeurd.'

'O ja?' Hij was zich plotseling bewust van een gevoel dat heel dicht in de buurt van geluk kwam.

Ze knikte. 'Ja. En het deed me goed om de man met wie ik ooit ben getrouwd, weer in je terug te zien.'

'Was hij echt zo volledig verdwenen?'

Ze knikte opnieuw.

Hij waagde het erop. 'Misschien bereiken we ooit een punt waarop we het verleden achter ons kunnen laten.'

'Ik weet het niet.' Ze was bang om terug te keren naar een tijd, een leven waarin ze zo weinig vreugde had gekend. 'Misschien.'

Kitty keek naar haar ouders, op het zonnige plein voor de kerk, en ze vroeg zich af wat ze elkaar te zeggen hadden. Voor zover zij wist, verscheen Maud in het Londense uitgaansleven nog altijd aan de arm van Arthur Arlington.

'We gaan terug naar Deverill Rising voor een kop thee.' Hazel tikte Kitty op de schouder. 'Ga je mee?'

'Ik lust wel iets sterkers dan thee.' Kitty keek om zich heen, op zoek naar Robert. Die was in gesprek met Bruce en Tarquin, dus ze ging ervan uit dat hij met hen zou meerijden. 'Ik wacht op Harry en Boysie,' zei ze. 'Maar ik loop even met jullie mee naar de taxi.'

'Weet je nog, die cannabisthee van Adeline?' vroeg Laurel terwijl ze het pad af liepen.

'Nou en of!' zei Hazel.

'Als we állemaal de héle dag cannabisthee dronken, zouden we dan niet veel gelukkiger zijn?' vroeg Laurel.

'Dan zou het leven aan ons voorbijgaan,' antwoordde Kitty. 'Hoe plezierig dat soms ook zou zijn, ik denk toch dat we zelfs met al het verdriet beter af zijn. Verdriet maakt ons bewuster van het leven en dwingt ons tot compassie met anderen. Stel je eens voor hoe zelfzuchtig we zouden zijn als we geen verdriet kenden.'

Hazel fronste haar wenkbrauwen. 'Nu klink je net als Adeline.'

Kitty glimlachte. 'O ja?' Ze keek toe terwijl de Struikjes in de taxi stapten. 'Ze is nog altijd bij ons,' zei ze vol overtuiging. 'En ik weet zeker dat ze Digby de weg naar huis heeft gewezen.'

Ook Celia zag de taxi wegrijden. Toen liet ze haar blik weer over de sombere gezichten van de dorpelingen gaan die hun respect kwamen betuigen. De mannen stonden met de hoed in de hand. Op de gezichten van vrouwen, sommige met kleine kinderen, las ze medeleven. Haar aandacht werd getrokken door een oude man die als enige zijn hoed níét had afgezet. Zijn ingevallen gezicht verried geen compassie of verdriet – het stond eerder kil, uitdagend, besefte ze gekwetst. Toen hij zag dat ze naar hem keek, vernauwde hij minachtend zijn ogen en keek haar strak aan, als om haar te intimideren. Celia was geschokt en verbijsterd door de woede die ze in zijn ogen las. Ze wendde zich abrupt af en ging op zoek naar Boysie en Harry. Toen ze hen had gevonden, was ze de onprettige verschijning op slag weer vergeten.

Nadat ze, zelfs in haar verdriet, had gecontroleerd of Charlotte en Deirdre bij Maud en Augusta waren ingestapt, reed ze samen met Harry en Boysie terug naar huis. 'Weten jullie wat papa's laatste woorden waren?' Ze keek neer op haar zwarte handschoenen, terwijl de auto bij de kerk wegreed. De twee mannen schudden het hoofd. '"Verbrand mijn brieven,"' zei ze ernstig. 'Dat is het laatste wat hij zei. Het laat me niet los. Denken jullie dat hij een maîtresse had? Ik ben niet naïef, ik weet heus wel dat hij af en toe zijn pleziertjes had. Maar denken jullie dat er een vrouw was van wie hij echt hield?'

Harry's blik kruiste die van Boysie. 'Nee, dat denk ik niet,' zei Boysie. Hij wilde Celia niet nóg verdrietiger maken en hield wat hij werkelijk dacht vóór zich. 'Je vader hield van je moeder. Dat was maar al te duidelijk.'

'Ik hoop dat je gelijk hebt.'

'Dus je gaat die brieven verbranden?' vroeg Harry.

'Ik weet niet waar ze zijn.' Ze glimlachte hulpeloos.

'Je zou zijn studeerkamer kunnen uitkammen.'

'Als hij een kluis heeft, dan heb ik geen idee van de code. En ik ben niet van plan te gaan inbreken.' Ze zuchtte. 'Als jullie liefdesbrieven hadden, waar zou je die dan bewaren?' Haar blik ging van Boysie naar Harry, en plotseling was het alsof haar wereld stilstond. Alsof ze hen van een afstand bekeek, waardoor ze hen dankzij dat nieuwe perspectief met andere ogen zag. Waarom had ze daar nooit eerder aan gedacht? Het leek haar ineens zo duidelijk. Harry hield van Boysie, en blijkbaar hield Boysie ook van Harry. Ze waren onafscheidelijk en Boysies ogen straalden wanneer hij met Harry samen was. Plotseling viel alles op zijn plaats: Charlottes humeurigheid na het zomerbal, de vele maanden dat Harry en Boysie elkaar niet hadden gezien, het feit dat Boysie haar uitnodiging had afgeslagen om met Kerstmis naar kasteel Deverill te komen en dat hij de salons van haar moeder niet langer bezocht. Harry en Boysie vormden samen meer een paar dan Harry met Charlotte of Boysie met Deirdre. Celia sloeg haar ogen neer, bang dat haar blik haar zou verraden en dat ze zich zouden generen. Maar ze hoefden zich voor haar niet te schamen. Want ze was toch wel dol op hen. Niemand op de hele wereld was haar zo dierbaar als Harry en Boysie. 'Laat maar. Het was een idiote vraag.' Ze schudde haar hoofd. 'Wat is een goede plek om iets te verstoppen? In de onderste la van het bureau? Achter de boeken in de kast? Die brieven kunnen overal zijn! Maar ik begin met de meest voor de hand liggende plekken, en als ze daar niet liggen haal ik de hele studeerkamer overhoop.' Ze drukte een hand tegen haar mond en sloot haar ogen. 'O, ik mis hem zo.' Zowel Harry als Boysie sloeg liefdevol een arm om haar heen.

'Natuurlijk mis je hem,' zei Harry. 'Maar je staat er niet alleen voor.'

'Nee, je hoeft je nooit alleen te voelen,' viel Boysie hem bij. 'Wij zijn er altijd.'

Na de begrafenis liet Celia haar moeder achter onder de hoede van haar zusters. Samen met Boysie en Harry keerde ze terug naar Londen. Haar vaders laatste woorden hadden zo smekend, zo wanhopig geklonken, dat ze niet zou rusten voordat ze zijn wens had vervuld.

Het voelde vreemd om alleen in het huis van haar ouders te zijn. Het geruststellende gebrom van de auto's op Kensington High Street drong vaag tot haar door, en ze hoorde het geschuifel van de bedienden achter de groene personeelsdeur en op de zolderverdieping waar ze sliepen. De straatlantaarns wierpen hun goudgele licht op de straat onder het raam van haar vaders studeerkamer, waardoor ze zich iets minder eenzaam voelde. Ze deed de gordijnen dicht. Het zoete aroma van zijn sigaren en de zware geur van zijn whiskey hingen nog in de kamer. Net als de stoffige lucht van papieren, inkt en boeken. Of verbeeldde ze zich dat maar, omdat ze zo zielsgraag zou willen dat hij er nog was?

Ze ging in zijn leren stoel zitten en liet haar blik over zijn bureau gaan. Digby was verre van ordelijk geweest. Het bureau lag bezaaid met boeken, documenten, kranten en vellen met aantekeningen. Het leek wel alsof hij alles voorzag van opmerkingen en commentaar. Ze pakte de onafgemaakte brief die op het vloeiblad lag en streek met haar vingers over de regels tekst. Haar vader had een flamboyant handschrift gehad, zijn letters waren stuk voor stuk fraaie staaltjes kalligrafie. Een beetje angstig, bang dat het een liefdesbrief was, begon ze te lezen. Maar het was een bedankje aan Lady Fitzherbert, naar aanleiding van een diner waarbij hij aanwezig was geweest. Celia zuchtte moedeloos. Ze was omringd door laden en kasten en boekenplanken, gevuld met de weerslag van haar vaders leven. Waar moest ze beginnen met zoeken naar die belastende brieven?

Langzaam en nauwkeurig nam ze eerst de laden onder handen, die blijkbaar nooit waren opgeruimd. Ze glimlachte bij de herinnering aan de voortdurende strijd tussen haar vader en haar moeder. Hij wilde niet dat de bedienden in zijn privédomein kwamen, maar zij hield vol dat er op zijn minst stof moest worden afgenomen. 'Anders ruikt het er straks nog naar een hamsterkooi,' had Beatrice gezegd. 'Hamsters roken geen sigaren en drinken geen whiskey, lieve. En ik heb geen last van een laagje stof,' luidde Digby's repliek.

Aanvankelijk ging Celia nog zorgvuldig te werk en bestudeerde ze alles wat ze tevoorschijn haalde stuk voor stuk. Elk voorwerp moest verbonden zijn met een anekdote die ze nooit zou kennen. Ze liet de pennen, visitekaartjes, reisdocumenten, raceboekjes, menu's, oude munten en andere aandenkens door haar vingers gaan, zich afvragend hoe haar vader eraan was gekomen en wat al die spulletjes voor hem hadden betekend. Maar uiteindelijk verloor ze haar geduld en keerde ze de laden om op het kleed.

Brieven kwam ze in het bureau niet tegen. Of ze moesten op een geheime plek verborgen zijn. Hoe dan ook, als zij ze niet kon vinden, gold dat ook voor haar moeder. Ze had er bepaald niet naar uitgezien om liefdesbrieven van zijn maîtresse te lezen, dus het was althans een opluchting dat ze die niet had gevonden. Natuurlijk vermoedde ze dat hij in elk geval minnaressen had gehad. Hij was tenslotte schatrijk geweest en erg aantrekkelijk. En hij had zich bewogen in de kringen van de beau monde en in de wereld van het theater – actrices namen het volgens Celia niet zo nauw met hun reputatie. Dus het zou vreemd zijn als hij zijn ogen níét de kost had gegeven. Zo waren mannen nu eenmaal. Maar daar hoefde zij allemaal niets van te weten. Ze wilde zich haar vader herinneren als een liefhebbende echtgenoot voor haar moeder. En ze zou het afschuwelijk vinden op iets te stuiten waardoor ze haar mening over hem moest herzien.

Na het bureau doorzocht ze de kasten onder de boekenplanken. Ze voelde de aanwezigheid van haar vader heel sterk toen ze de oude foto's in sepia bekeek, in dikke gebonden albums. Foto's van haar vader in zijn jonge jaren; op een kameel met een panamahoed op zijn hoofd; op safari in Afrika; bij de Ascot Races in rokkostuum met hoge hoed; voor de Taj Mahal en de piramides van Gizeh. Ook toen was hij al een dynamische verschijning geweest, met een lichtzinnige glimlach en een ondeugende twinkeling in zijn ogen. Er waren ook foto's van zijn broers, maar dat waren vreemden voor Celia. Haar grootmoeder Augusta daarentegen bleek in haar jonge jaren een schoonheid te zijn geweest, terwijl haar grootvader helemaal niets was veranderd, inclusief zijn indrukwekkende snor. Celia bleef nog lang verdiept in de foto's van haar vader. Hij stond overal even stralend en joviaal op, alsof hij alles en iedereen vermakelijk vond.

Toen het kleed volledig schuilging onder de spullen van haar vader, wist ze niet waar ze verder nog moest zoeken. Haar blik ging naar de klok op de schoorsteenmantel. Bijna middernacht. Ze begon moe te worden. Maar ze zag ertegen op om naar bed te gaan, alleen in het grote huis, met de bedienden op zolder, als muizen onder de dakbalken. Het huis voelde onbehaaglijk, alsof het begreep dat zijn meester nooit meer terug zou komen en alsof het niet goed raad wist met zichzelf. Had ze maar gevraagd of Boysie en Harry bleven slapen.

Ze ging in het midden van de kamer staan en liet haar blik vermoeid in het rond gaan, op zoek naar een geheime plek waar haar vader geheime brieven kon hebben verstopt. Een kluis had ze niet gevonden, en ze had in alle laden gekeken. Toen viel haar blik op de bibliotheek waar haar vader nooit iets mee had gedaan. Iedereen in de familie wist dat Digby zijn leven lang nog nooit een boek had gelezen. Waarom had hij er dan zo veel? Voor een man die nooit las, leek haar dat ineens erg vreemd. Er kwam een gedachte bij haar op. Ze begon alle boeken van de planken te halen, die in wolken van stof aan haar voeten belandden. En toen zag ze het: er zat een kluis in de muur, achter een rij onschuldig ogende boeken. De opwinding schonk haar nieuwe kracht, haar vermoeidheid was verdwenen. Het duurde niet lang of ze had de sleutel gevonden, in een asbak op het bureau, tussen wat muntjes, golf-tees en paperclips. In de kluis lag een stapeltje van drie brieven, boven op diverse andere documenten.

Met bonzend hart ging ze met de brieven in de stoel bij de haard zitten, waarin haar vader altijd de krant las. Ze haalde diep adem en pakte de eerste brief uit de envelop. Toen ze wilde beginnen met lezen, hoorde ze in gedachten de stem van haar vader. Ze voelde zich ineens schuldig. Hij had niet gezegd dat ze de brieven moest lezen; ze moest ze verbranden. Maar hij had haar ook niet verboden ze te lezen. Na een korte aarzeling kreeg haar nieuwsgierigheid de overhand.

Ze was bang geweest dat het liefdesbrieven zouden zijn, van een maîtresse. Maar terwijl ze kennisnam van de verschrikkelijke inhoud, wenste ze dat het liefdesbrieven waren geweest! Het bloed trok weg uit haar gezicht, een loden last drukte op haar maag en de bodem leek onder haar weg te vallen toen ze ook de twee andere brieven las. Had ze maar naar haar vader geluisterd en de brieven verbrand! Haar moeder had haar altijd op het hart gedrukt dat nieuwsgierigheid soms ongewenste kennis opleverde. En ze had gelijk gehad. Nu ze de brieven eenmaal had gelezen, kon ze de inhoud ervan niet naast zich neerleggen. Ze voelde zich vervloekt, bezoedeld door het venijn waarin de schrijver zijn pen had gedoopt. Er was maar één ding dat ze kon doen.

Gejaagd, alsof de brieven een eigen wil hadden en zouden kunnen vluchten om hun inhoud bekend te maken, verfrommelde ze de vellen en gooide ze in de haard. Op de schoorsteenmantel lagen lucifers. Ze streek er een af, liet zich door haar knieën zakken en hield het vlammetje bij het papier. Dat begon al snel lustig te branden. Ze keek hoe het vuur de brieven verteerde tot een bergje as, tussen de sintels die waren overgebleven van de talloze malen dat haar vader de haard had gebrand.

Terwijl ze ernaar staarde wenste ze dat ze de naam Aurelius Dupree nooit meer onder ogen zou krijgen. En dat de man die zo heette, nooit meer van zich zou laten horen.

24

Londen heeft de stralendste – en rijkste – ster aan zijn firmament verloren, schreef burggraaf Castlerosse in zijn vaste rubriek in de *Express.*

De plotselinge dood van Sir Digby Deverill, een van mijn dierbaarste vrienden, heeft geleid tot een golf van geschokte reacties in de salons van de Londense elite. Een hartaanval maakte een einde aan het leven van een man die door ons allen als onsterfelijk werd beschouwd. Het was dan ook geen verrassing dat de dienst ter ere van zijn nagedachtenis werd bezocht door de crème de la crème van de Britse maatschappij en door idolen uit de wereld van de film en het theater. Graaf Baldwin of Bewdley, van wie wordt gefluisterd dat hij de flamboyante en populaire Sir Digby probeerde te interesseren voor een politieke functie, was in de kerk aanwezig, net als Mr. Winston Churchill, de graaf van Birkenhead en Lord Beaverbrook, oprichter van deze krant. De lieftallige Betty Balfour en Madeleine Carroll brachten de glamour van het witte doek naar de droevige bijeenkomst in Mayfair en bewezen de omvang en de eclectische samenstelling van Sir Digby's sociale netwerk. Ook de koning had een vertegenwoordiger gestuurd, want Sir Digby was geliefd in de wereld van de paardenrennen en het schijnt dat hij ooit een – om in stijl te blijven – vorstelijke prijs heeft betaald voor een paard uit de koninklijke stoeterij, een gunst die de koning nooit is vergeten. Het verbaasde me niet ook diverse collega-Randlords in de kerk te zien, onder wie zijn vriend en buurman, Sir Abe Bailey. Deze laatste onderhield zich met de estheet Mr. Boysie Bancroft, die een vooraanstaande positie bekleedt bij veilinghuis

Christie's. Het gesprek ging ongetwijfeld over kunst. De collectie van Sir Abe schijnt, volgens de kenners, uniek te zijn. Zelfs haar zwarte rouwkleding kon geen afbreuk doen aan de bekoorlijkheid van de buitengewoon charmante markiezin van Londonderry, die de dienst bezocht in gezelschap van haar zoon, Lord Castlereagh. Maar geen van de aanwezige dames evenaarde de tragische schoonheid van Mrs. Celia Mayberry, Sir Digby's jongste dochter, die recentelijk ook haar man verloor. Niemand roerde het onderwerp aan, maar iedereen vraagt het zich af: Wat gebeurt er met haar kasteel in Ierland? Gaat ze het verkopen of niet?

'Belachelijk!' Maud sloeg verontwaardigd de krant dicht. 'Celia piekert er niet over het kasteel te verkopen.'

'Maar wel de inboedel,' zei Harry, terwijl hij melk in zijn koffie deed.

'Dat is iets heel anders. Burggraaf Castlerosse zou romans moeten gaan schrijven. Dat ligt hem vast beter. Het kasteel was werkelijk het laatste waar iedereen aan dacht tijdens de dienst.'

'Digby heeft Celia vast en zeker genoeg geld nagelaten om alle verliezen die Archie heeft geleden, te compenseren,' verklaarde Harry vol vertrouwen.

'Archie heeft haar in een afschuwelijke positie gebracht. Zoiets kun je je vrouw niet aandoen. Het is een schande.' Ze schonk haar zoon een glimlach. Zijn bezoekjes fleurden haar aanzienlijk op. De bladeren die vielen, de zware smog en de gure herfststormen stemden haar zwaarmoedig. 'Wat is Celia nu verder van plan?'

'Ik neem aan dat ze voorlopig in Londen blijft. In elk geval tot het openen van het testament. Dan weet ze waar ze aan toe is. De nanny komt met de kinderen ook hierheen. En Beatrice...'

'Beatrice is volslagen nutteloos,' viel Maud hem in de rede. Ze tuitte afkeurend haar vuurrode lippen. 'Ze zou zichzelf bij de kraag moeten vatten. Haar gezin heeft haar nodig. Vooral Celia. Aan haar zusters heeft ze niets. Trouwens, daar heeft ze nooit een hechte band mee gehad. Maar jij bent erg op haar gesteld, is het niet, Harry? Dus ze heeft ongetwijfeld veel steun aan je.'

'Beatrice is alweer terug naar Deverill Rising,' vertelde Harry. 'Ze wil nog altijd niemand zien.'

'Ze zou beter voor zichzelf moeten zorgen. Sinds de zomer is ze dramatisch afgevallen.'

'Dat komt door het verdriet, mama. Maar uiteindelijk zal ze wel weer gaan eten.'

'Natuurlijk. Ze komt er wel weer bovenop. Wij Deverills beschikken over een enorme veerkracht.'

'We zullen wel moeten.'

'Niemand die daar beter over kan meepraten dan ik, Harry. Wat ik heb doorgemaakt, zou voor de meeste vrouwen onoverkomelijk zijn. Maar ik ben taai. Mij krijgen ze niet klein.' Harry vroeg zich af wat ze dan allemaal had doorgemaakt, behalve een schandaaltje en het verlies van een kasteel waar ze nooit om had gegeven. Maar hij sprak haar niet tegen. Hij wist uit ervaring dat hij beter geen ruzie kon maken met zijn moeder. 'Wat me staande houdt, is mijn geloof, mijn kinderen en de wetenschap dat ik altijd aan alles mijn beste krachten heb gegeven.'

Harry keek om zich heen in de luxueuze salon, ingericht en gestoffeerd met het beste en het duurste wat voor geld te koop was, en besloot het over iets anders te hebben. 'U hebt het hier erg smaakvol ingericht, mama.'

'Dank je. Maar ik ben wel vaak eenzaam. Dat kan ik niet ontkennen. Jij bent mijn troost, Harry. En natuurlijk Charlotte en jullie aanbiddelijke kinderen. Toch heb ik nergens spijt van.' Ze schonk hem opnieuw een glimlach, en bij het zien van de voldoening in haar ogen voelde Harry zich plotseling slecht op zijn gemak. 'Ik ben zo trots op je, lieverd. Ik had me geen betere zoon kunnen wensen.'

Celia sloeg de krant dicht en snoof afkeurend. Haar vader had gezegd dat ze het kasteel niet moest verkopen. Niemand wist beter dan zij hoeveel het voor hem betekende. Dus ze was niet van plan het zomaar op te geven.

Ze dacht terug aan de herdenkingsdienst. Wat Castlerosse niet had gezien, was de onbekende bezoeker, helemaal achter in de kerk, een man met een vilthoed die onuitgenodigd naar de bijeenkomst was gekomen en spiedend om zich heen had gekeken. Het was dezelfde man die haar na de begrafenis, buiten de kerk, met een blik vol haat had aangestaard. In tegenstelling tot Castlerosse had Celia hem wel opgemerkt. Ze was erg slecht in het onthouden van namen, maar gezichten vergat ze niet. En het ingevallen, vlekkerige, grauwe gezicht van deze onbekende had zich als een doorn in haar geheugen vastgehaakt. Ze had hem na die eerste keer nog diverse malen gezien, onder de straatlantaarn aan de overkant, waar hij naar het huis en naar háár stond te staren. Het was al ongepast geweest om op de begrafenis van haar vader te verschijnen, maar zijn aanwezigheid bij de herdenkingsdienst was ronduit onbeschaamd. En dan drukte ze zich nog heel voorzichtig uit. Maar ze veronderstelde dat scrupules hem vreemd waren. Voor een man als Aurelius Dupree was niets of niemand heilig.

Celia wist dat hij probeerde haar te spreken te krijgen, maar ze was vastbesloten hem te negeren. Als ze hem geen aandacht schonk, liet hij haar uiteindelijk misschien met rust.

Beatrice voelde zich te zwak om bij het openen van het testament aanwezig te zijn. De bijeenkomst werd gehouden in een chic kantoor aan St. James's Park, in aanwezigheid van Celia en haar zusters Leona en Vivien, hun echtgenoten Bruce en Tarquin, en Harry, die door Celia was uitgenodigd om de plaats van Archie in te nemen. De stemming was somber en formeel. Mr. Riswold, Digby's notaris, zat aan het eind van de tafel en sloeg zijn map open. Hij was niet de gebruikelijke gezette, vaderlijke notaris, maar een strenge, broodmagere verschijning met een gezicht als een doodgraver. Na de gebruikelijke formaliteiten haalde hij een keurig stapeltje papieren uit de map, bijeengehouden door een nietje, en legde het voor zich op tafel. 'Goed, laten we beginnen.' Hij liet zijn blik over de aanwezigen gaan, die hem vol verwachting aankeken, benieuwd te horen hoe Digby de verdeling van zijn enorme rijkdom had geregeld.

Het kwam erop neer dat hij alles had nagelaten aan Beatrice, met de bedoeling dat zij kon besluiten hoe ze zijn geld en zijn bezittingen onder zichzelf en hun dochters verdeelde. Sir Digby had met zijn kapitaal gespeculeerd – bij dat laatste woord keek de notaris enigszins misprijzend – op de effectenbeurs, die een jaar geleden was ingestort, zoals ze allemaal wisten. Als Sir Digby was blijven leven zou hij zijn verliezen ongetwijfeld weer hebben weten te compenseren, aldus Mr. Riswold. Maar helaas had hij daar niet de kans toe gekregen – er verschenen zweetdruppeltjes op het hoofd van de notaris – met als gevolg dat de verliezen nog altijd aanzienlijk waren. Mr. Riswold schraapte zijn keel, vermeed het de familie rechtstreeks aan te kijken en deed de grimmige waarheid uit de doeken. Digby's financiële problemen bleken veel ernstiger te zijn dan ook maar iemand van de familie had vermoed. Zijn geluk aan de speeltafel was eindelijk op geweest.

'Hoe vertellen we het aan mama?' Leona's langgerekte gezicht zag asgrauw. Toen ze hier binnenkwamen, hadden ze allemaal gedacht dat ze dankzij de erfenis schatrijk zouden zijn. Inmiddels beseften ze dat er helemaal geen erfenis wás.

'We vertellen het haar niet,' verklaarde Celia op besliste toon.

'Ik denk niet dat we het voor haar kunnen verzwijgen,' zei Vivien. 'We zullen papa's bezittingen moeten verkopen. Inclusief Deverill House en Deverill Rising. Papa's grootste vreugden.' Er blonken tranen in haar ogen. Tarquin legde zijn hand op de hare en drukte die bemoedigend.

'Mama kan het niet aan als we haar vertellen dat ze haar huizen dreigt kwijt te raken,' merkte Celia op.

'Laten we het niet erger maken dan het is,' droeg Leona haar steentje bij. 'De enige die iets moet verkopen ben jij, Celia. Met het weinige dat papa nog had, zal mama er waarschijnlijk net in slagen papa's schulden af te betalen. Maar er is geen geld voor de jouwe.'

Celia verstijfde. 'Ik ben heel goed in staat Archies schulden op eigen kracht te betalen,' luidde haar nijdige repliek, hoewel ze drommels goed wist dat ze nog niet eens de helft van het benodigde bedrag bij elkaar zou weten te krijgen.

'Laten we geen ruzie maken,' zei Harry.

'Precies,' viel Bruce hem bij. 'We moeten samen een oplossing zien te vinden. En vooral kalm blijven.' Zijn keurig verzorgde, bruine snor wipte op en neer terwijl hij als militair in hart en nieren, gevormd door een lange carrière in het leger, over een strategie begon na te denken.

'Celia heeft gelijk,' oordeelde Tarquin, die net als zijn zwager al jaren in het leger diende en ook een enthousiast bedenker was van plannen, draaiboeken en tactieken. 'Het heeft geen zin mama van streek te maken. Ze is toch al zo kwetsbaar. Dit nieuws zou wel eens de doodssteek kunnen betekenen. Ik stel voor dat we de hoogte van de schulden uitrekenen, dan kunnen we aan de hand daarvan bepalen hoeveel er overblijft om de twee huizen in gebruik te houden.'

‘Het zweet breekt me uit, alleen al bij de gedachte aan de kosten,’ verzuchtte Celia. ‘Ik weet tenslotte hoeveel ik kwijt ben aan onderhoud en personeel van kasteel Deverill...’

‘We hebben het niet over kasteel Deverill.’ Leona’s stem steeg een octaaf. Vivien wierp haar een waarschuwende blik toe, maar Leona trok zich er niets van aan. ‘Als papa niet zo veel geld aan dat ellendige kasteel had uitgegeven, zaten we nu misschien niet in deze situatie.’

‘Dat is niet eerlijk, Leona,’ protesteerde Vivien. ‘Kasteel Deverill was papa’s droom.’

‘Nou, die is dan uitgedraaid op een nachtmerrie.’

‘Laten we alsjeblieft geen ruzie maken,’ zei Harry nogmaals. Als er iemand van streek zou moeten zijn over kasteel Deverill, was hij het. Maar dat was hij niet.

‘Ik heb nooit begrepen wat iedereen zo aantrok in het kasteel. Het is veel te groot, en het was er altijd koud en vochtig,’ zei Leona. ‘Celia heeft er een paleis van gemaakt, maar zo is het nooit bedoeld geweest. Ik weet zeker dat Adeline en Hubert zich omdraaien in hun graf.’

‘Leona, zo is het wel genoeg,’ zei haar man op een toon alsof hij een ongehoorzame cadet tot de orde riep. ‘Laten we positief blijven. Het heeft geen zin om te ruziën over dingen die niet meer terug te draaien zijn. Digby had het volste recht zijn geld uit te geven zoals hij dat wilde. Hij had het zelf verdiend.’

‘En vergokt.’ Leona klonk verbitterd.

‘We moeten onze marsroute bepalen.’ Bruce keerde zich naar de grimmige notaris, die zwijgend maar aandachtig had geluisterd terwijl de gemoederen hoog opliepen. ‘Mr. Riswold, u bent beter ingevoerd in Sir Digby’s financiële situatie dan wij. Dus misschien kunt u ons adviseren.’

De notaris rechtte zijn rug, likte aan zijn wijsvinger en bladerde de stapel papieren door naar het onderste vel. ‘Ik had wel verwacht dat u zou schrikken,’ zei hij onbewogen. ‘Dus ik ben zo vrij geweest een en ander voor u op papier te zetten...’ Toen begreep Celia waarom haar vader voor deze schriele, pedante man had gekozen. Mr. Riswold was iemand die ook onder de moeilijkste omstandigheden volmaakt kalm bleef. ‘Bereid u voor op het ergste,’ waarschuwde hij. Het klonk zo onheilspellend dat het vooruitzicht van bittere armoede onontkoombaar voor hen opdoemde.

Bij terugkeer in Deverill House hield de butler Celia een dienblad voor met daarop een brief. Ze verbleekte, want ze herkende het handschrift. 'Deze is vanmiddag bezorgd,' antwoordde de butler desgevraagd, want er zat geen postzegel op de envelop. Het idee dat Aurelius Dupree bij haar had aangebeld, deed Celia huiveren, alsof er een ijzig mierenleger over haar huid marcheerde. Ze riep zichzelf tot de orde, bedankte de butler en liep naar haar vaders studeerkamer, waar ze de brief met bevende hand in de haard gooide. Net zoals ze dat met de drie eerdere brieven had gedaan. Door ze te verbranden hoopte ze dat het probleem vanzelf in rook zou opgaan.

Er was maar één ding dat ze kon doen. Ze moest terug naar kasteel Deverill. Misschien zou Dupree haar daar niet kunnen vinden. De volgende morgen vertelde ze de butler dat ze naar Ierland ging. En mocht de bezorger van de brief opnieuw aanbellen, dan moest de butler zeggen dat ze voor onbepaalde tijd was vertrokken, dus dat verdere correspondentie geen zin had. Ze hoopte vurig dat Dupree vervolgens niet naar Deverill Rising zou gaan om met haar moeder te praten. Als Beatrice te weten kwam wat er in die brieven had gestaan, was de kans groot dat ze opnieuw een begrafenis moesten regelen.

Adeline sloeg Celia's terugkeer bezorgd gade. Ze voelde Celia's angst, maar ook haar vastberadenheid om zich staande te houden en haar twijfel of ze daartoe de innerlijke kracht bezat. Celia was alleen. Bertie mocht dan vlakbij zijn, in het jachthuis. En Kitty ook, in het White House. Maar Celia had zich nog nooit zo op zichzelf teruggeworpen gevoeld. Adelines hart ging naar haar uit, maar ze kon niets doen om haar te troosten. Archie en Digby hadden de stoffelijke wereld verlaten. Dat ze in de geest nog altijd bij haar waren, betekende niets voor iemand die de gevoeligheid miste om dat te registreren.

'Ik benijd mensen zoals Digby,' zei Barton. Hij werkte zich uit zijn stoel overeind en kwam bij Adeline voor het raam staan. 'Per saldo is hij toch een van de gelukkige Deverills.'

'Hij kan gaan en staan waar hij wil, daar heb je gelijk in.' Adeline begon haar geduld te verliezen met het stel ruziezoekers dat in het kasteel gevangenzat. 'Maar zijn dood kwam veel te vroeg en op een erg ongelukkig moment. Hij had nog zo veel te doen.'

'Geldt dat niet voor ons allemaal?' Barton keek zuchtend toe terwijl Celia het kasteel binnen liep. De bagage liet ze aan de bedienden over, de kinderen aan de nanny. 'Dit was niet de eerste keer dat het kasteel moest worden herbouwd.'

'O nee?' Onmiddellijk was Adelines nieuwsgierigheid gewekt.

'Het is al eerder platgebrand.'

'In jouw tijd?'

Hij knikte. 'Ja. In mijn tijd. De geschiedenis herhaalt zich. De inwoners van Ballinakelly kwamen tegen me in opstand en zetten het kasteel in brand. Ik werd uit Londen teruggeroepen. Er zijn weinig dingen zo erg als al van verre je eigen huis in lichtelaaie te zien staan. Als een reusachtige oven, zo zag het eruit. Als de smidse van onze Hemelse Vader. Vergelijkbaar met de brand waarbij Hubert het leven liet, aangestoken door de rebellen.'

'Dat waren geen rebellen,' zei Adeline nijdig. 'Die brand is aangestoken uit persoonlijke rancune.'

'Liefde en haat zijn nauw verweven.' Hij klonk somber, maar ook berouwvol.

Adeline keek hem aan. Zijn gezicht was vertrokken van pijn, zijn lippen verwrongen van spijt. 'Wat heb je gedaan, Barton?' vroeg ze zacht.

Hij keek uit het raam, maar Adeline wist dat hij slechts het gezicht van een vrouw zag. Want alleen de liefde kon een man zo gekweld en berouwvol stemmen. 'Ik heb iets onvergeeflijks gedaan,' bekende hij. 'Maar het was onvermijdelijk.'

'Om wie gaat het?'

Hij schudde zijn hoofd en sloot zijn ogen. Meer dan tweehonderd jaar had hij zijn geheimen bewaard, diep weggeborgen in zijn hart, om ze niet onder ogen te hoeven zien. Maar omhuld door de oogverblindende gloed die Adeline uitstraalde kwam het verlangen in hem op zich van zijn last te ontdoen. Hij wilde zich bevrijden van de schuld, van de duisternis die hem als een sluier omgaf, van de ondraaglijke zwaarte van de schaduw die op hem drukte. Hij snakte ernaar in haar licht te mogen delen. 'Ik hield van Maggie O'Leary.' Hij zei het zo zacht dat Adeline zich afvroeg of ze hem goed had verstaan.

'Je hield van de vrouw die jou en je nakomelingen heeft vervloekt?'

Adeline hield geschokt haar adem in. 'De vrouw die je heeft veroordeeld tot dit voorgeborchte?'

'Ja, ik hield van haar.' De woorden verlieten zijn mond als gif dat uit een wond sijpelde. 'Ik hield van haar tot in het diepst van mijn wezen.'

'Ik begrijp het niet. Als je van haar hield, waarom heeft ze de vloek dan niet ongedaan gemaakt?'

Hij keek haar aan en schudde zijn hoofd. Om zijn mond speelde een matte, hulpeloze glimlach.

Celia had zich nog nooit zo alleen gevoeld. Ondanks het personeel, ondanks de geesten die door de gangen dwaalden, voelde ze zich volmaakt eenzaam en verlaten en wanhopig verloren. Ze durfde de bedienden nauwelijks in de ogen te kijken, want ze zou hen waarschijnlijk spoedig allemaal moeten ontslaan. 's Avonds in bed, diep weggekropen onder de dekens, voelde ze het gemis van haar man zo mogelijk nog sterker dan overdag. Zijn kant van het matras leek een enorme, koude leegte waar ze voor terugdeinsde. Zolang ze zich klein maakte op haar eigen helft kon ze doen alsof die koude leegte er niet was. Tranen drupten op haar kussen, dat al snel volledig doorweekt raakte. Ze voelde zich als een marionet waarvan de touwtjes waren doorgeknipt. De poppenspeler had haar aan haar lot overgelaten, maar ze wilde niet onafhankelijk zijn, ze voelde zich onzeker en snakte naar geborgenheid. Ze wilde dat alles weer was zoals vroeger, toen Archie en zij naar Italië gingen om meubels en schilderijen te kopen voor het kasteel. Ze snakte naar de tijd voordat het geld opraakte, voordat Archie zichzelf van het leven beroofde, voordat haar vader stierf aan een hartaanval, voordat alles zo afschuwelijk mis was gegaan. Met haar ogen stijf dichtgeknepen bad ze tot God. Hij was haar laatste redmiddel. En Hij zou niet boos zijn dat ze nu pas bij Hem aanklopte. Zijn liefde was immers onvoorwaardelijk?

De volgende morgen ging ze bij Kitty langs. Ze had behoefte aan iemand die haar begreep; iemand die haar niet bekritiseerde zoals Leona dat had gedaan; iemand die net zo had geleden als zij. Alleen iemand als Kitty kon in haar wanhoop met haar meevoelen.

Ze trof Kitty in de salon, waar ze kerstcadeautjes zat in te pakken aan een ronde tafel bij het raam. Het leek Celia een eeuwigheid geleden dat ze haar gasten de vorige kerst had ontvangen op het kasteel. Toen leefden haar man en haar vader nog en het was allemaal heerlijk, verrukkelijk geweest. Ze had zich bevoorrecht en gezegend gevoeld. Maar inmiddels besefte ze pas echt hoe gelukkig ze was geweest. Wanneer je iets verloor, begreep je pas hoe kostbaar het was geweest.

Toen Kitty haar zo verslagen en verloren in de deuropening zag staan, kwam ze met uitgestrekte armen naar haar toe. Haar blik was een en al compassie. Ze hoefde niets te zeggen, woorden waren overbodig dankzij hun hechte band. Dus ze omhelsde Celia alleen maar en trok haar dicht tegen zich aan. Op haar beurt gaf Celia zich over aan haar wanhoop, haar verbijstering, en begroef ze haar gezicht snikkend tegen de schouder van haar nichtje. Kitty sprak troostend en bemoedigend op haar in en liet haar begaan. Het was goed dat Celia haar verdriet de ruimte gaf. Dat wist ze uit ervaring, en ook dat de pijn en het verdriet zouden slijten – dat ze op de achtergrond altijd aanwezig bleven, maar niet langer zouden schrijnen en branden. Uiteindelijk zou Celia ermee leren leven. Sterker nog, het verdriet en de pijn zouden zozeer een deel van haar worden dat ze zich er amper meer van bewust was. Maar op stille momenten, wanneer ze alleen was met haar gedachten en wanneer de dagelijkse besognes geen aandacht vroegen, zou alles weer naar boven komen. Kitty sloot haar ogen en verdrong het beeld van Jack dat nog altijd, juist als ze er niet op verdacht was, voor haar geestesoog verscheen. Ze kon haar verlies met niemand delen, het was een geheim dat ze met zich zou meenemen in het graf.

Toen ze eenmaal bij het vuur zaten, bekende Celia dat haar vader door speculatie bijna al zijn geld had verloren. Ze vertelde over Leona's hatelijke kritiek, over Viviens zwakke pogingen om het voor haar op te nemen, en over haar vermoeden ten aanzien van Harry en Boysie. Tot haar verrassing bleek Kitty al jaren te weten dat die twee van elkaar hielden. Celia vertelde alles, ook hoe verloren en wanhopig en verdrietig ze zich voelde, maar ze sprak met geen woord over Aurelius Dupree. Dat was iets wat ze aan niemand kon vertellen. Zelfs niet aan Kitty.

En toen, op een dag in januari, kwam er opnieuw een brief. Net als de eerste was hij persoonlijk afgegeven en werd hij op het zilveren dienblad gepresenteerd. Buiten begon de zon al onder te gaan, binnen sloot een ijzige vuist van angst zich om Celia's hart. Aurelius Dupree was in Ierland. Hij was haar hierheen gevolgd en haar bastion binnen gedrongen. Ze durfde de brief niet open te maken, uit angst nog meer laster over haar vader te lezen en over wat er in Zuid-Afrika was gebeurd. Het waren allemaal leugens! Haar vader zou nooit iemand kwaad doen of bedriegen. Dus ze gooide ook deze brief in het vuur, maar al werd het papier dan verteerd door de vlammen, wat er in de brieven stond kon ze niet vernietigen. Zolang hij leefde, zou Aurelius Dupree haar daarmee blijven confronteren.

Het was slechts een kwestie van tijd of hij klopte aan de deur van haar kasteel. En dan had ze geen andere keus dan hem binnen te laten.

25

Om af en toe haar zorgen te kunnen vergeten, trok Celia veel op met Kitty. De kleine Florence speelde dan samen met Celia's dochter Connie, net zoals Kitty en Celia dat als kinderen hadden gedaan. JP was de kleintjes al ruimschoots ontgroeid. Met zijn negen jaar had hij zich ontwikkeld tot een stoere knul die zich in het zadel net zo op zijn gemak voelde als in de leskamer. Behalve stoer was hij ook knap om te zien. Het leek erop dat hij de beste Deverill-eigenschappen had geërfd – sprekende lichtgrijze ogen, een intelligent gezicht, een aanstekelijk gevoel voor humor, en daarbij was hij bovendien buitengewoon charmant en ontspannen in de omgang. Vandaar dat niemand zich afvroeg of hij ook nog iets van moederskant had meegekregen.

Kitty hield hem zo veel mogelijk weg uit het dorp, uit angst dat hij Michael Doyle tegen het lijf zou lopen, de botte huichelaar die in Ballinakelly bekendstond als de 'Paus'. Sinds zijn terugkeer uit Mount Melleray had ze hem maar één keer gezien, in de auto op weg naar de kerk, en ze had zich haastig afgewend. Ze wilde onder geen voorwaarde contact tussen hem en JP. Het kind was vóór alles een Deverill en in tweede instantie eerder een Trench dan een Doyle. Bridie had ervoor gekozen haar zoon af te staan en een nieuw leven op te bouwen in Amerika. Kitty betwijfelde of ze ooit nog terugkwam. JP bad voor zijn mama, van wie hij geloofde dat ze in de hemel was. Maar zijn gebeden waren onverschillig en gejaagd. Kitty was zijn moeder. Bij haar kwam hij niets tekort, dus hij miste zijn biologische moeder niet. Hij had twee vaders: Robert, die er altijd was, en Bertie, die hij zo vaak als hij kon opzocht in het jachthuis. Naarmate JP groter werd, ontwikkelde zich een steeds hechtere band tussen hem en Bertie. Ze hielden van dezelfde dingen: vissen, jagen, tennis en croquet, rommelen in Berties schuur en woordspelletjes doen bij de haard, gezellig met een pot thee. JP had alles wat een kind zich maar kon wensen. Daar konden de Doyles niets meer aan toevoegen.

Bertie en JP hadden op de zolder van het jachthuis een reusachtige modelbaan gebouwd. De spoorlijn, op een vierhoek van schragentafels, besloeg een hele kamer die ooit als opslagruimte in gebruik was geweest. Op de tafels was een compleet landschap verrezen, met groene heuvels waarop kleine schaapjes graasden, met tunnels, bruggen, meren en piepkleine cottages en boerderijen. Vader en zoon hadden een station gebouwd compleet met seinen, bewegende sporen en een voetgangersoversteekplaats. Er 'dobberde' zelfs een bootje op het meer, met daarin een visser die een hengel vasthield, compleet met een lijn en daaraan een vis met wijd opengesperde bek. De complexere, meer verfijnde onderdelen die in Dublin niet te koop waren, kocht Bertie in Londen. Maar de ijzerhandel in Ballinakelly was goed voorzien van essentiële zaken als lijm, verf, hout en karton. Op een regenachtige dag in januari kwamen Bertie en JP op het idee een kasteel te bouwen, compleet met stallen en een kas. Dus ze besloten om naar Ballinakelly te rijden voor de aanschaf van alles wat ze nodig hadden voor zo'n ambitieus project.

Dikke grijze wolken dreven landinwaarts vanuit zee, voortgestuwd door een sterke oostenwind die in ijzige vlagen over het water joeg, de kliffen geselde en rond de schoorstenen floot. Bertie zat aan het stuur van de blauwe T-Ford, met zijn zoon naast zich, genietend van hun saamhorigheid. Het vervulde hem met schaamte dat hij ooit had geweigerd JP te erkennen, dat hij Kitty zelfs min of meer had verstoten toen ze besloot voor het kindje te zorgen dat op het terras van het jachthuis te vondeling was gelegd. Wat een ironie dat uitgerekend het kind waarvan hij had gevreesd dat het zijn ondergang zou worden, hem een reden had gegeven om het leven weer te omarmen.

Vader en zoon overlegden opgewonden hoe ze het kasteel vorm zouden geven. Bertie stelde diverse materialen voor, maar JP had zijn eigen ideeën en bracht die zelfverzekerd naar voren. Hij vond dat hun kasteel er precies zo moest uitzien als kasteel Deverill.

'Dat is misschien wat te hoog gegrepen, JP.' Bertie grinnikte.

'Niets is te hoog gegrepen, papa,' verklaarde JP opgewekt. 'Wij kunnen alles, u en ik.'

Bertie keek bewonderend naar zijn zoon, die voor niets leek terug te deinzen. 'We gaan kasteel Deverill bouwen, met alle torens en ramen en deuren. En we maken ook de bomen en de moestuin. Ik weet precies hoe we de koepel van de kas moeten maken: met een ui, papier-maché en wat groene verf.'

'Het jachthuis vind je zeker niet uitdagend genoeg?' vroeg Bertie, in de stille hoop dat JP alsnog zou besluiten daarvoor te kiezen.

JP keek hem aan met een blik van afschuw. 'Maar dat is niet thúís, papa. Kasteel Deverill, dát is thuis.'

Bertie schudde zijn hoofd. Dat kon het kind alleen maar van Kitty hebben gehoord.

Het was druk in de hoofdstraat. De mensen liepen met een paraplu of zochten haastig beschutting in cafés, pubs en winkels. Mannen met een pet op, gestoken in een dikke jas, liepen met gebogen hoofd en opgetrokken schouders gejaagd over de stoep. Druipnatte paarden, onverschillig voor de regen, trokken zware karren voort. Nadat Bertie voor de ijzerhandel had geparkeerd, vluchtten ze op een holletje naar binnen. Mr. O'Casey groette hen eerbiedig. Hij ging al heel wat jaartjes mee en herinnerde zich nog de tijd dat de huidige Lord Deverill een klein jongetje was geweest. De ijzerhandelaar had dan ook van kinds af aan geleerd respect te hebben voor de aristocratie, en hij huiverde nog altijd bij de herinnering aan de nacht waarin het kasteel was afgebrand. Terwijl JP vertelde dat ze het kasteel op schaal gingen nabouwen, scharrelde Mr. O'Casey de benodigde materialen bij elkaar en klom zelfs op de ladder voor spullen die op de hoogste planken waren weggeborgen. Hij stapelde alles op de toonbank. JP was zo opgewonden dat hij er niet van af kon blijven. 'Het wordt een prachtig kasteel,' zei hij, terwijl Mr. O'Casey zijn bril opzette en de bedragen aansloeg op de kassa. Net toen hij daarmee klaar was, rinkelde het belletje boven de deur en kwam Michael Doyle binnen, met een vlaag wind die regen meevoerde.

Bertie legde het geld op de toonbank en draaide zich om naar de man die door de Royal Irish Constabulary aanvankelijk was gezocht in verband met de brand, maar wiens arrestatiebevel later was ingetrokken. Mocht Bertie al enige vijandigheid voelen jegens Michael Doyle, dan was hij te beleefd om dat te laten merken. 'Goedemorgen, Mr. Doyle,' zei hij neutraal.

Zodra Michael het kind zag, verzachtte de uitdrukking op zijn gezicht. 'Goedemorgen, Lord Deverill.' Hij nam de pet van zijn wilde zwarte krullen. 'En dit is de jonge master Jack Deverill?' vroeg hij met een glimlach.

De kleine jongen knikte. 'Ik ben JP,' antwoordde hij beleefd. 'Hoe maakt u het?'

Michael had het kind niet meer gezien sinds hij het uit Dublin had gehaald. Het baby'tje van toen was uitgegroeid tot een knappe jongen met vrolijk twinkelende ogen. En ondanks zijn rode haar was JP onmiskenbaar een Doyle. Michael zag het aan zijn wilskrachtige kaak en aan de sproetjes op zijn neus. Hij herkende Bridie in het brede voorhoofd en in de fraai gewelfde bovenlip, terwijl de open blik van het kind hem aan zichzelf deed denken. JP was een dappere kleine jongen, net zoals híj dat was geweest. Een kind dat nergens bang voor was. Michael werd overspoeld door een golf van trots.

Bertie bedankte Mr. O'Casey en pakte de papieren zak met spullen van de toonbank. 'Kom mee, JP. We moeten aan het werk.' Hij knikte naar Michael, die nogmaals zijn pet afnam. Toen deed Lord Deverill de deur open en volgde zijn zoon naar buiten. De winkelbel rinkelde opnieuw en de deur viel achter hen dicht. Michael zag het kind in de auto stappen. Het was Michael al vergeten en praatte honderduit tegen zijn vader. Even later reed de auto weg en Michael bleef achter met een wonderlijk gevoel van verlies. JP was zijn neefje, maar dat zou het kind nooit weten.

Michael kocht wat hij nodig had en reed weer naar huis, in de auto die ze van het geld van Bridie hadden gekocht. Zou hij bij thuiskomst Grace weer in de keuken aantreffen? In gebed met zijn moeder en zijn oma? Hij was er inmiddels helemaal aan gewend. Ze was al zo vaak geweest, zonder ook maar enige aandacht aan hem te besteden, dat hij overtuigd was geraakt van haar oprechtheid. Aanvankelijk had hij gedacht dat het een list was om hem terug te krijgen, maar naarmate de maanden verstreken en ze regelmatig gesprekken voerde met pastoor Quinn en naar de mis ging in Cork, besefte hij dat haar overstap naar de katholieke Kerk niets met hem te maken had. Ze wilde oprecht vrede sluiten met God en met zichzelf. Dat begreep hij en dat dwong zijn respect af. Ooit hadden ze samen gezondigd, nu waren ze verenigd in Christus. Maar ondanks alles kon hij haar wilde, hongerige passie en haar gloeiende huid tegen de zijne nog altijd niet vergeten.

Terwijl hij wegreed, de heuvels in, dacht hij aan Kitty Deverill. Zolang zij hem nog niet had vergeven, zou hij met geen enkele vrouw het bed delen.

Grace zat op de bank in haar salon, tegenover pastoor Quinn, die in zijn zwarte habijt de hele fauteuil vulde. Hij dronk genietend van een glas whiskey. Grace had haar prooi geduldig achtervolgd, als een slang die het had voorzien op een sluwe rat. Ze had van meet af aan geweten dat het lang ging duren. Pastoor Quinn was geen man die zijn geheimen gemakkelijk prijsgaf, maar ze kende hem goed genoeg om te weten dat hij desnoods zijn eigen moeder zou verraden als zijn belangen daarmee werden gediend. Ze moest hem paaien, naar de mond praten, hem de indruk geven dat hij een werktuig was in Gods hand. Maar om te beginnen moest hij haar volledig vertrouwen. Daarbij werkte het in haar voordeel dat ze tijdens de Onafhankelijkheidsoorlog in het verzet hadden samengewerkt. Daardoor wist pastoor Quinn als geen ander dat ze een geheim kon bewaren. En hij wist ook dat Michael en zij in de strijd tegen de Britten hechte bondgenoten waren geweest, ondanks de enorme sociale kloof die tussen hen gaapte. Dus ze had er alle vertrouwen in dat ze pastoor Quinn zover zou weten te krijgen om haar te vertellen welke verschrikkelijke zonde Michael had begaan waarvoor hij zich nog altijd zo diep schaamde.

Ze schoof de fles whiskey naar hem toe. 'Schenkt u zich nog eens bij. Uw werk is zo zwaar, u kunt wel een kleine versterking gebruiken.' Naar zijn tirade over jonge mensen en hun gebrek aan toewijding en gedrevenheid had ze maar met een half oor geluisterd.

'In onze tijd hadden we nog iets om voor te vechten,' zei ze. 'Daardoor voelden we ons verbonden en zetten we er samen de schouders onder. Natuurlijk ben ik God dankbaar dat de oorlog voorbij is, maar de strijd voor onze vrijheid was iets waarin ik onvoorwaardelijk geloofde en waarvoor ik bereid was mijn leven op het spel te zetten.'

'U was erg moedig.' Pastoor Quinn schonk zichzelf nog eens in.

'Maar ik heb ook de verschrikkelijkste dingen gedaan.' Ze dempte vertrouwelijk haar stem. 'Genoeg om naar de hel te gaan.' Ze keek hem recht aan.

'"Betert u dan, en bekeert u, opdat uw zonden mogen uitgewist worden,"' citeerde pastoor Quinn de Bijbel.

'Ik heb kolonel Manley destijds naar de boerderij gelokt. Als ik dat niet had gedaan, had Jack O'Leary zijn mes niet in Manleys hart gestoken. Dus ik ben net zo schuldig aan die moord als hij,' zei ze zacht en met tranen in haar ogen. 'Denkt u dat God me dat zal vergeven?'

'Als u oprecht berouw hebt, Lady Rowan-Hampton, zal de Heer u vergeven en uw lei schoonvegen.'

'Ik heb oprecht berouw, pastoor Quinn. Oprecht en vurig. Ik heb spijt van wat ik heb gedaan. Van wat Michael en ik samen hebben gedaan.' Ze haalde een witte zakdoek uit haar mouw en bette haar ogen. 'Ik heb zo'n bewondering voor hem, pastoor Quinn. Een groter zondaar was er nauwelijks – o, wat hij allemaal heeft gedaan in naam van de vrijheid! – maar hij heeft zijn leven gebeterd. Hij is een ander mens geworden, en zo vroom als een man van de Kerk.' En zo celibatair, dacht ze wrang, maar dat hield ze vóór zich. 'Al zou ik maar half zo vroom kunnen zijn als hij, dan zou ik me gelukkig prijzen.'

'Michael heeft zijn leven inderdaad gebeterd, door de drank op te geven. Want de drank maakte de duivel in hem los en dreef hem tot zonde.'

'Hij heeft me verteld... over...' Ze begon te snikken. 'Ik kon het gewoon niet geloven. Dat hij...' Ze aarzelde en hield haar adem in, vurig hopend dat hij haar zin zou afmaken.

'Maar, beste Lady Rowan-Hampton, zijn zonden zijn de uwe niet.'

Ze wendde zich abrupt af. 'Dat besef ik. Maar kan God ook een dergelijke verdorven daad vergeven?'

'Dat kan Hij. Als Michael oprecht berouw heeft, zal de Heer hem genadig zijn. En hem zelfs dát vergeven.'

Ze keek hem aan met grote ogen waarin nog altijd tranen blonken. 'Zelfs dat?' herhaalde ze, ernaar snakkend om te weten wat 'dat' was.

Pastoor Quinn leunde naar voren, zette zijn ellebogen op zijn knieën en staarde hoofdschuddend in zijn lege glas. 'God zal hem vergeven, maar Michael wil méér. Hij zal niet rusten voordat ook Kitty Deverill hem heeft vergeven.'

Grace ademde beheerst uit en knikte ernstig. Ze toonde zich niet verrast, noch liet ze ook maar iets blijken van haar euforie dat ze de rat eindelijk had gestrikt. 'Ik bid dat ze de grootmoedigheid kan opbrengen hem te vergeven.'

Hij fronste zijn wenkbrauwen. 'Als u daar iets aan kunt bijdragen, zou ik u erg dankbaar zijn.'

'Kitty is een goede vriendin van me, zoals u weet.' Ze stopte haar zakdoek weer in haar mouw. 'Ze heeft me jaren geleden in vertrouwen genomen. Dus laat u het maar aan mij over. Nu ik weet dat Michael er klaar voor is haar om vergiffenis te vragen, zal ik kijken wat ik kan doen. Ik wil voor hen allebei alleen maar het beste. Maar het zal niet gemakkelijk zijn. Dus ik zal God vragen me bij te staan zodat ik de juiste woorden weet te vinden.'

'Het zal inderdaad niet gemakkelijk zijn. Maar als iemand het kan, bent u het, Lady Rowan-Hampton. Ik heb een groot vertrouwen in u.'

Ik ook, dacht ze zelfingenomen.

Toen pastoor Quinn zigzaggend naar zijn auto liep, trok Grace zich terug in haar slaapkamer. Ze ging voor het raam staan en kreunde zacht, terwijl er een huivering door haar lichaam trok. Dus dáárom had Michael haar afgewezen. Vanwege Kitty Deverill. Ze had zich van alles in het hoofd gehaald, maar dít had ze nooit kunnen bedenken. Natuurlijk had Michael haar niet verkracht, zoals pastoor Quinn impliceerde. Kitty had hem verleid. Dat kon niet anders. En gekweld door schuldgevoel was hij aan de drank geraakt. Het was allemaal Kitty's schuld. Michael was wild, vurig, hartstochtelijk, maar hij was geen verkrachter.

Het duurde even voordat ze de jaloezie de baas wist te worden die haar als een stinkende, rottende vloedgolf dreigde mee te sleuren en haar de adem benam. Ze moest al haar wilskracht aanwenden om zichzelf in de hand te houden. Het liefst zou ze iets tegen de muur kapot hebben gesmeten. Maar Grace had zich jarenlang bekwaamd in de edele kunst van de zelfdiscipline. Dus ze concentreerde zich op de tuin en probeerde het beeld te verdringen van Michael die Kitty binnendrong, een beeld dat hardnekkig voor haar geestesoog bleef verschijnen. Uiteindelijk slaagde ze erin haar woede te kanaliseren door een plan uit te broeden. Geen betere remedie tegen machteloosheid dan het uitbroeden van een intrige. Als ze Kitty zover wist te krijgen dat ze hem vergaf, zou Michael misschien bij haar terugkomen.

Die avond keerde Laurel naar huis terug na een rit in de heuvels met Ethelred Hunt. Vanaf het moment dat hij had gezegd dat ze in het zadel een lust voor het oog zou zijn, had ze gespeeld met het idee weer te gaan rijden. In haar jonge jaren was ze een bekwame amazone geweest, een moedige amazone zelfs, en had ze ook gejaagd. Als ze het rijden weer oppakte, zou ze voorzichtig zijn en zich niet laten verleiden tot roekeloosheid. Hazel had het een belachelijk idee gevonden, over een paar jaar werd ze tachtig! Maar waarom zou het leven als een nachtkaars moeten uitgaan? Een vrouw was zo jong als ze zich voelde. Bij Ethelred Hunt voelde Laurel zich weer een meisje. En vandaag, tijdens de rit over de kliffen, met diep beneden haar de golven die tegen de rotsen beukten en met boven haar hoofd de meeuwen die langs de hemel cirkelden, had ze haar jeugd opnieuw beleefd.

Laurel was hartstochtelijk verliefd. Er was geen enkel verschil met het vurige verlangen, de ademloze opwinding die ze had gevoeld toen ze twintig was. Ze mocht dan inmiddels een oude dame zijn, haar hart was nog onbedorven, teder als een rozenknop die zich opende bij de eerste liefkozende streling van de lentezon. Ze vond niet dat ze zich aanstelde. Waarom zou de liefde alleen het voorrecht van de jeugd zijn? Als Adeline nog leefde, zou ze zeggen dat het lichaam oud werd, maar dat de ziel onsterfelijk was en dus eeuwig jong bleef. Laurel zag er dan misschien uit als een grootmoeder, maar toen Ethelred Hunt haar in de ogen keek en zijn lippen op de hare drukte, had hij alleen maar een vrouw gezien.

Ze ademde diep in, sloot haar ogen en ervoer opnieuw dat verrukkelijke gevoel van hun lippen die elkaar vonden. Ze rook nog de kruidige geur van zijn huid en voelde zijn zachte baard langs haar gezicht strijken. O, het leek wel een droom. Een heerlijke droom. Ze zou het nooit vergeten, al werd ze honderd! 'Ik denk dat we dit beter tussen ons kunnen houden,' had hij gezegd terwijl hij zijn hand van haar taille nam – of van wat ooit haar taille was geweest. 'Anders raakt Hazel van streek. Volgens mij is ze verliefd op me.' Laurel had hem stralend van verrukking aangekeken. Na een jarenlange strijd tussen Hazel en haar was zíj door de onweerstaanbare zilveren wolf uitverkoren.

'O, ik kan wel een geheimpje bewaren,' had ze hem verzekerd. Nee, haar zuster hoefde er niets van te weten.

Ze liep naar binnen en trok de voordeur zachtjes achter zich dicht. Sinds ze die ochtend allebei de deur uit waren gegaan, had ze haar zuster niet meer gezien. Hazel ging naar Bertie, om te bridgen; Laurel had een afspraak bij de kapper. Uit de salon klonk muziek. De grammofoon stond aan, besefte Laurel verrast. Had Hazel bezoek? Als ze alleen was draaide ze nooit muziek. Toen ze de kamer binnen kwam, stond haar zuster voor het raam en keek naar de winterse tuin waar ze vogelvoer hadden gestrooid voor de dappere kleine roodborstjes. Met een hand om haar hals, de andere op haar heup, zwaaide Hazel licht heen en weer, dromerig neuriënd. 'Hallo, Hazel,' begroette Laurel haar opgewekt, terwijl ze de spelden uit haar hoed haalde.

Hazel draaide zich verschrikt om. 'O, Laurel! Ben je nu al terug?'

'Ja, en het was heerlijk om weer te rijden. Ik voel me jaren jonger!' Bij het zien van Hazels blozende wangen en stralende ogen besefte ze dat voor haar zuster hetzelfde gold.

'Je bent in elk geval niet van je paard gevallen,' zei Hazel onverschillig, alsof het haar niet had kunnen schelen als haar zuster wél was gevallen. Tot Laurels opluchting vroeg ze niet naar Ethelred. Want ze wilde zijn kus niet verraden door als een schoolmeisje te gaan blozen.

'En wat heb jij gedaan?' Ze ging op de leuning van de bank zitten en zette haar hoed op haar knie.

'O, van alles,' antwoordde Hazel vaag. 'Het bridgen was geanimeerd, zoals altijd. En vanmiddag...' Ze zuchtte laatdunkend. 'Vanmiddag heb ik niets gedaan. Alleen naar de vogels gekeken. Wat zijn ze parmantig, hè?'

'Wie waren er bij het bridgen?'

'O, het vaste clubje. Bertie speelde met Kitty, en ik met Ethelred.' Ze stond op en belde het dienstmeisje. 'Laten we een kop thee nemen met het laatste stuk portercake.' Ze keek Laurel niet aan terwijl ze langs haar liep. 'Maar hoe was het om weer in het zadel te zitten? Vond je het angstig?'

Laurel zocht niets achter het nerveuze gedrag van haar zuster en schoof wat dichter naar het vuur. 'Nee, ik vond het niet angstig.' Ze glimlachte bij de herinnering. 'Integendeel, het was het opwindendste wat ik in jaren heb gedaan.' En bij wijze van uitzondering probeerden ze elkaar niet de loef af te steken met jubelende verhalen over Ethelred Hunt. Sterker nog, zijn naam werd niet meer genoemd en de vertrouwde intimiteit waaraan het een tijdje had ontbroken, was er ineens weer. Dus ze babbelden er al snel opgewekt op los, af en toe onderbroken door gelach. Maar het gebeurde geregeld dat ze met hun vingers langs hun lippen gingen en verstolen glimlachten.

Hoe Celia ook haar best deed afleiding te zoeken om de harde werkelijkheid te ontvluchten, om de dood van haar vader en de torenhoge schulden waarmee Archie haar had achtergelaten althans even te vergeten, ze kon er niet omheen dat ze ergens geld vandaan moest zien te halen. En snel ook. Haar vader kon haar niet meer helpen, en ook al had hij nog geleefd, dan zou hij financieel niets voor haar hebben kunnen betekenen. Ze zette een vrolijk gezicht op voor haar kinderen, voor de vrienden en vriendinnen die haar bezochten, en voor haar Ierse familie die dagelijks langskwam om zich ervan te overtuigen dat het goed met haar ging. Maar achter die opgewekte façade drukten de zorgen als een steen op haar maag. Als ze voor het raam van haar slaapkamer stond en omhoogkeek naar de sterren, als ze terugdacht aan de zomerbals van haar jeugd, toen Kitty, Bridie en zij naar de koetsen hadden gekeken waarin de crème de la crème uit het hele graafschap kwam voorrijden, dan wenste ze dat ze de klok kon terugdraaien, dat ze opnieuw dat kleine, onbezorgde meisje van vroeger kon zijn. Op die betoverende avonden was het altijd helder geweest en waren bij het vallen van de schemering de eerste glinsterende sterren verschenen, aan een hemel die geleidelijk aan steeds donkerder werd.

Ze was bang dat ze het kasteel zou moeten verkopen. Het was haar huis geworden. Ze had haar hart eraan verpand, en aan Ballinakelly. En dat zou altijd zo blijven.

Op een winderige ochtend verscheen de butler in de deuropening van de salon, waar ze aan haar bureau brieven zat te schrijven. Hij klopte. 'Er is bezoek voor u, Mrs. Mayberry.' Celia wist onmiddellijk wie het was. Ze verwachtte hem al geruime tijd. De steen die op haar maag drukte werd zwaarder, en ze legde een hand op haar hart. Ze kon hem niet langer ontlopen.

'Laat hem maar binnen, O'Sullivan, en vraag Mrs. Connell ons een pot thee te brengen.' Ze ging in het midden van de kamer staan, trok haar rok en haar vest recht en haalde diep adem. Even later werd de man die ze op de begrafenis van haar vader en later bij de herdenkingsdienst had gezien, de salon binnen gelaten.

'Mrs. Mayberry.' Zijn gezicht stond ernstig.

'Mr. Dupree.' Ze stak haar kin naar voren. 'Ik had u al eerder verwacht. Kan ik u een kopje thee aanbieden?'

26

'Nee, dank u. Voor mij geen thee.' Zijn stem klonk hoog en schril. 'Liever een whiskey.' Zodra O'Sullivan hem een glas had ingeschonken, sloeg Dupree de inhoud in één keer achterover. Het ontging Celia niet dat zijn hand trilde toen hij het glas op het zilveren dienblad terugzette. Zijn nagels waren gescheurd en door het ingesleten vuil niet meer schoon te krijgen. Zijn troebele ogen waren bloeddoorlopen. 'Nu wil ik wel een kop thee,' zei hij.

Celia knikte naar de butler, die met zichtbare tegenzin de kamer verliet. Hij vond het niet prettig haar met deze dreigend uitziende vagebond alleen te laten.

Mr. Dupree leek stokoud. Hij had wel honderd kunnen zijn. Zijn witte haar was zo dun geworden dat zijn roze, korstige schedel erdoorheen schemerde. Zijn dunne, onregelmatige huid zat onder de littekens, ouderdomsvlekken en diepe, rode groeven die eruitzagen alsof ze door een mes waren veroorzaakt. Verbittering had zich in de lijnen rond zijn mond geëtst, boosheid smeulde achter de grauwe staar die zijn zicht vertroebelde en zijn ogen deed wateren. Hij had een zenuwtic waardoor één kant van zijn gezicht om de paar minuten vervormd raakte tot een kwaadaardige grimas. Zijn geur was die van drank en zweet: de geur van mannen die een ruig leven hebben geleid, aan de zelfkant van de samenleving. Zijn hele uitstraling was net zo scherp en stekelig als zijn blik, en het kostte Celia de grootste moeite haar weerzin te verbergen jegens deze man die haar leven was binnen gedrongen, als ongedierte dat via het riool het kasteel in had weten te komen. Tegelijkertijd was er iets in zijn houding, in zijn opgetrokken schouders en gebogen rug, wat afbreuk deed aan zijn dreigende pose en zelfs mededogen wekte. Achter de façade van zijn woede leek hij wanhopig.

'Gaat u zitten,' zei ze koel en zelfverzekerd, met een stem die ze nauwelijks als de hare herkende. Nadat hij zich ongemakkelijk op de punt van een stoel had laten zakken, ging ze zelf op het hekje rond de haard zitten. 'Voordat u ook maar iets zegt, ik heb de brieven gelezen die u mijn vader hebt geschreven, en ik geloof geen woord van wat erin staat. De brieven die u later bij míj hebt bezorgd, heb ik ongelezen verbrand... Ik vind het schandalig dat u mijn familie op deze manier lastigvalt en dat u probeert misbruik te maken van de situatie. We zijn in de rouw, Mr. Dupree.'

Hij haalde een pakje sigaretten uit zijn binnenzak en tikte ermee op zijn hand. 'Hoe goed hebt u uw vader gekend, Mrs. Mayberry?' Hij stak een sigaret tussen zijn lippen. In zijn stem, die nog altijd schril en onvast klonk, meende Celia een Ierse tongval te herkennen.

'Ik had een buitengewoon hechte band met mijn vader,' antwoordde ze ijzig.

Dupree schudde zijn hoofd. 'Ik ben bang dat u tot de ontdekking zult komen dat u hem helemaal niet kende.' Hij kreeg een hoestaanval. 'Gelooft u in gerechtigheid?' vroeg hij toen de aanval voorbij was.

'Zegt u nu maar gewoon wat u wilt, Mr. Dupree.' Celia was razend dat deze volslagen onbekende meende te kunnen oordelen over haar relatie met haar vader. Ze keek naar hem terwijl hij zijn duim langs het wieltje van een goedkope aansteker haalde. Toen zijn sigaret begon te gloeien, stopte hij de aansteker weg. Hij leunde achterover in de stoel en sloeg zijn benen over elkaar, waardoor zijn tot op de draad versleten sokken zichtbaar werden en zijn enkels, die pijnlijk dun uit zijn stoffige schoenen staken. 'U durft heel wat te beweren,' vervolgde Celia, vurig wensend dat hij wegging. Maar hij wekte niet de indruk dat van plan te zijn. O'Sullivan kwam terug met de thee. Het ragdunne porseleinen kopje oogde ongerijmd in de ruwe, eeltige handen van Mr. Dupree.

'Sta me toe bij het begin te beginnen, Mrs. Mayberry. Dan zal ik u vertellen over Digby Deverill zoals ík hem heb leren kennen.'

Celia zuchtte ongeduldig. 'Akkoord. Ga uw gang.' Ze was niet in zijn verhaal geïnteresseerd, maar omdat hij haar wilde chanteren bleef haar niets anders over dan naar hem te luisteren. Mr. O'Sullivan schonk ook haar een kopje thee in en liet hen toen alleen. De deur viel zachtjes achter hem in het slot.

Aurelius Dupree blies een dikke rookwolk uit en vernauwde zijn ogen tot spleetjes. Ondanks zijn uitdagende, doordringende blik beefde de hand waarin hij de sigaret hield nog steeds. 'Toen Digby Deverill in 1885 voet aan wal zette in Kaapstad en vandaar naar Kimberley trok, zocht Tiberius, mijn oudere broer, daar al acht jaar naar bodemschatten,' begon hij. 'Tiberius wist alles van diamanten. Echt alles. Ze noemden hem "Tiberius Glitter" omdat hij er een neus voor had. Hij kon de diamanten letterlijk ruiken. Er werd om hem gevochten. Hij werkte voor Rhodes en voor Barnato, stuk voor stuk giganten. En ze betaalden hem goed. Héél goed. Dus hij belde me dat ik ook naar Afrika moest komen. Ik stapte in Engeland op de boot naar Kaapstad en maakte vanuit daar de achthonderd kilometer lange reis naar Kimberley, in het noorden. En ik was een snelle leerling.' Hij tikte met een knoestige vinger tegen zijn slaap. 'Als je je kop erbij hield, viel er in de mijnen goed geld te verdienen.' Hij grijnsde en Celia schrok van de zwarte gaten in zijn gebit waar tanden ontbraken. 'Toen Digby arriveerde, zag Kimberley eruit als een groot stuk kaas, aangevreten door duizenden muizen. Rhodes en Barnato waren in onderhandeling om de mijnen samen te voegen. Kimberley was leeg gegraven. Daar viel voor Deverill niets meer te halen. Hij was een slimme jongen, met een gedegen afkomst, maar daar had je in Afrika niets aan. In Afrika werd je waarde gemeten in geld en diamanten, en die had hij geen van beide. Rhodes en Barnato waren schatrijk. Onmetelijk rijk. Afijn, Digby mocht dan geen geld hebben, hij had wel ambitie, hij was optimistisch en hij geloofde in zichzelf. Ik heb nooit iemand ontmoet die zo onvoorwaardelijk in zichzelf geloofde als Digby Deverill. Hij zette een tent op in het stof aan de rand van het mijnengebied. Het was hartje zomer, de hitte was moordend, de vliegen waren een verschrikking en dan heb ik het nog niet over andere ontberingen waar u zich geen voorstelling van kunt maken. Maar die zal ik een verfijnde dame als u besparen. Hoe dan ook, uit niets bleek dat hij een chique kerel was, die op zijn zeventiende van Eton was gestuurd omdat hij een illegaal gokhol beheerde en met de huisbeheerster in bed was aangetroffen. Of misschien was het de moeder van een medestudent. Althans, dat is het verhaal dat hij mij vertelde.' Hij grinnikte vreugdeloos. Er volgde opnieuw een hoestaanval waarbij te horen was dat zijn longen vol slijm zaten. 'Ze zeggen dat de zoon van Lord Salisbury ooit honderd pond had verloren aan Digby Deverill. Maar in Kimberley ging Digby niet met de hogere klasse om, daar zocht hij het allerruigste gezelschap op, van de ruwst denkbare kerels die voor niets en niemand terugdeinsden. Kerels zoals Jimmy "Mad" McManus, die op de Krim had gevochten en volgens de geruchten een vijandelijke soldaat met zijn blote handen de darmen uit het lijf had getrokken. En zoals Frank "Stone Heart" Flint en Joshua Stein, ook wel "Joshua Bloodsucker Stein" genoemd, en ik zal u maar niet vertellen hoe híj aan zijn naam kwam. Maar Digby deed niet voor hen onder. Hij was niet bang voor ze. Het was eerder andersom. Dankzij alle rottigheid die hij op Eton had geleerd, waren die moordenaars bang voor hém. Hij speelde onder één hoedje met de duivel. Het waren ruwe kerels, allemaal, maar Deverill had iets wat de anderen niet hadden: geluk. Om te beginnen aan de goktafel. Zo veel geluk dat het hem de bijnaam "Lucky Deverill" opleverde. Die naam raakte hij niet meer kwijt. Net zomin als zijn geluk.'

Celia dacht aan het paard waarmee haar vader de Derby had gewonnen. Het was de laatste keer geweest dat hij geluk had gehad. 'Ga door, Mr. Dupree. Hoe ging het verder?'

Aurelius Dupree nam een trek van zijn sigaret. Zijn vingers waren volledig doorrookt, alsof hij aan geelzucht leed, zag Celia tot haar afschuw. Hij blies een rookwolk uit, leunde naar voren en tikte zijn sigaret af in een glazen schaal die Celia bij Asprey aan New Bond Street had gekocht. Er volgde opnieuw gehoest, waarbij er zo te horen veel slijm omhoogkwam. Celia werd er misselijk van. 'Op een dag zat Lucky Deverill weer eens te kaarten, en zoals altijd stond hij op winnen,' vervolgde Dupree zijn verhaal. 'Stone Heart Flint had al zijn geld verspeeld. Zijn zakken waren leeg. Het enige wat hij nog had, was een onbruikbaar stuk land ten noorden van Kimberley. Het kon niet anders of Deverills geluk moest ooit op zijn. Maar toen nog niet. Het hield nog jaren stand! Deverill liet zijn winnende kaarten zien, hij trok al het geld van de andere spelers naar zich toe, en van Stone Heart Flint kreeg hij de grond. Dat zogenaamd onbruikbare stoffige stuk land. Inmiddels waren Tiberius en Deverill bevriend geraakt. Een onwaarschijnlijke combinatie, maar Deverill wist niets van diamanten en mijn broer alles. Gedrieën sloten we een overeenkomst, een herenakkoord. Als er diamanten werden gevonden, zouden we de buit in tweeën verdelen. Nogmaals: in tweeën. Deverill ging akkoord. Vijftig procent voor hem, vijftig procent voor mijn broer en mij, wat voor ons neerkwam op ieder vijfentwintig procent. Het land was van Deverill, maar hij had ons nodig. Zonder ons geen diamanten.

Aanvankelijk vonden we niets. De mijn was vervallen en werd al jaren niet meer gebruikt. Het leek erop dat er niets meer te vinden was, behalve dorre aarde, stof, vliegen en een oude schuur, het enige wat nog resteerde van de boerderij die er ooit had gestaan. Zelfs de put was drooggevallen en lag vol stenen. Kortom, een stuk grond zonder enige waarde. Maar we begonnen toch met graven, op plekken waar dat nog niet was gedaan. Het leverde niets op. Deverill verloor de moed en overwoog het ergens anders te gaan proberen, maar zoals ik al zei, Tiberius had een neus voor diamanten, en hij rook ze, in die dorre, stoffige grond. Deverill installeerde zich in de schaduw van de enige boom in de wijde omtrek, hij trok zijn hoed over zijn gezicht en viel in slaap. Het stuk grond interesseerde hem niet meer, en hij dacht al aan zijn volgende waagstuk, zijn volgende sloerie. Maar Tiberius en ik gaven niet op. We groeven met onze blote handen en zetten alles op alles. Tiberius had de leiding, ik volgde, want zoals ik al zei, hij rook diamanten zoals een jachthond de vos ruikt. En ineens vond hij er een, pal naast de omheining, of wat daarvan over was. Het ding lag gewoon in het zand, alsof het uit de lucht was komen vallen. Ik heb het al gezegd, Tiberius wist dat soort dingen, en dit was alluviale grond, bestaande uit slib en klei. Daaruit leidde hij af dat er ooit water moest hebben gestroomd en dat de diamant daardoor moest zijn meegevoerd. We riepen naar Deverill, en hij kwam onmiddellijk aanrennen. Natuurlijk ineens weer geïnteresseerd. We klommen naar de top van de *koppie*. Daar begonnen we te graven, en zoals Tiberius al had vermoed, stuitten we op de gele grond die bewees dat we beet hadden: diamanten. Opwinding en uitzinnige vreugde maakten zich van ons meester, en zelfs Deverill dacht even niet aan vrouwen en gokken. Met ons drieën groeven we als honden. De grond zat vol met diamanten. Eindelijk hadden we geluk. We konden het bijna niet geloven. Het waren er zo veel! Natuurlijk moest een en ander beschreven worden, dus Deverill ging naar de stad om de onderneming op naam van Deverill & Dupree te laten zetten.' Er gleed een schaduw over Duprees gezicht, zijn ogen brandden van spijt, en hij vertrok schamper zijn mond. 'We waren zo druk met graven dat we amper opkeken toen we onze handtekening zetten. Want we vertrouwden hem. Dat is de grootste fout die ik ooit heb gemaakt. Ik had Lucky Deverill nooit moeten vertrouwen.' Hij schudde spijtig zijn hoofd en drukte zijn sigaret uit. 'Maar zoals ik al zei, hij speelde onder één hoedje met de duivel, en hij had altijd geluk. Dat valt niet te ontkennen.'

Het bleef geruime tijd stil terwijl hij zijn thee dronk en nadacht over het verschrikkelijke onrecht dat Celia's vader hem in zijn ogen had aangedaan. Celia zat roerloos op het hekje voor de haard, met een gevoel van onpasselijkheid dat steeds sterker werd. Toch móést ze het hele verhaal horen. Het was schokkend, maar ook fascinerend. Er ging een nieuwe wereld voor haar open, een wereld die een compleet ander licht wierp op haar vader en die Celia het gevoel bezorgde alsof ze aan de rand van een gapende afgrond stond. 'Deverill was niet alleen een gokker, maar ook een rokkenjager,' vervolgde Dupree. 'Geen vrouw was veilig voor Lucky Deverill. Getrouwd, ongetrouwd, dat maakte niet voor hem niet uit. Met zijn blonde haar en zijn blauwe ogen zag hij eruit als een engel. Maar de duivel kent vele verschijningen. Terwijl Tiberius en ik al het werk deden, was Deverill...' Hij aarzelde en keek Celia met zijn donkere ogen aan. 'Laten we maar zeggen dat hij bezigheden elders had. Wij werkten ons in het zweet en het enige wat hij deed, was een bord neerzetten: HET KASTEEL VAN EEN DEVERILL IS ZIJN KONINKRIJK. Dat had hij met zwarte verf op een stuk hout geschreven, en nu pas, nu ik dit kasteel heb gezien, begrijp ik wat het betekende. Destijds lachten we erom, maar we hadden beter moeten weten,' verklaarde hij somber. 'We hadden echt beter moeten weten. Wij ronselden de arbeiders – honderden Zoeloes, Xhosa's, zowel volwassen kerels als kinderen – en Deverill huurde zijn oude maten in als voormannen: Stone Heart, Bloodsucker en Mad McManus. Toen ze een zwart kind betrapten op het stelen van een diamant, sloegen ze het dood.

Afijn, omdat we een startkapitaal nodig hadden klopte Deverill aan bij Sir Sydney Shapiro, die de Rothschilds vertegenwoordigde – het waren de Rothschilds die met hun bank Cecil Rhodes financierden bij de oprichting van The British South Africa Company. Deverill had een verhouding met de vrouw van Shapiro. Een schitterende blondine, op het oog zo onschuldig als een lammetje. Maar dat zijn vaak de grootste sloeries – vergeeft u me mijn taalgebruik, Mrs. Mayberry. Hoe dan ook, Shapiro had overal een vinger in de pap. Een menselijke octopus met lange, dikke tentakels, dat was hij. Maar hij had geen idee dat zijn brave vrouwtje bij Deverill in bed kroop. Met het geld van Shapiro richtte Deverill zijn eigen bedrijf op, Deverill & Co., dat eigendom was van Deverill & Dupree. Maar bij de inschrijving van ons bedrijf had Deverill vals gespeeld en zichzelf eenenvijftig procent van de aandelen gegeven, en mijn broer en mij negenenveertig. Vervolgens kwam Deverill met het aanbod ons uit te kopen. Op dat moment leek vijfduizend pond voor ieder van ons, plus de toezegging van aandelen, een redelijk bod. Maar Deverill liet de hele boel opgaan in een nieuw bedrijf dat hij oprichtte, de World Amalgamated Mining Company, kortweg de WAM, en verkocht dat vervolgens voor miljoenen aan De Beers. In de overeenkomst werd met geen woord gerept over onze aandelen. Met geen woord! Deverill verhuisde naar Kaapstad, kocht een villa en vestigde zich als diamantmagnaat. Tiberius was woest. We besloten hem voor de rechter te slepen. Want we wilden die aandelen en we waren ervan overtuigd dat we sterk stonden.'

Aurelius Dupree haalde opnieuw het pakje uit zijn binnenzak. Zijn hand trilde inmiddels nog heviger. Hij stak een sigaret op, inhaleerde krachtig en zoog de lucht in zijn piepende longen. Toen hij zijn ogen opsloeg waren ze niet langer donker, maar leken ze schuil te gaan achter een sluier van verdriet.

'Maar die rechtszaak verloor u, Mr. Dupree?' vroeg Celia. Dat moest haast wel, anders zou hij hier nu niet zitten, als een menselijk wrak. Ze voelde zich opgelucht dat dit was waar het om ging. Een ruzie tussen diamantdelvers, iets wat zich jaren geleden had afgespeeld; het woord van Dupree tegen dat van haar lieve vader.

'Onder normale omstandigheden zouden we hebben gewonnen. Dat weet ik zeker,' vervolgde Dupree. 'Er zou ons in elk geval íéts zijn toegekend. Misschien geen zeven miljoen, maar iedereen in Kimberley wist dat we recht hadden op ons deel.'

'Wat is er dan gebeurd? Waarom hebt u niet gewonnen?'

'Dat is waar de duivel in het spel kwam, Mrs. Mayberry.' Hij zei het zo zacht, zo onheilspellend dat Celia huiverde. 'Digby…'

'Als u het over mijn vader hebt, wil ik graag dat u hem Sír Digby noemt,' viel Celia hem geërgerd in de rede.

'Nee, Mrs. Mayberry. Daarin kan ik u niet ter wille zijn. Voor mij zal uw vader nooit Sir Digby zijn. Een duivelse intrigant was hij. Een intrigant die misschien wel door de duivel zelf voor zijn karretje werd gespannen, zoals u zult zien. Er werd in die tijd altijd en overal gejaagd. Bijna dagelijks. Op gazelles, antilopen, zebra's, olifanten, leeuwen. Ja, we jaagden zelfs op de koning van het oerwoud. Terwijl Deverill in zijn nieuwe paleis in Kaapstad dikke vrienden werd met mannen als Rhodes, Beit en Barnato, hadden wij de grootste moeite de eindjes aan elkaar te knopen. Maar op een dag, toen we op de Kaap waren, vertelde een zekere kapitein Kleist, een Duitser uit Duits Zuidwest-Afrika, ons over een leeuw die al diverse mensen zou hebben verslonden. Hij stelde voor dat we ons bij zijn groep zouden aansluiten. Weigeren was niet beleefd, bovendien konden we wel een verzetje gebruiken. Toen we met ons geweer om de schouder bij de rand van het *veldt* aankwamen, troffen we daar, behalve kapitein Kleist, ook Mad McManus, Bloodsucker en Stone Heart. Ik betwijfel trouwens of Kleist ooit de rang van kapitein heeft gehad, maar laat ik niet afdwalen. Hoe dan ook, er deed zich even een ongemakkelijk moment voor, maar de mannen begroetten ons als vanouds en wij hielden hen niet verantwoordelijk voor de streek die Deverill ons had geleverd. We gingen op pad. Het was heel vroeg in de ochtend. Nog donker en fris. Maar het duurde niet lang of de zon kwam op, en met de zon kwam de hitte. Die voelt in Zuid-Afrika als vloeibaar pek waar je doorheen moet waden. We trokken steeds dieper het veldt in. Eerst te paard, later te voet. We hebben wel leeuwen gezien, Tiberius en ik, maar de menseneter zat er niet bij. Áls hij al ooit heeft bestaan. Kapitein Kleist had de leiding en zei dat we ons moesten opsplitsen. Twee aan twee. Zelf ging hij verder met Tiberius, en mij stuurde hij met McManus op pad. Uren verstreken zonder dat er iets gebeurde. Mad McManus vertelde me allerlei verhalen over Deverill, over de schandalige praktijken waaraan hij zich schuldig maakte. Merkwaardig. De pot verwijt de ketel… Afijn, het liep al tegen de middag en het werd te heet om verder te gaan. Maar net toen we op het punt stonden te stoppen, klonken er schoten. Ergens vlakbij. Luidkeels roepend renden we op het geluid af. Uiteindelijk hoorden we de stem van Kleist. Hij riep om hulp. Toen we hem vonden, stuitten we op een gruwelijk tafereel. Tiberius lag op de grond, maar ik herkende mijn eigen broer bijna niet. Hij was morsdood, in stukken gescheurd. Als een impala waar de darmen uit zijn gerukt. Alles wees erop dat de leeuw hem te pakken had gekregen, Mrs. Mayberry. De menseneter. Dat was de enige verklaring. Kapitein Kleist en Bloodsucker en Stone Heart stonden zwijgend om Tiberius heen. Niemand wist iets te zeggen. Uiteindelijk vroeg ik Kleist wat er was gebeurd. Hij was tenslotte met Tiberius samen geweest. Maar volgens Kleist hadden zij zich ook weer opgesplitst en was hij alleen verder getrokken. Hij had nog op de leeuw geschoten, vertelde hij. Maar toen was het al te laat.' De stem van Dupree stierf weg en hij bette zijn klamme voorhoofd met zijn zakdoek.

'Een buitengewoon ongelukkig incident,' concludeerde Celia.

'Dat dacht ik aanvankelijk ook,' zei Dupree. '"Een tragedie", noemde kapitein Kleist het. En alle anderen die erbij waren, verklaarden dat het een ongeluk was geweest. Maar ik nam het lichaam van mijn broer mee terug naar het kamp en toen ik het waste, ontdekte ik iets wat ik niet had mogen zien, Mrs. Mayberry. Mijn broer had een kogelgat in zijn borst. Het zat verborgen tussen zijn verwondingen, die net zo goed door een dolk konden zijn veroorzaakt als door de tanden van een leeuw. Het had er alle schijn van dat mijn broer helemaal niet door een dier was gedood, maar dat hij was vermoord. En de groep van Kleist bestond uit handlangers van uw vader. Ineens wist ik wie erachter zat.' Hij kneep zijn ogen tot spleetjes en keek Celia doordringend aan. Ze zat als verstijfd op het hekje voor de haard, haar thee was koud geworden. 'Dus ik ben naar de politie gegaan, maar in plaats van Deverill aan te houden, arresteerden ze míj.'

'Waarom dachten ze in 's hemelsnaam dat u uw eigen broer had vermoord?' vroeg Celia. 'U was er niet eens bij toen het gebeurde.'

'Nee, en dat heb ik ook tegen de politie gezegd. Maar Kleist beweerde dat ik met Tiberius alleen was geweest, en McManus en Stone Heart en Bloodsucker onderschreven zijn verklaring. Dus ik was de enige die het kon hebben gedaan. Ik ben erin geluisd, Mrs. Mayberry. Deverill wilde van ons af, en hij kreeg zijn zin. Zoals altijd.'

'Maar om iemand te vermoorden moet de dader toch een motief hebben?'

'O, daar zorgde Deverill wel voor. Hij heeft net zo lang gezocht tot hij iets had gevonden. Hij ontdekte dat we thuis, in Hove, allebei verliefd waren op hetzelfde meisje. We wilden allebei met haar trouwen en dat had geleid tot een verwijdering tussen ons. Maar daar zou ik mijn broer nooit om hebben vermoord. Een vrouw getuigde dat ze me had horen dreigen dat ik Tiberius zou vermoorden als hij met haar trouwde. Maar áls ik dat al heb gezegd, dan was het in het vuur van een gesprek. Tijdens een ruzie. Dan zeg je soms dingen die je niet meent. Hoe dan ook, ik dacht dat mijn laatste uur geslagen had. Dat de rechter me tot de galg zou veroordelen. Maar er was onvoldoende bewijs voor de doodstraf. Dus ik werd aangeklaagd wegens samenzwering tot moord en tot levenslang veroordeeld. Terwijl ik, door iedereen vergeten, mijn dagen in de gevangenis sleet, ging Deverill door met zich verrijken. Maar zijn rijkdom was gestoeld op het bloed van mijn onschuldige broer.'

Celia zette haar kopje neer.

Aurelius Dupree drukte zijn sigaret uit en stak geen volgende op. 'Nu ik eindelijk weer vrij man ben, kom ik mijn deel van het geld halen.' Hij keek haar doordringend aan.

'En anders? Dan verkoopt u uw verhaal aan een schandaalblad en besmeurt u de reputatie van mijn vader? Hij is dood, Mr. Dupree.'

'Ook doden hebben een reputatie, en hun familie teert daarop. Ik wil alleen wat me toekomt. En ik zal niet rusten tot het recht zijn loop heeft gehad,' zei hij zacht. 'Uw vader kan me mijn leven niet teruggeven, maar hij kan er wel voor zorgen dat ik nog een paar goede jaren mag beleven. Hij is me twintigduizend pond schuldig, Mrs. Mayberry. Daar neem ik genoegen mee. Ik hoef niet het onderste uit de kan te hebben. Alleen een paar goede laatste jaren, voordat ik deze wereld verlaat.'

Celia stond op. 'Ik heb voor één dag genoeg sprookjes gehoord.' Ze liep naar de deur. 'O'Sullivan, wil je Mr. Dupree uitlaten?' Tot haar opluchting stond de butler in de hal. 'Mr. Dupree wilde net weggaan.' Ze hoorde zelf hoe weinig krachtig haar stem klonk. Toen ze zich omdraaide naar de salon botste ze bijna tegen Dupree op. Ze schrok, want hij stond ineens zo dicht achter haar dat ze de geur van zijn tabak kon ruiken.

'Hij heeft niet zelf de trekker overgehaald, Mrs. Mayberry, maar hij heeft wel de schutter betaald. Hij had de galg moeten krijgen. Hier is het laatste woord nog niet over gezegd. Ik kom terug om mijn rechtmatige deel op te eisen.'

27

Celia moest naar buiten, de heuvels in. Een harde, koude winterwind blies met ijzige vlagen door de hei en het hoge gras. Het was vochtig en tot overmaat van ramp begon het te motregenen. Celia liep zo vlug als ze kon. Met haar hoofd gebogen, haar blik naar de grond, richtte ze haar schreden naar de verborgen plekjes en grazige valleien die ze vroeger, als klein meisje had verkend, samen met Kitty en Bridie en Jack O'Leary. Jack had altijd zijn havik en zijn hond bij zich gehad. Hij leerde hun de namen van de vogels. Fuut, pijlstormvogel, kieviet, grutto. Sommige wist ze nog steeds. Verstopt in de struiken lagen ze te wachten op de dassen, met hun buik tegen de grond gedrukt, vol verwachting en opgewonden fluisterend. Ze lieten spinnen en slakken over hun handen lopen, en harige rupsen waar Bridie van griezelde. En op zachte zomeravonden lagen ze soms op hun rug naar de sterren te kijken, en dan had Celia diep vanbinnen een zweem van ontroering gevoeld die ze niet kon verklaren. Dan was het alsof ze in de fluweelzwarte duisternis werd gezogen, in de heldere twinkeling van de sterren, in de eeuwige uitgestrektheid van het uitspansel. De warme lucht was zwanger van de zoete geur van hei en vruchtbare aarde, en ze had het allemaal zo wonderbaarlijk gevonden dat ze zich licht in haar hoofd voelde. Maar die tijd was voorbij, net als haar naïeve onbekommerdheid. Het enige wat ze nu voelde, was angst.

Ze wist niet of haar vader schuldig was aan de moord. Maar Aurelius Dupree zou terugkomen. Dat wist ze wel. Hij zou terugkomen voor het geld waarvan hij vond dat het hem toekwam, geld dat ze niet had. Als hij met zijn verhaal naar de pers ging, zou haar moeder het schandaal niet overleven, en ze kon zich er niet toe brengen haar zusters, of Harry of Boysie in vertrouwen te nemen. De zwarte bladzijde in het verleden van haar vader – tenminste, als Duprees verhaal klopte – kon ze met niemand delen. Dus ze had geen keus. Ze zou op de een of andere manier aan twintigduizend pond moeten zien te komen. En dat zou ze helemaal alleen moeten doen.

Aurelius Dupree had niet alleen een onmogelijke eis gesteld, hij had haar vader ontdaan van zijn menselijkheid en hem neergezet als een wreed monster dat er niet voor terugschrok een man die niets had misdaan, te vermoorden. Een monster waarin Celia haar vader niet herkende. En ook niet wilde herkennen.

Op zoek naar vergetelheid in de mist die zich in de dalen nestelde als laaghangende wolken, steeds dichter, steeds uitgestrekter, liep ze nog dieper de heuvels in. Uiteindelijk zocht ze geborgenheid tussen de robuuste stammen en takken van de bomen. Tranen vertroebelden haar blik, maar het mos was zacht onder haar voeten en de geur van dennen en vochtig blad had een kalmerende uitwerking op haar wanhopige, gekwelde hart. Ze keek om zich heen. Het woud was schitterend. En was schoonheid niet ook liefde? De mystieke energie van het land leek haar te omhelzen, en ineens voelde ze zich sterk, niet langer alleen. Ze dacht niet meer aan Tiberius Dupree en haar vader, aan moord en geld, maar keek naar het wonder van al wat leefde, iets waarvan ze zich nooit eerder zo bewust was geweest. In de bomen ritselden vogels, kleine dieren scharrelden in het struikgewas, en vanuit het kreupelhout werd ze door misschien wel honderden ogen gadegeslagen. Toen een bleke straal zonlicht door de takken scheen en op het pad vóór haar viel, gaf Celia zich over aan de euforie die de natuur haar schonk terwijl die onzichtbare, maar alomtegenwoordige macht haar wanhoop wegnam.

Bij terugkeer naar het kasteel voelde ze zich sterker dan ooit. Ze ging rechtstreeks naar de kindervleugel, en terwijl haar kleine meisjes vochten om haar aandacht en hun armpjes om haar heen sloegen, dacht Celia aan Archie en aan hun droom om het kasteel te vullen met een groot, luidruchtig gezin. Ze had twee dochters, door wie ze voorgoed verbonden bleef met hun vader, maar de zusjes zouden nooit broertjes krijgen. *Wat er ook gebeurt, ik zal zorgen dat de problemen waar ik mee worstel, jullie leven niet kapotmaken.* Ze drukte een kus op hun zachte wangetjes. Als het niet anders kon, zou ze het kasteel verkopen en elders een nieuw leven opbouwen. Het waren niet de bakstenen die een thuis maakten – dat waren de mensen die er woonden, verenigd door liefde. En die liefde namen ze overal met zich mee.

Bezield door nieuwe vastberadenheid ging ze naar Londen, waar ze overlegde met Mr. Riswold, de notaris, en met Mr. Charters, Archies bankier en effectenmakelaar. Ze onderzocht alle opties, maar toen ze weer naar Ierland terugging, besefte ze dat ze geen andere keus had dan het kasteel te verkopen. Het werd tijd dat ze de werkelijkheid onder ogen zag: ze verkeerde op de rand van een bankroet en alleen de verkoop van het kasteel, hoe dierbaar het haar ook was, kon haar redden.

De lente had zijn intrede gedaan toen O'Sullivan op een dag in de deuropening van de salon verscheen, waar Celia theedronk met de Struikjes. 'Het spijt me dat ik u stoor, Mrs. Mayberry, maar er is een heer aan de deur die vraagt of hij u kan spreken.' Celia's hart haperde bij de gedachte dat het Aurelius Dupree was die zijn geld kwam halen. Alle kleur trok weg uit haar gezicht. Maar O'Sullivan had het over 'een heer' gehad. Dan kon het Dupree niet zijn.

'Heeft hij zich ook voorgesteld?' vroeg ze.

'Inderdaad, madam, maar ik ben bang dat ik zijn naam niet kan herhalen.' Toen Celia haar wenkbrauwen fronste, wrong de butler zijn handen. 'Het is een buitenlandse naam, madam.'

Celia glimlachte. 'Akkoord. Vraag maar of hij in de bibliotheek wil plaatsnemen. Hij zal nog even geduld moeten hebben.'

'O, laat hem vanwege ons niet wachten,' zei Hazel. 'Wij moeten er toch net vandoor.'

'Ja, want we hebben een hoop te doen. Waar of niet, Hazel?' viel Laurel haar zuster bij.

'Dat hebben we zeker. We gaan bij Grace langs. Ze heeft een akelige verkoudheid, dus ik heb een kruidenaftreksel voor haar gemaakt.'

'Volgens een oud recept van Adeline,' vertelde Laurel. 'Echt een wondermiddel.'

'Een wondermiddel,' echode Hazel.

'Nou, als jullie het echt niet erg vinden...' Celia keek naar de twee zusters, die er met de veren op hun hoed uitzagen als een stel ganzen. Ze stonden glimlachend op uit hun stoel, want ze waren allebei dolgelukkig en ze hadden het weer net zo gezellig samen als vóór de komst van Lord Hunt.

'Nee, natuurlijk niet. Dank je wel voor de thee en de cake. Wat heerlijk dat het eindelijk lente is,' zei Hazel.

'Ik voel me herboren!' Laurel straalde bij de gedachte dat het niet de lente was waardoor ze zich zo voelde.

'Ik ook,' viel Hazel haar zuster bij, en ze hadden niet in de gaten dat ze zich allebei herboren voelden dankzij Lord Hunt.

Toen de geheimzinnige buitenlandse heer een lichte buiging naar hen maakte en stralend zijn witte tanden bloot lachte terwijl ze elkaar passeerden in de hal, giechelden de Struikjes als jonge meisjes. Zo iemand hadden ze in Ballinakelly nog nooit gezien, dachten ze opgewonden. Wanneer ze Grace haar kruidendrankje brachten, zouden ze haar beslist verslag uitbrengen van Celia's charmante bezoeker.

Celia wachtte tot de heer met de onuitsprekelijke naam de salon werd binnengelaten. Ze ging staan, trok de rok van haar blauwe middagjapon recht en vouwde haar handen, zich afvragend wie de geheimzinnige bezoeker kon zijn. Met zijn sprekende ogen en stralende, aanstekelijke glimlach was graaf Cesare di Marcantonio een innemende verschijning, die op slag de hele kamer leek te vullen, omhuld door de verrukkelijke honing- en limoengeur van zijn reukwater. Celia was verrast en onder de indruk van zijn charme. Hij kwam naar haar toe, pakte haar uitgestoken hand en bracht die met een formele buiging naar zijn lippen. Terwijl hij zich voorstelde keek hij haar met zijn lichtgroene ogen doordringend aan. Celia had nog nooit een man ontmoet die zo veel zelfvertrouwen uitstraalde.

'Gaat u zitten.' Ze gebaarde naar de bank. Hij gaf gevolg aan haar uitnodiging en sloeg zijn benen over elkaar, waarbij zijn gestreepte sokken zichtbaar werden onder de broek van zijn onberispelijke grijze pak, met een geel vest en een bijpassende zijden das. Zijn schoenen glommen als spiegels. 'Kan ik u iets te drinken aanbieden? Een kop thee misschien, of iets sterkers? Mijn man dronk altijd whiskey.'

'Whiskey met ijs, graag,' antwoordde de graaf. O'Sullivan knikte en verliet de kamer.

'Waaraan dank ik dit genoegen?' vroeg Celia, maar ze wist het antwoord al.

'Ik ben geïnteresseerd in uw prachtige kasteel. Als koper,' voegde hij eraan toe.

Celia bloosde van emotie. Ze had het besluit om te verkopen al in januari genomen, maar iets in haar weigerde nog altijd het te accepteren. Iets in haar hoopte tegen beter weten in dat Archies enorme schulden en Aurelius Dupree met zijn eis van twintigduizend pond in het niets zouden oplossen. En ineens was hier een rijke buitenlandse graaf, als de belichaming van haar angsten. 'O. Juist, ja.' Ze sloeg haar ogen neer.

De korte stilte die daarop volgde, leek Celia een eeuwigheid te duren. De uitdrukking op het gezicht van de graaf verried dat hij met haar te doen had. 'Mijn oprechte deelneming met uw verlies,' zei hij zacht.

'Welk verlies bedoelt u precies?' Celia glimlachte wrang.

'Het is verschrikkelijk een vader te moeten missen.'

'En een echtgenoot. Ik heb ze allebei verloren.'

'En nu verliest u ook nog uw huis.' Hij schudde zijn hoofd, een frons van compassie tekende zijn knappe gezicht. 'U bent een mooie jonge vrouw. Als ik niet getrouwd was, kocht ik het kasteel en gaf ik het u.'

Celia lachte. Zonder zijn verleidelijke buitenlandse accent zou het ongepast hebben geklonken, als misplaatste hofmakerij. 'Is uw vrouw niet met u meegekomen?' vroeg ze, in de hoop dat hij zijn pogingen haar te charmeren zou staken.

'De gravin is in New York. Daar wonen we.'

'Hebt u toevallig vorig jaar zomer al een bod uitgebracht?'

'Dat heeft mijn advocaat gedaan. Namens mij. Mr. Beaumont L. Williams.'

'Ja, die naam herinner ik me. U bent blijkbaar erg in het kasteel geïnteresseerd.'

'Mijn vrouw is erg geïnteresseerd, Mrs. Mayberry. Sterker nog, toen ze hoorde dat het te koop stond, zei ze dat het kasteel haar allergrootste, allerliefste wens was. Dus wat het ook kost, ik koop het voor haar.' Hij keek de kamer rond. 'En inmiddels begrijp ik haar wel. Het is schitterend.'

'Heeft ze het kasteel dan gezien?'

De graaf fronste. 'Natuurlijk heeft ze het gezien.' Hij leek echter niet helemaal zeker van zijn zaak. 'Het is toch een beroemd kasteel?'

'Het is al sinds de zeventiende eeuw in het bezit van mijn familie.

Mijn hart breekt dat ik er afstand van moet doen. Na de vele generaties Deverill die het met liefde hebben omringd, heb ik het gevoel dat ik hen teleurstel. Ik ben de Deverill die zal worden herinnerd als degene die het kasteel in vreemde handen liet overgaan.'

'Wij zullen het ook met liefde omringen, Mrs. Mayberry. Dat kan ik u beloven.'

'Daar twijfel ik niet aan,' zei ze zacht, nog altijd weigerachtig zich neer te leggen bij het onvermijdelijke.

O'Sullivan kwam binnen met een glas whiskey voor de graaf, gevolgd door Mrs. Connell met een verse pot thee voor Celia. De graaf wachtte tot de bedienden weer weg waren. 'Ik doe u een bod dat u niet kunt weigeren,' zei hij toen, terwijl hij de ijsklontjes in zijn glas liet rondwalsen. 'Ik ben bereid meer te betalen dan iedere andere potentiële koper, in heel Europa. Want de gravin heeft haar zinnen op het kasteel gezet. Ze wil hier wonen en nergens anders. En ze wil het kasteel met alles erop en eraan. Ook de bedienden. Dus door de verkoop raakt niemand zijn baan kwijt. Alles blijft bij het oude. De gravin wil het kasteel. En ik koop het voor haar.'

Celia wist niet wat ze ervan moest denken. Waarom had de gravin zo haar zinnen op het kasteel gezet? 'Is uw vrouw hier wel eens geweest?' vroeg ze.

De graaf haalde zijn schouders op en hij leek opnieuw niet helemaal zeker van zijn zaak. 'Ze heeft altijd gedroomd van een kasteel in Ierland,' antwoordde hij ten slotte. 'En dít kasteel is wel heel bijzonder. Met een lange, betoverende geschiedenis. En toch is het volledig gemoderniseerd. Dat kan van de meeste kastelen hier niet gezegd worden, neem ik aan.' Hij liet zijn blik opnieuw in het rond gaan. 'De waarde van de meeste Ierse kastelen is niet zo hoog, maar dit is een uitzondering. U hebt het prachtig gerenoveerd, Mrs. Mayberry. Als rechtstreekse nazaat van de graven Montblanca en de prinsen Barberini, de familie die paus Urbanus VIII voortbracht, heb ik een geoefend oog voor stijl en degelijkheid.'

'Bent u van plan hier te gaan wonen?'

'Uiteindelijk wel, ja. De gravin is in verwachting van onze eerste.' Hij grijnsde verlegen. 'Ik word vader. Tot mijn grote vreugde.'

'Gefeliciteerd.' Celia benijdde de gravin om haar enorme rijkdom en haar geluk. Nog niet zo lang geleden was zíj ook rijk en gelukkig geweest, totdat het noodlot toesloeg en haar alles ontnam. 'Bent u helemaal uit Amerika gekomen, alleen om het kasteel met eigen ogen te zien?' Celia's nieuwsgierigheid was gewekt door de charmante buitenlander wiens vrouw verrukt was van het kasteel, zonder er ooit een voet over de drempel te hebben gezet. Ze voelde dat er iets niet klopte.

De graaf leunde naar voren, zette zijn ellebogen op zijn knieën en keek haar aan van onder zijn glanzende haar dat over zijn voorhoofd was gevallen. 'Ik ben hier omdat ik u persoonlijk, rechtstreeks wilde spreken, Mrs. Mayberry. En natuurlijk ook om het kasteel te zien. Een dergelijke belangrijke aankoop wilde ik niet via mijn zaakwaarnemer laten lopen. Het gaat om de zetel van een familie, om een kasteel dat eeuwenlang een thuis is geweest. Dus ik vond het niet meer dan gepast en beleefd om daarover met u van gedachten te wisselen. Ik begrijp hoe zwaar het u valt om het kasteel te moeten verkopen, maar ik kan u verzekeren dat het bij ons in goede handen is.'

Celia vroeg zich af of hij misschien de Britse kranten had gelezen, waarin de financiële neergang van haar vader en de mogelijkheid dat zij het kasteel zou moeten verkopen, uitvoerig waren besproken. Maar bij geen van die artikelen hadden foto's gestaan, dus de vurige wens van de gravin om het kasteel te kopen bleef een raadsel. 'Zal ik u een rondleiding geven?' stelde ze de graaf voor.

'Heel graag. Als ik u niet ontrief.'

'Maakt u zich geen zorgen.' Met een zucht stond ze op van het hekje rond de haard. 'Ik heb alle tijd van de wereld.'

Celia liet hem eerst het interieur zien: de royale kamers, liefhebbend heringericht en in de oude luister hersteld na de brand, de meubels en de schilderijen, voor een groot deel afkomstig uit Italië – iets wat hem als Italiaan erg aansprak. Ze vertelde hem de geschiedenis van het kasteel – voor zover ze die kende – en hij luisterde ernstig, aandachtig, alsof hij niets wilde missen van wat ze zei. Hij prees de stijlvolle manier waarop ze het kasteel had gerestaureerd en bewonderde de architectuur. De gretigheid waarmee hij om zich heen keek maakte Celia duidelijk dat hij zichzelf er al zag wonen. Ze vond het wel merkwaardig dat een buitenlander zonder enige band met Ierland had besloten zich hier te vestigen. De natuur en het landschap waren prachtig, dat hoefde geen betoog, maar de winters waren koud en vochtig. En zouden de nieuwe bewoners de drukte en de glamour van New York niet gaan missen? De gravin was ongetwijfeld een flamboyante, verwende Italiaanse met een luide stem en een opzichtige smaak. Celia zag haar al op haar hoge hakken, gehuld in bont en parels, door de hal lopen, terwijl ze luidkeels het personeel commandeerde. Dat beeld was op niets gebaseerd, besefte ze, want de graaf had duidelijk smaak en op zijn manieren viel niets aan te merken. Dus misschien was ze gewoon jaloers.

De tuinen koesterden zich in de stralende lentezon. Vogels tjilpten in de bomen, die al lichtgroen begonnen te kleuren. Appelbloesem dwarrelde door de lucht, dansend op de wind, meeuwen zwenkten krijsend langs de blauwe hemel, waarlangs hier en daar een donzige, witte wolk dreef. Het was de ideale dag voor een rondleiding. Het kasteel glorieerde in zijn volle luister, en Celia kreeg een brok in haar keel bij de gedachte dat het spoedig niet langer haar thuis zou zijn. Dat alle liefde, alle vreugde waarmee ze het tot het hare had gemaakt, niet hadden kunnen voorkomen dat het weldra andere bewoners zou hebben.

De graaf was vol waardering voor de perfect onderhouden borders, de gazons als biljartlakens, de bloembedden waarin vergeet-me-nietjes en tulpen kleurige blauwe en rode accenten vormden tussen de groene scheuten die hun kopjes uit de grond staken. Zijn blik ging bewonderend over de taxushagen, over de eeuwenoude ceder en over de reusachtige koperbeuk achter het croquetveld, die stralend rood begon te kleuren. Ze slenterden door de moestuin en Celia liet hem de kassen zien waar ze als klein meisje had gespeeld. Bij de gedachte aan Kitty voelde ze een steek van pijn. Voor haar zou de klap van de verkoop het hardst aankomen. Celia verdrong haar schuldgevoel en probeerde haar aandacht bij de rondleiding te houden.

Plotseling schalde er een kreet over het gazon. Celia herkende de stem onmiddellijk. Ze draaide zich om en zag Grace over het gras naar zich toe komen in een lichte japon, met haar hand op haar hoed om te voorkomen dat de wind er vat op kreeg. Ook de graaf draaide zich om, en toen Grace hen had bereikt, brak er een stralende, betoverende glimlach door op haar gezicht. 'O, Celia. Neem me niet kwalijk! Ik had geen idee dat je bezoek er nog was!' Ze hield haar hoofd schuin op die kokette manier waarmee ze al menig mannenhart had veroverd. En gebroken.

'Ik dacht dat je ziek was,' zei Celia.

'Ach, de Struikjes overdrijven altijd zo. Mij mankeert niets.' Ze schonk de graaf opnieuw een oogverblindende glimlach. 'Het spijt me dat ik stoor.' Ze stak hem haar hand toe.

De graaf bracht haar hand naar zijn lippen. 'Graaf Cesare di Marcantonio,' zei hij met een buiging. Zijn naam en de hoffelijke manier waarop hij zich voorstelde, deden Grace huiveren van verrukking.

'*È un grande piacere conoscerlei,*' antwoordde ze, waarop ze elkaar toelachten alsof ze een verrukkelijk geheim deelden. Celia sloeg het schaamteloze geflirt van Grace met bewondering gade. En op zijn beurt trok de graaf ook alle registers open, waardoor Celia besefte dat zijn milde hofmakerij jegens háár niet meer dan wellevendheid was geweest. Het was duidelijk dat hij in Grace een zielsverwant had herkend als het ging om zinnelijkheid en genotzucht.

'Lady Rowan-Hampton,' stelde Celia haar voor, waarop de graaf zijn diepliggende groene ogen als een lome streling over haar gezicht liet gaan.

'Wat een verrukkelijke dag om het kasteel te zien!' verklaarde Grace enigszins ademloos.

'Dat zeiden wij net ook.' De graaf grinnikte zacht, aangenaam verrast door de gelukkige samenloop van omstandigheden. 'Zijn alle vrouwen in Ierland zo mooi als u twee *bellissime donne?* Dit is mijn eerste bezoek, maar als ze me dat eerder hadden verteld, had ik er niet zo lang mee gewacht.'

'Ik moet u teleurstellen.' Grace schoot in de lach. 'Want ik vrees dat u met ons tweeën het mooiste hebt gezien wat West-Cork te bieden heeft.'

Ze slenterden naar de stallen. 'Er werden altijd de heerlijkste jachtpartijen georganiseerd op het kasteel,' vertelde Grace. 'En Lord Deverill had de beste jagers. Rijdt u paard, graaf Di Marcantonio?'

'Uiteraard. Ik speel polo. In Southampton heb ik een grote stal met veel paarden.'

'O, ik vind polo zo'n opwindend spel!' zei Grace, innig tevreden met zijn antwoord.

'Ik ben opgegroeid in Argentinië. Onze pony's zijn de beste ter wereld.'

'Voor zover ik heb begrepen geldt dat ook voor de ruiters.'

'Dat klopt. Maar het zou onbeleefd zijn me daarop te laten voorstaan.' Hij grijnsde zijn stralend witte tanden bloot.

'O, u hoeft zich tegenover ons niet te generen, hoor. Een beetje opscheppen mag best. Waar of niet, Celia?'

'Graaf Di Marcantonio overweegt het kasteel te kopen.' Celia hoopte dat Grace haar enthousiasme wat zou matigen, maar die hoop bleek vergeefs. Grace zette grote ogen op en haar boezem zwol van nauwelijks verholen opwinding bij het vooruitzicht dat deze zwierige buitenlandse graaf zich op het kasteel zou vestigen.

'Eerst moet ik Mrs. Mayberry nog overtuigen dat ik de juiste man ben om de verantwoordelijkheid voor een kasteel met zo'n rijke geschiedenis op me te nemen. Bovendien is het ook een dierbaar, gekoesterd thuis. Ik hoop dat u over enige mensenkennis beschikt, Lady Rowan-Hampton, en dat u me kunt helpen haar over te halen.'

'Ik zal mijn best doen, voor u allebei,' zei Grace, zonder Celia zelfs maar aan te kijken. Haar blik bleef op de graaf gericht. Celia vervolgde haar rondleiding, ook al zou ze het stokje maar al te graag aan Grace hebben overgedragen. Zij en de graaf praatten honderduit, geanimeerd als twee jongelui op een afspraakje. Waren ze zich ervan bewust dat ze allebei getrouwd waren? Waarschijnlijk wel, maar dat kon hun blijkbaar niet schelen. De gravin zat in New York en Sir Ronald... Celia had geen idee waar Sir Ronald was. In elk geval niet in Ballinakelly.

Ten slotte stemde ze ermee in zijn bod in overweging te nemen. Op één voorwaarde.

'Namelijk?' Hij trok zijn wenkbrauwen op.

'Er staan twee huizen op het grondgebied van het kasteel. Die worden gehuurd door respectievelijk Lord Deverill en door zijn dochter, Kitty Trench. Ik verkoop het kasteel alleen als zij daar kunnen blijven wonen. Tegen dezelfde huur. En ik ga nog verder. In het eventuele koopcontract wil ik een clausule laten opnemen dat het jachthuis en het White House in geval van een verandering in de situatie altijd eerst aan Deverills worden aangeboden.'

De graaf haalde zijn schouders op. 'Dat zal ongetwijfeld geen probleem zijn. Het gaat de gravin om het kasteel. Dáár heeft ze haar zinnen op gezet.'

'Komt u morgenavond bij ons dineren, terwijl u over een en ander nadenkt,' stelde Grace voor. 'En ik hoop natuurlijk dat jij er ook bij kunt zijn, Celia. Dan nodig ik nog wat meer leuke mensen uit met wie de graaf kennis kan maken. Speelt u bridge?' vroeg ze hem.

'Uiteraard,' antwoordde de graaf schouderophalend.

'Enig! Waar verblijft u? Dan stuur ik de uitnodiging daarheen.'

'In Bantry. In Vickery's Coaching Inn.'

De glimlach van Grace werd nog stralender. 'Als u hier komt wonen, kunt u uw nieuwe buren maar beter meteen leren kennen.'

Hij kuste haar nogmaals de hand, wederom met een buiging.

Vanaf de treden naar de voordeur keken Celia en Grace de vertrekkende taxi na die de graaf terugbracht naar zijn hotel.

'Lieve hemel, wat een verrukkelijke man! Die gravin van hem mag haar handen dichtknijpen,' zei Grace.

'Gezien zijn geflirt met jou weet ik dat nog zo net niet. Ze mag hem wel goed in de gaten houden. Volgens mij is hij niet te vertrouwen.'

'Ach, zo zijn Italianen nu eenmaal. Flirten is hun tweede natuur,' zei Grace onverschillig. Maar er lag een blos op haar wangen en haar bruine ogen glansden veelbetekenend. Graaf Cesare di Marcantonio zou wel eens de man kunnen zijn die haar Michael Doyle zou doen vergeten. Ze zag zichzelf al in de koninklijke suite in Vickery's Coaching Inn. 'Ik vind het zo erg voor je dat je het kasteel moet verkopen. Dat meen ik oprecht.' Ze legde zacht haar hand op die van Celia.

'Hij wil het kopen voor zijn gravin. Maar ik begrijp niet wat een Italiaanse gravin in Ballinakelly te zoeken heeft. Ze wonen in New York, en voor zover ik heb begrepen, heeft ze het kasteel zelfs nog nooit gezien.'

'Dat is inderdaad vreemd,' zei Grace. Niet dat het haar veel kon schelen. 'Het is trouwens erg lief van je om aan Bertie en Kitty te denken.'

'Ik voel me schuldig.'

'Waarom? Omdat je hun kasteel hebt weten te behouden en er nu afstand van moet doen? Zonder jou was het nooit in de oude luister hersteld. Niemand zou zo'n ambitieus project hebben aangedurfd.'

'En ik had er ook beter niet aan kunnen beginnen. Dat blijkt wel.'

'De verkoop gaat je een hoop geld opleveren,' zei Grace, nu serieus. 'De graaf is bereid er een fortuin voor te betalen. Blijkbaar heeft hij meer geld dan verstand. Dus ik zou zijn eerste bod niet accepteren. Ik weet zeker dat hij bereid is hoger te gaan. Véél hoger. Als zijn gravin het zo graag wil hebben, betaalt hij je minstens drie keer de werkelijke waarde. Een schandalige oplichter, dat is het.' Grace schoot in de lach.

'Hoe bedoel je? Ik kreeg de indruk dat je nogal van hem gecharmeerd bent.'

'Dat ben ik ook, maar ik laat me geen zand in de ogen strooien. Mij maak je niets wijs. Ik heb het meteen in de gaten als iemand zich anders voordoet dan hij is. Maar hij blijft een lust voor het oog.' Ze schoof haar arm door die van Celia. 'Kom, laten we naar binnen gaan. Ik lust wel een kopje thee. Dan kan je me vertellen hoe de graaf van het kasteel had gehoord. En hoe hij wist dat het te koop stond.'

Celia zuchtte terwijl ze de hal in liepen. 'Ik heb, eerlijk gezegd, geen idee.'

Grace vernauwde haar ogen tot spleetjes. 'Dan moeten we daarachter zien te komen.'

28

Adeline stond aan het bed van Stoke. De ademhaling van de oude Deverill ging traag en zwaar, begeleid door een zacht, schurend gereutel. Zijn huid verloor geleidelijk aan zijn glans en verkleurde tot het doffe groen van de dood. De punten van zijn snor, ooit majestueus als de gespreide vleugels van een zwaan, hingen nu treurig naar beneden. Zijn wangen waren veranderd in paarsige kuilen. Het kon elk moment afgelopen zijn, wist Adeline, want zijn zoon Digby, zijn kleinzoon George en diverse andere reeds lang gestorven leden van de familie hadden zich bij haar gevoegd, klaar om Stoke naar huis te begeleiden. Adeline glimlachte. Als de mens wist dat hij niet alléén hoefde te sterven, zou de dood hem niet zo veel angst aanjagen.

Augusta had zich in een stoel naast het bed geïnstalleerd en bette haar ogen met een zakdoek. Maud zat op de rand van het bed, Leona en Vivien stonden voor het raam, zich afvragend hoe lang het nog ging duren, want ze hadden nog meer te doen. Beatrice had zich nog altijd opgesloten in Deverill Rising, zich niet bewust van de reusachtige schulden van haar echtgenoot. Terwijl zij diep wegkroop onder de dekens en weigerde haar bed uit te komen, vochten haar schoonzoons voor het behoud van haar huizen. Met weinig kans op succes, leek het.

'Ik had daar moeten liggen,' zei Augusta snotterend. 'Mijn leven lang heb ik de dood getart. Mijn dagen zijn nu echt geteld. Dat kan niet anders.'

'U overleeft ons allemaal,' zei Maud.

'Het zou een wrede God zijn die me zo lang laat leven! Wat mag een mens hierbeneden nog aan vreugde verwachten als al zijn vrienden daarboven zijn?' Ze sloeg haar ogen op naar de hemel. 'Ik geloof dat het zover is! Hij ademt niet meer.' Leona en Vivien haastten zich naar het bed, opgelucht dat de wake bijna ten einde was. Maar op dat moment produceerde Stoke een gerochel en ademde abrupt in. 'O, nee! Volgens mij verzet hij zich. Hij wil het leven nog niet loslaten!' jammerde Augusta.

Hij zou zich niet verzetten als hij wist waar hij naartoe gaat, dacht Adeline. Maar Stoke klampte zich wanhopig vast aan het leven, als een bergklimmer die boven een afgrond hing en zijn greep niet durfde te laten verslappen. Adeline streek hem over zijn voorhoofd. *Toe maar*, fluisterde ze. *Wij vangen je op.*

Stoke deed zijn ogen open en keek vol verwondering naar de gezichten om zich heen. Gezichten die hij al zo lang niet had gezien. 'Digby, George,' fluisterde hij hijgend. Hij strekte een hand naar hen uit. Augusta hield haar adem in en stopte met huilen. Mauds mond viel open van verbazing. Leona keek naar Vivien en beet op haar lip. In Viviens ogen blonken tranen. Ineens wilden Stokes kleindochters nergens liever zijn dan hier, aan het bed van hun grootvader.

Niet in staat iets te zeggen snikte Augusta gesmoord in haar zakdoek. Op het gezicht van Stoke verscheen een brede glimlach, die de schaduwen verdreef en de punten van zijn snor weer deed krullen. Adeline zag hoe Digby en George zijn handen pakten en hem van het bed tilden. Omringd door zijn dierbaren zweefde hij weg, het licht tegemoet. Adeline keek hen na. Net voordat Digby verdween draaide hij zich om en knipoogde naar haar.

'Hij heeft ons verlaten.' Maude staarde naar het gezicht van Stoke, waaruit elke bezieling nu was verdwenen.

'Denk je echt dat hij Digby en George zag?' vroeg Augusta. De zakdoek trilde in haar hand.

'Ik denk het echt, grootmama,' antwoordde Leona. Ze legde een hand op Augusta's schouder. 'Ik weet het zeker.'

'Ik hoop zo dat ze mij ook komen halen als het eenmaal zover is.' Augusta keerde zich met een verdrietige glimlach naar Maud. 'Zo slecht ben ik toch niet geweest?'

'Nee, maakt u zich geen zorgen. In elk geval niet slechter dan wij allemaal.'

'Dan hoop ik dat Stoke daarboven een plekje voor me vrijhoudt, want het kan niet lang meer duren,' verklaarde Augusta.

Leona draaide met haar ogen naar haar zuster, die een grijns verbeet.

'Dat zegt u al twintig jaar,' zei Maud niet onvriendelijk.

'Dan wordt het de hoogste tijd, waar of niet?' Augusta werkte zich overeind en liet zich door Vivien haar wandelstok aanreiken. 'Maar tot het zover is gaat het leven door. Alleen zal ik het nu zonder mijn dierbare Stoke moeten stellen. Kom, we moeten iets eten. Ik ben niet van plan dood te gaan van de honger!'

Bij terugkeer op kasteel Deverill bracht Adeline verslag uit aan Hubert. 'Wat een voorrecht om op die manier te gaan,' zei die verlangend. 'En wat een vloek om te sterven zoals ík!' Daar kon Adeline niets tegen inbrengen. Ze was het roerend met hem eens. Het was afschuwelijk, met recht een vloek, om te moeten sterven zoals de onfortuinlijke Lords Deverill.

Celia zat in de vensterbank. De avond was gevallen. Buiten heerste duisternis. De maan en de sterren gingen schuil achter de wolken. Zelfs die lieten haar in de steek. Ze voelde zich alleen, beheerst door angst. Er was niemand die ze in vertrouwen kon nemen. Niemand die ze om hulp kon vragen. Niemand die haar raad kon geven hoe het nu verder moest. Ze zou het bod van de graaf accepteren, het kasteel verruilen voor een bescheiden huis zo dicht mogelijk bij Ballinakelly en Archies schulden afwikkelen. Maar wat moest ze met Aurelius Dupree? Bij de gedachte zijn stilzwijgen te moeten kopen, kwam alles in haar in verzet. Ze kon het niet laten gebeuren dat zijn bizarre verzinsels in de krant kwamen, maar zich laten chanteren druiste in tegen al haar instincten. Haar vader zou nooit voor afpersing zijn gezwicht!

Ze trok haar knieën op, sloeg haar armen eromheen en boog haar hoofd. Met haar ogen dicht wenste ze vurig dat alle narigheid zich vanzelf zou oplossen. Terwijl ze wegdroomde, vond ze troost in haar herinneringen. Herinneringen aan het opwindende proces van de herbouw van het kasteel; aan de enthousiaste Mr. Leclaire met al zijn plannen en ideeën; aan de rondreis door Europa waar Archie en zij zo van hadden genoten, net als van het uitkiezen van meubels en kunstwerken voor hun nieuwe huis; aan Archies trots, aan het plezier van haar vader, de opwinding van haar moeder, de jaloezie van haar zusters. Tranen kwamen onder haar wimpers tevoorschijn en biggelden over haar wangen. Ineens moest ze aan Kitty en Harry en Bertie denken. Als zíj het al zo erg vond het kasteel te moeten verkopen, hoe ellendig moest het voor hén dan wel niet zijn geweest toen zij het kocht? Dat was nooit eerder bij haar opgekomen. Ze had verwacht dat ze blij zouden zijn, net als zij. Maar hoe had ze dat ooit kunnen denken? Nu pas begreep Celia hoe pijnlijk, hoe verdrietig ze het moesten hebben gevonden; hoe dapper ze hun ware gevoelens hadden weggestopt. En plotseling schaamde ze zich. Ze was zo zelfzuchtig geweest, zo egocentrisch, zo arrogant. Maud en Victoria en Elspeth leken geen emotionele band met het kasteel te hebben, maar Kitty... Celia's hart stroomde over van verdriet en compassie. Niemand – zelfs zíj niet – hield zo veel van het kasteel als Kitty. Hoe had ze het kunnen verdragen?

Met die gedachte viel Celia in slaap. De wolken rafelden uiteen, de maan werd zichtbaar en dompelde de kamer in haar zilveren schijnsel. Ze droomde van haar vader. Hij sloeg zijn armen om haar heen en verzekerde haar dat ze zich nooit eenzaam hoefde te voelen, dat hij altijd bij haar was. Maar toen ze naar hem opkeek, was zijn gezicht veranderd in een monsterlijke tronie. Ze schrok wakker, tilde haar hoofd op en liet haar blik verdwaasd door de donkere kamer gaan. De wolken hadden zich opnieuw aaneengesloten tot een ondoordringbare, zwarte massa. Celia had het koud gekregen en was verstijfd geraakt. Ze veegde haar tranen weg, liep naar het bed en kroop onder de dekens. Ze was te moe om nog over Aurelius Dupree te piekeren. Zelfs te moe om aan haar vader te denken. *Morgen is er weer een dag.* Andere vrouwen zouden het misschien hebben opgegeven, of zich hebben laten chanteren. Maar Celia verdrong haar tranen terwijl de ware, strijdlustige Deverill-aard voor het eerst echt bezit van haar nam. Er was maar één manier om achter de waarheid te komen, maar één manier om de naam van haar vader te zuiveren. Ze moest naar Zuid-Afrika! Haar hoofd zakte op het kussen en ze viel in een diepe slaap.

Tien dagen later zat ze op de boot naar Kaapstad. 'Wat bezielt haar? Ze lijkt wel gek geworden!' verzuchtte Boysie. Harry en hij lunchten samen, aan hun vaste tafeltje bij White's.

'Ja, dat lijkt ze zeker,' viel Harry hem bij. 'Ze deed erg geheimzinnig en ze wilde er niets over kwijt. Alleen dat ze naar Afrika moest, vanwege "iets belangrijks".'

'Het moet wel heel erg belangrijk zijn als ze de halve wereld ervoor afreist!' Boysie nipte van zijn sauvignon. 'Wat is er in 's hemelsnaam aan de hand? Ze heeft anders nooit geheimen voor ons.'

'Ik hoorde van Kitty dat het kasteel is verkocht aan een schatrijke buitenlander. Inclusief de inboedel,' vertelde Harry. 'Het komt natuurlijk niet als een verrassing, maar ik heb wel met Celia te doen. Het is alsof er een vloek op het kasteel rust.'

Boysie schudde zijn hoofd. 'Niet op het kasteel, kerel. Op jullie familie.'

'Onzin, dat dwaze verhaal heeft Adeline verzonnen. Grootmama geloofde in wel meer idioots. Zelfs in elfen!' Ze schoten allebei in de lach. 'Echt waar. Ze beweerde dat ze altijd en overal tuingeesten zag.'

'Ja, er zit wel een verdomd excentriek trekje in die familie van je.'

'In de familie van gróótmama,' zei Harry nadrukkelijk. 'Kijk maar naar de Struikjes.'

'Ja, ik begrijp wat je bedoelt. Ik neem aan dat zij de doden ook kunnen zien?'

'De Struikjes? Lieve hemel, nee. Daar zouden ze alleen maar doodsbang van worden. Ze kunnen de levenden al nauwelijks aan. Die Lord Hunt speelt een spelletje met ze. Volgens Kitty zitten ze straks allebei met een gebroken hart.'

'Op díé leeftijd? Kan dat dan nog? Zijn ze niet een beetje te oud voor dat soort onzin?'

'Dat zou je wel denken.' Harry veegde zijn mond af met zijn servet. 'Hoe dan ook, het schijnt dat Celia die rijke buitenlander behoorlijk het vel over de oren heeft gehaald. Hij betaalt veel meer voor het kasteel dan het waard is. Ze heeft zijn eerste bod afgewezen, om de prijs op te voeren. En met succes. Blijkbaar wil hij – of liever gezegd, zijn vrouw – het erg graag hebben. Het is een soort cadeautje voor haar.'

'Dus Celia ontpopt zich als een zakenvrouw? Wie had dat kunnen denken?' Boysie grinnikte.

'Misschien lijkt ze meer op haar vader dan we altijd hebben gedacht.'

'Gelukkig maar. Ze verdient het dat ze er een goede prijs voor krijgt. Want met het kasteel verkoopt ze ook haar hart.'

Harry fronste zijn wenkbrauwen. 'Ja, het is allemaal erg verdrietig.'

'Met het kasteel verkoopt ze ook júllie hart. Het hart van alle Deverills.' Boysie zette zijn glas neer.

'Niet het mijne,' zei Harry zacht. 'Mijn hart is van jou, Boysie. En dat zal altijd zo blijven.' Over de tafel heen keken ze elkaar aan, plotseling ernstig.

'En mijn hart is van jou, Harry,' zei Boysie. Toen wendde hij zijn blik af. Het had geen zin over het hotel in Soho te beginnen. Hij zou zich bij de situatie moeten neerleggen. Harry zou niet van gedachten veranderen.

Celia stond op het dek van de Carnarvon Castle, het ruim tweehonderd meter lange motorschip met bestemming Kaapstad. Leunend op de reling keek ze uit over de oceaan. Ze had wat sieraden verpand om de reis naar Zuid-Afrika te kunnen betalen. Een lange reis, van zeventien dagen, maar dat was nog niets vergeleken met de persoonlijke reis die Celia had gemaakt. Ze keek terug naar het meisje dat ze een jaar eerder nog was geweest – een meisje dat nooit had kunnen denken dat ze zich zou inschepen voor een reis naar de andere kant van de wereld, op zoek naar de waarheid over het verleden van haar vader. Een meisje dat nooit had kunnen bedenken wat haar het afgelopen jaar was overkomen. Ze had haar vader, haar man en haar huis verloren, en ze werd gechanteerd door een man die beweerde dat haar vader zijn broer had vermoord. Het was meer dan de meeste mensen zouden hebben aangekund. Maar Celia was niet zoals de meeste mensen. Ze was een Deverill en ze begon eindelijk te beseffen wat dat betekende.

Ze keek in de diepte, naar het schuimende, kolkende water, waar de grijze romp met een snelheid van twintig knopen per uur doorheen sneed. Een opwindende euforie nam bezit van haar. De wind streek langs haar gezicht en wekte haar uit de apathie van haar wanhoop. Diep vanbinnen voelde ze een kracht die steeds groter werd – als een ballon die werd opgeblazen – en die haar vervulde met zelfvertrouwen en met een optimisme dat nieuw voor haar was. Uit haar wanhoop groeide hoop. Ze was een Deverill en Deverills lieten zich er niet onder krijgen. Het noodloot kon haar alles afnemen wat haar dierbaar was, maar haar ziel, haar levenslust bleef onaangetast. Daar had het noodlot geen invloed op. Wie ons dierbaar zijn en ons ontvallen, blijven altijd bij ons, had Kitty gezegd. Celia keerde haar gezicht naar de wind. Voor het eerst in maanden voelde ze zich niet alleen.

Het fraaie lijnschip vervoerde tweehonderdzestien eersteklas- en ruim vierhonderd tweedeklaspassagiers. Onder de passagiers in de eerste klas bevond zich Rafael O'Rourke, de beroemde Ierse tenor, die in Zuid-Afrika begon aan een wereldtournee. Hij was niet zo jong meer, ergens halverwege de veertig; een romantische held met donker haar en lichtblauwe ogen, als de Ierse hemel bij dageraad, met de sprekende, gevoelvolle blik van een filmster. Tot Celia's vreugde bleek hij maar al te graag te willen zingen voor de passagiers in de eerste klas. 's Avonds na het diner bracht hij in de bar liederen ten gehore, begeleid door de pianist van de showband van het schip. De verlichting was gedempt, kaarsen verspreidden een warme gloed en aan de kleine ronde tafeltjes werden cocktails en champagne geserveerd. Celia dronk net genoeg om haar zorgen althans even te kunnen vergeten. Tewijl Rafael zong over liefde en verlies, was het alsof ze in zijn stem haar diepste verlangens herkende. Ze zat in een hoekje, alleen aan een tafeltje, en gaf zich over aan de muziek die als balsem haar verwonde hart verzachtte.

De eerste klas was royaal bemeten en uiterst comfortabel met luxueuze hutten en smaakvolle gezelschapsruimtes. Celia bracht de dagen door in de lounge, waar ze stilletjes zat te lezen of kaartte met de andere passagiers, die ze geleidelijk aan leerde kennen. Al snel nam een ouder echtpaar haar onder hun vleugels. De naam Deverill was hun maar al te bekend. 'Iedereen die iets van Zuid-Afrika weet, kent hem,' had Sir Leonard Akroyd bij hun eerste ontmoeting gezegd. 'Edwina en ik wonen al veertig jaar in Kaapstad en een van de beroemde, kleurrijke figuren die ik me uit het verleden herinner, heette Lucky Deverill.' Toen Celia vertelde dat Digby – Lucky – Deverill haar vader was, had hij haar uitgenodigd in het vervolg bij hen aan tafel te komen zitten voor het diner. 'Uw vader heeft me ooit een enorme gunst bewezen, dus ik ben blij dat ik iets terug kan doen door me over zijn dochter te ontfermen,' had hij lachend verduidelijkt, welwillend gadegeslagen door zijn vrouw. 'Het zat namelijk zo...' Daarop volgde een lange, weinig boeiende anekdote over een vlek en het lenen van een schoon overhemd.

Celia merkte het direct wanneer Rafael O'Rourke de lounge binnen kwam, want zijn spontane glimlach en kalme charisma leken de ruimte te doen oplichten. Hij was nooit alleen, maar altijd omringd door zijn entourage. Bovendien werd hij omstuwd door passagiers die hem nauwelijks een moment rust gunden. Alleen in zijn hut kon hij zichzelf zijn, veronderstelde Celia. Hij kwam naar de lounge om te roken en de kranten te lezen, of hij zat te praten met de mensen die met hem meereisden. Als hij haar erop betrapte dat ze naar hem keek, sloeg ze blozend haar ogen neer. Ze had niet de behoefte zich aan hem op te dringen zoals sommige vrouwen dat deden, maar ze vond hem wel intrigerend.

Het duurde niet lang of ze merkte het ook als hij níét in de lounge was. Dan voelde de ruimte merkwaardig leeg, niet bruisend zoals anders. En dan betrapte Celia zichzelf op een gevoel van teleurstelling. Totdat hij binnenkwam en ze zich op slag weer beter voelde. Verwarrend vond ze het. En ook een beetje verontrustend. Was het wel gepast, zo kort na de dood van haar man? Uit schuldgevoel trok ze zich nog meer terug en zocht ze afleiding in de saaie anekdotes van Sir Leonard of in een spelletje kaart.

Met nog maar vijf dagen te gaan voordat ze de haven van Kaapstad zouden binnen lopen, was Celia waarschijnlijk de enige vrouwelijke passagier in de eerste klas die zich niet aan Rafael O'Rourke had voorgesteld. Dus toen hij haar op een avond na het diner aan dek trof, nam hij zijn kans waar om zich aan háár voor te stellen. Voor een gevierde, alom begeerde man als Rafael O'Rourke was niets zo aantrekkelijk als een vrouw die zich op een afstand hield. Hij kwam naast haar staan, leunde op de reling en bood haar een sigaret aan. Ze keek verrast op. Toen glimlachte ze. 'Graag, dank u wel.' Ze stak de sigaret tussen haar lippen.

'Wat is het hier heerlijk stil en rustig.' Zijn warme Ierse tongval ontroerde haar en deed haar plotseling naar huis verlangen. Hij keerde zijn rug naar de wind om zijn aansteker te beschermen. Celia moest zich dicht naar hem toe buigen en haar handen om het vlammetje houden. Toch ging het een paar keer uit, dus bij de derde poging knoopte Rafael zijn jasje los en hield het eromheen. Het voelde erg intiem om zo dicht bij hem te zijn, en ze was blij dat het donker was, zodat hij de blos op haar gezicht niet kon zien. Toen de sigaret eindelijk brandde, deed ze een stap naar achteren en legde een elleboog op de reling.

'U zingt prachtig, Mr. O'Rourke. Dat hoort u ongetwijfeld van iedereen.' Ze hoopte dat ze kalm en zelfverzekerd klonk. 'Maar voor mij heeft uw stem ook een helende werking. Daardoor voel ik me sterker worden.'

'Het is me niet ontgaan dat u alleen bent.'

'Dat klopt.'

Hij keek haar aan, er lag een warme, zachte blik in zijn ogen. 'Mag ik vragen waarom een mooie vrouw zoals u alleen reist?'

Ze schoot in de lach. Tegen hoeveel vrouwen zou hij dat al hebben gezegd tijdens zijn tournees? 'Mijn man is overleden. Ik ben weduwe, Mr. O'Rourke.'

Hij reageerde geschokt. 'Neemt u mij niet kwalijk.' Hij wendde zijn blik af en tuurde over de reling, de duisternis in.

'Het geeft niet. Ik begin gewend te raken aan het alleen-zijn.'

Hij grijnsde. 'U zult vast niet lang alleen blijven.'

'Als Sir Leonard Akroyd het voor het zeggen had, zou ik deze hele reis geen moment voor mezelf hebben gehad. Zijn vrouw en hij hebben zich over me ontfermd.'

'Maar u bent ontsnapt.'

'Ja. Ze zijn allervriendelijkst en ze bedoelen het goed, maar soms heeft een mens wat tijd voor zichzelf nodig. Dat zult u ongetwijfeld begrijpen. Ik heb gezien dat u ook maar zelden een moment rust krijgt.'

Hij glimlachte. 'Dus u hebt me een beetje gevolgd?' Voordat ze kon antwoorden, voegde hij eraan toe: 'Ik u ook. Vanaf de eerste dag. Ik merk het als u de lounge binnen komt. En als u weer weggaat.' De rook die Celia uitblies werd door de wind meegevoerd, de duisternis in. 'Mag ik u iets laten zien?' vroeg hij.

'Dat hangt ervan af...'

Hij schoot in de lach, een lach die diep uit zijn keel opborrelde. 'Ik ben een gentleman, Mrs....'

'Celia Deverill,' stelde ze zich voor. Het had iets bemoedigends om haar oude naam weer te gebruiken. Het voelde bijna alsof ze daarmee ook weer iets van haar oude zelf terughaalde. 'Ik ben niet langer Mrs. Mayberry. Dus zegt u maar Celia.'

'En zegt ú dan alstublieft Rafi.'

'Heel goed, Rafi. Wat wilde je me laten zien?'

Hij nam haar mee naar het eind van het promenadedek, waar rijen ligstoelen stonden. Daar trapte hij zijn sigaret uit, hij ging in een van de stoelen zitten en leunde achterover om naar de sterren te kijken. 'Zijn ze niet schitterend?'

Celia ging in de stoel naast hem zitten en keek ook naar de hemel. 'Inderdaad. Schitterend.' Ze slaakte een zucht. 'Indrukwekkend.' Ze dacht aan de avonden in Ballinakelly, aan de sterren boven kasteel Deverill, en ze voelde een steek van pijn en verdriet.

'Je ziet, ik ben een volmaakte gentleman,' zei hij lachend.

'Dat ben je.'

'Waar kom je vandaan, Celia?'

'Uit Ballinakelly, in het graafschap Cork.'

'Ik kom uit Galway. We zijn allebei een heel eind van huis.'

'Ja, dat zijn we zeker,' zei ze zacht.

'En we hebben nog vijf dagen voordat we in Kaapstad aankomen.'

'Ben je getrouwd, Rafi?'

'Al sinds mijn eenentwintigste. Ik heb vijf kinderen. Inmiddels allemaal volwassen. Ik ben zelfs al opa! Kun je je dat voorstellen?'

'Nee, eigenlijk niet. Je lijkt me nog veel te jong om opa te zijn. Is dat wat je wou horen?'

'Dat is precies wat ik wou horen.'

Celia hield haar adem in toen hij haar hand in de zijne nam en die met zijn duim begon te strelen. Ze keek nog altijd naar de sterren, maar het bloed raasde plotseling door haar slapen. Het leek een eeuwigheid geleden dat ze voor het laatst door een man was aangeraakt. Haar hart bonsde, een verrukkelijke warmte nam bezit van haar en deed haar begeerte ontluiken als bloesem in de lente. Toen ze zich naar hem toe keerde, zag ze in het maanlicht dat zijn ogen glansden. 'We hebben nog vijf dagen,' zei ze.

Hij legde glimlachend zijn hand langs haar gezicht, boog zich naar haar toe en drukte zijn lippen op de hare. Zijn kus was zo teder, maar ook zo opwindend dat ze geen moment aarzelde. Vijf dagen, dacht ze. Lang genoeg voor een heerlijke droom, maar niet zo lang dat ik er een gebroken hart aan overhoud. Het hóórt natuurlijk niet, maar heb ik onderhand geen recht op een beetje plezier? Ik ben niet voor niets een Deverill.

29

De laatste vijf dagen aan boord van de Carnarvon Castle voelden als een ander leven. Celia stortte zich met overgave in de bedwelmende, avontuurlijke romance, dankbaar dat ze de wereld buiten het schip even naar de achtergrond kon dringen. Op haar varende eiland genoot ze van hun kortstondige affaire. Rafael O'Rourke was een tedere, gevoelvolle minnaar en behalve troost vond Celia ook nieuwe levenskracht in de armen van een minnaar die volledig los stond van haar familie en van alle rampspoed die de Deverills had getroffen. Bij Rafael kon ze de harde werkelijkheid vergeten en althans even iemand anders zijn. Een gelukkig, onbekommerd iemand die haar herinnerde aan de onbekommerde jonge vrouw die ze ooit was geweest.

Naar buiten toe deden ze zich voor als oppervlakkige kennissen. In de gangen en in de lounge groetten ze elkaar formeel. En wanneer Rafael 's avonds optrad in de bar, zat Celia met een glas champagne in haar vaste hoekje te luisteren terwijl hij met zijn warme, ontroerende stem zijn weemoedige liederen zong, alleen voor haar. Zolang er naar hen werd gekeken, gedroegen ze zich als vreemden. Maar wanneer hun blikken elkaar vonden, laaide het vuur op in hun ogen, en wanneer de deur van Celia's hut eindelijk achter hen dichtviel, zochten ze elkaars omhelzing.

'S Nachts slopen ze naar de dekstoelen en terwijl ze naar de sterren van het Zuiderkruis keken, die hoog boven hen aan de hemel schitterden, vertelden ze elkaar hun levensverhaal. De boot wiegde zachtjes, de wind streek over het dek en ze lagen in elkaars armen, terwijl ze genoten van een opwindende romance in gestolen uren, en elkaar verwarmden met hun lichaam. Maar het mocht slechts vijf dagen duren. Veel te snel doemde de Tafelberg op uit de ochtendmist, ten teken dat hun reis bijna ten einde was, en daarmee dit korte hoofdstuk in het boek van hun leven.

Celia was er zo zeker van geweest dat de romance haar geen gebroken hart zou opleveren, maar ze werd overweldigd door een gevoel van verlies en klampte zich angstig aan Rafael vast. Ze wist niet goed waar die angst uit voortkwam. Uit onzekerheid over haar bestemming en wat ze daar zou aantreffen? Of was het de schok van de abrupte terugkeer naar het echte leven? Of kwam het door het besef dat ze elkaar na het afscheid misschien nooit meer zouden zien? Hij kuste haar nog een laatste keer en liet zijn verdrietige blik liefkozend over haar gezicht glijden, alsof hij het in zijn geheugen wilde prenten. Hij zou proberen haar te vergeten, zei hij, om niet de rest van zijn leven door verlangen te worden achtervolgd. Toen was hij weg.

Na vijf verrukkelijke dagen met Rafael was de leegte in Celia's hart groter dan ooit. Hij had haar doen vergeten wie ze was en wat ze diep vanbinnen met zich meedroeg. Maar nu ze weer alleen was, had ze geen andere keus dan de werkelijkheid onder ogen te zien. Wat het lot ook op haar pad bracht, ze zou de confrontatie aan moeten gaan. En na alles wat ze had meegemaakt, zou ze zich hier ook wel doorheen slaan.

In Kaapstad was de herfst net begonnen, maar voor Celia voelde het als hartje zomer. De zon brandde aan de hemel en zelfs in de heetste Engelse zomer werd het bij lange na niet zo warm. De lucht was stralend saffierblauw, zonder ook maar één wolk die afbreuk deed aan de adembenemende perfectie. Het licht bezat een bijna vloeibare helderheid waaraan Celia op slag nieuwe moed ontleende. Ze wendde zich vastberaden af van de schaduwen die haar angst aanwakkerden, en keerde haar gezicht naar de zon.

De stad bood een schone, geordende aanblik; een zondoorstoofde, uitgestrekte verzameling licht gekleurde huizen in Hollandse stijl aan de voet van de afgeplatte berg die eruitzag als de tafel van een reus. Nadat ze zich de laatste dagen aan boord had verstopt voor Sir Leonard en Lady Akroyd, was Celia maar al te dankbaar voor hun gezelschap toen het echtpaar haar, eenmaal op de wal, door de menigte naar hun auto met chauffeur loodste. De Akroyds zouden haar naar het Mount Nelson

Hotel brengen, waar ze één nacht zou verblijven, en haar de volgende morgen op de trein naar Johannesburg zetten.

Tijdens de dinsdagavondsalon van haar moeder had Celia regelmatig Amerikaanse jazzzangers ontmoet, maar het straatbeeld in Kaapstad, dat werd gedomineerd door zwarte mensen, verbijsterde haar. De herrie was oorverdovend terwijl ze luidkeels gasten wierven voor hotels of aanboden koffers te sjouwen, dat alles in een taal die Celia niet verstond. Zoeloes boden ritten aan in hun riksja's; rijzige mannen, zo zwart als ebbenhout en gehuld in flamboyante, kleurige kostuums met enorme hoofdtooien versierd met veren en botjes. Kleine jongens die tussen de vermoeide reizigers door renden, verkochten kranten, snoep en fruit. En overal hing de geur van stof en vocht, en het zilte aroma van de zee.

Dankbaar voor de serene rust in de chique Mercedes van de Akroyds keek Celia uit het raampje naar de beroemde stad die, in de woorden van Sir Leonard, gold als 'de poort naar Brits Zuid-Afrika'. Ze stelde zich voor hoe haar vader hier als jongen van amper zeventien was aangekomen en ze verwonderde zich over zijn moed en zijn onverschrokkenheid. Bij de gedachte aan de anekdote van Sir Leonard – over de vlek en het schone overhemd – had ze er alle vertrouwen in dat ze spoedig het bewijs zou vinden om de schandalige laster van Aurelius Dupree te weerleggen. Dupree was een leugenaar. Daar had ze geen moment aan getwijfeld. Ze moest het alleen nog zien te bewijzen.

Kaapstad bruiste van de bedrijvigheid terwijl de stad ontwaakte, zich uitrekte en aan het werk ging. Auto's zochten hun weg tussen de dubbeldekkertrams, mannen in colbert en met een hoed op haastten zich over de stoep of verplaatsten zich per fiets. Op straathoeken zetten bloemenverkopers hun stalletje op. Winkels openden hun deuren, paard-en-wagens reden af en aan met koopwaar, de paarden traag sjokkend over het asfalt. En op de achtergrond glansde de Tafelberg in de ochtendzon als een trede van een reuzentrap naar de hemel. Terwijl de Mercedes langzaam door Adderley Street reed, vertelde Sir Leonard in kort bestek de geschiedenis van de stad die hem hoorbaar met trots vervulde. Celia deed haar raampje zo ver mogelijk open en keek naar de indrukwekkende gebouwen aan weerskanten, naar de winkels en de restaurants, en ze probeerde zich voor te stellen hoe de stad eruit had gezien toen haar vader hier arriveerde.

Celia werd keurig afgeleverd bij het buitengewoon Britse Mount Nelson Hotel, aan de voet van de Tafelberg. De volgende morgen brachten Sir Leonard en Lady Akroyd haar naar de trein, maar niet voordat ze haar hadden laten beloven aan het eind van haar verblijf nog een paar dagen bij hen langs te komen. 'Het zou zonde zijn om zo'n lange reis te maken en helemaal geen wild te zien,' zei Edwina. 'Ik weet zeker dat Leonard je weet over te halen om met hem op expeditie te gaan.' Celia dacht aan de leeuw die Tiberius Dupree had verscheurd en besloot dat ze liever in de stad bleef.

De trein floot, de Akroyds verdwenen in een wolk van stoom en Celia was op weg naar Johannesburg.

Verwonderd keek ze uit het raampje naar het weidse landschap. Ze had zich nog nooit zo klein gevoeld, de hemel had haar nog nooit zo indrukwekkend en groots geleken. Dampend en puffend reed de trein over uitgestrekte, groene vlaktes van rijke landbouwgrond met hier en daar een huis dat zich koesterde in de zon. Een kleine jongen die een kudde ossen hoedde, zwaaide. Zijn blote, gitzwarte bovenlijf glansde in het vroege herfstlicht. In de verte, aan het eind van het veldt, waar de lucht trilde van de hitte, rees een indrukwekkende bergketen op als grijze, uit graniet gehouwen golven. Het duurde niet lang of de vlakte maakte plaats voor grillige heuvels, begroeid met lage struiken, en de trein volgde een slingerende vallei, die uitmondde in opnieuw een weidse, met gras begroeide uitgestrektheid. De bergen verdwenen uit het zicht, en boven de horizon spande zich slechts de stralende, zachtblauwe hemel.

Celia sliep onrustig, die nacht in haar coupé. Ze miste Rafael. Miste hij haar ook? Of vormden affaires een onvermijdelijk onderdeel van het leven van een beroemde zanger? Waren ze een manier om de eenzaamheid te verdrijven? Want ook die eenzaamheid hoorde bij een reizend bestaan. Het alleen-zijn vervulde Celia met angst. Ze was bang voor het vreemde ritmische geluid van de trein, voor de voetstappen die langs haar coupé kwamen, voor de gedempte stemmen aan de andere kant van de dunne wand. Ondanks haar angsten viel ze door het wiegen van de wagon uiteindelijk toch in een ondiepe slaap.

Een beetje stijf door de harde matras en gebroken door de angstige, onrustige nacht arriveerde ze ten slotte op Park Station in Johannesburg.

Het verschil met het statige, smetteloos schone station van Kaapstad had niet groter kunnen zijn. Park Station was reusachtig, lawaaiig; een mierennest van mensen die elkaar verdrongen zonder ook maar enige wellevendheid in acht te nemen. Mr. Botha, een Afrikaander en de oude voorman van haar vader, stond volgens afspraak op het perron. Omdat hij zo lang was, zag ze hem al van verre aankomen, terwijl hij zich met opgestoken hand een weg baande door de menigte. Hij droeg een enorme kaki korte broek, met lange witte sokken om zijn stevige kuiten. Zijn voeten staken in kaal gesleten, bruine veterlaarzen. Zijn witte overhemd met korte mouwen dat hij in zijn broek had gestopt, spande om zijn dikke buik. Op zijn krullen stond een slappe witte hoed, waar zijn grote, vlezige oren onderuit piepten. Celia schatte hem ergens in de zestig, maar dankzij zijn ruige witte baard en zijn gladde vollemaansgezicht leek hij een stuk jonger. 'U moet Mrs. Mayberry zijn.' Hij klonk opgewekt, met een sterk Afrikaans accent, en stak haar een kolenschop van een hand toe. 'Dis 'n baie lekker dag, nè? Een heerlijke dag,' vertaalde hij.

Ze schudde hem glimlachend de hand. 'Ik ben zo blij u te zien,' zei ze dankbaar, onmiddellijk gerustgesteld door de rust die hij uitstraalde.

'Ik zie de familiegelijkenis.' Hij nam haar onderzoekend op. 'U hebt de ogen van uw vader. Die waren net zo blauw. Een groot man, uw vader.' Hij knikte vol overtuiging. 'Van harte gecondoleerd met uw verlies.'

'Dank u wel. Het is allemaal erg plotseling gegaan.'

'Digby Deverill kennende zou hij geen lang sterfbed hebben gewild. Natuurlijk, het was veel te vroeg. Maar het was wel zoals hij het zou hebben gewild.'

'Daar hebt u gelijk in, Mr. Botha.'

'Geeft u die maar aan mij.' Hij pakte haar koffer alsof die niets woog. 'U wilt zich natuurlijk eerst wat opfrissen. Ik ben zo vrij geweest een kamer voor u te reserveren in het Carlton, het beste hotel in Jo'burg. Dus daar breng ik u naartoe, en wanneer u een beetje van de vermoeiende reis bent bekomen, kunnen we misschien ergens gaan lunchen.' Hij begon het perron af te lopen en Celia moest alle zeilen bijzetten om zijn grote stappen bij te houden. 'Als ik me niet vergis is dit uw eerste bezoek aan Zuid-Afrika?'

'Dat klopt.'

‘U hebt er een lange reis voor moeten maken, Mrs. Mayberry.’

‘Inderdaad, en ik hoop dat het allemaal de moeite waard zal blijken te zijn.’

‘Vast en zeker,’ zei hij bemoedigend. ‘U wilde inzicht in het verleden van uw vader, schreef u. Nou, dan bent u bij mij aan het goede adres. Ik sta volledig tot uw beschikking.’

Het Carlton Hotel, dat zijn deuren had geopend in 1906, was indrukwekkend van afmetingen en deed Celia aan Parijs denken, dankzij de stijlvolle klassieke vormgeving met luiken en smeedijzeren balkons. Mr. Botha had een royale, comfortabele suite voor haar geboekt, en ze vond het een opluchting weer omringd te zijn door de luxe waaraan ze gewend was. Ze pakte haar kleren uit, nam tevreden neuriënd een bad en trok daarna een lichte zomerjurk aan, met een ivoorwit vest losjes om haar schouders. De vermoeienissen van de lange treinreis waren vergeten en ze liep naar het raam, om neer te kijken op de stad waarin haar vader zich ooit thuis moest hebben gevoeld. Een dubbeldekkertram reed langzaam door Eloff Street, met aan weerskanten een stroom deftige auto’s waarvan de ronde koplampen het zonlicht glinsterend weerkaatsten. Celia’s vertrouwen in de goede uitkomst steeg. Ze twijfelde er niet aan of Mr. Botha zou het verhaal van Aurelius Dupree afdoen als een verzinsel, zodat ze met opgeheven hoofd naar huis kon terugkeren. De ware toedracht zou aantonen dat haar geloof in haar vader gerechtvaardigd was. En Aurelius Dupree zou, als het stuk ongedierte dat hij was, weer verdwijnen in het gat waar hij uit was gekropen en haar nooit meer lastigvallen.

Tegen lunchtijd kwam Mr. Botha haar halen en hij nam haar mee naar een fraai restaurant in Hollandse stijl, opgetrokken rond een royale, door bomen overschaduwde binnenplaats met potten rode bougainville. De herfst deed het blad al verkleuren, maar de zon was nog altijd heet en de lucht zwanger van de geur van de zomer. Ze kozen een tafeltje in de tuin, afgeschermd door de vergelende bladeren van een jacaranda. Na een groot glas Zuid-Afrikaanse wijn was Celia weer helemaal opgekikkerd. Mr. Botha was maar al te graag bereid herinneringen op te halen aan de jonge Lucky Deverill en aan de tijd waarin Digby zo schatrijk was geworden. ‘Hebt u hem meteen na aankomst leren kennen?’ vroeg Celia.

‘Ja, en we hebben tot zijn dood contact gehouden. Uw vader gunde zich geen moment rust. Hij was altijd bezig. Risico’s nemen was zijn lust en zijn leven. Hij werd tenslotte niet voor niets "Lucky Deverill" genoemd.'

Na het hoofdgerecht besloot Celia dat het tijd werd om de vraag te stellen waarvoor ze naar Zuid-Afrika was gekomen. 'Mr. Botha, mag ik vrijuit spreken?'

'Natuurlijk.' Hij fronste zijn wenkbrauwen, de huid van zijn voorhoofd rimpelde zich in dikke plooien.

'U hebt gehoord van de gebroeders Dupree, neem ik aan?'

'Iedereen heeft van ze gehoord, maar ik heb ze gekend. Heel goed, zelfs. Tiberius is door een leeuw aan stukken gescheurd, en zijn broer, Aurelius, werd veroordeeld omdat híj hem zou hebben vermoord.' Hij schudde zijn hoofd. 'Een stel mislukkelingen, dat waren het.'

'Heeft mijn vader u nog verteld dat Aurelius hem heeft geschreven?'

'Nee, daar weet ik niets van. Waar ging dat over?'

Overtuigd als ze was van haar vaders onschuld, aarzelde Celia niet de inhoud van de brieven met hem te delen. 'Aurelius beschuldigt papa van de moord op Tiberius.'

Mr. Botha reageerde bevredigend geschokt en verbijsterd. 'Dat liegt hij! Uw vader zou nooit iemand vermoorden.'

Celia slaakte een diepe zucht. 'U hebt geen idee hoe dankbaar ik u ben. Ook al heb ik nooit getwijfeld aan zijn onschuld.'

'Let wel, uw vader was geen heilige.' Mr. Botha drukte zijn onderkin op zijn roodbruin verbrande borst. 'Het was een harde tijd. De concurrentie was moordend. Je moest verduiveld uitgekookt zijn – en soms een loopje nemen met de regels – om succes te hebben. Maar aan een moord zou Lucky Deverill zijn handen nooit hebben vuilgemaakt.'

'Ik heb Aurelius gesproken. Hij vertelde over de jacht op een leeuw die al diverse mensen zou hebben verscheurd. De blanke jager had nog drie mannen bij zich, zei hij. Bloodsucker, Stone Heart en McManus. Ik zou ook graag met hen willen praten.'

Mr. Botha schudde zijn hoofd. 'Ze zijn allemaal dood, Mrs. Mayberry.'

'Állemaal?'

'Allemaal.'

'Aurelius zegt dat papa hem en zijn broer tot twee keer toe heeft bedrogen. Bij de registratie van Deverill & Dupree heeft hij zichzelf eenenvijftig procent van de aandelen toegekend, in plaats van de helft. En de tweede keer toen hij hen uitkocht, en toen hij hun aandelen beloofde in het nieuwe bedrijf…'

'Laat één ding heel duidelijk zijn, Mrs. Mayberry,' viel Mr. Botha haar scherp in de rede. 'Mr. Deverill heeft bij de registratie van Deverill & Dupree zichzelf inderdaad bevoordeeld. Maar híj had dat stuk grond gewonnen bij het kaarten. Dus de verdeling eenenvijftig-negenenveertig was niet meer dan rechtvaardig. En wat die latere aandelen betreft, de Duprees wilden hem voor de rechter slepen, maar ze hadden geen poot om op te staan. Ze hebben uit vrije wil hun handtekening gezet, en Mr. Deverill heeft ze meer betaald dan hij dacht dat het bedrijf waard was. Hoe had hij op dat moment kunnen weten dat De Beers er miljoenen voor zou neertellen? De mensen zijn zo inhalig, Mrs. Mayberry, en er was niemand zo inhalig als de Duprees.'

'Dus papa heeft hen niet bedrogen…'

'Nee. Geen sprake van.'

Celia leunde achterover. 'Kunt u bewijzen dat het niet waar is wat Aurelius beweert? Hebt u iets zwart-op-wit? Die ellendeling probeert me te chanteren.'

'Ik zal u kopieën geven van de contracten die ze hebben getekend.' Mr. Botha knipte met zijn vingers naar de ober en bestelde nog een fles wijn. De zon was heet, de omgeving aangenaam en hij genoot ervan herinneringen op te halen aan een man voor wie hij nog altijd het grootste respect koesterde.

'Hoe was papa in zijn jonge jaren?' Celia voelde zich licht in haar hoofd van opluchting nu de onschuld van haar vader was bevestigd.

'Hij was meer dan levensgroot, als u begrijpt wat ik bedoel. Toen hij hier kwam had hij nog helemaal niks gepresteerd. Hij had een geborgen leventje geleid waarin het hem aan niets ontbrak, maar als jongste van drie broers moest hij het op eigen kracht zien te redden. Bij het leger wilde hij niet, een loopbaan in de Kerk was ook niets voor hem, en hij bedankte ervoor om net als zijn vader in de financiële wereld aan de slag te gaan. Voor dat laatste deugde hij al helemaal niet. Hij zou zich stierlijk hebben verveeld. Uw vader wilde avontuur. Een uitdaging. Hij had niet alleen een goed stel hersens, een ongelooflijk scherp verstand, maar hij was ook uitgekookt. U had hem aan de goktafel moeten zien. Ik weet niet hoe hij het deed, maar hij verloor zelden. En zelfs áls hij op verliezen stond, kon je het niet aan hem zien. Zijn pokerface was ongeëvenaard.'

Celia keek toe terwijl de ober haar nog eens bijschonk. Ze begon zich plezierig aangeschoten te voelen. 'En hoe zat het met de liefde, Mr. Botha? Had mijn vader affaires? Bij het opruimen van zijn studeerkamer kwam ik oude foto's tegen. Wat een knappe vent was het in zijn jonge jaren. Ik wed dat de helft van de vrouwen hier verliefd op hem was.'

'Nou en of.' Mr. Botha lachte bulderend. 'Maar weet u wie zijn grote liefde was?'

'Nee?' Celia glimlachte. 'Ik ben heel benieuwd.'

'Een kleurlinge. Duchess, heette ze.'

'Een kleurlinge? U bedoelt dat ze zwart was?' vroeg Celia gefascineerd.

'Hálf zwart. Uw vader werd verliefd op een beeldschone kleurlinge.'

'Wat is er van haar geworden?'

Hij haalde zijn schouders op. 'Dat weet ik niet. Ze woonde in een township, even buiten Jo'burg. En daar woont ze waarschijijk nog steeds. Tenminste, als ze nog leeft. Uw vader was dol op vrouwen. Dat valt niet te ontkennen. Maar zijn hart behoorde aan Duchess. Een jaar of drie was zij zijn grote liefde. Volgens mij had hij geen geheimen voor haar.'

'Ik wil naar haar toe,' zei Celia spontaan. 'Ik wil de grote liefde van mijn vader ontmoeten. Zij kent hem vast en zeker beter dan wie ook. Denkt u ook niet?'

Mr. Botha schudde zijn hoofd. 'Dat lijkt me geen goed idee.' De manier waarop hij zijn ogen neersloeg en de wijn in zijn glas liet rondwalsen, leek erop te duiden dat hij iets verzweeg. 'Ik weet trouwens niet of ze daar nog woont. Dus het zal misschien niet meevallen haar te vinden.' Hij gebaarde afwerend. 'Ik kan u in contact brengen met anderen die uw vader hebben gekend en die veel interessanter zijn. Mannen van naam en faam...'

'Nee, ik wil Duchess ontmoeten. Toe, Mr. Botha. U moet me helpen.'

'Het is meer dan veertig jaar geleden.'

'Dat weet ik, en ze is natuurlijk getrouwd, ze heeft kinderen, waarschijnlijk zelfs kleinkinderen. Maar denkt u ook niet dat het belangrijk zou kunnen zijn om met haar te praten? Mijn vader heeft ooit van haar gehouden, dus ik wil haar erg graag leren kennen. Het kan niet anders of ze weet heel veel over die tijd. Ik heb een lange reis gemaakt en ik ga niet naar huis voordat ik deze zaak tot op de bodem heb uitgezocht.'

'Er waren ook andere vrouwen...' Mr. Botha voelde zich merkbaar slecht op zijn gemak, maar Celia liet zich niet ontmoedigen.

'Ik weet van Shapiro's vrouw,' zei ze.

Mr. Botha knikte. 'Ja, die ook.'

'Maar Duchess...' Celia schudde haar hoofd en dronk haar glas leeg. 'Ik wil dat u me naar haar toe brengt, Mr. Botha.'

'Denk goed na voordat u al te diep in het verleden van uw vader gaat graven,' waarschuwde hij. 'Want dan stuit u misschien op dingen die u liever niet had willen weten. Zoals ik al zei, het was een harde tijd. Om succes te hebben moest je ook hard zijn.'

'En toch wil ik graag dat u me naar haar toe brengt.' Celia stond op.

En zo kwam het dat Mr. Botha, zeer tegen zijn zin, met Celia de stad uit reed naar de armoedige, stoffige township van houten hutjes met golfplaten daken. Tussen de huisjes door kronkelden zich smalle, donkere stegen en paden van aangestampte aarde. Celia was geschokt door de armoede die ze om zich heen zag, van haar euforie was al snel niets meer over. Broodmagere honden zwierven over de rode aarde, op zoek naar iets te eten; mannen met smerige gezichten en mijnwerkerspetten hobbelden in de laadbak van paard-en-wagens van hun werk naar huis. Vrouwen met kleurige hoofddoeken stonden in de schaduw te praten, terwijl halfnaakte kinderen op blote voeten onbekommerd in de moordend hete zon speelden. Een dronken man zwalkte de weg op, waardoor Mr. Botha uit alle macht moest remmen om hem niet onder de wielen te krijgen.

Terwijl de auto langzaam over de dorre, stoffige grond reed, kwamen er overal mensen uit hun hutten tevoorschijn, nieuwsgierig naar het glimmende, brullende gevaarte. Hun oogwit stak helder af tegen de warme kleur van hun donkere huid. Celia keek als gehypnotiseerd toe. Ze dacht aan Adeline, die zich altijd zo voor de armen van Ballinakelly had ingezet. Bij het zien van de armoede in de township begreep ze haar nog beter.

Het duurde niet lang of er liep een sliert uitgelaten kinderen achter hen aan. Ze renden mee, daagden elkaar uit de auto aan te raken en riepen naar elkaar in een taal die Celia niet verstond. 'Ik wou dat ik iets bij me had om uit te delen.'

'Zelfs al had u dat, het zou nooit genoeg zijn,' zei hij bot. 'Bovendien, als je er één iets geeft, krijg je alle kinderen uit de hele township die bij je komen bedelen.'

Na een tijdje werd duidelijk dat de inmiddels hevig zwetende Afrikaander was verdwaald. Celia herkende de straat waar ze doorheen reden. Daar waren ze al eerder geweest. Omdat ze hem niet nerveus wilde maken, deed ze alsof ze niets in de gaten had. Maar toen ze voor de derde keer door dezelfde straat kwamen, kon ze zich niet langer inhouden. 'Weet u hoe u moet rijden?'

'Ik ben hier in geen jaren geweest, Mrs. Mayberry. En eerlijk gezegd heb ik geen idee welke kant we uit moeten.' Hij haalde een zakdoek uit zijn borstzak en veegde het zweet van zijn voorhoofd.

'Waarom vragen we het niet gewoon?' opperde Celia. 'Die kinderen willen ons vast wel helpen.' Ze lachte naar hen van achter het raampje en de kinderen lachten gretig terug.

Mr. Botha praatte liever niet met 'zwarten', maar hij besefte dat hij geen keus had. Bovendien moest hij straks ook weer uit de township zien te komen. Dus hij stopte, de kinderen dromden om de auto en op zijn vraag waar Mampuro Street wezen ze enthousiast en renden lachend, schreeuwend vooruit.

Mr. Botha reed voorzichtig achter hen aan. Het bleek dat ze er al geruime tijd vlakbij waren geweest. Hij wist waar hij was, stopte zijn zakdoek weg en reed een pad van aangestampte aarde in, naar een klein bruin geschilderd hutje met een eenvoudige houten deur en twee ramen met glas erin. 'Woont ze hier?' Celia stapte uit. De kinderen stoven weg, gingen in een halve cirkel om de auto staan en keken nieuwsgierig naar die mooie blonde dame in haar lange, elegante japon met deftige leren schoenen.

Mr. Botha klopte aan. Binnen klonk geritsel, toen ging de deur op een kier open en er verscheen een oog dat hen wantrouwend opnam. Celia rook een zoete, aangename tabaksgeur. Een vrouwenstem zei iets wat ze niet verstond – woorden die telkens werden onderbroken door scherpe klikgeluiden. Toen leek de vrouw Mr. Botha te herkennen, want de deur ging verder open en ze kwam op blote voeten, gehuld in een kleurige *shweshwe* met bijpassende tulband naar buiten schuifelen. Haar gezicht was beschilderd met een patroon van witte stippen, zag Celia, terwijl de vrouw hen onderzoekend opnam. 'Ik heb iemand bij me die met u wil praten, Duchess,' zei Mr. Botha. Duchess keerde zich naar Celia. Ze rechtte haar rug en er verscheen een merkwaardige uitdrukking op haar gezicht terwijl ze Celia strak aankeek, met een weifelende trek om haar mond. Ten slotte won haar nieuwsgierigheid het. Ze wierp een strenge blik op de kinderen, die zich haastig, stilletjes uit de voeten maakten. 'Komt u binnen,' zei ze zacht.

'Ik ga mee,' zei Mr. Botha, maar Celia hief haar hand.

'Nee, ik heb liever dat u in de auto wacht,' zei ze. Daarop deed Mr. Botha, met zichtbare tegenzin, wat ze vroeg. Celia volgde Duchess naar binnen, waar het koel en schemerig was, vol met planten in kleurige potten. Op de grond lag een stromat, het meubilair bestond uit een houten tafel en een paar stoelen, de muren waren stralend blauw geschilderd. Op een plank boven de haard stond naast wat prullaria ook een rijtje boeken. Via een doorkijkje naar de slaapkamer was een bed te zien, onder een klein raam dat uitkeek op de achterkant van een ander houten hutje. Boven het bed hing een houten kruis, zag Celia tot haar verrassing. Ze had niet verwacht dat Duchess een christen zou zijn.

Ze wilde zich net voorstellen toen Duchess met haar lange, sierlijke vingers naar een stoel gebaarde. 'Ik weet wie u bent.' Ze sprak Engels, maar met een zwaar accent. Nadat ze in de stoel tegenover Celia was gaan zitten, pakte ze haar lange, smeulende pijp weer op. Ze was een grote vrouw met sterke armen en zware borsten. Haar haar begon grijs te worden en een zekere tanigheid in haar gezicht verried dat ze op leeftijd begon te raken. Maar Celia kon zien dat ze ooit een schoonheid moest zijn geweest. Haar ogen waren glanzend bruin, als rijpe kastanjes, en amandelvormig, als de ogen van een kat. Haar blik had iets hooghartigs, en Celia veronderstelde dat ze daaraan de naam 'Duchess' te danken had. Ze had een glad rimpelloos gezicht met hoge jukbeenderen en een welgevormde mond met stralend witte tanden. Haar sierlijk gewelfde wenkbrauwen gaven haar iets aristocratisch. 'U bent de dochter van Digby Deverill,' zei ze terwijl ze Celia nog altijd doordringend opnam. 'Ik zou u uit duizenden herkennen. Dat komt door de ogen. Die zou ik overal uithalen.'

'Ja, ik ben Digby's dochter.' Celia glimlachte. 'Ik ben net in Zuid-Afrika aangekomen en ik wilde u graag ontmoeten.'

Duchess klakte met haar tong. 'Hoe is het met uw vader?'

'Papa leeft helaas niet meer,' antwoordde Celia zacht.

Duchess knipperde geschokt met haar ogen, haar hoofd zakte naar achteren alsof iemand haar had geslagen.

'Zijn dood was een verschrikkelijke schok.' Celia vroeg zich ineens af of ze er wel verstandig aan had gedaan door hier te komen. 'Hij was nog zo jong, hij had nog zo veel plannen.' Ze vertelde hoe haar vader was gestorven, want Duchess kon van verdriet geen woord uitbrengen. Ze streek slechts met haar lange, slanke vingers over haar trillende lippen terwijl Celia haar verhaal deed.

Toen Duchess eindelijk haar ogen opsloeg, herkende Celia het verdriet daarin. 'Dus u wilt met me praten omdat ik uw vader heb gekend?'

Celia sloeg beschaamd haar ogen neer. Waar haalde ze het recht vandaan om hier onuitgenodigd aan te kloppen en het verleden van Duchess op te rakelen? Een verleden waar ze helemaal niets van wist? 'Ja, ik wil graag weten wie hij was. En te oordelen naar wat Mr. Botha vertelde, heeft niemand hier hem zo goed gekend als u.' Celia keek op.

Het was alsof de ogen van Duchess haar gevangenhielden. Celia was niet in staat om haar blik af te wenden, noch om het gevoel van zich af te zetten dat de kleurlinge een kluis vol geheimen was die elk moment kon opengaan. 'Uw vader heeft iedereen in zijn omgeving verraden,' zei ze zacht, in een wolk van blauwe tabaksrook. 'Ook míj. Maar toch heb ik van niemand ooit zo veel gehouden als van Digby Deverill. God zij mijn getuige.'

'Hij heeft u verráden?' vroeg Celia verbijsterd. Het wilde geluksgevoel dat bezit van haar had genomen door de bevestiging dat haar vader niet de moordenaar was uit het verhaal van Aurelius Dupree, verdampte. De misselijkmakende angst keerde terug, als een schaduw die al het licht opslokte. 'Het spijt me... Misschien had ik hier beter niet kunnen komen.' Ze maakte aanstalten op te staan.

'Misschien niet, nee. Maar nu u hier toch bent, kunt u net zo goed blijven.'

Celia bleef zitten, vurig wensend dat ze weg kon. Maar Duchess had meer dan veertig jaar gewacht om haar verhaal te doen en ze was vastbesloten haar hart te luchten.

'God heeft u naar me toe gestuurd, miss Deverill. Ik ben me altijd blijven afvragen of ik uw vader ooit zou terugzien. De jaren verstreken, ons verhaal verbleekte als verf in de zon, maar niet voor mij. Mijn hart heeft nog net zo vurig lief als toen, en het heeft sindsdien niets bijgeleerd. Dus u zult hier niet met lege handen vertrekken, miss Celia. U had een reden om met me te willen praten, en ik ben blij dat u bent gekomen.' Ze zette de pijp weer aan haar mond en Celia's blik viel op de armbanden van glazen kralen en de kettingen die op haar borsten hingen, allemaal anders van vorm en verschillend van kleur. 'Ik heet Sisipho. Dat betekent "geschenk" in het Xhosa. Maar uw vader noemde me "Duchess". Hij zei dat ik mooi was, en dat wás ik toen ook. Ik was toen net zo mooi als u, miss Deverill.' Ze stak haar kin naar voren en er laaide trots op in haar vurige ogen. 'Uw vader was een heer. Hij heeft me altijd met respect behandeld. Niet zoals andere blanke mannen zwarte vrouwen behandelen. Hij luisterde naar me. Hij gaf me het gevoel dat ik kostbaar was. Hij nam me zelfs mee de stad door, in een rijtuigje. Hij gaf me het gevoel dat ik gewaardeerd werd.' Ze gebaarde met haar hoofd naar de plank boven de haard. 'Die boeken daar... Hij heeft me leren lezen en hij heeft me Engels geleerd. Die boeken heb ik van Digby gekregen, en ik heb ze misschien wel honderd keer gelezen. Hij verwende me. Hij gaf me het gevoel dat ik bijzonder was en voor hem wás ik dat ook.' Zou iemand haar sindsdien nog het gevoel hebben gegeven dat ze bijzonder was? Te oordelen naar de tranen in haar ogen, die ze met haar oneindig lange, slanke vingers wegveegde, betwijfelde Celia dat. 'Hij vertelde me alles. En ik heb zijn geheimen meer dan veertig jaar bewaard. Maar ik wil ze niet meenemen in mijn graf. Ze zijn een zware last om mee door de hemelpoort te gaan. Daarom geef ik ze aan u.'

Celia wilde de last van haar geheimen ook niet, maar ze had geen keus. Duchess was vastberaden zich ervan te bevrijden. Ze trok aan haar pijp. Rook vulde de kamer met een zoete, doordringende tabaksgeur. 'Digby heeft ooit met kaarten een boerderij gewonnen. Hij doorzag mensen zo feilloos dat hij zelden verloor. Na afloop kwam hij hier en kreeg ik alle verhalen te horen. Verhalen over dwaze mannen die alles wat ze bezaten, aan de goktafel kwijtraakten. Maar dat zou Digby niet gebeuren. Daar was hij veel te slim voor. Hij was ervan overtuigd dat hij zijn onderneming tot een succes zou weten te maken. En hij had zich voorgenomen om als een rijk man naar Londen terug te keren. Iedereen hier was tot alles bereid om rijk te worden. En dat gold ook voor uw vader.' Ze lachte, en het was alsof haar gezicht zich opende als een schitterende, zwarte bloem. 'Hij ging inderdaad als een rijk man terug naar Londen. Schatrijk was hij.' Ze vernauwde haar ogen tot spleetjes, haar glimlach werd wreed. 'Maar ook meedogenloos. Uw vader is niet rijk geworden door zich te houden aan de tien geboden van Mozes. Nee, op weg naar het grote geld heeft hij diverse geboden aan zijn laars gelapt. Als hij deugdzaam en fatsoenlijk was geweest, had hij ook niet van míj gehouden.' Celia was geboeid te zien hoe Duchess dankzij haar herinneringen steeds meer tot leven kwam. De oude kleurlinge stalde ze als schatten voor haar uit, schatten die ze tientallen jaren had verborgen en die ze nu in al hun luister liet zien aan de enige die erin geïnteresseerd was. En terwijl de woorden over haar lippen stroomden, schitterden haar ogen van bezieling.

'Maar Digby trok zich niets aan van wat anderen vonden en hield van me. Hij vertelde me over zijn winsten en besteedde een deel daarvan aan mij.' Er kwam een dromerige blik in haar ogen. 'Dan kwam hij helemaal opgewonden binnenstormen, als een kleine jongen met een cadeau voor zijn mama. En dan mopperde ik dat hij zijn geld niet aan mij moest uitgeven, maar dat hij moest sparen voor de mijnen die hij wilde aanleggen. Zijn eigen soort – de blanken – vertrouwde hij niet. Ze zouden zijn diamanten, zijn geld kunnen stelen. Maar míj vertrouwde hij. Ik wist dat hij succes zou hebben. Vanwege zijn ambitie. Als íémand rijk zou worden, was het Digby Deverill. Mannen zoals hij, gedreven door begeerte en ambitie, waren er genoeg en ze groeven allemaal op dezelfde plek. Maar op de een of andere manier wist ik dat het Digby ging lukken. Hij had het geluk van de duivel. Dus toen hij die boerderij had gewonnen, ten noorden van Kimberley, ging hij er met twee anderen heen, op zoek naar diamanten. En die vonden ze.'

'Dat heb ik ook van Mr. Botha gehoord,' zei Celia met groeiende belangstelling. 'Die twee anderen waren Tiberius en Aurelius Dupree.'

Duchess schudde haar hoofd, zodat de kralen aan haar oren wild heen en weer zwaaiden. 'Die jongens waren niet tegen Digby opgewassen,' zei ze trots. 'Ze hadden hem nooit moeten vertrouwen. Dat was hun grootste fout. Maar met die grote blauwe ogen en die krans van goudblond haar zag hij eruit als een engel. Onschuldig als een lammetje. Toen hij ze niet langer nodig had, liet hij hen verdwijnen. Zonder scrupules, op de oude, beproefde manier.'

'Hoe bedoelt u?' vroeg Celia. De rook leek plotseling in ijs te veranderen en haar met kilte te omhullen. 'Tiberius werd verscheurd door een leeuw.'

Duchess keek Celia recht in de ogen. Ineens leek de rook roerloos in de lucht te hangen, haar stem klonk gedempt en verstild. 'Tiberius is niet door een leeuw verscheurd. Hij is gestorven door een kogel.'

'De kogel uit het geweer van Aurelius.' Celia legde haar hand op haar bonzende hart, in een poging het te kalmeren.

Duchess schudde haar hoofd, en deze keer bewogen de kralen niet. 'De kogel uit het geweer van kapitein Kleist.'

Celia's ogen werden groot van schrik. 'Kapitein Kleist, de blanke jager?'

'Kleist was een schurk. Hij had nog in het Pruisische leger gevochten, voor een moord draaide hij zijn hand niet om. Die hele expeditie was zijn werk, en hij zorgde ervoor dat de dood van Tiberius een ongeluk leek.'

'Maar Aurelius werd van de moord op zijn broer beschuldigd. Hij heeft veertig jaar in de gevangenis gezeten.'

'Hij heeft het niet gedaan,' zei Duchess onbewogen. 'Digby heeft gezorgd dat hem de moord in de schoenen werd geschoven.'

Celia begon te hoesten. De rook was plotseling verstikkend. Ze stond op en wankelde naar de deur. Buiten begon de zon al onder te gaan, de hemel zag grijs door de schemering en het stof, een koele herfstbries bracht respijt van de hitte. Celia leunde hijgend tegen de deurstijl. Mr. Botha was in de auto in slaap gevallen. Zijn hoofd lag achterover, zijn mond stond open. Ze kon hem van een afstand horen snurken.

Dus het was waar wat Aurelius Dupree had gezegd. Haar vader had de broers bedrogen, hij had een van de twee laten vermoorden en de ander ervoor laten opdraaien. Ze was zo geschokt dat ze het gevoel had dat ze moest overgeven, als om wat ze had gehoord uit te braken. Was ze hier maar nooit naartoe gekomen!

'Hoe kan het dan dat u van hem hield?' Ze draaide zich om en liep weer naar binnen.

Duchess haalde tabak voor haar pijp uit een zak, geborduurd met kleurige kralen. 'Uw vader was de duivel. Daarom hield ik van hem,' verklaarde ze zonder omwegen. 'Niemand zo aantrekkelijk als de duivel.'

Met een brede grijns keek ze naar Celia op. 'En hij behandelde me als een hertogin.'

Celia ging weer zitten en ging peinzend met haar knokkels langs haar lippen. 'Maar u zei dat hij u ook heeft verraden.'

'Op een dag bleef uw vader ineens weg. Hij kwam niet meer. Hij verdween uit mijn leven en ik heb nooit meer iets van hem gehoord. Vanwege mijn relatie met hem was ik door mijn gemeenschap verstoten en wilde mijn familie niets meer met me te maken hebben. Maar ik was christen geworden, miss Deverill, en dankzij mijn geloof kon ik hen vergeven. Ik heb hen allemaal vergeven.'

Met trillende hand tastte Celia naar de sluiting van haar tas. 'Ik heb niet veel geld, maar wat ik nog heb wil ik aan u geven.'

Duchess hief haar hand. 'Ik hoef geen geld. Ik heb Digby nooit ergens om gevraagd en ik neem ook van u niets aan. Ik heb u mijn verhaal verteld.'

'Maar ik wil u graag iets geven. Omdat u het geheim van papa al die jaren hebt bewaard.'

'Dat heb ik gedaan omdat ik van hem houd.'

'Maar hij kan u zelf niet meer bedanken.'

Duchess vernauwde haar ogen tot spleetjes en grijnsde. 'Nee, maar ik wil ú bedanken omdat u naar me toe bent gekomen. En ik wil ú iets geven. In 1899 werkte mijn broer als klein jochie voor een Afrikaanse goudzoeker die hem meenam naar een boerderij in Oranje Vrijstaat. Ze zeiden dat daar goud in de grond zat. Een heleboel goud. Maar het zat zo diep dat het geen zin had er een mijn te bouwen. Het delven zou te kostbaar zijn. Dat heb ik aan Digby verteld. Want de boerderij ernaast stond te koop. De boer heette Van der Merwe en er was niemand op het idee gekomen om zijn grond te kopen. Digby was niet gek. Hij begreep dat de grond op dat moment waarschijnlijk niets waard was. Maar dat hoefde niet zo te blijven, zei hij. "Wie weet wat de mens in de toekomst nog bedenkt om dieper te kunnen graven." Dat was zijn redenering. Dus hij kocht het stuk grond voor een appel en een ei, en in al die jaren is er nooit iets mee gedaan. De mijnen in Johannesburg gaan inmiddels erg diep de grond in. Veel dieper dan vroeger. Dus waarom probeert u het niet? Ga op de boerderij graven, in plaats van in het verleden van uw vader. En als u goud vindt, dán kunt u me wat geven.'

30

Celia liet Duchess achter met haar pijp en schudde Mr. Botha wakker. Hij schoot al snurkend overeind. 'Ik was net even weggedommeld.'

'Bedankt dat u me hierheen hebt gebracht, Mr. Botha. Ons gesprek was erg verhelderend.'

'En wilt u nu terug naar het hotel?'

'Ja, graag.' Ze trok het portier dicht en liet zich in de leren kussens zakken, nog altijd geschokt door wat ze had gehoord. Wat moest ze doen? In hoeverre was Mr. Botha van de waarheid op de hoogte en verzweeg hij die voor haar? Terwijl de auto door de langgerekte schaduwen reed, holden de kinderen achter hen aan in de rode stofwolken die door de banden werden opgeworpen en keken de glanzende auto na tot die om de hoek verdween. 'Wat weet u van de boerderij van Van der Merwe, Mr. Botha?'

'De boerderij van wie? Ik heb geen idee waar u het over hebt.'

Celia keek hem doordringend aan. 'U hebt voor mijn vader gewerkt. Hoe kan het dan dat u niets weet van een stuk grond dat hij had gekocht?'

Mr. Botha haalde zijn brede schouders op. 'De mijnen van uw vader zijn verkocht aan Ernest Oppenheimer, van de Anglo American Corporation. Allemaal. Bij mij in de kluis liggen alleen nog wat oude documenten.'

'Die wil ik graag zien.'

'Ik denk niet dat ze de moeite van het bekijken waard zijn, Mrs. Mayberry.'

Celia schonk hem haar beminnelijkste glimlach. 'Ik wil ze toch graag zien, Mr. Botha. Je weet nooit wat er nog tussen zit.'

'Zoals u wilt.' Mr. Botha zuchtte vermoeid. 'Maar ik herinner me niets van een Van der Merwe en een boerderij. En Duchess is niet meer de jongste, dus misschien dat haar geheugen haar een beetje in de steek begint te laten.'

'Nu we toch geen blad voor de mond nemen, kent u een zekere kapitein Kleist?'

'*Der Kapitän*. Een schurk en een zuiplap. Hij beweert dat hij nog in de Frans-Pruisische Oorlog heeft gevochten, maar daar geloof ik niets van. Hoezo? Wilt u hem ook spreken?'

De toon waarop hij het vroeg, beviel Celia niet. 'Ja. Ik wil hem heel graag spreken.'

Mr. Botha schudde misprijzend zijn hoofd. 'Het is een oplichter, Mrs. Mayberry. Een bedrieger. Als hij zich nog iets herinnert, dan is het vertroebeld door drank. Of hij heeft het simpelweg verzonnen. Hij loopt al tegen de negentig, dus het is niet zo gek dat hij geestelijk niet meer helemaal fris is.'

'Waar kan ik hem vinden?'

'Hij is een stamgast in de bar van de Rand Club.' Mr. Botha snoof afkeurend. 'Maar daar zijn vrouwen niet welkom.'

'Dan moet ik hem ergens zien te spreken waar vrouwen wél naar binnen mogen.'

Mr. Botha zuchtte. 'Goed, ik zal zien wat ik voor u kan doen.'

Het kantoor van Mr. Botha lag op de tweede verdieping van een voornaam, wit gebouw, midden in Johannesburg, maar het had ook in Londen kunnen staan. Nadat hij Celia had binnengelaten, sloot hij de lawaaiige stad buiten met het dichttrekken van de zware houten deur. Binnen heerste een serene rust. Achter de receptiebalie zat een dame met een bril, gekleed in een modieus blauw mantelpakje. Ze keek glimlachend op toen Mr. Botha haar aansprak – in het Afrikaans, dus Celia kon het niet verstaan – en Celia vervolgens voorging, de trap op. Eenmaal boven, in zijn kantoor, bood hij haar een glas water aan. Maar Celia popelde van ongeduld om de papieren in te zien met betrekking tot de boerderij van Van der Merwe. En dus schonk Mr. Botha alleen voor zichzelf een glas in en vroeg haar hem te volgen naar de kluis. Ze liepen de gang door, naar een andere kamer. De kluis bevond zich in een kleine kast. Het duurde even voordat het hem lukte het deurtje open te krijgen. Celia had sterk het gevoel dat zijn getreuzel opzettelijk was. Hij haalde er een kartonnen doos uit en zette die op een bureau. 'Dit zijn de papieren van uw vader. Neemt u rustig de tijd om ze door te nemen.'

Het was een grote doos, met stapels documenten. Celia trok de bureaustoel naar achteren en ging zitten. 'Nu lust ik wel een glas water,' zei ze tegen Mr. Botha, terwijl ze een beige map tevoorschijn haalde en opensloeg. Mr. Botha verdween om een glas te halen en de kan water bij te vullen. Toen hij terugkwam, lag het bureau bezaaid met papieren en liet Celia haar blik tevreden over de uitstalling gaan. 'U bent erg georganiseerd,' zei ze verrast. Ze had niet verwacht dat Mr. Botha de mappen zo duidelijk zou hebben geordend en gemarkeerd. 'Ik heb de eigendomsakte van de boerderij al gevonden.' Ze hield een verbleekte, lichtblauwe map omhoog. 'En nu wil ik graag dat u een gesprek met kapitein Kleist voor me regelt.'

Bij terugkeer in het hotel ging ze met een groot glas whiskey in de lounge zitten. Na haar aanvankelijke angst om alleen te zijn, was ze daar nu dankbaar voor. Mr. Botha was erg aanwezig, waardoor ze nog amper de kans had gekregen om na te denken. Ze liet de ijsblokjes in haar glas rinkelen. De goudbruine whiskey brandde in haar keel. Ze werd heerlijk warm vanbinnen en slaagde erin iets te ontspannen. Het leek ondenkbaar dat haar lieve vader opdracht had gegeven tot het plegen van een moord. Maar het verhaal van Duchess liet nauwelijks ruimte voor twijfel. Toch hield ze nog steeds van hem, had ze gezegd. En dat gold ook voor Celia. Na alles wat ze over haar vader te weten was gekomen, na de ontdekking dat hij ook heel andere kanten had bezeten dan zij ooit had kunnen vermoeden, hield ze nog steeds van hem.

Celia sliep die nacht als een roos. De luxe en het comfort waren geruststellend en vertrouwd, waardoor haar angst naar de achtergrond werd gedrongen. Tegelijkertijd was ze zich bewust van een soort doodsheid diep binnen in haar, een doffe, emotionele leegte, die voortkwam uit berusting. Uit het aanvaarden van de waarheid – de verschríkkelijke waarheid – dat haar vader zijn rijkdom had verworven ten koste van het leven en de vrijheid van de gebroeders Dupree. Geld zou Aurelius de jaren die hij had verloren, niet kunnen teruggeven. Om over Tiberius maar te zwijgen. Dat besef was zo overweldigend dat ze zich er emotioneel voor afsloot. Ze deed haar ogen dicht en gaf zich dankbaar over aan de vergetelheid van de slaap.

Toen ze de volgende morgen beneden kwam voor het ontbijt, lag er een boodschap voor haar bij de receptie. Kapitein Kleist kwam om elf uur naar het hotel. Dat verraste haar. Gezien zijn verre van brandschone verleden had ze niet verwacht dat hij met haar zou willen praten. Ze kreeg weer een sprankje hoop. Als hij een moord had gepleegd, in opdracht van haar vader, zou hij al helemaal niet uit eigen beweging naar haar hotel zijn gekomen voor een gesprek.

Ze ging met een kopje thee in de lounge zitten om op hem te wachten, gekleed in een elegante, gebloemde japon, met handschoenen aan en een bescheiden hoed op. Toen de wijzers van de klok naar elf uur kropen, begon ze zich ongemakkelijk te voelen. Haar maag verkrampte en ze begon te transpireren. De grote wijzer passeerde de twaalf en leek op weg naar de zes steeds sneller te gaan. Celia keek naar de deur. Elke keer dat er iemand binnenkwam, verwachtte ze dat het de kapitein zou zijn. Maar ze werd telkens weer teleurgesteld. De spanning verdween, haar maag ontspande, het transpireren hield op. Ze wachtte een uur, toen moest ze accepteren dat kapitein Kleist niet zou komen.

Mr. Botha toonde zich niet verrast toen ze hem belde. 'Hij is oud, zijn gezondheid laat ernstig te wensen over. U kunt het beter opgeven, Mrs. Mayberry. Het is duidelijk dat hij u niet wil spreken.'

Anderen zouden het misschien inderdaad hebben opgegeven, maar Celia ontdekte in zichzelf een ijzeren vastberadenheid waarop ze nooit eerder een beroep had hoeven doen. Ze was helemaal naar de andere kant van de aardbol gereisd om erachter te komen of Aurelius Dupree de waarheid sprak. Dus voordat ze zekerheid had weigerde ze naar huis terug te keren. Kapitein Kleist was de enige die wist wat er was gebeurd, die dag in het veldt. En ze was vastbesloten hem daarop aan te spreken, ongeacht wat ze daarvoor moest doen. Ze zat nog twee uur in de lounge, piekerend over de vraag hoe ze een gesprek kon forceren. Net toen haar maag signalen zond dat het lunchtijd was, kwam er een idee bij haar op. Een plan waar ze Mr. Botha niet bij nodig had.

Ze informeerde bij de conciërge naar het telefoonnummer van de Rand Club en vroeg hem vervolgens of ze de telefoon even mocht gebruiken voor een lokaal gesprekje. Het zou niet lang duren, zei ze. De conciërge wilde een knappe jonge vrouw als Mrs. Mayberry maar al te graag van dienst zijn en liep zelfs een eindje bij de balie vandaan, zodat ze in alle discretie kon telefoneren. Celia draaide het nummer. Haar hart bonsde zo dat ze zich afvroeg of ze de telefoon wel zou horen overgaan. Gekraak, gevolgd door de beltoon. De telefoon ging een paar keer over voordat er werd opgenomen.

'Rand Club,' zei een mannenstem. 'Waarmee kan ik u van dienst zijn?'

'Goedemiddag, u spreekt met Mrs. Temple,' zei ze formeel. 'Ik bel vanuit Kaapstad, vanuit het kantoor van de gouverneur-generaal. Zou ik kapitein Kleist even kunnen spreken?'

'Helaas. Die is er vandaag niet,' luidde het antwoord.

Dat had Celia wel verwacht. 'Ach, misschien kunt ú me dan helpen. Er ligt hier een pakketje voor hem klaar, afkomstig van de regering van Zijne Majesteit. Ik heb de indruk dat het een onderscheiding is. Zou u me zijn adres kunnen geven? Dan kan ik hem het pakketje sturen. Het is nogal dringend.' De man aan de andere kant van de lijn gaf haar zonder aarzelen het adres van de kapitein. Celia bedankte hem en verbrak met een triomfantelijke blos de verbinding. Tevreden over haar geslaagde list bedankte ze de conciërge.

Daarop liet ze zich door een taxi naar het bewuste adres brengen, een bescheiden bungalow in een rustige voorstad van Johannesburg. Gewapend met een fles gin liep ze naar de voordeur, ze haalde diep adem en belde aan. Het bleef geruime tijd stil, toen hoorde ze het geratel van een ketting. De deur ging op een kiertje open en ze keek in een oud, hard gezicht met kleine, wrede ogen, waarin een verraste blik verscheen bij het zien van haar elegante verschijning. 'Kapitein Kleist?' vroeg ze. Hij knikte fronsend en nam haar wantrouwend op. 'Ik kom van het kantoor van de gouverneur-generaal en ik heb een pakje voor u.'

'Een pakje? Wat voor pakje?' vroeg hij met een onmiskenbaar Duits accent.

Ze keek langs hem heen naar de muren bedekt met rijen jachttrofeeën. 'Ik heb begrepen dat u een uitstekend schutter bent. Mag ik even binnenkomen?' Zonder zijn antwoord af te wachten werkte ze zich langs hem heen.

Kleist draaide zich om, rood van verontwaardiging. Toen pas zag Celia het geweer. 'Er is een tijd geweest dat ik iemand die hier ongevraagd binnenkwam, ter plekke zou hebben neergeknald!' zei hij woedend.

'Maar dat zou u met de dochter van Digby Deverill nooit doen.'

Hij keek haar geschokt aan, niet in staat ook maar een woord uit te brengen.

'Wat dacht u van een borrel?'

'Een borrel? Ik heb niks in huis.'

'Maar gelukkig heb ik wat meegenomen.' Ze hield hem de fles gin voor.

Hij pakte hem aan, bekeek het etiket en liep tevreden de kleine zitkamer in. 'Hoe drinkt u het, *Fräulein?*'

'Met ijs en water.'

Ze volgde hem de kamer in, met dierenvellen op de grond en jachttrofeeën aan de muren. Een verschaalde geur van sigarettenrook doordesemde alles, tot en met de meubels. Ze ging zitten en probeerde niet naar alle levenloze ogen te kijken die haar somber aanstaarden.

Kleist was ongeschoren, hij zweette, en zijn das en zijn gekreukte linnen jasje zaten onder de vlekken. Celia had er weinig vertrouwen in dat hij zich nog veel zou weten te herinneren. Zijn hand beefde toen hij haar een glas aanreikte, de blik van zijn troebele blauwe ogen gleed over haar gezicht, om zijn mond verscheen een scheve grijns. 'U lijkt sprekend op uw vader.' Door zijn Duitse tongval klonken de medeklinkers extra nadrukkelijk. 'U hebt dezelfde ogen.'

'Dat zeggen ze allemaal,' antwoordde ze koel, er niet langer van overtuigd dat het een compliment was. Zagen anderen in haar ogen dezelfde kilte als in die van haar vader?

Opgelucht dat hij blijkbaar nog niet alles was vergeten, vroeg ze hem naar zijn herinneringen. Het bleek dat hij die maar al te graag met haar deelde. Net als de anderen sprak hij met grote bewondering over haar vader. Celia luisterde naar banale anekdotes over Digby als rokkenjager, over hoe uitgekookt hij was en over het geluk dat hem nooit in de steek liet, waarbij Kleist voortdurend afdwaalde en over zichzelf begon. Elk verhaal over haar vader was aanleiding voor een verhaal over hemzelf. Celia leunde naar achteren en nipte van haar gin, terwijl hij opschepte over de Frans-Pruisische Oorlog en over alle 'zwarten' die hij had omgelegd. Vol trots vertelde hij dat hij een medaille had gekregen, dat hij was onderscheiden wegens betoonde moed.

Celia begon genoeg te krijgen van zijn spraakwaterval en sloot niet uit dat alles wat hij vertelde, verzonnen was. Hoe dan ook, ze had weinig hoop dat hij haar zou kunnen helpen door de woorden van Duchess te bevestigen of te ontkennen. Het leek haar niet waarschijnlijk dat hij een moord op een blanke zou bekennen, en al helemaal niet tegenover haar, een wildvreemde. 'Kapitein Kleist,' viel ze hem in de rede. 'Kunt u zich de gebroeders Dupree herinneren?'

Der Kapitän knikte peinzend. 'Natuurlijk. Een van de twee – ik weet niet meer wie – is door een leeuw opgevreten.'

'Dat klopt. En klopt het ook dat u die expeditie had georganiseerd?'

'Misschien. En wat dan nog?' Hij haalde zijn schouders op en zette zijn lege glas op tafel. Zijn hand beefde niet langer.

'Volgens mij kunt u zich die dag nog wel herinneren, kapitein. Sterker nog, dat weet ik wel zeker. Hoe vaak gebeurt het dat iemand tijdens een expeditie door een leeuw wordt verscheurd?' Ze keek hem strak aan. 'Ik heb zo'n vermoeden dat u die dag een hoop geld hebt verdiend. Meer dan het gebruikelijke tarief.'

'Blanke jagers krijgen goed betaald.' Er kwam een loerende uitdrukking in zijn ogen, om zijn mond speelde een scheve grijns. 'Maar het klopt, ik heb nog nooit zo veel verdiend als op die dag. Daarvoor niet. En daarna ook niet meer. Volstrekt verdiend, trouwens. Uw vader was een veeleisende opdrachtgever.' Hij knikte peinzend. 'De anderen – Mad McManus, Stone Heart en Bloodsucker – werkten ook allemaal voor uw vader. Dus we hebben die dag allemaal goed verdiend. Deverill was schatrijk en rijke mensen krijgen wat ze willen.'

'U jaagde op een leeuw die al meer mensen had verscheurd, is het niet?'

'Dat klopt.'

'Maar u kreeg hem niet te pakken.'

'Nee.' Hij schudde zijn hoofd. 'Nee, we hebben hem niet te pakken gekregen.'

'Maar de prooi waar het mijn vader om ging, die kreeg u wél te pakken.' Ze formuleerde zorgvuldig en keek hem nog altijd strak aan.

Kapitein Kleist was op slag ontnuchterd. Hij keek haar net zo strak aan als zij hem. De verschaalde lucht in de kamer verstilde, als in een graftombe. Het gezicht van de kapitein had niets menselijks meer; het was hard en scherp geworden, onverzettelijk als een rots. Toen verscheen er opnieuw een vluchtige glimlach om zijn mond. De glimlach van een man die te ijdel was om zich niet op zijn triomf te laten voorstaan. 'Laten we het zo zeggen, miss Deverill. Ik schiet nooit mis.'

Een paar dagen later was Celia op weg naar de boerderij van Van der Merwe in Bloemfontein, Oranje Vrijstaat, een rit van vijf uur vanaf Johannesburg. In het gezelschap bevond zich een geoloog, Mr. Gerbert, een jonge man met een bril. Verder bestond de groep uit Mr. Scholtz en Mr. Daniels, twee goudzoekers die volgens Mr. Botha van wezenlijk belang waren voor het project, en Mr. Botha zelf, die inmiddels beweerde dat híj het was geweest die Celia had aangespoord het stuk grond te laten onderzoeken. 'Kort voor zijn dood had ik me net voorgenomen Sir Digby erover te benaderen. Dus u bent op een buitengewoon gunstig moment naar Zuid-Afrika gekomen, Mrs. Mayberry. Volgens mij is de tijd rijp om te gaan graven.' Celia nam niet de moeite hem tegen te spreken. Als er goud werd gevonden, kon het haar niet schelen wiens idee het was.

De boerderij bestond uit een groepje bomen te midden van een weidse uitgestrektheid van dorre vegetatie, een watertoren en een vervallen, witgepleisterd huis in Kaaps-Hollandse stijl met de kenmerkende puntgevel en donkergroene luiken. Rond het huis stond een half verrotte, houten omheining en in het gras lagen oude landbouwgereedschappen, als de beenderen van een reeds lang gestorven dier. Ten westen van het huis strekte de vlakte zich uit zover het oog reikte, met hier en daar een groepje bomen en een kudde wilde dieren.

Wat schriele geiten namen hen wantrouwend op toen de auto's stilhielden en ze uitstapten. Celia was blij dat ze haar benen kon strekken en de zuivere, rijke geur van het land in kon ademen. Toen ze naar de voordeur liepen, kwam er een oudere dame naar buiten om hen te begroeten, met in haar kielzog een stel bastaardhonden. Ze was klein van postuur, haar zilvergrijze haar had ze in een slordige knot vastgezet, haar gebruinde huid was verweerd en gerimpeld door de wrede Afrikaanse zomers. Maar haar ogen lachten en glansden als saffieren. Ze stak Celia haar hand toe. 'Boobie van der Merwe,' stelde ze zich voor. 'Ik ben Flippy's vrouw, maar Flippy is helaas niet meer onder ons. Ik kan me uw vader nog goed herinneren. Het is jaren geleden dat hij de boerderij kocht. Komt u binnen.' Ze nodigde het gezelschap uit zich op te frissen en dan voor een drankje naar het terras te komen.

Toen de mannen even later poolshoogte gingen nemen in het veldt, bleef Celia bij Boobie op het terras met de grote rieten stoelen, vanwaar ze uitkeken over de vlakte.

'Wat is het hier prachtig,' verzuchtte Celia. Ze had het gevoel alsof de verre horizon haar wenkte en alsof haar hart zich opende.

'Dat is het zeker.' Boobie glimlachte. 'Ik woon hier al meer dan zeventig jaar.'

Celia fronste haar wenkbrauwen. 'Al meer dan zeventig jaar?'

'Ja, kindje. Ik ben zesennegentig.'

'En u boert nog steeds?'

'Een boer gaat nooit met pensioen. Boeren is geen beroep, maar een roeping. Flippy is nu twaalf jaar dood. Ik heb het bedrijf voortgezet met onze twee zoons. We hebben ons vaak afgevraagd of uw vader ooit nog terug zou komen om een mijn aan te leggen. Er wordt hier in de omgeving inmiddels heel diep gegraven. De moderne techniek staat voor niets. Maar misschien was Sir Digby de boerderij vergeten.' Of misschien had hij andere, minder onschuldige redenen om niet terug te komen, dacht Celia. 'Hij heeft in elk geval vergeten de huur te verhogen,' vervolgde Boobie met pretlichtjes in haar ogen. 'Of hij heeft het expres vergeten. Uw vader moet een goed mens zijn geweest.'

'Als hier een mijn komt, hoeft u zich geen zorgen te maken, Mrs. Van der Merwe. Dan zorg ik dat u ergens anders opnieuw kunt beginnen. Dat beloof ik. En dat u wordt gecompenseerd voor het verlies van uw huis.'

'Dat hoeft niet, kindje. We zijn maar huurders. Niets belet u ons de huur op te zeggen. Meer dan een maand of twee opzegtermijn is niet nodig. We dachten veertig jaar geleden al dat we hier weg moesten.' Ze grinnikte.

'Maar ik weet hoe het voelt om aan een plek gehecht te zijn. Uw hart ligt in de boerderij, Mrs. Van der Merwe. Ik kan me voorstellen dat u zich erg ontheemd zult voelen als u hier weg moet.'

'Niets is voor de eeuwigheid, Mrs. Mayberry. Stof zijn we, en tot stof zullen we wederkeren. Zolang ik over het veld kan uitkijken, ben ik gelukkig. Mijn jongens zorgen voor me.'

'Misschien willen ze wel voor míj gaan werken.'

Boobie knikte nadenkend. 'Misschien.'

Toen de mannen ten slotte verhit, stoffig en bezweet terugkwamen, zag Celia aan het gezicht van Mr. Botha dat ze goed nieuws hadden. Hij nam zijn hoed af en waaierde zichzelf koelte toe. 'Zoals Sir Digby veertig jaar geleden al had ontdekt, zit het goud inderdaad erg diep. Maar dankzij de voortgeschreden techniek is het wel degelijk geschikt voor exploitatie. Voor verder onderzoek zullen we moeten boren. Maar u kunt de grond ook gewoon aan de Anglo American verkopen. Hoe dan ook, er zit goud in de grond. Heel veel goud zelfs. De ertslaag is net zo groot als de lagen elders in de Vrijstaat. Uw vader was een sluwe zakenman, Mrs. Mayberry. Wat denkt u nu te gaan doen?'

'Ik ga er zelf mee aan de slag,' zei ze vastberaden. 'Om te beginnen ga ik de mannen benaderen die mijn vader destijds financieel hebben gesteund. Of misschien moet ik inmiddels bij hun zonen zijn. Hoe dan ook, ze zijn er allemaal rijk van geworden. En die kans krijgen ze nu weer. Met mij. Dus ik wil graag een lijst met alle aandeelhouders van mijn vader, Mr. Botha.'

Hij zette zijn hoed weer op. 'En mag ik u dan in overweging geven naar Johannesburg te verhuizen, Mrs. Mayberry?' zei hij glimlachend.

De volgende dag stuurde Celia een brief naar haar moeder en haar zusters. De kans was groot dat ze de familie er financieel weer bovenop ging helpen, schreef ze. Dankzij de mijnbouw, de industrie waarmee haar vader zijn eerste rijkdommen had vergaard. Mr. Botha zou haar belangen behartigen terwijl zij terugging naar Engeland om de kwestie Aurelius Dupree af te handelen. Daarna zou ze met haar dochters terugkeren naar Zuid-Afrika en in Johannesburg een nieuw bestaan opbouwen. Het kasteel was verkocht, haar man en haar vader waren dood, het werd tijd dat ze haar verliezen achter zich liet en zich concentreerde op de toekomst.

Maar voordat ze naar Londen terugging was er nog één ding dat ze moest doen.

Duchess was verrast haar weer te zien. Toen de auto voor haar nederige huisje stopte, zat ze buiten, op een stoel bij de deur, met haar pijp. 'Ik dacht niet dat ik u ooit nog zou zien, miss Deverill.' Ze werkte zich verbaasd overeind. 'Komt u even binnen?'

Celia volgde haar het donkere huisje in. Binnen hing de vertrouwde geur van tabak, vermengd met het aroma van de kruiden die Duchess bij het koken gebruikte. 'Ik kom u bedanken, omdat u me over de boerderij van Van der Merwe hebt verteld.'

Duchess liet zich grinnikend in haar stoel zakken. 'Ik wist wel dat u goud zou vinden.' Ze knikte. 'Dat had ik toch gezegd?'

'Het zit erg diep, maar u had gelijk. Met de huidige techniek is het mogelijk het uit de grond te halen.'

Duchess knikte en blies een rookwolk uit. 'Daar ben ik blij om. U wordt net zo rijk als uw vader. En net als uw vader hebt u het geluk aan uw kant.'

'Maar anders dan hij heb ik niet het geluk van de duivel. Ik zal niet vergeten aan wie ik het allemaal te danken heb, Duchess. Ik zal u niet verraden, zoals mijn vader dat heeft gedaan.'

'U hebt een groot hart, miss Deverill.' Celia zag dat er tranen in haar ogen blonken. 'En een góéd hart.'

Net toen Celia wilde gaan zitten, ging de deur open. Het zonlicht viel naar binnen en in de deuropening stond een lange man met een lichtbruine huid. Hij keek Celia verrast, maar ook een beetje wantrouwend aan. Blijkbaar had de glanzende auto met chauffeur zijn nieuwsgierigheid gewekt. 'Miss Deverill...' Duchess gebaarde sierlijk met haar hand. 'Dit is mijn zoon.'

Celia hield geschokt haar adem in. Ze kon geen woord uitbrengen. Het was alsof ze in de spiegel keek: zijn ogen hadden dezelfde lichtblauwe kleur, dezelfde amandelvorm als de hare. Het waren de ogen van haar vader. Deverill-ogen. Terwijl ze elkaar de hand schudden, zag ze dat hij net zo verbaasd was als zij. 'Celia Deverill,' stelde ze zich voor.

'Lucky,' antwoordde hij zonder haar hand los te laten. 'Lucky Deverill.'

31

Grace sleepte haar vingers strelend over de gespierde borst van graaf Cesare. Om haar mond speelde een glimlach, haar ogen glansden, haar gretige hunkering naar vleselijk genot was ruimschoots bevredigd. Zoals ze had gehoopt – en ook wel had verwacht – had de graaf haar niet teleurgesteld. Vanaf het moment dat haar laatste, exotische, verrukkelijk verdorven verovering haar japon begon los te knopen, had ze amper meer aan Michael Doyle gedacht. De graaf had haar op haar bed gelegd en bevestigd wat ze altijd al had vermoed. Zuid-Amerikaanse mannen wisten beter dan wie ook hoe ze een vrouw moesten laten genieten.

Maar nu gingen haar gedachten toch weer naar Michael Doyle. Ze wilde dat hij te weten kwam wat ze voor graaf Cesare voelde, zodat hij buiten zinnen raakte van jaloezie. 'Wanneer ben je van plan in het kasteel te trekken?' Grace werkte zich op een elleboog overeind en schudde haar haren los zodat ze in weelderige golven om haar schouders vielen.

'Misschien in de herfst,' antwoordde hij vaag. 'Ik moet eerst nog het een en ander regelen in Amerika. En het kan ook zijn dat ik terug moet naar Buenos Aires. Om polo te spelen.' De grijns waarmee hij haar aankeek, bracht de hunkering terug in haar ogen.

'Ik zou je dolgraag in een polowedstrijd willen zien,' zei ze. 'Maar eerst wil ik je zien jagen. Voordat je teruggaat naar Amerika moet je ontdekken hoe het is om in volle galop door de Ierse heuvels te stuiven. Geloof me, daar kan maar weinig tegenop.'

'Ik heb geen haast om terug te gaan.' Hij schoof met een genietende zucht zijn hand onder haar haren en begon haar hals te strelen. 'Nu ik me zo goed weet te amuseren, wil ik graag nog wat langer genieten van alles wat Ierland me te bieden heeft.'

Ze kuste zijn lippen, die zich krulden in een arrogante glimlach. 'O, Ierland heeft nog veel meer te bieden. En ik ook. Je bent amper begonnen met genieten. Dus blijf nog een poosje.' Haar hand gleed onder de dekens. 'Ik weet nog een heleboel manieren om te zorgen dat je hier nooit meer weg wilt.'

Hij kreunde, kronkelend van genot. 'Ach, de gravin heeft tenslotte ook geen haast. Ik heb een kasteel voor haar gekocht, dus het is alleen maar gepast dat ik de omgeving een beetje verken voordat we ons hier vestigen.'

'Daar ben ik het helemaal mee eens.' Ze begon hem verleidelijk te strelen. 'En ik zal je alles laten zien wat je moet weten.'

Kitty reed met haar vader over het strand bij Smuggler's Cove, waar ze ook zo vaak met Jack had gelopen. Terwijl ze uitkeek over de oceaan vroeg ze zich af hoe het hem was vergaan en of hij ooit nog aan haar dacht. Hoewel haar gevoelens met het verstrijken van de jaren niet minder waren geworden, had ze vrede met haar keuze. Ze had haar gezin, en ze had Ierland, de grote constante in haar leven die voorgoed in haar hart verankerd lag. Alleen wanneer ze haar gevoelens de ruimte gaf, was ze zich pijnlijk bewust van het verlangen naar Jack dat nooit zou slijten.

Het nieuwtje dat een knappe Italiaanse graaf uit Amerika het kasteel had gekocht en er met zijn gravin zou komen wonen, had zich razendsnel verspreid. Kitty verwachtte niet dat ze lang zouden blijven. Wat moesten twee Italianen met motregen en grijze luchten? Hoe zouden ze de Ierse manier van leven ooit kunnen begrijpen? Het was slechts een kwestie van tijd voordat ze de glamour, de luxe, de weelde van New York zouden gaan missen en op hun schreden zouden terugkeren. Een kasteel was een sprookje, een verrukkelijk avontuur voor een vreemdeling met meer geld dan verstand, maar de harde werkelijkheid in dit ruige, spartaanse land zou de nieuwe bewoners al snel uit de droom helpen. Kitty verwachtte niet dat ze onder de indruk zouden zijn van het sociale leven, ook al had ze tijdens de etentjes bij Grace de indruk gekregen dat de graaf zich uitstekend vermaakte, zowel aan tafel als in haar slaapkamer.

Kitty miste Celia. Ze was halsoverkop, zonder een verklaring te geven, naar Zuid-Afrika vertrokken en had de kinderen onder de hoede van hun nanny gelaten. Ook Kitty had zorgzaam een oogje in het zeil gehouden, maar nu het kasteel was verkocht, zou Celia met de kinderen ongetwijfeld spoedig naar Engeland teruggaan. Hoe dierbaar Ballinakelly haar ook mocht zijn, diep in haar hart was ze verknocht aan Londen. Daar was Kitty van overtuigd. Wanneer ze eenmaal over de schok en de vernedering van de gedwongen verkoop heen was, zou Celia zich in de stad weer als een vis in het water voelen. Al was het maar omdat ze daar Boysie en Harry had, en natuurlijk haar moeder, ook al was Beatrice in rouw gedompeld en weigerde ze nog altijd haar slaapkamer uit te komen.

Celia had Kitty en Bertie duidelijk gemaakt dat ze zolang als ze dat wilden in het White House en het jachthuis konden blijven wonen. En dat ze zelfs in het koopcontract had laten opnemen dat bij verandering in de situatie de huizen eerst aan een Deverill moesten worden aangeboden, vooropgesteld dat er geen sprake was van een huurachterstand. De graaf had zich akkoord verklaard. Tenslotte was het alleen maar prettig als de huizen bewoond werden en ook nog huur opleverden. Op hun beurt waren Bertie en Kitty enorm opgelucht dat ze hun huis niet hoefden te verlaten.

'Ik zal Celia heel erg missen.' Kitty liet haar blik over het uitgestrekte strand gaan.

'Alles verandert. Zo gaat het nu eenmaal in het leven,' zei Bertie filosofisch.

'Het heeft geen zin om te treuren en ons te verzetten. Daarmee kunnen we de klok niet terugdraaien. In plaats daarvan moeten we dankbaar zijn voor onze herinneringen, Kitty. We zijn bevoorrecht met het leven zoals we dat hebben gehad.'

'Straks wonen er anderen in het kasteel. Mensen die we niet kennen. Dat zal me pijn doen.'

'De graaf lijkt me niet onsympathiek,' zei Bertie. 'We zullen hem vast aardig gaan vinden als we hem beter leren kennen.'

'Als hij lang genoeg blijft. Ik vraag me af hoe ze zich hier denken te vermaken. Ze komen uit New York!'

'Ze zullen zich op dezelfde manier vermaken als wij. En ze zullen zich de Ierse manier van leven eigen maken. Die is zo anders dan wat ze gewend zijn. Daar zullen ze vast en zeker van genieten. Verandering van spijs doet eten.'

'Maar het kan niet anders of ze zullen de glamour van New York vreselijk missen. Het sociale leven is hier nu niet bepaald erg werelds en opwindend.'

'Misschien hebben ze wel genoeg van al dat wereldse.'

Kitty haalde haar schouders op. 'Ik verwacht er nog altijd niet veel van. Tenzij je hart hier ligt, slaat de verveling snel toe. Wat ons boven alles hier houdt, is de liefde voor het kasteel. En voor Ballinakelly. Dat geldt voor niemand zo sterk als voor u en mij, papa. Maar wat moeten de graaf en zijn vrouw hier? Zij is zelfs nog nooit in Ierland geweest. Dus ze heeft geen idee wat ze hier aantreft. Blijkbaar heeft ze een foto in de krant gezien en stelt ze zichzelf voor als een soort prinses in een sprookjeskasteel. Maar er is weinig sprookjesachtigs aan Ballinakelly. En dat beseft ze zodra ze hier aankomt. Ik wed dat ze op de eerste de beste boot terug stapt, met de arme graaf jammerend in haar kielzog.' Ze schoot in de lach. 'Als we allebei onze spaarpot omkeren, kunnen u en ik het kasteel misschien kopen zodra het weer op de markt komt.'

Bertie begon ook te lachen. 'Je hebt een levendige verbeelding, lieverd.'

'Ik ben een kind van u, papa.'

'Maar je verbeelding en je verwondering om de magie van de natuur, die heb je van je grootmoeder.'

'En daar had u destijds nooit een goed woord voor over. Onzin vond u het.' Ze schonk hem een liefdevolle glimlach.

Hij keek haar van opzij aan. 'Ik heb geleerd dat het een kenmerk van dwaasheid is om te schamperen over dingen die we niet begrijpen. Ik voel dat God daar ergens is.' Hij liet zijn blik over het water gaan. 'Maar ik kan Hem niet zien. Dus waarom zouden er niet ook geesten en elfen en kabouters kunnen bestaan?' Hij grijnsde bij het zien van haar verraste blik. 'Het leven is een leerschool, lieve Kitty. Dat is althans de bedoeling.'

'Wat zou grootmama wel niet zeggen?' zei ze lachend.

'Wist ik het maar. Ik wou dat ze hier was...' Toen schudde hij grinnikend zijn hoofd. 'Maar dat ís ze ook, waar of niet? Ze is er altijd. Zei ze niet dat degenen die ons dierbaar zijn, ons nooit verlaten?' *Ja, dat heb ik altijd gezegd*, zei Adeline, maar haar stem was slechts een zucht op de wind die alleen Kitty kon horen.

Laurel genoot van haar terugkeer in het zadel. Opwindend, vond ze het. Hazel gaf daarentegen de voorkeur aan de kaarttafel. Met als gevolg dat de wegen van de twee zusters zich steeds vaker scheidden. In het verleden zouden ze dat afschuwelijk hebben gevonden, maar nu gingen ze gretig hun eigen gang, zonder de ander. Terwijl Laurel zich heimelijk door Ethelred liet kussen achter de hagen op de winderige heuvels rond Ballinakelly, stond Hazel hem toe onder de kaarttafel met haar voet te spelen en soms, als niemand het zag, zelfs een hand op haar been te leggen. Kussen konden ze elkaar alleen in donkere gangen en lege kamers, en dat het allemaal in het verborgene moest gebeuren, maakte het voor Hazel nóg verrukkelijker. De twee zusters zorgden er angstvallig voor dat hun romance geheim bleef. Totdat het toeval op een noodlottige avond in mei zorgde voor het demasqué.

Laurel had een paard geleend uit de stal van Bertie en was er in haar eentje op uit getrokken. Ethelred werd in het jachthuis aan de bridgetafel verwacht, en het leek erop dat hij daar de hele dag zou blijven. Ook al had ze liever gezelschap gehad van de charmante zilvergrijze wolf, Laurel genoot van haar rit. In de sleedoorn en de vlier hipten vogeltjes van tak naar tak, al druk bezig met het bouwen van hun nest, en in het hoge gras en tussen de heidestruikjes dartelden jonge konijnen. De lente vond Laurel de mooiste tijd van het jaar, wanneer het winterse landschap als bij toverslag met een rijkdom van stralende kleuren tot leven kwam.

Ze had haar paard ingehouden op de top van een heuvel, en terwijl ze uitkeek over de weidse oceaan snoof ze de frisse, tintelende zeelucht op en luisterde ze naar het gebulder van de golven die in de diepte tegen de rotsen beukten. Toen ze haar paard keerde om naar huis te gaan, voelde ze zich licht en gelukkig. Het leven was goed. Ze genoot van haar heimelijke romance met Ethelred, en Hazel en zij waren weer vriendinnen, nadat het er maandenlang op had geleken dat ze steeds verder uit elkaar groeiden. Ze hoefde niet meer jaloers te zijn op haar zuster, ze werd niet langer gekweld door een onbeantwoorde liefde, want Ethelred had voor háár gekozen. Hij hield van haar, daar twijfelde ze niet aan. Zolang Hazel er niet achter kwam, was er geen vuiltje aan de lucht. Arme Hazel, dacht ze met oprechte compassie. Maar Laurel was te verliefd geweest om Ethelred te weerstaan. Ze had het simpelweg niet kunnen opbrengen. Voordat hij haar het hoofd op hol had gebracht, was haar zuster bij haar altijd op de eerste plaats gekomen. Het zat Laurel niet lekker, maar de passie die ze voor Ethelred koesterde, bezorgde haar zo'n bedwelmende sensatie van onbezorgdheid dat ze voor het eerst van haar leven geen rekening wilde houden met de gevoelens van haar zuster.

Ze volgde de rand van het klif. Op het strand in de diepte pikten meeuwen en jan-van-genten naar de onfortuinlijke schepselen die het tij er had achtergelaten. Hier en daar fladderde een vlinder. Toen hoorde ze een geluid dat niet van een zeevogel afkomstig kon zijn. Ze hield haar paard in en tuurde naar beneden, naar het strand. Het geluid dat door de wind werd aangevoerd, was dat van iemand die lachte, en dankzij de warmte en de zoete verleiding die erin doorklonken, wist ze onmiddellijk van wie die lach afkomstig was. Het volgende moment hoorde Laurel een mannenstem, en het lachen hield abrupt op toen de man zijn metgezel omhelsde en haar vurig kuste. Laurel was met stomheid geslagen door de wilde hartstocht van hun omhelzing, door de onvoorwaardelijke overgave van de vrouw daarbeneden. Niet in staat haar ogen van hen af te houden, vroeg Laurel zich af wat Sir Ronald zou zeggen als hij zijn vrouw zo kon zien, in de armen van graaf Cesare. En wat zou de vrouw van de graaf daarvan vinden? Laurel klakte hoofdschuddend, misprijzend met haar tong. Grace Rowan-Hampton zou zich moeten schamen voor haar liederlijke gedrag. En in het openbaar nog wel, waar iedereen hen kon zien. Een dame zoals zij hoorde onder alle omstandigheden haar fatsoen te bewaren. Ze mochten blij zijn dat niemand anders hen had gezien, dacht Laurel. Bij háár konden ze op discretie rekenen.

Hoewel...

Hazel telde niet, hield ze zichzelf voor. Het was niet meer dan normaal dat ze haar zuster in vertrouwen nam. En Hazel zou het niet doorvertellen. Laurel trok haar paard weg van de rand, weg van de geliefden die geen idee hadden dat ze waren betrapt, en sloeg gejaagd het pad in naar huis.

Ze popelde van ongeduld om Hazel haar nieuwtje te vertellen, dus bij het jachthuis aangekomen haastte ze zich naar de stallen, waar een van de knechts haar hielp bij het afstijgen en het paard van haar overnam. Terwijl ze het erf overstak, trok ze haar handschoenen uit, vastbesloten haar zuster onmiddellijk apart te nemen. In de bibliotheek trof ze alleen Bertie en Kitty. Vader en dochter zaten aan een kopje thee. Uit de grammofoon klonk klassieke muziek. 'Laurel, hoe is het? Ik hoop dat je een aangename rit hebt gehad,' begroette Bertie haar vanuit zijn stoel bij de haard. De kaarten lagen op keurige stapeltjes op de tafel. Blijkbaar waren de bridgers uitgespeeld.

'Buitengewoon, Bertie. De natuur is werkelijk schitterend op het moment.' Ze bleef in de deuropening staan, te ongeduldig om te gaan zitten.

'Ik zou ook wel willen,' zei Kitty verlangend. 'Het is zonde om op zo'n heerlijke middag binnen te blijven.'

'Er komen nog veel meer heerlijke middagen.' Bertie grinnikte.

'Is Hazel al naar huis?' vroeg Laurel.

'Nee, die is naar buiten,' antwoordde Bertie. 'Met Ethelred. Ze maken een wandeling door de tuin.'

'O, dan vind ik haar wel. Ik moet haar iets vertellen.'

'Ik zorg dat er een verse pot thee is als jullie terugkomen,' zei Kitty, maar Laurel was al verdwenen. Bertie trok zijn wenkbrauwen op. 'Wat zou er zijn?' vroeg Kitty zich schouderophalend af.

'Dat zullen we zo wel horen,' antwoordde Bertie.

De tuinen van het jachthuis bestonden uit een gazon met borders, een moestuin, een boomgaard en een geheime tuin, stuk voor stuk van elkaar gescheiden door taxushagen, struiken, bomen of muren. Omdat Bertie zich het legertje tuinmannen niet langer kon veroorloven dat er altijd voor had gezorgd dat de hagen werden gesnoeid en de borders gewied en ingezaaid, was de boel wat verwilderd. De kas, waarin vroeger stekken hadden gestaan en kamerplanten hadden overwinterd, stond er nu verlaten bij. Dankzij een kapotte ruit vlogen roeken in en uit en had ook de regen vrij spel. Er groeide alleen nog onkruid, en een kastanjeboompje dat zich zelfstandig had uitgezaaid.

Laurel liep voortvarend de tuin in. Ondanks het gebrek aan onderhoud bood deze een kleurige aanblik. Maagdenpalm en vergeet-me-nietjes hadden bezit genomen van borders en gazons, en langs de muren woekerden paarse clematis, rozen en blauweregen. Op het gras bloeiden boterbloemen en madeliefjes; paardenbloemen vormden een verleidelijk rustpunt voor stuurloze bijen, dronken van alle nectar die ze hadden opgezogen. Monarchvlinders dartelden zwierig rond de buddleja, zwaluwen vlogen af en aan, druk bezig met het bouwen van hun nesten onder de overhangende dakranden van het huis. In Laurels ogen bezat de overwoekerde staat waarin de tuin verkeerde zijn eigen, wilde schoonheid. Maar als ze nog jong was geweest, zou ze wel het zevenblad te lijf zijn gegaan, want het verstikte, net als winde en kleefkruid, de planten en de borders.

Ze liep de geheime tuin door, omsloten door muren en taxushagen. Op een zonnig plekje stond een bank, maar het onkruid was zo hoog opgeschoten dat die nauwelijks meer te zien was. Ze keek om een hoekje van de haag. Daarachter lag een vijver, roerloos en sereen in de schaduw van een treurwilg. Het water was bedekt met een dikke laag fonteinkruid, waar een groepje eenden tevreden naar hapte. Laurel spitste haar oren of ze stemmen hoorde, maar het enige geluid was het luidruchtige gekwetter van de vogels. Als het niet zo ongepast was geweest, zou ze haar zuster hebben geroepen.

Net toen ze haar zoektocht wilde opgeven, zag ze hen, door de ruiten van de kas. Ze stonden in de schaduw, aan de andere kant van het vervallen glazen bouwwerk, en hielden elkaars hand vast. Elkaars handen, besefte Laurel geschokt. Nog amper van de schrik bekomen zag ze tot haar afschuw dat de man die haar het gevoel had gegeven dat ze de enige vrouw was op de hele wereld die hij begeerde, zich naar haar zuster boog en zijn lippen op de hare drukte. Het was niet alleen schokkend, het was stuitend! En dat zou ze hem zeggen ook!

Ze liep om de kas heen, zette haar handen op haar heupen en sloeg het paar woedend, dreigend gade. Ze gingen zo volledig in elkaar op, dat het even duurde voordat ze haar in de gaten hadden. Hazel zag haar als eerste. Haar ogen werden groot, ze gaf Ethelred een harde duw en stamelde onbeholpen: 'Het is niet wat je denkt.'

'Het is precíés wat ik denk,' bitste Laurel. Ethelred draaide zich verrast, met een beteuterd gezicht om. Hij is tenminste nog wel zo fatsoenlijk zich te generen, dacht ze.

'Kom, kom, dames...' begon hij ongemakkelijk.

Maar Hazel viel hem in de rede. Ze schudde verontschuldigend haar hoofd. 'Het spijt me dat je er op deze manier achter moet komen, Laurel. Ik had het je moeten vertellen. Ethelred en ik...'

Laurel liep naar Lord Hunt toe en gaf hem een harde, schallende klap op zijn wang. Hazel wilde protesteren, maar Laurel was haar voor. 'Hij heeft een spelletje met ons gespeeld, Hazel! Ethelred heeft tegen mij ook gezegd dat hij van me houdt!'

Vervuld van afschuw keek Hazel hem aan. 'Is dat zo?' vroeg ze streng. 'Heb je ons bedrogen? Met elkaar, nota bene!' Ze haalde uit en sloeg hem op de andere wang. 'Hoe durf je?'

'Hij maakt zich al maanden vrolijk over ons!' riep Laurel verontwaardigd, terwijl de volle omvang van zijn verraad tot haar doordrong.

'Ik heb me nog nooit zo vernederd gevoeld!' verklaarde Hazel. 'Verschrikkelijk! Hier kom ik nooit meer overheen!'

Ethelred keek bezwerend van de een naar de ander. 'Maar ik kon niet kiezen.' Hij hief hulpeloos zijn handen. Op zijn wangen was de vurige afdruk van hun handen te zien. 'Dat meen ik echt. Ik ben verliefd op jullie allebei!'

'Ik heb nog nooit zoiets schandaligs gehoord!' Laurel schoof haar arm door die van Hazel.

'Ik ook niet. Schandalig, dat is het!' Hazel wierp haar zuster een liefdevolle blik toe. 'Kom mee, Laurel. We laten hem in zijn sop gaarkoken. Ik ben niet geïnteresseerd in zijn uitleg.'

'Maar ik houd oprecht van jullie,' pleitte Ethelred nogmaals, en zijn stem brak. Maar de twee zusters marcheerden weg, zonder nog een blik achterom te werpen.

'Denk erom. We vertellen het aan niemand,' zei Hazel toen het jachthuis in zicht kwam.

'Nee, aan echt helemaal niemand,' viel Laurel haar bij.

'Het is zo vernederend!' Ze liepen zwijgend voort, diep geschokt door het bedrog en de trouweloosheid van Ethelred Hunt. Ten slotte zuchtte Hazel verdrietig. 'Maar ik geloof dat ik van hem houd, Laurel,' zei ze met een klein stemmetje.

Laurel knikte, opgelucht haar verdriet te kunnen delen. 'Ik ook.'

'Wat een hopeloos stel zijn we,' jammerde Hazel.

'Ja, echt hopeloos!'

'Wat zou Adeline zeggen?' vroeg Hazel.

Laurel schudde haar hoofd. 'Adeline zou met stomheid geslagen zijn, Hazel. Ze zou niet weten wat ze moest zeggen.' In alle commotie vergat Laurel helemaal dat ze haar zuster had willen vertellen over Grace Rowan-Hampton en de zwierige graaf.

32

New York, 1931

Jack zat aan een tafeltje voor Trapani, een chic Siciliaans restaurant aan East 116th Street in Harlem. Het telefoontje was niet onverwacht gekomen. Hij had geweten dat er op enig moment een beroep op hem zou worden gedaan. Er was nog maar weinig wat hij niet durfde, en hij was voor niemand bang. Hij nam een trekje van zijn sigaret terwijl hij zijn blik om zich heen liet gaan. Trapani was een klassieke Italiaan, waar het rook naar knoflook en gebakken uien en waar de muren waren betimmerd met hout. De bediening bestond uit stevige Sicilianen – grijzend, verweerd, zwarte broek, wit jasje. Zoals bij alle Italianen bewogen hun stemmen melodieus van luid naar gedempt en weer terug. Het ontging Jack niet dat er geen eters in het restaurant zaten, alleen kleerkasten van lijfwachten in zwart pak, compleet met gleufhoed. Dat waren de mannen van Salvatore Maranzano. Sinds de moord op Joe 'the Boss' Masseria, was Maranzano de *capo di tutti capi*, de Baas der Bazen. De bodyguards hadden Jack opgewacht en hem aan een klein rond tafeltje onder de luifel op de stoep gezet, met een kop koffie en een sigaret. Jack was het gewend. In het werk dat hij deed, bracht hij een groot deel van zijn tijd door met wachten.

'De Boss weet dat je er bent,' zei een van de bodyguards, met het lage voorhoofd van een holbewoner en een neus die blijkbaar ooit gebroken was geweest. 'Hij zit te eten. Je hoort het wel als hij klaar is.'

'Prima. Geef me er dan nog maar een.' Jack hield zijn lege koffiekop omhoog.

Jack had de Boss nooit ontmoet, maar hij wist alles van hem. Maranzano stond bekend om zijn obsessie voor de oude Romeinen. Hij verslond boeken over de keizers en citeerde veelvuldig Caligula en Marcus Aurelius, wat hem de bijnaam 'Little Caesar' had opgeleverd, maar zo durfde niemand hem recht in zijn gezicht te noemen. Recentelijk had hij de oorlog tegen Joe Masseria gewonnen en een verbond gesloten met een stel jonge gangsters: Charlie 'Lucky' Luciano en diens Joodse medestanders Meyer Lansky en Benjamin 'Bugsy' Siegel. In de wereld van de maffia had iedereen een bijnaam, net als in Ierland. Voor Jack, die tijdens de Ierse Onafhankelijkheidsoorlog aan de kant van de opstandelingen had gevochten, was het een wereld die vertrouwd voelde. Hij kon met vuurwapens overweg en hij aarzelde niet ze te gebruiken. Zijn eerste moord had hij in het Ierse verzet gepleegd, toen hij de Britse kolonel Manley in koelen bloede had doodgeschoten. Na de eerste keer werd het alleen maar gemakkelijker. In zijn wanhopige verlangen het verleden met alle pijn, alle teleurstelling achter zich te laten, had hij zich in de heksenketel van het gewelddadige New York gestort. Hij had niet meer achteromgekeken, maar besloten alleen voor zichzelf te zorgen.

De snelste manier om in New York voet aan de grond te krijgen, was je aan te sluiten bij de georganiseerde misdaad. Als kersvers aangekomen Ier kostte hem dat geen enkele moeite. New York had een grote Ierse gemeenschap, en Jack had contact gezocht met een oude vriend die hem in de juiste kringen had geïntroduceerd. Daarna had het niet lang geduurd of hij ging hand- en spandiensten verrichten voor Owen Madden, de eigenaar van de Cotton Club. Dat hield doorgaans in dat hij als gewapend escorte de smokkeltransporten van Canadese whiskey begeleidde. Al snel bouwde hij de reputatie op keihard te zijn. Met zijn eerste moord in dienst van Madden had hij laten zien wat hij waard was. Dat had hem behalve respect ook een hoop werk opgeleverd, waarvoor hij bovendien twee keer zo veel betaald kreeg. Daarbij vergeleken waren zijn verdiensten als veearts in Ballinakelly een schijntje. De kille onverschilligheid waarmee hij de trekker overhaalde, bezorgde hem de bijnaam 'Mad Dog O'Leary' en in het besloten wereldje van de misdaad kende iedereen hem. Hij gold als iemand om rekening mee te houden en genoot van zijn nieuwe status. Zich aansluiten bij de maffia zelf was onmogelijk, want daar moest je Siciliaan voor zijn. Maar dat kon Jack niet schelen. De Ieren hadden hun eigen criminele bendes en organisaties, en ze werkten vaak samen met Italianen en Joden.

De Ieren zochten elkaar op. Amper tweeënhalf jaar na zijn aankomst in New York en nadat hij werk had gevonden in de dranksmokkel, was Jack getrouwd met de dochter van een van Owen Maddens handlangers. Emer heette ze, haar ouders kwamen uit het Ierse graafschap Wicklow. Ze was knap, met een neus vol sproetjes, zacht en onderdanig. Heel anders dan Kitty Deverill, die hartstochtelijk beminde, vurig haatte en niet rustte voordat ze haar doel had bereikt. Soms, in een onbewaakt moment, zag Jack haar ineens weer voor zich zoals ze in de Elfenkring op hem had gewacht. Dan kon hij haar armen bijna om zich heen voelen, terwijl de wind met haar wilde rode haren speelde en de zon haar gezicht in goud dompelde. Dan hoorde hij weer haar lach boven het gebulder van de golven uit. Dan zag hij weer de gretigheid in haar ogen en voelde de hartstocht in haar omhelzing. Het kostte hem een bijna bovenmenselijke inspanning om haar beeld te verdrijven, om alleen maar oog te hebben voor de vrouw met wie hij was getrouwd.

Emer was jong, lief en snel tevreden. Na Kitty ervoer Jack hun ongecompliceerde liefde als een opluchting. Want hij hield wel degelijk van Emer, ook al was wat hij voor haar voelde niet te vergelijken met zijn gevoelens voor Kitty. En ondanks zijn diep weggestopte verlangen naar Kitty wist hij dat Emer de juiste vrouw voor hem was. Omdat ze in de wereld van de Ierse gangsters was opgegroeid, begreep ze zijn werk en stelde ze geen vragen wanneer hij in de kleine uurtjes thuiskwam uit de Cotton Club, walmend naar goedkoop parfum, net zoals haar moeder nooit vragen had gesteld aan haar vader. Emer accepteerde wat hij deed en berustte in de risico's die hij daarbij nam. Ze was blij met het geld dat hij verdiende en vroeg niet naar de herkomst. Ze wist dat hij niet zonder reden een pistool bij zich droeg en dat hij er niet voor terugdeinsde het te gebruiken. Ze had hem een dochter geschonken – Rosaleen, van twee – en ze was inmiddels weer in verwachting. De kinderen zouden Ierland nooit leren kennen, net zomin als ze ooit zouden weten welke bijdrage hun vader had geleverd aan de onafhankelijkheid ervan. Jack ging ervoor zorgen dat ze een beter leven zouden krijgen dan hij, in Ballinakelly. Voor het geld dat hij daarvoor nodig had was hij tot alles bereid.

Op dat moment ontstond er beroering binnen. De lijfwachten waren klaar met hun lunch, schoven hun stoel naar achteren en knoopten hun jasje dicht. Achter in het restaurant verscheen een jonge Italiaan, perfect in het pak compleet met gleufhoed, met de zelfverzekerde tred van een straatvechter. Hij had een vlezig gezicht, zijn pokdalige huid werd nog verder ontsierd door een langgerekt rood litteken op zijn kaaklijn. De blik in zijn kleine, bijna zwartbruine ogen was arrogant. Een aantal van de lijfwachten sloot achter hem aan, andere gingen hem voor en spiedden wantrouwend de straat naar alle kanten af voordat ze zich naast de glimmend zwarte auto opstelden. Jack wist wie de man met de gleufhoed was. Zijn manier van lopen en zijn gezicht lieten geen ruimte voor twijfel. Dit was Lucky Luciano, de rechterhand van de Boss en ook degene die de moord op Masseria had geregeld. Jack kende hij nog niet, dus hij nam hem wantrouwend op. Toen opende een van de lijfwachten het portier, Luciano stapte in en de auto reed weg.

'O'Leary, de Boss verwacht je.'

Jack stond op en liep naar binnen. Daar werd hij door twee man gefouilleerd, waarbij zowel zijn pistool als het mes dat hij altijd bij zich droeg in de kousenband om zijn been in beslag werd genomen. Vervolgens lieten de mannen hem een ruimte achter het restaurant binnen. Daar zat Salvatore Maranzano, aan een tafeltje met een kleed vol spaghettislierten en rode sausvlekken. Jack schatte hem op een jaar of vijfenveertig, een gedrongen, breedgeschouderde man in een driedelig pak met een traditionele smalle stropdas en een overhemd dat om zijn buik spande. Hij had een breed, knap gezicht, het dikke zwarte haar was van zijn voorhoofd gekamd. Toen Jack binnenkwam keek hij op, puffend aan zijn sigaar.

'Kom binnen, O'Leary,' zei hij met een zwaar Italiaans accent, terwijl hij door een wolk van rook naar de stoel tegenover hem gebaarde.

'Don Salvatore.' Jack maakte een vluchtige buiging, want hij wist dat Italianen – en Little Caesar bij uitstek – dit soort kruiperigheid verwachtten. Maranzano stak hem de hand toe. Jack legde de zijne erin.

'Ga zitten... Koffie? Sigaret? Cognac?'

'Nee, dank u.' Jack ging op de hem aangewezen stoel zitten. Maranzano knikte naar zijn mannen, waarop de lijfwachten de kamer verlieten en de deur achter zich dichttrokken.

Jack was met de Boss alleen – de Ier uit de provincie en de Boss uit hartje New York. Hij had het ver geschopt, besefte Jack, maar hij kreeg geen tijd voor nostalgische overpeinzingen, want Maranzano nam hem onderzoekend op, alsof hij probeerde vast te stellen of Jack inderdaad de 'Mad Dog' uit zijn bijnaam was.

'Ik hoor dat je kloten hebt. En dat je iedereen weet om te leggen,' zei hij zacht.

Jack haalde nonchalant zijn schouders op. 'Dat zal dan wel. Als ze dat zeggen.'

'Ze noemen je niet voor niks Mad Dog. Hoewel, dolle honden genoeg onder de Ieren. Maar ik wil er een die wel zijn hersens erbij weet te houden. Snap je wat ik bedoel? Ik heb een klusje voor je. Goed, snel werk. Dat is wat ik nodig heb.'

'Dan denk ik dat u bij mij aan het juiste adres bent.' Jack beantwoordde Maranzano's blik zonder een zweem van angst.

'Ik kan geen Italiaan gebruiken. En ook geen Jood. Dus het moet een Mick zijn. En bovendien een níéuwe Mick. Zodat nog niet iedereen hem kent. En iemand die raak schiet. Is dat duidelijk?'

'Anders zat ik hier niet.' Jack klonk een stuk zelfverzekerder dan hij zich voelde. Hij wilde de opdracht. Hij was toe aan een echt grote klus, vond hij. Maar terwijl een ijzige kilte traag vanaf zijn bilspleet langs zijn rug omhoogkroop, vroeg hij zich af of hij zijn hand niet overspeelde. Dranksmokkel was één ding, een huurmoord voor de maffia een heel ander verhaal. Maar nee zeggen tegen Little Caesar was geen optie. Dat zou hij niet kunnen navertellen.

'Ben je een beetje vertrouwd met de geschiedenis van de Romeinen, knul?' Maranzano pufte weer aan zijn dikke sigaar.

Goeie god, daar gaan we, dacht Jack.

'Mijn grote voorbeeld is Julius Caesar. Van hem heb ik geleerd hoe ik mijn leger, mijn centurions, mijn legioenen moet organiseren.' De poten van zijn stoel schraapten over de vloer toen Maranzano opstond. Hij stak zijn wijsvinger op, ten teken dat er nog meer kwam. 'En natuurlijk Marcus Aurelius, met zijn waardevolle gedachten over het regeren van het rijk. "Pas op dat je niet verkeizert," zei hij. "Dat is gevaarlijk. Blijf scherp!" Begrijp je wat ik daarmee wil zeggen? En dan Augustus. Hij wist dat een rijk na oorlog behoefte heeft aan vrede. En daar ga ik voor zorgen. Augustus regeerde met Marcus Antonius en uiteindelijk kwam hij tot de conclusie dat Marcus Antonius moest verdwijnen. *Capisci?*

Jack begreep het niet echt, maar er een slag naar slaan durfde hij ook niet. Dat kon hem zijn kop kosten als hij het mis had. Dus hij deed er het zwijgen toe. Maranzano wiebelde met zijn vinger. 'Ik zal je wat vertellen over een andere Caesar. Caligula! Die zei: "Laat ze me maar haten, zolang ze me ook maar vrezen." Hij mocht dan gek zijn, hij was geen dwaas. *Mi capisci?* Daarom heb ik jóú laten komen.' Hij ging weer zitten en stak de sigaar tussen zijn lippen.

'Waaróm hebt u me laten komen, Boss?' vroeg Jack.

'Omdat ik een klus voor je heb. De klus van je leven.' Hij wees naar hem met een priemende vinger. 'Als je die verknalt, kun je het hier vergeten. Dan heb je in New York niks meer te zoeken. Maar als je het goed doet, dan hijs ik je op het schild. Als mijn Ierse centurio, capisci? Je hebt die vent net naar buiten zien komen?'

Jack knikte.

'Je weet wie dat is?'

Jack knikte nogmaals.

'Dat is Luciano. Nu ik hem tot mijn rechterhand heb benoemd is hij op mijn bloed uit. Terwijl hij alles aan me te danken heeft!' Zijn stem werd luider, zijn ogen vernauwden zich en glinsterden haatdragend. 'Hij wil me vermoorden. Hij en die Joodse vriendjes van hem, Bugsy en Meyer. Ken je Bugsy met zijn blauwe ogen en zijn filmsterrenkop? Nou, ik ben niet bang voor Jodenjongens. Ik heb een infiltrant bij ze in huis zitten, en die heeft me verteld dat de plannen al klaarliggen. Maar ik zal ze vóór zijn. Luciano gaat eraan, en daar ga jij voor zorgen.'

'Dat is inderdaad geen misselijke klus.' Jack bleef de Boss strak aankijken, zonder ook maar een zweem van twijfel te tonen.

'Vijftigduizend dollar. Vijfentwintig nu. Vijfentwintig zodra de zaak rond is. Dat is een hoop geld voor een Mick die net in New York komt kijken. Dus, zeg het maar. Is het genoeg?'

'Het is genoeg. Ik doe het. Maar nog één ding, Don Salvatore. Ik vind het niet prettig om Mick genoemd te worden.'

Maranzano kwam om de tafel heen en omhelsde hem. Hij rook naar knoflook, bieslook, sigaren en reukwater met citroen. 'Je bent een trotse kerel, O'Leary. Daar hou ik van. Dus ik neem het terug. Ik heb respect voor je volk en ik mag jullie muziek graag horen. Zand erover?'

'Oké.'

'Mooi zo.' De Boss kuste hem op beide wangen, pakte zijn hand en klemde die tussen de zijne. 'Luciano komt over een paar dagen bij me langs op kantoor. Het is op de negende verdieping, maar hij moet niks hebben van de lift. Dan voelt hij zich opgesloten. Dus hij neemt altijd de trap. Heel verstandig, vind je ook niet? Wanneer hij na ons gesprek naar buiten komt, is hij even alleen. Tussen mijn kantoor en de trap. Dan schiet je hem neer. Capisci?'

'Klinkt als een goed plan,' zei Jack, ook al zag hij wel een paar zwakke punten.

'Hier heb je de eerste vijfentwintig,' Maranzano haalde een envelop uit zijn zak en gooide die op tafel. Jack had nog nooit zo veel geld in handen gehad, maar hij vouwde de envelop zonder blikken of blozen dubbel en stak hem in zijn binnenzak. Hij kon het geld goed gebruiken. Daar kon hij een huis van kopen. En dan zouden zijn kinderen het beter krijgen dan hij het ooit had gehad.

'Niemand weet ervan,' vervolgde Maranzano. 'Mijn mensen ook niet. Jij en ik zijn de enigen. Daarom maak ik je rijk. Ik regeer deze stad, O'Leary. Ik ben overal. Er is geen organisatie, geen bende, geen straat of uiteindelijk maak ik er de dienst uit. Als je me belazert, als je je mond voorbijpraat, als je misschiet, dan maak ik je kapot. En als je hem smeert, kom ik achter je aan, desnoods naar dat Ierse dorp waar je vandaan komt. En ik vermoord iedereen die je lief is. Begrepen? Maar als je doet waar ik je voor betaal, zul je er geen spijt van krijgen. Ik heb talloze mannen omgelegd en ik kan je één ding vertellen. Zet je pistool op zijn voorhoofd, zodat je hem voelt, aan het eind van je loop. Dan weet je zeker dat je hem hebt. De mens is de lastigste diersoort om te doden. Want als hij ontsnapt, worden de rollen omgedraaid en dan ga jíj eraan.'

33

Jack zat in een zijkamertje naast de receptiebalie in het kantoor van Salvatore Maranzano. Met een kop koffie in zijn hand en leunend op de rand van een bureau bekeek hij de race-uitslagen in *The New York Word-Telegram.* Zijn gedachten gingen naar het meisje uit het showballet van de Cotton Club met wie hij de nacht had doorgebracht. Hij rook nog haar parfum, voelde haar gespierde ballerinalichaam. Het leven als Ierse gangster in New York had zijn voordelen. Die avond zag hij haar weer en dan had hij iets te vieren. Vijftigduizend dollar!

Glimlachend bladerde hij verder de krant door. Om hem heen gonsde het kantoor van de bedrijvigheid. Knappe, modieus geklede jonge vrouwen liepen af en aan zonder hem zelfs maar een blik waardig te keuren. Ze hadden het veel te druk met het archiveren van telegrammen en andere papieren. Anderen zaten geconcentreerd achter hun schrijfmachine. Het kantoor bood een smaakvolle, luxueuze aanblik, met hoge plafonds, rijkversierde kroonlijsten, houten lambrisering en dieprode tapijten op de glanzende marmeren vloeren. Aan de muren hingen schilderijen met Romeinse voorstellingen. Jack las de naamplaatjes: *Het Forum, Het Colosseum, De Palatijn, Het Pantheon, De Sint-Pieter.* Om de paar meter stond er een buste van een keizer of een andere beroemde Romein in toga. Jack had begrepen dat niet iedereen erg onder de indruk was van Maranzano's eindeloze gebazel over Caesar, maar er was niemand die zich ongeïnteresseerd durfde te tonen.

De wolkenkrabber aan 45th Street kon zich meten met een paleis. Alles glom. Alles was nieuw. Het gebouw was opgetrokken door de mannen die ook Grand Central Station hadden gebouwd. De hal was volledig in marmer uitgevoerd, de liften glansden en toen de deuren dichtschoven had Jack zijn uiterlijk kunnen inspecteren in hun spiegelende oppervlak en op weg naar boven zijn das geschikt. Hij zag er goed uit: slank in zijn donkere pak met de slappe vilthoed waarvan hij geloofde dat die hem geluk bracht. Zijn voeten staken in zwart-met-witte schoenen. Niet gek voor een jongen uit Ballinakelly. Hij miste nog altijd een tand, als gevolg van een stomp in de gevangenis, maar zijn blauwe ogen en losbandige glimlach maakten hem voor vrouwen onweerstaanbaar. Hij wist waarom Maranzano hem deze opdracht had gegeven. Zenuwen kende hij niet. Hij was onnatuurlijk kalm, om niet te zeggen ijskoud, en hij wist precies wat hem te doen stond en wanneer hij moest toeslaan. In de holster onder zijn arm zat een Colt Super.38. Er waren nog niet veel gangsters die hem hadden, maar de zijne was al een verlengstuk van zijn arm geworden. Het geld voor de moord zat in zijn binnenzak. Hij klopte er genietend op.

Alles was klaar voor het grote moment. Hij zou hier, in dit kamertje, wachten tot Lucky bij de Boss op kantoor zat. Dan zou hij positie kiezen bij de trap. En wanneer Lucky weer naar buiten kwam, zou hij hem neerschieten. Precies zoals de Boss had gezegd, met de loop tegen het voorhoofd gedrukt. Dan zou hij langzaam de gang uit lopen en de lift naar beneden nemen, voordat Luciano's lijfwachten, die bij de deur naar het trappenhuis wachtten, zelfs maar in actie konden komen na de twee gedempte knallen.

Hij had gezorgd dat hij ruimschoots op tijd was. Om kwart over twee. Luciano zou een kwartier later arriveren, maar hij had gebeld dat hij iets verlaat was. Jack stak een sigaret op en wachtte. Zijn blik ging naar de lange gang, waar de secretaresses in zijden kousen en strakke rokken af en aan liepen naar Salvatore Maranzano's kantoor en naar de ruimte aan de voorkant, waar tientallen gewone mannen en vrouwen, ambtenaren, werklui, politici en misschien zelfs een paar gangsters op een audiëntie bij Little Caesar zaten te wachten. De tijd verstreek. Luciano was er nog niet. Hij was laat. Erg laat. Jack keek op zijn horloge. Het was inmiddels kwart voor drie. Hij wijdde zich weer aan de krant. In dit soort werk was geduld een groot goed.

Op dat moment stapten er vier mannen uit de lift. Ze liepen naar de receptiebalie, waar de secretaresse hen glimlachend begroette. Haar glimlach veranderde echter al snel in een ongeruste frons, en ze schudde haar hoofd. Jack was onmiddellijk alert. De mannen waren niet het escorte van Luciano, want die zou met zijn lijfwachten via de trap zijn gekomen. Toen besefte Jack dat ze in uniform waren. Hij liet de krant zakken en ging verzitten, om het geruststellende gewicht van de Colt in zijn schouderholster te voelen. Als dit een politie-inval was, wilde hij niet met het pistool en het geld worden betrapt. Zo'n inval leek hem echter onwaarschijnlijk. De Boss had vrienden bij de politie. Dus wie waren deze mannen en wat deden ze hier? Kwamen ze onaangekondigd een beleefdheidsbezoekje afleggen? Ook dat leek hem onwaarschijnlijk. Een gevoel van onbehagen bekroop hem, de haartjes in zijn nek gingen overeind staan, als bij een hond die gevaar rook maar niet wist waar het vandaan kwam. Hij nam de vier mannen aandachtig op. Twee waren in uniform, twee in een donker pak. Een van de twee in uniform liet zijn politiepenning zien. De secretaresse keek ernaar, knikte en haalde haar schouders op. Jack wachtte af. Een ijzige kalmte daalde over hem neer, zijn zintuigen verscherpten. Als de mannen van de belasting waren en als ze er nog steeds waren wanneer Luciano arriveerde, zou hij de klus moeten uitstellen. Alles was zorgvuldig voorbereid, maar dit hadden ze niet kunnen voorzien.

Jack observeerde de lange man in pak. Een verrassend duur, goed zittend pak voor een ambtenaar. Zijn blik viel op de lakleren schoenen, zijn maag verkrampte en toen zijn blik weer omhoogging herkende hij de verbijsterend blauwe ogen van Bugsy Siegel.

Daarna ging het allemaal heel snel.

Bugsy trok zijn revolver, de lijfwachten van de Boss lagen al op de grond en werden ontwapend door de twee mannen in uniform. De secretaresses verstijfden achter hun bureau. Niemand gilde. Toen hoorde Jack de stem van Maranzano – 'Wat doen jullie hier, verdomme?' – onmiddellijk gevolgd door het veelzeggende, bloederige geluid van messteken en het geknal van schoten. Jack schoot overeind en rende naar de postkamer, verder de gang in, vlak bij de trap. Hij was net onder het bureau gekropen toen de moordenaars weer naar buiten kwamen en vlak langs de plek liepen waar hij even eerder nog had gezeten. Ze bleven staan. 'Er zat hier een vent.' Dat was de stem van Bugsy. 'Een Mick. Waar is hij gebleven? Die tikhit weet het wel. Vertel op! Waar is hij gebleven? Hij kan niet ver zijn.'

'Ik weet het niet,' antwoordde de doodsbange secretaresse. 'Echt niet... Alstublieft, ik heb niks gedaan! Volgens mij is hij 'm gesmeerd.'

Jack hoorde het geluid van een harde klap. 'Hoezo, "gesmeerd"? Waarnaartoe?' Het meisje barstte in snikken uit.

'We moeten hier weg,' zei een van de mannen in uniform.

'Nee. Die Mick zat op Lucky te wachten,' antwoordde Bugsy. 'Hij gaat eraan. Ik schiet hem kapot.'

'We moeten hier weg,' zei de man in uniform weer.

'Oké,' snauwde Bugsy. 'Maar wie die Mick vermoordt, krijgt vijftigduizend en een huis in Westchester. Hebben jullie dat goed gehoord? Vijftigduizend en een huis in Westchester.' Toen waren ze verdwenen. Het geluid van hun voetstappen stierf weg in het trappenhuis.

Jack hield de Colt inmiddels in zijn handen, waarvan hij besefte dat ze beefden. Heel voorzichtig kroop hij onder het bureau vandaan, met de Colt voor zich uit. Van alle kanten kwamen er mensen de gang in, wantrouwend, angstig, verdwaasd. Het was griezelig stil. Jack haastte zich naar de receptie, naar de secretaresse die zijn leven had gered, en legde zijn hand langs haar betraande wang. 'Bedankt!'

'Je moet hier weg,' zei ze. 'En snel ook.'

Jack sprong over een verbrijzelde Romeinse buste en zette koers naar de lift, maar daar stond al bijna het hele kantoor. Hij rende de kamer van Maranzano in. De Caesar van New York, de capo di tutti capi, was dood. Hij lag met zijn benen gespreid, zijn handen verkrampt op de grond. Zijn witte overhemd zat onder het bloed en hing uit zijn broek zodat de messteek zichtbaar was waar nog altijd bloed uit stroomde. Bloed stroomde ook over zijn gezicht, uit het kogelgat in zijn voorhoofd – de coup de grâce die hij zelf altijd had aanbevolen.

Jack werd op slag weer kalm, zijn hoofd helder. Hij kon hier geen moment langer blijven. Hij moest Emer en Rosaleen gaan halen en zo snel mogelijk uit New York verdwijnen. Luciano was nu de Boss, met Bugsy als zijn rechterhand, en ze hadden erachter weten te komen dat er een aanslag op Luciano zou worden gepleegd. Door hem! Er stond een beloning op zijn hoofd, en er was geen gangster in de stad – geen Ier, Italiaan of Jood – die 'Mad Dog' O'Leary niet zonder pardon zou afmaken. Hij moest hier weg. Voorgoed. Hij ging naar het zuiden. Daar zou hij een nieuw leven opbouwen. Dat had hij al vaker gedaan, dus het zou hem nu ook wel weer lukken. Hij dacht aan Ierland, zijn hart hunkerde naar de groene heuvels en ruige kliffen die oprezen uit de mist als een smaragdgroene oase in de dorre woestenij van de wereld. Maar hij kon niet terug. Zijn vijanden zouden hem daar als eerste zoeken. Bovendien had Ballinakelly hem niets meer te bieden, behalve de herinnering aan zijn vroegere leven. Nee, hij zou ergens anders opnieuw beginnen, ver van New York, waar niemand hem kon vinden.

Net toen hij het kantoor uit wilde lopen, ontdekte hij op het bureau, naast een buste van Caesar, een dikke stapel knisperende bankbiljetten.

Hij verliet het gebouw via de trap. Eenmaal buiten liep hij met gebogen hoofd naar een telefooncel. Daar belde hij Emer. 'Geen vragen en je mag tegen niemand iets zeggen,' zei hij op een toon die geen enkele ruimte liet voor protest. 'Pak een koffer met het allernoodzakelijkste en kom met Rosaleen naar Penn Station. Ik wacht op je onder de klok. Kom zo snel als je kunt. We gaan weg en we komen niet meer terug.'

34

Hoe dolgelukkig Bridie ook was met haar zwangerschap, er kwamen onherroepelijk herinneringen bij haar boven aan de vorige keer dat ze in verwachting was geweest, en aan de wrede manier waarop ze destijds was behandeld. Herinneringen aan Mr. Deverill die zo ongevoelig was geweest haar te vragen of het kind wel van hem was, waarna hij zich vervolgens met tegenzin in de situatie had geschikt en haar naar Dublin had gestuurd om het kindje zo discreet mogelijk te laten verdwijnen. Herinneringen aan Lady Rowan-Hampton, die haar ook al zo harteloos had behandeld. Ze had Bridie te verstaan gegeven dat ze het kindje onmogelijk kon houden en had haar geen andere keus gelaten dan op de boot naar Amerika te stappen. Herinneringen aan de nonnen in het klooster van Onze-Lieve-Vrouwe Koningin van de Hemel, die wel een hart van steen moesten hebben gehad, want ze hadden haar het gevoel gegeven dat ze zich diep moest schamen en dat ze niets, maar dan ook niets waard was. Losbandig hadden ze haar gevonden, en haar dikke buik hadden ze gezien als een belediging jegens Maria, de Heilige Moeder van Jezus. Haar kinderen waren Bridie ontnomen zonder een woord van begrip of mededogen, alsof ze een stuk vee was op een boerderij. Ondanks de jaren die sindsdien waren verstreken, ondanks de afstand die Bridie ook emotioneel had genomen van die duistere tijd, droeg ze haar schuldgevoel nog altijd mee als een onuitwisbare smet op haar ziel. Hoezeer haar huidige zwangerschap ook de schande van de vorige verbloemde, diep vanbinnen voelde Bridie zich nog altijd slecht en verdorven.

Maar ze was nu een getrouwde vrouw, haar zwangerschap was iets om van te genieten en mocht gevierd worden. Niemand kende de geheimen die ze zorgvuldig verborgen hield, niemand vermoedde de pijn die onverbrekelijk verbonden was met de vreugde om het nieuwe leven dat in haar groeide. Iedereen bracht cadeautjes voor haar mee en wenste haar geluk, en Bridie dacht onwillekeurig hoe gruwelijk verkeerd het was dat sommige levens minder waarde hadden dan andere, simpelweg vanwege het ontbreken van een trouwring.

Terwijl Cesare in Ierland was, had ze alle tijd om na te denken. Met een verlangen dat was geboren uit verlies, keek ze ernaar uit een kind te hebben om van te houden. Verdrietig en verbitterd dacht ze aan de kleine Jack, en ze hoopte dat het nieuwe kindje de leegte in haar hart zou vullen, iets wat zelfs Cesare met al zijn liefde en toewijding niet had gekund. Ze lag op bed, met een hand op haar buik, en dacht aan het dochtertje dat de nonnen bij haar hadden weggehaald voordat ze het zelfs maar had mogen vasthouden. Het kindje had geen graf gekregen, geen steen. Er was niets wat aan haar herinnerde, alleen dat beeld van een klein gezichtje waarvan Bridie een glimp had opgevangen voordat de nonnen het kindje in een handdoek hadden gewikkeld en meegenomen. En zelfs dat beeld begon al te verbleken, als een foto in de zon. Niemand had aan Bridie gedacht, aan haar hart dat onherstelbaar bezeerd was geraakt. Niemand had ook maar enige compassie getoond met haar als mens, als moeder. Haar kinderen waren gestolen, maar er bestond geen wet om de daders te veroordelen en niemand was bereid haar te helpen haar zoon terug te krijgen. Ze was afgedankt als een stuk vuil, weggestuurd naar Amerika zodat ze geen problemen kon veroorzaken, en nu pas, nu ze zich opnieuw voorbereidde op het moederschap, was ze zich bewust van de omvang van het onrecht dat haar was aangedaan.

Aan het begin van de zomer kwam Cesare terug uit Ierland. Bridie was dolgelukkig, want ze had hem verschrikkelijk gemist. Bovendien snakte ze naar afleiding van de emoties waar ze mee worstelde. Toen ze hem omhelsde, meende ze de zilte wind en de hei van thuis in zijn haren te kunnen ruiken. Ze voelde een steek van pijn en werd ineens overweldigd door jaloezie. Híj had door de groene heuvels van Ballinakelly gedwaald die ooit haar domein waren geweest, hij had de Ierse lucht ingeademd die haar zo wreed was ontzegd. Maar de jaloezie verdween weer net zo snel als ze was gekomen toen Cesare haar vertelde dat hij alles had geregeld, dat ze konden vertrekken zodra zij daar klaar voor was. Ierland lag binnen handbereik. Ze hoefde het maar te zeggen, dan gingen ze erheen.

Maar was ze er klaar voor om terug te gaan? Was ze klaar voor de confrontatie met Kitty, en Celia, en Lord Deverill en niet te vergeten haar zoon? Had ze het kasteel alleen maar gekocht omdat ze het hún niet gunde? Was het slechts wrok geweest die haar had gedreven? Zodra Beaumont Williams vertelde dat hij via zijn contacten in Londen had vernomen dat kasteel Deverill weer te koop stond, had Bridie haar kans gegrepen en deze keer had ze niets aan het toeval overgelaten. Ze had gezegd dat ze het hoe dan ook wilde hebben, ongeacht de prijs. Want zij wist wat het waard was, zij wist hoe kostbaar het was voor de Deverills.

Bridie luisterde met stijgende verrukking terwijl Cesare beschreef hoe luxueus en weelderig het was gerestaureerd, en hoe comfortabel het was geworden dankzij de aanleg van elektriciteit en modern sanitair. Ze klapte van blijdschap in haar handen en wilde alles weten, tot in de kleinste details. Ze hing aan zijn lippen, als een piratenkoningin die zich verheugde over de nieuwste buitgemaakte kostbaarheden. Ze vroeg van alle kamers hoe ze eruitzagen, ze wilde weten of de tuinen er lieflijk bij lagen, en terwijl Cesare vertelde, stelde zij zich het kasteel voor zoals het was geweest in haar kinderjaren, toen Celia en Kitty en zij vriendinnen waren geweest en samen hadden gespeeld, in een tijd voordat alles uiteenviel; voordat Kitty en zij recht tegenover elkaar kwamen te staan; voordat Kitty haar zoon stal.

Bridie had Cesare verteld over haar jeugd in Ballinakelly, en over haar moeder die als kokkin op het kasteel had gewerkt, maar over haar zoon had ze met geen woord gerept. Simpelweg omdat ze dat niet kon. Ze was niet in staat over de kleine Jack te praten, zelfs niet met Cesare. Júíst niet met Cesare. Hij was een Italiaan, en een graaf, met uiterst traditionele opvattingen. En hij was ook trots – zo trots dat hij slechts met de grootst mogelijke gêne geld van haar aannam. Misschien zou hij een buitenechtelijk kind afkeuren. Misschien zou hij minder van haar houden als hij hoorde dat ze haar kind had afgestaan. Er waren talloze redenen om het hem níét te vertellen. Dus ze hield haar geheim heel diep weggestopt, zodat niets kon afdoen aan de vreugde waarmee hij uitkeek naar de geboorte van hun eerste kind.

Cesare vertelde Bridie over zijn gesprek met Celia en dat hij haar identiteit geheim had gehouden, zoals ze had gevraagd. Hij deed verslag van zijn ontmoeting met Kitty, tijdens het diner bij Lady Rowan-Hampton, en het ontging hem niet dat haar gezicht verhardde, dat de blik in haar ogen plotseling somber en grimmig werd. 'Over die twee hoef ik niets te horen,' zei ze ijzig. 'We waren ooit bevriend, maar dat is lang geleden.' Cesare deed het voorkomen alsof hij aanzienlijk minder met de Deverills had opgetrokken dan in werkelijkheid het geval was en hij stuurde het gesprek snel een andere kant uit, naar hun plannen voor de toekomst. Over de vele uren die hij met Grace had doorgebracht, hield hij al helemaal zijn mond, net als over de andere vrouwen met wie hij in Cork het bed had gedeeld. Hij had zich voorgenomen met volle teugen van het Ierse leven te genieten. Althans, zolang hem dat beviel.

Ze waren het erover eens dat het onverstandig zou zijn de lange reis naar Ierland nog tijdens haar zwangerschap te maken. Het was beter te wachten tot de zomer. Dan was Bridie weer voldoende aangesterkt. Begin februari werd hun zoontje geboren, na een vlotte, vrij gemakkelijke bevalling. Bridie kon haar tranen niet bedwingen toen ze haar kindje in haar amen hield. Tranen om de kinderen die ze had verloren en om dit kindje dat ze niet hoefde af te staan. Terwijl ze naar dat kleine gezichtje keek werd ze op slag verliefd, zo verliefd als ze nog nooit was geweest. Niets in haar leven was hiermee te vergelijken. Niets schonk haar zo'n volmaakt gevoel van vervulling. Het was alsof God haar lijden had beloond met een dubbele dosis moederliefde, en ineens wist ze dat haar gebroken hart zou genezen. Dit kleine jongetje bracht genoeg liefde mee om alle pijn, al het verdriet van zijn moeder te genezen.

Cesare had beneden gewacht, geheel volgens traditie door de studeerkamer ijsberend, terwijl de dokter bij Bridie was. Hij was verbaasd dat het verlossende bericht al zo snel kwam, want hij had verwacht dat de bevalling dagen zou gaan duren. Met twee treden tegelijk stormde hij de trap op, zijn hart bonsde van opwinding. Toen hij de slaapkamer binnenkwam, zat Bridie rechtop in bed, met hun zoon in haar armen. Er lag een blos van geluk op haar wangen, haar ogen stonden zacht en vol liefde, om haar lippen speelde een trotse glimlach. Cesare ging op de rand van het bed zitten en keek naar het gezichtje van de baby. 'Mijn zoon,' fluisterde hij vol ontzag. Bridies hart stroomde over van geluk bij de innig tevreden klank van zijn stem. 'Mijn prachtige vrouw heeft me een zoon gegeven.' Hij kuste haar teder. 'Je hebt geen idee wat dit voor me betekent.'

'Hoe gaan we hem noemen?' vroeg Bridie.

'Had jíj al een naam in gedachten?'

Ze keek fronsend naar het gezichtje van haar zoon. 'Ik wil dat hij een naam krijgt die niets met het verleden te maken heeft. Een naam zonder ook maar enige band met mijn familie. Een naam die helemaal alleen van hem is.'

'Goed. Natuurlijk. Als jij dat zo wilt,' zei Cesare, die al bijna negen maanden over namen had lopen nadenken. 'Wat vind je van Leopoldo?'

'Leopoldo,' herhaalde Bridie. Ze keek glimlachend neer op haar zoon.

'Leopoldo di Marcantonio,' zei Cesare. Alsof ze gedrenkt waren in olijfolie gleden de woorden over zijn lippen. 'Grááf Leopoldo di Marcantonio.'

'Dat klinkt prachtig,' vond Bridie. 'Het heeft allure, grandeur.'

'Hij mag dan maar een graaf zijn,' zei Cesare. 'Voor mij is hij een prins. Geef hem eens. Ik wil hem vasthouden.'

Het werd zomer, maar Bridie was er nog niet klaar voor om naar Ierland te verhuizen. Juist nu ze in het heden zo gelukkig was, zag ze ertegen op om terug te gaan naar haar verleden. Ze zag ertegen op Kitty te ontmoeten, en haar oudste zoon, voor wie ze nooit een moeder zou kunnen zijn. Ze vond het moeilijk om zo'n groot geheim met zich te blijven meedragen. En tegelijkertijd voelde ze dat het kasteel haar riep, met fluisteringen waardoor ze midden in de nacht wakker schrok. Maar ze weerstond hun betovering en sloot haar oren voor de aanhoudende roep. Ze droomde dat ze door de eindeloze gangen rende, achter Kitty aan, wier lange rode haren zo dik en zo lang waren dat Bridie erdoor verstikt dreigde te raken. Ze dacht vaak aan het kasteel. De schaduw die het over haar ziel wierp, werd steeds donkerder, steeds zwaarder en joeg haar angst aan. Ze zou naar Ierland terugkeren wanneer ze er klaar voor was. Oóit was het zover, maar nu nog niet. Cesare had het druk met polo spelen en genoot van het drukke sociale leven; hij had geen haast om aan de andere kant van de oceaan een nieuw leven te beginnen. En dus kochten ze een groot en voornaam huis in Connecticut. De verhuizing werd uitgesteld. Ierland liep niet weg.

*

Kitty zat op haar knieën in de border onkruid te wieden, vooral zevenblad en woekerkruid. Ze stak haar plantschopje diep in de grond, maar de wortels zaten nog dieper en leken een hardnekkig, wijdvertakt netwerk van taaie tentakels te vormen. Telkens wanneer ze dacht dat ze alles had, ontdekte ze nieuwe uitlopers. De zon brandde op haar rug, maar de wind uit zee bracht verfrissing. Robert zat te schrijven in zijn werkkamer. Hij had succes met zijn boeken en verdiende goed, zodat ze zich financieel geen zorgen hoefden te maken. Florence was inmiddels vijf, JP tien. Beide kinderen waren een bron van geluk voor haar. Gevieren vormden ze een hecht, harmonieus gezinnetje, en in dat opzicht voelde Kitty zich compleet. Maar Jack O'Leary bleef op de achtergrond altijd aanwezig, als een schaduw die haar volgde, hoezeer ze ook haar best deed zich van hem los te maken. En zoals dat ging met schaduwen, waren er momenten, als de zon helder scheen, dat hij zich sterker deed gelden, terwijl hij op bewolkte dagen nauwelijks zichtbaar was. Maar hij was er altijd, net als het gat dat hij in haar hart had geslagen, en dat niemand anders ooit zou kunnen dichten.

Ze leunde naar achteren op haar hielen en ging met haar tuinhandschoen langs haar voorhoofd, zodat het onder de zwarte vegen kwam te zitten. Haar gedachten begonnen te dwalen, alsof Jack, helemaal aan de andere kant van de wereld, haar riep. Ze zag zijn gezicht voor zich; zijn lichtblauwe ogen, zijn lange, donkere pony, zijn hoekige, stoppelige kaak, zijn scheve glimlach met de ontbrekende tand. Ze glimlachte bij de herinnering en legde een hand op haar hart. Hoe zou het hem in Amerika zijn vergaan? Het was een vraag die ze zich al talloze malen had gesteld. Had hij eindelijk rust gevonden en een gezin gesticht? Het was niet eerlijk hem zijn geluk te misgunnen, maar ze wilde niet dat hij getrouwd was, dat hij kinderen had. Ze wilde dat hij voor altijd alleen van haar zou zijn, ook al was het háár keuze geweest om niet met hem mee te gaan. Het beeld dat ze koesterde, was dat van een man alleen, die op haar wachtte in de Elfenkring en haar met ogen vol liefde aankeek. Ogen met daarin de belofte dat hij altijd van haar zou blijven houden. Maar ze moest accepteren dat hij een nieuw leven had opgebouwd. Ze stelde zich hem voor als een ruige, stoere boer in het zonnige Kansas; hij stond met een zeis in zijn hand, kauwend op een graanstengel, naast zijn pick-uptruck en dacht aan haar.

Ze werd uit haar dagdroom opgeschrikt door het knarsen van het grind onder de banden van een auto. Toen ze zich omdraaide zag ze de blauwe Austin van Grace aankomen. Ze richtte zich op en trok haar handschoenen uit. 'Wat een heerlijke dag!' jubelde Grace terwijl ze uitstapte. Ze droeg een gebloemde middagjapon, met een lichtroze vest om haar schouders. Haar voeten staken in ivoorwitte schoenen met bandjes. Haar donkere haar viel in weelderige golven om haar schouders, haar gezicht straalde.

'Dag, Grace.' Kitty haastte zich over het gazon naar haar toe.

'Lieve hemel, je bent aan het tuinieren!'

'Met al die regen groeit het onkruid als kool. Heb je tijd voor een kopje thee? Ik ben blij met een excuus om even te stoppen.'

'Thee klinkt heerlijk.' Grace schoof haar arm door die van Kitty. Samen liepen ze naar binnen. 'We hebben elkaar al een tijdje niet gezien, dus ik vond dat we nodig weer eens moesten bijpraten.'

Ze namen hun thee mee naar buiten en gingen op een beschut plekje op het terras zitten. Grace vroeg naar de kinderen, Kitty informeerde naar de vader van Grace. 'Ik zei toch dat hij het hart van die arme Struikjes zou breken? Nou, ik heb gelijk gekregen. Hij heeft een wreed spelletje met ze gespeeld, als een vos met een stel kippen. Maar nu hij ze kwijt is, zit hij zielig thuis, kwijnend als een geslagen hond. Je zou hem eens moeten zien. Hij wil nergens heen. Hij wil niemand zien. Het enige wat hij doet, is roken, de krant lezen en mopperen. Hij wil niet eens bridgen. Bertie zit met de handen in het haar. Omdat papa en de Struikjes elkaar ontlopen is zijn viertal uiteengevallen. Hij heeft me gesmeekt er iets aan te doen. Ik wou dat papa zich vermande! Dat hij ermee ophield zich te dragen als een verliefde jongeling!'

'En de Struikjes? Ze waren niet in de kerk...'

'Omdat ze papa niet willen tegenkomen. Het is allemaal zo kinderachtig. Je zou denken dat ze twintig waren, in plaats van in de zeventig!'

'Lieve hemel. Wat een narigheid. Ik dacht dat je op die leeftijd geen last meer had van dat soort liefdesperikelen.'

'Dat houdt blijkbaar nooit op. Maar vertel eens, hoe is het met Celia? Wat voert ze toch uit in Zuid-Afrika?'

'Het lijkt alsof ze al een eeuwigheid weg is,' antwoordde Kitty. 'Ik mis haar echt heel erg.'

'Dus je hebt niets van haar gehoord?'

'Nee, niets. God mag weten wat ze daar doet. Ik ben zelfs niet meer in het kasteel geweest. Het idee dat die pronkerige graaf er woont, is onverdraaglijk. En zijn vrouw is vast en zeker verschrikkelijk!'

'Ze zijn er nog niet.' Grace glimlachte steels achter haar kopje. Ze wachtte vol ongeduld tot de graaf zich in het kasteel zou vestigen en ze hun geheime middagafspraakjes konden hervatten. Van alle mannen die ze de laatste tien jaar had gekend, was hij de enige die haar Michael kon doen vergeten. 'Ik ben bang dat we ons bij de veranderingen zullen moeten neerleggen,' vervolgde ze. 'De tijd staat niet stil en wij moeten ook verder. Celia pakt haar oude leven in Londen weer op, waarschijnlijk zal ze hertrouwen, en jij en ik gaan geweldig veel plezier hebben met de graaf en zijn vrouw. Lieve hemel, wat zou het leven saai zijn als we niemand hadden om wie we konden lachen. Ik wou dat ze wat meer haast maakten met die verhuizing. Trouwens, ik begrijp niet waarom het zo lang moet duren. Ze hebben zo veel geld voor het kasteel betaald. Dan zou je toch denken dat ze er onmiddellijk in zouden trekken.'

'Ik kon het al nauwelijks verdragen toen Celia het kocht, maar nu die mallotige graaf er komt te wonen, zou ik willen dat ik de klok kon terugdraaien en dat Celia er nog zat. Het was kinderachtig en hebberig van me om er zo'n drama van te maken.'

'Tja, het is uiteindelijk maar een berg stenen,' zei Grace.

Kitty knikte. Kon zij er ook maar zo over denken.

'Afijn, kindje, ik heb ook nog iets serieus met je te bespreken,' vervolgde Grace. 'Om te beginnen moet ik je iets bekennen.'

'O?' Kitty zette haar kopje neer.

'Iets wat tussen ons moet blijven. Een geheimpje. Net als vroeger.'

'Natuurlijk. Ik praat er met niemand over.'

Ook Grace zette haar kopje neer. 'Ik ben katholiek geworden.' Ze vouwde haar handen in haar schoot.

Kitty trok verrast haar wenkbrauwen op. 'Jij? Katholiek?'

'Ja, ik heb mijn hart gevolgd,' zei Grace met een glimlach. 'En inmiddels ben ik een volwaardig lid van de katholieke gemeenschap.'

'Maar Ronald weet van niets, dus vandaar de geheimhouding.'

'Niemand weet het. Behalve jij en de Doyles.'

Kitty bloosde bij het noemen van de Doyles. De gezichten van Bridie en Michael verschenen voor haar geestesoog, en ze wist niet welke van de twee haar meer angst aanjoeg. 'Wat hebben die ermee te maken?'

'Ik had behoefte aan een vroom katholiek gezin om me vertrouwd te maken met de rituelen. Daar drong pastoor Quinn op aan, omdat ik hier in Ballinakelly geen deel kan worden van de parochie en niet naar de mis kan.'

'Ik ben verbaasd, Grace. Dat kan ik niet ontkennen. Maar het geloof is iets heel persoonlijks, dus wie ben ik om een oordeel te hebben? Blijkbaar wilde je het heel erg graag. Anders had je al die moeite niet genomen. Om over de risico's maar te zwijgen.'

Grace zuchtte. 'Ik heb het gevoel dat er een last van me af is gevallen,' zei ze blij. 'Het is alsof alle vreselijke dingen die ik in de oorlog heb gedaan in het niets zijn opgelost. Alsof ik ben gezuiverd, schoongewassen als een smerig raam.'

'En voor vergiffenis kon je bij de protestantse God niet terecht?'

'Wat ik nodig had, was de katholieke absolutie. Ik verkeer nu in een staat van genade en dat betekent dat ik in de hemel kom. Gezien de ernst van mijn zonden is dat een enorme opluchting voor me.' Kitty vroeg zich af of Grace een grapje maakte. De uitdrukking op haar gezicht hield op een raadselachtige manier het midden tussen ernst en humor.

'En daar gaat het om. Dat jíj je bevrijd voelt van je slechte geweten.' Kitty verwachtte half en half dat Grace haar hoofd achterover zou gooien en het zou uitschateren. Maar dat gebeurde niet.

'Christen zijn draait om vergiffenis,' vervolgde Grace. 'Ik ben vergeven, door Christus. En zelf heb ik ook iedereen vergeven die me ooit onrecht heeft aangedaan.' Haar blik werd plotseling indringender. 'Ik voel dat jij een zware last met je meedraagt, Kitty. En ik wil je helpen die last te verlichten.'

'Heeft de pastoor je soms gevraagd míj ook te bekeren?'

Grace schudde haar hoofd. 'Nee, natuurlijk niet. Maar ik weet nu hoe licht en bevrijd we ons voelen wanneer we vrede sluiten met degenen die ons onrecht hebben aangedaan.'

'Wat wil je daarmee zeggen? Dat ik dat ook zou moeten doen?' Kitty verkrampte.

De blik in de warme bruine ogen van Grace werd nog indringender. 'Ja, dat is precies wat ik wil zeggen.'

'Ik draag geen zware last met me mee, Grace. Maar dank je wel dat je me wil helpen.'

'Je draagt wel degelijk een last met je mee,' hield Grace vol.

Kitty fronste haar voorhoofd. Ze voelde zich in het nauw gedreven, maar ze kon geen excuus bedenken om op te staan en het gesprek verder te ontlopen. 'Ik weet het... van jou en Michael,' zei Grace zacht.

Kitty's adem stokte in haar borst. Wie had haar dat verteld, vroeg ze zich koortsachtig af. Robert, Jack... Verder wist niemand het. 'Michael heeft het me verteld,' loog Grace. 'Michael heeft me verteld wat er is gebeurd. Hij heeft zijn zonde opgebiecht tegenover God. Maar nog niet tegenover jóú.'

Kitty was zo verbijsterd dat ze geen woord kon uitbrengen. Ze keek haar vriendin aan en las kalme compassie in haar ogen.

'Je hoeft je voor mij niet te schamen,' vervolgde Grace. 'We hebben in het verleden zo veel geheimen met elkaar gedeeld. Daar kan er nog wel eentje bij. Maar voor je innerlijke vrede, en voor die van Michael, moet je hem vergeven.'

Kitty was zo verontwaardigd dat ze haar stem abrupt terugvond. 'Hoezo, ik móét hem vergeven?' beet ze haar toe.

Grace verbleekte, geschrokken van haar toon en van het vuur dat in Kitty's ogen oplaaide. 'Voor zíjn innerlijke vrede? Als je ook maar enig idee had wat Michael heeft gedaan, zou je hem geen innerlijke vrede toewensen maar de hel! Hoe durf je me hierop aan te spreken? Hoe durft Michael jou als een soort spion naar me toe te sturen, om te zorgen dat ik hem vergeef? Als het hem zo hoog zit, waarom vraagt hij het me dan niet zelf? Of durft hij dat soms niet?'

'Hij zou zich nooit ongevraagd aan je opdringen. Hij weet dat je hem niet wilt zien.' Grace probeerde koortsachtig een andere toon te vinden. 'Hij heeft me niet naar je toe gestuurd om te spioneren. Alleen om te bemiddelen. Ik kom met de witte vlag.'

'Ik heb altijd geweten dat je gek op hem was.' Kitty's woede ebde weg toen Grace haar houvast leek kwijt te raken. 'Je hebt het altijd voor hem opgenomen. Ik had het kunnen weten. Jij was de enige vrouw naar wie hij luisterde, de enige vrouw voor wie hij respect had, en je adoreerde hem. Dat was maar al te duidelijk. Ook al besef ik dat nu pas. Destijds was ik zo onnozel dat ik het niet in de gaten had. Terwijl we onze geheime plannen maakten, terwijl we berichten en wapens smokkelden en ons leven waagden voor de goede zaak, ging jíj met Michael Doyle naar bed. Hoe lang weet je al dat hij me heeft verkracht? Heeft hij het je meteen verteld, nadat hij het kasteel had platgebrand en zich aan mij had vergrepen? Op de keukentafel in de boerderij! Heeft hij Jack aan de Tans verraden en is hij vervolgens bij jou ondergedoken? Hebben jullie van meet af aan tegen ons samengezworen?' Kitty wist nauwelijks meer wat ze zei, maar de waarheid begon tot haar door te dringen als licht dat door een smalle kier een donkere grot binnen viel. Ze schudde haar hoofd toen ze besefte hoe ver het verraad van Grace was gegaan. 'Als jij er niet was geweest, hadden Jack en ik misschien een kans gehad. Waarom heb je het gedaan, Grace? Je wist dat we van elkaar hielden. Waarom heb je onze liefde willens en wetens dwarsgezeten? Ik dacht dat je mijn vriendin was!'

Het gezicht van Grace was donkerrood aangelopen. 'Dat ben ik ook. Ik ben hier om je te helpen. En dit is mijn dank! Je schuift mij de schuld in de schoenen van al het onrecht dat je ooit is aangedaan.'

'Ontken je dat je een verhouding had met Michael?'

'Ja!' loog Grace hartstochtelijk. 'Michael is een gekwelde ziel. Als goed katholiek heb ik het op me genomen hem te helpen. Als je weigert hem te vergeven, veroordeel je hem tot een leven in wanhoop en ellende.'

'En ík dan? Heb je daar wel eens aan gedacht? Aan míjn wanhoop, míjn ellende?' Kitty beukte met een vuist tegen haar borst. 'Denk je nou echt dat ik die ochtend al mijn pijn, mijn woede, mijn schaamte in die keuken heb achtergelaten? Nee! Die draag ik al meer dan tien jaar met me mee!'

Grace wilde zeggen dat ze loog. Ze wilde haar dwingen toe te geven dat het niet de verkrachting was waarvoor ze zich schaamde, maar haar eigen gedrag. Kitty had hem aangemoedigd. Michael was geen verkrachter. Hij had gedaan wat iedere man zou hebben gedaan wanneer een mooie vrouw als Kitty haar benen voor hem spreidde. Maar Grace was te sluw om haar relatie op het spel te zetten met de enige die haar Michael als minnaar kon teruggeven. 'Kitty,' zei ze beheerst. 'Je bent boos en daar heb je alle reden toe. Maar laat woede je oordeel niet vertroebelen. Ik ben je vriendin en dat ben ik ook altijd geweest. Ik sta achter je, ik voel met je mee. Ik keur niet goed wat Michael heeft gedaan, maar ik zie hem zoals Jezus hem ziet: als een kind van God dat van het juiste pad was afgedwaald. Hij heeft een verschrikkelijke zonde begaan en hij heeft geleden, door wroeging en spijt. Ik wil alleen maar dat jullie allebei de vrede in jezelf vinden. Maar ik besef nu dat ik je diep heb gekwetst, en dat spijt me. Ik kwam hier niet om ruzie te maken. Ik had gehoopt dat ik je van een last kon bevrijden. Maar de enige die dat kan, ben jijzelf, op het moment dat jij daar klaar voor bent. Dat besef ik nu.'

'Ik zal er nooit klaar voor zijn, Grace!' snauwde Kitty. Ze zag aan de verkrampte spieren in haar nek dat Grace haar woede uit alle macht probeerde te verbergen. Waarom was het zo belangrijk voor haar dat zij Michael vergaf? Voor het eerst zag ze haar vriendin zoals ze werkelijk was. Voor het eerst besefte ze dat er bij alles wat Grace deed, altijd één onderliggend motief was: haar eigenbelang. De enige tegenover wie Grace loyaal was, dat was zijzelf. Dus in hoeverre had Grace er belang bij dat zij Michael vergaf? Kitty wist het niet.

35

Londen

Celia ging terug naar Londen, waar ze Aurelius Dupree opnieuw te woord zou moeten staan. De oversteek verliep eentonig, want op deze reis was er geen Rafael O'Rourke die voor afleiding zorgde. In plaats daarvan werd ze beheerst door de waarheid omtrent haar vader, die haar gevoelens jegens hem niet onberoerd liet. Hoe langer ze nadacht over alles wat ze had ontdekt, hoe meer haar oordeel over hem verhardde. Ze besloot haar familie niet te vertellen wat ze in Afrika te weten was gekomen. Al was het maar omdat haar moeder het niet zou overleven als ze hoorde dat Digby een donkere zoon had die Lucky heette! En als dat niet de genadeslag betekende voor haar moeder, dan wel de ontdekking dat Digby een moordenaar was geweest. Ze zou haar familie alleen het goede nieuws vertellen, het nieuws over de goudmijn. In gedachten zag ze hun verbaasde gezichten al wanneer ze hun vertelde dat ze naar Zuid-Afrika terugging om de leiding over de mijn op zich te nemen. Ze had contact gezocht met de Rothschilds, de Oppenheimers en alle andere financiële dynastieën die met haar vader bevriend waren geweest. Omdat er al werd geïnvesteerd in het aanboren van de diepere ertslagen in Witwatersrand, en inmiddels ook in Oranje Vrijstaat, en omdat haar vader geen onbekende voor de geldschieters was, had ze al een begin gemaakt met het genereren van een startkapitaal voor haar bedrijf dat ze had laten registreren als de Free State Deep Reef Mining Company.

Het zou nog jaren duren voordat de mijn in bedrijf kon worden genomen – jaren waarin ze keihard zou moeten werken, geduld zou moeten oefenen en bereid zou moeten zijn tot het sluiten van compromissen. Wat dat betrof maakte ze zich geen illusies. Maar vooral het bij elkaar krijgen van voldoende geld zou het uiterste van haar vastberadenheid vergen. Bovendien zou ze het vak van mijnbouwer helemaal op eigen kracht moeten zien te leren. Ze zou zich moeten verdiepen in de geologie van het dieper gelegen goud – goud dat niet als glimmende klompjes werd gedolven, maar in ijzererts werd aangetroffen. Ze zou moeten leren hoe mijnschachten werden gebouwd; hoe de kooien met de mijnwerkers naar beneden werden gelaten; hoe er op de winplaatsen werd gewerkt. En ze zou het complexe, chemische proces moeten bestuderen waarbij ijzererts werd gesmolten om het goud eruit te destilleren. Bovendien zou ze een klein stadje moeten stichten waar haar werknemers konden wonen, en ze zou de technische experts moeten inhuren die erop toezagen dat het allemaal op de juiste manier werd gedaan. Wie had ooit kunnen denken dat Celia, het zelfverklaarde 'dommerdje' van de familie, zo'n enorm project ter hand zou nemen?

Het laatste wat ze wilde, was dat Bruce en Tarquin met haar meegingen, in de veronderstelling dat zij het beter konden. Dus ze zou zeggen dat ze Mr. Botha, Digby's rechterhand, tot bedrijfsleider had benoemd. In werkelijkheid had ze besloten dat ze bij terugkeer in Johannesburg haar éigen rechterhand zou kiezen.

Maar voordat het zover was, zou ze het probleem Aurelius Dupree onder ogen moeten zien. Het was duidelijk dat hij op de hoogte was van haar terugkeer, want een dag later stond hij al in Kensington Palace Gardens voor de deur. En deze keer werd hij binnengelaten. Het ontging Celia niet dat hij in die paar maanden jaren ouder leek te zijn geworden. Zijn schouders waren nog dieper gebogen, zijn hoest klonk nog verontrustender en zijn handen trilden toen hij steun zocht bij de leuningen van zijn stoel terwijl hij ging zitten. Maar zijn ogen schitterden nog net zo strijdlustig als bij hun vorige ontmoeting, en net als toen liet hij zijn blik dreigend door de kamer gaan terwijl ze hem thee inschonk. 'Ik ben naar Zuid-Afrika geweest,' vertelde ze. 'Naar Johannesburg. En daar heb ik Mr. Botha gesproken, de vroegere voorman van mijn vader.'

Aurelius Dupree knikte, met een minachtende trek om zijn dunne lippen. 'Uw vaders loopjongen. Ik kan me niet voorstellen dat hij u de waarheid heeft verteld.'

'Nee, dat klopt.'

'Een lange reis om niets wijzer te worden, Mrs. Mayberry.'

'Ik had mijn zoektocht na mijn gesprek met Mr. Botha kunnen staken. Dan had ik tevreden naar huis kunnen terugkeren, in de overtuiging dat u en uw broer hebben gelogen. Dat u laster hebt verspreid over mijn onschuldige vader, die zich heeft onderscheiden als een toonbeeld van fatsoen in de wereld van schurken en moordenaars waarin hij zich bewoog.'

Dupree trok een grijze wenkbrauw op. 'Maar u hebt uw zoektocht niet gestaakt?'

Celia schudde haar hoofd. 'Nee, ik ben dieper gaan spitten, Mr. Dupree. En ik heb tot mijn schande moeten constateren dat u gelijk hebt.'

Aurelius Dupree zette zijn theekop neer en keek haar verbijsterd aan. 'Wat zei u precies, Mrs. Mayberry? Zou u dat alstublieft kunnen herhalen?'

'U hebt gelijk, Mr. Dupree. Mijn vader heeft u bedrogen, hij heeft uw broer laten vermoorden, en vervolgens hebt u een gevangenisstraf uitgezeten voor een misdrijf dat u niet had gepleegd.'

Tranen vertroebelden het zicht van Aurelius Dupree en glinsterden als zilver in zijn oude ogen.

'Dit is voor het eerst en voor het laatst dat ik hierover praat,' vervolgde Celia. 'Wat ik nu zeg moet tussen deze vier muren blijven, maar ik geef het misdrijf toe, uit naam van mijn vader, en ik vraag u om vergiffenis. Het bedrag waar u recht op hebt, kan ik u niet betalen. Net zomin als ik u de jaren kan teruggeven die u in de gevangenis hebt doorgebracht. Maar ik heb in Zuid-Afrika een goudveld ontdekt waar mijnbouw in de tijd van mijn vader nog niet rendabel was, vanwege de diepte waarop het goud ligt. Dankzij de nieuwste ontwikkelingen in de technologie kan er nu wel gegraven worden, en ik ben voornemens er een mijn te bouwen. Ik ben al begonnen met fondsen werven. Dus wat ik u kan aanbieden zijn aandelen, Mr. Dupree. Bovendien zal ik ervoor zorgen dat u de beste medische zorg krijgt die Londen te bieden heeft. U hebt een verontrustende hoest, als ik zo vrij mag zijn dat te zeggen. Uw gezondheid is erbarmelijk slecht. Ik wil graag proberen om de jaren die u nog resten zo aangenaam mogelijk te maken.'

Aurelius Dupree werkte zich overeind, strompelde naar Celia toe en nam haar handen in de zijne. De tranen biggelden inmiddels over zijn wangen, als aarzelende stroompjes die zich een weg baanden door de lijnen en groeven van zijn gezicht. 'U bent een goed mens, Mrs. Mayberry,' zei hij schor. 'Ik neem uw aanbod aan. Toen ik u al die maanden geleden voor het eerst zag, dacht ik dat u niet meer was dan een mooi gezichtje, maar ik heb me vergist. U bent een vrouw die respect afdwingt. Er is moed nodig voor wat u hebt gedaan. Nee, u kunt me de verloren jaren niet teruggeven, maar u hebt me iets anders gegeven, iets wat bijna nog belangrijker is: u gelooft me. Ik heb veertig jaar mijn onschuld bepleit, maar daarbij stuitte ik slechts op hoon en ongeloof. Dat alles hebt ú als het ware uitgewist, met die drie simpele woorden. "U hebt gelijk." U kunt zich niet voorstellen wat die woorden voor me betekenen.' Hij hoestte en gaf slijm op. 'Ik maak het niet lang meer, Mrs. Mayberry. Mijn dagen zijn geteld.' Hij hoestte weer. Celia installeerde hem op de bank, maar hij trilde zo dat ze een van de dienstmeisjes vroeg een deken te gaan halen. Ze liet de butler de haard aanmaken en gaf Aurelius soep en warme melk met honing. De man die op de begrafenis van haar vader had geweigerd zijn hoed af te zetten, en die bij de herdenkingsdienst de kerk had weten binnen te glippen, de man die haar had achtervolgd met beschuldigingen en dreigementen, was nu nog slechts een dakloze oude zwerver, op sterven na dood, maar met een hart vol dankbaarheid. Celia's hart stroomde over van medelijden. 'U blijft hier tot u weer bent aangesterkt. Dat is wel het minste wat ik voor u kan doen.'

'Op voorwaarde dat ik u wat goede raad mag geven over de mijn,' zei hij met zwakke stem. 'Ik weet wel het een en ander over mijnbouw. En over de mannen met wie u te maken zult krijgen, kan ik u zelfs een heleboel vertellen.' Celia luisterde terwijl hij zijn kennis met haar deelde. Er kwam een blos op zijn bleke wangen, zijn ogen schitterden bij het ophalen van bijna vergeten, vreugdevolle tijden, en hij leek even weer tot leven te komen, als de sintels van een vuur dat zo goed als gedoofd was. Maar naarmate de dag verstreek en de avond naderde, namen zijn krachten af. Uiteindelijk kon hij zijn ogen niet meer openhouden en viel hij in een diepe slaap.

Zijn ademhaling ging zwaar, begeleid door een onheilspellend droog gereutel, en Celia wist dat hij zijn aandelen nooit zou zien en dat ook de beste medische zorg van Londen hem niet meer zou kunnen redden. Sterker nog, het was duidelijk dat hij zelfs de ochtend niet zou halen. Na al die jaren kon Aurelius Dupree zijn strijd staken, want hij had eindelijk rust gevonden.

De geheimen in Digby Deverills verleden, die zo'n bedreiging hadden gevormd voor de goede naam van de familie, werden met Aurelius Dupree begraven. Alleen Duchess kende de waarheid en Celia twijfelde er niet aan of ook zij zou haar geheimen meenemen in het graf. Toen ze haar familie vertelde over haar plannen om met haar kinderen terug te gaan naar Johannesburg, werd er verrast gereageerd. Maar Harry en Boysie waren misschien nog wel het meest geschokt. Tijdens een gezamenlijke lunch bij Claridge's gaf Celia blijk van een ernst, een diepgang die nieuw voor hen was. Het meisje dat wilde dansen in het Café de Paris en The Embassy, het meisje dat uitbundig had geroepen hoe 'dolletjes' ze het allemaal vond, had plaatsgemaakt voor een jonge vrouw die weliswaar zware verliezen had geleden, maar die daardoor had ontdekt dat ook zij de ware Deverill-aard bezat, dat ze in staat was wanhoop te overwinnen en boven de beperkingen van haar eigen zwakheid uit te stijgen. En met die ontdekking openbaarde zich een nieuwe toekomst. Ze zou zorgen dat de familie er financieel weer volledig bovenop kwam, en terwijl Harry en Boysie luisterden naar de plannen die ze ontvouwde, beseften ze hoe serieus haar ambities waren. 'Het verleden ligt achter ons,' zei ze. 'Het heeft geen zin te rouwen om wat is geweest. We moeten vooruitkijken en onze blik op de horizon gericht houden. Zolang ik dat doe, zolang ik niet achteromkijk, komt het allemaal goed.'

'Maar wat moeten wij dan zonder jou?' vroeg Boysie.

'Het leven zal nooit meer hetzelfde zijn,' zei Harry verdrietig.

'Jullie hebben elkaar.' Ze schonk hun een glimlach. 'We zijn altijd met ons drietjes geweest, maar jullie hebben me niet echt nodig. Nooit gehad ook. Wees maar eerlijk.'

'Maar we vinden het fijn als je erbij bent,' zei Boysie.

'Ik kom terug als ik rijk en machtig ben.'

'Je bent zo moedig, Celia,' zei Harry.

'Wie had dat kunnen denken,' verzuchtte Boysie.

Celia dacht aan Aurelius Dupree. 'Ik in elk geval niet.' Ze glimlachte. 'Maar ik ben veranderd. En ik heb hier niets meer. Behalve jullie en een oppervlakkig bestaan, gevuld met pleziertjes. Zo'n leven wil ik niet meer. Ik ga op avontuur, jongens, en ik popel van ongeduld! Natuurlijk zal ik jullie schrijven, en wie weet, misschien hebben jullie op enig moment ook wel zin in een avontuur. Dan komen jullie gewoon naar me toe. Tot het zover is moeten jullie op mama en Kitty passen. En denk erom dat jullie me vaak schrijven. Ik wil alles weten. Dan heb ik, tegen de tijd dat ik terugkom, niet het gevoel dat ik iets heb gemist.'

Dat spraken ze af en ze bezegelden hun belofte door elkaar de hand te geven.

'Uit het oog maar niet uit het hart,' zei Boysie.

Harry hief zijn glas. 'Daar drinken we op.'

'Grote genade!' riep Hazel onthutst. 'Celia is op weg naar Zuid-Afrika. Ze wordt mijnbouwer.'

'Mijnbouwer?' herhaalde Laurel vol afschuw, met een blik op de brief in de hand van haar zuster.

'Dat staat hier. Ze gaat in een oude mijn van Digby naar goud graven.'

'Maar hoe dan? Helemaal alleen?'

'Daar lijkt het wel op.'

'Weet ze iets van mijnbouw?'

'Nee, natuurlijk niet.'

'Lieve hemel, dat klinkt allemaal erg verontrustend.' Laurel nipte van haar thee.

'Nu ze het kasteel heeft moeten verkopen, is er niets meer wat haar hier houdt, schrijft ze.'

'Dus het is een vlucht,' constateerde Laurel met grote stelligheid. 'Maar dat is rampzalig! Denk je dat iemand haar moet nareizen, om haar terug te halen? Wanneer is ze vertrokken?'

'Al zes weken geleden. Zodra ze beseft waar ze aan begonnen is, stapt ze op de eerste de beste boot terug. Mijnbouwer! Dat is toch niks voor een vrouw.'

Het werd stil. Hazel vouwde de brief op en deed hem weer in de envelop. Een zwaar en verdrietig zwijgen daalde over de gezusters neer, somber en drukkend als mist. En in dat zwijgen was Ethelred Hunt nadrukkelijk aanwezig.

Hazel keek haar zuster aan. 'Hoe is het nu met je, Laurel?' vroeg ze zacht.

Laurel ademde diep in door haar neus en stak haar kin naar voren. 'Met mij is alles goed. En met jou, Hazel? Hoe is het nu met jou?'

'Ook goed,' antwoordde Hazel, maar haar stem trilde als de snaar van een onbeholpen bespeelde viool.

'Je jokt. Dat zie ik aan je gezicht.'

'Ja, je hebt gelijk. Het gaat niet echt goed met me.'

'Met mij ook niet,' bekende Laurel.

'Dan zijn we het daar tenminste over eens.'

'We zijn het tegenwoordig weer over alles eens.' Laurel lachte vreugdeloos.

'Ik hou van hem,' zei Hazel. 'Tot in het diepst van mijn wezen.'

'Ik ook.' Laurel pakte de hand van haar zuster. 'Maar we hebben elkaar.'

'Ja, goddank,' zei Hazel. 'Zonder jou zou ik me geen raad weten.'

Er werd aan de deur geklopt.

'Lieve hemel, verwachten we iemand?' vroeg Laurel.

Hazel schudde bezorgd haar hoofd.

'Wie kan dat dan zijn?' Laurel stond op van de bank.

'Laten we maar gaan kijken.' Hazel volgde haar zuster naar de gang.

Bij de voordeur gekomen duurde het even voordat ze het kettinkje van het slot hadden losgemaakt. Sinds de Troebelen waren de Struikjes uiterst zorgvuldig met het afsluiten van ramen en deuren. Toen ze de voordeur op een kiertje opendeden, keken ze recht in het sombere, beschaamde gezicht van Ethelred Hunt, die met zijn hoed in de hand op de stoep stond. Toen Laurel de deur voor zijn neus wilde dichtgooien, zette hij zijn voet ertussen.

'Mag ik alsjeblieft iets zeggen?' vroeg hij. Door de kier staarden de Struikjes hem met grote ogen aan, als een stel opgeschrikte konijntjes. 'Ik ben tot de conclusie gekomen dat ik van jullie allebei houd en dat ik niet zonder jullie kan. Zo simpel is het. Ik kan niet kiezen, maar volgens mij zijn jullie ook een ondeelbaar kavel, om het zo maar eens te zeggen. Jullie horen bij elkaar. Dus ik heb een schandalig, maar tegelijkertijd verrukkelijk voorstel. Mag ik het jullie voorleggen?'

De Struikjes keken elkaar aan.

'Ga je gang,' zei Hazel.

'Zeg het maar,' zei Laurel.

'Hoe zouden jullie het vinden om met ons drieën te gaan samenwonen?'

De twee zusters zetten grote, verbaasde ogen op.

'Ik weet dat het ongebruikelijk is, om het maar voorzichtig uit te drukken, en het commentaar van mijn dochter zal niet mals zijn, maar ik zie geen andere oplossing. Het is alles of niets en ik ben er de man niet naar om genoegen te nemen met "niets". Dus óf we blijven bij elkaar, met ons drieën, of...' Hij aarzelde even. 'Of we blijven ongelukkig. De afgelopen maanden heb ik me diep ongelukkig gevoeld. Maar in de periode daarvoor is er niets waar ik spijt van heb. Integendeel, ik zou willen dat er nooit een eind aan was gekomen. Dus zeg het eens, meisjes. Wat vinden jullie van mijn voorstel? Kunnen jullie je erin vinden?'

Er volgde een kortstondig geschuifel, toen ging de deur wijd open. 'Ik lust wel een kopje thee. En jullie?' vroeg Hazel stralend.

'Ik zet de ketel op.' Laurel liep al naar de keuken.

'Ik dacht eigenlijk aan iets sterkers.' Ethelred hing zijn hoed aan de kapstok, tussen twee roze zonnehoeden met blauwe linten. 'We hebben tenslotte wat te vieren.'

36

Connecticut, 1938

'Ik trek die jurk niet aan! Ik doe het niet!' schreeuwde Edith stampvoetend.

'Edith, lieverd, oma heeft die jurk speciaal voor jou meegenomen, helemaal uit Parijs. Dus je trekt hem gewoon aan,' zei Mrs. Goodwin geduldig. 'Het is Kerstmis. Laten we geen ruzie maken op de verjaardag van Jezus.'

'Het kan me niet schelen waar die jurk vandaan komt! En of het de verjaardag van Jezus is! Ik vind hem afschuwelijk. Ik trek hem niet aan. Daar hebt u niks over te zeggen!' Edith keek woedend naar haar zusje, dat in een elegante blauwe jurk met grotemensenkousen en -schoenen in de deuropening was verschenen. Haar haar was volgens de laatste mode gekruld en vastgespeld. 'Ja, kijk maar!' tierde ze. 'Waarom mag ik niet ook zo'n jurk, Goodwin? Net zo'n jurk als Martha?'

'Omdat jij tien bent. En Martha is bijna zeventien,' antwoordde de nanny. 'Als jij zeventien bent, krijg je ook zulke jurken als Martha.'

Edith ging op de rand van haar bed zitten en sloeg haar armen over elkaar. 'Ik trek die kinderachtige jurk niet aan.' Ze klemde haar kaken op elkaar en niets kon haar ertoe brengen de jurk aan te trekken.

Uiteindelijk gaf Mrs. Goodwin het op. 'Goed, dan zal ik tegen je moeder zeggen dat je hem niet aan wilt.'

Edith glimlachte. 'Ja, doe dat maar. Van mama mag ik aan wat ik zélf wil.'

Maar het was die dag een bijzondere gelegenheid. Met Kerstmis verzamelde de hele familie Wallace zich bij Ted en Diana voor de lunch. Pam dacht aan de waarschuwende woorden van haar schoonmoeder: dat ze

Edith beter in de hand moest zien te houden, omdat je monsters kweekte als je kinderen geen discipline bijbracht. De goedkeuring van haar schoonmoeder was erg belangrijk voor Pam, al helemaal omdat de kinderen van Joan en Dorothy altijd 'allerliefst' waren en 'zo braaf'. De ironie wilde dat haar geadopteerde dochter, over wie Pam zich altijd bezorgd had afgevraagd of ze wel in de familie zou passen, Diana's oogappel was. Martha was een lief, zachtaardig kind met onberispelijke manieren, terwijl Edith, die wél Wallace-bloed in de aderen had, Diana's mínst favoriete kleinkind was, en een bron van ergernis voor de hele familie. En zo kwam het dat vandaag de enige dag was in het hele jaar waarop Edith moest doen wat haar werd opgedragen. Pam liet zich niet vermurwen. Edith kon hoog en laag springen, ze moest de jurk aan.

Edith kon haar oren niet geloven toen ze hoorde wat haar moeder had gezegd. Ze liet zich driftig van het bed glijden en liep de gang door naar de kamer van haar moeder, die aan haar kaptafel zat en haar diamanten oorbellen indeed. Toen Pam haar jongste dochter woedend, nog in haar ondergoed, in de deuropening zag staan, draaide ze zich naar haar om. 'Niet zo boos kijken, schatje. Oma heeft die jurk voor je meegenomen, dus het is niet aardig als je hem niet aantrekt.'

Edith begon te huilen, rende naar haar moeder toe en viel haar om de hals. 'Maar ik vind hem afschuwelijk!' jammerde ze.

Pam drukte een kus op haar hoofd. 'En als we nu eens de stad in gingen om een jurk te kopen die je wél mooi vindt?'

'Nu meteen?' Edith fleurde direct op.

'Nee, schatje. Dat kan toch niet? Het is Kerstmis. Dan zijn de winkels dicht. Maar zodra ze weer opengaan, neem ik je mee de stad in. Echt waar.'

Edith maakte zich van haar moeder los en trok een pruillip. 'Maar ik wil nu een nieuwe jurk!'

'Edith, zo is het genoeg. Je gedraagt je als een verwend kind.' Pam was trots op zichzelf dat ze zo streng durfde te zijn.

Edith keek haar moeder vol afschuw aan. 'Je houdt niet meer van me,' zei ze snikkend. Boos worden en zeuren had niet geholpen, misschien lukte het met zelfbeklag.

Maar Pam bleef onvermurwbaar. Wat er ook gebeurde, vandaag moesten haar dochters zich van hun beste kant laten zien. Oma Wallace had uit Parijs een prachtige jurk voor Edith meegenomen, en Pam wilde haar schoonmoeder niet kwetsen door het kind iets anders aan te trekken. 'Edith, ga naar je kamer en trek die jurk aan. Anders liggen er voor jou geen cadeautjes onder de kerstboom.'

'Je vindt me niet meer lief! Je hebt een hekel aan me!' Edith stormde tierend naar de deur. 'En ík vind jóú niet meer lief!'

Pam keerde zich weer naar de spiegel. Haar gezicht zag bleek, er blonken tranen in haar ogen. Het liefst gooide ze die jurk in de kachel en liet ze Edith zelf uitkiezen wat ze aantrok, maar dat kon niet. Nijdig op haar schoonmoeder veegde ze met een trillende vinger een traan weg en bewerkte de huid rond haar ogen met een pluizige poederdons.

Edith trok de jurk aan, maar er kon geen lachje vanaf en ze zei bijna geen woord terwijl ze uit het raampje van de auto naar de besneeuwde tuinen en berijpte daken keek. Ze was boos op de hele wereld, en vooral op haar moeder. Wacht maar, je krijgt er spijt van dat ik die stomme jurk aan moest, dacht ze woedend. Dat Martha er allerliefst uitzag en zich perfect gedroeg, maakte haar woede alleen maar groter.

Pam en Larry arriveerden als laatsten. Stephen en Charles, Larry's broers, waren er al met hun vrouwen, Dorothy en Joan, en met hun kinderen, die inmiddels allemaal volwassen waren. De hele familie was onberispelijk gekleed: de mannen in pak, de vrouwen in feestelijke japonnen. Vanwege de scène met Edith was Pam erg gespannen. Het kind was in de auto erg stil geweest, haar gezicht zag grauw van woede en ook de verbeten trek om haar mond verried dat ze razend was. Van de weeromstuit begroette Pam iedereen extra uitbundig, terwijl Larry de zak met cadeautjes onder de boom ging zetten.

'O, Edith, je hebt de jurk uit Parijs aan!' Diana nam haar kleindochter goedkeurend op, maar het kind deed zelfs geen poging om te glimlachen.

'Hij is prachtig, ma,' zei Pam haastig. 'Groen staat haar zo goed. Dat is echt haar kleur.'

Diana glimlachte. Het stille protest van haar jongste kleinkind was haar niet ontgaan, maar ze besloot het te negeren en keerde zich naar Martha. 'Kind, wat zie je er beeldig uit. En wat ben je weer gegroeid. Kom eens bij me zitten, dan kan ik je bekijken. Is dat een nieuwe jurk? Wat ziet die er al volwassen uit. Maar je bent dan ook al bijna zeventien.

Hemel, wat vliegt de tijd.' Martha ging naast de stoel van haar oma op haar knieën zitten, terwijl Edith haar vader ging helpen de cadeautjes onder de boom te leggen, daartoe met een onopvallend duwtje aangespoord door haar moeder. Het gesprek werd hervat en Ediths onbeleefdheid leek vergeten. Maar het ontging Joan niet dat het kind de kleurig ingepakte cadeautjes onverschillig op de grond gooide. Ze had altijd gedacht dat Martha voor problemen zou zorgen, maar daarin had ze zich vergist. Edith was Pams zorgenkindje. Joan grijnsde verstolen achter haar champagneflûte. Diana Wallace hechtte grote waarde aan goede manieren. Ze had een gruwelijke hekel aan ongedisciplineerdheid en aan kinderen die zich niet wisten te gedragen. Terwijl ze haar blik trots over haar eigen kinderen liet gaan, concludeerde Joan dat Ediths onhebbelijkheid vooral een kwestie van gebrek aan opvoeding was. Pam had zich bij Martha laten leiden door het verlangen een 'echte' Wallace van haar te maken, en daarin was ze geslaagd. Maar de opvoeding van Edith had ze verwaarloosd, in de overtuiging dat afkomst alleen voldoende was. Dat bleek een vergissing te zijn geweest.

Na de lunch werden de cadeautjes uitgepakt. De kamer vulde zich met rook toen de mannen een sigaar opstaken en de vrouwen een sigaret. Edith keek niet blij, geen van haar cadeautjes viel in de smaak. Ze was vastberaden de dag voor iedereen te bederven, ook al had ze daar zelf de meeste last van. Toen ze het cadeautje van Joan uitpakte, een schitterende naaimand met een heleboel vakjes vol met kleine klosjes garen, gooide ze die op de grond. 'Ik vind naaien stom!' Ze sloeg nijdig haar armen over elkaar. 'Martha vindt zulke dingen leuk. Ik niet!'

Bij het zien van het ontstelde gezicht van haar schoonmoeder haastte Pam zich haar dochter een standje te geven. 'Als je je niet weet te gedragen, dan kun je naar de gang vertrekken!' zei ze met stemverheffing, hoe afschuwelijk ze het ook vond.

Edith voelde zich vernederd tegenover de hele familie en rende snikkend de kamer uit.

'Het spijt me,' verzuchtte Pam. 'Ik weet niet wat haar bezielt vandaag.'

'Kom eens bij me zitten, Pam.' Larry klopte naast zich op de bank. 'Ze zit gewoon in een moeilijke fase. Daar groeit ze wel weer overheen.'

'Die moeilijke fase duurt anders al een tijdje,' merkte Diana laconiek op. 'Wat jullie nodig hebben, is een strenge gouvernante. Goodwin is veel te goeiig. Het wordt tijd dat ze met pensioen gaat.'

'Daar zit wel iets in,' zei Larry, met zijn sigaar tussen zijn tanden.

'Martha zal vreselijk van streek zijn als Goodwin weggaat,' protesteerde Pam.

'Waarom stuur je ze dan niet samen naar Londen? Het wordt tijd dat Martha iets van de wereld te zien krijgt. Goodwin kan haar meenemen op een grand tour.'

'Ik weet niet of dat zo'n goed idee is, moeder. Alles wijst erop dat Europa zich opmaakt voor wéér een oorlog.'

'Welnee, Larry. Doe niet zo belachelijk. Zo kort na de Grote Oorlog? Dat wil niemand. Ze zullen er alles aan doen om het niet weer op een conflict te laten aankomen. Ik voelde me volmaakt veilig, deze herfst in Parijs.'

Ted, die met Stephen en Charles bij de haard stond, mengde zich in het gesprek. 'De vrede wordt wel degelijk bedreigd. Door de dictators die naar de macht hebben gegrepen.' Hij nam een trek van zijn sigaar. 'Hier in Amerika blijven we het liefst neutraal, maar als we een nieuwe oorlog willen voorkomen, zullen we een grotere betrokkenheid bij Europa moeten tonen...'

Joan liep de gang in. Ze hoorde gesnotter. Het leek vanboven te komen. En daar zat Edith, op de overloop. Joan liep met haar asbak de trap op, ging naast haar nichtje zitten en stak de sigaret tussen haar vuurrode lippen. Edith hield op met huilen. Haar gezicht stond wantrouwend. 'Het spijt me van die naaimand. Ik dacht dat je hem leuk zou vinden,' zei Joan. Ze keek neer op het betraande kindergezicht. 'Maar eigenlijk ging het niet om die naaimand, hè? Wat is er? Waarom ben je zo boos?'

'Omdat ik die akelige jurk aan moest van mama.'

'Vind je hem niet mooi?'

'Nee, hij is lelijk.'

'Je hebt die jurk van oma gekregen. Dus je moest hem aan, of je hem nu leuk vindt of niet. Toen ik nog klein was, had ik niets over mijn kleren te zeggen. Pas toen ik zestien was. Mijn moeder besliste wat ik aan moest. En dat deed ik. Kinderen waren toen veel gehoorzamer.'

'Mama houdt niet meer van me.' Edith begon weer te huilen.

Joan tikte haar as af. Haar lange nagels waren vuurrood, net zo rood als haar lippen. 'Zulke rare dingen moet je niet zeggen, Edith. Natuurlijk houdt je moeder van je.'

'Niet waar. Ze houdt veel meer van Martha. Die is altijd braaf. Ze doet nooit iets wat niet mag. Martha is volmaakt.'

'Nou, ze gedraagt zich inderdaad keurig.'

'Mama houdt meer van haar.'

'Dat is niet waar, en dat weet je.'

'Wel waar. Als ze van me hield, zou ik die afschuwelijke jurk niet aan hoeven.'

'Liefde heeft niets met jurken te maken. Ze wilde dat je de jurk aandeed, omdat oma anders gekwetst zou zijn. Want die heeft hem voor je gekocht.'

'Mama houdt niet meer van me. Alleen van Martha,' zei Edith, die in de gaten kreeg dat zelfbeklag haar bij tante Joan een hoop aandacht opleverde.

'Je moeder houdt heel veel van je,' zei die. 'Vanaf dat ze met je vader trouwde, verlangde ze al naar je. Maar het duurde heel lang voordat je kwam.'

'Ze had Martha toch?' zei Edith verbitterd.

'Maar ze wilde jóú.'

Edith fronste. 'Maar tante Joan, toen kende ze me nog niet eens.'

Joan inspecteerde haar nagels. Ze wist dat ze het niet mocht vertellen. Dat ze ernstig in problemen kwam als het uitkwam. Maar het kind keek met zulke grote betraande ogen naar haar op. Joan wilde haar helpen, en ze wilde die brave, volmaakte, irritánte Martha een hak zetten. 'Zal ik je eens een geheimpje vertellen?' vroeg ze.

Als een jachthond die bloed rook, besefte Edith onmiddellijk dat het om iets belangrijks ging. Ze droogde haar tranen en keek haar tante aan. Toen knikte ze.

'Maar je moet me beloven dat je het aan niemand vertelt. Dit is iets tussen jou en mij, Edith. Je mag er nooit, met niemand over praten.'

'Dat beloof ik.' Edith had op dat moment wel alles willen beloven.

'Goed, dan schudden we er de hand op.' Joan stak haar hand uit en Edith legde de hare erin. Nadat Joan haar sigaret had uitgemaakt boog ze zich naar haar nichtje. Het geroezemoes uit de salon leek naar de achtergrond te verdwijnen. 'Martha is geadopteerd,' zei Joan.

Het was eruit. Ze kon het niet meer terugnemen. Edith keek haar verbaasd aan. 'Echt waar,' vervolgde Joan. 'Je ouders konden geen kinderen krijgen, dus toen zijn ze naar Ierland gegaan om een kindje te halen. Want ze wilden heel graag een baby. Zo graag dat ze ook wel het kindje van iemand anders wilden kopen. Maar jaren later gebeurde er een wonder, toen gaf God hun een eigen kind. En dat was jij. Dus je denkt misschien dat ze meer van Martha houden dan van jou, maar ze houden juist meer van jou, lieverd. Want jij hoort echt bij je papa en je mama. En Martha blijft toch altijd een vreemde.'

Op dat moment verscheen Pam onder aan de trap. 'Daar ben je!' Ze keek omhoog naar de overloop, waar Edith en Joan als een stel samenzweerders naar elkaar toe gebogen zaten. Edith was zo overdonderd door het geheim dat ze de trap af rende en haar moeder om de hals viel. 'Het spijt me dat ik zo lelijk deed. Maar nu zal ik lief zijn,' beloofde ze. Pam keek fronsend omhoog, naar de overloop. Joan haalde haar schouders op en trok een gezicht alsof ze van niets wist. Opgelucht dat Edith tot inkeer was gekomen, mimede Pam 'Dank je wel' naar haar schoonzus; toen liep ze met haar dochtertje terug naar de salon.

Edith was omgeslagen als een blad aan een boom. Bij terugkeer in de familiekring gedroeg ze zich beleefd, charmant en gehoorzaam. Later die middag vroeg Pam verbaasd aan haar schoonzuster wat ze tegen het kind had gezegd. Dat ze het zichzelf een stuk gemakkelijker maakte door gewoon braaf en gehoorzaam te zijn, antwoordde Joan. Het was voor het eerst dat Pam haar wel kon zoenen. 'Je hebt een wonder verricht!' zei ze.

'Welnee. In haar hart is het een lief kind,' antwoordde Joan, waarop Pam haar opnieuw om de hals zou willen vallen.

Ondertussen popelde Edith van ongeduld om het geheim te vertellen. Met een zelfvoldane glimlach stapte ze aan het eind van de middag weer in de auto. Eenmaal thuis kon ze zich bijna niet inhouden. Telkens wanneer ze naar haar zusje keek, moest ze haar tong afbijten om het geheim er niet uit te flappen, het ongelooflijke geheim dat haar zo'n verrukkelijk gevoel van superioriteit bezorgde. Uiteindelijk flapte ze het er toch uit, want Edith was niet alleen slecht in het bewaren van geheimen – dat gold voor de meeste kinderen van tien – maar ze was er ook op uit anderen te bezeren. Haar onhebbelijkheid, die voortkwam uit een gevoel van onvermogen, maakte dat ze altijd probeerde anderen af te troeven, en in het geval van Martha slaagde ze daarin alleen door haar naar beneden te halen. Maar Edith kon niet vermoeden hoe diep haar zusje door het geheim zou worden neergehaald.

Het duurde niet lang of Martha gooide onbewust zelf de lont in het kruitvat. Op een dag zat Edith haar zo te sarren en te treiteren dat Martha met haar ogen draaide en haar nijdig van repliek diende. Daarop richtte Edith zich in haar volle lengte op en verklapte het geheim. Genietend, vervuld van leedvermaak vertelde ze Martha dat hun moeder niet echt haar moeder was, want dat hun ouders haar hadden geadopteerd. In eerste instantie geloofde Martha haar niet. 'Doe niet zo idioot,' zei ze. 'Ga wat doen, in plaats van ruzie te zoeken.' 'Het is echt waar,' hield Edith vol. 'Tante Joan heeft het me zelf verteld.'

'Tante Joan?' Martha was ineens niet meer zo zeker van haar zaak.

'Ja, en ik moest beloven dat ik het aan niemand zou vertellen.'

'Waarom doe je het dan toch?'

'Omdat je het hoort te weten. Papa en mama zijn niet echt van jou. Maar wel van mij. Tante Joan heeft me verteld dat ze zo graag een kindje wilden. En dat ze jou hebben gekocht omdat ze mij niet konden krijgen. En toen kwam ik toch nog. Het was een wonder,' zei ze stralend. 'Ík ben een wonder.'

Er kwamen tranen in Martha's ogen. 'Dat heb je allemaal verzonnen.'

'Niet waar. Jij komt uit een winkel.'

Martha liep hoofdschuddend de kamer uit, vechtend tegen haar tranen. Ze rende de besneeuwde tuin in, waar ze zich op het bankje onder de kersenboom liet vallen, om alleen te zijn met haar verdriet. Als het klopte, als ze inderdaad geadopteerd was, waarom hadden haar ouders dan nooit iets gezegd? En waarom had tante Joan het aan Edith verteld? Wie nam er nu een kind van tien in vertrouwen? En als het níét waar was, waarom zou tante Joan dan zoiets kwaadaardigs verzinnen? Martha onderzocht alle mogelijkheden. Ze dacht terug aan haar vroegste jaren en probeerde zich iets te herinneren waaruit bleek dat het waar was wat Edith had gezegd. Maar ze kon niets bedenken wat erop duidde dat ze geadopteerd was. Ze leek op haar moeder, dat zei iedereen, en haar ouders hadden haar nooit het gevoel gegeven dat ze minder van haar hielden dan van Edith. Er was er maar één die uitsluitsel kon bieden.

Martha vond Mrs. Goodwin in de kinderkamer, waar ze een mand met kleren stond te strijken. Bij het zien van Martha's betraande gezicht zette de nanny het strijkijzer neer. Martha trok de deur achter zich dicht. 'Waar is Edith?' vroeg Mrs. Goodwin.

'Op haar kamer, denk ik. Tenminste, net was ze daar nog.'

'Is er iets, kindje? Heb je weer problemen met je zusje?'

Martha bleef weifelend bij de deur staan. 'Ik wil u iets vragen, Mrs. Goodwin. En u moet me een eerlijk antwoord geven.'

De moed zonk Mrs. Goodwin in de schoenen. Ze ging op de leuning van een stoel zitten. 'Dat zal ik doen,' antwoordde ze nerveus. 'Ik probeer altijd eerlijk tegen je te zijn.'

'Ben ik geadopteerd?'

De nanny hield geschokt haar adem in, er kwam een blos op haar wangen en ze schudde krachtig haar hoofd. Het was niet bedoeld als ontkenning, maar als een wanhopige poging de werkelijkheid te verjagen. Een vergeefse poging. Want het geheim was ontdekt, en hoe hard ze ook haar hoofd schudde, er was niets meer aan te doen. 'Martha, kom eens bij me zitten.' Mrs. Goodwin voelde dat er tranen in haar ogen brandden.

Martha begon te huilen. Met een gesmoorde snik sloeg ze een hand voor haar mond. 'Ik dacht dat Edith loog...'

Mrs. Goodwin wachtte niet tot Martha bij haar kwam zitten. Ze haastte zich naar haar toe, nam haar in haar armen en trok haar dicht tegen zich aan. 'Maar dat betekent niet dat je ouders niet van je houden, lieverd. Integendeel. Ze verlangden zo naar je dat ze de halve wereld zijn afgereisd, op zoek naar jou.'

'Maar waar is mijn echte moeder dan?'

'Dat doet er niet toe. Het gaat niet om je echte moeder. Pam hield al van je toen je nog maar een heel klein kindje was. Zij heeft van meet af aan voor je gezorgd. Ze was dolgelukkig toen ze je had gevonden, in dat klooster in Ierland. En je vader ook. Het leek wel alsof ze verliefd op je waren.'

'Dus ze wilde me niet? Mijn échte moeder?'

'Je biologische moeder heeft je ter wereld gebracht, maar zij is niet de moeder die van je heeft gehouden en...'

'Blijkbaar wilde ze me niet, Mrs. Goodwin. Ze heeft me gewoon weggegeven.'

'Je weet niet hoe het is gegaan. Ik denk dat ze nog heel jong was, en niet getrouwd. Dat ze onbedoeld zwanger was geworden.'

Martha maakte zich los en keek haar oude vriendin in de ogen. 'Waarom heeft niemand ooit iets gezegd?'

'Omdat het er niet toe doet. Je bent een Wallace en een Tobin.' Het gezicht van Mrs. Goodwin verhardde. 'Heeft Edith het je verteld?'

Martha knikte.

'Hoe wist ze dat?' vroeg de nanny zich hardop af. 'Niet van je moeder. Die zou zoiets nooit hebben gezegd.'

'Van tante Joan.'

Mrs. Goodwin was geschokt. 'Maar waarom in 's hemelsnaam?'

'Ik weet het niet.' Martha liet zich op de bank vallen en sloeg haar armen om zich heen. 'Ik ben misselijk, Mrs. Goodwin. Alsof ik moet overgeven.'

Mrs. Goodwin ging haastig een teiltje halen. Toen ze even later terugkwam zette ze het op Martha's schoot. 'Rustig ademhalen, lieverd. Diep inademen, dan voel je je vanzelf weer beter. Je bent geschrokken. Daar komt het van.' Martha zag inderdaad lijkbleek. 'Juist om je dit verdriet te besparen hebben je ouders het je niet verteld. Ik begrijp niet hoe Joan zoiets heeft kunnen doen. En hoe ze heeft kunnen denken dat een kind van tien het voor zich zou houden. Je moeder wordt razend als ze erachter komt.'

'Ze komt er niet achter,' zei Martha haastig. 'Het is blijkbaar niet de bedoeling dat ik het weet, en ik wil haar en papa niet van streek maken. Edith wist niet wat ze deed.'

Mrs. Goodwin was ontroerd door zo veel goedheid. Martha had alle reden om haar zusje te veroordelen, maar toch nam ze het voor haar op.

'Edith wist precies wat ze deed,' zei de nanny in een zeldzame uitbarsting van hatelijkheid. 'Daarom heeft ze het je verteld.'

37

De ontdekking dat ze geadopteerd was, had Martha veranderd. Maar de enige die dat in de gaten had, was Mrs. Goodwin. Martha was stiller geworden, somber, zwaar op de hand. Edith was daarentegen opgewekter dan ooit, en omdat ze alle aandacht van haar ouders opeiste, viel het niet zo op hoe ernstig Martha was. Maar Mrs. Goodwin, die haar beter kende dan wie ook en die zielsveel van haar hield, maakte zich zorgen. In haar verdriet trok Martha zich steeds meer terug in zichzelf, en daar, op die stille, verborgen plek, vond ze iets wat ze lang geleden was kwijtgeraakt: een gevoel van verbondenheid met waar ze vandaan kwam, met wie ze werkelijk was. Ze hoorde fluisteringen in de wind, ze zag vreemde lichtjes die over de besneeuwde tuin zweefden. En 's nachts, wanneer ze lag te huilen in haar kussen, had ze weer het onmiskenbare gevoel dat ze niet alleen was. Wie er bij haar was, dat wist ze niet, maar omdat ze trouw naar de kerk ging dacht ze dat God het was, of dat Hij misschien een engel had gestuurd om haar gerust te stellen. Ze dacht vaak aan Ierland, en dan stelde ze zich haar moeder voor als een angstige jonge vrouw die bij niemand terechtkon. Ze haatte haar moeder niet omdat ze haar had afgestaan. In Martha's hart was geen plaats voor haat. Integendeel, ze verlangde naar haar moeder. Ze hunkerde naar haar. Ergens, in dat verre land, leefde iemand met wie ze verbonden was. Een angstige, jonge vrouw die haar kind had verloren. Die gedachte vervulde Martha met medelijden.

Ze sloot zich op in haar kamer, wilde nergens heen en zat uren uit het raam te staren. Om te voorkomen dat Mr. en Mrs. Wallace zouden vermoeden dat er iets aan de hand was, verzon Mrs. Goodwin het ene excuus na het andere. Martha was het liefst alleen met haar gedachten. Ze putte troost uit haar innerlijke wereld, nu de buitenwereld haar zo diep had teleurgesteld.

Maar op een nacht – het was begin januari – kwam er een vreemde gedachte bij haar op. Een gedachte die uit het niets leek te komen. Voor haar geestesoog zag ze een schoenendoos, achter in de kast in de badkamer van haar moeder. Tegelijkertijd hoorde ze het woord 'geboortecertificaat', zo duidelijk alsof het in haar oor werd gefluisterd. Ze schoot met een ruk overeind en keek de kamer rond. Alles was donker, maar opnieuw voelde ze dat ze niet alleen was. Haar hart begon sneller te slaan, haar handen werden klam van nervositeit. Er was iemand in de kamer, dat wist ze zeker. Maar als ze het licht aandeed, dan zou wíé het ook was, op slag verdwenen zijn. En dat wilde ze niet. Ze wilde zien wie het was.

Na een tijdje ging ze weer liggen, met haar ogen dicht. Maar haar hart klopte nog altijd rusteloos en ze was klaarwakker. Er kwam een herinnering bij haar op. De herinnering aan een gebouw van bruine baksteen, met een lift die eruitzag als een kooi. Ze was bang geweest voor die lift en ze had haar moeder stijf bij de hand gehouden. Ze herinnerde zich ook de voortvarendheid waarmee haar moeder zonder aarzelen dieper het gebouw in was gelopen. En ze wist nog dat een lange man met grote blauwe ogen zich over haar heen had gebogen en haar aandachtig had bekeken, alsof ze een insect was onder een microscoop. Haar maag verkrampte in paniek. Toen zag ze in gedachten een vreemde lamp die haar deed denken aan het oog van een demon. Ze hijgde van angst. Vervuld van afschuw reikte ze naar haar nachtkastje en deed het licht aan. Ze liet haar blik door de kamer gaan. Er was niemand. Het enige geluid dat ze hoorde was het bonzen van haar hart. Ze haalde diep adem en probeerde zich nog meer te herinneren. Het beeld van de man vervaagde, en met dat beeld haar angst, maar iets, een vage herinnering, hield hardnekkig stand. Het was ongrijpbaar, net buiten haar bereik, hoezeer ze ook haar best deed het te pakken te krijgen. Sterker nog, hoe harder ze haar best deed, hoe verder het van haar leek weg te drijven. Uiteindelijk werd ze moe, ze gaf het op en deed het licht weer uit. Het beeld van de schoenendoos was ongetwijfeld een droom geweest, maar wanneer haar moeder de volgende dag de deur uit was, zou ze in de badkamerkast kijken.

Gewoon voor de zekerheid. Als ze haar geboortecertificaat had, wist ze naar wie ze moest zoeken. Want dát ze ging zoeken, stond voor haar als een paal boven water.

Zodra haar moeder en Edith de volgende dag de deur achter zich hadden dichtgetrokken, haastte Martha zich naar de badkamer. Daar liet ze zich voor de kast onder de wastafel op haar hurken zakken. Op de planken lagen zakjes met watten, er stonden keurige rijen met flessen en doosjes medicijnen, maar tot haar verbazing ontdekte ze in het donker, helemaal achter in de kast, de schoenendoos, precies zoals ze die in haar droom had gezien. Haar hand beefde toen ze hem voorzichtig tevoorschijn haalde. Met ingehouden adem tilde ze het deksel eraf. In de doos lag een oude lap – een stuk van een deken, zo te zien – met daaronder een stapeltje papieren. En daar was het, haar geboortecertificaat. Het duurde even voordat ze het kon lezen, want haar ogen werden ineens vochtig. Maar ze knipperde haar tranen weg. *Geboren: 5 januari 1922, om 12.20 in het Klooster van Onze-Lieve-Vrouwe Koningin van de Hemel te Dublin. Naam: Mary-Joseph. Geslacht: meisje. Naam en achternaam van vader: onbekend. Naam en achternaam van de moeder: Grace, Lady Rowan-Hampton.* Ze hield haar adem in. Haar moeder was een deftige dame! Blijkbaar was ze buitenechtelijk zwanger geraakt en gedwongen haar kind af te staan. Martha's hart liep over van medelijden. Zou Lady Rowan-Hampton ooit nog aan haar denken? Zou ze zich afvragen hoe het haar was vergaan, of ze gelukkig was, of ze wist van haar bestaan? Had ze er inmiddels spijt van dat ze haar kind had afgestaan, of had ze haar handtekening gezet en haar leven vervolgens weer opgepakt? Kon een moeder een kind dat ze het leven had geschonken, ooit vergeten? Martha zette de doos weer op zijn plek en liep terug naar haar kamer. Daar ging ze voor de spiegel staan. Hoe zou Lady Rowan-Hampton eruitzien? En zij, leek ze op haar moeder, of op haar vader? Zijn naam stond niet op de papieren, maar Lady Rowan-Hampton moest weten wie hij was. Als ze haar moeder wist te vinden, zou ze haar vader misschien ook kunnen opsporen. Toen kwam er een afschuwelijke gedachte bij haar op. Misschien wílde Lady Rowan-Hampton wel niet gevonden worden. De mogelijkheid dat ze bij haar moeder niet welkom zou zijn, maakte dat Martha haar voornemen bijna liet varen. Maar zo wilde ze niet denken, besloot ze ten slotte. De kans was net zo groot dat haar moeder wél dankbaar zou zijn om haar dochter te leren kennen, en daar wilde Martha van uitgaan.

Toen Mrs. Goodwin haar vertelde dat ze was ontslagen, dat ze in februari zou worden opgevolgd door een gouvernante die zich over Edith zou ontfermen en dat zij op korte termijn naar Engeland terugging, was de oude nanny verrast door Martha's reactie. Anders dan ze had verwacht, barstte Martha niet in snikken uit. In plaats van de nanny te smeken haar niet alleen te laten, keek ze Mrs. Goodwin recht in de ogen en zei ze dat ze met haar meeging.

'Maar kindje, je kunt je ouders toch niet zomaar in de steek laten.'

'Ik zal niet rusten totdat ik mijn moeder heb gevonden,' verklaarde Martha. De vastberadenheid waarmee ze het zei, maakte Mrs. Goodwin duidelijk dat haar besluit vaststond en dat ze zich daar niet meer van af zou laten brengen.

'Maar wat zullen je ouders zeggen?' vroeg de nanny nerveus.

'Ik zal ze een brief schrijven om het uit te leggen. Als ik het ze van tevoren vertel, zullen ze proberen me tegen te houden. Maar sinds ons gesprek, destijds in de kinderkamer, moet ik steeds aan mijn echte moeder denken.'

'Maar hoe denk je haar te vinden?'

'Ik heb mijn geboortecertificaat gevonden, in het kastje in mijn moeders badkamer. Mijn echte moeder heet Grace. Grace, Lady Rowan-Hampton.'

Mrs. Goodwin zette grote ogen op. 'Nee maar! Je bent een lady,' zei ze, diep onder de indruk.

'Ik wil naar Dublin, naar het klooster waar ik ben geboren. Daar hebben ze ongetwijfeld een archief.'

'Ja, dat moet wel.' Mrs. Goodwin was nog altijd verbijsterd. 'Ik heb niet veel geld,' waarschuwde ze. 'Maar ik zal proberen je zo veel mogelijk te helpen.'

'Ik heb wat geld gekregen toen ik zestien werd,' zei Martha. 'En ik heb gespaard. Het is in elk geval genoeg voor de overtocht. En als ik zuinig ben, moet ik me in Ierland ook een tijdje kunnen redden.' Ze nam Mrs. Goodwins handen in de hare. 'Gaat u met me mee?'

'Naar Ierland?'

'Naar Dublin. Zeg alstublieft dat u het doet. Beschouw het als een avontuur. Ik durf niet zo goed alleen. Tenslotte heb ik nog niets van de wereld gezien. Maar u hebt gereisd. U bent altijd zo verstandig en u weet zo veel. Als u met me meegaat, moet het lukken.'

'Ach, kindje, ik weet niet zo veel meer van de wereld dan jij.' Mrs. Goodwin glimlachte toegeeflijk. 'Maar natuurlijk! Als jij dat wilt, ga ik met je mee. Je moet me alleen één ding beloven.'

'En dat is?' vroeg Martha een beetje angstig.

'Dat je het bij thuiskomst weer goedmaakt met je ouders.'

'Dat zal ik doen.'

'Ze houden zielsveel van je, Martha. En ik weet zeker dat ze erg verdrietig zullen zijn.'

'Daar kan ik niets aan doen. Nu ik de waarheid weet, laat die me niet meer los. Mijn moeder is ergens in Ierland. En misschien mist ze me wel. Misschien ook niet. Maar ik moet het weten. Ik ben iemand anders dan ik altijd heb gedacht, Mrs. Goodwin. En ik moet weten wie ik ben.'

'Dat begrijp ik,' zei Mrs. Goodwin, plotseling voortvarend. 'Laat alles maar aan mij over.'

Adeline, die getuige was van dit gesprek, glimlachte tevreden.

*

In New York had Bridie een brief ontvangen van Michael. Hun moeder vroeg naar haar, want de oude Mrs. Nagle was stervende. Er kwamen tranen in Bridies ogen en ineens wist ze dat ze haar bestemming niet langer kon ontkennen. Ze had het kasteel gekocht uit wraak, maar misschien gold haar diepste verlangen wel de grond waarop het was gebouwd. Ondanks haar angst voor de confrontatie met haar verleden, met de mensen voor wie ze nog alleen maar weerzin voelde, verlangde ze naar haar dierbaren, die haar naar huis riepen. Ze legde de brief op de tafel en keek uit het raam. De hemel was bleekblauw, de winterzon kon de bevroren aarde niet verwarmen. Een roodborstje hipte over het besneeuwde gazon, zijn rode veertjes vormden een stralend contrast met de witte vlokken. Toen het niets te eten vond, spreidde het vogeltje zijn vleugels en vloog weg. Bridie wenste dat ze ook vleugels had. Zodat ze naar huis kon vliegen. Deze keer voorgoed.

*

Jack woonde inmiddels zevenenhalf jaar in Buenos Aires. Met het geld van Maranzano had hij een Ierse pub geopend in Retiro, een wijk in het noordoosten van de stad. Daar vlakbij had hij een bescheiden appartement gekocht, in een gebouw dat was opgetrokken in Parijse stijl. Emer en hij hadden allebei erg hun best gedaan om zich in hun nieuwe vaderland thuis te gaan voelen. Buenos Aires was een prachtige stad met door bomen omzoomde avenues, zonnige pleinen en groene parken, maar de Grote Depressie eind jaren twintig had een einde gemaakt aan de welvaart en gezorgd voor een onzekere, gespannen sfeer. Jack had een ongelukkig moment uitgekozen om een nieuw bedrijf op te zetten – noodgedwongen, want hij had geen andere mogelijkheid gezien dan onderduiken, in de veronderstelling dat hij in Buenos Aires veilig zou zijn voor Siegel en Luciano. Toch schrok hij nog elke keer dat er aan de deur werd geklopt en werd hij wantrouwend als een voorbijganger op straat hem wat al te nadrukkelijk opnam. Hij sliep met zijn pistool onder zijn kussen en hij maakte zich altijd zorgen om zijn kinderen wanneer ze de deur uitgingen. Emer was lief en geduldig, maar zelfs zij begon er genoeg van te krijgen dat hij nooit kon ontspannen en altijd waakzaam bleef.

Rosaleen was nu tien, Liam bijna zeven, en de kleine Aileen, van één, was in Buenos Aires geboren. Jack maakte zich niet alleen zorgen om hun veiligheid, maar ook om hun toekomst. Hij zag zichzelf niet de rest van zijn leven in Argentinië wonen, een land waarvan hij de taal nog steeds niet vloeiend sprak en waar hij zich altijd een buitenstaander zou voelen. De pub liep niet goed, want de Ierse gemeenschap in Buenos Aires was maar klein en de Argentijnen konden de Ierse muziek en het donkere bier niet waarderen. Door een paar slechte investeringen begon het startkapitaal bovendien in snel tempo op te raken. En op een ochtend, toen Jack uit zijn slaapkamerraam keek, nam hij een besluit. Het was tijd om naar huis te gaan.

Er waren bijna acht jaar verstreken sinds zijn vlucht voor de maffia, dus hij dacht niet dat er nog iemand naar hem op zoek was. Hij verwachtte zich veilig te voelen in Ballinakelly en vertrouwde erop dat zijn kinderen het daar beter zouden hebben, dat ze er een zonniger toekomst tegemoet gingen. Hij wilde zijn pistool verruilen voor zijn veeartsentas.

Een rustig bestaan, zonder voortdurend over zijn schouder te moeten kijken en iedere onbekende te wantrouwen, dat was waar hij naar verlangde. Aan Kitty wilde hij niet denken. In plaats daarvan zou hij zich richten op wat hij had, niet op wat hij was kwijtgeraakt. Hij hield van Emer. Zij was nu zijn leven. Dus hij had geen reden om het verleden te vrezen.

BARTON DEVERILL

Ballinakelly, graafschap Cork, 1667

De dageraad was grijs, de hemel bewolkt. Er stond een bijtende, ijzige wind. Roeken en kraaien hupten over de muren van het kasteel. De stenen waren zwartgeblakerd door de brand, maar de vlag van Lord Deverill wapperde fier en uitdagend op de westelijke toren, als bewijs dat de kasteelheer had getriomfeerd over zijn vijanden, die daardoor werden ontmoedigd opnieuw in opstand te komen.

Lord Deverill werd wakker met een gevoel van onpasselijkheid, alsof er een steen op zijn maag drukte. Hij liet zich kreunend uit bed glijden en riep zijn bediende om hem wijn en brood te brengen. Vanaf het moment dat hij haar voor het eerst had gezien, had Maggie O'Leary zijn gedachten beheerst, maar na vandaag hoopte hij van die obsessie verlost te zijn. Vandaag zou ze ter dood worden gebracht, zou ze sterven op de brandstapel, zoals de talloze heksen die haar waren voorgegaan. Na vandaag hoopte hij bevrijd te zijn van haar beeld dat hem dag en nacht achtervolgde. Hoezeer hij ook probeerde haar beeld te verdringen, het was er altijd, als een bezwering die hem geen moment rust gunde. In gedachten zag hij haar angstaanjagende, groene ogen die hem aankeken met een mengeling van verwondering en onbeschaamdheid. Vandaag zouden die ogen zich voorgoed sluiten. Dan was hij van haar af, dan was hij bevrijd van het schuldgevoel omdat hij zich, door begeerte meegesleurd, in het bos aan haar had vergrepen.

Hij kleedde zich aan en gaf opdracht zijn paard te zadelen. De rit naar Ballinakelly leek langer te duren dan anders. Vergezeld door slechts een handvol mannen reed hij door het dichte bos en door het dal waar een stroompje zich ongehaast tussen onherbergzame rotsen slingerde, kabbelend over glinsterende stenen. In het gehucht heerste een ongebruikelijke rust. Bij de poorten was niemand te zien, de weg lag er verlaten bij, op een enkele jonge knaap na die het op een rennen zette, uit angst om te laat te komen en het spektakel te missen. Want een spektakel was het, en de dorpelingen hadden zich ongeduldig en vol verwachting op het plein verzameld.

Lord Deverill reed langs de eenvoudige cottages, de smederij en de herberg. Hoe dichter hij bij het plein kwam, hoe meer zijn maag verkrampte van angst. Hij wilde haar niet zien. En hij wilde ook niet dat zíj hém zag. Hij wilde niet aan zijn dwaasheid worden herinnerd. Ten slotte zag hij de menigte, en daarachter de hoog opgestapelde takkenbossen waaruit dreigend, kwaadaardig een paal stak. Hij slikte en omklemde de teugels nog strakker om het beven van zijn handen te doen stoppen. Hier en daar draaide iemand zich om bij zijn nadering, een gefluister ging door de menigte, maar toen werd het stil, zo schokkend stil dat zelfs de zuigelingen op de arm van hun moeder geen geluid maakten.

De blik van Lord Deverill kruiste die van het joch dat even eerder nog zo'n haast had gehad om het spektakel niet te missen. Hij wenkte het kind met een gekromde vinger. De kleine jongen kwam aansnellen en keek gretig naar hem op. Lord Deverill fluisterde hem iets in het oor. De jongen knikte, hief zijn smoezelige handen en pakte de kleine buidel aan die Lord Deverill hem gaf, samen met een glimmende munt als beloning. Toen verdween het kind vliegensvlug, zo glad als een aal tussen de mensen. Even later klonk het geratel van wielen. Er kwam een kar aanrijden met daarop een vrouw, gehuld in een simpel wit gewaad. Haar lange, verwarde haren hingen als een zwarte sluier om haar schouders. Ze zat geknield in het stro, met haar handen op haar rug gebonden. Haar blik ging over de toegestroomde dorpelingen, en hoewel ze geen woord sprak, leek ze de menigte te beheksen, want niemand durfde de stilte te doorbreken. Zelfs tijdens haar laatste gang, op weg naar de brandstapel, wist ze angst in te boezemen.

Kalm beklom ze de berg takkenbossen, waar haar handen achter de paal werden vastgebonden. Ze verzette zich niet, ze schreeuwde niet, ze huilde niet. Ze leek broos, kwetsbaar als een kind, maar haar houding straalde een adeldom uit die niet van deze wereld was. Een priester las haar veroordeling voor, zijn stem galmde over het plein, maar Maggie toonde zich onbewogen. Ze liet haar blik slechts over de dorpelingen gaan, met haar kin naar voren en een gebiedende uitdrukking op haar beeldschone gelaat, alsof ze hen beklaagde om hun onwetendheid. Uit niets bleek dat ze de dood vreesde, en de menigte, die haar dapperheid voelde, was dusdanig vervuld van ontzag dat de gruwelijke stilte voortduurde.

Op het moment dat de mannen met de fakkels naar voren kwamen om de brandstapel aan te steken, sloeg ze haar ogen op en keek ze Lord Deverill recht aan. Barton had het gevoel dat ze tot in zijn ziel kon kijken. Zijn adem stokte in zijn keel, hij kon zich niet verroeren. Het was alsof ze hem feilloos doorzag, tot in het diepst van zijn wezen. Er speelde een glimlach om haar lippen. Uit dankbaarheid? Of tartte ze hem? Hij wist het niet en wilde zijn blik afwenden, maar ze hield hem gevangen, als een slang haar prooi. Zelfs toen de takken vlam vatten en grijze rook haar begon te omhullen, bleven haar vurige ogen op hem gericht.

De vlammen dansten rond haar voeten. Steeds hoger laaiden ze op. Maar nog altijd kwam er geen geluid over haar lippen. De menigte begon ongemakkelijk te schuifelen. Waarom gilde ze niet? Waarom voelde ze niets? Ten slotte slaakte ze een diepe kreun. Barton keek vol afschuw toe terwijl het gekreun aanzwol tot een schrille, doordringende kreet die de omstanders gekweld naar hun oren deed grijpen. Toen klonk er een luide knal. Het was het kruit in de kleine bundel die ze in haar handen hield. De explosie maakte een einde aan haar lijden, precies zoals Barton had bedoeld.

Lord Deverill had al die tijd zijn adem ingehouden en zoog hijgend, zwoegend zijn longen vol lucht. De menigte wankelde achteruit, het vuur brulde, vonken spatten omhoog als uit de muil van een machtige draak. De dorpelingen schermden hun ogen af, hun geschreeuw werd steeds luider, begeleid door het geknetter van de brandstapel en de stank van schroeiend vlees. Barton Deverill had genoeg gezien. Hij keerde zijn paard en joeg het in vliegende galop het dorp uit.

38

Op een stralende februaridag stonden Martha en Mrs. Goodwin voor het Klooster van Onze-Lieve-Vrouwe Koningin van de Hemel. De zon scheen, maar de grijze muren boden een grimmige, intimiderende aanblik, waardoor Martha zich onmiddellijk slecht op haar gemak voelde. Ze stelde zich voor hoe haar moeder hier ooit naar binnen was gegaan, jong en ongewenst zwanger, zoals Mrs. Goodwin had gesuggereerd. Wat moest ze bang zijn geweest. Het gebouw leek meer op een gevangenis dan op een veilig toevluchtsoord.

Ze hadden van tevoren gebeld om een afspraak te maken met de moeder-overste. Zuster Evangelist had door de telefoon erg vriendelijk en behulpzaam geklonken. Een goed teken, vond Martha. Als ze haar in het klooster niet verder konden helpen, had zuster Evangelist dat vast en zeker gezegd. Maar nu ze eenmaal voor de hoge, grimmige muur stond, begon Martha's hoop te verdampen en dreigde de moed haar in de schoenen te zinken. Mrs. Goodwin merkte het en glimlachte bemoedigend. 'Het huis van God ziet er niet altijd even gastvrij uit, hè? Kerken, kathedralen, kloosters, ze zijn allemaal nogal intimiderend.'

'Ik ben nog nooit in een klooster geweest,' zei Martha, en ze hoopte er ook nooit meer te komen.

Er werd opengedaan door een non in een donkerblauwe habijt. Ze had een lief gezicht en vriendelijke grijze ogen, en ze stelde zich voor als zuster Constance. Eenmaal binnen werd Martha getroffen door de geur die er hing: een combinatie van boenwas, schoonmaakmiddel en kaarsen, die op zich niet onaangenaam rook. Ze werden naar een wachtkamer gebracht waar de haard brandde. Op een tafeltje flakkerde een kaars, naast een grote, in leer gebonden Bijbel en een kan water met twee glazen. 'Gaat u zitten. Moeder-overste komt zo bij u. Wilt u misschien een kopje thee?'

'Heel graag,' antwoordde Mrs. Goodwin.

Zuster Constance verdween. Martha ging op het puntje van de bank zitten en keek de kamer rond. De muren waren wit, door het hoge raam viel weinig licht naar binnen. Ondanks het vuur in de haard bood de kamer een ongezellige aanblik. Ze vouwde haar handen in haar schoot. Mrs. Goodwin ging naast haar zitten. 'Het komt allemaal goed.' Ze legde een hand op die van Martha. 'Ik weet zeker dat ze een archief hebben waar het allemaal in staat. Er komen hier natuurlijk wel vaker mensen die op zoek zijn naar hun moeder. Je bent niet de eerste, en vast en zeker ook niet de laatste.'

Zuster Constance kwam terug met twee mokken thee, suiker, melk en een schaaltje koekjes op een blad. Ze zette het naast de kaars op het tafeltje. 'Alstublieft, een kopje thee,' zei ze met een hartelijke glimlach. 'Komt u van ver?'

'Uit Amerika,' antwoordde Martha.

Zuster Constance zette grote ogen op. 'Lieve hemel, wat een lange reis. En bevalt het u in Dublin? Het is echt een heerlijke stad. Als u tijd hebt, zou u voor een high tea naar het Shelbourne moeten gaan. Het is een van de oudste hotels in de stad. Erg voornaam en zeer de moeite waard.'

'Ja, we hadden al van het hotel gehoord,' zei Mrs. Goodwin.

'Dat zal best. Het is wereldberoemd.' Zuster Constance keek naar de deur toen de moeder-overste verscheen en haastte zich de kamer uit terwijl zuster Evangelist binnenkwam en tegenover Martha en Mrs. Goodwin plaatsnam. De moeder-overste was een indrukwekkende verschijning.

'Het spijt me dat ik u heb laten wachten. Maar gelukkig heeft zuster Constance u een kop thee gebracht. Wat een stralende dag, vindt u niet? Maar wel koud. Afijn, u bent op zoek naar uw moeder.' Bij die laatste woorden keerde ze zich rechtstreeks, met een welwillende glimlach, naar Martha. 'Dat klopt.' Martha legde een hand op haar wild bonzende hart.

'Het spreekt vanzelf dat ik zal proberen u te helpen, miss Wallace. We krijgen hier nog altijd veel jonge vrouwen die ongewenst zwanger zijn geraakt en voor wie adoptie de enige optie is. Dan doen we ons best om een liefhebbend thuis voor de kinderen te vinden. Maar ik begrijp heel goed dat u uw biologische moeder graag zou leren kennen, en als dat Gods wil is, zal uw zoektocht met succes worden bekroond. Ik begreep dat u een geboortecertificaat hebt.'

'Ja, maar dat heb ik niet bij me,' vertelde Martha. 'Ik heb het certificaat gezien, maar mijn adoptiemoeder weet van niets, dus ik kon het niet meenemen.'

'Dat hoeft geen probleem te zijn. Wat is de naam van uw moeder? En wat is uw geboortedatum?'

'Ik ben geboren op 5 januari 1922. Mijn moeder heet Grace Rowan-Hampton en mijn adoptieouders zijn Larry en Pamela Wallace uit Connecticut. In Amerika.'

De moeder-overste knikte en schreef alles op in een notitieboekje. Toen stond ze op. 'Ik ben zo terug. Ik moet alleen even de boeken erbij pakken. Misschien heb ik een adres voor u, of in elk geval iets om u op weg te helpen. Mensen blijven zelden hun hele leven op één adres wonen. Misschien is uw moeder inmiddels getrouwd. Dan heeft ze een andere achternaam. We zullen eerst maar eens in het archief kijken.'

Toen ze weg was legde Mrs. Goodwin opnieuw haar hand op die van Martha. 'Nou, dat viel reuze mee. Zuster Evangelist wil je maar al te graag helpen. Ze hebben vast en zeker al meer kinderen herenigd met hun moeder. Daar doen ze goed werk mee. En dat vindt zuster Evangelist blijkbaar ook.'

Martha knikte en pakte haar mok. De thee was lauw en slap, maar dat kon haar niet schelen. Hoe zou Lady Rowan-Hampton reageren als ze hoorde dat haar dochter naar haar op zoek was? Zuster Evangelist bleef lang weg. Martha begon weer nerveus te worden. Ze voelde dat er iets niet in de haak was. 'Waarom duurt het zo lang?' vroeg ze fluisterend aan Mrs. Goodwin.

'Het archief is vast en zeker erg groot,' antwoordde die. 'Misschien zijn er een heleboel kasten. Of staan ze ergens in een kelder. We zullen geduld moeten hebben.'

Toen zuster Evangelist eindelijk terugkwam, glimlachte ze niet langer, maar stond haar gezicht ernstig. Martha werd nog ongeruster, de huid over haar hele lichaam begon te tintelen. 'Het spijt me heel erg,' verzuchtte zuster Evangelist hoofdschuddend. 'Blijkbaar zijn uw gegevens verkeerd opgeborgen. Ik kon ze in elk geval niet vinden, dus ik heb navraag gedaan bij zuster Agatha. Ten tijde van uw geboorte was zij moeder-overste. Ze is inmiddels stokoud, haar geheugen is niet meer wat het geweest is. Hoe dan ook, ze begreep niet hoe het kan dat uw gegevens onvindbaar zijn, en ze kan zich geen Lady Rowan-Hampton herinneren. Maar dat is ook niet zo vreemd. De jonge moeders waren hier doorgaans maar even, en het is allemaal al zeventien jaar geleden. Het spijt me dat ik u moet teleurstellen. Maar u hebt de naam van uw moeder. Dat is een goed begin. Veel van de kinderen die hier later terugkomen, hebben zelfs dat niet. Het is bovendien een naam die niet veel voorkomt. En gekoppeld aan een adellijke titel. Dat zou het zoeken een stuk gemakkelijker moeten maken.'

Het huilen stond Martha nader dan het lachen. Ze voelde dat haar wangen begonnen te gloeien. Haar mond beefde en ze tuitte haar lippen om het trillen te doen ophouden. Mrs. Goodwin merkte het en bedankte namens haar de moeder-overste, die het oprecht spijtig leek te vinden dat ze hen niet kon helpen. Ten slotte stond zuster Evangelist op om hen persoonlijk uit te laten. Toen ze de deur van de grendel deed, zag Martha een eindje verder de gang in een oude non staan, die hen doordringend opnam. Ze had een hard gezicht, haar kleine ogen stonden onbewogen, haar lippen vormden een strenge lijn. Dat moest zuster Agatha zijn. Martha huiverde, en toen de non in een kamer verdween en de deur hoorbaar achter haar in het slot viel, ervoer ze dat als een doelbewust gebaar van afwijzing.

Zodra ze weer buiten stonden, waar de zon nog altijd stralend scheen, liet Martha haar tranen de vrije loop. Mrs. Goodwin sloeg haar armen om haar heen. 'Stil maar, kindje. Niet huilen. We zijn nog maar net begonnen. Maak je geen zorgen. We vinden haar wel. Dat weet ik zeker. Het zou ook te mooi zijn geweest als het zo gemakkelijk was gegaan. Ik vind dat we wel wat lekkers hebben verdiend. Kom, dan gaan we naar het Shelbourne. De thee in het klooster was niet veel soeps. Maar die in het Shelbourne is vast en zeker verrukkelijk.'

Het hotel stelde hen niet teleur. Het indrukwekkende gebouw, opgetrokken in klassieke stijl, met hoge plafonds, marmeren vloeren en hoge ramen, keek uit op St. Stephen's Green. Via de hal liepen ze rechtstreeks naar de Lord Mayor's Lounge, waar een ober hun voorging naar een ronde tafel voor het raam. Mrs. Goodwin bestelde thee met iets erbij.

'Na een paar scones met jam voel je je weer een stuk beter,' zei ze. 'We geven de moed niet op, Martha. Obstakels zijn er om overwonnen te worden.'

'Dat is zo. En natuurlijk geven we het niet op. Maar omdat ik mijn moeders naam al heb, dacht ik dat we zonder problemen haar adres zouden kunnen achterhalen. Als ze inderdaad van adel is, woont ze waarschijnlijk in een voornaam huis dat al generaties lang in de familie is.'

'Dat zou heel goed kunnen,' zei Mrs. Goodwin. 'Ik weet wel iets van de Britse titulatuur. Dus volgens mij moet het niet zo moeilijk zijn haar te vinden.'

'Maar waar moeten we beginnen?'

'In Londen. Ik sluit niet uit dat je moeder uit Engeland komt. Dat ze alleen voor de bevalling naar Dublin is gegaan. Zodat niemand er iets van te weten kwam. Als dat zo is, heeft ze nooit in Ierland gewoond. Ik heb familie in Engeland die ons misschien kan helpen. Dus ik stel voor dat we daar beginnen.'

'Goed. Dan gaan we naar Londen.'

De thee die de ober bracht, was niet te vergelijken met wat ze in het klooster hadden gedronken. En de scones waren het lekkerste wat Martha ooit had gegeten. 'Verrukkelijk!' De kleur keerde terug op haar wangen en ze begon er weer vertrouwen in te krijgen. 'Nu we hier toch zijn, kunnen we er maar beter van genieten en zorgen dat we iets van de stad te zien krijgen. Ik probeer niet aan papa en mama te denken,' zei ze zacht.

'In je brief ben je heel duidelijk geweest,' stelde Mrs. Goodwin haar gerust. 'Maar ik denk dat Edith ook het een en ander uit te leggen heeft.'

'Ach, ze is nog zo klein. Ik heb geschreven dat zij er niets aan kon doen.'

'Misschien niet, maar je tante Joan wel. Ik neem aan dat die er behoorlijk van langs heeft gekregen. En terecht.'

'Ze had het Edith nooit mogen vertellen,' beaamde Martha. 'Maar toch ben ik blij dat ze het gedaan heeft. Ik heb er recht op te weten waar ik vandaan kom.'

'Natuurlijk, kindje. Daar heb je gelijk in.'

Op dat moment werd hun aandacht afgeleid door twee heren die de lounge binnenkwamen. De oudste was in driedelig pak, met een grijze vilten hoed. De jongste, die een kop groter was, ging net zo verzorgd en smaakvol gekleed; hij was alleen slanker en atletischer gebouwd. Allebei straalden ze gezag en een ouderwetse grandeur uit, want het leek wel alsof het voltallige personeel kwam toesnellen om hen op hun wenken te bedienen. Terwijl ze zich op hun gemak naar een tafeltje lieten brengen, groette de oudere heer links en rechts mensen die hij blijkbaar kende, met een zwierige glimlach en een ondeugende twinkeling in zijn lichtgroene ogen. Iedereen die door hem werd aangesproken, leek zich te koesteren in zijn aandacht, en het ontging Mrs. Goodwin niet dat de dames hun theekopje neerzetten en hem bevallig de hand reikten, waarop ze flirterig giechelden wanneer hij die met een hoffelijke buiging naar zijn lippen bracht. Martha en Mrs. Goodwin waren geboeid door het schouwspel. De charmante oudere heer met zijn lichtblonde haar en intrigerende ogen viel ook bij Mrs. Goodwin buitengewoon in de smaak. Getuige de manier waarop hij werd bejegend, was hij een man van aanzien in de stad. Op haar beurt was Martha onder de indruk van de jongeman. Ze schatte dat hij van haar leeftijd was. Hij had rood haar en straalde een zorgeloosheid uit die haar fascineerde. Zijn tred had iets zwierigs, zijn glimlach was zelfverzekerd, alsof het hem in het leven altijd voor de wind was gegaan. De twee mannen namen plaats aan een tafeltje, niet ver van Martha en Mrs. Goodwin, waarop de obers, buigend als knipmessen, hun het menu aanreikten. Maar de oudere heer en zijn jeugdige metgezel deden hun bestelling zonder de kaart te raadplegen.

'Wat een charmant paar. En ook zo voornaam,' zei Mrs. Goodwin dwepend. 'Vast en zeker vader en zoon, denk je ook niet? Ze lijken sprekend op elkaar. Op de kleur van hun haar na.'

Martha reageerde niet, want ze kon haar ogen niet van de jongeman afhouden. Hij was knap, met een ondeugende glimlach en pretlichtjes in zijn ogen, maar dat was het niet alleen. Hij had iets wat nieuw was voor Martha, iets wat ze nooit eerder was tegengekomen. Toen hij voelde dat ze naar hem keek, sloeg hij zijn ogen op. Hun blikken kruisten elkaar, en op slag hadden ze allebei het gevoel dat ze voor elkaar waren voorbestemd. Met stomheid geslagen, vol verrukking over de vreemde, ongekende gevoelens die de ander in hen opriep, bleven ze elkaar aanstaren.

'Waar kijk je naar, JP?' Bertie volgde zijn blik en glimlachte toen hij het knappe meisje bij het raam ontdekte. 'Dus je begint oog te krijgen voor de dames?' Hij grinnikte. Maar JP ging zo volledig op in wat hij zag dat hij geen woord kon uitbrengen. Hij keek naar Martha alsof ze het mooiste, het aantrekkelijkste meisje was dat hij ooit had gezien. Bertie was vertederd. Hij dacht aan de eerste keer dat hij Maud had gezien, hoe opgewonden híj toen was geweest. Zijn blik ging opnieuw naar het meisje bij het raam, dat met een vurige blos haar ogen neersloeg toen ze in de gaten had dat beide mannen naar haar keken. Net als zijn zoon kon Bertie zijn ogen niet van haar afhouden, want hij herkende iets in haar – ze had iets vertrouwds waar hij niet helemaal de vinger op kon leggen. Misschien was het de manier waarop ze bloosde, of misschien was het haar bedeesde, lieftallige glimlach. Hij wist het niet, maar hij was ervan overtuigd dat hij haar al eerder had gezien. Ze begon aan een scone te knabbelen, terwijl de oudere dame met wie ze was, honderduit babbelde. Bertie kon zien dat het meisje zichzelf moest dwingen niet opnieuw hun kant uit te kijken. De verlangende blikken van JP trokken haar aan als een magneet.

'Zal ik vragen of ze bij ons komen zitten?' vroeg Bertie.

JP keek hem verrast aan. 'Meent u dat, papa?'

Bertie grijnsde. 'Let op.' Hij riep een ober en fluisterde hem iets in het oor. Toen de ober naar Mrs. Goodwin liep, om haar de boodschap door te geven, bleek uit haar reactie hoe aangenaam verrast ze was door de uitnodiging. Ze sloeg haar ogen op en keek naar Bertie, die haar bemoedigend toeknikte.

'Komen ze?' vroeg JP ongeduldig.

'Ik geloof het wel,' zei Bertie, en inderdaad verschenen de twee dames even later aan hun tafeltje, waarop Bertie en JP gretig overeind schoten om zich voor te stellen.

'Wat bijzonder vriendelijk van u om ons aan uw tafel uit te nodigen,' zei Mrs. Goodwin toen ze eenmaal zaten. 'Martha en ik zijn net uit Amerika gearriveerd.'

'Is het uw eerste bezoek aan Ierland?' Het ontging Bertie niet dat de twee jonge mensen vurig bloosden en zo verlegen waren dat ze elkaar amper durfden aan te kijken.

'Voor Martha is het de eerste keer,' antwoordde Mrs. Goodwin.

'En hoe vind je het, kindje?' Bertie keerde zich naar de nerveuze jonge vrouw aan zijn linkerhand.

'O, ik vind het prachtig,' antwoordde ze. 'Echt betoverend.'

'Ben je van plan om lang te blijven?'

Het meisje keek nerveus naar Mrs. Goodwin. 'We hebben nog geen vastomlijnde plannen. Voorlopig genieten we van de stad.'

'Mooi zo. Aha, daar is de thee,' zei Bertie toen er potten verse thee, kannetjes melk, een schaaltje met partjes citroen en een etagère met sandwiches en cake op tafel werden gezet.

'Lieve hemel,' verzuchtte Mrs. Goodwin gelukzalig bij het zien van de vijf schalen met heerlijkheden. 'Wat ziet dat er allemaal verrukkelijk uit.' Ze nam een komkommersandwich.

'Waar heb jij trek in?' vroeg Bertie aan Martha, die met grote ogen naar al het lekkers keek.

'Ik weet het nog niet...' Ze strekte aarzelend haar hand uit en koos uiteindelijk een sandwich met ei en waterkers van de onderste schaal.

'Die vind ik ook het lekkerst.' JP pakte er net zo een.

Martha en hij grijnsden naar elkaar, terwijl JP de hele sandwich in zijn mond stopte en Martha een hapje nam van de hare.

'Lekker, hè?' vroeg JP toen hij zijn mond leeg had.

Martha knikte.

'Hoe drinkt u uw thee, Mrs. Goodwin?' vroeg Bertie.

'Met een plakje citroen, graag. En Martha wil er melk in. Een heleboel melk. Zoals zij het drinkt, is het geen thee met melk maar andersom.'

JP schoot in de lach. 'Zo drink ik het ook.' Hij fronste zijn wenkbrauwen en keek Martha aan, verbaasd dat twee volslagen onbekenden zo veel gemeen konden hebben.

'Wat bijzonder,' zei Mrs. Goodwin, die het allemaal even heerlijk vond. 'Ik ken niemand die zo veel melk in de thee wil als Martha.'

Bertie schonk in, waarop JP en Martha hun kop tot de rand toe vulden met melk, grinnikend om de eigenaardigheid die ze deelden en die onmiddellijk een band schiep. Het gesprek kabbelde voort, terwijl ze van hun thee en van de sandwiches genoten. Bertie gaf een opsomming van bezienswaardigheden in Dublin die de moeite waard waren, toen de handen van JP en Martha elkaar raakten doordat ze allebei hetzelfde stuk chocoladecake wilden pakken, op de bovenste schaal van de etagère. Ze schoten in de lach, maar trokken haastig hun hand terug, alsof ze zich hadden gebrand. 'We houden ook van dezelfde cake,' zei JP zacht.

Zijn blik rustte vol tederheid op Martha.

'Dat wordt lastig. Er is nog maar één stuk,' zei Mrs. Goodwin.

'Dan delen we dat.' JP legde het stuk cake op zijn bord, pakte een zilveren mesje en sneed het gebak doormidden. Martha keek toe, duizelig van verliefdheid. 'Deze helft is voor jou.' Hij legde een stuk op haar bordje. 'En de andere is voor mij.' Ze keken elkaar aan, grijnzend alsof ze samen in een geheim complot zaten, en stopten de cake in hun mond.

EPILOOG

Ballinakelly

Het was bedompt en rokerig in de kleine ruimte helemaal achter in O'Donovan's, van de gelagkamer afgescheiden door een houten wand die niet helemaal tot het plafond reikte. Daardoor dreef de sigarettenrook eroverheen, net als de warmte van de vele mannenlijven, de zoete geur van donker bier en het geroezemoes van zware stemmen. De 'achterkamer' was het domein van de vrouwen – want die waren in de pub niet welkom. Daar kwamen de zes leden van het Legioen van Maria bijeen, niet meer zo piepjonge vrouwen die achter hun rug om de Wenende Vrouwen van Jeruzalem werden genoemd. Ze zaten er elke week, naast elkaar op de bank tegen de muur, als een stel kippen op stok.

Om te beginnen de Twee Nellies: Nellie Clifford en Nellie Moxley. En verder Mag Keohane, onveranderlijk in gezelschap van haar hond Didleen, Joan Murphy, Maureen Hurley en Kit Downey. Het Legioen van Maria wijdde zich aan de armenzorg. Ze kookten voor de armen, namen de oudjes mee naar de mis en trokken tijdelijk bij ze in wanneer ze verzorging nodig hadden. O'Donovan's was hun wekelijkse uitje, met een glaasje sinaasappel- of appelgazeuse. Mrs. O'Donovan deed een blokje ijs in de glazen – ze had sinds kort een ijskast – en zorgde voor een schaal koekjes die ze wegens breuk niet meer kon verkopen. Maar de grootste traktatie was dat de vrouwen haar watercloset mochten gebruiken, op de woonverdieping, boven de pub. 'Alsof we in Amerika zijn!' had Mag Keohane uitgeroepen, de eerste keer dat ze de wc gebruikte. 'Je hebt het maar getroffen, dat je de elementen niet hoeft te trotseren om je behoefte te doen. En als je klaar bent hoef je alleen maar aan het touwtje te trekken, en de hele boel verdwijnt vanzelf. God bewaar ons! Als je ziet hoe vaak wij 's winters met de pot de kou in moeten om hem te legen, dan is het een wonder dat we niet allemaal longontsteking krijgen.' De Wenende Vrouwen van Jeruzalem gebruikten het watercloset zelfs als ze niet hoefden. Zo opwindend vonden ze het.

'Het is toch niet te geloven!' Nellie Clifford knabbelde op haar koekje. 'Dat Bridie Doyle het kasteel heeft gekocht! Ik weet nog dat ik haar arme vader heb afgelegd, God hebbe zijn ziel. Toen was ze nog een kleine meid van negen.'

'Ja, ze heeft het ver geschopt,' viel Nellie Moxley haar bij, nippend van haar sinaasappelgazeuse. 'Ze is tegenwoordig een gravin. Dat moet iets heel deftigs zijn, heb ik gehoord. En trouwens, ze heeft een royale donatie gedaan aan ons Legioen. Moge God Zijn zegeningen rijkelijk op haar laten neerdalen.'

'Het schijnt dat haar nieuwe echtgenoot stinkend rijk is. En bepaald geen straf om naar te kijken. Ook al heeft hij wel iets buitenlands over zich,' zei Joan Murphy.

'"Hoe vreemder de koe, hoe langer de hoorns," zeggen ze.' Kit Downey grijnsde.

'Ik zou het niet weten. Maar ik heb wel gehoord dat hij een rokkenjager is. God beware ons. Nonie Begley werkt als receptioniste in het Shelbourne. Als hij daar verblijft, krijgt hij altijd damesbezoek. En blijkbaar altijd van dezelfde dame,' zei Joan Murphy.

Nellie Moxley nam het voor hem op. 'Misschien is het zijn zuster of een ander familielid.'

Maar daar wilde Nellie Clifford niets van weten. 'Jij bent nog zo'n onnozel schaap. Nee, het is niet zijn zuster die hem daar opzoekt. Het is Lady Rowan-Hampton!'

De andere vrouwen hielden geschokt hun adem in.

'Ze zijn samen in het restaurant van het hotel gezien. Daar zaten ze elkaar zwijmelend aan te kijken. Handje in handje.'

'Lieve-Heer Jaysus! En volgens haar dienstmeisjes kwam Michael Doyle regelmatig bij haar over de vloer als Sir Ronald in Londen zat. Dan stapte hij de deur binnen alsof hij er woonde!' De vrouwen klakten misprijzend, hoofdschuddend, met hun tong.

'Maar wat vindt Lord Deverill van de nieuwe kasteelvrouwe?' vroeg

Mag Keohane. 'Ooit was ze de dochter van de kokkin. En nu woont ze op het kasteel!'

'Dus voor ons is er ook nog hoop.' Kit Downey lachte kakelend.

'Ik hoorde dat Kitty Deverill begon te vloeken als een ketter toen ze het hoorde.'

'God beware ons!' mompelde Nellie Moxley.

'Dan zal Michael Doyle nu wel helemaal naast zijn schoenen lopen. Ik neem aan dat de hele familie Doyle op het kasteel gaat wonen.'

'Nou, ik heb gehoord dat Mariah voor geen prijs de boerderij verlaat,' zei Kit Downey. 'Zelfs niet om haar kinderen een plezier te doen.'

'Mariah is een goed mens. En de oude Mrs. Nagle... die zal het wel niet lang meer maken,' zei Nellie Moxley. Het bleef even stil, terwijl ze in stilte baden voor de arme Mrs. Doyle en de oude Mrs. Nagle.

Toen zette Nellie Clifford haar glas op de plank langs de scheidingswand waar ze tegenaan keken. 'We kunnen beter bidden voor die arme Bridie. Ze mag dan met een rijke man getrouwd zijn, maar daar gaat ze nog een hoge prijs voor betalen. Wat ik je brom. Tegen de kerst heeft hij hier in het graafschap een schatje in elk stadje.'

Er verscheen een hoofd boven de scheidingswand. 'Jullie zijn een stel nobele zielen, meisjes. Met jullie vrome gebeden. Daar kunnen we allemaal een voorbeeld aan nemen. Zal ik met jullie mee naar huis lopen, voor het geval dat de een of andere onverlaat jullie lastigvalt?'

'Wegwezen, Badger. Ons neem je niet in de maling,' zei Kit Downey. 'We hebben onze wonderdadige medailles van de onbevlekte ontvangenis. Bovendien zijn we altijd met ons tweeën, net als de nonnen. En we hebben Didleen van Mag om ons te beschermen. God beware de arme onverlaat! Didleen zou hem aan stukken scheuren.'

Badger kuchte reutelend.

'Je hoest alsof je al met één been in het graf staat,' zei Mag Keohane.

'Gelukkig heb ik twee benen, Mag.' Badger grijnsde.

Op dat moment zwaaide de deur van de pub open. Er kwam iemand binnen, met een vlaag koude lucht in zijn kielzog. 'Nee maar, krijg nou wat! Het is de graaf!' siste Badger. Zijn harige hoofd verdween weer achter de scheidingswand.

'De graaf.' Nellie Clifford tuitte haar lippen en hield verbaasd haar adem in. Alle zes vrouwen spitsten hun oren om niets te missen van wat er in de gelagkamer werd gezegd. 'Wat kan ik voor u doen, sir?' vroeg Mrs. O'Donovan, die achter de bar stond.

'Ik kom net met de trein uit Dublin, dus ik zoek een taxi om me naar het kasteel te brengen.'

Er ontstond wat geschuifel terwijl de taxichauffeurs elkaar aankeken. Ze waren niet van plan hun biertje gehaast achterover te slaan.

'Waarom blijft u niet even, voor een pint en een potje kaarten?' stelde Badger Hanratty voor. 'U hebt toch geen haast, is het wel? En daarna brengt een van deze brave kerels u naar huis.'

De vrouwen hoorden dat de graaf in de lach schoot. 'Een pint en een potje kaarten. Waarom ook niet? Het avondeten kan nog wel even wachten. Dus kom maar op met die kaarten! Wat spelen we?' Er klonk geschraap van stoelpoten toen hij zich aan een van de tafeltjes installeerde. 'Een rondje voor de hele zaak,' verkondigde hij vervolgens luidkeels en uitbundig. Er steeg een goedkeurend gebrul op terwijl de mannen zich naar de bar haastten.

'God beware ons. Die kunnen straks niet meer op hun benen staan,' zei Nellie Moxley hoofdschuddend.

'Nog even, en heel Ballinakelly eet uit zijn hand.' Joan Murphy glimlachte. 'Dat belooft wat.'

Einde

EEN WOORD VAN DANK

Bij het volgen van Kitty, Celia en Bridie op hun weg door het leven, maak ik nog altijd dankbaar gebruik van de kennis en de adviezen van mijn dierbare vriend Tim Kelly. Ook bij de totstandkoming van deze vervolgroman over de Deverills hebben Tim en ik elkaar regelmatig gesproken, onder het genot van thee en portercake. Die afspraken waren behalve informatief ook zo vermakelijk dat ik dankzij Tims verrukkelijke verhalen nog lang na zijn vertrek met een brede grijns door het huis liep. Ik ben mijn boeken innig dankbaar, want zij zijn het die me een geweldige vriend als Tim hebben opgeleverd.

Verder bedank ik mijn moeder, Patty Palmer-Tomkinson, die mijn manuscripten altijd als eerste leest en er alle grammaticale fouten en slecht gekozen woorden uit haalt, waarmee ze mijn redacteur bij Simon & Schuster een hoop werk bespaart – en ongetwijfeld ook het minst interessante deel van haar werk! Mijn moeder is geduldig en enthousiast en de adviezen die ze geeft zijn nuttig en wijs. Bovendien beschikt ze over een feilloze intuïtie en bezit ze een gezonde dosis mensenkennis. Onnodig te zeggen dat ik heel veel van haar heb geleerd. Maar ik bedank ook mijn vader, want zonder de magische jeugd in het mooiste stukje Engeland, die mijn moeder en hij me hebben gegeven, had ik deze boeken niet kunnen schrijven. Alles wat ik in mijn boeken stop, dank ik rechtstreeks aan hen.

Het beschrijven van een uitje naar de Derby was een uitdaging maar zonder de hulp van David Watt zou ik het niet hebben gedurfd. Heel erg bedankt, Watty, niet alleen voor het doorlezen en corrigeren, maar ook voor je suggesties om de bewuste passage aantrekkelijker te maken.

Dank je wel, Emer Melody, Frank Lyons en Peter Nyhan, voor jullie warme Ierse steun, en dank je wel, Julia Twigg, voor je hulp bij mijn research betreffende Johannesburg.

Heel veel dank ook aan Sheila Crowley van Curtis Brown. Ze is de beste agent die een schrijver zich kan wensen, want ze is er voor me als ik goede raad nodig heb, maar ook als ik behoefte heb aan een vriendin, een strateeg en een strijder. Kortom, als ik haar nodig heb, dan is ze er. Altijd! Haar mantra 'voorwaarts en opwaarts' weerspiegelt haar grote vastberadenheid en haar positieve instelling. Elke keer dat ik het haar hoor zeggen, voel ik me dankbaar dat ik een van haar auteurs mag zijn.

En ik wil ook de anderen bij Curtis Brown bedanken voor hun inspanningen om mijn boeken tot een succes te maken: Katie McGowan, Rebecca Ritchie, Abbie Greaves, Alice Lutyens en Luke Speed.

Ik prijs mezelf gelukkig met Simon & Schuster als uitgever. Het voelt als één grote familie, waarin ik ben opgenomen. Dus ik bedank iedereen van Simon & Schuster voor dat prachtige moment in 2011, toen ik voor het eerst in de bestsellerlijst van *The Sunday Times* belandde, en voor de enorme toewijding en gedrevenheid waarmee mijn boeken worden begeleid en uitgegeven. Suzanne Baboneau, mijn eindredacteur, heel erg bedankt voor de deskundige en tactvolle manier waarop je mijn manuscripten redigeert. Mijn teksten worden beter dankzij jouw kritisch oog en vakkundige snoeiwerk, en je enthousiasme en aanmoediging doen wonderen voor mijn zelfvertrouwen. Ian Chapman is de wind in mijn zeilen. Want dankzij hem gaat het mij en mijn verkoopcijfers voor de wind. Ik ben hem dankbaar dat hij me vijf jaar geleden die kans heeft gegeven en mijn boeken tot het succes heeft gemaakt waarop ik altijd heb gehoopt.

Verder bedank ik Clare Hey, mijn uitgever, en haar briljante team voor alle energie die ze in mijn boeken stoppen. Het is geweldig wat ze doen, en ik ben hun allemaal heel erg dankbaar: Dawn Burnett, Toby Jones, Emma Harrow, Ally Grant, Gill Richardson, Laura Hough, Dominic Brendon en Sally Wilks.

Mijn man, Sebag, heeft een cruciale rol gespeeld bij het uitzetten van de verhaallijnen in 'de Deverills', en hij heeft me aangemoedigd me buiten de vertrouwde paden te wagen. Hoe druk hij het ook heeft met zijn eigen boeken, hij neemt altijd de moeite om mijn manuscripten niet alleen te lezen, maar ook zijn ideeën daarover met me te delen. Ik ben blij dat ik naar zijn adviezen heb geluisterd, want volgens mij is ook dit tweede deel van de Deverills iets waarvan mijn lezers zullen genieten. Zelf heb ik enorm genoten van het schrijven. Sebag is mijn dierbaarste vriend, mijn eerlijkste criticus, mijn trouwste bondgenoot en mijn allergrootste steun en toeverlaat. Het is aan hem te danken dat ik ben geworden wie ik ben.

Ten slotte ben ik mijn dochter Lily en mijn zoon Sasha innig dankbaar voor alle vreugde, al het plezier en alle liefde waarmee ze mijn leven verrijken.

LEES MEER VAN

Santa Montefiore

Als jongste dochter van een afstandelijke moeder en een vader die zijn kasteel ontvlucht en troost zoekt bij de jacht en zijn maîtresse, trekt Kitty Deverill naar haar grootmoeder, bij wie ze de liefde vindt waaraan het thuis ontbreekt. Het is ook haar grootmoeder die Kitty verhalen vertelt over vorige generaties Deverills, over de geschiedenis van het roemruchte kasteel en over het leven op het ruige, maar lieflijke Ierse platteland. Ondanks het verschil in afkomst is Bridie, de dochter van de kokkin op het kasteel, Kitty's dierbaarste vriendin en trouwste bondgenoot, samen met Celia Deverill, het nichtje uit Londen dat de zomers steevast in Ierland doorbrengt.

Wanneer door de Eerste Wereldoorlog en de strijd om een onafhankelijk Ierland de spanning in het land toeneemt, komt er een einde aan de idyllische jeugdjaren van de drie meisjes. Hun ooit zo hechte band dreigt verloren te gaan. Maar één ding zal hen altijd binden: hun verlangen naar kasteel Deverill en alle herinneringen die binnen die majestueuze muren zijn opgeslagen.

Verkrijgbaar als
e-book
& papieren boek

LEES MEER VAN

Santa Montefiore

1937. De jonge Grace Hamblin trouwt met haar jeugdliefde Freddie, maar intussen koestert ze heimelijk een vurige liefde voor een knappe aristocraat van wie ze weet dat hij nooit van haar zal zijn. Als Freddie acht jaar later uit de oorlog terugkeert als een gebroken man die bovendien een groot geheim met zich meedraagt, loopt het huwelijk stuk.

1973. Trixie Valentine is verliefd op Jasper, zanger van een Britse rockband die de zomer doorbrengt op het kleine eilandje bij de kust van Cape Cod waar Trixie is opgegroeid. Gefrustreerd door haar beschermde, geïsoleerde jeugd vat Trixie het plan op er na de zomer vandoor te gaan met haar geliefde. Ze wil niet zo worden als haar moeder Grace, die sinds ze haar man Freddie heeft verlaten tuiniert voor de rijkere eilandbewoners. Ze snapt niets van haar moeders obsessie met bijen en verlangt naar een groots en meeslepend leven. Tot ze erachter komt dat de zwijgzame Grace een pijnlijk verleden met zich meedraagt…

Verkrijgbaar als
e-book
& papieren boek